文芸社セレクション

100年人生　まる見え事典

涌田 裕充

WAKUDA Hiromitsu

文芸社

はじめに

●人間がこの世に生まれる前から、宇宙には絶対守らねばならない法則がある。国や社会にも守らねばならない法律や習慣があって、生まれた瞬間その中に投げ込まれる。今日も明日も初体験ばかりの一歩遅れの人生は、失敗や錯誤の連続で過ちを犯すことは避けられない。人間誰もがこの世にたった一人で生まれ、一人ぼっちで死んでいく。人生は人それぞれでどのように使おうと自由だが、一切が自己責任で正解もなければ不正解も完璧もない。しかも使えるのは1度きり。やり直しできない人生だから肝心なのはスタート。

●「マクロ視点で、より広く、より深く」知ること。地球ぐるみで1つになったグローバル世界には、政治・経済・宗教・哲学・科学・文化など、人類1万年の知恵が結晶している。現代は宇宙開発からコンビニまで発達した文明の中で80億人が生存し、さまざま各分野の幅広い常識が欠かせない。何時どのような状態においても正しく判断して方向を見定めるには、欠落した空白部分があってはならない。現代は社会も経済も成熟し、学問は一段と専門化し深化している。ＡＩ人間の登場が噂されるほどにＩＴ先端技術が発達して、ネットを通じて知識や情報が交差して複雑な競争社会が現出している。様々な専門分野の常識レベルを1ランクアップした、幅広いゼネラルアーツが欠かせない。

●「ミクロ視点で、より長く、より強く」生きること。日本はいま世界のトップを切って、人生100年時代に突入して世の中も人生も様変わり。国の教育制度や年金や福祉医療・介護制度などの社会システム全体が、これまでと違った人生100年モデルに大転換。企業でも定年や退職金などの見直しが始まっている。100歳を超えた長寿者が現れて自分が体験した「長寿健康法」を発表したり、高齢医療現場の医師の研究が進んで「老年学」が形成されつつある。人生100年時代の到来は、今の高齢者や熟年にとっては緊急課題であり、中年や若者にとっても重要な課題で、長寿社会での生活習慣や生き方を身につけねばならない。

●本書は人生の先輩たちが研究し体験し後輩のために書き残した知識の総まとめ。これからの長寿社会で、いずれ誰もが体験する人生の難問疑問の要点をざっくりと捉え、世代別・年齢別の課題と、問題解決のスキルまで具体的に解説したダイジェスト版。この人生の展望台から見渡せば、自分の人生の今がわかり、過去がわかって、一歩先の未来までまる見え。人生の節目節目での方向選択を誤ることがなく、職場でも家庭でも人生に対する共通認識を持って共感力を高め、より善くより強く生きて行ける。

涌田裕充

もくじ

第4章　日本人らしく生きる……………………………… 221

第5章　競争社会に生きる……278

第6章　人生目標に向かって生きる……320

第7章　乳幼児・児童期を生きる……371

第１章　人間らしく生きる

１―１／宇宙の始まりと人間誕生のナゾ

人生には解らないことイッパイ？？？

●自分は今ここに生きている。自分は一体何者か？　自分はどこから来たのか？　全くわからないまま生きている。それは当たり前ではあるが不思議なこと。肉体は自分のものでもなく何だか借り物のよう。心も自分のものと自分でないものが含まれているような感じ。その上さらに死が課せられている。生は偶然でも死は必然で人は１００％必ず死ぬ。どうせ死ぬのになぜか生きるのか？　死んだら一体どこへ行くのか？　まだ死んだことがないからそれからは先は全くわからない。自分は生きる意味はあるのか？　無意味な人生なら死にたいと思うが、生も死も自分の選択の外にあってどうにもならない。昔も、今も、誰もが解らないまま生き、解らないまま死んでいく。

●人生を生きる最優先課題は、自分がこの世で果たすべき使命は何か？　天から与えられた自分がこの世でなすべき使命を自覚すること。それが解れば苦しくても頑張れるが、それが掴めないと生きる意欲を失いただ「生きるだけ」。食べて・寝て・垂れてあくせくと働き、死んだら終わりでただ苦しむだけの人生。すべてが自由でも不自由でしかなく、生きれば生きるほど空しくなる。人生最大のリスクは自分自身が解らないこと。そんな自分が嫌いになっても逃げられないから苦しむ。虚無的になって麻薬に走ったり、遅かれ早かれ死ぬのだから今死んでも大差ないと、自暴自棄になって人を殺したり自死する人もいる。
●中でも解らないことの代表、それは自分自身のこと。今ここに自分がいるからあなたがいて、あなたがいるから自分がいるだけで、自分の思っている本当の自分などどこにもいない。自分の都合で付き合う相手を選別し、自分が作り出した自分だけの世界を創り、その中心に自分をおいて主観的に考え、行動しながら生きている。自分勝手な妄想に自分の思考が混じって、絶え間なく錯誤と失敗を繰り返す。人間はこれら未知なるもの、人生はこの根源的不安を抱え、何を頼りに生きていけば良いのかわからない。でも勇気を持って生き抜かねばならない。人間そのものの意味を問う根本問題は、一人ひとりが自ら背負っている課題で、生涯を通じて追求していかねばならない。

1. わからなくても、神仏を絶対と信じてわかったとする「直感的な宗教的生き方」
2. わからないから、生涯疑い求め続ける「理性中心の哲学的生き方」
3. わからないから、現実社会で迷い続ける「人間中心の文学的生き方」

★自分は一体何者か？　どうせ死ぬのになぜ生きるのか？　これは人間の知力では永遠に解らない大きなナゾ。科学を超えた不確かでわからない世界に生きるあなたの、自分を支え救えるのは神か？　仏か？　自分か？

宇宙も人間も「全知全能の神が造った」神の創造説

●事の始まりの極限は宇宙の始まりで、人間はその宇宙が生成発展した姿。宇宙の成り立ちを知ることは、自分を正しく知ることになる。「宇宙」の「宇」は信じられないほど広大な「空間」のこと、「宙」は無限に長い「時間」のこと。そこには時空を超えた目に見えない法則が存在し、宇宙全体を支配している。人間もこの法則によって宇宙に生まれた1つの生命体として生きている。そこには想像を絶する不思議な力が働いていて、人間はその力にすべてを任せなければ、生きることも死ぬこともできない。人間の人間たるところはこの宇宙性にある。

●人間には言葉で捉えられない不思議な現象や、自分を超えて自分を支える大きな力を直感で掴み取る能力がある。人類が構築した宗教の原点は、広大で無限なる大宇宙で、時空を超え人知を超えた絶対的世界から始まる。宗教は人間の科学的・合理的知識と言葉に表せない世界を純粋直感で捉えて補う。さらにそれを強化するため想像力を逞しくして思考可能なものはすべて事実のごとく表現して理想を描くので、宗教世界は知性による判断を超え幻想的神話や物語となる。宇宙世界や人間の誕生を説明するのに、一神教では全知全能の神が目的をもって創られたとする神話によって答える。

第一日目／神は「光あれ！」と言って光を生み出し、光と闇を分け

第二日目／神は天と地を分け、まず天地宇宙を創出

第三日目／神は水の中に大空あれ！　と言って、陸と海を分け

第四日目／神は夜の印として星々を造り、それを天空にすえ
第五日目／神は魚や鳥など、空と大地を司る生き物を生み出し
第六日目／さらに神は奇跡を連発。地を這う家畜や獣を生み出し、産めよ増やせよと繁殖させた。最後に土塊で自分の形に似た人間を創造された
第七日目／神は造ったものを見て良しとされて仕事を完成して休まれた。そして天上は神の住む所、地上は人間の住む所、地下は死後の世界として、原初の世界ができ上がった

●かくして世界を説明するのに1つの神に限定し、比類を絶したたった1つの原理を用い、何千年も考え続けてきた。宇宙創生や人間の誕生といった根源的な疑問に答えを出し、それ以上の「なぜ」の追求に終止符を打った。この一神教の思想には超越と人間との関係について、徹底的に考え抜いた一貫性があって、曖昧でなくごまかしもない。無学な一般民衆の理解力にも適合して解りやすい。西洋人の宇宙観は一神教の全知全能の神による宇宙創造説の独壇場だった。16世紀のルネサンス期になって宇宙を科学する学問が始まり、神中心から人間中心とした宇宙観に180度転換し、宗教家や哲学者から科学者のテーマに移行した。

★なのに世界最先端の科学技術の進んだアメリカ人の66％は、今でもこの全知全能の神の創造論は正しいと信じているらしい。

「ビッグバン」で宇宙誕生　星々爆発での元素誕生説

●現代科学は「もし神はいないとしたら」と、ダーウィンの進化論のように仮説を立て始めた。宇宙科学において宇宙誕生は、１４８億年前に物質も時間も空間もない一点に圧縮された無の状態のゼロポイント・フィールドが、突然に大爆発を起こして巨大な宇宙が誕生した。とする「ビッグバン説」が定説。誕生直後の宇宙は数兆度という凄まじい熱と光の超高温・超高密度の火の玉で、さまざまな素粒子が生まれ、バラバラに光に近い速さで飛び回るだけ。放射エネルギーに満ちた状態の混沌と無秩序の世界で物質はゼロの状態だった。やがて冷却してそこから核子を構成するクオーク・電子やニュートリノなど17の素粒子が生まれた。宇宙空間の温度が1兆度まで下がると、その中の一つヒックス粒子が他の素粒子にまとわりついて秩序を生み出した。次々と素粒子が集まって陽子や中性子になり、それらが結びついて「原子核」が生まれ、原子核と電子が結びついて「原子」が生まれ、初めての物質「水素」が誕生し、光の宇宙から物質の宇宙に転換して暗黒の宇宙になった。やがて「ヘリウム」「リチウム」「ベリリウム」の軽い元素ができ、それが連鎖して複合体を作り球体となった。その中心部で核融合を起こし自ら光り輝く恒星になって、宇宙初の「ファーストスター」が誕生。暗黒の宇宙から星々が光り輝く宇宙へ変貌し、それらに重力が働いて星々が群がる銀河が誕生して現在の宇宙のカタチができた。
●宇宙も次第に複雑になると相互関連性ができて秩序が生まれて、宇宙全体が一つの巨大な生命体のように、星々にも進化の過程で生と死の一生ができた。宇宙空間のチリやガスの寄せ集まって出来た恒星は、水素・炭素・酸素・窒素の４元素。それが何億年もたつと中心部が核融合を起こして高温高圧のプラズマ状態となって、炭素・酸素・窒素・鉄など従来より重い26の元素ができた。その後数十億年は拡大力と自重による縮小力がバランスして一定の大きさを保ち続けるが、やがて求心力を失い、超新星爆発を起こして星の一生を終える。それが宇宙空間に大量の星屑が飛散し、炭素・マグネシウム・鉄などの元素をかき集めて取り込んで新たな星の材料になり、第二世代の星「セカンドスター」が誕生した。

●このように宇宙空間で繰り返す星々の超新星爆発によって大量の元素が循環し、結合と分散を繰り返し長い年月をかけて更に新しい元素が誕生。地球上の万物や生き物を構成している元素は、宇宙という巨大な化学工場で造られ、それが彗星との衝突によって地球に運ばれてきた。宇宙はまさに元素の工場としての役割を果たしている。人間の体を科学的に分析すれば90％まで宇宙と同じ元素で出来ている。肉体はタンパク質と脂肪・水などの物質で、その細胞を構成する元素は水素・酸素・炭素・窒素・リン・カルシウム・ニッケル・鉄分から成る。人間の体は宇宙の星から生まれた元素の塊で、地球上の元素とつながる人間はまさに「宇宙人」といえる。

★世界各国が打ち上げるロケットや国際宇宙ステーションで観測出来るようになって、宇宙の限界は10の63乗米まで広がった。宇宙は唯一というこれまでの常識がくつがえり、また我々が存在する宇宙の物質世界は５％程度で、未知なる物質のダークマターが27％、ダークエネルギーが68％を占めていて、宇宙はまだまだ未知に満ち満ちている。

地球で誕生した生命の第1号は「原核生物」

●宇宙はビッグバン後も拡大を続けている。大きくなるほど重力とは反対のダークエネルギーが増え、その凸凹のある所に素粒子が集まって元素ができ、物質でき、星ができた。20億年前に、10万光年の直径を持つ「天の河銀河」が誕生。その5000億個の星々が集まった中心部渦巻状円盤のブラックホール周辺に、自ら爆発して輝く「太陽」が誕生した。太陽は巨大なガスの球体で直径は地球の110倍もある。中心部は巨大な核融合炉で毎秒6億5000万トンの水素が核融合してヘリウムに変化し、大量の光や熱エネルギーを放出している。太陽は渦巻状円盤の中心に存在し、その周辺に微惑星群ができ、水星、金星、（地球）、火星、木星、土星、天王星、海王星などの巨大惑星ができて太陽の周りを廻り始めた。地球もその微惑星の一つだが、100億年前から衝突を繰り返して直径数千キロの恒星になった。衝突するごとに水分を吸収し、広大な宇宙でただ1つ地球だけに水が誕生した。

●そして40億年前この地球上に初めて1つの生命が誕生して、生物進化の歴史がはじまった。宇宙で他の星々には水が存在しないのに、唯一地球だけに水が存在してもその元素は無機物のまま。それが深海の火山噴火口付近の熱水エネルギーと混じり合って、生命の基になる有機物が生まれ、それを1枚の膜で包み込んで初の命を持った「原核生物」が誕生した。その大きさは1000分の1ミリ程度。極小のバクテリアなど単細胞生物で、生命はこの微生物を起点として、子孫に伝えるための遺伝子の基本構造はみな同じ。絶えず細胞分裂して2倍・4倍・8倍…と爆発的に増え続ける。

●生命が誕生した40億年前の地球表面は気温は高く、太陽光の紫外線や放射線が降りそそぎ、大気にはメタン・アンモニアなど毒ガスを含んでいた。地表には酸素がなく岩石や砂漠ばかりだったので生命は育たず地上には生物がいなかった。しかし深海は太陽光の紫外線が届かないし、酸素もなく生存環境は安定していたので生物は海中で進化した。誕生した単細胞生物のバクテリアは、核を持たない単純な遺伝物質を膜で取り囲むだけ。やがて他の生物の細胞に入り込み、その働きを横取りして自分の子孫を殖やし続け、北極でも、砂漠でも、地中でも、動物の体内でも生きて殖え、地球上を微生物で埋め尽くした。およそ20万種の微生物の大多数はバクテリアで、あらゆる植物および動物に付着し共生している。

●人間の体は微生物の集合体で、自身の細胞より人体に棲みついたバクテリアの数の方が多い。腸内だけでも100兆個の腸内細菌（約1・5～2kg）がいて、免疫力や自然治癒力の役割を果たしている。腸内フローラは全身の臓器とつながって身体の健康を保持している。人間の内臓は微生物は食物の消化を助けたり、大腸の環境を整えたり、アレルギーや肥満を防ぎ免疫力を高めたりして、生態圏の中で植物の根と同じような働きをしている。腸内細菌の集合体は一つの臓器と言っていいほどに人体の健康を大きく左右し、人の食べ物の好みには腸内細菌の好みも反映し共生している。
●細菌は人間の食品や身体のあちこちに付着し、人間と共に移動して繁殖してきた。人間は昔から細菌の力を利用して様々な食品を作り出してきた。酒の麹菌・納豆菌・味噌・醤油やキムチ・ヨーグルト・ワインなど発酵食品を製造に活用して美味しく生きてきた。人間の進化の途上で数千万年前から人体には１０００兆のウイルスが入り込んでいる。人間は無菌を良しとするが、微生物と触れ合いがないと免疫力が低下し、花粉症などアレルギー皮膚炎などになりやすい。コロナなどのウイルスは更に細菌の10万分の1程度の大きさ。自ら養分を作り出す力がないので物質同然。自力で生きられないから生物と無生物の境界に位置している。子孫を残すために他の生物細胞の中に侵入し、完全に生き物になって増殖しどんな環境でも生き続ける。ウイルスは熱に弱く紫外線や薬品などで容易に死ぬが、それ以上に繁殖力が旺盛なので、到底人間が勝てる相手ではない。
★人間は近年のコロナ禍によって、細菌に対する弱さを痛感すると同時に、生物としてつながっていることをイヤと言うほど自覚させられた。

「真核生物」になり「多細胞生物」になって大型化

●地球に生命が誕生して35億年間の生物進化はゆるやか。生物は海にいるだけで大陸の内陸部は岩石や砂漠ばかり、地球の3分の1には生物がいなかった。当時の地球には太陽のエネルギーを使って、水と二酸化炭素から酸素を作り出したバクテリアだけが棲んでいた。

そこに直径400㎞の巨大隕石が落下。瞬間マグニチュード11の巨大地震が起きて1万度の蒸気雲が発生し地球全体を包み込んだ。海は300メートルの津波が起きて海水が一気に干上がり、誕生したばかりの原核生物はほぼ全滅した。30億年前に全球凍結し地球が温暖化して酸素が増えて嫌気性細菌の原核生物の生存条件が悪化。27億年前に「シアノバクテリア」が現れ、光合成を活発にしてサンゴ礁を形成し、海中に大量の酸素をもたらして海の生物は一気に多様化。酸素濃度の高低によって地上の好気性細菌と地下や海中に棲む嫌気性細菌に分かれ、生命の方向性が大きく変化した。その後誕生した「ミトコンドリア」は1000分の数ミリ程度の微生物で、体内にエネルギー代謝を行う小器官を持ち、海中に届くわずかな太陽光で光合成を行う。地球で初めて光合成によって二酸化炭素と有機物を作り、自身の命のエネルギーを自分で作り出し、自力で生きる細菌が出現して大量の酸素をもたらした。海中に地上にみなぎる酸素は生物のエネルギーの源で、酸素はいろいろな元素と結びついて複雑な分子を形成し、生命自らを組織化しながら進化していった。

●そして20億年前、そのミトコンドリアを飲み込んで二重の生体膜からなる「真核生物」が登場。細胞中で互いを利用して複雑な遺伝子が生まれ、様々な働きをするようになって一気に増殖。海中で誕生した真核生物が地上でカビなどの菌類やゾウリムシなどの小さな生き物に進化。地表に酸素を含んだ大気が覆うようになって酸素呼吸をする大型の陸上生物が増えて急速に進化した。地球のすべての動物が植物の光合成による酸素を吸って生きる動物の歴史がはじまった。

●10億年前には地球環境の変化に合わせ、単細胞同士が大きな袋の中に多数のミトコンドリアを取り込んで立体的な進化した「多細胞生物」が登場。血管など循環系ができて複雑な身体が完成し数億年もかけて多種多様な生命が誕生した。5億年前に出現した硬い骨格を持って酸素を吸う三葉虫は、①餌をとる専門の細胞、②増殖のための生殖細胞、③感覚を担う細胞などの役割を分担できる。更に体の仕組みや機能が複雑化し巨大化して、植物界や動物界にさまざまな大型生物が誕生し拡大した。

★人間は90兆の細胞で成っていて、その1つの細胞中に300個程のミトコンドリアが存在する。肝臓や腎臓・筋肉・脳などの細胞に数百・数千個が存在して、生命維持に必要な糖分を作り出している。

「オス」と「メス」が出現し「生・生殖・死のサイクル」

●地球環境が安定していた時期は、単細胞生物のバクテリアは2倍・4倍・8倍…と細胞分裂しながら幾何級数的に増殖していく無性生殖でも存続できた。地球も一つの生命体で温暖化と寒冷化を繰り返し、地下から凄まじい火山爆発をして環境は常に変化する。生き物は変化した環境での適者生存が原則で、環境に適さないものは滅びていく。単細胞生物1つの生命をコピーし分裂だけの生殖では劣化はしても進化せず、環境変化に付いて行けない。そんな弱者が生き延びるには、安全な場所へ移動するか、知恵を出して新しいカタチに生まれ変わらないと、その種全部が絶滅の運命をたどる。だから人間の体細胞は日々何千億もの細胞が、生死を繰り返し入れ替わり、新しい環境に適応している。
●地球が温暖化したり寒冷化したり生物の生存環境激変に適応するため、多細胞大型生物はオスとメスの2つの性に分かれ、再び互いの遺伝子を持ち寄り合体して優れた遺伝子を組み合わせて、新しい環境に適応できるよう複雑に進化した有性生物が出現した。「有性生物」は両性の良いところばかりを組み合わせ改良したものを受け継いで、次の命をさらに進化させて世代を繋ぎ、より進化した生物に生まれ変わる。繁殖を終えるともはや生きる意味が無いので、古い命は次なる生命を生かすために「死」が加わって、生命活動は「性」と「生殖」と「死」のサイクルを繰り返し、進化しながら永遠に生き続けるシステムに大転換。地球上のあらゆる有性生物は永遠に生死を繰り返すようになり、生まれたら必ず死ぬ運命に変わって、次第に生存率と繁殖率が高まった。菌類や植物・動物なども性の分化と死と生の繰り返す有性生殖に移行して、生物種の多様化の動きは一段と加速した。
●地球上全ての生物の生態は有性生物で、基本的に登場したメス・オスどちらかの性を持ち、双方が配偶者を見つけて結合するので、今の生命を維持するための「食欲」と、新しい自分を作るための「性欲」の2つが本能になった。すべての生き物は弱肉強食の生存競争の中で、次世代へと命をつなぐために自らを犠牲にして子を育て、敵から身を守る知恵と、獲物をとって生き残る力が付き、自立できるまで見守り続ける。命のバトンを渡し繁殖活動を終えるとあっさり死ぬ。鮭は生まれた川に戻り産卵し終わればオス・メスともに死ぬ。カマキリのオスはメスと交尾しながら頭から食べられ、産卵するメスの栄養源となって死んで行く。メスも卵を産み終わるとやがて死ぬ。ただそれだけの生涯。

●自然界にはさまざまな命が存在し、すべての命は無限の過去より生と死の営みをくり返してきた。有性生物は自分の子孫を残すための生殖本能を持ち、その繁殖に対する関わり方や性別役割分担は動物種の体の作りによって異なる。

1. 鳥類は、妊婦が空を飛ぶのは不都合だから、メスが地上で産卵し、オス・メスが協力して卵を暖めたりエサ取りをして子育てをする「一夫一妻型」。
2. 哺乳動物は、メスだけが妊娠して腹中に胎児を抱え、出産後もメスだけが母乳を与えて子育てをする。一般に動物は屈強な強いオスが複数のメスと交尾をし、オスは外敵から群れを守り、メスが狩りをして子どもを育てる「一夫多妻型」。
3. 人類は、頭脳が異常に発達し、1年ほどで早産するので母親が集中的に子育てする。哺乳類と同じく一夫多妻から出発したが、男性は女性の妊娠や出産・育児の世話を余儀なくされ、それを集団で外敵から守り、仲間と協力して食料を確保し子どもを共同保育するので「一夫一妻型」。

●有性生物はオス・メス双方の優性遺伝によって進化するので、近親相姦を避けるのがルール。植物でも自家受粉すると疾患をもった子孫が生まれるから、蝶々や蜜蜂の力を借り他家受粉の優性遺伝で生き延びる。動物はオス・メスともに交尾相手を見つけ合意を得なければ生殖できずに終わる。子孫を残せるのは体が大きく、力の強いほんの一握りのオスだけ。オスが繁殖に成功するために、自己の知力を高めたり、一芸に秀でたり、メスに贈り物をして自分の能力や甲斐性をアピールして対応する。メスはオスの外見や求愛ダンスを比較評価して強いパートナーを選び、子育てを最優先して次世代へと命をつなぐ。人間も同姓不婚の原則や配偶者選択のルールは野生動物と同じで変わらない。

●生物にとって子育ては重要な仕事で、①産みっぱなし、②メスが中心にする、③オス・メス共同でする、④オスや兄弟もする、4パターン。魚類は産みっぱなしだが、哺乳類はメスが母乳を与えて育てるのが宿命。昆虫・鳥類や野生動物でも、オスとメス両親が協力して子どもに餌を与え、一人前になるまで見守る姿は人間とほとんど変わらない。しかし生物としての親にも子育ての限界があって、オスや兄弟などが共同養育したり、育児放棄する場合もある。

カンブリア大爆発で「生物間の生存競争」始まる

●27億年前、地球中心部の磁場活動が強まり、ガンマ線が地上4㎞にオゾン層を形成した。15億年前にそのオゾン層の高度は成層圏に達して、太陽光の有害な赤外線の吸収効果を発揮。それまで深海で過ごしていた原核生物が浅瀬に移行し、地上での生命維持や発展を促進した。それ以後地球は全球凍結事変で生物の一挙全滅を3度くり返した。最初は22億年前に赤道を含む地球全体が凍結。温室効果のある二酸化炭素やメタンが失われて、繁栄していた生物が一挙全滅凍死。7億年前に赤道付近の火山噴火で全球凍結し、地球は－40度の状態が数百万年続いて陸地の氷の厚さは数千メートル、海で1000メートルに達した。

すべての生物の光合成が停止して、海の酸素は失われほとんどの海洋生物が死滅した。
●6億年前の氷河期に全球凍結したが、5億年前になって一気に回復。海の浅瀬に広大な大陸棚が出現し、藍藻による光合成とオゾン層の形成で大気中の酸素が増加。ジャングルが生まれて陸の動植物が巨大化して、「カンブリア大爆発」が起きた。数百万年の間に1万種を超える大小さまざまな多細胞大型生物が増えて、弱肉強食の複雑な生物生態系ができ上がった。細菌から動植物まで、すべての生き物の間で「食うか、食われるか」の壮絶な生存競争が始まった。小さい生物でも生きるために毎日コツコツと弱肉を食べ、それを大型動物が飲み込んで大量のエネルギーを一気に獲得する。壮絶な生存競争の中で「命あるものは、命あるものを食して、次の世代へ命をつなぐ」、勝ち残れないものは絶滅するのが自然界の掟となった。かくして全地球が巨大なレストランになって、人類は他の生物の命を奪って一本の糸でつながる食物連鎖の頂点に達した。
●カンブリア以後、地球上の生物の種類が爆発的に増えた。草木の間でも日光を求めて背の高い樹木との間に熾烈な背伸び競争を展開。砂漠のサボテンは全身のトゲで蓄えた水を守る。樹木は昆虫や鳥からも攻撃され被害を受けるので、ヤニなどを分泌して侵入を防ぐ。昆虫は天敵に食べられるリスクが高いので、頻繁に発生して短い世代をつなぎ合わせて子孫を残す。ミツバチは、餌を集める働きバチ、外敵から巣を守る兵隊バチ、卵を産んで繁殖行為をする女王バチと、それぞれの個体が役割分担をして、互いに競争と協力をして生き残る。魚類は身を守るために頭から目が飛び出し、体全体を鱗で覆って防御態勢を整えた。体の小さい軟体動物は毒針や棘や牙・角などの武器を持ち、大型動物は他種を攻撃して捕食するため大きく開く口と顎、脚や脳を持った哺乳類が登場した。

●昆虫などの幼虫がエサのない冬を乗り越えるのは容易でない。昆虫や鳥などの繁殖行動はエサの豊富な春から初夏において行われ、寿命はほとんど1年以内。セミは夏しか生きられないから春や秋を知らないし、春夏秋冬全ての季節を体験する生物は少ない。すべての生物には、自分が生きるためにエサを獲る攻撃性は本能としてある。生きている生物の背後には捕食者がいるので一瞬の油断が命取りになる。昆虫や魚なども何かに似せて擬態を演出し自分の弱みをカバーする。動物の世界ではより注意深くより足の速いものだけが生き残る。シマウマの子は生まれて数時間で立ち上がり、しばらくすると飛び回る。そうでないと肉食獣に狙われる。食べられ易い小さな動物ほど寿命が短く、食べる大きい大型動物ほど長い。昆虫の寿命は1年・ネズミは3年・ヒツジは20年・人間は80年と生物の中でも寿命が長い方。体長が30米のシロナガスクジラは外敵がいないから80年～１２０年と1番長く生きる。

★野生動物は自分で餌を取れなくなったら他の動物の餌食になって死ぬ。人間のように寝たきりになり食べられなくなっても、他人の世話になって老衰するまで生きる動物は他にいない。

地球環境の変化で「生き物大量絶滅」の繰り返し

●地球上でさまざまな生き物が一挙に激増したカンブリア大爆発以後も、2、3億年ごと活発な火山活動による地殻変動が起きた。地球全体が寒冷化して巨大な雪の塊となって多くの酸素を消費する大型生物はほぼ全滅。それでも氷河の下は水だったので、一部の生物はそこに移動しこの危機をくぐり抜け生き残った。氷河が溶けると新しい環境に移動し適応して一気に次の世代の主役になった。地球は生き物に対して常に優しいだけでない。以後も火山噴火で巨大な隕石が落下して、地球上の森の半分を焼き尽くし、大気はカラカラに乾き海水は酸性化し大きなダメージを受け大量の生命を奪った。その後5回も地球環境が激変して生物の大量絶滅を繰り返し、その後もさまざまな生命が登場しては一気に消えていった。

1回目は4億4000万年前で、生物種の85%が絶滅
2回目は3億6000万年前で、生物種の82%が絶滅
3回目は2億5000万年前で、生物種の95%が絶滅。史上最大の生物大量絶滅
4回目は2億年前で、生物種の76%が絶滅
5回目は6500万年前で、生物種の70%が絶滅

●宇宙における地球は21・5度傾き、惑星同士の引っ張り合いで楕円形に回転しているので地球の周期的に温暖化と寒冷化を繰り返している。3400万年前から気温変動サイクルは寒冷化の末期で、次第に地球が温暖化して北極の氷が溶けはじめ、大気が乾燥し二酸

化炭素が増え動物が小型化する。逆に減少すると寒冷化して大型化現象が起きるなど、絶滅と進化は紙一重。地球上の生物は初めはか弱い存在だったが、数々の逆境において鍛えられて驚くべき能力を発揮。周りの世界を破壊したり作り変えたりして逆転を繰り返し進化してきた。

★我々生き物も地球変革の一端を担ってきた。地球の進化と生物進化の同時進行によって、初めカオスだった地球を数十億年かけて、今の形の地球の生態系を作り出した。

海中からまず藻類が上陸して「植物に進化」

●生命は30億年前に誕生して進化を続けてきたが、生物にとって安全な場所は海中ばかりで陸上に生物はいなかった。5億年前に氷河期が終わって、地球は再び温暖化して氷河が溶けてはじめた。海中では多細胞生物の大型藻類が発生し、水中植物の生命進化は第一段階に入った。4億8000万年前に、海岸近くのコケ類やシダ類など海中植物が陸に上がり始めた。地中深く根を伸ばして水を吸い上げ、空中に葉を広げて太陽光と結びつき、大気中の二酸化炭素を吸収し酸素を吐き出す光合成によって、自身の栄養を自分で作るようになった。やがて水辺の湿地帯で仲間を増やして草原となり、寒帯に針葉樹・温帯に落葉樹・熱帯に常緑樹と環境に合わせて仲間を増やし、巨大な森林を作って地球全体に広がって陸上植物の先祖となった。同時に大量の酸素を作って空気中に放出し、動物たちの命を支え共存して、地球を豊かな生命を産み育てる星に変えた。

●今や植物は40万種あって陸の王者。植物は根付いたところから動くことができない、ものを言わない、動物のような脳を持たないので鈍感な生き物と思っているが、人間が思っているよりはるかに賢い知的な生命体。地上でのきびしい生存環境に適応して生き残るために蜜や果実で周りの動物を動かす知恵を発揮し、その連鎖によって植物全体が存続し続けている。「松ボックリ」は地面に落下すると、クルクル回って種が飛び出し、風に乗って運ばれ芽を出す。「サボテン」は動物に食べられないようトゲで防御し、厚い皮で水分の蒸発を防ぎ、夜の急激な冷え込みから身を守る。二輪草は二つの花の開花時期を少しずらして受粉する確率を高めて世代送りを確実にする。その植物的思考の一つ一つは人間の思考のあり方とそっくり。

●クロマツ・スギなどの針葉樹は、冬に向かって葉の糖分やビタミン増やして気温がマイナスでも凍結しにくくする。20年ごとに役に立たなくなった葉を自ら落としてよみがえる。これら針葉樹は種子と花粉を風で飛ばして増殖する。シイ・カシなどの広葉樹（落葉樹）の葉は、秋になると葉緑素の製造を止めて落ち葉となって積み重なり、そこに、林床細菌が繁茂し、その死骸が泥炭となって次の木々を育てる。常緑樹と落葉樹は競争だけでなく、季節ごとに地中で養分を補い合っている。互いに地中から養分を吸収する根の先には菌糸がいてコミュニケーションしながら繋がっている。青虫に葉をかじられたら菌糸が毒物を出し危険を伝え、日当たりが悪ければ地中から吸い上げた養分と、地上で光合成した養分と交換し、人間のようにお互いに助け合って共生している。

●草食動物は植物の葉や幹や根を食べ生き、大型動物はその動物を食べて巨体を形成し生きている。また呼吸は植物が光合成で大気中に放出する酸素によって生命が維持されている。また人間の衣食住のすべての生活は植物の上に成り立っている。植物の薬効成分があり全ての病気の治療薬や、神経痛・リウマチ・呼吸器疾患の漢方薬や生薬の原料。人間にとって植物は家の建築・家具・楽器・スポーツ用品の資材で、また日常生活のエネルギー資源としても欠かせない。

★日本は気候が温暖で四季それぞれ花が咲く。人間はその花の美しさに癒されて心豊かに暮らしてきた。人間より長生きするのは樹木しかない。日本には風雪に晒されながら忍耐強く生き抜いた1000~3000年を超す巨木が各地に存在する。その姿が人々にパワーを与えたりして人間の霊性進化に貢献している。

続いて「脊椎動物元祖の魚類」が続々と上陸

●5億年前海底に顎のない原始的な魚ナメクジウオが現れた。当初はまだ背骨がなく自由に泳げなかったので、泥の中の有機物を食べていた。やがて開閉自在の口と歯と顎骨がある魚類が現れて小さな餌を捕食するようになった。そして4億5000万年前背骨を持った軟骨魚類に進化し硬骨魚類が出現し一気に大型化。これまで細菌と藻類だけだった海に魚が泳ぐようになった。魚類が背骨を持って頑丈な体を作り、きちんと運動できるようになって行動範囲を大きく広げた。4億年前に陸に上がった時の地球は温暖期で、生き物の生命維持に適して大繁殖。しかし寒冷期の大地はカラカラに乾いてほぼ全滅。生き物はこのような地球環境の大変化に度々遭遇したが、遺伝子を組み換えたりして新種を産み出して多様化しながら生き続けてきた。

●食うものと食われるものと弱肉強食の世界で、透きとおった青い大海には魚の隠れ場所がない。体の小さい魚は小さい卵を大量に産んで、大海にばら撒いて生存率を高めた。体の大きい魚は大きい卵を少なく産んで生存率を高めるよう進化したので、メスの体はオスより大きい。大きな口・顎・牙など武器を持たない弱い魚は、天敵の多い大海から離れて沿岸の浅瀬や、海水と淡水が混ざり合う塩分濃度の低い河口へと移動し、岩の隙間など隠れる場所へと移り住んだ。現在の川や池に棲む魚はその弱い魚類の子孫たちだ。

●やがて外骨格を持った単体節の無脊椎動物が誕生した。さらに体節ができその一つずつが背骨の連なる脊椎動物へと進化。体内に体を支える硬い背骨を持ち外界の変化を神経細胞によって筋肉に伝え、反射運動により環境に適応できるよう体の仕組みや運動能力が発達した高等な脊椎動物の魚類へと進化した。身体を支える硬い背骨を持った魚類の登場は、その後すべての「脊椎動物の元祖」となった。人間の顔は元々魚の鰓腸（サイチョウ）という内臓器官の一部が外界にさらけ出たもので、背骨も魚と同じで今日人間が直立歩行できるのもこの時期の魚類進化のおかげ。

●魚類の体は泳ぎに適した流線型になって水平に泳げるようになったので、一気に増えて生存競争が激化。それがきっかけで魚類の陸上生活に向けての形態変化がはじまった。生物の体は半分以上が水分だから陸上では手入れしにくく、水分を失えば死ぬ生物にとっては極めてきびしい環境。元々海で誕生した生物である魚類が陸上で生活するには、さまざまな身体機能の改造を必要とした。

1. 身体の水分維持と乾燥の防止／体の大半が水分である魚が陸上で生活するのは危険。また空気は海水より熱しやすく冷めやすいから、安定した体温を維持するために、外側全体を毛皮や皮膚で覆って大気による乾燥を防ぎそれを硬い背骨で支えた
2. 姿勢の維持、歩行／海では流れに乗る方が移動しやすいが、陸上で歩行には水中の10倍のエネルギーが必要。陸上で重力に耐えるため、腹や胸のヒレが硬い骨になり、筋肉がつき、関節ができて手になり、重い体重を支える足ができた。軟体動物は動けずにこの時期に消滅した
3. 食物の入手と消化方法／陸上のさまざまな食物を噛み砕くには、歯と顎と長い腸が必要。魚類の腸は身長と同じだが、人間は腸を身長の5倍に伸ばした
4. 呼吸の方法／窒素代謝物の処理は海中の方がしやすいが、酸素の入手は陸上の方が有利。そこでエラ呼吸の浮き袋を肺へと進化させて、空気中で肺呼吸できるようした
5. 生殖と子孫の分散の仕方／水中の方が容易だった

●魚類はこれらの課題を1億年かけて進化を成しとげて、4億年前に陸上へ進出して生物の水中生活に終わりを告げた。魚類は人間にとっても大切なの先祖さま。なのに人間の先

祖は猿とは知っていても、もう一つ前の先祖は脊椎動物の魚類だと知る人は少ない。★生き物の最初は海中の魚類からスタートし、それが陸に上がって爬虫類や哺乳類へと進化して、最後に誕生したのが人間。人間の体の80％は水分で、水分だけでも1週間は生きられる。だが塩分を摂らないと体調不良になる。血液の塩分濃度がほぼ海水と同じなのは、人間は元々海中動物であった証拠。

水陸の両方で生きる「4本足・両生類」も登場

●3億7000万年前、植物と共生する昆虫が繁殖。昆虫は生物種175万種のうちの1００万種を占め、人間と共に地球のもう一つの主人公。植物のメシベ・オシベの花粉を運んで共生し、不毛の大地を緑豊かな大地に変える先導者。人間は内骨格だが、外骨格の昆虫は木の葉や土の中で生まれ、完全変態し羽根を持って空を飛ぶ。小回りの利く羽根で環境に適応し、2億年前から鳥より先に空を飛ぶようになって、世界の隅々に存在する。昆虫と植物は上手に協力し共生し子孫を増やしている。「スミレ」は種にアリの好きな種沈を付けている。それを巣に運んで食べさせ外へ捨てさせて、さまざまな場所で繁茂している。アリのいない時期には自家受粉して子孫を残すバックアップ体制まで出来ている。陸上で育ち始めた草や木は、花や蜜で昆虫を呼び寄せその体に付着したり、果実を食べさせてフンの中のタネを遠くまで運んでもらい生育範囲を広げる。この生きるための知恵は世代を超えて受け継がれてきた。昆虫はそんな戦略を知らないまま、花粉や種を食べたり運んだり共生しながら進化してきた。人間は環境を破壊しながら生きてきたが、昆虫は短命で多産で、動物の餌となって生命の進化を支え地球自然環境を保護してきた。
●やがて強力な顎をもって魚類が上陸。昆虫をエサとして捕食し水陸両方で生活する両生類が現れた。「両生類」とはカエルのように内臓を肋骨で守って肺呼吸を行い、水中でも陸上でも活動可能な体を持っている。幼生期は水中で「エラ呼吸」を行い、成長すると「肺呼吸」に切り替わる。4本の肢を持った脊椎動物でも皮膚は粘膜に覆われて乾燥に弱いのでのろのろ歩く程度。ほとんど水中で生活するが泳ぐのもあまり上手ではない。卵は殻を持たず水中でしか産めないので水辺で生活する。元々が冷血動物なので体温を保つ必要がない。この時期に上陸した魚類の4つのヒレが両生類の足に進化して、やがてヒレが足に変わって体を支え移動能力を高めその後4つ足の動物に進化した。両生類は上陸当初は水辺を離れて生活できなかったが、次第に陸地生活に合わせて皮膚が硬くなり、乾燥にも強くなって半分は水中生活し、半分は陸上で生活するようになった。外温に合わせて体温を変える変温動物なので、夏は冷たい場所へ移動し、冬は気温が下がれば冬眠するので、何も食べずとも1ヶ月は生きられる。
●そして両生類から進化したカメ・トカゲ・ワニなどの「爬虫類」が現れた。幼生期から肺で呼吸し、4つの足で体を支え歩く四肢類へと進化し、初めて完全に陸地だけで生活できる動物になった。爬虫類は体表を硬いウロコで覆って体温を保つ恒温動物。体温が高いほど素早く行動できるから、4本の足を持った爬虫類は全てにおいて有利になり、陸上で昆虫などを食べる肉食動物になった。だがエサが捕れない時は植物を食べるので歯形が変わり、消化のために胃腸が長くなった。爬虫類のほとんどは卵生だが胎生の種類もいてそれが進化して「哺乳類」が誕生。その4本の足は人間の2本の手と2本の足へと進化して人類の先祖になった。

●動物は生命力というエネルギーを蓄える体を持っている。チョウもカエルもイルカも、トラやヒトもすべての動物の体は左右対称で、静止している時は完全秩序・完全調和の状態を保っている。その姿は孤独で退屈だから、刺激と変化を求めて対称性の自己崩壊を起こす。そこに動と静が、苦と楽が、善と悪が生まれると、再びバランスをとって元に戻る。動物はこの運動を繰り返し、学習によって経験を積み外界の変化に適応している。

●厳しい生存競争で如何なる生き物も、生きるためには食料を確保しなければならない。命あるものは命あるものを食してつながり、互いに関わり合い依存しあって生き、次の世代へと命をつなぐために、①獲物を獲得するために動植物を殺して食べ自分が生きる知恵と、②親は自分を犠牲にしても子どもが育てようとする、人間と同じ慈悲の心が同居している。また弱肉強食の中で外敵から逃れ生き残るために、相手にウソを吐いて騙すのは人間だけではない。昆虫やカエルはハデな模様で偽装して身を守り、千鳥は我が子を守るために千鳥足になり、ケガをしたフリをして外敵の目を逸らす。シジュウカラは、カラスやヘビなど外敵の襲来を知らせるため、80種の鳴き声を使い分ける。カラスなら巣の奥へ逃げ、ヘビなら巣の外へ逃げるなど対応の仕方が異なる。

★人間の肉体構造の大半は爬虫類の体の修正版そっくり。頭脳も爬虫類の脳を核として構築されている。

陸に海に空に「3000万種の生物圏」が広がった

●今日の地球には3000万種のさまざまな生き物が存在する。地下に、陸上に、海中に、天空にそれぞれ巨大な生物圏を形成し、微妙なバランスを保ちながら共存している。細菌など原生生物は1000万種、植物は40万種、昆虫は100万種、哺乳類は6000種、霊長類は180種、人類は1種。地中にはミミズ・もぐらなど様々な微生物がいて、地上には花や木などの植物やバッタ・ネズミ・サル・ライオンやイヌ・ネコ・人間などの動物がいる。海にはイワシ・タイなどの魚やイルカ・クジラ。空には、蝶・トンボ・ワシなどが飛び回り共生している。

●それぞれの生物は自然環境に適応し、様々な物質を外から取り込んでエネルギーを生み出し、自分で自分を作り、自分を成長させ、自分たちの種が絶えないよう子孫を作って生き続けている。生き物は同じ1つの先祖から進化してきたので、遺伝子はみんな同じDNAから出来ている。その共通点は、

1．生き物は、すべての細胞が寄り集まって特徴ある形をしているので、一見すればそれが何物か分かる。表面全体を細胞膜で包み込み、外界と遮断し1個の体を形成し、自分と、自分でないものを区別する力を持ち、外的状況を観察して自分の思い通り

になるもの、ならないものを区分し、評価して主体性をもって行動する力を持っている

2. 生き物は、環境変化へ適合するためいつも外界から情報を収集し、何かをしようと揺らぎながら動的平衡を保っている

3. 生き物は、自分の身体を形成する物質はいつまでも同じであり続ける。感覚器官で絶えず外界から刺激を受け、大きくは変わらないが小さく変わり続け、変化しながら同一性を保っている

4. 生き物は、その細胞一つひとつに穴があり、開閉して外界からエネルギーを自分の中に取り込み、それを活動エネルギーに変えて物質を代謝して自らを構成し続けている

5. 生き物は、自分のＤＮＡを持ち、それをコピーして自己複製し、自分を増やす力を持っている。それを繰り返しながら少しずつ異なっていき、同じでありながら異質なものに進化していく。体の小さいものほど寿命が短いが、進化のスピードは速い。

★人間も生き物の一種だから、これらの生物と全く同じ機能を持って生きているだけ。万物の霊長などとあまり自慢しない方がいい。

哺乳類から進化した「霊長類のサル」が地上に

●恐竜が絶滅した後、海底の大規模な火山活動で、地球は再び温暖化し氷河が溶けた。地

球は温暖な地域と寒冷な地域の2つに分かれ、陸海の生物はその場に適応して大きく姿を変えた。海中には脊椎動物に進化した魚類が、陸上には両生類・爬虫類・鳥類・哺乳類が地球上の空白を埋めるようにほとんどに進出した。中でも地中に棲んでいた「トリナクソドン」が生き残り、2300万年前頃から急速に進化し、多様化し、大型化して新しい地球環境に対応して哺乳類の時代を招き寄せた。

●有性生殖の生物が子孫を残す方法は、卵生と胎生の2つに分かれる。「卵生」は一つは海中生物の魚類のように一度に何十億もの精子と卵子を撒いて卵を産む。不安定な環境では小さな卵を多数生む。ニシンはメス一匹で10万個の卵を産む。子どもは卵の中に貯蔵された栄養を吸収して生まれるが、生存競争に弱いのでごく一部しか生き残らない。安定した環境では大きな卵を少数生む。鳥類は大きな卵の受精卵を卵殻の中で育てる。もう一つは陸上生物の哺乳類のような「胎生」で、子どもを少なく産んで確実に子孫を残す。哺乳類はメスの胎内で育ててから産み落とすので妊娠期間が長く、生まれた後も母乳を与えて育てるので、1回当たりの産子の数が少ないが、死亡率は低く寿命も長い。

●哺乳類は1億2500万年前「有袋類」と「有胎盤類」に分かれて進化した。「有袋類」はカンガルーのように、産んだばかりの未熟な胎児をメスのお腹の袋の中で育て、子どもを残す。「有胎盤類」は、メスの胎盤の中で胎児をかなり大きくなるまで育て、出産後はオス・メスともに子育てをする。自己犠牲を払いながら子どもが自立するまでは徹底的に面倒をみて子孫を確実に残す。胎生動物の哺乳類は1回に産む子どもの数が1~数匹程度で、子どもの数が少ないほど母親と子どもは強い絆で結ばれる。メスは優れた子どもを産むためにオスの遺伝子をえり好みする。交尾相手のメスを巡ってオス同士がメスを巡って命を賭して壮絶な戦い、勝利した強いオスだけが子孫を残せるルールとなった。

●霊長類の「霊」とは不思議な力を持ち、「長」とは動物の頂点という意味で猿や類人猿・人類をいう。霊長類は昼間は樹上に住み、恐竜が地上を支配していた間は夜間中心に活動していた。８５００万年前頃、地球表面は温暖化によって縦に伸びる「針葉樹」から、枝がヨコに広がる広葉樹が増え、地上と天空の中間に巨木な枝が交差する第3の「樹上の生活圏」が誕生し、そこで生活する「霊長類」が出現した。地上と比べ樹上での生活は、

1. 広葉樹は毎年栄養豊富な果実をつけるので、食料を安定確保できる
2. 樹上に大型肉食獣の脅威が及ばないので、牙や角がなくても安全に生活できる
3. 木の枝を握っていた前足が手となり、自由に動く5本の指で道具を作り出した
4. 安全な樹上から地上を見下ろして鳥瞰し、客観視できるので脳が大きく発達した

●霊長類の特徴は両目が顔の正面にあり、立体視できるので遠近感が掴める。手に5本の指をもち、すべての指の爪が平爪で親指が他の4本と対向して物を掴むことができるので、樹上生活において木から木へと容易に移動できる。恐竜の絶滅後は昼間型生活に変化したので、赤・青・黄の3色型色覚を取り戻し、熟した果実を見つけるのが容易になった。特に人類は他の哺乳類より大きな体と器用な手と、大きな脳を持っているので多くのエネルギーが必要。草木や果実や昆虫など雑食化して、何でも噛める歯と、大きな胃と、ゆっく

り消化する長い腸を持つようになった。２５００万年前に人科と尾長猿に分かれた。１８００万年前頃に手長猿に分かれ、１０００万年前にゴリラ族に分岐し、５００万年前に人間は猿から離れ、20万年前に現生人類のホモ・サピエンスが登場した。
★匂いの種類は10万種、嗅げる匂いは1万種。嗅覚は生命のバロメーターで、そこにはいろいろな情報が詰まっている。犬は人間の１００倍を嗅ぎ分ける力を持っているが、人間は目や脳が発達したのであまり嗅覚を必要としなくなり、嗅覚の受容体遺伝子は３９８にまで退化した。

類人猿が2足歩行を始め「火」と「道具」を利用

●７００万年前、アフリカでチンパンジーと分かれ、最も進化した生物種の「類人猿」が現れた。今でも人間とチンパンジーの遺伝子は99％同じで、人間の顔にはチンパンジーと同じ表情筋がある。顔と顔をすり合わせると瞬時に相手の気持ちを読み取れ、ある程度距離をおいても相手の気持ちを読み取って行動できる。ただ人間の顔の表情筋はチンパンジーより10％ほど多いので、喜怒哀楽の表情を豊かに表現できるし、白目を使って誰を見ているか視線の方向を示し、仲間との絆を強化して争いを回避できる。
●４００万年前に地球は再び地下マントルが噴出して、雨が降らず乾燥化が進んで森林が無くなった。類人猿は樹上での食べ物が無くなったので、地上に下りて直立2足歩行をはじめた。地上は広大な草原は草食動物とそれを食べる肉食動物の世界で、牙もなく足も遅い人類は恐ろしい肉食獣に食べられるリスクに満ちた所。それでも人類は前足の親指が長く木の枝を握ることができた。370万年前にその前足が自由になって手に進化し、石器のオノや弓矢など狩猟道具を作る能力を持った「ホモ・ハビリス」が登場。はじめは肉食動物の食べ残した死肉をあさり、石器で砕いた骨の骨髄を食べていた。やがてウサギやシカなどの草食動物の追って狩りを始めたので、体毛も無くなり汗をかいても体温を下げられるようになった。邪魔になる尾がなくなった。広大な草原をかけ回って後足が長くなり、背骨が強化されて人間だけが地上で42kmのマラソンを走れるようになった。

●200万年前に原人が、60万年前にネアンデルタール人が現れ、20万年前にホモ・サピエンスに進化した。火を発見し使用して暖を取り、夜間は火の明かりで猛獣を遠ざけ夜の外界を支配した。石器で肉を細かく刻み火で煮て食べるようになって、何でも食べる雑食化が進んだ。歯の力が退化して噛む力が弱くなったが、顎が縮小したので呼吸を制御しながら大きな声を出し、舌を上下前後に動かして言葉を使用し、物事を客観的に捉えて自分の思いを表現し、時間や空間を超えて遠隔コミュニケーションが可能になった。また腸が短くなり胃は同じ体重の哺乳類の30％に腸は60％に縮小した。咀嚼に費やす時間は1／5に短縮し、消化に費やすエネルギーも10％ほど減少。デンプンをブドウ糖に変えて多くのエネルギーを筋肉に蓄える様になったので、多量のエネルギーを消費する脳の、小さかった大脳皮質が大きくなって脳の思考能力が高まった。

★人類は道具の発明によって、生きるために必要な狩猟・採集が少ない労力でできるようになった。道具を使い農耕が進むと余剰生産物が生まれ、その蓄えの格差が発生。それまで平等だった社会が階級社会に移行した。

「言葉」と「文字」と「頭脳」を使って進化を加速

●500万年前の類人猿の脳容積は500㎤と今のチンパンジー程度。190万年前に肉食を始めて900㎤となった。度々の地球環境の変化が人間の脳を発達させ、20万年前のホモ・サピエンスの脳は1500㎤となった。人間の脳の大きさは妊娠3週間目の胎児で魚程度。6週間目で脳神経の細胞ができ始め、8週間目で両生類ほど、出産直前でゴリラくらい。チンパンジーの母親は何時も子どもを抱いているので乳児は泣かない。だが人間の母親は時々子どもを置いて何処かへ行くので、人間の乳児は大声で泣き叫ぶ。言葉以前の泣き声は感情表現の手段で、それが人から人への思いを伝える言葉となり情報伝達の手段へと進化した。人間は4歳を過ぎると頭脳がどんどん発達してくるが、チンパンジーはそこで止まるので、自分を客観視して相手の立場に立てる能力がなく、争いになってボスが力で支配する。群れを守るオスの世界は下克上で強さを失ったら追い出されて死ぬ。

●動物一般は情報を伝達するのに超音波を使う。哺乳類は外敵に遭遇した場合、その情報を目や耳で捉えて身を守ったり、獲物を捕獲する時の危険を警告するために声を発する。人間も同じように声を使って意志を伝えていたが、7万年前頃から言葉を使うようになった。そして意思を伝える言葉を考え、順序立てることで脳を発達させ、仲間と連携して行動するようになった。集団が大きくなって人間関係が複雑になると、脳の記憶容量が増えて更に脳が大きくなり、複雑な言葉を使って考え方を共有するようになった。そして時間も空間も超えた所から自分をみて反省し、自分のあり方を考え言葉にしてネットワークを作るなど、人間を人間たらしめる頭の機能ができ上がった。

●遺伝子は人間を知るための入り口。ミジンコの遺伝子の数は３万１０００個、なのに万物の霊長である人間の遺伝子は２万１０００個で、その70％程度。生物は肉体の遺伝子を通して次世代が受け継ぐので、進化には長い時間を必要とする。人間は体内の遺伝子とともに、頭脳に蓄積した知識や技能や技術で形成した文明や文化を、言葉や文字を第２の遺伝子として活用して、即、次世代に伝えて人間の進化を加速させた。そして言葉を使って心を伝え自他の行動の是非を判断する理性を生み出して、人間社会に良心や道徳観念がめばえた。人間は言葉を操って想像の翼を広げ、文字によって言葉が届かない遠くの人、時代を異にする人々への意思疎通が可能になった。脳による抽象的思考で人間精神の覚醒を起こしてすべての生物を支配し、自然界の外に出て特別な人間世界を作るようになった。

●人間は夫婦単位で住居を作り、5~10人の家族が集まって集落を造った。仲間と協力し集団行動をするようになって連帯感が生まれ、他の霊長類とは異なる特性を身につけて、単なる動物の世界から決別した。人間は言葉を使って競争しても共倒れしないようルールを作り民主主義をという秩序を創り出し、互いに解り合い助け合って生活する１５０人前後のコミュニティ社会を形成。そして地球上で体験した物事を言葉や文字で表現して、互いに競い合いながらも智慧を出し合い、社会を構成して秩序を作って集団で協力。上下関係を認識して集団の秩序を保ち、群れの生活から仲間と協力する習慣を身に付けて社会生活に移行。さらに同じ神を信仰し同じ宗教を持つことで、不安を和らげ「思いやりの心を持つ人」となった。人々の繋がりをより広くより強固にし、限界とされた500人を超えて都市社会を作るようになり、強い団結力を発揮し人類の大進化がスタートした。

★人類1万年の歴史のうち、言葉を使い記憶力に頼った伝承によるあやふやな歴史を「先史」という。6000年前に文字を発明してモノに名前を付け、2000年前からそれを記憶し、記録として保存できるようになって「文化」が生まれた。「文」に「化」し後世に文字で正しく伝えられるようになってからの歴史を「有史」という。

人類は群れる動物から「ルールある社会」へ進化

●哺乳類は自分との血縁関係が近いほど自己犠牲もいとわず、危険や負担の大きな利他行動をとる。オスのボスを中心に群れをつくり集団生活をする。メスや子どもを保護し1日で動き回れる範囲の縄張りを作り、食と性を確保するために戦う。サルなど霊長類社会で群れのボスを決めるルールは、ボス同士の先見的優劣で争う。親から優秀な遺伝子を受け継いだオスは、力強い表情を顕示して他を威圧し、弱いオスは媚びる表情をして身を引く。繁殖に対する関わり方は一夫多妻型で、体力のある大きいオスが複数のメスを従えて交尾する。一般にオスは体が大きくメスの体は小さい。配偶者をめぐる生殖競争でも体が大きく力が強く逞しい方が有利。屈強なオスだけが独りじめして多くの子孫を残す。動物一般は無垢だから食物を探し、食べて、寝て、交尾して、殺し合ったりしても自由で許されるが、進化した霊長類はそれを堕落と感じ、家族や血縁集団を守る秩序を優先する。

●動物一般はただ自分の得になることをして群れるだけだが、人間は集団で社会を作り、自分の利害を離れて利他行動ができる。霊長類のオスはメスを巡って争うより子育てを協力しあうように進化。食物の生産作業を共同で行って食糧を共有し、平等に分け合い助け合う習慣を定着させた。人類もはじめ一夫多妻型から出発したが、力あるオスがメスを独占しては家族が維持できないから、家族内に閉じ込め一夫一妻をルールとして平等化した。神が定めた律法にも、人間が大きな罪を犯さないよう一夫一婦制の厳守と近親相姦の禁止原則を規定。父が娘と交わる、自分の姉妹と交わる、隣人の妻と姦淫する、生理中の女と交わる、動物と交わることを禁止するなど、人間のあり方を明確にして基礎を固め、食物と性ルールを確立して、動物から人間社会への一歩を踏み出した。

●哺乳類はメスが排卵する毎年決まった時期に交尾する。人類は生殖において争わない「一夫一妻」の血縁関係を中心にして家族を持ちながら、共同して行う狩りを最優先するために意志の力で性欲を抑制。その結果一年中が発情期になり哺乳類の中で最も数が増えやすい生き物に進化した。人間の脳は異常に大きく発達して未熟児の状態で産まれてくるので、母親は出産後も子育てに手間がかかる。そこで人類は仲間との強い絆のもと、自他の利益を考え合わせ、親以外の大人たちが母子を保護し、育児、食事、教育をサポートする共同体を結成。他の動物との違いを鮮明にして、今日の人間社会の輪郭を作り上げた。
●人類は1万2000年前から食物を栽培し牧畜をはじめてそれまでの狩猟採集から脱した。生活が安定して人口が急増し、住居は一定の土地に定住化するようになって共同体が誕生した結果、人間の食と性の生活における行動は、他の哺乳類と較べ根本的に変化した。

1．哺乳類は食物を自分だけ独占して食べるが、人間は食物を平等に分配して食べる
2．哺乳類は皆の前で性を行うが、人間は性の営みを隠れて行う
3．哺乳類は保護をボスが行うが、人間は保護・教育のルールを決めて共同体で行う

●人口の増加と共に生活単位が個人から夫婦、家族へ共同体へと拡大し、集団生活の意識やルールが変化してきた。人間がまだ猿の時代に「共感」が芽生え、類人猿の時代に「同情心」が萌芽し、ホモ・エレクトスになって生活範囲が70人ほどの小集団になって「絶対的対等性」へ。そして150人ほどの共同体を単位とした行動領域重複になると「優劣順位による共存」へ移行。さらに数千人の大きな集団を作るようになると貧富の差が生まれ階層社会なって「条件的平等」へと進化。その結果仲間の視線を受けて恥の意識が発達した。やがて神秘な体験で結びついて宗教が生まれると集団の結束が強固になり、数十数百キロも離れた人と人をも結びつけ民族や国家レベルに拡大した。
★人類は狩猟採集社会では食料を求めて世界中に広がった。そして1万2000年前に農耕牧畜社会になって定住した。余剰生産物ができ蓄積が可能となり、それを個人が所有するようになって貧富の格差が生まれ、人間が人間をも支配する王国が誕生。そして価値観

や利害の対立から国家同士が戦争し、知らないもの同士が殺し合うようになって、人類は罪の意識で悩むようになった。

現人類の先祖「ホモ・サピエンス」だけが勝ち残る

●現人類先祖のホモ・サピエンスは、20万年前にアフリカで誕生した。16万年前、地球全体が氷河期になって乾燥し一切の食べ物が無くなった。好奇心旺盛なホモ・サピエンスは未知の食物である貝を食べ困難を克服して生き延びた。10万年前に地球の気温が10度下がって極寒の氷河期になった。6万年前、地球は再び寒冷化してアフリカの大部分が砂漠化したので大方の草食動物が死滅した。「旧人」とも呼ばれる「ネアンデルタール人」は、いち早くアフリカ北部を出て中東を経てヨーロッパ北部まで進出した。体格は大きく肌は白く鼻が大きい。舌や声帯が未発達で複雑な言葉が話せなかった。肉食中心で強靱で屈強な肉体を持ち、5~6人の家族単位・血縁関係で暮らし、男女総出で狩りに出て、マンモスなどの大型動物を狙う狩猟者だった。狩りは長い槍を用い力でねじ伏せる狩猟法だったので死亡者が多く平均寿命は30歳程度だった。

●「新人」と呼ばれる「ホモ・サピエンス」は、体格は小さく骨が細く虚弱な体質。頭が大きく賢く複雑な言葉で情報を共有し、互いに協力しながら集団生活を営んでいた。各人さまざまな道具を持ち、みんなでアイデアを出し創造力を発揮して技術力を高め次々と新しい道具を開発して、ウサギ・シカなど小型動物を効率的に狩りする組織的行動を得意とした。第1波の後を追ってアフリカ南部から砂漠地帯を北上して中東からヨーロッパへ。その途中で1つのグループはインド・東南アジア・中国を経由し極寒の北極圏へと向かった。動物の心を読み取り石のヤリやワナを作って狩りをしながら北へ北へ向かった。トナカイの骨で作った針で皮を縫い合わた防寒具で寒さを克服し、シベリアからベーリング海峡を渡って北米へと移動。1万2000年前には南アメリカの先端まで到達した。出アフリカ以後2つのホモ・サピエンスグループ共に離合集散が激しく、集団規模は拡大と縮小を繰り返した。旧人のネアンデルタール人と新人のホモ・サピエンスは中東付近で競合した。結果は集団規模が大きく知識を蓄え技術革新が進み、超越的な宗教で秩序を高め組織力に優れたホモ・サピエンスが勝利し、それまで数千人だった人口は一気に2万人を超えた。

●人類は優れた環境適応能力があり、危機的状況においても進化し続けてきた。個人の欲望を抑制して血縁家族関係を超えて共同で子育てしたり、皆んなで歌い踊り芸術や宗教を共有する共同体を構築。地域の気候風土へ生理的に適応する過程で、肌の色は大きく3つに分化し、肌や髪、顔付きや体の大きさも異なり、部族間の言語や習慣・文化などの違いが大きくなった。

1. 白色人種（コーカソイド）／ヨーロッパに向かった集団は、日差しが弱く寒いので背が高く肌は白い

2. 黄色人種（モンゴロイド）／温暖なアジアに向かった集団は背が低く肌は黄色

3．黒人（ネグロイド）／最後の最後まで熱帯のアフリカに残った集団の肌は黒
★ホモサピエンスは1本の系図でなく、「旧人」「原人」「新人」など20種類の人種が次々と現れては消え、地球上には他の人類と一線を画す「ホモサピエンス」の1種だけが生き残った。アフリカに止まったホモ・サピエンスは、黒人のまま進化せず近代まで大きく遅れた。

人類が地球上の「生き物全体の頂点」に立つ

●人間も生命を持った生物の一員で、分類学上は哺乳類に属し「ホモ・サピエンス」という学名が付けられている。哺乳類の先祖は地中で生活していたトガリネズミという小動物で、1億年前に地中から地上に姿を現し、木の上へと上がってサルの先祖へと進化。約500万年前にチンパンジーやゴリラから分かれた「類人猿」が誕生。初めは極めてひ弱い存在だったが、多くの幸運に恵まれて中でも人間は選択と遺伝と偶然による突然変異を何百回、何千回、何万回の繰り返し、600万年前に猿人が、150万年前に原人が、80万年前にネアンデルタール人（旧人）が誕生。逆転に次ぐ逆転で命をつなぎ生存競争に有利な系質を形成し、他の生物より優れた知性を持って勝ち残って進化の頂点に達した。
●現在の「ホモ・サピエンス」が誕生した20万年前の人口は5000人程度。10万年前アフリカから脱出当時は50万人に。2～3万年前に狩猟民族が出現し、1万5000年前、地球の氷河期が終わって気候が温暖化して穏やかになり、大河の下流に大規模な灌漑施設

を造って米や小麦などの農耕を開始。定住し集団で暮らすようになって人口は500万人になった。自然に頼ることなく安定的に食料を確保し、人間が文化らしいものを持つようになった。野生種のウシ・ウマなどの大型動物を家畜化し労働力として活用。食用としてウシ・ブタ・ヒツジ・ニワトリなどの牧畜をはじめ、不猟や危険が伴う狩猟採集生活から脱出。イヌの先祖である狼を飼い慣らして生活のパートナーとして、動物と一緒に生活するようになった結果、犬から「ハシカ」、アヒルや鴨から「インフルエンザ」、牛から「天然痘ウイルス」が伝染するようになった。

●地球上すべての生物は、食べたり食べられたりしながら弱肉強食の世界で生きている。大は小を食べるが、必要な量を捕獲したらそれ以上食べないので、自ずと自然界の多様な生態系のバランスが維持されている。現代人の大半は「人間は魂を持つが、動物は心ない機械に過ぎない」とする人間至上主義。すべての生物の命を自分たち人間都合のモノサシで、捨てる命・殺処分する命・食べる命・展示する命と分別し、優先順位を決めて役立つ生物の命は守り育て、役だたない命は退けるので、地球全体の生物生態系は今大きく変わりつつある。

1. 蚊やハエ・ゴキブリなど有害な生物は見つけ次第叩き潰す。作物の生育を阻害する雑草や害虫葉除去し、農園を荒らす野生のシカ動物は捕獲し射殺する
2. 心の安らぎを与えてくれる小鳥・ウサギ・イヌ・ネコなどはペットして飼育する。年5～10回出産するハツカネズミは、医学の動物実験用に活用する

3. ニワトリ・ヤギ・ヒツジ・ブタ・ウシは大量に飼育して食肉として食べ、内臓や骨は化粧品の材料や肥料とし、皮は靴やバッグの材料として活用する
4. 魚釣りや野生動物の狩猟など生き物の命を取ることをレジャーの1つと楽しむ。凶暴性を持つクマ・ゴリラ・トラ・ライオン・キリン・ゾウなどの大型動物は捕獲して動物園で見せる
5. 万物の霊長である「人間の命は地球より重い」として尊重されるが、同じ人間同士でも民族や宗教・思想が異なると心が通じ合わず、テロや戦争をはじめる。同類同士でどちらか死ぬまで戦うのは人類だけ

●現代は人間にとって都合の良い植物や動物を特別に保護したり、改良し自前で生産して食料にする。今や世界中で飼っているニワトリは200億匹、牛は15億匹、ネコは6億匹、犬4億匹、ライオンは4万頭いる。牛や豚は食材にしか過ぎず、毎日全国の百数十カ所の食肉解体場で、数万頭がボタン1つで解体され加工処理され、おいしいとかまずいとか言いながら食べるだけ。食物が豊かになり過ぎて6億人が肥満体で、肥満で死ぬ人は年間280万人もいる。人間は神よりも大きな力を持って、すべての生き物を殺す史上最も危険な種となった。

★自分と云う存在は40億年前から続いてきた命の進化の歴史がある。命の頂点にいる人間として生まれてくる可能性は1／800万と正に奇跡的。それほどの難関を乗り越えて生まれてきたのだから、それだけでも「人間に生まれてよかった！」と喜んで生きる価値が

ある。

「人間という知的生命体」が神の寸前まで進化

●地球上の生物が脳を持って思考力を持ったのは奇跡といっていい。人間は５５００年前から大型化した頭脳をフル活用して生産力を向上。５０００年前に国家が誕生して古代文明発生時には１０００万人に達した。大河流域や沿岸部に農耕文化が発展し、余剰農産物ができ貧富層ができた。貨幣は食べ物と違って腐らないため富として貯めておくことができるし持ち運びも容易で交易を密にした余剰農産物の物物交換が始まり、ルールを作って秩序ある取引をする広範な交易圏が成立。人間に精神変革が起き個人の欲望の抑制する共感社会から、言語を用いて家族関係を超えた共同体を作って倫理社会へ移行。さまざまな問題に集団で結束して取り組むために指導者が現れ、自然崇拝のアニミズム宗教が生まれ、神を祀って儀式や儀礼が行われ、結束力の強い内向き社会ができた。

●３０００年前には日時計を作り、長年天体の運行を観察する天文学など、自然科学が発達。エジプトでナイル河洪水の後の土地測量から測量学、ピラミッド建設から「幾何学」が生また。路や公共施設、水利施設などのインフラが整い、文字やお金、暦、度量衡が法律で定められ、道交易が盛んになって人類社会の基礎が確立した。同じ価値を持つ貨幣を共有することで、知らない相手とも取引することが可能になった。商圏が拡大、商業が盛んになって、大勢の人が集まり住む都市国家が誕生。ギリシャ・エジプト・メソポタミア・中国に4大文明が形成された。やがて都市間の抗争からそれらを統一管理する中央集権的な国家が生まれ、それを王が支配する王国ができて王の権力が強化され、庶民も王に対して積極的に服従し貢納して保護や再分配を得るようになった。

●2600年前には都市国家が成熟し、国家間の対立から社会不安が増大。従来の素朴な精霊信仰のアニミズム宗教では解決できず、紀元前8~3世紀にかけ聖者や哲人が続出して一神教や仏教で精神世界の頂点を極めた。2400年前に王による支配から宗教による支配に移行。信仰を同じくする人々の結束を高め、広大な帝国を形成するようになった。人類は個人単独では弱い種であるが、貨幣という共通の価値と、国家という共同体で人々が柔軟に協力し合い、それを宗教という普遍的精神でつながった。人類は「貨幣・帝国・宗教」という三つのフィクション（虚構）を創作することで、人々が統一して大規模な集団行動ができるようになって巨大な社会を作ることに成功して大きく発展。人間は周りの環境を変える力をも持って自然を征服し、自然摂理の外へと飛び出して地球上に自ら作り上げた社会や文化に順応して生きる「人間圏」を形成した。

●16世紀後半から科学技術が急速に進歩し、天才たちによって画期的な道具や機械が発明された。人間は自分の理性と知性、意志と力をフル活用。300年前にイギリスで起きた人産業革命によって近代工業社会へ移行。物質文明を生み出して目覚ましい発展をとげ、人口が急激に増え出した。石炭・石油を大量に使用して経済は急成長し、人口の増大と都市の拡大が定常化して、地球の生態系をガラリと変えた。近年は科学技術はあらゆる分野で驚異的な進歩をとげ、人類に未曾有の物質的豊かさをもたらした。大量生産・大量販売・大量消費・大量廃棄の歯車が廻り出して人口が一気に増加。2000年前「1億人」だった人口が、1960年代に「35億人」、1987年には「50億人」と増え、現在は「80億人」。今も1日20万人、1秒ごと4人ずつ増え続け、2060年には「100億人」になる。かくして人類は頭脳を発達させて日々地球を変化させる技術力とコントロール力を持ち、神の寸前まで進化。地球生命体の頂点に達して絶対者のようになった。その結果人類が自らを破壊する核爆弾と人工的天候異変によって、地球丸ごと破壊の危機にさらされている。このままだと2100年まで生き残れない。

★人類は地球を我が物顔で支配するようになったが、地球上のあの小さなアリは1京匹いてその数において全く比較にならない。総重量は人間の総重量を上回る。人間は万物の命を預かっているのだから、生き物の命の重さを受け止めてその責任を自覚し緊急に対策を講じなければならない。

1－2／人間の身体・精神の特性

「人間通」になって「人間らしく生きる」

●この世で解らないことの代表、それは人間であり、自分自身そのもの。いつも自分が自分と付き合ってはいても、いまだ本当の自分と出会ったことがない。そもそもこの肉体は自分の所有物でない。何時か誰かに返さねばならない借り物のようだが、誰に返していいか解らない。自分の心の内にも自分のものと、自分でないものが含まれていて、自分を忘れる以外に方法はない。「自分は一体は何者か?」人間はこの未知なるものを解く存在で、この根源的な不安から脱するために、確固たる人間哲学を持たないと迷い苦しむ人生となる。それは人類そのものの意味を問う深い問題で、世の中全体を知ることよりもはるかに難しく、大方の人間は自分のことについて殆ど知らないまま、何時もその時代や文化の奴隷になって生きている。

●人間は神では無いが単なる動物でもなく、その中間の中途半端な存在。神のような姿をしているが神ではない。人間に人体はあるがそれは物体ではない。60兆の細胞1つ1つが自立し、5つの臓器も独立しながら一糸乱れず宇宙のリズムで動き、協力し合って命を支えている。そのことに喜び感謝すると体全体の細胞が一斉に活性化する。その命を維持するために、食物が無くなったら相手を殺してでもそれを奪い、生きようとする動物的な性格と、自己を犠牲にしても相手を助けようとする神のような性格を合わせ持つ存在。だから人間が神を信じるより、生身の人間を信じることとの方が難しい。神なら信じて奉っていればよいが、人間はあくまでも人間で、互いに相手の考え方を受け入れ・受け入れられる関係を築くことが大切。人間はそれをうまくコントロールして平和に暮らし生きていかねばならない。

●人間は神には成れないがそれでも人に対して誠実に振るまえば仲良く生きられる。幸いにも日本に神学はないが人間学がある。「人間だもの」と言いながら互いの人間性や人間的・人間味を重視する生き方。人間として最も大切なことは、単に生きることではなく「善く生きる」こと。仕事で成功するよりも「人間として立派になる」ことの方がはるかに大切。人生で最上のものは幸福である。自分自身が幸福であることは最上の善である。善はあらゆる存在そのものの本来の姿。自分の中にある大いなる自己をこの世で実現させる。幸福は個人的なもので他人から見えないが、自分が幸福なら機嫌がよく、相手にも親切で寛大になれるなど外面に現れる。それは誰にとっても最上の善である。善をなす幸福はその人の人柄に沁み渡って人格として現れる。

●今は科学技術が進んで物質的な欲望が満たされ、誰もが幸福に生きているようでも人それぞれ。現実世界は不条理で不公平で矛盾に満ち、日々不都合なことがいっぱい起きる。人間は他人の成功を祝福し幸運を喜んだりする反面、恨む・残酷・狡猾・冷酷に批判するなど複雑怪奇な動物で、お互いに完全に理解し合うことは容易でない。見かけだけの技術や根性論は通じない。人間の本来のあるべき姿を明確にし、人と人を結びつける普遍的な知識が不可欠。人間への理解が深まると仕事や人生が大きく変わる。成熟社会においては誰もが人間に正面から対峙して根本から深く考え、生活の内外両面から幸福を追求する知識や技術を整え、様々な角度から自由に発想できる「人間に寛大な人間通」でなければならない。

★人間そのものの意味を問う根本問題は、一人ひとりが自ら背負っている課題だから、誰もが自分自身が何者かの答えを探し求めながら、生涯を通じて生きる意味を追求していかねばならない。

大宇宙から誕生した「人間という小宇宙」の構造

●長い歴史を経て神に似た不思議な力を持つようになった生き物の一種。広大な宇宙を考えると人間一人ひとりはほぼゼロに近い存在。200種類の60兆もの細胞から出来ていて、銀河系1000億の星の数より多く、その体は「ミクロコスモス（小宇宙）」といわれるほど複雑で、到底人間の想像の及ぶものではない。人間1人の肉体は38リットルの桶いっぱいの水と、石鹸7個分の脂肪と、鉛筆9000本分の炭素と、マッチの頭2200本分の燐と、中くらいの釘1本分の鉄と、鶏小屋を白く塗れるだけの石灰と、少量のマグネシウムと硫黄で構成されていて、コストにしてわずか数百円程度のもの。脳は約200億の脳細胞でできていて、1個の細胞の中には30億もの遺伝子情報が理路整然と書き込まれ、その数はコンピューターの百京倍ととても値段がつけらない。

1．血管の長さは9万4000㎞で地球を2周以上。全身の臓器や細胞を結びつけている肺には3億の細胞の壁があり、その全面積は3DKほどの広さになる

2．拍動数は1分間に平均70回、一生に28億回。血液は一分間で体内を一巡する。一生で心臓から1億6000万ℓの血液が送り出される。20兆個が赤血球が、体の隅々まで酸素を届けている

3. 網膜には明るい光と色を感じる錐状体が600万個、薄暗い光と色を感じる桿状体が1億2千万個ある
4. 味覚器の味蕾は4000~5000個あり、その2/3が舌の前にある
5. 絨毛は1秒間に10~15回、口の方に向かって波うち、気道に入ってきたほこりや細菌を体外に運びだして浄化する
6. 人間の嗅細胞の数は500万個、3000~1万種のにおいを識別できる
7. 皮膚の厚みは2㎜、真皮は1・8㎜、表皮は0・2㎜で、外界の寒暖に敏感に反応する
8. 骨格筋の張力を合わせると2㎏、大腿筋は全体で1200㎏もの張力がある

●人間の体は母親の卵子が精子と受精したたった1個の受精卵が、細胞分裂を繰り返して60兆もの細胞になる。それは大銀河の星の数より多い。その1つ1つの細胞は自立して生き、全ての細胞が役割を分担し協力しながら1つの生命体を形作っている。その体はずっと同じ細胞を使い続けているのでなく、数千億個の細胞が日々解体して常に新しい細胞に入れ替わるので、6年もたてば分子レベルでまるで別人になって生きている。細胞分裂回数は生物種により異なり、人間の場合生涯でおよそ50回程度。加齢とともに徐々に入れ替わるスピードは遅くなり、組織の機能が低下して老化が進行。それにいろいろな障害ダメージが蓄積して機能が果たせなくなって寿命を終える。ただし心臓と脳の細胞は生涯分裂せず増えることもなく、問題が起こらなければ100年は生きられる。

★大宇宙に遍満している不思議な力を信じるには、いったん科学的知識を否定する。正座し瞑想して自分を離れると、自分と外との区切りがなくなり、限りなく広がって小宇宙と大宇宙が一体化し、その律動を感じると母親の胎内にいた感覚を思い出す。

人間進化の歴史は「腹と頭」2極に集中

●人間は動物的本能から解放され特殊に成長した知的生命体で、その歴史の成果は腹と頭の二極に集中している。腹の真ん中の臍(へソ)には気という生命エネルギーの流れる経路が集中し、宇宙意識が流通して生命の本源と直結しているので、人間の存在は完全に宇宙まかせ、身体は腹にまかせて生きている。人間の普段の思考は頭脳中心で常に外界に関心を持ち、肉体を離れて飛び回っている。常に自分自身を観ていないから、内心はいつも散乱し、妄想しながらストレスを抱えた状態。その心を整えるには「肚脳を主、頭脳を従」「上虚下実」が大原則。正座して両手を腹におき身体の一切の力を抜いて眼を閉じる。次に呼吸を整え、動き回る心を止めて肉体に精神を合わせると、身体と、呼吸と、心が調和する。どっしりと腹を据えて丹田を充実し、肩の力を抜き、頭の中を空っぽにして想いを止めて集中すると、やがて下腹部から心臓や脳を貫いて天上界へつながる。次第に名や形が消えて言葉や論理を超えた世界に向かい、腸から脳に歓喜を伝える物質が送り込まれて無私・無欲・無我の境地に到達し、人間を超えた宇宙との一体感が得られる。

●腹にはすべての臓器が集まって1つの大きな統一体を作り、全身の機能を調整している

〈肚　脳〉	〈頭　脳〉
1. 植物的神経、無意識の世界	1. 動物的神経、意識の世界
2. 感性的、神秘の世界	2. 合理的、理性思考
3. 体内系の臓器の世界	3. 体壁・神経系の五感の世界
4. 体液で体調を整え、命を支える	4. 外部環境や、外敵から命を守る
5. 無私、無欲、無意識に働く	5. 欲望、自我、自己中心的に働く
6. 宇宙のリズムで動く・肺や心臓	6. 自分の意識で動く・体や手足
7. 意志強固で、どっしり動かない	7. 意志薄弱でモラルがない、騙されやすい

ので「肚脳」という。人間行動は「頭脳」からの指令だけでなく、腸の自律的活動から生み出した生きる力と、腹で発生した心の深層を頭脳に伝える。頭脳はこれに五感で捉えた外側の情報と合わせて総合判断する。この「肚脳」と「頭脳」は何かにつけ対称的で相互補完的。独自の制御システムで別々に作動させ、相互に密接に連絡しあって共同作業を行い、人間の感情や気持ちをコントロールしてるので、どちらか一方に偏れば正しい判断ができなくなる。

●人体の中間にある腸の働きは、内界と外界をつないで生きる力を作り出し、肺臓と心臓と頭脳に直結して生命を支えている。腸には舌と同じうま味を感じる細胞が体が求めていることを脳に伝えて「好き・嫌いの感情」を生み出す。予期せぬことに出会った時は肚脳がその場の動きを捉えて「何だか変だ？」との感じを脳に伝える。腸には何十億年もかけて生命進化の記憶が多重構造になって潜在意識として存在し、生来の気質としての本音が納まっている。腹のすわった人は確固とした自分の考えを持ちながら、相手の立場も考え腹に納め調和をはかる。腹の小さい人は好き嫌いが激しく欲深く、よく腸（ハラワタ）が煮えくり返るほど腹をたてる。そんな自己中心的に働く頭脳の心の狭さを、自己を超越した大智で克服するのが腹の役割。腹の底から発する思いは頭脳から発する指令以上に力強く、人間関係や人生の進路決定に大きな影響を与える。命をかけた断行力・実行力は腹にすえた本音から発する。頭脳の思考は現実にならないことが多いが、腹をすえて無意識の働きに任せると大方の難題も解決できる。

●頭脳は人間が競争社会で学んだ数々の体験と、言葉や文字で抽象化した知識を保存する場所。腸から送られてきた体内の無意識の心に、人間関係から生まれた意識を加えて、善悪・損得・好き嫌いの価値観で判断し、各種の欲望や感情をコントロールして行動を促す。頭脳は自分が意識したものを抽象的な言葉で概念化する個人的な世界で、頭脳のしっかりした人は自我がしっかりしている。それに人間社会の法律や習慣・経済構造・文化活動など複雑に絡み合った枠組み中で、他人の迷惑にならないよう判断し、和して生きていくための適切な行動を選択する。

★人間の体は絶えず外部から体内を食物が、頭の中を情報が流れ通り抜けている。腹と脳はつながっているので、腸を刺激すると脳も刺激して頭と腹が一緒に考える。だから肚脳と頭脳はバランスのとれた発達が望ましい。

生命は「宇宙リズムで自律した臓器」が支えている

●人間の体で自分の意思でコントロールできるのは、口と肛門と肺臓だけ。腸管とつながる心臓・肺臓・肝臓・腎臓・膵臓の5つの臓器は、自分の意志を超えた宇宙のリズムで動いている。それぞれ一つひとつの臓器が自律し、体全体のために相いに情報物質を出し合って共生し、統合しながら一体化して機能している。

●「腸管」は動物が最初に備えた臓器。脳より先に出来たから腸が親で脳はそのドラ息子。腸管は生命維持に欠かせない栄養物が流れて通る管。口から肛門まで一本のチューブになった腸管の長さは8・5m程あり、神経細胞は1億個あり脳に次いで多い。栄養のあるものはゆっくりと消化し、毒性のあるものはすぐ吐き出す。口から入れた食物をまず「胃」に運んでそれを混ぜ合わせ、強力な消化酵素を出して殺菌し、食べて2~3時間で小腸へ運ぶ。「小腸」では消化液を出して食物をさらに炭水化物をブドウ糖や果糖に、脂肪をグリセロールと脂肪酸に分解して腸壁から養分を吸収し、血液中に投入して残りを大腸へと運ぶ。「大腸」では共生している大腸菌が強固な食物繊維を自身の酵素で分解し、そのエネルギーと水分を吸収して、その残骸を肛門から外に排出する。大腸は人体の免疫本部で食物から人体に入り込んでくる様々な細菌を検閲する役割。大便には2億超のウイルスと2千万超の赤痢菌がいて、それを腸内の大腸菌100兆個と免疫細胞2兆個で体全体の免疫機能を果たしている。

●「心臓」は人間の命を支える上で最も重要な臓器。心臓というごとく「心」と密接な関係があり、霊的に影響を受けやすい器官。魚類が上陸した時そのエラが、爬虫類のスポンジ状の心臓に大変身、そして血液を体全体に回せる高血圧・高性能の心臓に進化した。人間の心臓は80億個の細胞で成る強力な筋肉の収縮で、全身に血液を循環させている。心臓は受精卵が最初に作り出す臓器。人体は驚くほどの修復力を持っているが、心臓は1度傷ついたらなかなか元に戻らないので心臓病で亡くなる人は多い。大型多細胞生物が血液中に酸素を取り入れ、老廃物や二酸化炭素を運び出して代謝を維持するのに心臓は1秒に1回ほどのペースで脈を打つ。脈拍は季節によって多少変化するが、自分の意思でコントロールできない。巨大化した人間の脳に血液を送るために、脈拍1回当たり5リットル・1分間に60回・1日10万回拍動して約8トンの血液を押し出す。心臓を出た血液は毎秒50センチの速さで全身を巡り、80回打つとまた心臓に戻ってくる。脈拍は15億回打つと心臓が停止して死ぬ。

●「肺臓」は呼吸する所で命の維持に1番の大切な臓器。気道と血管からなり、左右二つに分かれた肺胞の壁は3億個の細胞でその総表面積は約60平米あり、空気が入ると5億本に枝分かれした肺胞が膨らむ。呼吸は延髄にある呼吸中枢によって無意識に動いている。男性は腹式呼吸が60%、女性は胸式呼吸が60%。肺活量は男性が約3000〜4000㎖、女性は2000〜3000㎖。生命を維持するのに必要な酸素は1日2万3000回の肺呼吸を通して空気中の酸素を血液に取り込み、体中で活用した後、二酸化炭素になって空気中に放出する。植物はそれを光合成して再び酸素を含んだ空気に変え、人体外のもう1

つの肺となって共生している。外界と身心を結びつける肺呼吸は、1分止めると酸素欠乏で仮死状態に、4分間途絶えるとすべての臓器が機能停止し、数分間止まると死ぬ。1週間食べなくても死なないが、呼吸が止まるとアッという間に死ぬ。呼吸は宇宙にある霊的なものを体内に入れるための仕組みで、入息と出息・長息と短息で呼吸を整える。呼吸は心と一体で、呼吸を整えることによって自律神経が整い、自分の心をコントロールできる。呼吸を静めれば心も静まり、呼吸を止めると心も止まる。吸う息は「宇宙からの贈り物」と大きく吸い、吐く息は「神への捧げ物」と感謝しながら、ゆっくり1：2の比率で正しく呼吸していると心底生きるのが楽しくなる。

★人間の生命を支える中心は何と言っても「心臓」と「肺臓」で、医者は心肺停止をもって死亡を宣告する。

頭脳は「善悪」を考え「自他共存を図る」拠点

●人間は外に広がる大宇宙と、自身の内の小宇宙を探求するため頭脳がある。頭脳は夜眠る時は意識が消え、朝になると活動をはじめる。人間は一人ひとり別々に存在しながら外界と接触し、常に外部から感覚刺激を受けている。肉体は皮膚で覆い隠しているが顔だけは外界に晒し出していて、そこに脳の出張器官ともいえる獲物を見つける「目」と、中央に食べて良いか悪いか匂いで判断する「鼻」があり、その下に食物と酸素呼吸の入り口である「口」など、生命維持に必要な機能が一つにまとまっている。これに寒暖を認識する

「皮膚」を加えた五感はすべて外側に向かって付き、自他と主客に分け正しく判断するための情報すべてを頭脳に伝えている。頭脳は顕在意識の中枢で、衣食住など五感で体感した「快と不快」「安心と不安」「好き嫌い」などの意識を中心に、自分の思考や喜怒哀楽などの経験を言葉に変え、価値判断によって思想を形成しながら主体的に動く。頭脳はエネルギー全体の25％を消費する所で、それが無くなると5分で死ぬ。

●人間は精神的に繋がっていても、肉体や頭脳は個々別々なのでその調整が最も難しく、脳は主人ではなく、気難しい召使いと考えた方がいい。人間の脳は100兆個の神経細胞の塊で、膨大なニューロンのプログラムを背景に、極めて緻密に複雑にできている。人類数百万年の進化の過程から生み出された経験や知識を蓄積し、体内の臓器から発した情報や、五感で集めた外界情報と一体化して分別している。視覚からでも聴覚からでも言葉で捉えた世界は全く同じ。同じことを繰り返すことで感覚世界を脱して理性の世界に至る。

人間の脳は3層から成る。

1. 一番下は「生存脳」で爬虫類の脳。最も古く内奥にある脳幹は生命の座で、魚類の時から受け継いできた古皮質脳。腸管など体内の情報を受け取り、食欲と性欲など無意識の部分を支える。小脳は体全体を自律調整する生命の座で、血圧・体温・呼吸や平衡感覚などで快適さを計り調節する

2. 中程の中脳は「感覚脳」で哺乳類の脳。猿など哺乳類時代に発達した旧皮質脳は、視覚・聴覚・眼球など五感からの外的情報と統合し、手足の筋肉を動かして生命維

持と自己主張の役割を担う。危険を察知して警戒心や闘争心を起こし、運動など神経を介してアクセルやブレーキをかけて環境の変化に対応したり、社会における上下関係や礼儀を意識して楽観的と悲観的に統括する

3．最上部は「思考脳」で人類の脳。霊長類から進化して最後に発達した「大脳新皮質」という薄い皮が折り重なって脳全体の表面を覆っている。前頭葉・頭頂葉・側頭葉・後頭葉に分かれ、前頭葉は物覚え・他者への共感・想定外のことに対処する所。学習によって経験を積み、変化する外界に適応し、未来に目標を設定して善く生きて行こうと意欲する

●頭脳には、人間が作った社会制度や経済組織の中で他者と意思疎通を図り、さまざまな規則や法令を守りながら生きていく重要な役割がある。人間社会で他者と共に生を営むには、自分中心でなく他者への思いやりや妥協・協調が必要。頭脳の発達は後頭葉から前頭葉に向かう。古くからある辺縁系はすぐ目先のことを優先するが、前頭葉は比較的最近に発達した領域で、目や耳など感覚情報を取り混ぜて生まれた喜びや悲しみ・妬みなどの感情をキャッチして、生きがいや未来の希望を感じる部分。つまり「タテマエの部分」で、内臓系の原初情動を制御しながら、善悪や利他などの社会性を理性で判断し、長期的に見て自分の利益になる忍耐力の源泉。これが人間と他の動物との違いを生む。人間は心の底から満足し感謝した時に脳からさまざまなホルモンが湧出する。

1．ドーパミンは幸福ホルモン／目的に向かって努力した成功した時に湧出して幸福感

〈左　脳　型〉	〈右　脳　型〉
1. 理性的、デジタル人間	1. 感性的、アナログ人間
2. 論理的に思考する、理系	2. 感覚的にとらえる文系
3. 話す・読む・書くなどの言語的な知性	3. 喜怒・哀楽を読みとる感性
4. 数字で計算する論理的思考力	4. 映像や図形で認識する直感力
5. 右脳より10倍速い判断ができる	5. 左脳より10倍正確な判断ができる
6. 言語認識・計算・分析	6. 空間認識・想像・直感が得意
7. 理詰めで考える論理派、男性に多い	7. 感情優先の直感派、女性に多い

が一気に高まる

2. セロトニンは感謝ホルモン／自分の健康で安らぎ心の底から満足してる時のほうが湧く

3. オキシトシンは愛情ホルモン／子どもや家族・友人などとの人間関係が深まった時に湧出して喜びいっぱいになる

★前頭葉の理性を中心とした利他的性格は、まだ本能と言えるほどには安定していない。頭の良い理性的な人ほど心は貧しく自己中心的になりやすいので、脳は主人ではなく気難しい召使いと考えた方がいい。

「左脳型」は理性の人「右脳型」は感性の人

●人間の脳は外界のさまざまな知識を集めて判断し、体験した結果の「記憶装置」だが、宇宙から送られてくる不思議な波動の「受信機」でもある。脳の容量は体全体の2％ほどだが酸素エネルギーの20％も消費する。脳は左脳と右脳の巨大なコンピューターを2台並列に接続し、理性が運転している計算センターのようなもの。それぞれが身体の反対側の運動と感覚機能を司っている。その機能はクルマの両輪で、左右脳のミックス活用から思考や創造活動の知恵が生まれる。頭の使う部分によって性格は「右脳型」と「左脳型」に分かれ、その違いが価値観の違いとなって現れる。一方だけに偏れば同じところをグルグル回るだけで、結論が出なくなるから、左右バランスのとれた脳の発達が望ましい。

●「左脳型」は言語能力や計算能力に優れ、論理的にとらえる「理性人間」で、男性に多い。五感のうち主に視覚・聴覚の2感を用いて外界を捉え、言葉や数字にして変わらないものとして意識する。思考は合理的・分析的で、心を現実から離しうる特性を持っている。「何が」「どのように」「どうだった」と的確にとらえ、順序立てて論理的・客観的に説明して未来を見通す。複数のことを同時集中思考できる。文献や先輩から教えられたことを理解し記憶する会社の技術・財務・広報などがこのタイプ。忙しく神経を使い自分で選択して現実処理も巧みなので、人として自律する能力が高い。だが、左脳は寝ると活動が止まる。また目や耳を活用して覚えるので忘れやすく、言葉や過去の世界は変化しないから、脳が作りだす意識から自由になれず創造力に乏しいのが欠点。

●「右脳型」は感覚的にとらえる「感情人間」で女性に多い。ものごとを勘で理解する動物的な右脳型は、左脳型より暖かい情を持って人間の本性に合致する。右脳には感覚中枢があり、外界に起きるさまざまな現象を視覚・聴覚・嗅覚・味覚・触覚の五感で全体的に一挙に捉える。データ量は左脳の100万倍もあり、秒速30万キロの速さで判断するので、

「ものすごかった」のような表現になる。「直観」は瞬時に判断して素早く行動でき、教えられないこと、知らないこと、あやふやなことにも答えを出す能力が高く、しかも忘れにくい。生命が危機に直面した場合など、常識にとらわれず足元の現実を優先して瞬間にパッと動き出す。よく遊ぶ人ほど右脳が活発に働くので、芸術や芸能、企画や設計などに活躍する人に多い。だが直観は常に変化してブレ易く移ろいやすいから、なかなか結論を出せない。才気が外に出て動きが速く、感覚に依存すると言葉にならないので論理的思考に弱く、抽象的・精神的な世界には苦手。何事もじっくり問いつめないから誘惑に負けやすい。

★男女には肉体だけでなく脳の構造や運用においても性差がある。男性の脳は女性より150グラム多い。女性の脳は左脳と右脳の結合が強いので、あれこれと気配りがすばやくできる。人生では善悪や損得などの理性と直感を用いた選択において、男性の左脳型と女性の右脳型が対峙してトラブルことが多い。

「目」は心の窓　性格は「顔」に現れる

●顔には目・口・鼻・耳など生きるのに必要な道具が1箇所に纏まってある。自分の顔は世界で1つだけ、しかもAIで顔認証ができるほど個性的。その人の顔には喜怒哀楽の感情がそのまま現れ相手の性格を瞬時に読み取れるので、コミュニケーションの道具でもある。人間の性格を顔の外面や内面から分析した学問はまだ完全でないが、企業組織や人の配置、役割分担を決めるとき、接客サービスのときなどの参考になる。青年期までの顔は親から受け継いだ顔。顔は左右対称で、外の世界を感知する感覚器官が集中している。我慢強い人は下顎が発達し、顔の奥にはその人らしい個性的な性格が隠れている。男性の顔は鼻唇溝（ホウレイ）ははっきりし、額は広く大きいほど頭脳明晰で大将の器。女性の頬の筋肉は厚くないので、ホウレイは見えない方がいい。だが40歳を過ぎたらその人の生き方が顔に現れる。顔は誰でも見ることができるので、適切な人間関係をつくるのに役立つ。

1. 「目」は海の中の魚の時代にできた。白目があって目玉だけを動かせるのは人間だけ。目を保護するための瞬きは1年間に700万回。上陸してから出始めた涙には殺菌作用がある。目は心の窓で丸い目の人は正直で瞳が澄みきった人は心が清らか。目尻に二本筋のある人は優しい性格。三角目は策謀家で白目の多い人は周囲が見えにくいので疑い深く、瞬きのせわしい人は心の安定がない。眉頭の発達した人はピンチに強く、眉が目を圧迫している人は自我が強く、眉尻の広がった人はしまりに欠ける。眉間の広さは度量の大きさと正比例し、頬の豊かな人は包容力と実行力がある

2. 「耳」は左右に2つあり、聞こえる音は耳から、聞こえない音は全身の皮膚感覚から聞く。耳たぶの大きい人は福運に恵まれる

3. 「鼻」の高い人は自我が強く、低い人は協調性が過多で、付け根の低い人は日和見主義。鼻の筋が通って肉づきの良い人は生命力が強く、鼻筋の痩せた人はプライド

が高い。鼻の穴の大きい人は気前のいい人が多い
4．「口」の大きい人は、意志と自立心の強い人。意志の強い人は唇のしまりが良く、しまりが悪いのは意志の弱い人。唇の薄く大きい人は話術にすぐれて、顎の四角い人は粘り強く、あご先が細く肉の乏しい人は偏屈

●顔はその人の命のリズムが姿を現す場所。五感から起こる快・不快の感覚は喜びや悲しみの心を現す拠り所となる。本人が気付かなくても目元・口元・頬などに、その人の感情や心に思ったことはそのまま顔の表情として表に出る。「恐怖と哀しみ」は目とまぶたの部分で70％わかる。「驚き」は額と眉の部分で80％、目とまぶたの部分で60％、頬と口の部分で50％わかる。「怒り」は顔全体からでないと見分けるのが困難。「幸福」は頬と口の部分で98％分かるので、瞬時に相手の心を読み取って関係のあり方を考えられる。
★笑顔でも顔の表情筋が動いていない時は、心からうれしくない証拠。笑顔でウソは吐けない。いつも五感を良い状態に保っていると、気分よくおだやかな顔になる。いつも笑顔でいるとツキがやってくる。

人の性格は「一長一短」があって表裏一体

●人生を大きく左右する根源的な運命は「性格」で、性格とはその人の生き方や価値観のすべて。性格の50％は両親から受け継いだ遺伝子による、体格・体質・体型からくる先天的な性格で、後の50％は自身の努力や生後の家庭環境によって作られた後天的な性格。人

間の性格形成には2つの重要な時期がある。誕生した赤ちゃんは両親から愛情と知識を与えられ「育てられる時期」は、20歳くらいで完了し大人になる。次いで30歳前後に結婚して子どもが生まれると、自分が「育てる側に回る時期」に移行する。その人の性格はそれぞれの長所・短所の組み合わせ、掛け合わせよって百人百様の個性ができ上がる。

1. 身体的体質は、遺伝によって決まる
2. 根本的気分は、出産時の体質や出生順、幼少時の母親の躾によって決まる
3. 感情思考は、家庭のしつけ・愛情関係・生活環境によって決まる
4. 知的上部構造は、学校・家庭教育・職業や社会環境での役割によって決まる

●人間の性格は3歳頃までの幼児期に形成された気質を土台として、自己や他人に対する基本的な心構えができる。一人っ子と多数の兄弟姉妹がいる場合で異なる。一般に長男はおとなしい性格、次男はヤンチャな性格、三男は甘えん坊で自己主張するなどの性格は、出生順位の役割による。10歳までは親の価値観や性格を受け継ぎ、家庭環境による「家風」性格がベースとなる。また一つの地に長期間定住すると、その地域の食べ物や風土に順応する体質になる。小学校や中学校に入学すると「校風」に染まり、その地域の生活や価値観・信仰など文化的環境の影響を受けで「地域色」という色がつき、その上に県民性や民族性など20歳までに積み重ねた「習慣的性格」が加わる。

●また人間の性格は、生まれ育った時代の影響力が大きい。その時期が活躍期を迎えた青年期においての経済状況が、高度成長が続く好況期か、長期のデフレ不況期かによって、

強気・弱気の性格や価値観の異なる時代的性格が形成される。成人年齢に達し就職すると、その会社の労働環境に適応して成功する努力が行われ、習慣となって性格の一部となる。社会的地位につくと一般の人々から様々なことを期待され、そこに向かおうとする「役割的性格」が加わる。40歳までには社会的態度が加わり、それ以後は役割的性格が付加して、多重構造になった個性ある人格が形成されていく。

●人間の基本的な性格は①信仰型、②思考型、③理性型、④欲望型、⑤怒り型、⑥無知型に分けられる。同じ人でも年齢によって幼少期の従順な性格から反抗期、自立期、そして大人らしい性格に変わっていく。世の中には良い性格の人も、悪い性格の人も、どうにもならない性格の人もいるが、持って生まれた性格は教育で知識は増やせても容易に変わらない。楽天的な人は弱点を見ないので自分への評価が甘い。控えめな人や神経質な人は自分を厳しく評価するので、自分の長所よりわずかな欠点を強く意識する。体が弱い、身長が低い、異性にもてないと自分を劣等だと思い悩み、自分の性格が嫌いになる。劣等感は願望を実現する障害になり、自分の成功への道を自分で閉ざしてしまう。

●性格は果実の芯のように不変の部分と、果肉のように環境要因によってある程度は自分の努力で変えられる部分がある。性格そのものは良いも悪いもなく、どんな長所でも裏に必ず欠点がある。

「優しいは、気が弱い」　「親切な人は、おせっかい」

「明朗な人は、おしゃべり」　「敏速な人は、あわてもの」

「優柔不断な人は、慎重」「自信がない人は、謙虚で努力する人」などなど、長所と短所は表裏一体。長所だけ見ていると世の中の人は天才ばかり、短所だけ見ているとバカばかりに見えてしまうが、いずれも妄想に過ぎない。性格はその時その場の感情によって善の方へ向かうと善い性格、悪の方へ向かうと悪い性格が表れる。自分の先天的・遺伝的な短所・苦手など気にしない。他人の目を気にして頑張っても人並みになるのが精一杯。それより自分の長所と向き合い、得意なこと増やす努力をする方がいい。後天的な性格も性格が安定する30歳までなら仕事によって変えられるし、並の人でも人生の意義を自覚し、目標にそって集中努力すれば自分を信じる力になり、才能に恵まれた人より多くのことを成し得る。

★人と人との関係は真正面だけでなく、横から後ろから斜めからも観てみると、その人の隠れた魅力が発見できて仲よくなれる。

「血液型」は宿命的な性格の目やすとなる

●祖先の過去の業が遺伝子に刻まれて受け継ぎ、自己の人生の基調となり、一定のクセを持つ。性格は生命の本質にそなわった因果律で、自分の祖先は遺伝子として、自分の細胞の中にいる。持って生まれ「血液型」は自分の性格を形成する重要な要素の一つ。血液型は生命維持の物質で、人間が何万年も自然環境や気候風土と対話し、適応力として遺伝子に刻み込まれたものだから変えようがない。誰からも好かれようとしても、人間である

〈長　所〉	〈短　所〉
1）A型の人は	
1. 温厚従順な組織人間タイプ	1. 心配性である
2. 事を行うのに慎重細心である	2. 感情に動かされやすい
3. 謙虚で犠牲心に富み、融和的	3. 決断力に乏しく意志強固でない
4. 同情心に富んでいる	4. 孤独で、非社交的である
2）O型の人は	
1. 自信が強く、自己主張が強い	1. 強情頑固になりやすい
2. 意志強固で、ものに動じない	2. 謙譲心、融和性に乏しい
3. 理知的で、感情を抑えられる	3. 物事に対して冷静で、冷淡になる
4. 精神力が旺盛で、押しが強い	4. 利己主義に傾きやすい
3）B型の人は	
1. 淡白な楽観主義者	1. 移り気で、飽きっぽい
2. 快活で、活動的である	2. 執着心が少なく、慎重さに欠ける
3. 思い切りがよい	3. 事に当たり動揺し、意志強固でない
4. 社交的で楽天的	4. 多弁で、出すぎる
4）AB型の人は	
1. 勘の働きが鋭く、よく気がつく	1. A・B両型の気質が働くため、気分にむらがあり、気ままである
2. 親切ていねいで、融和的である	2. 家庭で小言が多く、短気でよく怒る
3. 同情心に厚く、犠牲心に富んでいる	3. 心の中で煩悶し、意外に傷つきやすい
4. 常に自己反省する	

限りすべての人に好かれるわけにはいかない。どうしても自分の好きな人や、好きになれない人ができるのは、遺伝的・宿命的だから仕方がない。自分や相手の血液型がわかれば、その長所に目をやって血液型の持ち味を生かすことができ、嫌な部分も血液型のせいにすれば許せる。

●血液型はA型・B型・AB型・O型の4つに分かれる。日本人はA型が40%、O型30%、B型20%、AB型10%。白人はO型が一番多く45%、B型が一番少なく4%程度。南北アメリカの先住民はほぼ100%O型、カナダはほとんどA型。血液型は本人にとっては宿命的なものなので、仕方なく受け入れるしかない。血液型別の性格判断は比較的よく当たるので知っておくと便利。血液型が分かると、嫌な相手の性格も血液型のせいなら許せるし、自分の血液型の持ち味をつかんで長所に目をやり、その長所を生かすことができる。

●人間には気の合う人と合わない人がいるのは、血液型による気質の力関係からくる相性による。A型の人はO型の気持ちや感情の動きがよく見え、O型はB型の行動を面白く眺めることができ、B型はA型の神経のモロい部分が見え見える「三すくみの関係」にある。O型とO型は自己主張が強いのでライバル関係になりやすく、感覚的なO型とドライなAB型は非合理性と合理性が衝突し、犬猿の関係になりやすい性格。またA型とB型の場合も、正反対の発想や評価で衝突することが多いといわれている。

★血液型を理解することによって、自分と相手の「得手不得手」が分かるので、具体的な対応の仕方がわかるし、苦手の相手には別人の助けを借りられる。

性格は「体格・体質・体型」から読み取れる

●人間の「肉体」は消化器官に、「精神」は自律神経に、「心」は分泌液に深く関わっていて、遺伝的・宿命的な影響をもっている。内側にある心は目付きや顔付き、体付きや行動に現れる。心と同じくらい体に付いていても学ぶ。自分の性格は、両親から受け継ぎ持って生まれた血液型と、体格・体質・体型に大きく関係する。型に知恵が加わって形となる。「体格」は肥満型・筋肉型・痩身型の3つのタイプに分かれ、その体格から断定はできないが、およその性格判断ができる。

(1)「肥満型」は社交的で世話好き

●体格の大きく肥満型の人は、ゆったりとおおらかな感じ。他人の心配事などに同情し、世話好きで、あれこれ面倒をみて、誰とでもわけへだてなく親しく付き合う。決断が速いうえ率先的な行動力があり友達も多い。反面、循環気質で行動は鈍くやや気まぐれ。抑制力が乏しく、他人の中に平気で入り込む出しゃばりな傾向がある。お金は何となく無くなっていくような使い方。

(2)「筋肉型」は凝り性で几帳面

●粘着質で、粘り強く、凝り性で几帳面だが、要領が悪く融通性がなく杓子定規的なところがある。興奮すると爆発的に怒り、執念深く根にもつ。社会常識に富み儀礼的な友人が多い。ものごとの判断基準が世間一般の常識におかれ、権力や財政的なものに執着し、お金はキチッと考えて使うが守銭奴になる性格。

	〈肥満型〉	〈筋肉型〉	〈痩身型〉
1. 身体の動き	ゆったりとしている	よく動かす	万事おだやか
2. 社交	大好き	人の上に立ちたがる	引っ込み思案
3. 人づきあい	よい	議論好き	新しい交際は嫌
4. 声	大きく高い	よく届く声	低くボソボソ
5. 感覚	普通	にぶい	敏感
6. 感情	調和的	人の気持ちをかまわず	移り気
7. 興奮	興奮しない	カッとして騒がしい	内にこもる
8. 困った時	人に頼る	自分でやる	一人で考えこむ
9. お酒	飲み方がよい	やや荒れる	酔わない
10. 人生	幼時に憧れる	青年時代に憧れる	幸福を老後に求める

(3) 「痩身型」は内面の世界に閉じこもる

●体格が小さい人・痩身型の人は、神経質で行動するよりも思考を好む。自分の内面の世界に閉じこもり、外部のことについてはあまり関心を示さない。2～3の友人がいる以外は非社交的で、あまりバイタリティもない。機敏に動くがコセコセと気短な感じ。一人でいることにあまり寂しさを感じない。平常は倹約家だが、自分の好きなことにはパッとお金を使う。

●「体質」は、①分裂質、②躁鬱質、③癇癪質の3つに分かれる。自律神経やホルモンなどの分泌液、血液型と深い関係をもっていて、人間の気性・気質などは、生活する地域の気候風土と深い関わりを持っている。このような体質からくる性格は、宿命的な影響をもってその人の行動を支配する。同じ体質の人同士は、潜在的に親近感をもち互いを理解しやすいが、異なった体質の人同士は、違和感があり警戒心や対立感をもちやすい。

★人間関係をよくするには、自分と相手の体格や体質から来る性格の長所・短所を知って、コントロールしながら応対することが大事。

１―３／上下左右に広がる人間関係

自分の知らない自分が「自己中心的」に働く

●人間は物事を自分と他を分け境界を作る。そして自分との繋がりを考え自我と欲望が一体化して、自分だけの世界を作ってそこから一歩も出られず閉じこもる。そして何事も言葉によって善悪・損得・優劣を考えて行動する。人間はどこまでも自己中心で自惚れが強いから自分に執着し、限られた知識で相手の非ばかり見て、自分は正しく悪いのは相手と「自是・他非」の姿勢から離れられない。相手もまた自分の好き勝手に理解しそれに反応する。自分のことは自分が一番良く知っていると思っているだけ。実際は自分を見ている自分と他人が見ている自分とは異なっていて、それが原因でさまざまなトラブルが起きる。

●本当の自分とは一度も出会ったことがないので、自分の性格はなかなか分からないが、他人のことはよく分かる。自他の認識には４つの領域がある。

1. 自分で分かっており、他人にも知られている領域
2. 自分には分からず、他人からかなりよく見える領域（本人はそう思っていないのに相手はそう感じている。これが誤解の起こる原因）
3. 自分は分かっているが、他人には知られないようにしている領域（思っていてもはっきり意思表示しなければ相手は分からないので、誤解が発生する）
4. 自分にも、他人にも分からない未知の行動領域（人との出会いによって自分さえ気づかなかった潜在能力が発揮される）

●人間には自我がある。本来無我なのに自我にこだわり迷いながら生きている。自我は他人に支配されることを嫌い、他人をきびしく批判する一方で、独立した自分であろうとして対立する。この世の厳しい競争社会では、誰もが自己中心的に生きている。善も悪もそれ自身独立した実体でなく、対立しつつ相対しているだけで、人間社会はきれいなこともあれば、汚いことも理不尽で澱んだ現実がある。善でもこだわれば悪になるので、相対的な道徳にとらわれると反って自由に生きられなくなる。そこには普遍的な善悪がない。人間の価値判断はあいまいでいい加減。真の善人や悪人も有り得ない。善も悪も絶対的ではなく、善と悪を相対させて考えているうちはまだ自我の世界にいる。
●道徳でいかに規定しても自分を善として正当化し、他人を悪とする執情はどうしようもない。自我を放棄した時に充足感と開放感を得られる。人間には慢心があるので本当の自分の姿はわかりにくい。

1. 我　慢／自分中心に考える
2. 邪　慢／人徳がないのに、自分が中心だと錯覚する
3. 　慢　／比較して劣った人に対して優れている、同等に対して同等と思う
4. 過　慢／同等に対して優れている、優れた人に対して同等と思う
5. 慢過慢／優れた人に対して、自分の方が優れていると思う

●誰の性格にも凸凹がある。それを客観的に知ることは難しいが、本来の自分のことが解ったら落ち着き所が定まる。自分自身を知ることは相手を知ること。自分のありのままの姿を法鏡に映し、自分の心を客観的に見ることによって本当の自分を知ることができる。自分を知り相手を知ると人間全体が分かり、心と心がふれあって人間関係が深まる。自分の良さが解るのに10年、他人の良さが解るのに20年、自分の悪さを知るには30年、相手の悪さを知るには40・50年かかる頃には、すべての人間が解らなくなっている。

★外界とつながる肉体の五官が発する顕在意識は自己中心的。でもその内面の潜在意識は、他者の批判や忠告に素直に受け入れ利他的に反応する。心の底の自利利他の心に注目していると自分の日々の進歩につながる。

自分中心に「上下・左右」に広がる人間関係

●人間は人と人との間、関係性の中で生きているから自分一人で生きていけない。自分が居るからあなたが居て、あなたが居るから自分が居る。人間が生きていくには、男女の愛、

親子の愛、困った場合の相互の愛が欠かせない。自分が幸せになるのに大切なこと、それは周囲の人々との人間関係の良し悪しにある。人間関係とは自分が醸し出す目に見えない力と、相手との心の相互作用のバランスをいう。仕事ができて金持ちでも、人間関係が悪ければ不幸になる。人間が人間らしくなるには、人間らしい人との心のふれあいが必要。夫婦や家族、近隣や職場組織とのつながりを維持する基本は、良好な人間関係の上に築かれた信頼にある。幸福とは自分の身辺や周辺とのトラブルを避けて良い人間関係を保つこと。人と人との絆を深くするほど幸せになれる。

●人間関係の基本は古今東西全く変わりがない。人間が神を信じるよりドロドロとした生身の人間を信じることの方がはるかに難しい。神なら信じて奉っていればよい。神でも単なる動物でもない中途半端な人間は、あくまでも人間であって神ではない。それでもお互いに誠実に振るまい、相手の考え方を受け入れ、受け入れられる関係を築くことで相互の信頼関係が深まる。信頼は人と人との接着剤で第一印象が9割を占める。自分が正直に誠実に相手との約束を守ることから生まれる。人間関係は自分を中心に「上下」の身分と、「前後」の世代、「左右」の仲間と四方八方に広がっている。人と人とは網の目のように繋がっていて、その1つでも壊れたらすべての目が崩れてしまうので、時と場に応じて変化する人間関係に充分気を配らねばならない。

(1)円満な「夫婦関係」

●夫婦でもあまり愛情を持ち過ぎると、執着が相手の自由を妨げるので、友情程度の方がいい。生涯円満な夫婦関係を築くには、「夫」は妻を誉めて軽蔑したり裏切らないこと。妻に家計を任せ、時々妻の化粧・衣服・装飾などのおしゃれに気を配る。「妻」は夫に対して守るべきことは、勤勉になすべき仕事を上手にこなして家の財を守り、不倫しないで両家親族との付き合いを大切にする。

⑵教え教えられる「親と子との関係」

●親は子どもの一番の教師で、子ども教育の仕事は一生涯続く。自分の子どもに学校教育を受けさせ、適齢期になると相応しい相手と結婚させ、一人前になったら独立させ、財産管理一切のを任せて自分は身を引く義務と責任がある。とはいえ親子ともに初体験の連続で常に教え、教えられる関係にある。親は子どもから尊敬される努力を怠らず、子どもは両親を尊敬する習慣を付ける。親子ともども生涯に亘って仲良く生きてゆくには、人間関係の基本を正しく守ること。子どもを自分の所有物のように命令し、管理し過ぎて自立心を疎外しない。逆に友達のようにけじめを無くすと、目上の人を敬うマナーを欠くのでほどほどにする。子どもが親になすべき義務は、自分を産み一人前に育ててくれた両親の老後生活を支え、さらに両親や家の資産や債務を受け継ぎ、先祖供養を受け継いで実践すること。

⑶同級生や同僚との「友人関係」

●友人とは、相手の個性や能力を認めながら適度な距離感を保ち、損得を超えて付き合える仲間のこと。人間には他人を否定し批判するタイプと、是認し賞賛するタイプがある。

他人の短所を見て批判ばかりする人は、いつまでも友人ができず孤立したまま一生をおくる。他人の才覚を認め、成功は共に喜び、失敗は慰めて勇気づけてやるのが人の道。友人が友人をそしるのには同調しない方がいい。友人との付き合い方は、①互いに与え合い支え合い、協力し合う。②楽しい時、つらい時も、愛語を用いて励まし合う。③対等に付き合いながらも相手の役に立つように気を配る。④約束を守り信頼を深め、借りを少なくして道徳感を高める。⑤価値観や生き方なども語り合い、啓発し合って共に成長する。学生時代の友人は利害関係がないから、卒業後も気軽に付き合え親身になって相談できる。会社のビジネス関係の友人のほとんど利害関係だから、退職したらほとんど離れてしまう。

(4)上司や先輩・部下との「雇用関係」

●会社組織の中で、自分の欠点や悪い点を指摘したり叱ったり、自分の隠れた能力を教えたり、引き出してくれる上司は大切な人。そんな知恵深い人に従えば、良いことがあっても悪いことはない。「よい社員」になるためには、朝早く起き上司が出勤する前に出勤し、上司と約束した仕事は責任を持って効率的にこなし、予定したその日の仕事はその日に終え上司に報告して帰る。正規に与えられた給料のみを受けとり、会社の金品を不正に横領しない。会社の秘密を漏らしたり批判しないでむしろ賞賛し吹聴する。経営者と従業員の関係を良くするには、その人の能力にふさわしい仕事を与え、最低でも生活できる給料を支給。適切に休息させ、成果が上がれば分け与え、病気の時には見舞いに行ってやる。

(5)親の代役としての「師弟関係」

●人生の先輩が後輩を育てる教育という仕事は、利益を追求する仕事でない。「生徒」は学校で授業中は先生の話をまじめに聞き、宿題はきちんとする。先生の前では起立して話し、先生は親の代役として愛情を持って子どもを支援し育てる。「弟子」は尊敬に値する師匠を選び、一対一で対峙。すなおに従うことによってその道の極意を受け継ぐ。師匠の側近として積極的に世話をし、グループの先輩になれば後輩の自立をサポートする。「師匠」は弟子に対して、最初に礼儀作法を正しく教え躾ける。教えが身に付くようあらゆる工夫をして、中途半端で終わることなく、知識や技術のレベルアップを完了させる。弟子が一人前になったら社会の中で仕事ができるよう、期待を込めて友人などに吹聴し、自分の弟子を紹介したり身元保証人になって弟子を庇護してやる。

★誰にも好き嫌いの感情や性格の不一致があり、特別に好きな人や、好きになれない人ができるのはある程度やむを得ない。苦手な人でも相手の人格や性格を理解しながら、タテマエとホンネを使い分け、接点を見出していく努力をする。自己主張を控え、自分を空しくして「他罰的な態度から自罰的な態度に」切り替えることで、相互のつながりを強化できる。

「主役と脇役」１人２役を演じる「ビジネス社会」

●日本経済は成熟し、物質生活は豊かになってモノへの執着が薄れて、経済の主導権は完全に買い手市場になった。生活者はさまざまな遊びやイベントに参加し、多くのサービスを消費するようになって、「肉体労働」から手や腕を磨いて働く「熟練労働」や頭を使う「頭脳労働」へ、そして気を配り心を使う「サービス労働」へと移行。労働者はモノづくりの工場から、商業や飲食サービス業などの第三次産業へと移行した。夫婦共働きの妻は時間節約のため、独居老人はさまざまなサービスを利用する。高齢化社会はまさにサービス社会で、医療や介護などサービスの比重が大きくなり、サービスの善し悪しが会社の業績を大きく左右する。これまでの人材は素直に上司の言うことを聞き、強調性があってガマン強く黙々と働くタイプの人。サービス時代の人材は、常識にとらわれず自分の頭で考える人、正しいと思ったことをやり抜く力ある人へと一変した。

●現代人は生産者として生活し、消費者として生活して人間として生きている。企業社会においても肉体労働から、技術労働へ、頭脳労働から、心を使い人をもてなす労働へ。自己中心から相手中心主義へ、さらに全人間中心主義への転換が求められている。人は一人でいる限り心が平静であっても、人間関係が入り込むと必ず嫉妬や競争、愛憎など複雑な感情が生まれる。経済が成熟したサービス社会では、知識や技術よりも人間について豊富な知識を持ち、どんな人とも良い人間関係を作れる力が重視される。人間通の人材を集めた企業は、人間を中心として教養や文化を押し広げる力で躍進できる。時代は家柄から学歴へ、そして人柄の時代になった。

●日本は民主主義の国だから、人と人の関係は平等。だが商売は自由主義だから、売り手と買い手の関係は対等ではない。個人主義だから、お金さえ出せば「どこで何を買おうと自由」、その選択権・決定権は100％買い手にある。このゼロと100％との関係は絶対。だからお客さまは「わがままな王様」であると同時に、一方では自己犠牲を求められる「労働者」でもある。サービスの原則は、買い手のお客を主役にして、売り手は脇役に徹すること。現代人は誰もが、買い手の王様役と売り手の召使役を相互に立場を入れ替え、「1人2役」を演じながら自由と平等の社会を実現している。

1. 消費者として主役／自我にこだわり、自己主張できる有情の世界
2. 労働者として脇役／無我になってサービスする、自己犠牲の世界

●人間関係で大切なものに、サービス労働を中心としたお客との関係がある。サービス精神の原点は、社会的弱者を救済する神の愛ともいうべき「平等のサービス」と、もう一つは王侯貴族など特権階級に対する奴隷の、強者への恐怖から生まれた「最高級のサービス」がある。今は経済が豊になり、お客一人ひとりが自分の顔を持ち、自分らしい生き方を主張する。昔は王侯貴族など少数の人間が、多数の召使いのサービスを受けた。今は多数の人間が機械や設備やシステム・制度による平等のサービスを受け、さらに多くの人間が生身の最高級のサービスを受ける時代。売り手はいつもお客の立場にたって、必要な時にはお客の自由を前提に、出過ぎず、しつこくなく、根気よく、双方共になくてはならない関係になること。人間世界は「一人は万人のため・万人は一人のため」を基本に、いろいろな人に助けられたり助けたりして、情けをかけ合う有情の世界に生きている。自分の

ためだけの利己主義でも、他人の利益だけを優先する利他主義でもなく、自分を大事にしている人は周りの他人からも大切にされる。自分に優しく他人にも優しく、自分を生かし他人を生かすバランスのとれた自利利他主義に徹底する生き方がベスト。そして近江商人伝統の、①売り手良し、②買い手良し、③世間良し、三方良しの商売をすれば繁盛疑いなし。

●人間を扱い人の心にふれあう仕事は、理屈抜きに人好き世話好きでないと勤まらない。人間としての本質に深く根差した行為だから、その仕事に従事する人の人間性が問われる。サービスの質とは心の質で、その根底には愛がなければ相手の心に届かない。優しさや思いやりのないサービスは単なる奴隷の行為に過ぎない。人の心の法則や人間関係の技術を身につけ、相手の立場にたった「人間理解力」がないとサービス業は勤まらない。

★サービスは「し上手」と「され上手」があり、する人もそれを受ける側も協力し相手へのいたわりや周りの雰囲気をこわさない心配りが必要。サービスはお客との共同作業で作るもの、その出来映えには双方の人柄の良し悪しが影響し、成果は双方の人間性を高めて人格的な利益も得ることができる。

サービス業は100パーセント人間臭い仕事

●今は経済が成熟して物質的な欲望が満たされ、誰もが善く幸福に生きているようでも現実世界は不条理で不公平で矛盾に満ち、日々不都合なことがいっぱい起きる。人間は自己中心的だから、お互いに完全に理解し合うことは容易でない。何事にも具体的な技術論と人間の本来のあるべき姿を明確にし、人と人を結びつける普遍的な知識が必要。人間への理解が深まると仕事や人生が大きく変わる。成熟社会においては誰もが人間に正面から対峙して根本から深く考え、生活の内外両面から幸福を追求する知識や技術を整え、様々な角度から自由に発想できる人間に寛大な人間通になること。

●「サービス」とは「人間が人間に奉仕する」こと。サービスは「人間の本能を満たす」ことで、サービスをするのも人間なら受けるのも人間。100パーセント人間臭い仕事だから人間性の理解が根本となる。人間は十人十色で性格や態度は一人ひとり異なるので、サービスはモノや機械を扱うように一つの考え方で対応できない。同じサービスの仕方でも喜ぶ人があれば怒る人もあって、とても一筋縄ではいかない。「サービスは、八方に気を配って一分のスキもあってはならない」と言われるごとく、やり方がまずいとその場で「いばる」「けなす」「文句をいう」など人格が変わったように怒る。人間を相手としてサービスに携わる仕事は、立っている時も座っている時も利他の心を根底に据えておく。サービスに必要なのは強さではなく優しさにある。現代人は何事も金銭で合理的に解決する経済的世界と、思いやりを大切にする社会的世界に住んでいる。お金を出す時は計算高くなるので、この2つの世界の同時共存はかなり難しい。

●いかに知能指数や偏差値が高く優秀な成績でも、接客応対が上手にできて良いサービスができるとは限らない。良心とは「相手と一緒に考える」こと。一人ひとり個性の違うお客の希望を全身全霊で受け止め、損得抜きで人の世話をしてその欲求に応え奉仕したときこそ、最も人間的な喜びを得ることができる。販売は人と人との交渉で、心と心の触れあいにより成り立っている。頭はよいけれど心は冷たい人間よりも、頭はほどほどでも心は非常に暖かい人の方が好まれる。仕事主義や機能本位でお客に対応すると、どうしても人間的な心の機微を見落としてしまう。接客サービスは何ごともお客優先で笑顔で事に当たれば、不思議とうまくいく。

●さまざまな人間が集まるお店はまさに人間関係の実地研究の場で、多くの人と接する販売員や営業マンほどより多く自分を磨くことができる。自分を離れると自己客観化できる力がつき、何ごとも誰にでも、差別なく平等に対応できるようになる。人間らしさとは他者を思いやる心。店は自己中心的になりがちな自分を鍛える場で、自己否定を通じて相互につながり人間形成をする場でもある。お客のためになることは、すべて自分のためにもなると考え、どんな人にでも気配りを欠かさないこと。サービスとはその場その時の状況に応じて、その人の最も望んでいることをしてあげること。これまでの習慣やマニュアルにこだわらず、相手のわがままを素直に受け入れて心と心で対話する。「お世話になります」「ありがとう」「すみません」などの言葉で感謝の気持ちを伝えて、サービスで人を喜ばすことを知った人は、毎日の仕事が楽しくなってそこから抜け出せなくなる。

★販売員がお客を接待する場合の基本は「こころ遣い」。食事は相手の好みを聞いて注文を受け、お客の話をさえぎらず相手目線で共感しながら方向転換する。相手への謝罪は自分の誠意を伝える絶好のチャンスと心得てていねいに行う。

「利他サービス」で顧客が満足すれば「5つの収入」

●サービスの基本は親切。親切は「辛切」で、他人に親切であるためには自分に厳しくすること。何事も他人や会社のせいにせず、お客には文句を言わない。サービスする人は、八方に気を配って一分の隙もあってはならない。サービスの仕方には、会社など売り手サイドのこちら主義と、お客の満足効果を優先するあちら主義がある。「こちら主義のサービス」は、組織効率や経営効率を優先し、能率化・画一化サービスを手抜きしてコストダウンするやり方で、官庁や大企業のサービスがコレ。競争がないので努力が報酬と結びつかず、機械的で見かけだけ、お客不在のサービスに留まる。「あちら主義のサービス」は、人間の性質を理解し人間関係の基本を理解して、気遣いや心配りをしてよりよい関係をつくる。他人に与えることは自分に与えること。利他の精神が自利につながって素晴らしい人生を実現できる。

●商品とサービスの性質は根本的に異なる。商品の場合は大量生産、大量販売、大量宣伝が可能。製造業はお客から離れた所で製造でき、不良品が出てもやり直しができ、担当者が個人的に責められることはない。商品の価値は機能そのものだから、製造業だけが価値を造り出し、流通業はただ売るだけでいい。サービスという商品の特徴は、①カタチがないので目に見えない、②その場で生産しその場で消費する、③お客がさまざまだからサービスもさまざま、④その人その時でバラツキがあり、二度と同じ商品はつくれない、⑤提供者によって質が決まり、受け取る人によって価値が決まる、⑥輸送も、ストックも、返品も、他人に譲ることもできない、⑦すばらしくても、所有権や特許権は伴わない、⑧売っても減らず、逆に技能に研きがかかる。

●サービスの場合は、人間が生産し必ず相手がいる。現場で生産するのでそのお店へ行かなければ入手できない。カタチは目に見えないので、存在感を示さなければ無いも同然。サービスによって愛のメッセージがお客の心に届くと、双方に非常な歓喜が生まれ、サービスをする人受ける人の双方が人間性を高めることができ、相互に人格的な利益を得ることができる。多くのお客が売り手のサービス努力を認められる仕事で成功すれば、お金だけでなく賞賛されたり感謝されたりして、そこから5つの報酬が得られる仕事なので面白い。だから成功して幸せな人ほどよく働く。利他の精神は人生で最も美しい報酬の形で返ってくる。

第1の収入は、お客の喜ぶ笑顔を見て、自分も嬉しくなる
第2の収入は、即、売上が上がる
第3の収入は、また買ってくれる
第4の収入は、親戚や友だちを紹介してくれる
第5の収入は、あちこちで口コミ宣伝してくれる

★人間の世界は、人と人との間は隙間なくつながっているので、自分のいかなる言動も必

ず世の中に響いて伝わる。今のお客は巨大企業の有名店より、信用できる商品を信頼できる人から買うので、取引の成立には人と人との人間関係が優先する。顧客との信頼関係を構築するには、利益以上に人間らしい心を持って「上手にもてなす」ことが一番に大切。

第2章　男性らしく女性らしく生きる

2－1／男性と女性の特徴比較

男性と女性すべてが「対照的」で「相互補完的」

●12億年前、地球の温暖化や寒冷化など環境変化に適応するため、生物がオスとメスに分化して有性生物が誕生した。以後ずっと別々に進化し続けて、今日ここに人類の男性と女性が存在している。男性と女性は同じ人間でも、陽と陰、天と地、昼と夜のように何かにつけて対照的。肉体的にはもちろん性格においても特異な性格と役割があり、「人間男類」「人間女類」と分けた方がいいほど異なる。男性にとって、女性にとっても異性は不思議そのものであって、簡単にお互いが理解し合えるものでない。大前提として「理解不可能」という厳然たる事実を認めること。完全に理解し合えると錯覚して、相手にあまり期待し過ぎると生きづらくなる。男女ともに異性の長所・短所を理解し合わない限りトラブルは避けられない。

男性は、独立的、競争的、支配的、優越的、罪意識、モノ志向

女性は、依存的、受容的、服従的、劣等感、恥意識、ヒト志向

●男性と女性は身体の外見や生理はもとより、脳の構造から思考形態・行動パターンまで、その筋道は全く異なる。男性は攻撃的で黙って自問自答するが、女性はしゃべりながら考え周囲との協調を重視しする。男性の頭脳は宇宙の英知と連動、女性の体は月の満ち欠けと繋がっているようで、男性の感じ方と女性の感じ方には個人を超えたものがある。その特性を区別して話が噛み合わない時は、議論途中でも一旦「男だから」「女だから」とあきらめた方が、相手を思いやり自分の考えを改める機会となる。男女の性差は進化と共に伝わってきた生まれながらのものと、生まれ育った環境や社会で果たす役割的なものが混ざり合って出現した性差だから根は深い。それを男女平等を鵜呑みにして、「同じ人間だから」と一緒にすると結果としてともに不幸になる。

●男女の、性格の違いを正しく理解するには、異性の生理や心理に関する知識を増やして比較してみる。男性は男性ホルモンと適量の女性ホルモンを併せ持ち、女性の内にも男性ホルモンを秘めている。両性をバランスよく具有することによって相手の気持ちを理解し、人間らしい優しさを発揮できるようになっている。男性は女性との付き合い方を、女性は男性の動かし方のコツを会得することは、人生にとって大切なこと。互いに相手と自分の性癖を比較すれば違いがわかり、違いがわかればそれを基本にして、夫婦円満と幸福な家庭を築くことができる。

★20代は恋愛や結婚問題でトラブり、30代は夫婦ゲンカ・DV・不倫・離婚などの問題が深刻化して自殺に至るケースもあり、死ぬまで男女間のトラブルは絶えない。だから男女ともに自分の性・異性についての知識を多く持っていると、安定した結婚生活の基盤を築けるし、離婚のリスクを避けられる。

両性の「優性遺伝」による「生物学的性差」

●生物学では、単細胞生物は分裂して増殖する無性生殖だから環境変化に弱い。多細胞生物はメスとオス２つの性に分かれ、両性の優れた部分を結合して環境変異への対応力を高める有性生物が現れた。性をもち生殖して進化を早める、と同時にそこに生と死が生まれた。有性生物は誕生し、成長して成熟し、配偶者を見つけて次世代の子どもを産むと自分が死滅する。性欲はその世代交代の命の波であり、性交はそれを達成するための手段。人類もこれを連続して何世代も繰り返すことによって身体機能を強化し、運動能力も発達して病気や外敵に対抗できるたくましい子孫を残してきた。自分が他者と部分的に異なる個性は、まさに環境変化に対応するための人間進化の賜物として受け取るべきもの。

●人間の遺伝子には、人類がこれまで環境変化に適応してきた人体の機能が暗号文のように書き込まれていて、次の世代がそれを継承する。そこには人知を超えた宇宙の意志とも言える生命の本性や属性のすべてがある。19世紀、科学者たちは人間を細胞レベルまで分けて、二重ラセン構造の遺伝子を発見。20世紀半ばにそれが4種類の塩基配列であることが分かり、21世紀初めに人間の一つのＤＮＡ遺伝子が１００万塩基でなるヒトゲノムが解読され、その全貌が解明された。男性の遺伝子は浮気によって広がり易いが、女性の遺伝子は４、５人程度で広がりにくい。戦乱の中で負けた方の男系の遺伝子は消し去られるが、女系の遺伝子は残るので、民族の先祖を探る方法として用いられる。

●遺伝のプロセスは男女の両性が結合し、数億の中から勝ち抜いた男性の１個の精子と、女性の20万個から選ばれた１個の卵子が結合する。細胞の中に人体の形や質に影響を及ぼす遺伝子は染色体が２本あり、女性はすべてＸＸだが、男性は最後のＸＹで不揃いで合計47個のうち、Ｘ24・Ｙ23と不均等なので不安定。しかもＹ染色体はＸ染色体に比べて１／３程度と小さいので生命力が弱く、生理的に虚弱なので死産・奇形児・乳児死亡が多い。さらに男らしさの「男性ホルモン」が免疫力を低下させるので、男性は女性より早く死ぬ。

●女性が健康で長寿なのは卵巣で分泌される「女性ホルモン」の効果による。人間の自然体は女性で、男性も母親の胎内で育つので少量の女性ホルモンを含んでいて、発達途上で何事もなければ人間はすべて女性になる。男の性は途中で回りくどい筋道をたどって男性になる。女性は受精卵を自分で育てるため、卵子は精子より大きく栄養も多いので繁殖力がある。命を産み出す女性の遺伝子は48個、Ｘ24・Ｙ24と生物学的に安定しているので生命力が強い。卵子が精子と出会う時に２つに分裂し、Ｙ染色体と結合すれば「男性」に、Ｘ染色体を持つ精子と結合すれば「女性」になる。その際に新しい環境に適応できるよう、双方の優れたものの継承し劣ったものを破棄する「優性遺伝」のルールに沿って結合して進化した新しい体質の子どもをつくり出す。

●有性生物の場合、繁殖を主導するオスがに生殖成功するには、遺伝子の似通った近親勾配を廃し、交尾可能な血縁のないメスを確保しなければならない。配偶者をめぐり競争する場合、体が大きくて力が強いオス方が優性で、当然メスも優れた子孫を残すため逞しいオスの方を受け入れる。資質に恵まれないオスは、配偶者選択において外見を奇麗に飾ったり、知力を高めたりプレゼントしたり、一芸に秀でるなどして他者とは違う能力を発揮し甲斐性をアピールする。人間の男性も女性も有性生物だから、異性獲得のために他の動物とほぼ同じ行動をとる。

★人間は祖先のＤＮＡ遺伝子に刻まれて性格を受け継ぎ、自分の生き方に一定のクセのを持つ。宿命とはその祖先のＤＮＡ遺伝子から発する因果律よって、自分が気付かなくても時々その性格が顔を出してくる。

男性は「強く・逞しく」女性は「優しく・美しく」

●男性と女性の違いの究極は、生まれついての生物学的な性差にある。男性の精子は射精の一瞬に2億4０００万の先着競争に勝ち抜かねばならないので、瞬間的な生命力が強い。心肺停止した死後も睾丸の中で72時間は生き続ける。女性の受け身の卵子は生体の胎内の卵巣の中で8～12時間生きる程度。男性は生物学的に肩幅が広くて腕力があり、体力的に強く瞬発力において優れている。理性的で全体を大局的に把握し論理的で、メカや空間的理解力や推理力に優れているので、数学・物理・建築・財務・科学者に向く。決めたことや一つのことに集中力を発揮して、直線的・攻撃的に行動する。だが、今日の平和な社会では男性も決断力に優れた父親型より、温厚で面倒見のいい母親型が好まれる傾向にある。

●女性は胎内で子どもを育むので、妊娠・出産・哺乳という生理的機能があり、大地に根ざした強い生命力がある。下半身は生殖器を核として人間生命の根本をなし、月経や出産において天地宇宙のリズムとつながっている。胎児を養えるよう腰幅や尻が大きく、内股で忍耐強い身体構造になっている。瞬間的に物を持ち上げたり走ったりする行為には弱いが、同じことを繰り返す持続力に優れている。皮下脂肪にエネルギーを蓄えて環境に対する適応力や免疫力があるので、出血とか底深い痛みにも耐えられる。男女の心身の発達パターンは同じではない。女性は出産と育児があるので、男性より一足早い30代がピーク、出産の疲れで33歳が厄年。男性は社会のリーダーとして40代がピーク、仕事疲れで42歳に厄年を迎える。

●性的成熟や衰えなどの節目は、男性は8の倍数で変化する。女性は妊娠・出産するので生物学的に早熟で、ほぼ7の倍数で転機を迎え脱皮していく。女性は13歳で初潮が始まり、男性は16歳で射精が始まる。女性は28歳で結婚し、男性は30歳で結婚する。女性は30代前半が出産体力のピークで、33歳が出産疲れの本厄。男性は40代前半に仕事能力のピークで、42歳に仕事疲れの本厄を迎える。女性は50代に更年期を迎え子育てから解放される、男性は60代に定年を迎え仕事から解放されるなど、人生のスピードは常に男性より一足早く進んでいく。

●女性は自分の身体の微妙複雑な生理に縛られる。月経前・産後・更年期などホルモン分

〈男　性〉	〈女　性〉
1. たくましい性	1. やさしい性
2. 闘争本能	2. 母性本能
3. 実・花・葉（頭）	3. 根（生殖器）
4. 腕力100%	4. 腕力65%
5. 40歳で花開く	5. 30歳で花開く
6. 42歳厄年（体力低下）	6. 33歳厄年（出産疲れ）
7. 平均寿命81歳	7. 平均寿命87歳

泌の変化に不安を感じている。女性の体内時間はゆっくり流れているので、何かにつけて男性より反応が遅い。歩幅は男2歩：女は3歩。トイレ時間は男性30秒：女性は90秒かかる。だから女性は自分が待つことも、他人を待たせることも平気で、男性は平均20分、女性は40分も待つ。男性が女性と付き合うには、外出時の化粧や洋服選びの時間などできるだけ「待ってやる」忍耐力がいる。

●女性は男性から愛され尊敬される対象。人に興味を持ち感情的で「やさしさ」や「人の和」「協調性」を重んじ気配りが上手。小さいものや傷ついたものへ無条件で引き寄せられ、天性看護師に向いている。女性の五官は知覚の早さ・正確さ・記憶力、言葉と感情表現に優れているので、芸術・音楽・接客に向いている。第六感という鋭い直観力で男に見えないものが見え、お腹の胎児やものを言わない子どもの機嫌まで察知する。自分が産んだ子どもを慈愛深く育て、その子を温かく受け入れ、子どもに危害を与えそうなものに対して敢然と立ち向かい、自らの命を賭して守り抜こうとする。男性が弱さをさらけ出しても、女性は母性愛で包み込むのであまりバカにされることはない。
★女性は直観的にモノを見て抽象的なことを嫌うので、論理性を欠き衝動的で狂信的になりやすい。

「男らしさ」「女らしさ」という「有るべき社会的性」

●人間社会には男性にも女性にも「こうあるべきだ」という、社会の構造に組み込まれた「社会的性（ジェンダー）」があり、誰もが成長の過程で自分の性にふさわしい行動・態度・価値観などを身に付ける。そこには民族や国家の伝承と生活習慣から生まれた、その社会の理想が反映されている。その行動様式やしぐさ・言葉遣いには、男らしさ女らしさの基準がある。それに合わせて男性はある種の務めを果たす努力をして男になり、女性もそれらしい育ち方によって女になっていく。
●西欧で女性はイブは禁断の林檎を食べた罪深い存在として蔑視され、戦いに勝った時に手に入れる金銀財宝と同じようなものとされてきた。日本では鎌倉時代に儒教思想が入り、女性は「嫁せざるは父に従い」「嫁して夫に従い」「夫死すれば子に従う」三従の習慣が定着。江戸時代に「長幼の序」と「男尊女卑」を生活規範として付加された。当時の「男らしさ」とは、「雄々しい・大黒柱・亭主関白・男泣き・男気ある男性のこと。今日の男の子は小さい時から、パトカーやジェット機などの玩具で遊び、戦争ゴッコをして男らしさを身につける。親は男の子に対して、負けず嫌いでケンカに強く、明朗でさっぱりして、行動力に富んだ子どもに育つことを望むので、子どもは自ずとその型にはまっていく。
●男性の世界は、ただ強いだけでは単なる我がまま。男性の体の中には原形としての女性が残っていて、きびしい競争社会においても「強さ」と「やさしさ」を兼ね備え、他人が自分をみる目で自分を眺める力を持たないと、男としての資格がない。女性が嫌う男性とは、職を転々とし浮気をしたり賭け事をしたり、女を見下して暴言・暴力をふるう男。いつも不潔で行儀が悪く、話題・発想に乏しく話をしても少しも面白くない男。何事も人まかせで決断力がなく、自分をつまらないと思っている男。これまで日本人が求めてきた「男らしい男」の生き方とは、

1. 男は勝負において全力で頑張り、喧嘩をしても泣かない
2. 男が金を稼ぐ職業に貴賤はない、プライドを持って働く
3. 男が家での家事洗濯は、非常時以外はしない
4. 夫は経済的な責任を引き受け、女・子どもを支える自覚と実力を持つ
5. 女性と性的な関係を持ってもいいが、いいかげんな付き合いはしない
6. 男性だけの場所で性の淫らな話をしても、女性の前ではつつしむ

●日本人が求めてきた「女らしさ」とは、愛嬌・内助の功・良妻賢母・貞淑・清楚など。子どもの時から、ぬいぐるみやペットを抱いて遊び、花や小鳥などに愛情を示し、美しさと愛らしさが身に付くよう育てられる。何ごとも控えめで行儀よく、親切でよく気がつくように躾けられた。言われぬ先から手伝い、公的な場所でものを言わず、年上の人にはき

れいな言葉を遣う。女性が仕事で成功すると男女の性役割を乱すので、自ら成功の機会を避けてきた。そんな女性蔑視の風潮は、今でも社会や職場の中や良家のしきたりに根強く残っている。

1. 女は結婚するまで、処女は守らなくてはならない
2. 女は結婚し、子どもを産まなければならない
3. 結婚すれば夫の好みに染まり、良き妻、良き母親となる
4. 女は家事・育児に専念すべきで、高等教育はあまり必要ない
5. 性的満足は重要ではなく、考えたり話したりするのも上品でない

●男性には厳格な倫理観を伴うタブーはないが、女性には娘として、妻として母としての社会からタガがはめられてきた。女性が結婚し主婦になれば、タバコを吸う、化粧せず外出する、外泊など個人的生き方に関するタブーと、浪費・借金・不倫など家庭崩壊につながるタブーやアル中・売春・麻薬など社会規範に関するタブーなど、男性以上にきびしい掟が課せられてきた。

★男性が嫌がる女性とは、無駄金を使う女、要求の多すぎる女、聞き手の気持ちを理解せずよくしゃべる女。自己を正当化する議論好きな女、他の男性を引きあいに出して比較する女、そして自分自身を気にいらない女の人。

「男は仕事」と「女は家庭」の性別役割分担

●社会には一定の性別分業があり、男女の考え方の差はその役割分担の差から生じる。男性は意志が強く、冒険心があり大胆で攻撃的。太古の昔から食糧を求めて山野をかけめぐり、獲物を発見してそれを射とめていたので、道を探すなど方向感覚に優れ、空間の認知力に長けている。男性は平和な時代は外に出て世のため人のために働き、戦争になれば政治と軍事に専念する。工業社会は肉体労働が中心で、男性が働いた方が多くの収入を得られるので、夫婦の役割分担は「男は仕事、女は家庭」で夫は会社で働き、妻は家庭で家事・育児の全責任を負い、互いに口出ししないのが原則。夫は一家の大黒柱として、家庭経済に必要な収入を得るため、妻の内助を得ながら企業の経済戦士として働く役割。男性は競争心が強く独立精神に富むので、家庭の外に会社という排他的な私的利益集団を作り、公と私の二つの領域を往復。職業的に名をなし、家名を引き継ぎ高めることを目指してきた。

●会社は男の砦で、男性にとって職業は食べるためだけでなく、自分らしさを証明する手段。自分の選んだ仕事に使命を感じ、自分を確立して社会における位置を認識し、世間の評価を感じ取りながら、どれだけ功績を残せるかを目指す。男の世界は実力勝負なので、自分相応の地位や富に対する夢を抱き、自分を叱咤激励して知識を習得し、技能を向上させてその仕事で成功して、その世界で認められて男の自尊心は満たされる。絶えず金がなくなる不安にとりつかれ、多少子どもや夫婦間の交流が希薄になっても、生存競争に身を

〈男　性〉	〈女　性〉
1. 働かねばならない	1. 育てねばならない
2. 生きがいは会社のため、社会のため	2. 生きがいは子どものため、夫のため
3. 男は理想主義、使命は広くて多様	3. 女は現実主義、使命は一律で狭く深い
4. ムダも有益、何かを創り出す	4. ムダはムダ、何かを守る
5. 偉さは外側からの権威	5. 偉さは内側からの威厳
6. 将来に向かって努力する	6. 習慣に向かって努力する
7. 男性に年収を聞いてはいけない	7. 女性に年齢を聞いてはいけない

託し、昼夜を問わず仕事に情熱を傾け、孤独に耐えながら働き続ける。

●女性は結婚し子どもが生まれると生き方はガラリと変わる。父親は一家の大黒柱、母親は生活の土台で家庭は女の砦。その役割は家庭の内側で家族の世話をやき、日々の生活を楽しくする役目。経済的に夫に頼って生きるので一見なよなよとしていても、妻は家庭の温もりで夫を助け力づけ、財布のヒモを握って家族の生活を支え環境を整える。決まった家事・育児に携わり、子どもの感情を読み取り子育てをするので、コミュニケーション能力に優れている。料理や編み物などで鍛えられた手先の器用さは男性より優れ、連続的な細かい手作業を得意とする。料理をしながら子どもを見守るなど、同時にいろいろなことをやれる能力を持っている。

●職業を持たない女性は社会的階級の外にある。女性は結婚によって仕事・旧姓・ふる里を捨てねばならないが、男性と異なるのは結婚の相手次第で社会的階級の上昇機会がある。富裕な男性の妻か愛人になれば豪邸に住み、きらびやかな服を着て一生安楽に暮らすことができる。自分の子どもが権力や富や地位を得ると、その母親として社会的地位も一気に高まる。

★女性は幸福は金で買えると思い、いつも経済生活に強い不安感を持っているので、防衛本能が強い。常に現在の幸福の持続を望み、損をすまいと警戒してあまり冒険や変革を好まず、どんなに満足してもすぐ新しい不安材料を見つけ出す。

男社会は「罪の意識」女社会は「恥の意識」

●男社会は「タテ社会」で、その言動は支配的・優越的、あるいは上に弱く下に強い性格。男性の集団内や集団間での地位をめぐる競争は、女性間の競争より強烈。厳しい競争社会で会社の存亡をかけて戦う男社会は、力を正義とする世界で他人を蹴落としてトップの地位を得ようとする競争の最後は実力で決着がつく。実力とは昔は腕力や武力だったが、今は「知力や経済力」に変わっただけで「力による支配の論理」は変わらない。

●常に弱肉強食の世界で勝たねばならない男たちには、勝者にも罪意識がつきまとう。そこで男たちは互いの利害が対立しないよう、理性を重視し法律をつくって利益を分け合う。そのルールに違反すると仲間に罰せられるので、規則を守り自戒しながら生きる。男の羞恥心は精神にあり、ささいなことに神経を使い、疚しいことをしないよう自分で自分を規制するので融通がきかない。男は自律的だからわずかな違反でも深刻に考える。女性は他

〈男　性〉	〈女　性〉
1. 天をめざす（陽）	1. 地につく（陰）
2. 男は聾で遠視的	2. 女は盲で近視的
3. 危険を好み独立心に富んでいる	3. 誰かに頼りたがり、従順である
4. 野心的、主犯者になろうとする	4. 共犯者になるだけ
5. 戦闘的になるか、虚無的になる	5. 遠まわしでずるいやり方をする
6. 自分を批判の目で見る	6. 自分を肯定の目で見る
7. 見つめることで己を磨く	7. 見つめられることで美しくなる

律性で気づかずに違反したら、天地がひっくり返るがごとく騒ぎたてる。

●女社会は「ヨコ社会」で、集団の一員として心理的安定感を得るために人一倍他人の目を気にする。相手に譲って穏便に済ませ仲良くやることを優先するので、世間に対して恥ずかしいという意識を持ち、「恥ずかしいことはするな」と言う。女性は他者依存的だから、他人に後れをとりたくないと思い、他人の評価を気にする。さらに愛情志向だから、相手に悪く思われないよう弁解がましくしゃべり、人前でもよく泣く。人の愛を失う恐れがなければ、ずうずうしいと思われることも意に介さないから、男性をたてる余裕がある。男性は自分が稼がないとと思うからゆとりなくキレ易いが、女性は自分を変えることが好きなので、異質なものを受け入れる余裕もある。女性の羞恥心は肉体にあるが、優勝劣敗の論理に追随しながらも辛抱強いのは、定期的な生理や長期間子を産むための忍耐力の影響。男性より逆境に強いのは、あまり自分を切り刻んで分析したり、深刻に反省したりしないからだ。自己中心的なカタルシス傾向が強く、グチや噂などのおしゃべりで一気にストレスを発散する。
●女性は常に身の安全に対して配慮するので自己実現のエネルギーが劣り、上昇志向はあっても成功志向が欠落。経営トップが経験する孤独感を恐ろしがってリスクを避けるので、女王になれても王にはなれない性格。その上普通の女性でないと見られる不安、男性と競争する不安や社会から拒絶されるという不安を感じて自ら戦力外となる。
★男性同士は生存を巡って争う競争相手。男社会は競争がきびしいので、強者や勝者に対する妬みが強く、相手の失敗に対して快感を感じる。女性同士も男性を巡って潜在的にライバル関係なので、心許せる親友を持つのは容易でない。

男性の性格は「能動的」女性は「受け身的」

●男性は元来自主的・積極的で攻撃的で、いつも戦いながら明日に生きる兵士。男性の色は理性的で冷たい「青」、自らを悪党ぶり自由を求める。自分の持っている劣等感を原動力として常にリスクに挑戦して大きく強く成長するが、心理的に忍耐しなければならず、ストレスが溜まりやすい。自分の身体の変調や健康など気にしているヒマはなく、外食や付き合いによる生活の不節制で短命。平均寿命は女性より7年も短い。常に主体的に動くので他人の目を意識しないが、いつも価値観の異なる女性に見られ、評価されているとの自覚が必要。
●女性の肉体の一生は、どこまでも忍耐の連続。周期的に月経を繰り返し、結婚・妊娠・

出産・授乳と、節目節目は外からの生理学的な部分に支配されているので、理性で立つことが苦手。知的独立ができず、常に環境に支配されて揺れ続ける。それだけに環境適応能力は男性よりはるかに勝る。女性は基本的に受動的・消極的で受け身だから他者依頼心が強く、親に頼り、夫に頼り、愛人に頼り、上司に頼ろうとする。無力感からくる不安から自嘲ぎみになり、男性の２倍もうつ病になりやすい。人から嫌われたり仲間はずれにされ、頼れなくなるのを極端に恐れていつも４～５人で群れて行動し、自分の打ち明け話をしてなれあい、個々の結びつきを強くする。単独に行動しているようでもベッタリとくっ付き、自分と他人との立場を同一視するので、個の発想と集団の発想が分かちがたい。

●女性の好きな色は「赤」。愛情豊かな暖かい色で善女ぶり幸福を求める。女性は常に選ばれる立場なので被害者意識が強く、男性に対して敵愾心を秘めているが、労われるとやる気がでる。女性には社会的地位や肩書がないので、自分そのものが自尊心の対象。嫉妬心と虚栄心の権化で自己顕示欲が強く、女を否定されたらその先の拠り所がないから、女性のプライドを傷つけない。教養ある女性でも、同性の不幸を喜んだり、他人を軽視し自己を肯定したり、歯の浮くようなほめ言葉でも嬉しがる。いつも他人に従って生きていくので、自分の問題として考えることが苦手。相手の顔色ばかり窺い本音を言わない。議論をしても結論を出したいわけでなく、ただ話し合うことで協調を保とうとする。他人の意見に反論せず、失敗しても傷つかないよう何事も本気でぶつかることを避ける。自分を客観視できないから、女性には冗談を言うよりストレートに話した方がよく伝わる。

〈男　性〉	〈女　性〉
1. 能動的（動物の性格）	1. 受動的（植物の性格）
2. 自分をアテにし、命令に抵抗する	2. 他人をアテにし、命令を喜ぶ
3. 自分を過大評価する	3. 過小評価して自分を抑える
4. 五感の世界、解析的	4. 五感を超えた世界、直感的
5. 論理的で、原則志向	5. 感覚的、気分変動的
6. 10手・20手先を読もうとする	6. 目前の1手先しか読めない
7. 一人になってホッとする	7. 群れの中で安堵する

●女性は献身的で子どもや夫への愛という字に弱く、数字や計算・機械と理論に弱い。流行や世間体に弱く、お世辞やマスコミ・権威に弱く、決断に弱いので、それぞれ手助けを必要とし、自分のためにひたむきに尽くしてくれることを喜ぶ。女性が泣くのは従順で、控え目で、気が弱く、優しいという性的役割に合わせて、男のやさしい言葉を引き出す手段。女性は保身に長じている分、極端に閉鎖的で利己的。周囲のものにまで目が届かず、利他的な男性と比べて大局観とバランス感覚に劣っている。

★女性はいつも自分中心に判断し、世の中は自分中心に回っていると考えているのでストレスに強い。男性はストレスが溜まると酒を飲んで自分を癒すが、女性はみんなでスイーツを食べしゃべりまくってストレスを残らず体外に発散する。それが長生き要因の1つ。

男性は「行動」で女性は「口」で表現

●男性は生まれながら、多くの子孫を残すため浮気本能と、獲物を獲得する狩猟本能と、未知なものを探索する本能を持っている。そして自分の成すべきことをなした時、その言動は優越的・支配的な形をとる。それを成し得なかった時、負けや弱さを抑圧するために怒ったり暴力を振るったりする。女性は弱者ゆえに決定権を男性に委ね、行動する前に防波堤を築き、態度不鮮明にして責任を他人に押しつけようとする。最後の決断を「自分の意思でなかった」と言える理由があると安心して行動に移る。責任を追及されたら言い訳をして、どこまでも自分の行動を合理化する。

●男性と女性では脳の構造が異なるので、物事への対応の仕方がことごとく異なる。男性は右脳が主役、数学能力や空観認知能力に優れており、女性は左脳が主役、言語記憶や言語運用能力に長けている。この脳の男女差は言葉や行動の違いに現れる。女性は「ねえ、ちょっと喉渇かない？」「ねえ、ちょっと相談があるんだけど？」、まず感情を受け入れて欲しいと思うほどに、全く別々の世界に住んでいる。男性の意志は「知から情へ」と動くが、女性は「情から知へ」と動き、二つ合わせると意志は全く動かず安定する。男性は不都合を、自分を材料にして笑ってごまかし、顔で笑って心底悲しみ、人のいない所で泣く。女性は嬉しい時に笑い、悲しい時に泣く。他人を材料にして笑い、自分の不都合をごまかすために人前で泣き、泣きながら相手がどの程度、自分の甘えを受け入れているかを察知する。

●「一人になりたい男」は何も言わないことで何かを失っても何かを守ろうとする。男性の会話は闘争の一形態で、話の展開を考え会話を必要最小限にして話す。いつか互いに姓で呼び合い、何も話さなくても察して解る間柄になりたいと思い、「本音」を重んじるので正面からの説得に弱い。女性には子育てを通じて、相手の気持ちを瞬時に読みとる能力がある。女性にとって会話は共通問題を共に悩み、考え協力して解決する手段。自分のことや身内のこと、何でも話せる間柄になりたいと思う。「立て前」を重んじて話すので横からの説得に弱い。女性の話にはラチがなく、際限なく話し続けるゲームのよう。女性は腕力において男より劣るので、決して力を振るわずその分を口でカバーするから、口ゲンカでもほどほどにして別れることを知らない。

●女性は集団の一員であるという心理的安定感を得るために、仲間を作って共に行動する。女性は周囲と対立することを恐れるので、ゆっくりしゃべり遠回しに表現をする。一見大人しいけれど、挑発されたりして怨みを抱くと、相手の話の腰を折ってくどくど説明して攻撃的になる。女性は許すことはできても忘れることはできず、執念深くいつまでも記憶している。自分の問題として考えるのが苦手なので、ユーモアや皮肉など婉曲な話法は通じない。女性は感じやすく暗示にかかりやすいので、ウソをウソと思いつつ信じてしまう。

●女性は自分と異なる生命を体内に宿し、子どもを産み育てる役割を担っているので、なかなか変わりにくく、うるさく失敗や罰則の恐怖を植えつける。結婚すると子どもや夫を思い通りにしたいと思い、「ハヤク」「いけません」と支配したがる。高学歴の女性ほど、男性に対する劣等感も強く、被害者ぶって夫を支配したがり負けたくないと主張しねじ伏せようとする。夫にものを頼む時も、女だから「これくらいはしてくれて当然」と思い、

〈男　性〉	〈女　性〉
1. 男は話す、なぜと聞くのを恥じる	1. 女は喋る、会話の合間に「なぜ」を使う
2. 男のエゴは競争心	2. 女のエゴは甘え
3. 行動した後でつじつまを合す	3. 行動する前に言い訳をする
4. いつも自分をあてにする	4. いつも他人をあてにする
5. 自分を材料にして笑う	5. 他人を材料にして笑う
6. 相手のほめ言葉にだまされる	6. 相手の行動でだまされる
7. 本当をウソと疑ってかかる	7. ウソを本当と思い込もうとする

用件を何度でも念を押せば、すぐやってくれると思って繰り返す。頼まれた夫は用件に生返事を繰り返し、妻を待たせて自分が上位者であることを主張し、自分の自由意志でやっているかのように振る舞う。妻がよく夫を待たせるのは、待つ人より待たせる人の方が上位とみなされるので、謝ることに抵抗のない妻は、謝ることを計算に入れて遅れる。

★女性は周りが見えない低い場所を好まず、尖ったものを怖がり、常に神経質なくらい防御態勢を崩さない。見知らぬ人が90センチ四方に入ってくると警戒心を高め、好意を示さなければ防衛態勢をとる。触られると「ダメ」「よして」など否定して、危険を未然に防ごうとする。

性なるエネルギーは「聖なるエネルギー」

●男性は元々女性として生まれる。受精後７週目頃にある種のホルモンが放出され、肉体的に男性体質になると免疫力が低下するので女性より寿命が短い。精神的には生まれてから児童期までは男性でも女性でもない中性だが、女性は11～12歳で初潮が始まり、男性より2歳ほど早く肉体的・生理的に生殖年齢に達す。男性も中学生頃から射精が始まって生理的に男性と女性に分かれる。青年期になると明確に自分の性を意識するようになり、互いに異性に引かれ求愛し結婚する。当初はなかなか相手を理解し合えず誤解が絶えないが、成人期にもなると、異性は全く違う感じ方をするものだと知って相互補完の関係を保てるようになり、やがて女性は閉経する。男性の精力も20代は凛然、30代は当然でも、40代は悄然、50代は呆然、日本人がセックスを諦めるのは女性51歳、男性53歳。60代になれば全然といった状態になって、自分の性あるいは相手の性を客観的に見られる。老年期になると双方共に外見にとらわれなくなり、中性に戻って互いに人間的レベルで話し合えるようになる。男性は年齢や症状に個人差が大きいが、一般的に40歳～70歳前後まで加齢と共になだらかな更年期を迎え、男性ホルモンが減って中性になっていく。

●日本人は性に従うことを神から習う道として、春画に描かれた男女のように性をも大らかに認めてきた。「性」と「お金」に対する反応の仕方は、その人の人生観の中核を成す。中でも性の願望は人間の願望の中でも最強のもの。男性の性的エネルギーの絶頂期は18歳頃がピーク、元気な男ほど性力旺盛で、セックスはモルヒネ以上の快楽をもたらし執着を起こすので、強力な性衝動を抑制するのは容易でない。性欲は本来生命を産み育て、人類を維持・発展させてる重要な役割を持つ。男性は女性の発情期がわからないので、いつも女性に興味を示さなければならず、男性と女性の騙し騙され合いになってセクハラ問題が

〈男　性〉	〈女　性〉
1. 相手の顔や容姿で選ぶ	1. 相手の態度や人柄で選ぶ
2. 自分の恋人を隔離する	2. 自分の恋人を見せたがる
3. 愛を口にだすのを照れる	3. 言ってくれと求める
4. 羞恥心は、精神にある	4. 羞恥心は、肉体にある
5. 性の行為は奉仕者のよう	5. 女王蜂のよう
6. 満足を先に延ばそうと努力する	6. 一刻でも早く満足を欲しがる
7. 性交の後で迷い悩む	7. 性交の前にためらい迷う

起きる。男女の性的な関係は愛情があってのものだが、男性が女性といつまでも、友だち関係でいるのは難しい。年頃の男性は能動的で性欲を抑えきれず、機会があれば道ならぬことをする。女性の好きは愛への集中度が高く本格的。性欲は受動的で他者依存型だがそれが生殖につながり、セックス後の妊娠・出産という過程全体を背負うから中途半端になれない。この生理的・心理的性差は遺伝子に組込まれているので変えようがない。

●男性も女性も自分の性を知るのは大切なこと。性に付いてはアダムとイブの昔から恥ずかしいこととして、夫婦や恋人でも向き合って話すことはない。親でも学校でも子どもに性やセックスを語るのに抵抗があって教えてくれない。男性は自分が男性であることに、女性も女性であることにある種の気恥ずかしさと罪悪感を持つ。そして性を卑しいものとして包み隠し続け、古来どの宗教でも性欲を罪とし、性交は恥ずべきもの、男性に性欲を起こさせる女性は邪悪な力の手先と考えられてきた。女性は自分の性器を見ても、触っても、その名前を口にしてもいけないもので、生殖のため以外の性交はしてはならないとされてきた。

●本来性交は人間存在の本源に根ざしたもの、食べることや呼吸・排泄などと同じ正常な人間の生活の一部。誰でも年頃になれば、自分の中の動物的な性にめざめ、男女ともに肉体以前に精神的に求め合って愛情が生まれ、より親密な関係になりたいとの本能が動く。性交などという言葉は口にすべきでないとして避けるので、アダルトビデオやポルノ雑誌から得た知識や、先輩や友人から面白半分に聞いた知識だけ。夢精やマスターベーション・同性愛、妊娠や性感染の知識や、避妊用具やアダルトグッズの使い方など教わったことがなく、正解が解らないので全てがあやふやのまま。元々性器は陰部・恥部と言うほどに、言うのも聞くのも恥ずかしいものはネットで調べるのが1番。

●男女間に愛があれば性交は当然で、それは単なる遊びごとではなく、健康な生活の一部。二人を幸せにする愛をつきつめた一筋の道。20代の男女の愛は、性的に結合することだけでも成り立つ。30代は結婚して同居し同志の愛となり、40代になれば人間愛、愛と性の感情が調和するようになり、お互いの思いやりが通じ合い、性行為も言葉を使わない女性との会話となる。50代になると性エネルギーを最も上手に転換する生産的な年齢となり、最後に人類愛へと広がり神への愛にたどり着く。性的欲求を処理するだけの、性交は破壊的で意味がない。男性は女性と一体となることで、外見に惹かれた愛情が聖に変容し、女性は内から起こる聖なるエネルギーによって歓喜の境地に到達する。性関係においては男性の方が積極的で女性をリードして、その結果に責任を取るのがルール。男性の性交は一瞬で燃え尽きるが、それをガマンして女性を先に昇天させるのが男性の作法。その自信は性の領域からやがて生活のすべての領域に広がり、人生を生きていく上でも自信となる。
★西欧人にとって性と生食は利殖に結びつく行為であって少しも神秘的でない。子どもの時から動物の性行動の見本を見て育つので、屋外や人前でも平気でキスや抱擁もする。子孫を残すために性交はやむえないので、キリスト教は結婚によって型にはめ離婚を禁止して支配した。日本人は内と外を区別、男女とも外では中性的にふるまうので、人前で愛情を表現するのは非常識と見なされる。

２―２／人間性成長への道・結婚生活

結婚は互いの「異なる性」を知る出発点

●男性と女性の性格は、磁石の＋と－のように対称的。自分に欠けているものを求めてひかれ合う。男女が人生を幸福に生きる方法は２つある。１つは結婚して互いに愛する生き方。もう１つは生涯独身で愛さなくてもすむ自由な生き方。恋愛し、終生の愛を誓って結婚式をし、婚姻届を出して正式に性行為が認められる。結婚して異なる性と一体化することで、理性と感性がバランスよく調和して理想の生活に近づける。やがて子どもが生まれて二人の命は若返り、互いに敬愛し貞節を尽くし、和合することによって恋愛から夫婦愛へと進化し、「夫婦円満・一家和楽」が実現する。そこに人間の本当の幸福の源がある。

結婚して異性を通して知り得た知識はすべての異性に適応できるので、幅広い理解力が生まれる。男女の性差による長所・短所は表裏の関係で、それは神の配慮だから、相手の考え方を変えるより自分の方から変わった方が早い。

●結婚とは異質の相手と生活を共にするのだから、相手の気心を飲み込みそれに合わせないと長続きしない。夫婦生活の秘訣は誰も教えてくれないから、人生最初の課題。当初は互いに性的魅力があってアバタもエクボに見える。しばらくすると互いの性を理解できず、男女は同じように考えると誤解してたびたび判断を誤る。それでも夫は「こんなものだろう」と思い、妻は「こんなはずじゃなかった」と考えはじめる。30代になるとやはりアバタはアバタに見え、エゴが衝突してケンカになる。所詮男と女はお互いが理解し合えるものではないから、自分の欠点や短所を隠してもくたびれるだけ。互いにありのままの自分を出し、ありのままを受容して親密な信頼関係を作って、安らげるよう最大の努力をする。

20代は、美化された愛

30代は、子どもに結び合わされて平和を保つ

40代は、夫婦であり続けるために、お互いに努力する

50代は、忍耐し、あきらめの境地と、他に喜びを見つける

60代は、いい結婚をしたとお互いに感謝し合うか、憎悪になる

70代は、お互いに素晴らしい神様か、男女の化石になる

●結婚は性欲を満たすだけでなく「人間を知ることの機会」に恵まれる。男性は結婚して

家庭を持つと仕事に集中でき、やすらぎが得られ、社会的信用がつく。女性は新しい命を生み出す生命だから、結婚して子どもを産み育て社会に送り出すのが使命。やがて子どもが生まれ3人になれば「家族」という最小単位の社会が形成され、喜びも苦しみも深くして人生を濃密にする。家族は人間がこの世に生まれ最初に出会う人間集団で、生物的母性によって構成される。女性の愛する人の対象は、人生の節目節目において変化していく。独身時代の愛情は100%彼に注がれるが、結婚すれば一心同体とはいえ別個の人格体だから、思いは夫に50%と生活に50%。子どもがで出来ると子どもに100%注がれる。その子どもをまじめに善良に成長させ、自立できるまで育てるのが両親の役割で、そこに幸福感と充実感が伴ってくる。30代は別れようと思っても子どもがカスガイになって留まり、40代はお互いにじっと忍耐、50代は諦め、60代になってやっとお互いに労りの心が出来てくる。

★恋愛・夫婦仲・不倫・離婚など悩ましい男女間の問題は、精力旺盛な20代～30代に集中して起きるが、40代になると収まってくる。

結婚相手を選ぶ「男性の希望」と「女性の条件」

●「男性」が結婚相手を選ぶ場合、1容姿、2相性、3性格の順。繁殖の成功度は主に女性の繁殖力に依存するし、70歳を過ぎても精力が維持されるので、自分より年下の女性を選んできた。「女性」は1収入、2優しさ、3容姿の順。自分の帰属階級を飛躍させるチャンスとして、これまでは家柄や年上の男性を選んできた。夫に自分と子どもを支える生活能力を重視し、背が高く・高学歴・高収入など、外見や頭の良さにもこだわった。戦後の男女共学世代は、相手との会話が成立するよう、自分と同じ教育・所得レベルが近い同類・同年齢を選ぶ傾向にある。さらに今の夫婦共働き世代は女性も働くから、少し容姿は落ちても①家事を手伝う、②手を取り合う、③手をつなぐ性格の男性を好むらしい。

●結婚は男と女の誤解から成立する。恋愛という幻想、性欲、偶然・打算・窮余の策で結婚する。現代の若者は恋愛結婚を理想としてきたが、現代は18歳〜34歳で交際相手がいない男性は70％、女性は60％で、大方の若者が恋愛離れ。恋愛は一方的で自分勝手なことだから、自分が好きになっても成功するとは限らない。幸運にも相手が受け入れ恋愛が成立しても一時的で刹那的。２年を超えるとケンカしたり気が変わったりして、３年もたてば消滅するので、コストに対するリスクが大きい。男性は好きになると理性で抑えきれなくなって衝動的に性行動に移るので、女性は男性は恐いもの、醜いものと思う。だが恋愛はそのような性欲に対する罪悪感を忘れさせる。受け入れると結果次第で「出来ちゃった結婚」のリスクを背負うので、互いに性欲と向き合い真剣に受け止めねばならないから、結婚相手より人間として付き合う。

●平均結婚年齢は、男性は30歳、女性は29歳と年々高齢化している。男性でも35歳を過ぎると精子の質が衰え数が少なくなって不妊の確率は高まる。女性の寿命は延びても、一生の間に排卵される卵子の数は４００個。30歳頃から生殖細胞が減少し、35歳を過ぎると卵子が老化して、染色体や遺伝子に異常が起きやすくなる。女性の妊娠適齢期は18歳から35歳頃まで。20代での子育ては楽だし母乳も良く出る。40歳以上の初産は体に負担がかかってリスクが増し45歳が出産のタイムリミット。50歳の閉経時の卵母細胞の消失と共にホルモンの分泌は終了。所詮子作り子育ては体力の問題だから、できるだけ若い時に子どもを産んだ方がいい。反面、結婚年齢が上がるほど、自分なりの異性観をもって結婚するので、安定した結婚生活の基盤を築きやすいから、離婚のリスクも少なくなる。

●若い男女が恋愛にあこがれ結婚という形で結実しても、境遇の異なる他者との結婚生活には大変なエネルギーを必要とする。互いに良い所を褒め合いながら愛を育て、二人の絆を強化しなければならない。結婚生活は子どもを産み育て、何十年と家庭をはぐくむ平坦な道なので、夫婦愛は五分と五分で向かい合い、気に入らなければ別れる程度の愛では長続きしない。結婚したからといって快楽だけを求める性行為は精神的には貧しく、性エネルギーを発散するだけ。夫は次々と女性放浪し、夫から満足を得られなかった妻も男性遍歴を繰り返す。それより二人が一体となって、何か一つのものを創造しようという意志、あるいは夫婦の価値観や宗教観が合うことの方が大切。

★男性は「愛があるなら貧しくても…」と考え、女性は「愛しているならお金に不自由にさせないで…」と考える。男性の年収が、非正社員の２００万円程度では、結婚できる状態ではない。女性が望む年収６００万円以上は、独身男性の６%程しかいない。そんな経済的理由で50歳以上の生涯独身男性は25%、女性は15%と年々増加。今は生涯一人でもコンビニがあって、仕事や趣味に打ち込めば楽しく生きられる。

「夫婦愛」から「人間愛」へ人間性の成長と成熟

●家庭の幸福を築く上で収入や資産も大切だが、一番大切なのは夫婦円満。結婚すれば男と女は全く違う感じ方をすることが解る。互いに理解不可能という事実を目前にして、相手のすべてを我慢し引き受けて、終生夫婦でいることは一番の修行。大事なことは日ごろから互いの生き方や考え方を話し、共通の人生目標をしっかりと持つこと。夫婦はお金が無くても、病気でも、愛し愛されていれば幸福になれる。人生の真の友は夫婦なのだから、夫は「女性を保護すること」を使命とし、妻は「一人の男性への貞節」を守り、お互いの才能よりも人格を尊敬できるよう努力して、心からの連帯の絆をつくり相互補完する。

●夫婦喧嘩をしないために大切なのは、互いの思いやりとガマン強さ。それが夫婦関係を長持ちさせる秘訣。新婚当初は性欲を満たすことで一体となれるが、接近するほど互いの異なる性格が見えてくる。結婚しても妻はいつまでも夫より実家の方が大切と思っているので、25歳まで夫婦の離婚率が高く、離婚原因の1番は男女とも性格の不一致による。熟年期になると女性は閉経し、男性も精力が減退して自分や相手の性を客観視できるようになり、お互いの良い部分も悪い部分も理解した上で婚姻生活を送る。老年期になると男女は一見違っていても、一皮むくと結局は同じ感じ方をするものだと悟り、中性に戻って、互いに人間的レベルで話し合えるようになる。これが男女夫婦の実態で、この辛抱ができないと離婚することになる。夫婦の伴侶性を高めるには、夫婦間の会話を円滑にすること。お互いに向き合った時に日々それぞれの生活体験を会話し、課題に対して相手の意見を尊重し言い合いでなく「話し合い」をして和する。

1. 自己主張はほどほどにして相手を立て、相手をほめる
2. 自身を反省し、相手へのサービスを疎かにしない
3. 他人と比較したり、顔の美醜を口にしない
4. 相手の親族の悪口をいわない
5. 収入のことをけなさず、経済的セルフコントロールを保つ
6. 相手に過度の要求をせず、不平をできるだけ抑える
7. 夫婦ともおしゃれを忘れず、会話にジョークを絶やさない

●親子のタテの関係は秩序の根本。結婚して男性は母でない女と、女性は父でない男と一緒に暮らす夫婦生活は「平等が原則」。一方だけが配偶者より幸せになってはいけない。男女が共有の生活体験を積むほどに、強い男と弱い女のタテから、相互補完のヨコの関係となっていく。人生100年時代の長寿時代は、子どもが自立した後再び20年～30年間の「夫婦だけの時代」がプラスされる。老後生活は親子関係より夫婦関係が重要になるので、老後夫婦の関係の質の善し悪しが問われる。夫婦とも歳をとると性欲が無くなり、性欲が無くなると性別もなくなり、夫婦愛や肉親愛など限定された愛情にこだわらなくなり、やっと純粋な人間愛に到達する。

★夫婦は共に自制し自分の心を治めることによって、夫婦円満・一家和楽の生活が実現する。

女性が獲得した「結婚・出産・離婚・再婚」の自由

●今までは「結婚はしなければならない」「若い時期にするもの」として、両親や社会が若者を結婚へと促してきた。「男性」は、20代のうちに結婚し、所帯を持って妻や子どもを養うようになって一人前。30歳を過ぎても独身の身軽な社員は、世間に信用がなく出世できなかった。「女性」は、結婚するまでは家事見習いをし、見合いをして25歳までに結婚し、旧姓を捨て、3~5人の子どもを産み母親になるのが当たり前。夫の出世のために内助の功に徹し、子どもの教育に集中し社会に送り出し、家庭を守るだけの生涯を送ってきた。

●大戦後は男女平等を前提に、法律や制度は整えられてきた。経済や文化が成熟して炊事・洗濯・掃除など大型家電製品やコンビニが普及して、男性でも生涯一人で身軽に生活していける。女性も働く環境が整って、経済的に男性に依存する必要がなくなった。また性に対する社会的規範が緩んで、独身者でも性体験が持てるし、女性は精子さあれば結婚にこだわる必要がなくなって「結婚をしない自由」を獲得。既婚者・独身者に関わらず生涯人間らしい生活ができる社会になってきた。

●女性は結婚しても子どもを産み育てる母親である前に、自立した自分の人生を優先して、出産は自分の意志で決める。労働は機械化・コンピュータ化によって雇用機会が増え、老齢年金や介護制度や施設ができて、自分の老後を子どもに託す必要がなくなった。身軽な人生を選べるようになり、「子どもを産まない自由」をも獲得した。だが、女性は仕事に生きるのでなく、幸せな結婚をして子育てを楽しむ本来の生き方を見失ってはならない。

●伝統的に結婚は一生に一度きり、離婚はしてはならないものとしてきた。もちろん結婚したら離婚しない方が良いのだが、男女は根本的に体の仕組みも心の成り立ちも違い、互いに異なる育ち方や生活経験をしてきたから、夫婦の性格の不一致は避けられない。それが忍耐の限界にきて離婚しようと思っても、女性にとって世間体もあり、金・子ども・仕事のハードルも高かった。今頃は女性が体力にも経済力にも自信を持ち、一人でも生活し子どもへの義務を果たす見通しが立てられる。結婚を失敗だと解ったら離婚に踏み切れる「離婚する自由」を獲得し、人生の最悪の不幸を避けられるようになった。離婚の危機は生涯に3度。最初は仕事と家庭の両立が難しい30代。2度目は子育てが一段落した更年期の40代。3度目は定年退職した時点の60代。年間離婚件数22万組で結婚した夫婦の3組に1組は離婚する。その内の70%は女性からの申し出による。

★離婚したらもう一度新しい伴侶を見つけ、「再婚する自由」を獲得した女性の生き方は一気に多様化。バツ1同士が結婚して「あなたの子どもと、私の子どもが、私たちの子どもをいじめている」といった複雑な家族が増えている。

自立した男女が共に働き自由に生きる「共同参画社会」

●女性が①結婚をしない自由、②子どもを産まない自由、③離婚する自由、④再婚する自由と、４つの自由を獲得して、男女とも1度も結婚しない人と何回も結婚する人が増え、社会のあり方が大きく変わった。結婚しても少子化で、子育て中の期間や子育て終了期間が早くなり、女性の職場進出が進んで「夫婦共働き」が定着。「戦う男と、守る女」「働く男と、料理をする女」は過去のもの。給料も増え仕事の満足度も増え、男女雇用機会均等法によって出世の機会も増え、今まで得られなかった社会的名誉や尊敬をも得られるようになった。これまでサラリーマン家庭の平均像は、「夫婦と子ども2人」の４人家族。夫だけ働き年収８００万円程度、妻は専業主婦で年収０円だった。今は第1子出産後に常勤の仕事を続けられる女性は20％と増えて、夫婦共働き家庭は、「夫婦と子ども１人」の３人家族とスモール化。夫の年収５００万円と、妻の２５０万円を合わせて、年収７５０万円程度。近年は夫の残業が減って祭日や休日が増え、家庭は余暇の場、家族は遊び仲間となっての一家和楽が、平均的サラリーマンの幸福な家庭像となっている。

●従来の男と女、男と男、女と女の関係も再編成期に突入し今日の男女関係は、「男と女は根本的に違う」という思想から自由になった。生まれてから4、5歳までは男も女も同じ育て方をするので、男性でも女性でも潜在意識の差がなく、ほとんど生理的な性差だけ。男女とも世代を超えて性や年齢による差別や抑圧が無くなり、これまでの「男」と「女」の2区分ではなく、生まれながらの性別にとらわれない性別のあり方が見直され、「女らしい男性の生き方」や「男らしい女性の生き方」も認められ、同性同士の結婚さえ有りになった。

●世界中で同性間の結婚や、結婚と同様の権利を認める動きが活発化。女性同性愛者（レズビアン）、男性同性愛者（ゲイ）、両性愛者（バイセクシュアル）、トランスジェンダーのＬＧＢＴの存在感が増している。男女共生社会での男性は、生涯を通してさまざまな女性と関わり、その温かさややわらかさ、優しい母性に包まれて男らしさを発揮し、決然と不言実行しながら成長していける。

★社会的な性差別が無くなっても、人格の中核の部分に性差は存在し、男女の厳然たる生物的違いや、女性の肉体と感性に備わる母性が無くなることはない。

第3章　グローバル世界に生きる

3－1／地球を二分する気候・風土

「東洋」と「西洋」地球を2分する自然環境

●「地球」は46億年前に誕生した8つの太陽系惑星の1つ。当初は熱とガスでに覆われドロドロの火の玉惑星だったが、冷えて地表温度が300度まで下がると灼熱のマグマは水蒸気となり大気となり、やがて雲となり雨となって降り始めた。年間10mを超える雨が1000年に亘って降り続き、10億立方キロメートルの水が地表に溜まって「海」が誕生。宇宙から見た地球表面は青い海面ばかりで、地球と言うより水球のよう。その海の水は宇宙で唯一地球だけに存在し、気体・個体・液体へと循環している。地球上の生き物の体重の30～40％は水が占めている。水の酸素はさまざまな物を溶かしたりくっ付けたりして無から生を創造し進化させて、地球に生命を誕生させた。大気は風を吹き起こし、気候はドラマチックに変化して地表の温度や湿度を変化させ、大海の水を動かして海流を形成して地球環境を進化させた。かくして地球だけが天も地も一体となって奇跡的に生命が育つ環境がバランスよく整い、宇宙で唯一生命が存在する星となった。

●地球は、表面はプレート・中間部はマントル・中心部はマグマの3層構造になっている。地球表面の「プレート」は、かつて表面を覆っていた海の重い元素が海底に沈み、軽い元素が表面に固まって岩石になったもの。それに地下から大量のマグマが噴出し冷えて固まった岩石とが一体化して表面プレートを形成。金星や火星は一枚のプレートが全体を覆っているが、地球は十数枚のプレートが重なりその厚さは大陸で30～100km、海洋では10kmほどある。地球だけに存在する水は、地表の岩石に溶け込んで破壊し、地表を覆い尽くした植物の根が岩を貫き破壊して、川の流れを変えたりして多様な生物が住処とする。それらすべての生き物が生き、死ぬとその死骸が固まって岩となり、表面プレートの形を変える。自然法則が重なり合って複雑になると秩序が生まれ、地球は巨大な生命体のようにエネルギーに満ちて、今もダイナミックに活動し進化し続けている。

●中間部のマントルは柔らかいマグマの熱を蓄えた層。中心部までは5000キロで260気圧ある。地表のプレートに水が染みこむと割れ目ができ、中間のマントルに上昇・上部と下部の対流を生む。そして突如中間部のマントルを貫き、中心部から大量のマグマが一気に噴き出し、火山となって島を造る。軽い安山岩の島は沈まないから積み重なって広がり続け、数十億年たつと大陸となる。地球で陸地の90%以上が火山活動で大量のマグマが噴き上げ、小さな島々が海面上に表出して大陸を押し上げて巨大な山脈ができたり、数百万・数千万年単位でマントルの上に乗った大陸を移動させ衝突させて超大陸を造る。

●地球は5500万年前にプレート上のインド大陸と、ユーラシアの大陸が動き出して超

〈東洋の気候〉	〈西洋の気候〉
1. 温帯・四季があって多雨	1. 砂漠・寒冷地帯・乾季雨季の二季で少雨
2. 多様な生命にあふれている自然	2. 一切の生命を拒絶する自然
3. 自然中心（ウエットな性格）	3. 人間中心（ドライな性格）
4. 現実ありのままを肯定	4. 現実否定、未来に理想を掲げる
5. 自然と調和する（成る社会）	5. 自然を征服する（成す社会）
6. 地方分権の共同体型（ヨコ社会）	6. 中央集権の都市型（タテ社会）
7. 紛争は話し合いで解決	7. 紛争は武力で解決

大陸同士が大衝突。地殻が隆起して地球上で最も高いヒマラヤの巨大山脈が誕生した。その大陸を横切る高い山々が雲をさえぎって、地球上の気候・風土はガラリと変わり、東洋と西洋に2分した。

★4万年前はまだ日本列島は無く、巨大なユーラシア大陸と陸続きだった。そのユーラシアプレートの下に太平洋プレートがゆっくりと沈み込み、大陸の東端が2つ〜3つがちぎれて2万年前に四方を海で囲まれた南北3000kmに連なる日本列島が誕生した。

東洋は気候温暖で「実り豊かな農耕地帯」

●ヒマラヤ山の東側の東洋のインド・中国・日本や東南アジアモンスーン地帯の自然環境は、夏は太陽が輝いて暑く雨が多い高温多湿なので大量の水を必要とする水田稲作に適している。地上は生命力にあふれ山や森では果実がみのり豊かな恵みをもたらすので食物が豊富。熱帯気候のインドでは米が年6回とれ、米の生産量は1億7000万トン（日本は1000万トン）

とれ、東南アジア諸国でも2、3回とれる。日本や中国などの稲作は1粒に140粒も実るので、米の収穫倍率は麦の1・4倍と生産性が高い。しかも諸島沿岸の海では魚が取れて食糧は豊富、海洋国家は外国との貿易が盛んなので争うことはない。自然に従っていけば生活に困ることがない。インドの人口は14億1700万人、中国の人口は14億1200万人と世界人口の1／3を占め、島国の日本でも1億2300万人と人口密度が高い。農耕の民は地域での地縁・血縁といった結びつきが強く地方分散型社会を形成。豊かな自然の恵みに支えられて現実のありのままを肯定する現実主義。たまに見せしめ程度の戦争はあっても、互いに共生をめざすヨコ社会。

●東洋の民族はありのままの自然全肯定。多様な自然の背後に存在する神は、人間に太陽の神、山の神、水の神、火の神など、母のようにやさしい特性を持った神々で、どの神も全能でなくヨコ一列。神道・儒教・ヒンズー教などの多神教は、主にその国・その民族だけの宗教。自然の中にいて人間に恵みを与える優しい神。天上の太陽・火・水・山の神など特性を持った神々がいて、どの神も全能でなく上下関係はないから絶対もない。自然の背後にいる神と人間との交信は直感的で、言葉で表現したり体系的にまとめきれないので教義はなく、教祖や聖職者はいない。祭祀は首長や祭司を中心に、神々に供え物や生贄をささげて感謝し、さらなる豊作を祈る民俗宗教。その土地に育った血縁関係による共同体救済型。閉ざされたその国・その民族だけに留まるが、異なる民族や異教徒の神も排除しない共生的宗教なので争うことはない。

中東から西側は雨が降らず「作物不毛の砂漠地帯」

●広大なユーラシア大陸に連なる巨大なヒマラヤ山脈の西側一帯は、極端に乾燥した砂漠地帯は乾期と雨期の二季しかなく、昼間はギラギラとした太陽が大地を照らす灼熱地獄。夜間は氷点下と寒暖の差が50度と過酷。ほとんど雨が降らないので、命を支える水が無く、作物が育たないので食べ物も無く慢性的食料不足。砂漠における自然の力は神のごとく絶対的で一切の生命を拒絶し、人間の一切の努力をも拒絶する。一旦砂風に巻き込まれれば神の怒りにふれたごとくアッと言う間に死に絶え死体は蒸発して天へと舞い上がる。まさに人生は1度きりで、輪廻転生を考える余地など全くない。

●地球の1／3は砂漠地帯で、内陸の砂漠地帯の大半は作物が不毛。サウジアラビアやオマーンの耕地面積は国土の1％程度。イエメンでも5％そこそこ。痩せた土地での小麦の畑作だから慢性的食糧不足。体を動かして土地を耕す農耕作業は、あまり成果がないので男たちは勤勉でなく、女たちは黒い布を被って肌を見せず人口を抑制する。きびしい現実の地上で生きるため、砂漠地帯に散在するわずかな草原で、羊や山羊などの家畜を育て命をつなぐ。牧草が無くなるとその土地を捨て、次なる草原を求め広大な砂漠を渡り歩くので遊牧民には国境がない。土地を持たないから地縁が無くコミュニティがなく砂のようにバラバラ。家畜の群れを力でコントロールし、血縁で結ばれた部族をまとめる族長の権力は絶対的で、一切の反抗は許されない。族長の命令に従って天空の星を目印に一直線に次の土地へ移動する。

●砂漠地帯の自然の背後に神は存在しない。神に見放された砂漠に住む部族の性格は荒々しく戦闘的で、移動するたびにここはオレの土地だと言って他の部族と取り合いをして紛争が絶えない。腹を空かせた人間が生きるために、食料のある所を襲って略奪するのは当たり前。毎年穀物の取り入れ時期になると集落を襲う。部族間の争いは戦略と戦術に優れ、族長が逞しいリーダーシップを発揮した方が勝つ。畜民なら家畜を連れて逃げられるが、農耕民族の田畑の作物は一年あまりかけて栽培するので持って逃げられない。勝者は収穫した食物と家畜のすべてを奪い、男性は皆殺しにして女性は性奴隷とし、敗者の報復を恐れ恨みが残らないよう徹底的に焼き払い、根絶やしにして追跡不能の砂漠へと姿を消す。

ヨーロッパは寒冷で「食料・土地を争う」覇道の世界

●広大なユーラシア大陸の西末端に位置するヨーロッパの季節は乾季・雨季の二季。夏は日光に乏しく雨は少なく冬は長い。地球は温暖期に入って巨大な氷河が溶け、地表を根こそぎ取り去ったので土地は痩せ、農作物は3年に1回しか育たない。農耕革命を成功させたイギリス・ドイツでも、麦1粒から3～5粒取れる程度。ロシアの領土は広大でも寒冷で、モンゴルは大陸のど真ん中。いずれも厳しい自然条件の中で食糧不足。その上に天候不順が1、2年続けば人口は一気に20～30％も減少する。頭を働かせ、知恵を絞って自然を征服し、食糧やモノを作り出して人間中心の西洋文明を作り出した。ヨーロッパで盛んなのは牧畜で、芝生のように生え揃った牧草で羊や牛などの家畜を飼育し、肉はもちろん内臓や血の一滴までハムやソーセージにして食べ尽くす。それでも人口増加に追いつかず、親は育てる優秀な子どもと放棄する子どもを選り分けて人口増加をきびしく抑制してきた。

●ヨーロッパは隣国と陸続きでわずかな国境線で二十数カ国に分断され、言葉も習慣も異なる国家が隣接して異民族が入り乱れて暮らしている。どの国も厳しい自然と対決しながら生き残るために、隣国と食料と土地をめぐってせめぎ合ってきた。大陸は近隣の国々を征服しようとする覇権国家ばかり。アレキサンダーやジンギスカンやナポレオンなど優れた軍隊力を持った強国が、周辺国を征服し、征服されたりして各地で国家の興亡が繰り返されてきた。ヨーロッパでは絶えず戦争を大勝利に導いた英雄が現れ、王となって独裁力を発揮し王国を作って君臨。そしてアッという間に周辺国を支配して巨大な帝国をつくり、アッという間に次々と滅んで栄枯盛衰を繰り返してきた。

●紀元前からローマ人は、より遠くの国からより多くの食糧を奪うために、皇帝を中心にして政治力と軍隊力を強化して勝ち続け、地中海周辺諸国を打ち破って巨大なローマ帝国を作り上げた。以後300年間で人類5000万人の4分の1を支配し、ヨーロッパ世界をローマ人で埋め尽くした。勝者は当然のこととして征服した国のすべてを奪い、兵士を連れ去って奴隷にする。ヨーロッパには奴隷がいなかった国はなく、最盛期のローマは市民100万人の40%を奴隷が占めていた。

●4世紀頃最後のローマ皇帝コンスタンティヌス1世は、巨大化したローマ帝国を一つにまとめる手段として一神教のキリスト教を国家宗教として認めた。そして環境や年齢も違う人々を一つにまとめて中央集権化し、政教一体の支配体制で軍隊を強化して戦争を勝利に導き巨大な帝国を作り上げた。諸国もの結束力を高めるためこれを見習って、一神教は一気にヨーロッパ中に広がった。これまでのヨーロッパは各国の積極的な領土拡大のための民族戦争だった。そこに一神教が、異教徒を葬るための戦争が加わり、さらにユダヤ教やにキリスト教・イスラム教など一神教の同士の主力争いの宗教戦争が重なり合った。まさにヨーロッパの歴史は戦争の歴史で、最近500年ヨーロッパでの戦争はイギリス78回、フランス71回、ドイツ23回。平和は戦争と戦争の間のわずかな期間。国家間の争いなら短期に終わるが、一神教同士の宗教戦争は、互いに正義を掲げた聖戦だから壮絶で収まる気配はない。それが民族間の紛争と絡み合って骨肉化し今なお続いている。

生命と知恵の根元は時空を超えた「不思議な力」

●この宇宙には時間と空間を超えて何ものにも依存せず、天地宇宙を支配する永遠不滅の法則が存在する。その宇宙法則が星座の運行を支配し、人間や動植物を支えるたくまし生命力や知恵の根源となっている。宗教はその宇宙法則の根源に万物を支配する全的でかつ想像を絶する大きな力、人知を超えた絶対者、神の存在を信じることからはじまる。人間世界で論理的・科学的思考を超えた事象には、これまでの聖なる不思議な体験と重ね合わせて、この世のどこか？　この世を超えたどこかに神が存在する思想は、紀元前より人間社会の核となる概念として存在してきた。

●この宇宙も人間にも、自然の力や人知を超えた想像を絶する大きな力が働いている。その根源には自分を超えた絶対的な宇宙の意志が働いて不思議としかいいようがない。人間には自分の能力を超えて直感する超越的な力があり、言葉で捉えられない不思議な現象を掴み取ることができる。神・悪魔・霊魂などといった宗教的感情の本質はその直感にある。万物を支配する不思議な力の根源である宇宙法則やエネルギーを感じ取れない人間は、人間の壁を超えることはできない。

1. この宇宙のすべてが精巧かつ完璧にできている。それは全知全能の神が造ったとしか考えられない
2. 人間の命には生きていくのに必要な智慧とエネルギーが備わっていて、自分を支え気力に満ちた活力はやむことがない。その根源には不思議な神の力がある
3. 自分は小さいけれど「何か大きな力に支えられ導かれて、生きているというより生かされている」という実感がある
4. 人間が自分の良心に従うと幸福になれるのは、そこに絶対的な意志が働いているとしか思えない

●その力の根源は何なのか？　それを捉えようとしても人間の理性には限界があって、因果律に従いに宇宙誕生の原因、その原因の原因をたどっても、第一原因までさかのぼるや二律背反に陥って科学的に証明不可能。いまだ理性では明確に把握できない人類最後のナゾ。そこから先は有能者の霊感や直感に頼らざるを得ない。自分が宇宙につながっている

と感じると不思議に生きる力が生まれる。宗教者はそれを霊感によって法則を読み取り、世界の本源を超自然的な「神」という言葉で表現し、人格化して感謝の対象とした。哲学者は言葉や理論では説明できない絶対的な力を「宇宙法則」「宇宙の意志」「自然の摂理・真理」として、その根源を「絶対者」「サムシンググレート（偉大なる何者か）」と呼んでいる。

●人間は自分自身の生死や人生における一番根源的な問題を自分で解決できず、何かを信じ何かに依存しなければ生きていけない存在。神は何十億年も前から人間には手の届かない所で人間活動を支えている。神は人間の限られた思考や言語では捉えられないし、神の存在はまだ誰も見たものはいないから、どの宗教も神秘的。超人間的な神への信奉に基づき人間が作り出した幻想を、人間社会の価値観と規範と秩序の源泉とし、皆んなが信奉することで人々を統合して社会秩序を維持し共同体を形成してきた。宗教には神秘的で絶対的な力を持つ神が存在する。神は誰もが疑う余地のない永遠不滅の宇宙法則を大いなる摂理・真理と説く。人間活動の一切はその宇宙法則の制約を受け、すべてをその力に任せなければ生きられない。だが有りのままの自分でいると、存在そのものが完全に宇宙に溶け込んで、智慧と生命力の源泉に至りつく。

★人生で起きること全てに深い意味がある。日常のごく当たり前のことに不思議を感じたり、それがたまたま、折よく、偶然であったとしても、大いなる何かに導かれ、大いなる力に育てられて生かされているような感じ。その力によって、自分を超えて自分を見たり、自分を律したり反省することによって、善き人生を送ることができるのも不思議の1つ。

神の性格は地域の「自然に対する信仰」から生まれる

●宗教は社会生活の核となる概念で、人々が連帯して民族や共同体を維持するのに欠かせない。宗教の根底には、その地域で生活する民族の精神が、神の性格や宗教に色濃く反映する。その性格は自然の大いなる力をベースとし、気候や風土と対峙して形成されるので、世界の宗教背後には自然に対する信仰が存在する。自然の力は神のごとく絶対的で、神は自然と一体としてある。同じ地球に生きていても、自然と人間との関わり方はさまざま。人々は自然の背後に存在する神の大いなる力にふれ、不思議を感じてさまざまな幻想を創り出す。だが、それを言葉で表せないから、国や民族によって神の名前や性格も、イメージや人間とのつながり方も大きく異なる。地球の気候風土は、大きく3パターンに分かれる。

●赤道を中心にして、その直下とその周辺の熱帯・亜熱帯地域は「低次元の宗教」。高温多湿熱帯の自然は、巨大なジャングル地帯。熱帯に住む人々は他文明からの刺激が少ないので反省や思索が浅く、信じ過ぎたり恐れ過ぎたりする。自然の神は巨大で近寄りがたく、天変地異など起こす恐怖に満ちた神で、宗教とはいっても迷信かそれを宥める呪術にとどまる。

●地球緯度の南北30~45度の温帯地域で、東洋は主に「多神教」。東洋のアジアモンスー

〈東洋・多神教〉	〈西洋・一神教〉
1. 人間の因果法則から始まる	1. 神の奇跡から始まる
2. 内道（真理は人間の心の内）	2. 外道（真理は人間の外）
3. 神と人間とは一体	3. 神と人間を分ける
4. 神と人間は親子のような関係	4. 神と人間は契約で結ばれる
5. 神＝人間＝動物	5. 神＞人間＞動物
6. 仏が人間に願いをかける	6. 神が人間に命令する
7. 心身脱落して法を悟る	7. 一極集中して神に祈る

ン地帯は自然は瑞々しい生命に満ちている。暑くも寒くもなく四季折々の豊かな自然の恵みを受け生活する農耕民の宗教は、地の神・山の神・水の神・風の神などの神々が共存する。アレコレ考えず自然体で生きていれば、大地に根ざした「母親のように優しい神々」に守られて幸福に暮らすことができる。

●大陸の砂漠地帯や南極北極に近い寒冷地帯で、西洋は主に「一神教」。乾燥した砂漠地帯の最高気温は56・7度、年間降雨量は250ミリ程度で一切の生命を拒絶する作物不毛のきびしい自然。食糧不足で争う遊牧の民の宗教は、全知全能で唯一絶対の男性的で独裁的な神の秩序を維持するために善悪の基準を示す倫理的宗教で、「父親のように厳しい神」が定めた戒律を守らないと神が罰を与える。神は天空から人間を見下ろして、生きる苦しみや死の不安を超越するために、拝みなさい、信じなさい、祈りなさいと命令して絶対の幸福へと導く。この両極端と言える２つの宗教を比較すると全く対照的。

★その国に生まれた人々は例外なく、民族が永い間に作り上げてきた宗教の世界観や人間観を教えられ、善悪や美醜など暗黙の共通理解に従って生きているので、自国の宗教から逃げられない。

3－2／「多神教」の世界

「多神教」は農耕社会に発生した「民俗宗教」

●東洋人は一神教のように神と人間を分けないし、神が宇宙を創造をするなど経験則から外れた誇大妄想的な考え方をしない。神と人間、人間と人間、人間と動物の間も、すべてはものが連続している。宇宙現象を作り出しているのは地・水・火・風・空の5つが根本元素。大地はものを載せ育て、水はものをうるおし成長させ、火はものを成長させたり破壊したりし、光は闇を晴らし虚空なものを納め、空は宇宙に遍満して動揺せず、様々な命を生み出している現実を真実の姿と見る。東洋のアジアモンスーン地帯は温暖な気候で、太陽や雨など自然の恵みを受けて作物がよく育つので、農耕社会は自然の神々に感謝する多神教。古代ギリシャやローマも農耕時代は多神教だった。大方の東洋人は純粋直感型で、自然の背後に山には山の神、海には海の神の存在を感じ、そのすべてをそのまま受容。インド人は「聖」を、中国人は「善」を、日本人は「美」を価値の中心にして生活も宗教も成り立っている。インドのバラモン教・ヒンズー教・仏教や、中国の儒教・道教、日本神道のなどアジアの民族宗教は、その土地に定住する人々の血縁関係の範囲で、静的な共同体救済型の宗教パターンにとどまる。
●宗教の発祥の地は6000年前オリエント・アッシリア・メソポタミア・エジプト・シリアなど。インドはシルクロードの中心にあって、ゾロアスター教・キリスト教・バラモン教・シク教・イスラム教・ヒンズー教・ジャイナ教・仏教など、東西の宗教が集中する所。インド人は人間の心の法則を探求することにおいて途方もなく空想好き。形なきものの形を見るとか声なきものの声を聞くなど、自分を超えた世界から呼びかけられる存在と見る。インドには数千年前から伝わるヨーガ行があり、その瞑想法によって構築されたインド哲学には、空想的で壮大な想像力がある。ヨーガ行によって知覚も思考力も静止させると、心が対象にとらわれなくなり、理性が活動しなくなると、言語体系が解体されて名前や形は消え、思惟すべきものすべてが消滅する。時間や空間などの限定を離れると清浄な心の深奥部が、宇宙を支配する神秘力に触れて一体化。自我を放棄して空を感じ、対象が存在しなくても不思議と無限に智慧が湧いて無我の境地へ解脱し、今まで気づかなかった、見えていなかった自分の本当の姿を悟る。
●中国人は万物は天地陰陽の気より生じ、有は無から「道」から生じたとする考え方。天と地ができる以前は、混沌としたモヤのようなものがあるだけで、それが「1」。その1から陰と陽の「2」つの気に分かれ、太陽と月・昼と夜・男と女など相反する気が対峙。その間から「3」、すなわちこの世のすべてのものが生まれたとする。
●日本人は宇宙や自然の成り立ちとか、人類の根源についてあまり深く考えない。日本列島はイザナギとイザナミの男女神が現れて産み落としたとする程度。日本は温帯にある唯一の島国で気候は温暖で、四季折々に豊かな恵みをもたらしてくれるので、神道は自然崇拝型。太陽の神、山の神、水の神、火の神など八百万の神々がいて、自然法則に則して現れるが、どの神も全能でないからヨコ一列。神と人間との関係は直感的で、その自然の中に神の意志が託されているので、言葉で表現した教義はなく教祖もいない。信者は主にその土地に育った血縁関係で閉ざされた共同体救済型。農作物の出来不出来を支配する神々に感謝する祭祀は首長や祭司よって行われ共同体の人々みんなで祈る。先祖信仰なので日本民族だけに留まるが、共生的宗教なので、異民族や異教徒の神も排除しない。

仏教は因果法則で説く「仏法」で「心法」とも言う

●釈迦（前6世紀）はインドの小国・釈迦族の王子として生まれた。母は釈迦を産んで7日後に死亡。幼少の頃から天文学や祭祀学などを学び、29歳のとき人間はなぜ死ぬのかという根源的な疑問をいだいて出家。バラモン教の修行者となり、人間の真相を観るヨーガ行を学んで6年間きびしい修行を続けた。しかし難行苦行や儀礼の意味なきことを知り、ヨーガ行で心身を整えて心を今に集中し、瞑想一筋で悟る方法に切り替えて、35歳のとき法を悟って仏陀（ブッダ）となった人。釈迦が悟った仏教は、一神教のように人間を超越した全知全能の神が突如現れ、宇宙や人間を創造したり、唯一絶対の神にひたすら祈りながら希望に生きる宗教ではない。釈迦は神の子イエスのような超人的な存在ではない。実存する人間を直視し、その人間の苦悩を解決するために修行によって法を悟った人。その悟りは預言者モーゼやムハンマドのように神の啓示を受けたメッセージではない。釈迦は無神論で法を説き、因果法則で分析し論理的にものを考えるやり方。人間は妄想の闇に苦しんでいるが、信じるべきは天地宇宙の法であって奇跡ではないとし、人間理性で解けない問題には無関心で、理性の限界に踏みとどまった。

●釈迦は物事を現実的に捉え、神を立てず、人間世界を構成している主要素を「法」とする。仏教はこの生命の根源として法を信仰の対象とするので「仏法（ブッポウ）」ともいう。釈迦が悟った法とは、この宇宙において何時でも何処でも変わらない法のこと。宇宙に法がなければこの世は無秩序で混沌のまま。それが法によって整えられ、原因となり結果となって連続しているのだから、全知全能の神が宇宙を創造したとするような奇跡はこの法から逸脱している。人間が信じるべきは法であって奇跡ではない。その法は人間が生まれる以前にすでにあり、人間が悟ろうと悟るまいと万物を支え、それを間違うと失敗し苦難にぶち当たる。生まれたままの人間は法を理解していない不完全な存在で、その法を悟るまでは苦痛や失敗は避けられないが、法を知って生活をすると心が定まり身体は安楽となる。

●釈迦は究極的に人間を支配するのは神ではなく「心」とした。仏法は「心法」ともいわれ、すべての仏典は心の法を中心に、「心」の「心」を説いている。人間社会のすべては心を主とし、心の働きによって創り出したもの。その原因を外に求めるのでなく心の内に求めるので「内道」といい、心の法を信じるので「信心」という。逆に人間の外に求めるのを「外道」といい、天空の神を信じ祈るので「信仰」という。人間は無我ではあるが心は存在する。人生で起きる一切のものごと、心の中のできごとも心で受信し発信しているだけ。心は何かを認識し反応する働きだから、何ものにも囚われない心はあり得ない。まして意識のないところに何者も、何事も存在しない。その行為の主体も、有るとも無いとも断定できないし、他者の関わりにおいて論理的矛盾のないものを真理であると想像しているに過ぎない。自分が認める世界はすべて自分が作り出したもの。まさに「一人一宇宙」で誰も入ってこられない別々の宇宙に住んでいる

●世界のすべての現象は人間の心の働きによって創り出している。人間の心が感じる幸・不幸の原因は自分の生命自体にある。その心は肉体を離れては一瞬も存在し得ないから、心が起こす一切の出来事の責任は、すべて自分が負わねばならないとして、人間の心の内を凝視して心の動きを因果法則で合理的に捉え、論理的に考える実証主義に徹した。仏教という心法は、人間の心の働きを分析して一般大衆レベルで解るよう理論化して、人間はどう生きれば良いかを、物事を現実的に捉えて因果法則で分析して厖大な唯識学を確立した。釈迦は死が近づいた時に弟子たちに向かって、人間は己をおいて誰によるべなどない。法は知る知らないに関わらず、万人を支え生かしている。自分が成した行為の結果が、自分の繁栄と衰亡にかかわるので「自分を救うものは、自分しかない」とする人間中心。誰でも悟りは開けるから正しい法を学んで自分を正しくコントロールして、一人一人が主体的に生き自分の人生を作り上げていきなさい！　と励ました。

★仏教は因果法則を説く故に「仏教に不思議なし」と言われるほど普遍性がある。その哲理は世界最高の超心理学と言われるほど科学的で、奇跡を連発するキリスト教と比べれば１００倍くらい合理的。神の言葉で自分の心を縛るのでなく因果法則で科学的・合理的に考えて、自分の感情を超越して自由に生きることができるので、現代人の考え方にもマッチする。

教団は「小乗仏教」と「大乗仏教」に根本分裂

●釈迦の死後に弟子たちが集まり、各人が記憶している釈迦の言葉、生活の指針となる言葉や戒律をまとめて「仏教」とし、口誦によって伝えてきた。文字が生まれると教義・解説書・論述書にし、教団は寺院を中心とした「教典宗教」に移行して、２つのタイプの教団が出現した。１つは「上座部」で、集会では位の高い長老の僧侶が上座に座って教えを説くエリート集団。俗にまみれないよう出家し、結婚しない、子どもを作らない、労働に従事せず。国の法律でなく釈迦が定めた戒律に従い、僧院での修行は学問によって教えを信じる「信」と、瞑想を実践する行に専念し、托鉢と布施と人々の喜捨によって生活する僧侶。釈迦の「自分を救うものは、自分しかない」という精神を受け継ぎ、自己の人間形成のために全力を集中した。僧院での生活は、体系化した阿含経典を中心に「戒・定・慧」の三学を学び、一人ひとりが釈迦が悟ったやり方に沿って修行する。上座部の出家教団は、優れた智慧に恵まれ、固き意志をもち、修行に専心できる能力ある者だけに限られた。

●もう1つは在家者の「大衆部（ダイシュブ）」の集団。その多くは出家するほどの財もなく、確たる知識も修行に専心する意志も能力もない在家者たち。彼らの不満の第1は、自分さえ救われたらよいと考える上座部仏教は独善的だとする。僧侶は労働から解放されて釈迦の教えを学び、宗教哲学や宗教思想を築きあげることだけに熱中。世俗の人から聖者と呼ばれ、修行が完成すると出家者本人だけが救われる。だが一般の在家者は「仏・法・僧」に敬意を払い、僧侶たちに施食を行って生活を支えても、在家者の救済を顧みようとしないこと。

●不満の第2は、釈迦が説いた「一切行苦」はあまりにも厭世的過ぎる。また釈迦が定めた煩悩否定の男性は250戒、女性は348戒の戒律は、あまりにもきびしく現実離れしている。煩悩は本然的に生命に備わったものだから、煩悩の否定は生命の否定になる。人間も生物である以上煩悩を捨て去ることはできないし、その煩悩を人間の苦しみや悪の根源とみて、出家やきびしい戒律を強いる禁欲主義は多くの残酷な状況を生み出す。自己保存の本能は否定できないし、不殺生戒では生活できず生きてゆけないから、現実を離れたきびしい戒律は修行の意味がない。仏道は生きることとの修行だから、衆生が望むのは禁欲主義に徹した信仰ではない。仏教を広めるためにも戒律を和らげ、時代に合わせて運営すべきだと主張。大衆部は従来の聖俗区分を否定し、世俗の中に身を置いた在家者のまま、悟りを開き仏になれる聖俗一致の仏教をめざした。

●不満の第3は、世俗の一般大衆にとって出家して自力で悟る仏道修行は、難し過ぎるし時間がかかり過ぎるとしてて衰退の一路をたどった。インドはシルクロードの中間にあり、古代から東西双方の文明が流入する所。1世紀頃には12弟子の一人・トマスがキリスト教を伝え、仏教は聖書のさまざまな奇跡に満ちた神秘主義を取り込んだ。世俗の一般大衆は愚かで無気力で、現世利益を好み手っ取り早い結果を求める。だから庶民の救済をめざすには妄想に近い超常的な見方も必要。まずは釈迦の聖典には手を加えないというタブーを破り、従来の釈迦の教えを拡大解釈したり、自らの思想を付け加えたりして哲学的に深化させた。一切の神秘を否定する釈迦の思想をも改め、他民族の神秘的な宗教や非仏教的なことも教義に取り入れ、新しい思想を盛り込んで自己実現と万人の救済を特徴とした大乗聖典を次々と創出。釈迦を神格化した仏像を造って信仰対象としたり、救世主的な性格を持つあまたの如来や菩薩を続出させ、そこに出没する慈悲深い阿弥陀如来を拝み念仏を唱えるだけで、生きる不安や死の恐怖を解消できるとした。さらに現実世界とは別に時空を超えた極楽浄土の存在を説き、親しみやすく解りやすくした。科学的にはまやかしでも堅い信仰をもって得た力は、苦難や恐怖を乗り越える上で効果を発揮。宗教的エリートの僧侶が独占していた悟りを、広く一般信徒にも開放するため仏教改革運動を展開して、きびしい戒律を守る「修行の仏教」から、信じることによって救われる「信仰の仏教」に移行して一気に息を吹き返した。

●かくして釈迦の滅後100年頃、教団は経典解釈の根本問題から、僧侶を中心とした「上座部」と、在家者を中心とする「大衆部」の2つに分裂し、以後も教義の部分的解釈

〈小乗仏教〉	〈大乗仏教〉
1. 真理（法）の宗教	1. 信仰の宗教
2. 仏は釈迦一人	2. 阿弥陀・薬師如来・菩薩・諸仏など
3. 欲望を否定・煩悩の消滅	3. 欲望の肯定・煩悩即菩提
4. 僧院仏教・出家して聖俗分離	4. 在家仏教・出家せず聖俗一致
5. 聖道門・自分で自分を救う自力仏教	5. 浄土門・回向による自利利他の仏教
6. 釈迦の教えを基に修行の仏教	6. 説法や教典を中心とした聴聞の仏教
7. 修行しながら悟りに近づく	7. 信心し悟ってから修行を続ける

の違いから分裂を重ね、仏教は約20の部派に枝末分裂していった。

●従来の出家者たちの上座部の修行法は、陸路を自分の足で歩くような難行道で一部の人しか悟れない「小乗仏教」だと揶揄（ヤユ）した。もう一方の在家仏教は巨大な船で大勢の人々を乗せ、荒海を渡って誰もが一気同時に悟れるから「大乗仏教」と名乗って易行道とした。社会全体が苦から解放される信仰体系を構築して、仏教の大衆化を推進していった。

大乗仏教は中国の「儒教」「道教」と正面衝突

●釈迦の教えは、経典化されて仏教となり、インドから三つのルートで世界に向かった。「西回りルート」はギリシャ・エジプトなど排他的一神教によって拒絶された。「南回りルート」は、南アジアのタイ・ベトナム・スリランカなどに「小乗仏教」の僧院仏教が伝わった。地元に強力な民俗宗教がなかったので、釈迦の教えがそのまま定着。「北回りルート」は前1世紀頃、ガンダーラからシルクロードに沿ってチベットに、そして1世紀頃インドの仏教僧が中国に寺院を建立して大乗仏教の布教をはじめた。

●中国人は有史以来天の思想で、天が定めた道はあっても宇宙の背後に神仏が存在するとは思わない。伝統的な儒教や道教も忠義や孝行が中心であまり宗教色はなく、開祖がいて聖典があっても教団はなく聖職者もいない。皇帝は天命を受けて誕生する。地上を統治する皇帝は天が選んで王権を与え、天の命を受けた皇帝はそれを反映させて政治を行う。皇帝は単なる権力者でなく宗教的権威と人々から敬慕される力量を併せ持ち、徳や仁を会得し必要とする。一国を治めて徳が無くなった皇帝は次の有徳者にその地位を譲る。さらに皇帝は天を祭る権利と天意を汲む義務を持つので、農耕の雨請いは神聖で重要な儀礼だったが、占いによって日を決めて祭政を行う程度で、宗教の本質である神秘的・超越的なことへの関心は全くない。

●「儒教」の孔子・孟子（前6世紀）は、政治家や知者やエリート向けの教え。当時の中国は、前8世紀から500年間も動乱が続いた春秋戦国時代は小さな国家が乱立し、部族間の天下取りが盛んで限られた資源をめぐって戦争を繰り返し、勝ったものが国を治める下剋上だった。孔子は、諸国を行脚し知識・情報を集めて多くの皇帝に仕え、この世における人間関係という現実次元の思想に基盤を置きわかり易く普遍的な思想を説き政治や外交の相談役として活躍した政治コンサルタントの元祖。天命を受けた政治家が、自然を管理しインフラを整備し、道徳をベースとしてコントロールして人々の幸せに責任を持てるよう、皇帝が天を信じ国家を仁義によって治める政治道徳を重視した王道を説いた。孔子は現実を超越した怪力乱神を語らず、理性で説明できない死後については問題にせず、世俗宗教を否定する自由思想で現世に徹する姿勢を貫いた。一冊の本も書かなかったが、弟子たちがまとめた「論語」は仁・義・礼・徳・知・信を説く経書の役割を果たし、民族を超えた普遍性を持ち、韓国や日本にも上司を敬い親孝行を説く教えとして大きな影響を与えた。

●「道教」の、老子・荘子（前6世紀）は、儒教の説く大道すたれ仁義ありで、束縛的な政治を否定し、支配される側の愚者や農民の一般大衆側にたつ教え。陰陽道とは天が定めた道理。人間がムリをしない生き方。正しく生きる現世利益の体系で、即物的且つ具体的。人間の3大希求の「福・禄・寿」を足るを知って実践する生き方。この道に通じる人は無神論的性格が強い。世俗を離れ森で隠者として逃避的生活を送る。長寿より霊薬や気を操作する昇仙を駆使して不老不死の仙人をめざす道。

★中国に以前からあった、道教の説く混沌や無のタオという思想が、仏教の空の思想に似ていたので、道教が仏教の受け皿となって広がった。

「現世利益の思想」を取り込んだ「中国型仏教」

●大乗仏教は2世紀頃中国に伝わって、伝統的宗教の儒教・道教と激突した。中国人は深遠にして緻密な思弁に長けていて、中道の仏教は異文化や異宗教を排除せず、その国の信仰のしきたりを取り入れ、さまざまに変化しながらその地域独特の大乗仏教を生み出した。龍樹の空や世親の唯識など釈迦の教えを哲学化した大乗教典の漢訳を開始。しかし言語自体が異なるサンスクリット語を漢訳する過程で発想や言葉・風俗習慣の違いから誤解や誤訳が付きまとった。儒教・道教は道徳を教えたが、人生を幸せに生きることを教えは無く、人々はそれを仏教に求めた。

●中国人は徹底して生きている現実を重視する現実主義、楽天主義の民族だから、釈迦のようにこの世を一切皆苦などと考えない。死後の世界があるとは思わないので、解脱して来世により良い生を求める仏教の死生観にはことごとく反発。ただ老子の「無」の思想は釈迦の「空」の思想に似ていたので、対立しながらも融合して仏教の普及を促した。

1. 仏教元祖釈迦は、親を捨て妻子を捨て出家した行為は、儒教の「孝」の思想に反する
2. 中国人はこの世を楽しい所とみる現実主義で、現世を否定しない
3. 無我などと、自我を悲観的に捉えるのは厭世（エンセイ）主義と理解する
4. 般若心経の「空の思想」を、老子の「無の思想」と同一視する
5. 座禅を、道教の無為自然な生き方と同一視し、隠遁思想と理解する
6. 僧侶は、出家して生産活動に関わらない遁世（トンセ）主義の仏教を否定。出家しても乞食をせず、僧侶は自ら農耕をして暮らす
7. 人間が動物に生まれ変わる「輪廻転生」を信じない。この世とあの世は地続きで行

き来できると理解するなど他界観も異なる

●中国化した大乗仏教には、現実主義の儒教や道教の思想が加わり混じり合って厭世観が消えた。法華経に現世における救いの可能性を切り開く思想を加味して、現世に生きる価値を見出せる大乗仏教に変質。また浄土教の現世否定の側面を削ぎ落とし、誰もが極楽浄土に生まれられる中国特有の開祖仏教が出現。聖と俗の距離感も縮まって出家せずとも悟りを開ける新たな宗教世界が広がった。

日本に伝来した仏教は「国家鎮護の要」となって定着

●朝鮮から6世紀に「中国産の大乗仏教」が日本に伝来した。当時の大和王権を支える宗教は、縄文人の鬼神道と中国伝来の道教の呪術が混合した民俗信仰で、共同体を中心に神社や寺院では吉凶禍福・除災招福といった現世利益の祈祷や儀礼が行われ、道教がもたらした易や占いや干支のお守りが庶民の間で信じられていた。天皇は伝来した仏教を日本の国家鎮護の要として受け入れた。聖徳太子はインドの神秘主義と中国の現実主義を一体化した高度の哲学思想である仏教を国家の運営の根幹とし、仏像・経典・僧侶の三宝を柱に教団組織や祭事の儀礼をそのまま活用。「仏教の第1ステージ」が始まった。

●聖徳太子は渡来人の僧侶から仏教を深く学び、本格的に文明国の仲間入りをする枠組みを作った。中でも階級社会を否定する法華経を最高位の仏典に位置づけ、仏教を氏族の私的信仰から国家鎮護の宗教として国づくりをめざした。仏教の慈悲の精神を柱に和を重視する日本初の17条の憲法制定し、官位12階の律令制など法律によって天皇の絶対性を確立。豪族が土地や人民を実力支配する世の中から、天皇を頂点として法によって秩序を形成して政治を行う律令国家の建設を進めた。法隆寺金堂を仏教学研究の場として、自ら法華経の解説書を著して天皇に講義した。同時に弱者への慈善活動も行ったので、仏教は国をあげて信仰された。仏教が日本人の精神世界に深く入り込んだのは、聖徳太子の力によるとして日本の仏教の祖と仰がれた。

●天皇も自ら仏教徒になったり、出家して質素な生活を送りつつ仏教の護持者となった。地方の有力豪族も、自身の祖先神を祀る大寺院や仏像を造り、神に仕えていた神職者も旦那寺に属して仏教徒となった。それまで神道の最大の泣きどころは死穢。特に天皇など権力者の死は穢れの力が強いので、その死霊を鎮めることは国家の一大事業。天皇が崩御されるごと遷都を繰り返していた。聖徳太子は法隆寺や四天王寺を建立し、教典や呪文の力を借りて死者の供養を行った結果、仏教は強大な呪術的な力を発揮し、その後遷都の習慣がなくなり巨大な古墳も姿を消した。

●奈良時代の仏教は、鎮護国家が大原理だったから、僧侶は鎮護国家の祈りを第一義とする国家の官僚で、天皇の病気治癒の儀式と疫病が流行れば国家鎮護の儀式を営むだけ。鑑真が来日して男僧の２５０戒、尼僧は３４８戒という小乗仏教の戒律を伝えた。奈良の都で華開いた国家仏教である、法相宗・華厳宗・律宗・三論宗・倶舎宗・成実宗など南都六宗の寺院は。厳しい修行を重ね、難解な経典を長い時間をかけて研究する大学・研究所のようなもの。宗派と言うより「学派」に近い学問仏教として定着した。

新仏教の密教を導入し神道と一体化

●平安時代になって「仏教の第2ステージ」に入った。これまでの国家鎮護の要としての仏教は仏教者の政治への影響が強かった。聖武天皇は従来の仏教勢力を排除し、政教分離するため都を奈良から京都へと移して、奈良時代の都市仏教から山林仏教へと転換させた。そして最澄と空海を唐に派遣した。当時の中国は仏教最盛期で、中国の儒教と道教を取り込んだ新仏教の密教ブームだったので、二人は「顕教(ケンギョウ)」と「密教(ミッキョウ)」学んだ。最澄は短期の還学僧だったから、「法華経」を中心に天台教学と初期密教の雑密を学び、帰国後「天台密教」の完成に取り組んだ。空海は長期の留学僧だったので、中国密教の開祖・恵果から体系化した密教を学んで帰国し、国家鎮護や現世利益をもたらす密教専修の「東密」を完成して真言宗を開いた。

●「顕教」は、言葉を悟りに導く道具として教典を読んで意味の通り理解し、煩悩を断ち切り迷いを離れ空を悟る経典仏教。釈迦が悟ったこの世の法則はすべて明らかにされているので、言葉で簡略に、方便で解りやすく、経典を読めばわかるので大方の人は理解できる。「密教」は、釈迦が言葉によって説いた経典の背後、人間理性では理解できない不思議の世界に対峙。人間の心の奥深く無限定の世界に密蔵されている絶対の法則を、呪法を用いて直ちにパッと「頓悟(トンゴ)」する手法。顕教と密教、この二つの平安仏教は社会を治める

〈神道〉	〈仏教〉
1. 季節が目まぐるしく変化	1. 諸行無常
2. あるがまま、自然体	2. 無我・煩悩即菩提
3. 多神教・八百万の神々	3. 諸仏・8万4000の経典
4. 万物に霊魂がある	4. 万物は仏性を秘めている
5. すべて人間は祖霊になる	5. すべて人間は成仏できる
6. 生まれ変わり死に変わる永遠	6. 始めもなければ終りもない永遠
7. 山の彼方に祖霊の世界がある	7. 西方に極楽浄土がある

国家学として、荒れた野山耕して田畑を造り、池を修し橋を造って国を利し、人を利すために用いる民衆救済のための政治学となった。

●更に空海は、神道に仏教の宇宙論を組み込んで、一体化した真言密教を確立。互いに独立性を保ちながら両立させ、神仏を同時に祀る、世界でも類を見ない「神仏習合」を生み出した。仏教は中国で土着の儒教や道教と対立したが、日本人は神仏を分けないから神性と仏性は同じこと。神道の神は祟るが仏教の仏は祟らないで人を救うから、「祟る神道」と「救う仏教」は相性がよい。神は立つもの・仏は座る座るもの、神は来るもの・仏は往くものとして仏教と神道の対立を避けた。ただ神道は霊魂の存在を認め、仏教は無我とするので多少異なるが、人間も自然の一部と考え、山川草木の背後に神仏の霊力を感じる日本人は大方において神道と仏教の共通点が多い。日本人は多神教で多重信仰。日本の神道は仏教と対立しないので神仏同根と観て「神仏融合」して受け入れたので、途方もなく広く深いものになった。

●大乗仏教には、インドや中国文明を吸収し完璧に理論体系化して、納得できる教義と儀礼があるが、日本の神道は単に共同体を維持する信仰形態に過ぎないから、教義も儀礼もない。神道の神は信仰の対象であっても絶対でなく、人間と同じ生命の一種だから仏には及ばない。文明の僻地にある日本の神々は仏を讃え、神社が寺院を守護して仏法を守る使徒として、本地のインドに生まれた仏教を主、神道を従とする「本地垂迹（ホンチスイジャク）」の独創的な宗教混淆を成し遂げ、外来の宗教が土着の宗教と平和共存。天皇家の氏神である伊勢神宮を除く、すべての神社の境内に神宮寺を建立。日吉山王社の後ろ盾に延暦寺が、春日神社には興福寺が同居し、熊野本宮は阿弥陀如来を、新宮は薬師如来を、那智大社は観音菩薩仏を主体として祀り、寺院に所属する僧侶が神前で経を読み加持祈祷を行った。
★あるがままの自然崇拝する神道を基盤に、日本人の四季の移り変わりを愛でる感性と、仏教の無常観とが一致して神仏習合を成しとげた。

理屈抜き一行で良しとする「日本型大乗仏教」誕生

●最澄は比叡山に延暦寺を建て、空海は高野山に金剛峯寺を開き、解脱観想の行を積む修験道を発展させた。そして正式に国家仏教の仲間入りをしたが、やがて貴族仏教の祈祷が中心となって行き詰まった。仏教は鎌倉時代になって日本人が独自の言葉で語りはじめ、「仏教の第3ステージ」に移行した。法然・親鸞・栄西・道元たちは、教学面では龍樹の中観や世親の唯識の経典を中心に、経典の複雑な思想を単純化し、平易な仮名まじり文でわかり易く短く表現。出家しなくてもただ本人の信仰のみで救われる、個人主義の宗教が誕生。「浄土宗」「日蓮宗」「禅宗」などいずれも、極めて知的な要素が少ない易行道の仏教が登場。本来の仏教は仏・法・僧の三宝を敬い仏道修行は「戒・定・慧」の三学を学ぶ。これを禅宗は「定」だけ、浄土宗は「慧」だけとした。実践修行の面では密教の儀礼と組み合わせ、抽象的なものを具体的なものに置き換え、知力に乏しい人でもあまり修行段階を踏まず「一行だけで良し」として、後はすべて仏にお任せするだけ。僧侶に頼らなくても簡単な一行だけで、自分で自分を救うことができるようになった。

1. 浄土宗は自己の罪を意識して、ただひたすら「ナムアミダブツ」と念仏するだけ。農民など庶民階級に根を下ろした
2. 日蓮宗は現世を生きぬくため、ただひたすら「ナムミョウホウレンゲキョウ」と題目を唱えるだけ。商人中心に根を下ろした
3. 禅宗は宇宙を意識してただひたすら「座る」だけ。生死に直面する下級武士階級に根を下ろした

●それまでの仏教の救済は、僧によってもたらされてきた。これらの3つの日本仏教は易行道で、日常生活や仕事の一切を聖なる仏道修行としてきびしく律し、自分で自分を救うことができる僧俗の差別のない個人救済の道とした。これによって僧侶の俗人化と民衆の僧侶化が進展。一行に集中する思想は商道、剣道、花道、茶道、書道などに諸々の芸道おいて結実し、和歌や俳句、茶室などの日本文化を産み育てた。かくして天皇や貴族たち祈

りの寺院仏教から、庶民の生活に根ざした行動の在家仏教へ移行した。
●在家仏教はさらに自力の「聖道門」と他力の「浄土門」に2分された。「聖道門」は、人間誰もが生まれつき心の奥に仏性を備えている。日頃は煩悩で汚染はされていても、心を清浄にして自己の内なる生命を凝視すれば、自ずと完全な仏が現出とするのが「如来蔵思想」。衆生は本来仏だとする。我ほとけ・皆ほとけで、日蓮宗は利他行の実践で、禅宗は座禅などの修行よって悟ることができる。もう一方の「浄土門」人間はどこまでも煩悩の塊で仏性などないとする。人間の本性がむき出しの末法の時代に、自力修行の難行道で悟るのは不可能。悟る力のない凡夫でも必ず仏とするいう阿弥陀如来の本願力を信じ、「ナムアミダブツ」の名号（念仏）を唱え、人知を超えた不可思議の力で極楽に浄土できる。他力の易行道の浄土宗が全国に広がった。

「一神教」そっくりの「一仏教」

●浄土宗は易行道とはいえ、聖俗一体と考える日本人に死後に行く極楽浄土の存在と、自己の復活を信じさせることは容易でなかった。その信徒のリーダー格となったのは、戦乱で人を殺す下級武士と、職業として仏教が禁じる殺生の仕事に従事する部落民・猟師・漁民など、彼らは日々罪を重ねて地獄に落ちる不安にさいなまれていた。あるいは慈悲の心を殺して利益を稼ぐ商人たち。あるいは無学文盲できびしい仏道を歩めず、社会の底辺で貧困や差別で、宗教の枠組みから落ちこぼれた人々。浄土宗はこのような日々戦うこと、

〈浄土真宗〉	〈キリスト教〉
1. 「一仏教」で、他の神仏を排さない	1. 「一神教」で、異教・異端を排す
2. 阿弥陀仏の本願（他力）で救われる	2. イエスの罪の購（アガナ）いにより神に救われる
3. 親鸞の凡夫の罪業の深さの認識	3. パウロの人間の原罪の深さの認識
4. 厳しい戒律や諸々の雑行を捨てる	4. 外面の戒律より内面の信仰による
5. 死後、西方極楽浄土へ往生する	5. 死後、天国・神の国へ迎えられる
6. 阿弥陀仏の誓約を信じ、1対1で対峙	6. 神と1対1で契約、信じる人だけ救われる
7. 感謝の称名念仏する	7. 愛と祈りを実践する

殺すこと、騙すことを本分としている人々に対しても、「信心念仏」を唱えれば必ず往生できると説き勢力を広げた。浄土宗はさまざまな仏の中から選ばれた阿弥陀仏は、民主的・母性的でやさしく寛容な仏、罪ある者でさえ救われる。因果応報の大乗仏教のさらに大乗化が進んで大大乗仏教が誕生した。

●親鸞の浄土真宗はこの世で多数を占める社会的弱者を対象に、多神教の日本で「一神教」を模した独特の「一仏教」が誕生。さまざまな菩薩でなく阿弥陀如来だけの一仏を貫いたので、明治まで「一向宗」と呼ばれた。念仏（仏さまの念（オモ）い）を唱え、阿弥陀如来の本願と慈悲にすがるだけで救われるとしたので真宗の門徒は情緒的で、いつも有り難いとか、喜ばしいとか言って知性的表現をしないで悟ったふりをする。一神教の神は絶対的な存在で、どこまでもそれでなくてはならない正義に固執する。仏法には守るべき何者もなく、どこまでも一切法に即し任せ切る世界でありのままでいい。とは言えこの一神教の神を阿弥陀如来に替えると、そのまま浄土真宗の教義になる。

●一神教では、人間は神との約束を破ってリンゴを食べ知恵をつけ自分で判断するようなった人間性悪説。浄土真宗も人間は煩悩の塊で弥陀の光が届かない無明の状態。自分の価値観に鎧を着けていて、生きている限り自己中心の人間性悪説。この世は五濁悪世の穢土で、極楽浄土は死後のあの世にしかない。しかし時空を超越し人知の及ばない世界は、方便（神話）でしか捉えられない。神話によって唯一絶対の真理を創出し、誰もがそれを信じることによって宗教の大衆化が可能となる。一神教の全知全能の神による宇宙創造、唯一絶対の神による人間の救済。一仏教の阿弥陀仏の本願による人間の救済と神話を持ち込み、それを絶対の真理と信仰するによって答えがでる。

●キリスト教の「アーメン」と「ナンマンダブ」はほぼ同じ。キリスト教は唯一絶対の神と、個人一人ひとりが契約によって強固に結ばれる。阿弥陀如来の本願は自分一人の救済のためとする親鸞の思想とそっくりだから、幕府がすべてのキリスト教徒に仏教徒になるよう強制した時に、キリシタンが改宗先に選んだのは浄土真宗だった。

★キリスト教は「神の無償で無差別の愛」を信じた人は平等に救われる。浄土真宗は「阿弥陀仏の本願」を信じる人は、善人も悪人も共に救われる全くのそっくりさん。

多重信仰の日本で「いいとこ取りした新宗教」

●明治になって登場した復古神道は、天皇を現人神とする独善的な民族宗教だったため、近代国家に適応せず、国際化をめざしても民族や領土の壁を超えられなかった。その結果、独善的な西欧型軍事大国への道を走り、植民地獲得をめざして大平洋戦争へと進んだ。敗戦によって国家神道は世界宗教とはなりえず、天皇の人間宣言によって一気に消滅した。終戦後、政教分離がなされて、国家の靖国神社などの神社・寺院はすべて民間の宗教法人へと移行。神社は子どもが誕生して結婚するまでのお祝い儀礼で、寺院は葬式と法事で経済を営むだけ。日本の宗教は力を失い日本人の心は空白化したまま。

●宗教の自由が保障され、国の行政機関も関知できなくなった。学校においての宗教教育はタブーになり、人々が宗教について学ぶこともなくなった。今がチャンスと出現した新興宗教は、仏教系は創価学会、霊友会、真如苑、立正佼成会、阿含宗、念法眞教、妙智会教団、幸福の科学、モラロジーなど。神道系は黒住教、天理教、大本教、世界救世教、成長の家、ＰＬ教団、天照皇大神宮教、ものみの塔聖書冊子教会、世界キリスト教統一神霊教会、ＪＬＯ総合本部など、各宗教のいいとこ取りした新宗教が続々と誕生。世界に向かって勢力を広めている。一方で家の宗教から解放されての無宗教や、複数の宗教を同時に信じ自分なり宗教で生きる人も増えた。中には宗教と言う名の悪徳商法が横行し、宗教というと何かいかがわしいというイメージが定着、宗教を持っている人を特別視し敬遠する傾向が広がった。代わって合理主義や科学的思考と市場原理を取り入れた、資本主義経済そのものが宗教の役割を果たすようになった。

●戦後の個人主義教育によって、日本人も自我を人間の中心に置くようになったが、西洋人のように絶対的正義がなく、神と個人との契約思想を持たないから、自由主義を自分の幸福のみ追求する自由と受け取り、他人を捨て自分に都合の良いことだけ。そして経済や物質至上主義、個人絶対主義など、自他対立の二元論的価値観に縛られるようになった。若者はこの世の寂しさ味気なさから救われるため、自他対立のない新宗教世界へと走ったり、意欲ある人間は宗教的人間になりきれずに無宗教のまま。

●現代人は科学的合理主義で、これまでの伝統宗教が説く神・霊魂・あの世の存在が信じられなくなった。個人の自由・宗教の自由が認められた現代、形ばかりの宗教の時代は終わった。さまざまな宗教的体験をして、特定の宗教に拘らず共通部分で自分の生身の感覚を重視しながら、納得できる部分だけを取り入れて漠然とした自分なりの宗教心を持って生きている。日本人の表面は無宗教でも、心の奥底に一貫して流れているのは、自然崇拝の神道であり、無我の仏教思想であり和の象徴としての天皇制である。縄文時代から自然発生した年中行事や、祭りを通して連綿と受けつがれ、生活そのものを一つの宗教として生きている。だが、その神道を支えてきた鎮守の森は消え農業は衰退し、地域社会の崩壊とともに先祖の霊とかそれが祟るといった感覚も急速に薄れた。農耕社会に生まれた神々は、知識・情報社会に生きる人間を救済する手だてを持っていない。

★宗教は自我と信仰とが一体化して、その人の全人格に大きな影響を及ぼすので、その人の宗教や宗派を知れば、その人が大方どんな性格か分かる。

３―３／「一神教」の世界

ユダヤ民族救済のため「唯一絶対の神・ユダヤ教」

●ユダヤ教・キリスト教・イスラム教は、同じ唯一絶対の神を信仰する一神教。その一神教の発祥地、５０００年の歴史を持つ「イスラエル」は、ユーラシア大陸とアフリカ大陸をつなぐ三角地帯のど真ん中。雨が降らず一切の作物が育たない砂漠地帯で周辺の民は慢性的食料不足。そこは民族移動の交差点にあって北からチグリスの遊牧民が、南からナイルの民族がなだれ込んで終始食糧や土地の奪い合いの戦いが絶えない。ユダヤ人は頭が良くて優秀ではあるが、遊牧民なるが故に国家組織をもたず政治的・軍事的能力に乏しく組織力に欠け、戦争にはいつも負けてばかりで連戦連敗は止まない。当時ローマの植民地だったイスラエルはＡＣ１３５年に2度目の反乱を起こし、ローマとの戦争に敗れて以後二度とエルサレムに戻ることが許されず、世界を迷う流浪の民となった。救世主の登場を強く待ち望んだ。

●ユダヤ12部族の元祖アブラハムは、神の燔祭に自分の子を捧げる意志を示し、神はアブラハムを信頼してユダヤ民族を自分の民とし、カナンの地を与えると約束された。それぞれに神殿を造り神を祀って勝利を祈っていた。でも負け戦によって国を失い民族の離散を招いて生きる希望を見出せなかった。所詮砂漠には神は不在。人々は地上はもちろんこの世を超越した天空の彼方に生きる希望を求めた。そして奇跡を起こす者こそが神の証として、全知全能の神を立てた。新しく創り出した神を頂点に各部族が神と盟約を結んで1つにまとまり、その盟約を正しく守るよう、厳しい父性原理の「唯一絶対の神」とし、ユダヤ民族を勝利と繁栄に導く出発点として民族再興を願った。ユダヤ教は流浪するユダヤ人に自信を持たせ救うための民俗宗教だから、ユダヤ教を信じるのはユダヤ人だけ。布教活動は一切しない。

●かくして神の奇跡が始まった。「初めに言葉ありき」で全知全能の神が混沌とした闇に突如現れ光あれ！　と言って光を生み出し、光と闇を分け昼と夜を生み出した。さらに天と地を分け、まず天地宇宙を創出し、最後に全地を治める存在として、土塊で自分の形に似た最初の人間アダムとイブを創造した。宇宙も人間も神が初めに意図をもって創られたが、それらすべてが完成したら神が終わらせる。この世の秩序が崩壊して天も地も壊れ、人々は死に絶えこの世の終末を迎える。最後に神が現れて「最後の審判」が行われる。これまで数々の悪事を働いた諸民族の不義が裁かれる。ユダヤ民族は神の教えを守る高貴な民族なので神によって選ばれ、以後この世界にユダヤ民族の平和な神の王国が実現する。という排他的・独善的なユダヤ人の選民思想で貫かれている。

●さらに人間の創造主である神は、人間が心身の誘惑に負け神が定めた秩序に反さないよう、人間がしなければならないこと、してはならないこと。何が善で、何が悪かを明確に定め預言者に伝えられた。預言者とは神と人間の中間にいて、神が啓示した言葉を預かりそれを戒律して、神と人間が対峙し律法を守ることを契約する契約宗教が誕生。この人間1人1人が神と対峙し契約する習慣は、個人主義の原点となった。神が定めた律法を守ることによって、王が支配する階級的タテ社会から、すべての国民は法の下に平等とするヨコ社会へ移行し、世界中に法治国家が誕生。同時に奴隷解放や女性解放・労働者解放思想の基盤となって、今日の人類社会繁栄の基盤となった。

★ユダヤ人は「神が人間を創った」とするが、その神は私以外を神としてはならないとする唯一神で、私の定めた戒律を絶対的正義として守りなさい！ という独善的な神。神は完全なる善の神・愛を説く神とするが、疑い深く忠誠心を試したり、戒律を守らないと妬み憎しみ、約束を破ったら罰を与え復讐するまるで人間のような神で、「人間が神を造った」と言うしかない。

ユダヤ人の「イエス」が成した「ユダヤ教の革命」

●イエスはユダヤ人で熱心なユダヤ教徒。大工職人の長男として生まれ、30歳のときヨルダン川において浸礼（シンレイ）を受け預言者ヨハネの弟子になり、一人荒野で49日断食し修行して自己超越した高潔な活動家だった。抜群の霊能力の持ち主で、悪霊払いや難病の人・不具者に対して病気を治す奇蹟を起こしたり、徴税人の重税に苦しむ人々を擁護していた。イエスが登場した当時のイスラエルはローマ帝国の植民地で、大方の農地を奪われ人々に飢餓や病気が蔓延していた。その上に預言者モーゼがエジプトを脱出時に、神の啓示を受けて定めた「十戒」を守るように、ラビがきびしく指導し監視していた。

1. 私はあなたがたの神である。私以外のものを神としてはならない。
2. 像を作ってそれを拝んではならない。
3. 神の名前をみだりに口にしてはならない。
4. 六日働いたら七日目は祈りのために休め。
5. 父と母を敬え。
6. 殺してはならない。（イスラエル人以外は）
7. 姦淫してはならない。
8. 盗んではならない。
9. 嘘の証言をしてはならない。
10. 隣人の家をむさぼってはならない。

●このモーゼの十戒は、現実の日常生活において病人・娼婦・貧しい人・無学な人などの人々にはきびし過ぎた。姦淫1つにしても守れていないし、金曜日は安息日であっても猟師や羊飼いの仕事は守れない。そこで人々は罪の意識を感じ、「それをしてもバレるな」を加えて十一戒にして暗黙の了解としていた。それに加えてユダヤ人として「しなければならない生活習慣248」と「してはならない365の禁忌事項」を定めた生活法においては、イカ・タコなどの魚や、ブタなど動物は食べてはいけないという食物規制や、結婚前の男女交際は禁止するなども規定しそれを破ると処罰された。
●イエスはこの十戒や生活法は余りにもきびし過ぎるのではないかと疑問を抱いた。安息日1つ守れないユダヤ教は本当にユダヤ人のためになっているのか？　と批判。神が定めた律法でも心が伴わなければ偽善を生み心の痛みが残るだけ。それでは罪人を増やし最後の審判の時、罪人ばかりで誰も神の国に入ることができない。イエスは啓典の厳しい戒律は結局は偽善だとして、大事なことは律法を基にして人が人を裁くなと主張。律法より信仰が大事とし、律法に背いた罪人でも神の愛し愛されることによって救われると、人々を一切の律法の拘束から解放する運動を開始。厳しい律法に代わって社会秩序維持のため、「善人は天国へ召され、悪人は地獄に堕ちる」とし、死後に天国へ行きか地獄へ行くかは、その人のこの世での行為を神の最後の審判で決まるとした。人々は言い続けられると本当のことと信じ、地獄行きを恐れてそれなりの効果を発揮するようになった。
●イエスは偽善をなくそうと、原理主義パリサイ派の大司教や律法学者が支配するユダヤ教体制を批判して一大改革に取り組んだ。これに対しユダヤ教各派の長老たちが、神への冒とくで教会の権威を揺るがす行為だと反発。弟子たちは旧約聖書にはイスラエルを支配している異民族を滅ぼして世直しを行う救世主が現れるとの予言通り、イエスが救世主として出現したと主張した。そこに現れたイエスは「汝の敵を愛せよ」「右の頬を打たれたら左の頬を出せ」とか「神は全ての人を愛し平等に救う」と説いたので、大司教や律法学者からニセ救世主だとされ、世間からも見捨てられた。さらにユダヤの王を名乗ってローマ帝国の支配に逆らった反逆者として引渡された。そして33歳の時、宗教裁判にかけられ自分を神の子と主張して神を冒とくした犯罪者として、最も残酷な十字架刑に処せられて非業の死を遂げた。

★イエスが救世主である証拠とされる、マリヤの「処女懐胎」とイエスの「神の子」「死後の復活」は教義中心となる最大の奇跡で、この奇蹟を信じることが信仰の入り口になる。

「キリスト教の教義」の根底を作った弟子のパウロ

●イエスは熱心なユダヤ教改革運動家で、福音を告げる使徒として12人の弟子がいた。イエスが逮捕されたので弟子たちは逃げ散っていたが、処刑後に改心してその教えを引き継いだ。イエスは死後三日目に復活し、自分が神の子であることを明らかにし、その後40日間神の国について語り、最後に「全世界に出て福音を宣べ伝えなさい」と弟子たち告げ、再び神の国へと昇天した。弟子たちは生前イエスの言行にふれて救世主であると確信した。ユダヤ教から離れて独自の「キリスト教」という宗教を起こし宣教活動を開始。最初はユダヤ教の一派扱いで「ナザレ派」と呼ばれ、やがてクリスチャン（キリストのやから）と揶揄（やゆ）された。

●「パウロ」は十二使徒の一人で、最初はイエスの迫害の急先鋒の役人だった。イエスは冤罪と思われる程度の罪で十字架上で非業の死を遂げた。処刑された3日後、パウロは復活したイエスの聖霊に出会い、死の克服と永遠の生命のあることを示した姿に心を打たれた。ユダヤ教では伝統行事として、神との約束を果たせない人間の罪を洗い流すために、毎年神の祭壇の前に牛や羊などを生け贄として捧げ贖罪の儀を行い、祭司が解体する家畜の頭に両手を置いて自分の不正のすべてを告白をして償いとする。パウロはイエスが十字架上で血を流して死した姿を見て、この贖罪の儀式と重ね合わせた。イエスはかつて人間が犯した原罪を一身に背負い、神に許しを乞うために自らの体を生け贄として捧げた人間以上の存在と考えた。そして復活し使命を果たしたイエスこそ、神がこの世界を救うために遣わされた神の子とであると確信。死者の中から復活したイエスをもって全人類の罪の贖い(アガナ)は成就されたとして、イエスをさまざまな神話に包み込んで救世主に仕立て上げた。イエスの神の愛は無性の愛、無差別で平等の愛であるとして、ユダヤ人の救うためのユダヤ教を解放して、人類全体を対象とする宗教へと向かわせて、世界最大24億人の宗教になった。

●パウロはこの原罪からの救済をもって、神と人間との間に新しい契約が結ばれたとして、それまでモーゼが神と結んだ契約を「旧約」とし、イエスが死をもって十字架上で結んだ契約を「新約」とした。そしてイエスが神の子であると証明するために旧約聖書を活用。イエス自身が語った言葉はわずかだったので、旧約聖書の主要部分はそのまま受け継ぎ、食物禁忌などきびし過ぎる戒律は緩和し、割礼は改宗者の信仰の障害になるので削除した。パウロはギリシャ的教養の持ち主だったので、イエスの教えを自分なりに解釈し重要な部分はプラトンなどギリシャ哲学を取り込んでキリスト教思想の根底とした。新約聖書の大半はパウロの書簡に基づきキリスト教の中心教義を作り出したので、キリスト教は別名「パウロ教」とも言われた。

★イエスは終始ユダヤ教を離れる考えはなかったが、死後宗教的天才のパウロによってキリスト教の教祖になり「第二のモーゼ」となった。

矛盾だらけになった聖典は「三位一体論」で決着

●キリス教はパウロが創り出した啓典宗教なので、新・旧約聖書の人の読み方や解釈の仕方で意味が異なる。元々神は人間の目に見えない不可視の存在だが、キリスト教の場合は神がイエスという可視的な姿をとって、人々の前に姿を現したとする。そんなイエスの位置付けをめぐって、イエスは①「神である」とする説。②「卓越した人間である」とする説。③「神であって人間でもある」など様々な解釈が続出して対立。また①神がイエスという人間の肉を借りて出現したという「受肉説」。②イエスは人間として生まれその後神に選ばれたとする「養子説」。③神性を得たのは「復活後だという説」まであって、宗教としての一貫性を失った。その上さらにキリスト教は唯一絶対の神を頂点とする一神教なのに、神以外にもエホバの神の信徒、奇蹟を起こすイエスの信徒、処女マリアに宿った聖霊の信徒など、さまざまな教派が生まれた。果ては神の使いとして架空のガブリエル、ミカエル、ラファエル、ウリエルの四大天使。さらに布教のために殉教したペトロやパウロなどの聖人や、その遺物まで神と同じ聖なる力を発散するとして信仰され、世俗化して実態は多神教になってしまった。

●4世紀半ば、キリスト教会はこれらの対立を解決するため、各地の指導者をローマに集めて、聖書の内容を検討する公会議を開き、真の信仰を問う教義論争が行われた。イエスの人性と神性に対しては、自然科学に優れたギリシャ哲学を基に、ローマ皇帝は「父なる神」「神の子イエス」「聖霊」は、三つの位格を持ち、同一の神性を有する「三位一体」の神観念で決着をつけて一神教の正統教義を堅持。マリアは神の母であっても神に非ずと決着した。

1. 父なる神／万物に先立って生まれ、天地のすべてを創造した全知全能の神ヤハベのこと。信じるものにとってきびしい父の役目を果たす
2. 神の子イエス／父なる神の独り子。地上では人の苦難を救済する肉体をもった人間で、天国では父なる神に向かい、個々人の聖霊との間を執りなす
3. 聖霊／聖霊は神の分身。降臨して処女マリアに宿ってイエスが誕生し、死後復活して人々の前に姿を現し再び天に昇った。聖霊は神と結ぶ連絡手段で、人間にこの聖霊が宿っているから神とつながる

★キリスト教はこのローマ公会議において、三位一体説によって、ユダヤ教の本体は1つとする一神教から「三位一体教」に変身したが、この教義は一般民衆には容易に理解できない。その後聖職者によって神学体系の構築が進み、キリスト教会の権威と中央集権的な構造ができ上がり、以後この教義に従わないと異端として教会から追放されることになっ

た。

聖道の「カトリック」と世俗の「プロテスタント」に分裂

●15世紀頃、ローマ帝国の衰退と共にローマ全体が廃墟と化し、大衆の心も教会から離れていった。教皇レオ10世は、サン・ピエトロ大寺院の大改造計画をたて、大聖堂の天上にミケランジェロとラファエロの天才画家二人に聖書の場面を描かせて、宗教と芸術を結びつけてキリスト教会の復興をめざした。問題はその資金集めのために「免罪符」を発行したこと。これに対しドイツのルター（16世紀）は信仰の深さが金で計られ金で罪が許されるなら、いくら罪を犯してもいいことになると反発。これまでキリスト教会が発行した免罪符とは、病院・教会堂など公共事業に献金をした人や十字軍に参加した人や、当時大流行したペストの不安を解消し生前の罪の償いもできると神父が効用を説き、信徒に無償で与えられてきたもの。故に教会に激しく抗議（プロテスタント）する運動はヨーロッパ中に広がり、教会は従来からの伝統を重視する「カトリック教会」と、革新的な「プロテスタント教会」の二つに分裂した。

●中世まで聖書はラテン語訳だけだったので、キリスト教徒は聖書を読めなかった。ルターはキリスト教を支える究極の権威は、教皇でも教会でもなく、聖書にあると主張。聖書をドイツ語に翻訳して印刷しドイツ語版の聖書を出版したので、聖書がはじめて一般庶民まで行き渡った。次に聖書を自力で読めるよう信者の識字教育に力を注ぎ、さらにフラ

〈カトリック〉	〈プロテスタント〉
1. 神父を通して神とつながる	1. 聖書を通して神とつながる
2. 華麗な教会建築で儀式重視	2. シンプルな教会建築で聖書のみ
3. イエス像付き十字架・マリア信仰が可	3. 十字のみ十字架・マリア信仰は否
4. 聖職者と俗人を区別・祭司の位階制	4. 万人が祭司（ヨコ一列）
5. 神父は神と人間の中間（告解）	5. 牧師は同じ人間（懺悔）
6. 女性聖職者は否	6. 女性教職者も可
7. 信者数10億4,000万人	7. 信者数4億5,000万人

ンス語、英語にも翻訳してヨーロッパ中に販売し、典礼に行う神の言葉の説教もドイツ語で行った。すべての人間は神の前に平等であるから教会や聖職者などの必要はなく、聖書を読んで神と1対1で直接つながる方がよいと主張した。

●宗教が関係するのは人間生活のすべてだから、聖と俗に分ける必要はないとして世俗主義を徹底。神の救いは宗教儀礼より、信仰によって救われるとし、聖職者の仰々しい儀式とかミサなどは必要ないとして、「洗礼」と「聖餐・晩餐」の2つの儀礼だけを残して他を廃止。「マリア信仰」は行わず、「聖人」や「聖者」の称号は用いず、神父の身分もなくして信徒の代表とし、結婚を認めて女性牧師も可能とした。さらに偶像崇拝を助長する宗教美術を否定。祭壇の十字架にイエスの磔刑像を刻まず、教会堂内装の絵画・彫刻、聖人の写真など余計な装飾をなくし、墓も芝生の上に白い十字架か、敷石にクリスチャンネームを刻んだ十字架だけ。この徹底した宗教改革によって教会の権力中枢が弱体化。「修道院のキリスト教」から「世俗のキリスト教」へ移行させた。
★プロテスタントでも「ルター（ドイツ）」は、人の救いに必要なのは、自分で聖書を読み学んだ信仰のみとして信者間の身分上の差異を解消した。「カルバン（スイス）」は、天国か地獄行きかはすでに決まっている神の予定説で、どうすれば救われるか解らない。神から与えられた天職を全うして神の栄光を勝ち取るしかなく、勤勉と清貧を促進した。

ムハンマドの最後の一神教「イスラム教」が急拡大

●イスラム教の開祖「ムハンマド（6世紀）」は、神に選ばれた5人目の預言者の一人。アラビア半島メジナ生まれた実在の人物で隊商交易に従事していた商人。25歳に15歳年上の福家の寡婦と結婚。40歳の頃ヒラー山の洞窟にこもって瞑想中に、大天使ガブリエルが現れ神の啓示を受けた後、22年間布教活動を続けた。イスラム教は最後の一神教で、先行するユダヤ教やキリスト教を前提にハンマドが創唱した世界三大宗教の一つ。神はすでにアブラハム・ノア・モーゼ・キリストの4人の預言者を遣わされたが、「ユダヤ教」は安息日などモーゼの10戒を守れなかった。「キリスト教」はイエスの偶像を崇拝し、一神教なのにマリアやパウロを信仰して、日曜日の礼拝も守れていない。その上異説を称え啓典を改ざんして対立し、分裂して民族間に争いを生じさせている。だから神は神の言葉を正しく伝える最後の預言者、最高の預言者としてムハンマドを遣わされた。これで神の働きは完結したと宣言した。

●ムハンマドは人間を超越し存在ではないので、イエスのような奇跡を起こす神話はない。ムハンマドはイエスを神の言葉を預かった預言者とは認めているが、神の子で救世主とは認めていない。また聖母マリア信仰も無意味なこととしている。人間はアダムの子孫で人類は元来一つの共同体。ムハンマドはアラブ人で、ユダヤ人と同じを先祖で同じ神からの啓示を受けた同じ啓典の民だから、自分の宗教で祈ればいいときわめて柔軟に対応。先行するユダヤ教の旧約聖書やキリスト教の新約聖書も聖典とし、最後の神の言葉「コーラン」を最重要視してすべてをアッラーの神にすがる他に救われる道はない。死後に天国に行くか？　地獄へ行くか？　は、生存中の善の数と悪の数の多い方で決まるので、死んでみないと解らない。確実なのは「ジハード」で、殉教のため異教徒と戦って死ねば①全ての罪が許される、②天国へ直行がすぐ決まる、③天国で72人の処女の妻をもてる。④自分の知人70人を天国へ推薦できる、など4つの特典がある。それがテロ活動の動機となって、年間ジハードで死ぬ人は1000人にも増え続けている。ヨーロッパに6000万人、アメリカには300万人のイスラム教徒がいるので、これは大きな不安材料の1つ。

●コーランには偽典や外典のたぐいは一切存在しない。イスラム教は1点に集中して終始一貫性がある一神教らしい一神教。ギリシャ哲学で理論化した三位一体のキリスト教より明快で分かりやすい。

●中東から発したイスラム教は、幸いにもイスラム教が誕生した6世紀には文字も有ったので布教効果抜群。進んだ高度の文明と共に中央アジアや東南アジアの広範な地域に広が

〈ユダヤ教〉	〈キリスト教〉	〈イスラム教〉
1. ヤハベの神	1. エホバの神	1. アッラーの神
2. 紀元前13世紀に誕生	2. 紀元1世紀に誕生	2. 紀元7世紀に誕生
3. 開祖がいない民族宗教	3. イエスの創唱宗教	3. ムハンマドの創唱宗教
4. 旧約聖書	4. 旧約・新約聖書	4. 旧約・新約聖書・コーラン
5. 出家しない（聖俗一致）	5. 聖職者は出家する	5. 出家しない（聖俗一致）
6. シナゴーグで律法学ぶ	6. 教会で礼拝する	6. モスクで律法を学ぶ
7. 生活に戒律がある	7. 生活に戒律がない	7. 生活に戒律がある
8. 土曜日が休日	8. 日曜日が休日	8. 金曜日が休日
9. 信徒数1,500万人	9. 23億人	9. 18億人

り、先行するキリスト教からの改宗者が続出した。さらに多神教や他の宗教は野蛮人の遅れた宗教と見なしてことごとく滅ぼして中東全域に広がった。現在ユダヤ教・キリスト教・イスラム教の3つの一神教の信者数は34億で世界人口の50％を占めている。信徒数はユダヤ教は1500万人、キリスト教は23億人に対し、最後に誕生したイスラム教は18億人と急上昇。

★さらにイスラム教は一神教全体の40％に達し、カトリックを超えた。近年はキリスト教国の植民地を脱したアジア・アフリカ人がイスラム教に転信し、2050年には世界人口96億人の3分の1を占めると予測されている。

3－4／東洋哲学とは西洋人哲学とは

「すべてを疑う」ことから始まった「哲学」

●世界宗教の中心にある一神教は、人間と神との間に一線を引いて神と人間を分け、何事もまず神の1から始まる一元的な世界観。旧約聖書の世界では言葉は重要で、言葉は神と共にあり人間は神の言葉によって生かされている。はじめにの言葉ありき。最初は暗闇しかなかったが、全知全能の神が、言葉によって光を作り、天と地をつくり、地球をつくり、生物をつくり、そして最後に人間を創られた。つまり人間は全知全能の神が自分に似せて創った創造物で、唯一の神は人間の創造主だから、まさに絶対的な支配力を持った存在。西洋人が奇跡を連発する一神教を、ギリシャ哲学の理性によって探求し始めたのが「神学」で、そこから派生したのが西洋哲学。

●「哲学」とは、この世の事物や諸現象を客観的に認識し、問題提起して確実な解答を求める学問。人間にとって最大の疑問は、この宇宙や人間を創造した神が存在するのか？この世界の背後に人間を動かしている神の意志があるのか？　あるならそれは一体何なのか？　哲学は人間理性を信じて、この世界の不思議な構造を、言葉によって理論的に捉え、その原理・本質を言い当てようとする学問。人間が唯一絶対として立てた神は、相対的である人間に対峙するものだから絶対的でない。真に絶対的な神は今一歩、一次元を超えた絶対的絶対にあり、神は有としても無としても把握されない絶対無の世界にあるので沈黙

〈神学〉	〈哲学〉
1. すべてを信じる	1. すべてを疑う
2. 目に見えない神をまず信じる	2. 科学的知識を基に疑いから入る
3. 神を愛する、理想中心	3. 知を愛する、理性中心
4. 主体的に実践する	4. 客観的に思考する
5. 終わりがある。悟り救済される	5. 終わりがない。不安が続く
6. 決断を迫る	6. 決断を延ばす
7. 形而上学	7. 形而下学

しかない。正しい世界観や価値観を確立するために、すべて疑うことから始まって、疑って疑って疑い切れずに残ったものこそが真実。人間には自分を超えた不思議な世界を感じ取りそれを体系化する哲学は、言葉を正しく使うことを立前とする。だが複雑になるにつれて理論上の矛盾や逆説が次々現れる。難解な哲学用語を使って体系化し一世を風靡したした哲学も、その哲学者の死によって終了。弟子がそれを暗唱して受け継いでも、各人の感受性が異なるので科学のように知識の積み重ねができず、後世の学者は再びゼロからのスタートとなる。

★日本には唯一絶対の神が居ないので神学は無いが、和を重視する社会なので互いの人間性を尊重する「人間学」がある。

「形而上学・形而下学」「第一哲学・第二哲学」とは

●西洋人の価値観は、世俗からの超越した神を中心とする一元的なキリスト教的世界観。その神の認識は宇宙的な感性と無関係な人間理性だけで行われる。だから神学においいては理想や幻想をも含むので人間は神の奴隷のような関係。これでは人間が主体的に何をなすべきか決断する時はバランスに欠ける。哲学はこの神学の壁を超え、すべてをゼロにして普遍的真理を追求する自由がある。哲学に与えられたナゾを説く場合、その対象を客観視できる知性や直観を駆使して、そのものの本質が何であるかそこに働く理性を主とし、数学を解くように冷静に分析し解決する。哲学は大きく「上・下」の二つに分かれる。「形而上学」とは人間の上（カミ）にいて高いもの、時間や空間を超えて形を持たない神や霊魂など、人間の感覚で捉えられない究極の実在を理論的に証明する学問、つまり神学のことをいう。これに対し「形而下学」は、五感を通して知り得る自然に関する学問のこと。時間や空間内の形を持つ事物の本質や存在ついての普遍的な学問学を指す。

●次に哲学する順序によって「1、2」に分ける。「第一哲学」は人間にとって解らないことのトップは「自分の正体は何か」を考えること。自分は一体何者か？　という問いは「問うている自分」が「問われている自分」と同一だから、満足な答えは得られない。本当の自分を知るには、食べる・飲む・装うなど自分を利する欲望から離れ、自分を忘れこの世を超越して死んだ状態になって、自分を宇宙法則に照らして観る哲学が可能となる。自分自身の中の自分を観る段階から自分を否定しながら自分を観る段階へと移行し、再び自分を肯定してより高い段階の自分自身へ返り、主体的反省によって真理を習得する。

●哲学は対象なき対象の学問だから、「第二哲学」ではこの世のすべてを扱う。この世を捉える主体と捉えられる客体に分け、自分という主体を中心に対峙する世界を理性的・客

〈東洋哲学〉	〈西洋哲学〉
1. 生命哲学、心の理法を究明	1. 自然哲学、物質世界の探求
2. 途方もなく空想的で曖昧	2. 限度を定め現実的
3. 1対無限（こだわるな）	3. 1対1（二元論）
4. 感性的・神秘主義	4. 理性的・合理主義
5. 精神統一し瞑想し、直感する	5. 論理的に推論し、理性的に論証
6. すべてを一体として物語る	6. 区分し、分析し、科学する
7. 各人が座禅し、直観する	7. 広場で皆が討論し、論争する

観的・体系的に認識する。その目的は智を愛し知を探求することにあり、求める真理はあくまで認識の対象であって価値の内容ではない。哲学は宇宙世界や人間を客観的に語るだけ、理性的に理解するところまで結論を出さない。だからあらゆる対象に通じるが、究極はわからないところで終わり、解ったとしてもあやふやなもの。知的冒険を目的に常に疑い追求し続けるので必ずしも精神的安定は得られない。

●哲学の世界も自然・風土に対する人間のとる態度によって、自然を探求し征服しようとする「西洋人の哲学」と、自然をありのままに捉えようとする「東洋人の哲学」がある。それぞれの宗教観も異なりこの二つはすべてにおいて対照的で相互補完的である。

★東洋哲学は、「無我」と「一切皆空」の釈迦の悟りを超えられずに無分別のまま。人間理性否定の状態での思想形成は成り立たず、哲学の不毛状態が続いて、理性中心の西洋哲学に比べて大きく遅れた。

東洋思想は「０」から始まる「一切皆空」の世界観

●東洋哲学の原点はインド哲学にある。インド人は内省的な性格で、理性より直感の働きを中心に体験を通して考える。その思想の源泉は永遠性の感情で、宇宙や人間の存在は人知を超えたものだから際限がなく、人間がすべての真理の理解することはできない。人間は自らの心で自分を捉えようとすると主観的になるので、本当の自分を知るには自分の外に出ないといけない。インドに伝わる伝統的ヨーガ行は、宇宙を支配する神秘力に直接ふれて、本来の自分を客観的・全体的に捉えることができる。まず精神を統一して五感の知覚も思考力も静止させ、理性も活動しないようにし、瞑想によって心の外界から内界に向けて身体機能に意識を集中し、欲求が生まれる内的な源泉を制御して、新しい感覚と普遍性の感情を呼び起こす修行法をとる。

●インドで生まれた釈迦の仏教は仏教の中核をなす考え方は「諸行無常」。この世の森羅万象は、すべてさまざまな原因が無限に関係し合いながら縁起によって成立し仮に和合しているだけで、時々刻々変化し消滅するので、絶対的なもの永遠不滅の存在などあり得ない。現象それ自体に固有の本性があるわけでなく、分別の対象となるものは何一つない。人間社会は推測や妄想が作り上げた変化するものだから真実でなく、相対的なものだから実体はない。世の中のすべての現象は無常であって千変万化し、１つとしてない。「変わらない」ものはないのに「変わらずに在る」と思って執着すると、そこに不安が生じて苦が原因となる。

●「諸法無我（ムガ）」とは、我とは自分と他人との間に一線を引き独立している自分のこと。自覚している自分はすべて因果の法則で和合しているだけ。人の肉体は幾つかの物質が寄り集まっているだけ。精神は人と物、人と人との依存関係で仮に成り立っているだけ。すべてが無常であるところに霊魂などという常住不変の我の主体があると思うのは、人間が作りあげた幻想に過ぎない。そこに有るのは命に宿した心の傾向性と身口意の行為によって習慣化された業の固まりだけ。それを「自我」と言い、「無我・非我」ともいう。

●インド人が発明した0（ゼロ）とは、龍樹が説いた「空」のこと。「一切皆空」とは理性でも直感でもなく見るモノも見られるモノも無く、何も無いものを無いと観る主客未分の全体感覚。坐禅は宇宙の最高原理と一体化させ、完成されたある一つのものに回帰していく。そこから得られた知は、頭を通さない言葉を離れた直覚的・絶対的な知でその世界観は無限に広がる。

「0（ゼロ）」とは、無でない。有ることも無いことをも超えた無分別の「空」の世界。

「1（イチ）」とは、1・2・3…の相対的な1でなく、対立するものなき「絶対の1」。生命が法を悟ると自我が無くなり、自分が全宇宙になり、はじめて「1」が解り我が解る。

●心の中にある我と天地宇宙の法とは不一不二であるが1ではなく、我と我の相互関係も不一不二であるが1ではない。我と汝を関係性を無分別の世界から語り、それを超えた世界から呼びかけられている存在と見る。「我」が全体に向き合っている無意識を大事に、自我を放棄し空＝０へと昇華して無我の境地に解脱する。つまり本当の自己とは「絶対無即絶対有の自己」だから、「我が存在する」とも「我が存在しない」とも言える世界にあって、「絶対矛盾の自己同一」として存在している。
★東洋人は日常現実に起きている現象の理由や姿を、あまり突き詰めて考えない。間違いもそのままで改善しないから科学技術が遅れて、今日まで西洋先進国に支配されて隷属され続けてきた。

全体を全体として捉える「中道思想」は自然体

●東洋人は豊かな恵をもたらす「自然の背後には神が存在する」。その自然は人間の味方なので自然をそのまま・有りのまま純粋に直観的に受容する。インド人は「聖」を、中国人は「善」を、日本人は「美」を価値の中心にして生きる意味を明示。それを生活の基本にして根本的な事柄、宗教や芸術など文化活動の基礎となっている。この感性や直観を中心とする思想は、中国・朝鮮・日本・東南アジア全般に共通する。東洋人は、この宇宙や人間世界すべてのものが縁によってつながり、相互に依存し合った世界とする。神と人間、人間と人間、人間と動物は、すべてが連続しており別々に存在するものでない。すべてのものが連続した世界では自分も現象も一体で、自分だけという世界はあり得ない。それを主体と客体と分けてと二つの概念で理解すると、どちらかに執着して必ず矛盾が生じる。主体とか客体とか分けずに双方を一体として捉え、体を通して全体を全体として体験のすべてを受容する。

●仏教は「善も悪も」いずれも実態がなく「無自性空」で、人間の行為による善業や悪業も「一切皆空」とする。自我を離れた空の思想ですべてが寂滅した世界が開け、涅槃に入ってこの世がそのまま平和になる。人間の知的能力を超えた世界は、いくら真理に近づいても言葉や文字で表現するには限界がある。本当に存在するものは人間の言葉で理解する以前の現実だけ。仏道修行のヨーガ行では、瞑想をして自己中心性を離れて主観と客観との分裂を断つ。顕在意識の下の「空なる世界」のあるがままを重視。世の中の一切の現象を主体から切り離し、真理を客体的存在（法）として主客一如の視点に立つと、言語体系が瞬時に解体して執着することも、執着されるもなく主客一体化。対立する概念や区別がないから相手を論破することも、争うこともなく和して共存が可能となる。理性を超越した純粋直観には区別や対立がない。区別は言葉の世界だけにあり、実在するものにないから言葉の世界は虚構である。その言葉の世界を否定すれば、二つの対立する世界も本体が無いことを通して一つになる。

●自分という意識は欲望、権力、財産に過ぎず、世の中は自分に都合がよいものを善、悪いものを悪として自己中心的に働く。そこには無限の悪や争いがうごめいて、互いに騙し騙されていつも人間を不安や苦悩に駆り立てる。これが仏教が善悪二元論の道徳に批判を向ける理由である。釈迦が悟った仏法は不二の法門で、自分と他人、精神と物質などと主体と客体を分けない。なすべき善もなすべきでない悪も、執着しなければ苦しむことがない。故に自分と他人とか、善と悪、生と死、相対させて二元論で考えているうちは、まだ自我の世界にいる。自己超越した絶対的主体はそこに人間本来のあり方は二元的な対立を超えたところ中間でなく中道にある。真なる善は文字や言葉を使って理性で識別し分別を超えたところ、極限の無へと突き抜けたところにある。自分の命に内在する真理を知ることによって人生の迷いが解け、煩悩の強さ罪障の重さを自覚すれば、懺悔がそもまま喜びへと変化して救われる。

★仏教は茫漠とした無意識の世界なので気概がなく捉えようがない。いつも揺れ動いて解り尽くすことがないから結論はない。平和で思慮的ではあるがあいまいで感情に走りやすくブレやすく一発回答は容易でない。

東洋人は過去と未来が結びついた「円環型思考」

●一般アジア人の世界観は、宇宙も、自然も、人間の世界もすべて円を描いて永遠に循環しているので人間も、初めもなければ終わりもない円環型世界観。太陽は毎日朝昇り夕方に沈んで円を描いて循環し、季節は毎年春・夏・秋・冬を繰り返し、植物は自ら芽を出して成長し、開花し、結実し、朽ち、やがて連続再生している。人間も生まれては死に生まれては死にと、誕生、成長、死、再生を繰り返しながら同心円上に生きている。農耕の盛んな東洋人は自然循環のメカニズム沿って農耕作業を繰り返しの中で、何億年も前から、循環する自然の中でさまざまなく生命の輪廻転生を実感し、人間も生まれ変わり死に変わりして、輪廻転生の循環的な死生観を基調としてきた。円環型思考は過去の方にも未来の方にもグルグル回れるので、未来は過去であり過去が未来でもあって、その時間感覚は直線でなく、初めと終わりが結びついて無始無終。人生はそれを何回巡ったかで年を数える。

●大方の日本人は人間の根源的精神として霊魂の存在を認める。自分の命は何億年の前から生まれては死に、また生まれ、また死んで、循環する生命の一部。肉体に宿った霊魂は人間の心を本体で、精神的な活動の核となっている。肉体に霊魂の有無が生死を分ける。霊魂は「この世」と「あの世」を何度も輪廻転生を繰り返してきた。人生をこの世とあの世に二分すると、死は終わりであり始まりでもある。前半分を「この世」、後の半分は「あの世」として。さらにそれぞれの中間で二つに分け、「冠・婚・葬・祭」四つの節目に盛大な通過儀礼を営んできた。

1. 冠は、この世に人間として生をうけた霊魂が、一人前になったことを祝う節目
2. 婚は、男性と女性の霊魂が、結婚して一対となる節目
3. 葬は、肉体を離れた霊魂が、あの世へと旅立つ節目
4. 祭は、死霊が精霊となり、精霊が祖霊となっていく節目

●この世は霊魂が肉体を道具として過去の罪を浄化する修行をする所。死は終わりであり始まりでもあるので常にやり直しがきく。不死不滅で霊魂は、その度に「この世」と「あの世」を循環し終わりのない旅を続けてきた。肉体にとっての霊魂は最初は次元が低くやっかいだが、この世でさまざまな苦労を重ね、現世を正しく生きると、霊魂は次第に浄

化し成長する。年齢とともに霊性にめざめ、霊魂を自由に使えるようになる。自分の霊性に気づくとより高次の世界に心が開けて霊格が高まり、世の中を見透せるようになる。40歳までは智慧が心身のすべてを支配する。年齢と共に霊的に目覚め、50歳を過ぎると次第に霊魂を支配下において自由に使えるようになり、そして歳を重ね老年期になると自ずと自己の霊魂は鎮まって、神の心が表面化し天上界から自分自身を見ることができ、この世で最も神の世界に近い距離にいる人となる。さらに人生の最終段階において神と同化するというのが賀寿思想の原点で、日本人の長寿祝いのめでたさはここにある。

●この世は霊魂が肉体を道具として自己を磨き、前世からの宿題をやりとげる修行の場。最初は次元が低くてもこの世でさまざまな苦労をして、愛とか忍耐を学んで過去の罪を浄化して成長する。前世の宿業が解けると肉体を離れ、この世で磨き上げた霊格を持ってあの世へと還る。生死を繰り返しこの世とあの世の転生して魂は永遠に進化していく、というのが神道の自然信仰を母体に、仏教の輪廻転生思想を取り入れて、日本人が作り出した霊魂の円環型思考の進化論だ。

★日本の盆踊りは、皆んなが同じ形の踊りを繰り返し、心を1つにして円環型になって踊るので初めがないし終わりもない。

「無我」と「空の思想」を根底にした日本人の哲学

●日本の神道は古代人の生活習慣から自然に形成された道。聖なることは声に出し言葉にして理論だてしない、言挙げ（コトア）をしない習慣。従って神道には教義はなく神を追求する形而上学や真善美を追求する哲学は存在しないので、人生の根本問題に対して究極的な問いも答えもない。

●仏教においては、世界の自分もすべては関係によって仮に成り立っているだけで、諸行無常で変わり続けているだけで「一切皆空」とし無我とする。日本人はこの世は全て関係性において成り立っているとする仏教思想に共感。物心は一体で「色即是空・空即是色」とするからいつまでも物の原理はわからず、物質文明においてヨーロッパに大きく遅れた。我思う故に我ありと自我を主体とする西洋哲学と、何百年間も語り合ってもなかなか一地点が見出せない。自我を認めないから固定不変の独立した存在はなく、一切皆空とする仏教国の日本ではなかなか西洋的哲学が育たず、かろうじて西田幾多郎は「絶対矛盾の自己同一」の言葉を残し日本を代表する哲学者として認められた。

「ギリシャ哲学」は人間理性を中心にした個人主義

●西洋人の考え方の原点は「ギリシャ哲学」にある。ギリシャ人は人間能力を理性と感性に分け、人間の中心を理性をおいて自我を確立し、この世のすべてを理性的に分析して説明する。ギリシャ哲学では、この無限に広がる大宇宙において人間だけを切り離し、自然からも切り離して「自分は」と思った瞬間そこに「自分1」が誕生する。その自分という一つの小宇宙を形成して閉じこもる。そして人間を自分と他人に分け、物事をも主体と客体に分け、両者を相容れないものとして対峙させる。自分でさえ自分が何者か解らないのに、他人を自分と対立するものと考えて当然自分中心になる。相手も自分の殻(から)に隠れて敵か味方かわからないから、いつも他者を自分と対立する競争相手と見て、批判するので紛争が絶えない。

●自我は他人の支配を嫌い、何ものにも束縛されない自由意志を持って、常に独立した自分であろうとする、その結果１と１が対立する。生命の自然として自我から発する自己愛を心の自然として認め、自分を守ることが当然として力強いものを良しとする。さらに自由を重視して自分の支配できる範囲を広げようと力と意志を重視し、競争の中にこそ進歩の世界が現出すると考える。適者生存の自由競争社会では、理想と能力持った者が勝者となって勝ち残る。西欧社会は覇道の世界となって巨大な帝国を形成し、発展と消滅を繰返してきた。故に西洋人にとって究極の目標は、理性によって自己中心性を克服し、強力な意志を持ったリーダーとなって覇権世界を席巻し、英雄となって栄光に輝くことにある。人々はそれを理性的に捉え言葉によって理論化し、論証し、議論を交わしながら思想を深めてきた。前５世紀半ばにはすでに民主和政治をめざして、理性の上に論理を組み立てて理想の下に住むようになった。

●宇宙生成の根源な意志として人間には理性がある、人間の自然とは理性に従う活動のこと。言葉や論理など顕在意識を大切にして、すべてのものごとを言葉で捉え論理化・概念化して分別する。社会全体を考えた場合、人間のあり方に絶対的なものがないと主観主義になって罪を犯す。だからできるだけ多くの知識を学ぶべきだとしてギリシャ人は哲学を愛した。市民たちは善や正義の根拠を求めて心の最内奥へと向かい、「生きる知恵と意味」を追求する学問となって、大きく3つの生き方に分かれ進化していった。

1. ストアー派（禁欲派）は、理性で欲望をコントロールし、理性を超えたことは考えず神が定めた法に従う
2. エピクロス派（快楽派）は、我慢せず快適に過ごす
3. 分からないことは思考停止（懐疑派）して、平穏に過ごす

★西洋哲学は論理的であり秩序的で、概念的知識によって人間を利口にして優れた文明を築いてきた。反面、理性に過大な信頼を持ち過ぎて、理性獣となってヨーロッパ中で戦争を繰り返し、組織的暴力でアジア・アフリカ諸国を植民地化して、非理性的に支配し続けてきた。

哲学の元祖「ソクラテス」の「無知の智」とは

●西洋思想の原点は「ソクラテス（前5世紀）」にある。哲学は後に科学を生み、建築、彫刻、演劇などあらゆる芸術に結びついて人間精神を豊かにし、ギリシャ全土に広がり、ヨーロッパ文明の基盤となった。ソクラテスは現実世界の自然の諸現象の背後にある目に見えない絶対真理の世界がある。人間世界の背後には命より大切な絶対の真理の世界があり、そこにはすべて真実を知る完全な絶対者が存在する。この世はイディアの影に過ぎな

い。その普遍的法則を追求して理性で認識することは容易でない。人間の知識は「無知の知」で「自分が何も知らない無知であることを知る」ことで善く生きることができる。同時に人間の内部から運動を引き出す人知を超えた力と「不死の魂」の存在を信じることができる。

●世界の本質は目に見えない世界にあって、人間には容易に知ることはできない。人間には自分の魂を持っている。現象を知るのが肉体であるように、イディア（真理）を知るのは永久不変の魂である。魂は肉体より先に存在し、肉体に宿って生まれ、生きている間は肉体と交わり生命を維持している。肉体はイディアの世界には導いてくれないが、無意識と結びついた魂には真理へと至る芽を潜んでいる。その魂から真理を掴み出すには、天空から超自然的な声を聞き、「無知の智」を得て内に正義を持てば正しく生きられる。死後は肉体を離れて自身の純粋な存在に戻り、自身が原存在してた天空の純粋な魂の国に行くので、死を恐れるものではない。

●ソクラテスはアテネ市民で初めて個人として生きた哲学者。公的なものが私的なものに優越するとは考えず、公人と私人の区別やそれと結びついた身分制度を否定した。人の生と共同体の生は重ねられるべきもの、善き生き方は善き統治と一致すべきものとし、人の数だけ真理がある相対的な民主主義より、哲人が国を治めるのを理想とした。彼は市民会議に行かず街の広場で一人ひとりとの問答をして、この世には命より大事な真理があることに気づかせようと「己自身を知れ」と喝破。だが無知の智は理解されず、国家の神々に対する不敬の罪で死刑を言い渡された。彼は「悪法も法である」として平静に受け止め、自ら毒杯を仰いで70歳で殉死した。

「プラトンの理想主義」とキリスト教が一体化

●ソクラテスの弟子「プラトン（前5世紀）」は、超自然的思想を求めた超理想主義者。殉死した師に代わって「ソクラテスの弁明」を記し、ソクラテスの無知の知の理論を活用して超宇宙観を構築して知と徳を体系化した。全ての物質には運動をもたらすのは神であり、宇宙世界を創造したのは神だとする。世界を目に見える「現実世界」と目に見えない「理念の世界」に分けて、変化する現実世界はイディア（真理）の影のようなもの。その背後には目に見えない本質の世界にある。人間には生命の源である魂が存在し、現実世界の本質は魂の目で観ることができる。だが魂はこの世では肉体の中に閉じ込められ人間の感覚は不完全なのでなかなか捉えられない。だから真理を知るには魂を肉体から切り離す必要がある。その本質の世界へ向かえるのは、理性を備えかつ心の中に魂の目を持ち、死の練習をした哲学者だけ。プラトンのこの説がキリスト教と結びついて、死後の天国や神の国の神話の基となった。一方それを実証できなかったので単なる超理想論の観念論者とされ、性欲を伴わない純粋に精神的な愛を「プラトニック・ラブ（プラトン的な愛）」と揶揄（ヤユ）された。

●プラトンはさらに魂について記し死を語った。魂は人間が生まれてくる以前すでに存在し、それが肉体に結びついて拘束される。不死である魂は人が死ぬと肉体を離れ、現実世界を離れて真理の世界へと向かい、再びイディアとして存在し続ける。哲学とは死ぬ稽古で、死の訓練をして理性で認識することによってイディア世界に至ることができる。生前知を愛して生きた魂は死後肉体を離れ、時期が来ると再び別の肉体の中へと入り転生する。だが生前肉体をくだらぬことに使い、一度も真理を見たことがなく隷属状態おかれていた魂は、人間に生まれ変わることができず、地上をうろつき様々な動物に生まれ変わる。己の死を見つめる事ができない生命力の衰えを、神の存在と不死の魂の信仰につぎ込んで不死を実現する神話を作りだした。

●プラトンはこの現象世界を、曖昧さのない数学や幾何学を用いて、頭の中に理想の世界を構築した。その世界は人間の感覚では捉えられないほど完全無欠、この世はその複製であって不完全な世界とした。そのような現実世界において、プラトンは人間は魂と理性をもっているから、イエスは人間だけが神の似姿に創られたから、他の生物より優れているとする人間中心主義の思想で一致した。人間をすべての生き物の頂点に位置づけ、その人間の魂は自己の完成を求めて、この世界を超越する神と一つになろうとしているとする教義を説きはじめた。イエスの譬え話とプラトンの哲学と重ね合わせて理論化して新約聖書に著したので、プラトンは「ギリシャのモーゼ」と呼ばれて尊敬された。

西洋人は神の1から始まる「直線型思考」

●作物不毛の砂漠地帯は慢性的食糧不足、砂漠の民は遊牧の民で点在するオアシスのわずかな牧草で羊や山羊などの家畜を育て、それを主食にして命をつなぐ。牧草が無くなると家畜の群れをコントロールしながらその土地を捨て、天空の星を頼りに次の牧草地へ向かって一直線。遊牧民には国境がなく、コミュニティがないので地縁が無く、血縁で一族で固まった部族が存在する社会。砂漠を移動する際に右か左か決断する族長の命令は絶対的で、一切の反抗は許されない。

●食に飢えた遊牧民の社会では奇跡を起こし救済するものこそが神の証。一神教は天空のはるか彼方に全知全能の神を立ててまず神と人間を分け、人間と自然を分け、唯一絶対の神と人間が1対1で対峙して「個人＝1(イチ)」が誕生。さらに人間を自分と他人に分け、主なる自分と他者1人1人とも対峙させて個人主義の社会構造となる。一神教社会では何事も神の1から始まる。その世界観はどこまでも理性的・論理的で、時間は過去・現在・未来へと一直線に流れる。神が定めた目標に向かって最初から最後まで奇跡の連続。宇宙も人間も全知全能の神が目的をもって創られた。神は混沌とした闇に突如現れ、すべてが神の意志で天地の創造が始まった。全知全能の神が突然現れ、「光あれ！」と言って光を生み出し、昼と夜を生み出した。そして天と地を分けて天地宇宙を創出。さらに陸と海を分け陸に植物を茂らせ、海には魚、大地に動物を生み出すなどの奇跡を連発。神は最後に自分の形に似た人間を創造して休まれた。

●初めがあれば終わりがある。神の意図が完成するとその天が壊れ、今ある世界のすべての秩序が崩壊し人々も死んで、この世の全てが終わる。最後に神の審判が行われ、神の決断によって天国に行くか地獄に堕ちるか決まる。生前に善い行いをした善人は、天国に召されて一直線に永遠の命が与えられる。神の命令に背き悪を犯した悪人は燃えさかる火の地獄に堕ちる。いったん地獄に堕ちたら救済の余地がなく一直線に永遠に苦しみが続く。
★全知全能の神は、この世における生死一切は、神が定めた摂理に支配されるので、何事も神なしにはあり得ない。人間を超えた不思議な力を持つ唯一絶対の神と対峙し、無心になって一点に集中して、神に祈り続けると奇跡が生じ願いが叶う。だから教会はいつでもそれを信じなさい！　拝みなさい！　祈りなさい！　と責め立てる。

唯一絶対の「神が定めた善悪二元論」

●西洋人は人間理性を中心に、何事も中間のあいまいを一切許さず、白黒をはっきりさせて、すべてを比較しながら論理的に追求する。人間を自然から切り離し、人生を生と死に分け、人間を肉体と精神に分け、人の心を理性と感性に分け、言葉や論理による顕在意識中心の二元論になり、無意識といったハッキリしないものを受け付けない。だが理性を中心とした二元論では、生はわかるが、死といったはっきりしないものを受け付けない。結果、理性では自分の死を見つめられず合理的に解決できないから、死後の世界を恐怖し苦しんで一神教に救いを求めた。

●西洋人が信仰する一神教の神は人間の創造主で、人間が欲望に支配されて道徳の頽廃を招かないよう十戒などさまざまな戒律を定めて預言者に啓示される。人間はその戒律に照らして善か悪かを判断して正義を守ることを神と約束する。その結果は最後の審判で、戒律を守り正義にかなう善い行いをした善人は天国に召されて永遠の命が与えられ、守らなかった悪人は罰せられ、燃えさかる火の地獄に堕ちる。いったん地獄に堕ちたら救済の余地がなく永遠に続く。中間がない「善悪二元論」となって2つに分かれる。

●神が定めた善悪二元論道徳の世界は、神の言葉が現実より優先しているので、この世の現象を正確に把握できていないので相対的。善悪は本来不二であってそれ自身独立した実体でなく、対立しつつ相即しそのバランスの上に成り立っているだけ。現実社会での個々のケースの行為が善か悪かの判断は、社会規範はその地域・文化・時代の影響を受けて人間の心が決めるものだから、哲学も法律も関係なく善も悪も時と場合によって変化するから、同じ宗教や民族・国家の間でしか通じないので「何が正しいか」という問いに答えられない。人によって異なり時代によって変わる。善悪や真偽は、一人ひとりの感受性や価値観の有りようで決まるので相対的。人間がいくら理性で真理に近づいて言葉で捉え表現しても、この世のすべての現象を正確に把握できない。人の心は善悪・虚実の間を浮動しているので主観と客観が一致しない。

●人間の自我は現実社会の担い手で、世の中の秩序は道徳や戒律より、人間としてのあるべき理想像とそれをめざす意志によって維持される。現実社会においては善と悪は背中合わせで分け難い。悪が無ければ善も無く、悪人がいないと善人もいなくなる。道徳的に振る舞ってもすべてのことに善と悪の両面があり、現実の幸・不幸は因果の法則だけで決まらない。善人なのに不遇で正義が破れ、悪が栄えることもある。人はその狭間で迷いながら生きている。誰もが自己中心的に生きている社会での価値判断はあいまいで、自分を善とし他人を悪とする自我はどうしようもない。きびしい生存競争社会で生き残るには誰かを犠牲にしなければ生きられない。人生において誰もが自分に降りかかった不幸を正面から受け止め、いつも道徳にそった行動をとれるほど強くないし、まして他者を救済できるほど心のゆとりを持っていない。きれいなこともあれば汚いことと理不尽なことがいっぱい起きるので、真の善人や悪人も有り得ない。

●所詮人間は自分自身に執着して、自分の心さえ自由にできない存在。人間は誰もが自己中心的で、道徳の実践において何をどう選択しようと偽善を免れず、生きていると本能や利己心に圧倒されて、現実は誰よりも自分自身によって裏切られ、必然的に多くの罪を犯して自らの行為に対する恥や罪の意識が起き、自ずと心が痛み後悔の念が生じる。自分が犯した恥ずべき行為や大罪は、死ぬまで心の奥底に残って悔やみ続け、消えることなく死後の恐怖へと続く。

●人間の真の生き方は、宗教で教え込まれた宇宙の真理を、即、善とする絶対的善悪の価値判断を超えた所。本当に存在するものは人間の言葉で理解する以前の世界。真の絶対は現実での対立をいま一歩超越した相対的観念を超えたところ、さらに宗教で教え込まれた宇宙の真理、即、善とする価値判断を超えたところ。そこには社会が道徳として定める以前の心の原初形態がある。それを人間理性を中心に、神と人間・善と悪に・自分と他に分け、二元論で対峙している限りまだ自我の世界にいて、最も深い広い高い立場に立つことができず、ギャップが生じて矛盾・闘争・相克・相殺を免れない。

●神が定めた善悪二元論の普遍的道徳の本意は、神を信じ善行をすることで救われるというより、自我を離れて命そのもの清浄心に目覚め、大いなる宇宙の本質と一致して善悪や損得を超越した所にある。人間は普遍的道徳に従って生活しても、心の奥底に善悪、正・不正を見分ける能力を持っている。道徳の徳とは内なる良心の現れで、善人は心の奥底に善悪、正・不正を見分ける能力を持っていて、ものごとを全体的に判断でき、自らの不善を恥じ悪を憎む心とへりくだる謙譲心を持っている人をいう。

★人間は生まれながら善悪双方を持ち合わせ、自由意志でどちらを選んで善と悪を積み重ねるが、善いことからも悪いことからも多くのことを学び、生涯を通して変化しながら成長していく。

人間理性至上主義の「デカルトの物心二元論」

●「デカルト（17世紀）」は、合理主義哲学の元祖。近代的自我を目覚めさせた哲学者。これまでのキリスト教神学は、神話の性格をぬぐえないとし、世俗を超越した神中心の哲学を、「我思う故に我あり」と人間世界へ引き降ろした哲学者。すべてを疑っても疑いえぬものは自分自身を意識できる理性だとする思想。これまでキリスト教のこの世を超越し神の教えより、自分の理性を信じて世俗に生きる哲学の方法に大転換。絶対的真理を発見するには、まず神の存在などすべてを嘘か、誠か、疑ってみる。すべてを疑っても疑いえぬものは、自分自身を意識できる理性だとして、従来の人間の上にあった神中心の座標軸を人間世界へ引き降ろした。人間自身の自由意志をもってこの世界を考え、変化させていく理性的存在とした。以後の西洋哲学は唯一絶対の神が一歩的に定めた善悪二元論から、自然と人間が対峙し物質と人間を肉体と精神を分けて考える「物心二元論」の思考スタイルに移行。唯神論と唯物論の二極に分かれて合理主義・実存主義・実証主義など近代哲学への起点となった。自然と人間が対峙し自然を定量的に合理的に分析を繰り返して自然科学を発達させた。

●デカルトは神が人間に与えた理性を主体に、神が造られた世界を科学で合理的に説明し真理を探求する分別の世界に導いた。宇宙の実体で他の助けを要しない存在を「自我」と「物質」の二つに分け、唯一絶対の神の二元論から、精神と物体に境界を設けて中間を許さない「物心二元論」へと移行。デカルト以後の西欧哲学は、人間の内面世界の「神学」と、目に見えない神や霊魂の世界を排除して物質から始める、人間の外の世界の「自然科学」に分かれた。近代の物質的な所産と知的な所産を生み出すことに成功し、物理学・工学などの科学が進化し工業化が進んで唯物論が世界中に広がった。その一方で人間理性を信頼した合理主義が広がって利己主義がまん延した。

●「カント（18世紀）」・批判哲学者／神の真理は人間が規定したものだから、世界に信じる真理などどこにも無い。事実を超えたロマンなど無い、あるとすれば人間の上に真理があるとした。従来の神を無条件に崇めるキリスト教会の「修道院のキリスト教」から、神を直観で捉え理性で認知し、言語で自覚して契約によって結び付ける合理的な「世俗のキリスト教」へと移行した。

来世思考の「キリスト教道徳」を批判したニーチェ

●「ニーチェ（19世紀）」は、キリスト教会が主張する来世思考の道徳を、正面から批判した哲学者。キリスト教の教義は、この世で神が定めた戒律を正しく守って頑張った善人は、今は苦しくとも死後に天国へ召され、戒律を守れない悪人は地獄へ落ちるとする。教会の善悪二元論は、弱者の心をあの世へと転嫁し、人間本来の生への意欲をクサリでつないで、真理を永遠に人間の手の届かない所において人間を縛り殺しているとし、「神は死んだ」と宣言して、キリスト教の理想や教義を根底から疑った。そもそも神の国など有るか無いかはっきり解らないし、神に人間を救済する意志などあるはずがない。でも弱者は権威に弱いから、不滅の真理は常に神側にあるというキリスト教を信じて目標を失い情熱もなく生きている。キリスト教の善悪を基準とする禁欲的道徳は、生存の現実からの逃避であり、人間が神にすがった精神の奴隷状態では救われないと批判。

●これまでの哲学では、人間の肉体は自然界の動物と同じだから、人間の本質ではないとして軽んじてきた。だが、人間は本来肉体としてこの世に生まれ、肉体によって生活し、肉体を通して大地とつながって生きてきた。太古からの伝統を肉体を通して覚え累積した生活習慣は、生きていくための一つの大きな理性でもある。その肉体に備わった理性と生命力を行使し、勇気をもって強く逞しく生きることこそがベストの生き方。人間の生命力の本質は「権力への意志」であるとして、これまでのキリスト教道徳や倫理を真正面から否定。神に代わる力を自我に求めて「超人の思想」を主張した。キリスト教では神があっての人間なので、神を信じない無神論者は悪魔のような人間とみる。しかし近代の人間社会は「自分を鍛え力とパワーを持って今を楽しめ」というニーチェの主張通り、自分の理想に向かって貪欲に、超人的な努力を重ねて巨大権力を追い求め、その大組織の支配者周囲に大企業や国家が形づくられた。当のニーチェは自分自身を超人と考えていたが、皮肉にも売春婦から梅毒をもらって発狂し、晩年の11年間は保護所で暮らして１９００年に死んだ。

★人間を神の子として来世まで救済を約束してくれる伝統宗教に対し、経験主義・実証主義・実存主義・現世主義人哲学が台頭。無神論者が増えて宗教離れが進んでキリスト教徒の大多数が宗教を迷信と思うようになった。

近代は「実存主義・実証主義・経験主義・無神論」など

●西欧哲学の第三ステージは、これまで人間の中心に据えてきた観念や理性より、無視されてきた身体を使って観察や実験から得る知識の方が確かだとする、近代合理主義哲学が台頭。完成した理性主義哲学から、肉体で覚えた無意識の力へと向かった。各国に保守的な社会を変革する天才たちが現れ、人々を巻き込んで脅威的な速度で社会を変えはじめた。これまでの形而上学は、自分や世界を理性で探求するだけで、現実世界に生きている人間の合理的・普遍的な価値を遠ざけていた。近代に入って哲学者たちは、人間の思考や言語では捉えられない神や霊魂・あの世を論じることの無意味さを説いて、宗教は精神の世界、科学は物質の世界を探求すべきだとして区分。自然は聖書以上の聖書だとして、キリスト教の神話によってゆがめられた自然観や社会観を否定し、従来の神学全体を動揺させた。権威主義から脱して「経験主義」「実証主義」「実存主義」などの現代思想を生み出した。

●「ベルグソン（19世紀）」は、従来の観念論に対し経験主義・実証主義哲学を拓いた大成者。「経験主義」とは、人間の全ての知識は我々の経験の結果とし、観念的な理論よりも自己の経験の方を重視して物事を判断。経験を中心に政治や法律、宗教に関する考察をする。「実証主義」とは、直感や超越的な感覚など、提示された仮説や理論を経験的事実と照らし合わせ、その真偽を検証して経験された事実として確認できるまでは、信じるに値しないとする。今まで何の根拠もなく信じられてきた前提を覆して新しい科学の発展を促した。

●「ハイデガー（20世紀）」は、実存主義哲学と無神論の先駆者。これまで人間生存の前提としてきた神や霊魂を中心とした世界観、やがて死ぬ自分より今ここに生き、現に存在している自分の現実優位に徹した思想を追求。人間は生物だから「何時か死ぬ」という根源的不安を抱えた存在である。人生の目的は実存的生を考えながら死を当然のことと覚悟し、死を恐れたり・神に頼って死から目を背けたりしない。日頃から死への準備をして死から自由になることが大切。今の自分は遠い過去から現在を積み重ね、未来に向かって生きている存在。だから人生をいかに充実させていくかだけを考え、死を先取りして不安を乗り越えて、死というゴールに向かって本気で生きる「実存主義哲学」をめざし、人間の内面世界の「神学」と、人間の外の世界の「自然科学」の２つに分けた。目に見えない神の存在や死後の世界などの不思議な事象は、確かめられないので自然科学の範疇から排除。以後の自然科学は実証主義を根底に、物質から始める物理学・工学・医学などの近代科学が発展した結果、唯物論が世界中に広がった。現代ヨーロッパでは実存主義者が増え、キリスト教信徒の関心は心の内より外の世界に移行。毎日曜日一家揃って教会に通う信者が減少して教会の閉鎖が広がっている。礼拝しなくなった教会の天井の高い建物をサーカスの練習場に転用したり、地域の集会所や医療機関やイスラム教のモスクとして再活用する所もあるらしい。

★生身の人間が形式的で内容の伴わない教義で、神を信じるにはとてつもない飛躍を必要とする。どのように可能性を追求しても自己嫌悪に陥り、絶望という死に至る病は回避できない（キルケゴール）。強者の成功を妬んで現実の惨めな生活を幸福だとするのは、弱者の負け惜しみだ。人生に神が定めた正義など無い方がより自由に生きられる（カミュ）。

神も科学も経験からの思い込みに過ぎない（ヒューム）。神さまのことは気にせず、自然な気持ちいいことをして生きよ（エピクロス）。死んだらゼロ、笑ってすごそう（デモクリトス）など、宗教離れした近代哲学者が続出した。

3－5／唯物論から唯心論への道

唯物論の「社会主義国」の誕生と崩壊の教訓

●16世紀までのヨーロッパの科学者は、熱心なキリスト信徒だった。宇宙も人間も全知全能の神のなせる御業とする、キリスト教の神学体系に支配され科学は進歩しなかった。17世紀になると新しい知識や情報を伝える書物が発行され、大学が出現して高等教育が広く普及して近代文明が発展していった。ガリレオやニュートンが物理的な法則を発見して科学革命が始まった。科学技術が急速に進んで画期的な道具や機械が次々と登場した。

●科学はこの世の諸現象を外側から捉え、曖昧を許さない二元論ではっきり白黒をつける方法。基本的な手法は分析と総合で、目の前にある自然や複雑な物事をバラバラに分け、幾つかの要素に分類し、現象を繰り返し観察し分析して同一性を確保し、その結果を総合して全体を説明する。科学は自然界の未知なることを追求するために、眼前の事実をもとに仮説をたて原理原則を導き出す実証主義。今や宇宙のマクロからミクロの原子まで、この世界の有り方や物と物との関係を理性で正確に理解して工業を発展させ、快適に暮らせる人間社会を作り出した。
●近代哲学から生まれた実証主義は、人体は単なる物質の塊として、すべてを科学で割りきる。神や霊魂の存在を一切認めず、現実だけをすべてとする人間の常識の結晶。唯物論は自然科学が提示する世界を人間を外側から捉え、この世で認識できるものはすべて物質的現象とする。人間を物質と精神に分け、肉体はすべて物質から成る。人間が誕生し体内では常に物質的現象で、タンパク質が生命を支え、脳内物質が生み出したのが精神である。だから人間は無から生まれ、肉体が消滅すれば精神も完全消滅して無に返るだけ。精神も物質から派生したものだから人間も機械と同様であると極論する。
●18世紀にイギリスで起きた産業革命によって工業社会へ移行。紡績の機械化に技術革新によって経済の仕組みはこれまでの農業を基盤とする社会から、大量の物資を生産する工業社会へ移行。物質文明を生み出して人類は目覚ましい発展をとげた。石油・石炭など大量の化石燃料を使用して経済は急成長し、人口の増大と都市の拡大が定常化。自由競争思想と科学技術が両輪として、人間の行動様式や価値意識に大変化をもたらした。工業が発達し便利な商品に囲まれ生活する20世紀になって確立した「唯物論」は、神・霊魂・あの世の存在を一切認めず、現実だけをすべてとする「無神論」に進化し、宗教を持たない無神論者が登場した。人間が宗教が説く神・霊魂・あの世の存在を実感するには、ある種の科学知識を取り除いて信仰を容れる隙間を作り宗教的な行いを必要とする。宗教を信じるには世俗的な楽しみをあきらめ、多くの時間をムダにして祈りを捧げ、錯覚したまま日々を過ごすリスクは避けられない。それは分別ある生き方というより頑迷に近い生き方。ならば宗教という変な幻想を抱かなくても、法律を守れば社会秩序は維持できる。各人は自分の仕事を責任を持って果たせば、1回限りの人生を楽しく生きながら、子孫や次の社会へも貢献できる。

●斯くして20世紀に登場した世界初の社会主義国「ソビエト連邦共和国」は、神や死後の世界などの一切は人間の作った幻想に過ぎないと否定。宗教は存在するかわからない神という仮説をたて、物語や偶像を造って信じることを自分に課し、自分で自分を騙し続ける。理論的に実証され実現すれば科学だが、奇跡的な出来ごとのみに依存する世界は幻影に過ぎない。祈ることしかしないので、どんなに頑張っても必ず破綻する。まさに宗教はアヘンで、それによって人間の頭の中に映し出される神は妄想で、現実生活の矛盾を解決することはない。「ソ連」共産主義国はこの唯物論と無神論に依拠して革命を推進したが、100年もたたずに崩壊し、唯神論の国アメリカに惨敗して元のロシアに戻った。

★「シェイクスピア（16−17世紀）」はこの世は夢と同じ材料でできている。「ホーキング（20世紀）」はこの世は50％は仮想現実である。「マルクス（20世紀）」は共産主義を主張し資本主義は必ず崩壊すると預言した。

「宗教」と「科学」はクルマの両輪

●科学は、頭の中に原理・法則は言葉・数式で表して、内部モデルを構築して認識してい

〈宗教〉	〈科学〉
1. あの世、過去と未来	1. この世、現在
2. 感性、神秘の世界	2. 理性、合理性の世界
3. 目に見えない精神世界	3. 目に見える物質世界
4. 証クローズ系・明は不可能	4. オープン系・証明が可能
5. 定義不可能な概念や命題に向かう	5. 諸概念の明確な定義から出発
6. 結び合わせ・総合的に認識する	6. バラバラにして専門化する
7. 解る	7. 分かる

く作業を繰り返しながら物理法則を見つけ、人間の理想を実現する手段。目に見えるだけの世界に縛られないよう、理性を中心に演繹的・合理的思考を身につけて実際に行動して確かめながら進む。「近代科学」は物事を理解する有効な手段だが、広大な宇宙や複雑な人間の神秘の一部しか見ていないから、それが「どのように起こっているか」明らかにできても、それが「なぜ起こっているか」という根源的な問いには答えられない。しかも専門分野が細かく分かれているので、バラバラの知識では現実世界を正しく把握できない。人類が成熟する前に人類を滅ぼす核開発が進んで、世界中が恐怖に怯え憂いているのが現状。所詮人間への愛を欠き慈悲に到達しない科学技術は、どこか間違っているか未熟だ。科学技術が進むほどに一方でそれを宇宙の根源的な力、神という感性で支えないと確固たる平和な世界や、理想的社会をつくることはできない。

●伝統的宗教には、人類の数千年に亘る知恵が結晶している。宗教は人類のあるべき理想の姿を描き、時空を超えた所に目に見えない天国という絶対概念に置き換え、神の不思議な力によって心の安定を保っている。宗教の祈りは心の深いところに直感が働いて霊性が発揚し、主客のない自覚を体験して悟り心の平安を得る。人間の霊性は天地宇宙の法則の基にあり、その法則は科学の法則でもあるから、本来宗教と科学は矛盾しない。まさに科学と宗教はクルマの両輪で、「宗教なき科学は盲目で真っ直ぐ歩けない」「科学なき宗教は迷信に過ぎない」。どちらも人間社会の福祉充実に欠かせない。

★ＩＴテクノロジーの進歩で科学が作り出した仮想現実は、もはや現実と仮想との区別さえ難しくなった。現実離れした別世界の現実に住む人もいて、人間存在の根本から揺るがしはじめた。

人間に与えられた「個人の自由」の限界

●宇宙には絶対秩序、絶対調和の法則が存在し、人間はその法則によって生かされ生きている。その宇宙の中で、人間は自然の摂理から離され分離され、宇宙法則とは別に独立した生命体としての自由をもち、一人ひとりが1つの宇宙を形成しながら生きている。人間の心は自己の王者だから、たとえ法律や命令で肉体的な行動は強制できても人の心まで縛れない。自分の心の持ち方次第で自由がいっぱい。神の存在や神の真理をも否定し、自らを拠り所として決定できる。唯物論を信じ自分を信じ幸福になって天国へ行く自由も、悪を働いて地獄に落ちる自由もある。人間がその自由を失ったらもう人間ではない。

●この人間を中心にした自由主義には二つの問題がある。一つは人間の自由が宇宙法則と対立して、日常さまざまな不条理に突き当たること。人間はすべてにおいて自由だが、その自由意志を超えた絶対の宇宙法則の支配を拒むことはできない。人間がいくら自由と叫んでも、宇宙法則の善悪のどちらかを選択する場合、自分の理性で判断ができるのはわずか。大方は心の奥底で無意識に働く宇宙法則に従わざるをえない。自由とはあくまで心の内的な自由だから、自分を捨て「自分が無いという空の境地」こそが完全なる自由の境地。自我を無くした所に真に自由な自分が現れる。

●もう一つは、個人が使える自由には限度があること。人間は一人でいる限り支配も服従もなく自由に生きられる。だが、現実は人と人の間で互いに支え合って生きているから、自由ではあるが、完全に自由にはなり得ない。実際の現実社会において誰もが個人の自由を主張すると、互いの自由と自由が正面衝突し、万人の万人に対する闘争になってしまう。人間はまず自分の欲望に従い、自分の利益を第一に考える。個人の欲望を制約せずに自由を認めると、やりたい放題やって他人を傷つけて自分を傷つけてしまう。個人が他者と共に生きていくには、社会的正義や慈悲・愛を必要とする。だから国家が法律を作り家族・市民・国民としての道徳的義務を課し、違反者があれば第三者の裁判官が、神に代わって裁かねば人間社会は治まらない。

●結局、人間は生まれながら自由ではなく、宇宙の法則を知ってそれに合わせ、宇宙と一体となって自然界の掟から解放されて自由になれる。人間は自分の心を鍛え、自分で統御する力を付け、社会が定めた法律を守って自我を抑制し、さまざまな欲望に理性的に対応することで、不自由の中に本当の自由を得られる。
★西洋人は、政治的特権階級の支配や奴隷状態から脱して、神から平等に与えられた何ものにも拘束されない自由意志を最高とし、自分の意志で思考し行動できる自由を求める。
東洋人が求める自由とは、必然性を認識して自我に拘束された状態から解脱し、本来の自分になることをいう。

「生物人間」と「霊性人間」と2度生まれる

●人間は二度生まれる。一度目は肉体を持った「生物」として生まれる。生まれた当初は根源的な命のレベルでは動物と同じ生物の段階。外見は人間であっても自我という硬いカラを冠って幻想の自分の中にいてまだ人間としての自覚はない。幼い子どもの頃から親の躾や学校教育を受け社会経験を経て知性が高まり、やっと霊性が顕在化して人間らしくなってくる。二度目は年を重ね世の苦労に耐え、霊性を通して個を超えた全体的生命とつながっていることを自覚し自己の霊性に目覚めた「人間」に生まれる。所詮人間も命を持った生物の仲間だから、生まれつきの善人も悪人はいない。人間は自分の中を通り抜けている自分以上の自分が、本来の自分になろうとする不思議な力が働いて、私の中にもう一人「本当の私がいる」ことが解る。自己保存の本能に従って自己中心的になりやすく、表面は優しくても瞬時に冷酷にもなる。霊性は親や学校での人伝ての知識では自覚しにくいが、自分自身で直感し体感すると一瞬にして生まれ変わる。以後は己に厳しく他人に寛大に、他罰から自罰に切り替え、本当の自分を信じて生きるようになる。

●現代は科学が進んだ合理主義の時代で、日頃は自分の欲望を満たすために働き、快適な生活を享受している。ほとんどは信仰を持たない無神論者ばかり。困った問題が起きても、大方はお金で解決できると思っている。人生は波瀾万丈で、ある日突然、自分の能力を超えた大問題に出くわすと大慌て。お金では解決できず「苦しいときの神頼み」とあわてて信仰をはじめても、人間界を超えた神仏を信ずるのは容易でない。これまでお金にこだわり無神論で生きてきた人間が、宗教の世界に入るのは、分別ある生き方というより、頑迷に近い生き方。宗教が説く神・霊魂・あの世が存在するという意識に転換するには、理性を捨て科学知識を取り除いて、神仏を容れる心の隙間を作らねばならない。世俗的な楽しみをあきらめて、日々きびしい修行を必要とする。多くの時間を掛けて祈り続けても、錯覚したままでムダに過ごすリスクは避けられない。

●人間精神を唯神論と唯物論に分け、理性的に二元論で対峙する限り悟りはない。理性は分別智を基礎としているが、いったん分別智を否定して理性を離れると、ありのままの純粋な直感力が働き始める。やがて霊性が覚醒して自我を超えた無分別智が湧き出し、宇宙に遍満している不思議な力によって2つのものが1つになって悟る。命そのものに内在する自分を超えた大きな力、自分の中の本当の自分に気付き、「大我」に生まれ変わる。自己に内在する霊性に目覚めると宇宙の本質と一致して善悪を判断できるようになる。自己中心の人間から宗教的人間へと大転換して人間として一人前になる。これは生物としての人間が成長する過程で、誰もが体験する不思議な心の進化運動である。

●自分の命は全体的生命の一部。個々人の霊も全体霊とつながっていて、霊性も自己を超越している。霊性が拓けるまでの期間は人それぞれで個人差がある。その人の性格や能力・努力に応じて数年で済む人や一生かかる人もいる。また世の中には改心しない悪人もいて、誰もがみんな悟れるわけでないから、中途半端に改心するとまた元に戻って、この世とあの世を幾度も輪廻転生を何回も繰り返しながらも、自分の中の霊性覚醒によってそれを悟り目覚めた人となる。

1. 一度生まれの人／すでに悟りを開いた先祖の霊性が遺伝子が刻み込まれ、生まれながらに自我のカラが薄く、何でも素直に受け止められる人
2. 二度生まれの人／現世で悟りを開ける人。若い時は神仏を否定しても、人生で数々の失敗を経て、神仏の存在や真理に目覚める用意のできた人
3. 生まれ直しの人／素直でなく、他人の言葉も耳に入らず、失敗しても反省せず、回心してもまた元に戻って目覚めないまま死亡。やり残した課題を次の生へと持ち越す人

★キリスト教の「ボーン・アゲイン」とは、聖霊によって心が入れ替わり、古い自分が死んで新しい自分に生まれ変わる第二の誕生のこと。つまり復活と同一の感覚。

神仏を信じるにも「10年の自己との対決」

●現代人は日々きびしい生存競争社会の中で、強いられ鍛えられた強固な自我を持っている。物質的に恵まれ日々快適な生活を享受し、命の意味や他人の苦しみなど考えたことがない。自己保存の本能に守られた状態では、宗教など一時の気休めとしか思えない。神仏はいつも自分を監視しているようで疎ましく、むしろいない方が天罰を恐れず自由に生きられるとさえ思う。人間は30歳になって一旦人生観が固まると、もはや自我の殻は破れずその考えは一生涯続く。人間が宗教的な回心に出会うのは、大病・離婚・倒産・失業・災害・戦乱など、人生の矛盾や不条理に直面した正念場。生死を賭ける土壇場になって科学を超えたものに頭を下げる。ゆえに神仏に巡り合うチャンスは、「金持ちより貧乏な人」「知識人より無知な人」「善人より悪人」「健康な人より病人」に多く巡ってくる。

●人間の肉体が求める価値は快感で、その反対は生きる苦しみ。その肉体は老いによって萎み、病になって苦しみ、死によって消滅する。死はこの世のすべての苦しみや罪の意識から解放してくれるから、「死んだらおしまい」と思っていても、死はそう思っている自分そのものが消滅するのだから、死の不安や恐怖は避けられない。やはり神仏のような絶対的な存在がないと、それに代わるものを自分で作らねばならず、反ってその方が苦労が多い。難病をかかえた患者が光を求め続けても万策尽き、たった一人で真っ暗闇の中で真正面から死と向き合い、不安や恐怖は極限に達し、絶体絶命の窮地に落ちて捨て身になった時、その時こそが、自分中心の性格を変える最大のチャンス。人生観や価値観の流れが断ち切れて、これまで意識しなかった自分の中の霊性に目覚め、自分を超えた向こうから神仏の呼びかけ問いかけに出会うと、心の奥底に大変動が起きる。命がけの大病をした患者ほど、病気が治ること以上に生きる力を得て、自分の大きな成長につながる。
●神仏を見出し死の恐怖を超えて、それまでの不安が一転して希望と勇気に変わる。病と戦い神仏が語る真実を悟り、自己の霊性にめざめた人は、命の本質に触れて死を恐れなくなる。真の意味で「生きる」ということが解り、以後の人生の方向が大きく変わる。神仏の道に至るのに近道はなく、迷いに迷い、疑い、人生のどん底に落ちてギリギリ正念場を越える所に出てくる。神仏の存在を肯定するにも・否定するにも「10年くらいの孤独な心の闘い」を必要とする。
★モノが豊かな時代に生まれ育った世代は、欲望に支配されモノ中心の自己中心の生活環境。宗教の自由を前提にした学校では宗教教育は禁止され、マンション暮らしの家庭に仏壇がなく、神仏や霊性のことなど教えられたことがない世代が、信仰を持つのは容易でない。

第４章　日本人らしく生きる

４－１／日本という国・アメリカという国

陸・海・空に自然パワーあふれる「日本列島」

●日本列島はアジアのモンスーン地帯にあって、列島周辺の海も、陸も、空も活力いっぱいの「地球のパワースポット」。自然は熱帯・温帯・寒帯の気候を併せ持ち、季節は春・夏・秋・冬と周期的に循環し、高温多湿で日光と大量の雨水で生命力にあふれている。国土の山々には様々な草木が生い茂り、田や畑に四季折々に豊かな自然の恵みをもたらしてくれる。反面、平常はおだやかな自然も、時として荒々しく恐ろしく様変わり。列島は年中地震で揺れ動き、時には１１０カ所ある火山からマグマが噴き上げて、大津波に襲われる。また毎年10以上の台風が襲来し、豪雨で河川が氾濫し地すべりが起きたりする自然災害大国。それも神の為せる業として逆らわず、我慢強く生きる日本人の受容的・忍従的性格を形成する基となった。

●日本民族の先祖は、縄文時代・弥生時代・古墳時代の３回に亘って日本列島にやって来た人々。まずは10万年前アフリカを離れ、太陽信仰でホモサピエンスが日出ずる東方に向かって大陸の果てをめざした好奇心豊かな人。更にユダヤ教穏健派10部族の一部が、作物不毛の砂漠地帯で困れば略奪と人殺しが当たり前の中東から、エデンの東の温暖なパラダイスを求めて、紀元前4万年頃から徐々に日本（当時日本列島は大陸と陸続きだった）にたどり着き、南北の各地に住み着いて狩猟採取中心の旧石器時代がはじまった。

●縄文時代は、前1万4000年～前500年（14000年間）。日本列島の80％を占める山々でウサギたシカなどの狩猟に新石器を用い、ブナ・クリ・クルミなど落葉樹林帯で秋に果実がなり、葉が落ちると下にワラビ・ゼンマイなど根菜類を採取する。それに列島周辺の沿岸での魚介類など海の幸にも恵まれ自給自足の食文化。狩猟採取の民が定住することと自体世界でも珍しい現象なのに、縄文人は広場を中心に50人程度の環状集落を形成し、狩猟採集のまま1万4000年もの間農耕に移行せず、火焔型土器を発明して煮炊きをはじめた縄文文明は、世界四大文明（メソポタミア・エジプト・インダス・中国）の紀元前9000年～前5000年と比べて何処よりも古い。自然の恵み豊かで平和な暮らしにあこがれ、大陸から渡来人が次々とやって来た。少人数だったので戦争にはならず、先住民と同化して縄文時代の人口は25万人に達した。

●弥生時代は、前500年～300年（800年間）。戦乱の続く大陸から多くの難民が、水田稲作技術と武器を携えて日本列島へやってきた。日本の年間降水量は1700㎜と世界平均の2倍。夏の高温と多量の雨が大量の水を使う水田稲作と一致して、温暖な西日本を中心に広がった。稲作は輝く太陽光と多くの雨、肥えた土地など自然の生産に頼り、土地を切り開いて農耕をしながら一定の土地で繰り返しの生産形態で定住し、土地を中心に地縁と血縁によって結びつき、家族単位でつながる１５０人程度の村落共同体を形成。主食として欠かせない米は在庫が可能なので貧富の差が生まれ、稲作は灌漑など他者との協力が必要なのでリーダーが生まれ人々を統率し支配するようになった。

●古墳時代とは、弥生時代末期の３世紀６世紀末まで約４００年間。朝鮮半島とユーラシア大陸東部からやってきた古墳人が、以後、日本各地に16万基を超える古墳を造った。古墳でも前方後円墳は土や石を高く盛り上げた大規模な土木工事を伴う。中には土器・埴輪・鉄剣などが棺と一緒に入れられている。鉄の鍬や鉄剣など一歩進んだ文化を伝えた渡来人がその地域の有力者や支配者となった人やその氏族の墓とされている。当時水田稲作が普及して限られた土地に定住するようになり、各地に氏族を中心とした５００人以上が村社会を形成。古墳は共通の神を祀り毎年祭りの日には村人全員が集まって、五穀豊穣に感謝すると同時に、日照りや台風などの災害のないことを祈る祭事は重要な行事となった。古墳はそれを主催する場とし、それを主宰する祭司や氏族長などの権威を高め、地域の人々の帰属意識を強化するため、各地で巨大な古墳造りの競争が始まった。人口は一気に１００万人になり、やがて大和朝庭を中心にした国家を形成するようになった。

●日本の自然は発芽、生育、開花、結実し、朽ち落ちて、やがて再生していく。人間も自然の循環メカニズムに沿って山々に囲まれ自然体で暮らす縄文人や弥生人の性格を形成し、今日の日本人独特の植物的死生観を基調とする、生死連続の生命観の中核をとなっている。

「日本人は縄文人＋弥生人＋古墳人と3つの民族が、数千年の間に混交して同一民族・同一言語で一様性が高い日本文化を形成し一つの国家にまとまった。

1. 人は何事も誠実に、経験のないことには手を出さず、まじめにコツコツと息長くやる
2. 人生は何よりも育む力と、持続的な忍耐力を蓄えて長く続ける
3. 親や先祖を尊び家を守る。権力には逆らわず我慢して収まるのを待つ
4. 世間体を大切に、目立たず誠実に、礼儀・仁義・秩序を重んじる
5. 派手なことするとバチが当たると思い、並外れた贅沢には後ろめたさを感じる

★日本人の性格は泥・粘土のようにウエットで、大陸育ちの欧米人のようにドライではない。良くも悪くも「あるがまま・なすがまま」自然の流れを重んじる。その生き方の特徴は個人では不鮮明でも集団的には極めて鮮明にある。

日本は「一君・平民平等」の平和な国家

●日本は四方を海で囲まれた島国に、大陸各地から争いを嫌う少数派民族が徐々に渡来。大量でなかったし食料資源も豊かだったので、地元民も受け入れて戦争とならなかった。これらの民族が一つに融合して国家を形成して始まった国だから、民族と国家主権のうまくバランスして極めてまとまりが良い。日本民族最古の歴史書（古事記）によると、日本人の先祖をはるかに遡ると神話の天照大神に至る。実在した天皇は紀元前660年に即位

した神武天皇。以来ずっと万世一系の天皇制を貫き王朝の交代という事態が起こらず、大きな内乱もなく政治が安定して２０００年近く一つの国が続いてきた。今も世界に28の王国があるが、日本は「君臣共和国」だからどこの国でもある王朝の交代という事態が起こらず、現代の天皇は１２５代目で百代以上続く王朝は世界で例がない。世界最古の王朝として、万世一系の天皇を国の象徴とする政治体制を継続しながら今日まで続いてきた。

●日本は国民統合の拠り所として、国家の中心に象徴天皇を据えた国家体制をとっている。象徴天皇の役割は２つ。一つは毎年稲作が豊かに実る秋頃に次々と台風がやってきて、その年の収穫を台無しにする自然災害や、突然大地震が起きて大災害が起きたりする。天皇は自然と人間の間にいて、人間の力を超えた自然の荒ぶる神を鎮めると共に、豊かな恵みに感謝する祭祀を定期的に行い、国家安全と五穀豊穣を祈って国民の不安を解消する。日本では大和朝廷の時代から、国家統治の権威と権力を分けて「二権分立の国家体制」をとってきた。天皇は国の統治に不可欠な神々の国家祭祀を行う時は、大祭司の役割を担うが、行政は天皇が任命した総理大臣に任せ、政治における権力集中による独裁的な支配を避ける。つまり天皇は君臨すれど統治せず、権威はあるが権力はない国家の象徴としての役割。日本国はこの象徴天皇を中心に「一君平民平等」のヨコ一列の社会を形成し、代々の天皇は庶民と一緒に和歌を詠んだりしながら平和に暮らしてきた。

●もう一つ天皇の重要な役割は、国民の抑制を知らない欲望が引き起こす社会構造の破壊を防ぐこと。人間誰もが自己中心的で、その欲望は極めて強烈だから、国民すべての欲望を収めることはなかなかの難問題で、全面解放すると社会は成り立たない。天皇は神でありながら人間でもある現人神。完全な人間ではあるが、万人の願いを託す完全な公人の立場にあるので一切私人であってはならない。天皇を核として国民に認識させるために、最も位の高い天皇に最も厳しい抑制を強いた。国民は天皇に対しては贅沢を良しとせず、欲望を抑える慎ましさと簡素さを求めるが、一方国民にも慎ましさと簡素さの厳格な礼儀作法を求めて、それらすべてが天皇への忠誠心と慎みを表して日本人独特の「自制の文化」を形成。この二重規範でこれらの難問を一気に解消して日本人全体を1つにまとめ、平和な国家運営を堅持してきた。日本の政治は神道の和の精神を柱に国民の公共の場でのマナーを確立し、成熟した日本人の品性と情緒を形成してきた。

★西欧諸国は戦争に明け暮れ、勝者は巨大な帝国を築き、巨大な城を造って王や皇帝は贅に耽る。一方で庶民にはひたすら惨めな生活を強いられるので、いつか不満が爆発して朝廷は長続きしないという、歴史的事実から学んでの日本国家の体制づくり。

同一民族・同一言語・同一国家の「和の世界」

●日本は土地を中心にした定住型の農耕社会で、特に水田稲作には大量の水が必要なので人間的な結び付きが強い。梅雨期や台風がもたらした大量の雨水は、森林に溜まり川から潅漑施設に貯えた水を分け合って水田にし、田植えも刈り取りも期間を定めて協力しながら一斉に行うので自分勝手なことは出来ない。常に自分より他者や共同体のことを考え、周囲に気を配って他人の同意を第一にして、互いに道を踏み外さないよう作業する。厳格な正義感を捨て、自己主張する前に一歩下がって無用な主張はしない。個人より全体を優先して、競争より協力を重視する精神が根付いて、日本人の心の奥底にはいつも和を重んじる精神が流れているから論争を好まない。この世に絶対的な善悪は存在しないから、何人の過ちにも反省を促すだけで断罪しない。真正面からの対立や争いを避けるため、異なる価値観を持つ人を避け他人との調和を第一に考えて相手との妥協点を見つけ、個人的な利害を集団の中に消化させ、いい加減で妥協する。自分の周辺の人々と親しい人間関係を持続しようとする。だから日本が「世界で唯一成功した社会主義国」と言われる理由はここにある。

●日本文化の特色は以心伝心の「察しの文化」にある。小さな島国で同一民族・同一言語・同一国家で、国民全体が一つの世界に生きている。日本人同士なら話さなくても黙って微笑むだけで通じ合えるので自己主張する必要がない。しゃべり過ぎると反ってその場の空気を読めない無教養な人とされるので、寡黙で曖昧さや柔軟性を活かして上手に付き合う。自己中心的だと思われたくないから、「行けたら行く」「考えておく」とぼかして穏やかに話し、一つの文化を共有しているので「○○はご遠慮ください」だけでも通じる。論理的に「なぜ」を追求し論争するより曖昧にして互いに相談して共存の道を選び、普段から周囲に相談したり甘えたりする相手を作っておく。意見が異なる場合でも他者を思いやり、何事も柔軟に二者択一を排して和を保つ。外国人から見た日本人の性格は、①やさしく思いやり、②辛抱強い自制心、③人好きで折り目正しさ、④素朴な自然を大切にする、思いやりと調和性を高めて相互扶助の精神を発揮する。さらに⑤祖先・老人・師匠を尊敬する。⑥恩愛を感じ、勇武にして義侠心に富む。⑦淡泊にして高潔、金銭より恥を重んじる。⑧清潔を好み、優美なる思想に富む、を加える人もいる。

●譲り合いは日本人の人間関係の基本で、自分を立てず自己犠牲の精神で自己主張を抑え、自己の行動は他人の同意を第一とする。常に心尽くしの贈り物を心がけ、ほんのしるし、心ばかりと控えめにして友好的な関係を持続する。日本の社会は和の精神を柱に衆議を重んじ、重大なことは一人で決定せず、皆んなで議論して独断を排して多様な価値観を認める。日本では有能でも独裁者は必ず失脚するが、無能でも自他の利益のために誠意を尽くし、集団的に行動する人は長続きする。リーダーは金銭や権力支配による画一的統合を避け、決まりを守って公私混同を避ける。

●庶民は自然に対して「もったいない」と感謝の念を持ち、世間に対しては「おかげさまで」と頭を下げ、情けを掛け合う有情の世界。他人に対してご縁を大切にして自己主張を抑えて権利を主張せず、仲間に対してはいつも威張らず「ありがとう」と感謝の言葉で相手を持ち上げる。いつもその場の空気を読んで行儀良くて騒がず、断る時でもはっきり否定せず曖昧にして相手を思いやり、互いに笑顔で「ごめんなさい」と謝りながら丁寧に生きる。自分の生活が集団の拘束下にあると感じた時、帰属意識が満たされて安堵する。これらを連綿として受け継ぎ、真面目で、正直で、勤勉に働く日本人はもう少し自信を持っていい。

★日本人は自然は「自ずから然り」でムダがなく最も合理的と考える。科学者も有りのまま自然を肯定的にとらえ、好奇心と観察力を持ってその意味を理解する。

その心の源泉は「日本神道」にある

●日本の神道は八百万の神々が存在する多神教の代表。古代人の生活から自然発生した民俗信仰で、１万数千年前から受け継がれてきた世界のどの宗教より古い。自然界の森羅万象すべてに神の顕現を感じ取り、自然と一体化して心の平安を得る。多彩で変幻極まりない自然の背後には神々が存在する。天上には太陽神・月神・星神・雷神が、山には山の神・風の神・水の神、地上には火の神がいるが、それぞれに個性があってどの神も全能でなく絶対でもないから上下関係はない。日本人の心の核をなす神道は、自然のあらゆるものに神や霊が宿っているという民俗信仰が神道という形で集約化されただけ。信仰には寛大で建前として形式はあるがああしろこうしろと言わない。神学がなく主義主張がないから善悪がはっきりせず、戒律がないから罰則もなくいい加減で大らか。日本人はそれを宗教だと自覚していないが、知らず知らず心の底に生きている。

●神道は神の道を言葉で表現して体系的に理論だて教義や教典にして内部を露わにしない。神や霊の何であるかは不可視・不可知で認識不能だから、聖なることは声に出して言挙げしない。教祖によって作られたものでないから統一した教義も教典はなく、聖職者もいないから華麗な神殿を必要とせず、あるのは鏡と祝詞と祭りだけ。布教活動もしないから、別だん信者と意識する必要も信者だと告白する義務もなく、自由に参拝して自由に去るだけ、その曖昧性の中に寛容の心がある。山に登れば山頂で朝のご来光を拝み、誰も見ていなくても悪いことをすればお天道さまが見ていると姿勢を正し、贅沢をすればバチが当たると思い、ムダな消費は「勿体ない」と感じる心が日常生活を支え自然体で生きていく日本人には、いまだ原始的な本能の上に成り立っている「アニミズム」の色が濃く残っている。

●神道は神と人間を分けないので神と人間との間に垣根がない。人間は神の分身で親子のように肉体的にも精神的にも切っても切れない関係で結ばれている。今上天皇の先祖は天照大神に繋がっている。国民はその天皇を日本国の真ん中において、神と天皇の双方を崇拝する。神は人間の姿をして現れたりするが、人間もまた神に似た性格を持っているので、人並みはずれて活躍をした人を神として祀ったりする。菅原道真は日本人がはじめて神として天満宮に祀った人で、他に豊臣秀吉の豊国神社、乃木希典の乃木神社などがある。企業でも守り神や商売繁昌の神を祀り、年の初めや創立記念日に繁栄を祈る。トヨタ自動車は豊興神社、日立製作所は熊野神社を祀っている。多重信仰の日本人には、職能別に狩人の神や炭焼きの神、冶金の守護神や酒の醸造神、航海の神、技芸の神を祀る神社もある。家には貧乏神が住み着いたり、かまどには火の神、井戸には水の神、便所には雪隠の神がいる。長く使用した機織や道具などにも神が宿るし、鉛筆やメガネ・針供養なども行うな

〈神道〉	〈一神教〉
1. 天地は混沌から生まれた	1. 神が天地を作り出した
2. 自我への執着を断つ	2. 自我を堅持して動かない
3. 祖霊とは血縁で結ばれる	3. 神とは契約で結ばれる
4. 教祖も教義もない自然宗教	4. 教祖が説いた啓典宗教
5. 組織としてのつながりはない	5. 教会や牧師を通して神とつながる
6. 信じよとは言わない	6. 信じなさいと命令する
7. あるがまま・自然体で生きる	7. 厳しい戒律を守って生きる

ど、あれもこれもと信仰を重ね合わせる。そこには制約がなく許可を得る必要もないので日本の神の数は増え続ける。

★日本人は自然崇拝だから特定の宗教を持たないので、一神教のような閉鎖集団に入ると反って社会の異分子で「危険な人」だと思われたりする。

「あるがまま」の美意識から生まれた「作為抑制の文化」

●日本列島の自然は、南北3000キロに連なる山々が、地震と季節風で割れ砕け、多量の雨で侵食されて美しい絶景を作り出した。自然界は一つの法則でなくさまざまな法則で動いていて人間に豊かな恵みと幸福をもたらす。自然の力は絶対的だからそれに従うことによって生命や生活が保障される。自分を空しくして心を純化し、無心になり身を投げ出して自然のままに任せると神の存在を実感できる。神と一体化して宇宙のはからいを直観し、自然界の法則に沿える道を探り、自分で確かめながら生きてきた。

●日本語は縄文時代から1万年の歴史があり、近隣に同類の言葉がない独自の存在で母国語として国民性を支えている。外国の言語は強弱のリズムと子音で終わる閉音節なので、声は単なる音波でしかない。西洋人は虫・小鳥や動物の一連の長い鳴き声を音として聞くが、日本人はオスの求愛の声として聞き入り心を通わせる。日本語は世界でも珍しい五母音で子音として出せる音は50音。一音ごとに霊が宿って一つの心情を伝え互いに和して響き合う。高低のリズムで発音し母音で終わるので可愛い感じがあり、さまざま意味を持つので左脳で処理される。

「あ」は驚き・感動を表す末広がりの言語。心が苦しくなると「はアー」と溜息が出る

「い」は、射る。「いー」は歯ぎしり

「う」は、得の意味があり喜悦を表す。「うー」は重い物を持つ時発声すると力が出る

「え」は、ストレートな喜悦を表す。「えいっ！」は気を上げるときに使う

「お」は、秀越を意味する。「おー」は、言葉が意味性を持つ以前の力を尊び畏怖する

末広がりの言葉で、神仏に呼びかけるときに使う

「んー」は、すべてに浸透している音。発声は断続的にするか、連続して発声する

●5つの母音は音量が大きく長く伸ばして発音できる連続音。子音は音量が小さく専属に区切りをつけ文節する。一音には意味がないが、これら音の組み合わせと強弱とリズムを生み、気持ち的にまとまったある種のエネルギーを秘めた言葉になる。自分の声は内から発した命のリズムで自分自身を刺激し、言葉のリズムは他者の気持ちと呼応し動植物とも

融合する。日本では万葉人が明き心・清き心・素直な心で恋人同士で愛の相聞歌をつくり、老人は死の挽歌を呼んで死を受け入れ、短歌的叙情の調べの中であの世へと旅立った。

●日本には四季があり春・夏・秋・冬と微妙に表情豊かに変化する。日本人は季節ごと旬の食物を楽しみ、虫や小鳥の鳴き声にも心を通わせる。春になればパッと桜の花が咲き、爽やかさが芽吹くと希望その懐に抱かれて安堵する。夏は緑豊かで情熱的な躍動感。秋は紅葉の美しく豊かな実りに感謝、散りゆく枯れ葉に無常を感じ、冬は耐える力をつける季節。日本人は「そのまま」「生地のまま」を良しとし自然にあまり手を加えない。自然をそのまま・有りのままを新鮮な感覚でとらえる特有の美意識を持っている。自然とは有るがままということで完全に完結しないもの、合理主義で割り切れないものではあるが、自然を損なわないよう関連性を重視して、できるだけ全体の調和を大事にする。

●日本人は人間も自然の一部とし、人間と自然と分けたりしないで感性を主体に神秘の世界に入り込んでいく。日本人にとって宗教は芸術であり、芸術もまた宗教であまり聖と美を分けたりしない。自然の透明な水や澄んだ空気の囲まれた日本人の心の奥底には、ありのまま単純・清楚・明澄な自然に対する憧憬が存在する。自然に対する人間の意思的な態度を避けて、わずかな手法で多くの美を表現する抑制の芸術はゼロと1との間に存在する。日本文化には意図がなく無我の集合体で、何もかも明らかにするのでなく意識して自然のままの部分を残して余韻を表現をするのを第二の自然とし、そうでないのを野人・野郎・野卑として排除する。

1. 日本料理は、材料を自然のままに食する刺身や寿司
2. 日本舞踊は、自然な動作の連続
3. 和歌や俳句は、韻を含まない自然体の詩歌で、5・7・5・7・7と日本人のリズム感
4. 日本建築は、障子・襖でしきり、互いに気配を察してふるまう
5. 日本庭園は自然らしく見せるため中心を作らない。欧米人は険しい自然を知恵を絞って作り変えるので、外国庭園には自然征服の象徴として噴水や彫刻などを中心に置く

★日本人は自然のあるがまま・成すがまま暮らしてきたから、人間の生存に対する精神構造はひ弱で、近代まであまり原理的な発明はなかった。

唯一絶対の「一神教」で纏まる「アメリカ合衆国」

●「アメリカ合衆国」の歴史は浅く誕生からまだ300年。15世紀末、コロンブスがアメリカ大陸を発見。丁度この頃イギリスは、国王の離婚問題に端を発してキリスト教と国家を結合した「イギリス国教会」を設立し、ローマ教皇の支配から決別。18世紀に国教会はプロテスタントの教義とカトリックのミサの儀式を一体化して中道政策をとった。この改革に異を唱えたプロテスタント急進派「清教徒」を迫害。プロテスタントは信教の自由を求めて、新大陸アメリカを神との約束の地とし、「新しい神の王国」を形成しようという

使命感と一種の選民思想を持って大挙しアメリカ大陸に渡った。そして法の前に信教の自由を保障する憲法をつくって「アメリカ合衆国」が誕生した。

●移民の第1期はイギリス系を中心に、ドイツ系・アイルランド系のプロテスタントが70％を占めて今でも圧倒的多数。第2期はヨーロッパ各地で宗教戦争が起こった時期。ローマ・カトリック教会は宗教裁判を強化し、抵抗勢力をきびしく粛正したので、ヨーロッパ中のプロテスタントが続々アメリカ大陸に渡った。さらにイタリア・ポーランド・ポルトガル・ロシアからも、信仰の自由と王や貴族中心の封建的な政治、経済的貧困からの解放を求め、カトリック教徒もこれに加わったのでアメリカ人の80％はキリスト教。そこにユダヤ教・イスラム教の一神教徒も加わり、アメリカ全体に世界の一神教徒が集中して、「一元的価値観」が蔓延する国となった。第3期は、そこに日本・中国などアジア系、メキシコ、プエルトリコから有色人種も受け入れた。さらにナチスに迫害されたユダヤ人、朝鮮戦争の難民や、ハンガリー動乱、キューバ、ベトナムから大量の避難民を受け入れ、50もの異民族が混在する「人種のるつぼ」となって、これまでのイギリスの力による正義から、民族平等のアメリカの民主的道義へと転換した。

●アメリカの国土面積は日本の25倍と広大な国。アメリカの人口は日本の2・5倍なので人口密度は日本の1／10で、地方州の人口はまだまばら。アメリカ大陸の風土は大きく3つに分かれる。ニューヨークなど植民地時代からの高尚なイギリスの伝統が伝わる「東部地帯」。ロスアンゼルスなど自由の天地で自由なモノを求める開拓者精神の「西部地帯」。

フロリダなど温暖な気候風土に育まれたローカル色の強い「南部地帯」。さらにアメリカ合衆国の州それぞれが独立した法律をもち個性があり、自分の好きな所を選んで平均10回移住する。アメリカは建国300年の若い国。封建主義の歴史がないので深い意識に欠け、偽善が広く横行するので宗教を持つことが至上の要請。一神教には絶対の神が定めた、どこまでもそれでなくてはならない正義がある。アメリカの大統領は一神教神が示したこの正義と、民主主義・資本主義社会を守る最高権力者としてそれを治める役割を果たしている。

●一神教の超大国アメリカは、人間は神の前に平等であるというを絶対視し、神の絶対的正義を信じ過ぎて自信過剰になりやすい。一神教の一元的価値観と、多数決を是とする民主主義に侵されたアメリカの正義病は、もっぱら力に依存した国家主義をとって、危険な全世界規模の理想主義の展開。それを脅かすものを敵とし、聖戦を正当化する独善的な行動に走る。一神教理念の世俗的展開において、道徳上の真実は何時でも何処でも、どのような社会・文化においても同じだと考える。それを歓迎しない国は異端とし、悪の枢軸とし仮想敵国として弾劾し、勝つために必要ならば手段を選ばない。我々に付くか、それともテロリストに付くか、と二元論で決断を迫る。

★イギリスのプロテスタントは、北アメリカに自由経済と民主政治を持ち込んで成功。だがフランスはカナダに貴族政治を持ち込んで失敗。スペインは南アメリカにカトリック国の宗教政治を持ち込んで失敗した。

経済の底辺は「黒人」が頂点は「ユダヤ人」が支える

●アメリカは神の前に自由・平等を前提とした民主主義の国ではあるが、それはあくまで白人のキリスト教徒の間だけ。欧米人は一神教以外は野蛮人の遅れた宗教と見なし、アジア・アフリカ異教徒など有色人種や黒人に対しては一切人権を認めない。多神教は遅れた宗教で、進化すれば一神教になるとして世界中の多神教を駆逐した。唯一絶対の神に選ばれた白人は科学技術に優れ、産業や経済・金融・軍事力の分野で、絶対優越の世界を構築した白人の文明だけが真っ当なものとする。金髪で長身で白い肌の白人は霊的にレベルの高い人間で、強い人種がより弱い人種を駆逐していくのは当然として、人種差別を正当化。「白人の優位性の思想」を主張して、有色人種や黒人は同じ人間とは考えない。第二次大戦中、同じ敵国でも白人のイタリア人、ドイツ人はそのままにして、アジアの有色人種の日本人は高貴なる野蛮人と捉えて10万人が隔離された。聖書も黒人は白人のために神が造られたと理解して奴隷制度を公認してきた。今でも白人至上主義「ＫＫＫ」が「黒人を懲らしめる・躾け直す」という理屈でアメリカ各地で行動を起こしている。

●アメリカに進出した白人たちは、まず西部劇に見られるように先住民を住んでいる土地から追い出し虐殺して、森林や草原を徹底的に焼き払って略奪。広大な土地を手に入れた。さらに聖書には黒人は白人のために神が造られたと、自分に都合よく理解して奴隷制度を正当化。アメリカ開拓の労働力として、アフリカから黒人奴隷として運び出した４０００万人のうち、２５００万人が途中で死んで１５００万人が生き残った。初めは南部の農村地帯で、何一つ自由のない奴隷制度の中で働いてきた。現在の黒人は2000万人（人口の11%）。大半はニューヨークなど都市部に集中し、3K現場の労働力としてアメリカ経済の底辺を支えている。

●さらにアメリカ経済・文化の頂点は「ユダヤ人」が支えている。ユダヤ民族は優れた知性があって優秀だが、政治的・軍事的能力に乏しく国土を失って流浪の民になった。ユダヤ人は国を持たないが故に民族国家を超えて、世界各国で活躍するグローバリズムの先駆者。ユダヤ教以外に頼るべきもののないユダヤ人は、あまり国籍を問わないジャーナリズムや科学者・芸術家・弁護士・銀行業・小売業を生業として活躍。ユダヤ教は利子をとることを認めないが、異教徒相手なら利子を取ることも可能。ロスチャイルドはキリスト教やイスラム教のやらない金融業において、利子を認める近代金融業基礎を築き、更に利益の大きい投資を始めて資本主義を発展させ、巨万の富を築いてヨーロッパ経済を牛耳るようになった。

●学問と経済に優れたユダヤ人の居住を認めた国は繁栄し、繁栄するとご用済みになって追い出され、次々と国替えを余儀なくされた。13世紀のイギリスから始まり↓フランス↓スペイン↓ポルトガル↓オランダ↓ドイツ↓ポーランド↓ロシア、そしてアメリカへと脱出、アメリカは市民として受け入れた。アメリカに避難した商才に長けたユダヤ人は、石油王のロックフェラーや金融王の「モルガン」、火薬メーカーの「デュポン」、高級ホテル王「ヒルトン」などの成功者が続出。パラマウント、20世紀フォックス、ワーナーなどの映画産業を起こして、自らの力でのし上がった。ユダヤ人学者のアインシュタイン・ミルトン・フリードマン・サミュエルソンなどノーベル賞受賞者の24％を占めている。
★現在アメリカに６００万人のユダヤ人（人口の２％）がいて、アメリカの富の16％を握って経済を左右している。活発にロビー活動をして政治家を動かすので、アメリカの政治はいつもユダヤ人の母国イスラエル寄りを崩さない。

プロテスタントが創出した「近代の資本主義精神」

●一神教は、特にキリスト教は、人間は神との約束を破った罪深い存在、つまり「人間性悪説」。仏教は「自分で悟り自分を救う」ことができるが、一神教はすべて神に任せる以外に救いはない。キリスト教徒は死んだら終わりではなく、それから最後の審判が開かれ「天国で永遠の生を受ける者」と「地獄に堕ちて永遠の責め苦にあう者」に分かれる。死後の運命はすでに神の意志で定まっていて、神が最後に本人に伝えられるだけ。神が一旦決めたことは人間がいかに善行を積んでも、神は人間の召使いではないから、人間の勝手な願いを聞き入れることはない。このキリスト教・カルバン派の「神の予定説」では人間の一切の努力が空しいものとなる。
●キリスト教でも「カトリック教会」は、聖書に書かれている事、あるいは聖書の記述から類推できる一切の「解釈権」はローマ教皇（神の代理人）一人だけが持っていて、それ以外の解釈をする異端者は、即、破門されるか場合によっては殺される。全ての一神教は神と人間を分ける。神は天上のはるか彼方に存在する。神と人間の中間に教会を置き、神の国に至る道は教会だけと解釈する。さらに人間を聖職者（神父）と俗人に区別し、聖職者と呼ぶ。信徒の死後の運命は神と繋がっている「神父」の話を聞くだけ、祈るだけ。洗礼・聖体拝領・懺悔・終油など7つの儀礼や秘跡を通してイエスとの仲立ちをして魂の世話をしてくれるので救済が実現する。さらに教会が発行する免罪符を買ったり、余った資産は教会堂に寄付すれば、生きている間の罪が許され死ねば天国に行ける。

●「プロテスタント教会」は、宗教改革で「全ての人間は神の前に平等」であるとして聖職者を否定。すべての儀礼や秘跡を廃止したので、神の予定説への対応方法が無くなった。最後の審判時に「自分は来世で救われる」という確信を得られず、人々の回心や善を行う意欲を失わせた。プロテスタントの信仰の対象は「聖書のみ」。しかも自由主義国アメリカでは、聖書の解釈権は信者にあるので解釈の仕方はバラバラ。クリスチャンサイエンスとかクエーカーとか、アメリカだけでも100以上に分かれている。同じプロテスタントでもルター派は罪を犯しても信仰があれば救われるが、カルバン派は神が定めた運命に従うしかない。ただ神から与えられた天職での善行してのお金儲けや、節約と勤勉で蓄財しての投資を認めているので、定められた運命を自らの力で作り替えて、自立意識を高め努力していけば、救いの恩寵を得られる。たとえ天国に行ける保証はなくともひたすら清貧に徹し、神の救いを待つのでなく自分の天職において勤勉に働き、隣人愛を実践して神の栄光をめざす。神学的世界観から科学的世界観へと大転換。現実の運命を支配するのは神でなく人間の手中へと移行した。

●アメリカのプロテスタントが生み出した「禁欲・勤勉の生活」を極限まで推し進めた結果、自ずとお金は貯まる。その蓄積したお金をビジネスをはじめる企業家の資本として貸し出し経営者を育てると、社会貢献と一致するから利子を罪悪視する問題も解消する。それまで憎まれていた金融業を資本家として肯定することによって、キリスト教の神の絶対性を保ちつつ、蓄えた資本を己のため教会のためでなく、次なる社会貢献のために再投資することで「近代資本主義」を確立して大企業への道が開けた。

1. 神の最大の賜物である時間を浪費せず、勤勉に働けば神の導きによって成功する。資本主義に勤勉が不可欠であることを立証した

2. 享楽を避け清貧のまま禁欲的な生活を続けるのでお金（資本）が貯まる一方。富の増加は神の救済の証だから、蓄積したお金を私物化せず、資本と自分のエネルギーを投入してさらなる大きな社会貢献を続けた。その結果として大企業が続々と誕生。アメリカは近代資本主義大国となった

3. その多くが会社の経営者となって成功した資本家は教会堂・大学・美術館に寄付することで敬神の深さが測られて社会的報酬を得る。いずれ自分にはね返りさらなる富者となる種銭となる

★アメリカのプロテスタントは禁欲・勤勉主義。地上でのあらゆる喜びを否定したので、アメリカでおいしい料理といっても、マクドナルドとケンタッキーフライドチキン程度。

特別に贅沢なおいしい料理は生まれなかった。

4－2／日本とアメリカのビジネス風土比較

●日本は「文明のるつぼ」アメリカは「人種のるつぼ」

日本人とアメリカ人は清潔好き、入浴好きでよく洗濯すること。教育熱心で、勤勉でよく働くこと。外国人に対してお人好しで、新しいことに群がり、チームスピリットで常に前へ進むことなど共通点が多い。しかも大戦後、日本にアメリカの個人主義・自由主義・民主主義・資本主義を取り入れて、表面上はミニアメリカ化したように見える。でも現実は高度の判断をする場合は、日本人の血の中、心の奥底に息づいている価値観や美意識が表出する。良くも悪くも21世紀は「宗教に寛容な国、世界文明のるつぼ日本」と「一神教でまとまった国、人種のるつぼアメリカ」が、世界の文明・社会を牽引する役割を担っている。両国の成り立ちからその歴史や国民の性格など、大局的に比較対照し、その本音部分の理解を深めておく必要がある。

不思議の国日本には、古今東西の文明が共存する

●世界の4大文明は西回りと東回りで伝来して、日本は「文明のるつぼ」となった。日本人は流入した両極端とも言える東西文化を融合し、西洋文明とも東洋文明とも異なる新しい日本文明を創造した。日本人の宗教感覚は漠然と抱く自己を超えたものとのつながなりで、その宗教心は融通と雑多で曖昧さに満ちている。神道は多神教で他国の宗教に寛容。人生哲学は仏教、社会秩序は儒教、個人救済は道教、経済生活はキリスト教社会の科学技術を取り入れて分担し、千年以上かけて融和させて無宗教の人をも包含した「万教同根」という独特の宗教文化を生み出した。

●日本人は多神教で、しかも多重信仰も可能なので、あれこれ宗教のいいとこ取りして神仏混交をも平気で行う。死者の魂をあの世へ送る葬送儀礼は仏教が、あの世からこの世へ帰った出産・七五三・結婚儀式は神道が受け持って、神道と仏教との役割分担、互いに独立性を保ちながら両立させ、神仏を同時に祀る世界でも類を見ない「神仏習合」を生み出した。さらに儒教に先祖祭祀の中に先祖供養の儀礼を加えて、死者を供養するため「儒仏習合」の仏教を作りあげた。日本人は１４００年間かけて「神さま」「仏さま」「ご先祖さま」を渾然一体化し二重・三重の多重信仰が定着した日本はまさに不思議の国。結婚式は神式やキリスト教で、葬式は仏式で営む。年末にはクリスマスケーキを食べてイエスの生誕を祝い、大晦日にはお寺の除夜の鐘の音を聞いて諸行無常を感じ、元旦には神社で拍手を打ち無病息災を祈る。

●日本は島国であるため外部世界の影響力が弱かった。そこに明治維新に西欧の科学文明が一気に入ってきた。日本人は外国の理論や技術・制度を学ぶのに、日本人は一神教に反対も敵対もせず、合理的・科学的な思想を切り離して近代科学文明を受け入た。自然の法則は抽象的でなく目に見えて具体的。神道は自然界のあるがままを大切にするので、科学を基にした実証主義の近代文明にフィット。自然の「ありのまま」を旨とする神道の精神と、西洋の合理主義を一体化した。仏教の中道の教えは民主主義によくなじむ。儒教の先祖崇拝、忠君愛国の精神など「和魂洋才」を上手に使い分けて近代国家を形成し、アジアの中で唯一近代化に成功した。

●昭和の敗戦後はアメリカの自由主義・個人主義・民主主義の近代物質文明と対峙。人情でふれあう伝統的な家族主義は「自営業」に残し、アメリカ的個人主義は品質重視の「中小企業」に、自由主義の大量生産・大量販売は「大企業」にと、自国のビジネス風土に適合させ、アメリカ資本主義と一体化して奇跡的な復興と発展をなしとげた。現代の企業経営は、日本の和を重視する企業一家の「集団主義」に、自分の利益を追求するアメリカ資本主義の個人主義と自由主義が加わり、さらに滅私奉公の「国家主義」の４つの価値観が混ぜこぜ。戦争を放棄した理想の平和憲法を守って経済を活性化させ、物質の世界の上に心の文明を構築。世界トップクラスの経済大国になった。

●日本は欧米人が羨むほど宗教の自由があり、世界の宗教者が集まるのに最適。第一回世界宗教者平和会議は京都で開かれ、２００６年の京都世界宗教平和会議には１００カ国・２０００人が参加した。日本の宗教家は自由を生かし、神道・仏教・儒教・キリスト教など世界中の宗教の比較・分析して共通点を明確にし、現代哲学や科学と一体化した教義を創って新しいの信仰形態を確立し、日本独特の宗教文化を創り出している。成長の家・創価学会・モラロジー研究所・ＧＬＡ・幸福の科学などの新宗教が世界平和をめざして布教活動を開始。一神教国の旧植民地で経済成長著しいブラジルやアフリカなど開発途上国などで布教につとめ、新しい世界宗教のモデルとして定着しつつある。

広大なアメリカ大陸には、世界中の人種が共生する

●アメリカ合衆国は、80以上の人種が混在する、まさに「人種のるつぼ」の国。言葉も文化も異なる知らない者同士が平和に共生する近代市民社会（ヨコ社会）。アメリカ社会は石を積み重ねたような個人主義。そこに神からも他人からも独立し、自我を持った一人の人間がいる。元ヨーロッパ人（アメリカ人）は、これまで民族間で侵略が繰り返されてきた歴史から疑い深く、他人に対して情けを断つ無情の世界。人間関係においては粗雑でドライ。何よりもまず個人の自由を大切にし、個人利益を第一に考える。個人を尊重するアメリカで集団を話し合いで秩序づける唯一の方法は多数決。この方法は決して真理を求めるには適切でないが、アメリカにおいてはやむを得ない民主主義の大原則。理性で合理的に割り切る多数を真理として万人に共通する具体性を維持しながら、集約化していく帰納法的思考を得意とするアメリカ文化は、普遍性があって世界のどこでも通用すると思っている。

●アメリカ人は今でも自分を本当のアメリカ人とは思っていないから、一見同じように見えても言葉や風俗、生活習慣や価値観はバラバラ。元々ドイツ人、フランス人、ユダヤ人だとか、頭の中に自分が出生した人種への帰属意識を持っている。「人種のるつぼ」「言葉のるつぼ」でもあるアメリカ人は意思の伝達をはかるために、一神教の神が示した正義の

〈日　本〉	〈アメリカ〉
1. 一民族・同一言語	1. 多民族・多言語
2. 多神教・多重信仰	2. 一神教・唯一絶対
3. 国家の中にいる個人	3. 個人が集まった国家
4. 自然と「成る社会」	4. 人間が「作る社会」
5. 切っても切れない家族意識	5. 自由・平等の市民意識
6. ある平和・安全はタダ	6. 作る平和・防衛に全力
7. 年間殺人件数・362件	7. 殺人件数・17,250件

もとに同胞意識を形成している。さらに視覚や音楽を中心とした生活に密着度の高い、CDやレコードなど音楽の消費が盛んで、また人間を賛歌する映画やミュージカルなど巨大娯楽産業が発達した。

●異民族が集まったアメリカの現実社会は、危険な相手とも判断できない者同士が隣り合わせで生活している。自分の命を守るために銃を必要とする銃社会で、ピストル２５００万挺、銃は1億以上ある。アメリカ人は神の正義に反する敵はどこまでも敵。ピストルで撃ち殺せばそれで終わる。発砲による死亡者は年間1万４０００人（日本は11人）。法の執行人である警官は法を破る民衆に対して敵意を持ち、手向かう相手は容赦なく撃ち殺す。家に泥棒が入って家主が家の中で発砲し傷を追わせても家主の勝ち。泥棒が道に逃げてそこで家主が発砲して傷を追わせた場合は、泥棒の勝ち。アメリカではプライベートとパブリックの区別がはっきりしている。

★アメリカ人は自分から祖国と先祖を捨て、新大陸に集まった人たちだから夫婦二人が基本単位。夫婦ともに個性的・情熱的。家庭は男の砦。夫は妻を慰めようとよく喋るが、互いに相手の自由を尊重し合うので、１／２が離婚と再婚を繰り返す。

日本は「集団主義」アメリカは「個人主義」
日本は集団優先の社会、個人は集団の一部とみる

●日本人は「個人は集団の一部分」と考えるので、個人より集団を優先する「集団主義」。集団が成り立って個人が生きられる。「無私・無我」を旨とする日本の伝統的企業経営は企業一家の「家族主義経営」で職場が即・生活の場。会社といえば家も同然、社員といえば子も同然とする温情主義。上司は部下と一緒に飲みながら本音で語り合い、社員は仲間と同じ釜の飯を食べながら苦労を共にする。どこまでも会社は運命共同体だから、個人主義はあくまでも啓蒙程度で主体があいまい。会社内での個人主義的発言や行動を嫌い、自己主張の強い人間を排除しようとする。社員も集団からの逸脱することに恐れ、社内では「私」や「あなた」など境界のはっきりした言葉を避ける。相手のニーズを認めて対立を避け、共感を大切にする共同体を優先する道徳と習慣に縛られる。他者の利益のために自己を鍛錬し、才能を活用して集団的な行動様式で、仕事を通じて自己完成の道を歩む。
●今の日本の企業風土は伝統的な和の精神に、欧米の個人主義を包含した会社主義。個人より集団の和を優先する習慣は、現代もあまり変わっていない。日本人は愛国心を失ったが愛社心は依然として健在。経営者は「我が社」といい社員は「うちの会社」という。儒教の「忠君愛国」の道徳観と、私利私欲を戒める武士道の精神は今も生きている。主君や名誉のために享楽主義を自己否定し、他者に勝つ前に自己に勝つことを考える。年功序列で先輩を立て、その人情を抑え情熱のすべてを主君への奉公に注ぐ。日本の企業は社会の公器とするので、公私混同を排し社会秩序を維持。支配的な集団の利益に適うことであれば、公を優先する。日本人の価値観の最後は最大の集合体である「日本国家の利益」に貢献することにある。

●日本の企業は内外で猛烈な生き残り競争をしながらも、察しと思いやりの情緒的経営。企業間の過剰な競争を和らげるため「根回し」や「談合」「系列化」をして共生を図る。従業員も会社に対する忠誠心が強いので、労働争議や労働組合、従業員の解雇まで対応の仕方はアメリカ企業とは異なる。労使間に溝がなくむやみに闘争をしないので労働争議が少ない。結集力が強いので人事管理に強く、企業を守る意識が高いので外敵に強い。日本のビジネスマンは、内に向かって現実集団の中での評判を気にするので、家族より職場の秩序や人間関係の方を大切にするので集団から離れ難い。自己主張の強い人間を排除しようとするので、社員はいつも集団から逸脱することに恐れ、大勢の意見をよく見極めようとして、善悪をはっきりせずあいまいな行動をとる。

●外に向かっては「顧客第一主義」を掲げ、競争心や攻撃性は人間の本能だから他社と競争して1番の顧客満足を得ることに集中努力する。顧客との継続的取引を大切にし、信頼を得て売上が伸びて会社が儲かり大きくなれば、従業員の生活も安定し豊かになれると考える。会社内外の人との飲食は、人間関係の潤滑油。同業やライバル会社とは競争しながらも飲食を共にして共存をはかる。法人接待交際費は日本もアメリカと同額の3兆円。パーティで共同体意識を盛り上げ、取引先とは信頼できるビジネスパートナーとして、多くの交際費を使って相手に対する思いやりを形に表す。手みやげを持って訪問し、あまり自社を売り込まず顧客満足を最優先する。セールスマンは退社後の夜の接待が仕事で、上司は部下を飲み屋に連れて密接に意思疎通をはかる。

●経済の成熟による価値観の多様化と、社会はITによる情報革命に対応して日本的経営もさま変わり。国際競争の激化でアメリカの自由競争主義を導入し、組織や制度が様変わり。給与制度も生涯を保障する年功序列型から個人の実力に沿った成果主義に。そんな厳格な査定も経営幹部だけ。アメリカ企業のように、個人の成果に直結した青天井の成果主義の会社はない。大方の日本企業は評価対象グループを決めて、決算期ボーナス総額をみんなで分け合う程度の成果主義にとどまる。

アメリカは個人主義社会、集団より個人を優先する

●アメリカは一人ひとりが国を捨て先祖を捨て、世界中から個人が集まった国。だから社会より個人を優先する個人主義の国。個人の自由を前提として、個人が自分で努力し、自分が勝ち取ったものは自分のもの。個人の利益の下に企業の利益があり、企業の利益の下に国家の利益がある。言語でつながる都市型社会で、愛とか理性とかの理詰めの世界。共同体である社会は個人の利益を守るためにあり、個人に従属させせなければならないという市民意識がある。社会の善は個人の自己実現の仕事を容易にし、個人の利益に奉仕するような社会を構成するので個人の権利は国家より強い。

●アメリカは個人が自分の理想をめざし、環境や状況を自分に都合よく改造し「つくる社会」なので人間至上主義。成功の機会は均等で、実力を付けて努力すれば誰でも成功者になれると信じて頑張る。アメリカ企業の経営は資本の論理で動いているので財務本位、株主の利益追求を第一とする。弱肉強食の闘争に満ちた自由競争の世界は何事も真剣勝負で、ヨーロッパの10倍学ばなければ成功できない。熾烈な勤勉競争に勝ち抜く実力で勝負が決まる。一握りの成功者・富裕層の陰に大多数の敗北者・貧困層を生み出し、持つものと持たざるものとの格差が大きい。アメリカ社会は所得の上位1％の人が年間所得の25％を占め、上位10％の人が所得の50％、資産の70％を占める。

●アメリカ人は個人の自由機会の平等を尊重するが、結果の平等や経済格差はあまり気にしない。表向きは建前の理性とか愛とかを掲げてはいても、現実は競争のための利己主義。勝利した故に正しく、正しい故に善と見なし、よく努力したものは報われて当然と富の格差を認め、報われなかった者は努力が足りなかったのだと、情容赦のなく軽蔑しカベをつくる。「自分の命は自分で守る」のが原則だとして国民皆保険制度に反対する。他人への同情を示しながらもさらなる自分のニーズと願望を満たす競争のために、法律の範囲内で成功達成のため、自己を主張し、利己主義を是認して、自力本願の行動様式で権限を行使しながら頑張り続ける。

〈日　本〉	〈アメリカ〉
1. 個人は集団の部分（没我的）	1. 個人第一（主我的）
2. 団体を主とし個人を末とする	2. 個人を主とし団体を末とする
3. 共感を大切に・対立を避ける	3. 自我と自我がぶつかり個性が生まれる
4. 人間中心・プロセス中心	4. 仕事中心・結果中心
5. 共働的な個人主義	5. 粗野な個人主義
6. ウエットにつながる	6. ドライに割り切る
7. 他人志向	7. 自己中心的

●たとえ才能と運に恵まれ一旦成功を勝ち得たら後戻りできない。勝組に入っても他者と比較され、その名声と優越感を維持するために、絶えざる努力を必要とする。競争心から起きる過激なストレスを解消するため定期的に精神科医へ通う人がいて、薬物により6万3000人が中毒死する。自由主義のアメリカ人は徹底した社会主義・共産主義嫌いで、赤狩りをしたり社会的弱者を守る労働政党がない。成功者は努力した証拠も、持たざる貧者はダメな人間で見捨てられて当然。失敗し失意を含んだ人間は劣等感に苛まれ、怪しげな宗教に走ったりギャングと麻薬の世界に落ちる人が多い。

★アメリカ上場企業社長の平均年俸は17億円。日本は1億円。日産のカルロス・ゴーン問題の原因はここにある。

日本は「和の社会」アメリカは「競争社会」

日本的経営は、義理と人情と和を優先する

●日本は四方を海で囲まれた島国で、他国と国境を接していない良好な地勢の安全な国。平和と安全は海が守ってくれるので、建国以来外国の侵略や支配を受けたことがない。国民は山の民・農耕の民・海の民が数千年かけて一つに融合した国だから和を尊び、象徴天皇を中心にまとまりの良い平和な社会。日本人が心根に持つ武士道は、目上の人への忠義と礼儀、人としての正義と正直と率直、我慢とここ一番の勇気、恥を知ること、困って悩める人への思いやり。闘争を好まないので軍隊がなくても平気。国民は戦争を放棄した憲法を盾にし再軍備に反対し、戦争反対と叫んでいれば平和に成るものと信じて生きている。

●建国2000年の歴史を持つ日本には、1000年以上の歴史をもつ企業も数社、100年以上続く企業は数万社もある。伝統的企業の精神は「義理」と「人情」と「和」を大切にし、対立を避けて集団の秩序を優先する企業一家の家族主義にある。日本企業は世のため人のために起業した先祖や先輩達の苦労に感謝して生活の簡素を心がけてきた。それら企業の社是社訓に見多くられる言葉は、和・誠実・努力・信用・誠意・奉仕・責任・貢献・創意工夫・安全・信頼・感謝・誠心誠意・協力・健康・創意・忍耐・親切・協調に表現されている。日本の労働慣行は「終身雇用制」と「年功序列」と「企業内労働組合」を柱とし、特徴的なビジネス語として、運命共同体・年功序列・帰属意識・終身雇用・生涯教育・一体感・社風・社歌・入社式・同期生・勤続年数・通勤手当・家族手当・社員割引き・社内結婚・社員旅行・コネ・ツテ・ツルの一声・突貫工事・社用族・接待交際費など。

●経営者も社員も無我で無思想で、その自我を会社が支えている。組織は公私の義務の理念を持つさまざまの価値観や異なる主義を重ね合わせ、使い分けて運営する。日本には大資本家がいないので中小企業が多い。企業は相互に株式を持ち合うので配当性向は低く、実体は資本主義というより人間主義に近い。会社は従業員の帰属意識・忠誠心に対応し、災害時や慶弔においても社員を守り続ける運命共同体で、社員も自分の生活のほとんどを仕事にかけ、企業と運命を共にする。

●会社と従業員の関係は雇用契約はしても、余白を残し臨機応変に加えたり減らしたりしていい加減。会社が社員の職種を決めるので、就社はできるが就職はできない。入社すれば今日から親子といった感じで、「では入ってください」「よろしくお願いします」という程度。社規・社則はあるが詳しく読むことはない。くまなく読んで「なぜ」を追求するより、曖昧にしておくのであまり機能していない。個人的発言をすると社会的圧力がかけられ、「して下さい」とか「なすべきだ」といった自己主張の強い言葉を使うと嫌われる。相手への配慮・気配りから、「ちょっと予定があって行けません」の「ちょっと」や「とりあえず報告します」の「とりあえず」などの配慮言葉を用いて断定的な言い方をしない。

アメリカ的経営は、個人の能力と競争を優先する

●一神教において、人間は神から何ものにも束縛されない生命、自由、及び幸福を追求する権利が与えられている。アメリカ社会ではその個人の自由を認め、才能を生かして競争することこそが人生を勝利に導き、国の経済も繁栄する。個人の自由を前提にした資本主義は、何事も真剣勝負で力の論理で決着するので、勇気を必要とする。若者であった方がよく、早く成功することで評価される。常に理想の世界を求め智恵を出し合って競争し、エネルギッシュに前進する。自由競争の世界は妥協を許さず、自己主張しながら最終到達点に向かい一直線に進む。

●アメリカは理性を中心として「つくる社会」。科学万能の目的合理主義だから経営者の能力が問われる。競争の厳しいアメリカの企業経営幹部は個人の能力が中心で、斗出した勇気と才能を必要とする知的経営。大学院の経営学修士やＭＢＡの資格を持つ権威あるエリート幹部がリーダーシップを発揮し、部下を励まして前から引っ張る先行型。知的経営者を頂点に、多額の研究費を投入し才能ある専門家を集めて組織化したアメリカ企業は、合理的・理性的で知性の上で日本より優れている。だが会社は非理性的な部分を備えているので、人間の本性になかなか合致し難い。

●近代資本主義の元祖アメリカでは、個人は日常生活でどのような価値観を持ち、どのような行動を取ろうと自由アメリカ社会は自己中心的で相対的だから、個人が自由を求めて頑張っても常に自由と平等が正面衝突し、平等と平等が衝突して万人に対しての闘争になる。国家が法律を作っても、その法律は自分でなく相手に守らせるもの。すべてのビジネスのがゲーム感覚で、トラブルが起き論争になると、その原因を相手に求め徹底的に争う。双方の力が拮抗し自我がぶつかり合って決着がつかない場合は、第三者の裁判官が裁くので弁護士の数は30万人（日本の10倍）もいる。紛争は善か悪か・勝つか負けるかの二元論で、結果は正義とは関係なく、優秀な弁護士がついた方が勝つ。勝者は支配者となって自由になり、理論に負けた敗者は一切の自由を放棄して償わねばならない。

〈日　本〉	〈アメリカ〉
1. 全体優先の集団主義	1. 個を重視する個人主義
2. 共生主義・平和共存	2. 競争主義・勝者と敗者
3. 同一民族なので融通性に富む	3. 異民族なので競争がきつい
4. 自由を得られないストレス鬱積	4. 自由であり過ぎることの不安
5. まあまあ主義・70点	5. モウレツ主義・100点
6. 和の力・家族主義	6. 数の力・民主主義
7. 察しと思いやり	7. 言葉と自己主張

★キリスト教では「人間を裁けるのは、唯一絶対の神だけ」。だから教会の神父が神に代わって裁いたり、人間が人間を裁く裁判に敗れても、決められた罰金を払えばいいだけとアッケラカン。

日本は「植物の様に育て」アメリカは「動物の様に使う」

日本企業は、毎年新卒生を一括採用し教育訓練して使う

●日本列島の80％は森林。古来「山の民」は50年・100年先を見ながら植林し、ジッと我慢しながら成長を待ち続け、その成果を子孫に残してきた。「農耕の民」は毎年水田に苗を植え、言わぬ植物の心を察して雑草を間引き、自然と一緒に育てながら成果を増やしてきた。その山の民や農耕の民の末裔である日本人は、「我慢して待つことが最大の美徳」であると心得て、日本の会社は毎年田植えするように新卒生を一括採用。採用すればどの社員も平等に人並みに仕事ができるよう、多大な援助と犠牲を払って教育・訓練する。片寄りなく一人前の人間になれるよう総合教育から始め、先輩も公私にわたって後輩の面倒を見て育てる。学生たちは学校で既存社会に適応する力を付け、一流会社への就職をめざして学ぶ。入社すれば派手な振るまいを避け、上司に叱られてもジッと我慢して逆らわず、礼節・仁義・秩序を重んじ自分自身の成長を待つ。世話になった上司への中元・歳暮など儀礼的な贈り物を欠かさない。

●日本企業は社員として一括採用した新卒生を、まず社会人としての全人格的形成し、人間関係を築いて自社内で活用し易い人間を育成する。次に専門教育をして企業外でも活躍できる先の尖った人材を育成する。最初は職種無限定の雇用慣行で、誰でも一兵卒からはじめ、自分の能力と体力と運のすべてをかけて競争し、昇進して一番上の社長・会長・CEOを目指す。初めから特別優秀な天才・秀才だけ抜擢して仕事や富を独占すると、後の大勢の社員がやる気を無くすので、平凡な人を選んで教育・訓練をして人生を丸抱えし、みんなで平等に分け合い落ちこぼれを無くす方が、長い目でみて効率的と考えての年功序列を基本とする。幹部は部下をどれだけ育てたかで評価されるので、部下を育てる持続力と忍耐力が求められる。部下は特定の上司にかわいがられると出世が早く、引き立てる人がいないと出世が遅い。会社組織での地位は昇格があっても降格がないし、給料は同僚とのバランスを考えて前より増えても減らないのが暗黙の了解事項となっている。

●日本企業は「株主より社員を大切にする」。会社は長期的視点で活発に人づくりに先行投資し、人材を育てて会社の将来に希望を託す。機会をとらえての現場教育とトータルに管理法を改善し、社員の仕事能力を育て高め、社員の幸せを通しての社会貢献をめざす。

会社は赤字経営になっても難局を乗り越えるために全社一丸となって経営力の強化に取り組む。社員も会社が好きで仕事が好きだから、会社のために自らを犠牲にして働くのは常識であり美徳でもある。一生涯まじめにコツコツと自分の労働を貫徹し、一番最後に結果を出すことを前提として、労働者の70％は生涯一度も転職しない。日本的経営は家族主義とはいっても、会社は利益を追求する共同体だから、絶えず能力や業績によって振るい分け、雑草を抜き取るようにお荷物となる社員を漸次淘汰していく。

アメリカ企業は中途採用で、仕事能力は自己責任

●牧畜の民の西欧人の性格は荒々しく戦闘的。逃げ足の速い動物、一頭一頭性癖の異なる家畜の群れを力でまとめ追い込み制御するには結論を急ぐ。だから、集団のトップには有無を言わさず独断決定し、即・行動する力を必要とする。西欧人は家畜の扱いに慣れているので、会社でも人間を動物のように「力」と「策略」を用いて上手に働かせる。人間の奴隷はものを言うので家畜より使いやすいから、奴隷狩りはギリシャ・ローマの時代から侵略の一番の目標だった。戦いに勝った者は支配者となり、負ければ奴隷にされて日常労働全般をになってきた。アメリカにはかつて奴隷制度があったし、今でも白人たちは黒人やヒスパニックを生活道具として使い貴族のように暮らしている。

●一神教では、人間は天上の唯一の神が提示した正義は絶対守らねばならない。アメリカの会社組織はこの唯一絶対の神のごとき社長を頂点に、役員から平社員までタテ社会。トップの戦略や考え方は絶対で、全知全能の神が正義を示すごとく、上司は「黙って私の

〈日　本〉	〈アメリカ〉
1. 新卒生を採用	1. 中間採用・他社からスカウト
2. 会社が教育・訓練して育てる	2. 仕事の能力は自己責任
3. 年功序列・経験・人格	3. 実力主義・成果・性格
4. 曖昧さの中から力を引き出す	4. 限度をきめて、それ以上働かない
5. やってみなはれ・経験と直観重視	5. 知識応用・マニュアルで成果
6. 不況時は役員から給料カット	6. 不況時は従業員一時解雇
7. 従業員も機械・工具も大切に使う	7. 従業員人も機械も役に立たなくなれば捨てる

いう通りにしなさい」と絶対服従を求め、部下が納得し従うまでしゃべりまくる。トップの決断は早いが、決定された後に時間がかかる。経営トップが変わると経営方針も変わるので、部下の相当数を入れ替える。上司は人事権を持っているので部下を支配する瞬発的な力は抜群。性格や考え方が合わなければ即・解雇して、組織を運営するコツを心得ている。部下が上司を批判すると内容の成否を問わずクビにできる。特に底辺の3K労働者は酷使され使い捨てにされても諦めるしかない。

●アメリカ的経営は、経営者は資本家を兼ねることもあるが、ほとんどは社員とは別の資本家が優秀な経営者をスカウトして社長にするので、その会社の平社員が社長や会長になることはない。一方、他企業からのスカウトを目指すアメリカ企業のエリート社員は何ごとにおいても積極的。人生の見方は短期的で、不確実な未来より現在が重要で今・今・今の成果を最重視。自分の天職を究めるために、会社や社会をどのように改革するかを考える。理想とする最終到達点を定め、人智・人力を使って意欲を持って働きかけ、それをめざして一直線に進み、そこで出した利益を分け合う。上司は部下が成長すると自らの地位を脅かすことになるので人を育てるのは後回し。あくまでも仕事が目的で人間はその手段で、新入社員にはマニュアルを持たせ即戦力として即結果を求める「実力主義」なので、誰もが契約を遵守しながら勤勉によく働く。

★日本企業は会社が赤字でも容易に社員を解雇にしないから、平均勤続年数は13年と長い。アメリカの企業は稼ぐ人はどんどん待遇を引き上げるが、成果でないと解雇するので平均5年と短い。

日本は「ボトムアップ」アメリカは「トップダウン」

日本の組織は「円環的」で、リーダーがいない中空型

●日本企業は共同体なので、社長以下会社員のすべてが労働者であり、熟練者であり、指導者であって絶対的権力を持つ人はいないから、労使の間に溝がない。経営は合理性と納得性を基盤とする。社員は同質性が高く平等を尊ぶので、社内では稟議書や事前根回しの合意による「集団的意思決定」がしきたり。名前を縦や横に並べて書くと最初に書いた者が筆頭となり順位感が生まれるから、実態は「傘連判の円環型組織」で中空構造になっている。中心人物がいないので参謀が動かしていく。日本人の集団リーダー選出の合意形成のメカニズムは、内向き思考。内閣総理大臣でも自治会長でもその選出に当たっては、誰もが納得する客観的な基準で選ぶ。大方は事前に派閥で調整し循環して、異なる価値観を持つ人は避ける。常に思いを共有し相互協調して運用できるよう、根回し上手な調整者や支援者を選ぶので自我の乏しい凡人が選ばれる。

●日本の企業は経験豊かな年齢の幹部が、仕事の流れに沿って後ろから押すタイプ。一人の強固な意志力で動かすより全体の和を重視して、ジワジワ組織に意見が浸透するまで時間をかける。社規社則会があってもその運営は弾力的でゆるやかにし、事をなるべく個人の恣意性に委ねるので先輩から後輩への忠告が多い。幹部やリーダーにとって重要なのは誰からも疑われない公平さと、みんなの意見を聞き納得させる辛抱強さと、そして何よりも自ら率先して、勤勉な労働にたずさわる自己犠牲の姿勢を示すこと。有能なリーダーを選ぶとリーダーシップが強くなり過ぎて権力の集中が起こり、それが平等を損ない構成員の嫉妬をかき立てる。それを避けるためにその一部を切り捨て、全体の利益をはかって調整する。優秀なリーダーでも長所と欠点を持っているので、力ある幹部はそれらをうまく組み合わせ、劣っているものをも抱え込み、引き上げて落伍者を出さないよう配慮する。

●企業全体のCEOなど知識管理層はアメリカの方が強い。日本人は机上の計算式による思考より工場や売場の実践現場の現実を重視するので、組織運営は現場監督が下から上へ持ち上げる「ボトムアップ型」の日本の方が強い。細部を重視し部分の積み上げによって全体を作り出す。できるだけ現場の近いところにベテランのプロがいて、すべてが中心に集まる。日本では現場監督は課長がするので幹部はまとめ役。部下は上司に持ち上げる前に仲間の間で調整を済ませ、下がうまく上を使うのが習慣。決定以前に実施が始まっており、上司は下から上がってきた意思を一部修正し追認するだけ。上司は部下の積極さに得点、その処置の適切さにさらに加点し、部下に使われながらマネージメントするので、部下を信頼することが前提なので、部下に対して「頑張れ！」とか「売上を伸ばせ！」とは言わない。不況の中でこそ心が鍛えられる」とか「健康に気をつけろ」などと、精神論で可能性を引き出そうとして結論をはっきり言わないので、部下にはそれを掴み取って判断する能力を必要とする。

アメリカの組織は「ピラミッド型」で、トップダウン

●一神教は、全知全能の神がはるか天空の彼方にいて、人間を見下ろしている。その唯一絶対の神が人間に向かって啓示した正義を、預言者が言葉にして教義にする。それを神父が正統とし原則としてかかげ、強制しながら人々を誘導する。アメリカ企業の経営はこれとほぼ同じ。頭が良く実力ある一人の天才がピラミッドの頂点に立つ1極集中型。トップが企業百年の計を立てて決定し、意思伝達は上から下へ一方通行の「トップダウン型」。企業組織の運営も軍隊のごとく、上から下へ命令が下る。社規社則は経典のように厳令者が強権で自分の意見を押しつけ合理的にガッチリ実施し、幹部一人で責任をとる。アメリカ企業は、自分の仕事の能力は自分で努力して高めた人を、企業が選んでの「中途採用」が中心で、新卒採用から成り上がる構造になっていない。給与は能力次第で上限がない。上司は部下に対しては上から目線で、使えないと判断すれば切り捨てる。

〈日　本〉	〈アメリカ〉
1. 円環型・マンダラ組織	1. ピラミッド型・位階組織
2. 全員賛同・分権的	2. トップ独裁・中央集権的
3. ボトムアップ・下から上へ	3. トップダウン・上から下へ
4. 企業一家・社員は親と子の関係	4. 軍隊の組織・社員は戦力・歯車
5. 部下を理解して使う・双方向	5. 部下を命令して使う・一方通行
6. 幹部はまとめ型・責任不明確	6. 幹部は率先型・責任明確
7. 弾力的・ゆるやか	7. ガッチリ・歯車を回す

●アメリカは経営と労働の分離、仕事は社長が与える。幹部は独裁・率先型、上司が強権で自分の意見を押し付け、部下は割り当てられた仕事をやりとげるだけ。決定後から実施まで時間がかかり、何か不都合が起きると減点される。

★日本でも「軍隊」や「消防」など、緊急時に対応する組織はピラミット型の組織になっている。

日本は「論争を嫌う」アメリカは「言葉で勝負する」

日本の組織運営は、論より証拠「現場がモノを言う」

●同一言語で同一民族、同一国家の日本は、民族的にも文化的にも一様性がきわめて高い。あまり言葉のない寡黙の世界に住んでいる。誰もが思考を停止し、暗黙の共通理解に従って行動するので思いを言葉する習慣がない。頭が良くて屁理屈を並べ、我田引水で強引な主張する人は軽蔑されるので、日本人に論客はいない。個人より全体の和を重視する日本人は、反対意見のない争いのない世界で二元論が通じない。日本人は意見の対立や矛盾を解消するのでなく、併存させながら論点をあいまいにして丸く収める。そこには対立する概念さえない。言葉の力で相手を論破するより清濁併せ呑み、大勢の意見を見きわめてからものを言う。微妙なところはあいまいにしてホンネを伏せる。自己主張の前に一歩さがって対立を避け、はっきりものを言わなくても、その場の空気を読んで行動するのが日本人の美学。相手の言動を基に信頼性を確かめながら、ケース・バイ・ケースで選択肢を拡げ、時間がかかってもひたすら話し合って妥協点を見つけ、みんな黙って同じ事をする。

●人間が持っている知識には、かなりの割合で言葉や文字で表現ない暗黙のものが含まれている。役所でも法律をタテマエとしながら、行政指導という形で運営し、法律を変えず実施上の運用によって実体を変える。日本企業の組織運営の建前はあくまで高く、実質を低くして現場担当者の裁量の余地を残す。会社の組織は部門ごと集団で分担し、特定の個人が特定の仕事だけをすることは少ない。組織成員間の責任は無限定で、誰がどの部分でどの責任をとるかははっきりしない。組織の構成がオーバーラップしているから、担当者が不在でも別の構成員が肩代わりする。社内会議は身内ばかりで上司と部下との人間関係が濃密。会議においてもふれあいを重視するので、意識と無意識の境界が不鮮明。その意識も感じたまま自我によって統合されない無自我のまま、漠然と全体性を志向しているだけなので派閥を形成。討論はダラダラしていても、そのうちに結論めいたものが見えてくると、後は議長一任で終了する。

●それでも一旦社内の合意が生まれると物言わずとも以心伝心、ツーと言えばカーと阿吽の呼吸で浸透力が強く、全従業員の協力を得て一気に仕事がはかどる。会社の上役と一緒に得意先へ行ったら、上の立場にいる人の心中や考えを、下の人が上の立場を推しはかり、忖度をして黙って微笑むだけ。おしゃべりな部下は無教養で野卑な人として見下される。仕事仲間の輪に入ったら主体性を放棄して大方のことは「お任せ」して、常に自分を押し殺しながら共に楽しむ。日本人は仲間になると何でも腹蔵なく話そうとするので、日本のビジネスマンは企業秘密を守るのに困るらしい。

アメリカの組織運営は、「議論して」多数派が勝つ

●アメリカは世界中から50種もの民族が集まって出来た国。習慣はまちまち言葉もまちまちで意思疎通しにくい。しかも建国以来３００年と歴史が浅いから、言葉以外に通じるものがない。人の言葉と理性を絶対視して、言葉の意味の関連性を追求する。アメリカ人は言葉で何かを自己主張するので、互いの本音がぶつかり合って協調性に欠ける。集団行動は皆んなで自前の原理で法律を作り、裁判や会議では互いに論点を明確にして議論を戦わせ多数決で決めるのが民主主義の大原則。数の多い方を正義とし、負けた方は勝った方に従う。何かにつけて多数派が支配する社会。少数派は利害仲間で組合を形成して対抗する。

●道徳は「善・悪」どちらかではないが、二元論のアメリカではデリカシーは通用しない。どんな正しい意見でも必ずそれと反対の意見が成り立つ。民主主義社会では50：50が正常で数の多い方が勝つ。全員一致は偏見か、興奮による結果か、外部からの圧力によると考える。交渉事には法律に違反しない限り理不尽なことでも当然としてまかり通る。民主主

〈日　本〉	〈アメリカ〉
1. 心が納得する察しの文化	1. 頭で理解する言葉社会
2. 情の人間関係	2. 理性で結ばれている
3. 話し合い、心を分け合う	3. 契約を厳守し、利益を分け合う
4. 情が通じ合う家族社会	4. 民主主義・市民社会
5. 黙って互いに保護する社会	5. 言葉で自己主張する社会
6. 言葉はタテマエ、本音は別	6. 論争で勝負が決まる
7. 弁護士・3万7000人	7. 弁護士・133万人（日本の30倍）

義は数が力、正義が勝つとは決まっていないので、真理を求めるのには適切でないがやむを得ない。数の多い方を正義として勝ち負けを明確にした後で、粘り強く最後まで相手を説得する努力を重ねる。

★日本人はあるがままの現実から、過程や形式を重んじつつゆっくり進む。アメリカ人は理想の世界を目指して一直線に進む。

日本は「話し合い」主義アメリカは「契約」主義

日本型ビジネスは、「原理原則がない」のが原則

●日本人の宗教感覚は「無我」。神との関係は「そのまま、あるがまま」で、きわめて人間的・相対的。善悪をはっきりせず融通と雑多と柔軟性に富む。教義や律法がなくても一切を自然にまかせ。支配的な原理による画一的統合より併合を重んじ、中道を旨として形式を大事にする。論理的に一貫したものがないので、自分が依って立つ議論の立脚点がない。それを「人との交わり」に求める。体系的に考えるがないので何ごとも成り行きまかせ。社会の流れが変われば忠誠の対象も変わる、周りの状況が変われば主体も変わる。主体の中心性が弱いと場に応じて言葉の意味も変わるので、全体の流れや過程を大事にする。年寄りは経験が豊富でさまざまな価値観を使い分けできる。情的経営の日本では若者が年寄りを命令で使うとうまくいかないから、判断は若者がしても命令は年寄りがする。

●日本には一神教のような明確な絶対的正義がない、原理原則がないのが原則。企業経営においては義理と人情、伝統と近代、仕事第一と企業一家主義が複雑にからみ合う。会社では和を重視するので、その場での言動より雰囲気としての情緒を重んじ、何でも話し合って和とし、協力して解決するヨコ社会。なるべく曖昧にして選択肢を広げ、時間がかかっても最上の決断を下そうとするので意思決定に時間がかかる。社規社則が合っても仕事の範囲や決定権が分散し、不明確であいまいな点が多く、どこまで自主的に判断してよいか分からない。それでも状況依存の社会なので、正統性や独創性より共感を大切にする。予期せぬ事態が起これば、危機感をあおり、その場の空気を読んで決定する。もちろん全員一致の決議は最も正しく99％拘束力があるが、それでも1％の人間味を生かそうと、第三者・第三項で最後まで例外を認める努力をする。また事を荒立てない配慮から多少の不正も清濁併せ呑み、少数派が多数派を制することもある。

●日本人には神との契約思想がないから、契約など気軽な申し合わせ程度の認識。暗黙の了解や口約束で成り立つ社会だから、取引においても何かにつけてあいまいだが柔軟性に富む。契約するのは相手を信頼していない証拠。法律も所詮人間が言葉で定めたものだから、タテマエとして契約しても一方的なことは許さない。性善説の日本人は罰則を決めるのが下手、ペナルティを付け忘れる。だが何かあったときは双方誠意をもって「話し合い」、妥協点を探り実情に合わせて「法外の法」を適用して問題解決をはかる。
●「和」とは輪になり、その中でまとまること。会社内部は連環的人間関係だから、車座を作って「なぜ」を追求するより互いにあがないながら徐々に自分を開いていく。社員の精神はいつも浮遊的で内向き志向。「公と私」「タテマエとホンネ」を使い分け、言葉ではっきりと表現せず自分の保身に努める。集団の中での評判を気にするので、曖昧で不条理に満ちた方が安心してきる。言葉の意味も状況によって「けっこうです」というあいまいな言葉で「YES、NO」両方に使い分け、ひたすら対立を避ける。日本人はそんな「あいまい」があるから人と人の関係の中で心の安らぎを感じ、多くの人から敬われることに幸福を感じ、安心してその世界に浸りきることができる。

アメリカ型ビジネスは、「契約は絶対」違反すれば罰則

●旧約や新約聖書の「約」とは訳でなく「約束」のこと。ユダヤ教のモーゼが神と結んだ契約を「旧約」。その後イエスが結んだ新しい契約を「新約」という。一神教は、唯一絶対の神と人と分け、人と人を分け、神と人、人と人とは1対1で対峙し、契約によってつながる「個人主義」。人間は互いに神が示した正義を守り、秩序を保って見通しよい平和な社会を作る。
●世界中の一神教が集まったアメリカ合衆国は、個人主義で自由と平等を掲げる国。50も

〈日　本〉	〈アメリカ〉
1. 公約は破るが個人約束は守る	1. 公約は神との約束と同じで絶対守る
2. 口約束の社会・相互信頼	2. 契約社会・相互不信
3. 個人的なつながり	5. 市民社会・平等なつながり
4. 実質と同じほど形式が大切	4. 功利的、権威より中身を重視
5. 生活集団・全人格的関わり	5. 仕事集団・契約的関わり
6. 人間関係・和を優先	6. 非人間関係・ビジネスライク
7. 話し合い、心を分け合う	7. 契約を厳守し、利益を分け合う

の民族がヨコ一線平等で、市民一人ひとりも「契約」でつながっている「民主主義」の国。企業文化は「法治主義」で、企業社会においても何事も契約からはじめ、ダイヤモンドのように完全な契約履行を求める。会社に入るとまず労働契約によって①職務、②労働時間、③勤務場所を限定され、次に社規・社則に基づき、一定の権限と義務の履行を約束する。仕事はマニュアルに定められた通り行い、これを破れば罰則が伴い、正しく守らなければ解雇される。

★一神教は神と契約した本人個人だけが救われる。だが日本人は自分だけでなく、親も兄弟姉妹も救われないと安心できないので一神教を嫌う。

日本は「人生修行」アメリカは「神の救済」を求め
日本の労働者は、プロとして完璧をめざす職人気質

●日本の稲作農業は、米はアメリカの5倍取れ、麦は欧米の2倍取れる。手間を惜しまず頑張れば頑張るほど収穫が増えるので、日本人は世界でも比類のない勤勉をもっている国民。神道には神に対する義務はないので日曜でも平気で働く。農民だけでなく職人や商人も、学者も役人もみなよく働く。社長から平社員まで仕事を人生修行と考える日本の経営者は、勤勉でない労働者は人間的に欠陥があると見なす。日本人は仕事は手段で、人間的成長が目的。誰でもズブの素人から始め、多少肉体的苦痛はあってもその時その時、瞬間・瞬間を大切にして経験を積み重ね名人をめざす。仕事を人格修行と考え、自己啓発をしてひたすら自分を鍛錬して才能を磨き、仕事を通じて自己完成の道を歩む。働くことを通じて自分の命の燃焼を求め、自分を犠牲にしても集団のために全力を尽くすことに生きがいを感じる。決められた労働時間にこだわらず、サービス残業も受け入れて過労死寸前まで勤勉に働く。

●日本の気候は温暖で、春・夏・秋・冬の四季に梅雨・秋雨を加え季節は微妙に変化する。日本人の感覚は繊細で鋭く感性が豊かで多様性がわかり、味盲8％・色盲4％と少ない（アメリカは季節は寒暖の二季で単純な芝生文化）。動物性肉食文化での感覚は、単純で微妙な違いが解らない。味盲25～35％・色盲8％。必要な生活道具の数350点を超えて世界一多く、変化に応じて適切に使い分ける。日本人は現実優先で、頭の中は抽象的な理論より、何ごとも手に頼り手先を動かす手の哲学を重視する。簡単な道具を多様に用いての細かい技術に優れ、具体的なモノづくりに強みを発揮する。自分の仕事を天職と考え、品質のよい製品をつくるのに没頭して仕事の中で遊び、仕事を楽しむ。自分の仕事を通して勤勉さや人格的高潔さを身につけ、天下一の職人になれば人間国宝にもなれる。仕事のために他のすべてを手段化し、能率や効率を犠牲にして見えない所まで凝る日本的職人気質は、市場原理とかけ離れた徳や和の価値を尊び、それをプロだと信じて磨き続け、物づくりに励む伝統的職人の「匠の技」や販売員の「もてなしの心」は今の時代にも生き続けている。

アメリカの労働者は、神から与えられた天職で栄光をめざす

●一神教は「神」と「人間」を分け、さらに人間と人間を分ける。アメリカ人の労働観は人間性悪説をとる「一神教」という宗教の性格が根底にある。神ははじめの6日間で天と地を創造し、7日目は安息の日（日曜日）としたので、その日を神に感謝の祈りをする日と決めて働かない。本来モノを作る行為は全知全能の神の所業で、人間も神によって創られた。ところが人間は神との約束に背いて禁断の木の実（知恵）を食べ、自分の理性で勝手に歩むようになった結果、罪が罪を生み出し混乱が生じた罰として人間は楽園を追われ、その結果苦役として労働を課せられたとする。

●一神教は労働を神の刑罰と考えているので、本質的に働くことを好まず、仕事は合理的に早く済ます。労働を「レイバー」と「ワーク」に分け、身分を支配者と奴隷に分ける。「レイバー」は苦痛が伴う仕事、人間が人間の奴隷となって汗を流して働く肉体労働。「ワーク」は、人間が神の啓示や命令を受けて神の奴隷となった働き、喜びのある頭脳労働とする。そして王や貴族など支配者は、職業を持たない肉体労働をしないことが誇り。レイバーをしなくてすむよう奴隷制度を設けたので、西欧や中東で奴隷がいなかったのはイスラエルだけ。日本も奴隷制度は1度も無かった。
●キリスト教は政治と宗教の世界を分離。日常生活は国の法律や習慣を優先して、世のため人のために働く自由と競争を是認。信仰はその苦難を克服する中に神の恩寵があるとして、宗教は心の救済だけと区分する。アメリカ人は日常の労働・生産全般の肉体労働を黒人奴隷に担わせて残酷な不自由を求め、自らは働かずに暮らすかワークだけをして天国に行くことを神に祈る生き方がベスト。欧米の経営者の目的は、レイバーは金とムチを使って人々を効率的に働かせることを考え、自分はワークだけに集中して成功者になり、神の救いを得ることだけにある。労働者も肉体労働は卑しい人間のすることと考える、生活に必要なものを手に入れるために働く。いつか働かなくても済むように働き、お金が貯まると働かなくなる。額に汗して働く職人や商人は成功しても、子どもを後継者にしないから老舗がない。また現場労働者は人件費が高いのに、修理工は不器用でレベルが低い。
●この労働観をアメリカのプロテスタントが、勤勉と節約の資本主義精神で大度転換させた。人間は神から与えられた自由を持つ実体。個人は自分の人生目標に向かって清貧な生活を旨とし、神から与えられた仕事を自分の天職と考え、神から与えられた時間をムダにせず勤勉に働き、その努力の程度に応じて報酬が決まる。報酬と刑罰の尺度には「聖人の状態」と「平静の状態」と「永遠の断罪」とがある。一時的な現象として「富や快楽の状態」と「挫折・貧困・悲惨な状態」の両極が発生する。努力に対する報酬の差異は報酬に対する競争を引き起こし、他人との競争とその成功の関連で測定され、勝者と敗者が生じ

〈日　本〉	〈アメリカ〉
1. 人間性善説	1. 人間性悪説
2. 世間に対する恥の文化	2. 神に対する罪の文化
3. 労働は仏道修行・悟りへの道	3. 労働は神から下された罰
4. 仕事は手段・目的は人間形成	4. 仕事が目的・人間は手段
5. 仕事の中に生きがいを求める	5. 仕事の外に生きがいを求める
6. 仕事が好きだから一生続ける	6. 金がたまったら働かなくなる
7. 結果よりプロセス重視	7. 結果第一主義
8. モノづくり上手をほめる	8. 金儲け上手をほめる

る。不運で欲求水準が低く精力的でなく達成度の低い敗者には同情を感じても、個人は神から与えられた天職において、神の栄光を実現するために引き続き最善を尽くす。

●自分の可能性を信じ、持てる能力を最高度に発揮して熾烈な競争に勝ち続ける。成功して富を勝ち得たら、教会や学校や病院に寄付して神を讃え、その究極は人生最大の目標である神の栄光に輝いて、神の間近で祝福を受けることにある。

★会社が業績不振になり、従業員を解雇せざるを得ない場合は、アメリカの企業は中高年には先任権があるので若者から切り捨てる。日本企業は労働コストが高く、新時代に能力的に対応できない中高年対象に希望退職をつのり、未来を担う若者を残す。

「クール・ジャパン」日本は人的・文化資源が豊富

●白人優越思想の欧米人は、アジア諸国を植民地としてきた歴史の上に。いまだ援助隊であっても上から目線。

開発途上にある国々の民衆を見下している。日本は世界でまれにみる格差のない社会で、日本人は正直で勤勉で教育水準が高い民族。エリートでも礼儀正しく、質実剛健で約束を守り、親切でマナーがよくウソを言わないので信頼されている。日本のアニメの人気ある主役は平和な日常生活を描くだけなのに、アメリカの戦いに勝利するスーパーヒーローものより評判がいい。欧米の植民地主義に屈せず戦った日本に対して、アジア・アフリカ・中東のイスラム諸国でも親日的で、現地人の共感を得ている。大都市は清潔で治安がよい。東日本大震災の直後の完璧な秩序に日本人の自制心の強さ、社会秩序が保たれ公徳心の高さに世界の人々が驚き感動した。

●世界好感度調査で世界に悪い影響を与えている国の1位は、何かと紛争の絶えないイスラム教原理主義のイラン、2位は何かと暴力に訴えるキリスト教原理主義のアメリカでいずれも一神教国。逆に日本は世界に良い影響を与えている国の第1位。日本は政治的野心がない平和を愛する国。日本は相手国を思い心を開いて譲り合いの国家外交の基本として、軍事力を廃して穏健で中立的なイメージを有している。開発途上国に対して軍事力でなく優れた技術や知識を提供し、弱者を救済する日本は世界に良い影響を与えている。キリスト教の欧米先進国とイスラム世界双方に信用があり、軍事介入をせずにその架け橋になりうる存在で政治的に重要な役割が期待されている。ハーバード大学の政治学教授・マイケル・サンデル氏は、これからの世界をリードするのは、国土面積の大きさや経済力、軍事力でなく文化力だという。文化力は対立の緩衝材で、そこには共感力と利他の実践力がある。日本人は正直で親切で、世界で最も安全で平和な国。日本の文化力が世界のモデルになると予測している。

●日本は土地や鉱物・エネルギーなどの天然資源は全くない、世界でも最下位に近い資源小国で、資源大国アメリカは使い捨て消費文化にそぐわない。日本は江戸時代の鎖国以前からの節約文化。閉ざされて島国の中でずっと自給自足の生活を営んできた。そして日本には、神道という柔軟性のある宗教、和を重視する組織、国民の自己犠牲の精神などの文化資源がある。日本人は非常に細かい技術を開発する能力に優れ、労働者の知識・教育・技能水準の高さ、仕事に対するモラルなど人間能力資源に恵まれている。日本は生活先端科学技術力で、他国の追随を許さない水・電力・エネルギーや資源の節約・環境保護・観光・廃棄物処理、資源リサイクル・交通・運輸のノウハウを持っている。

●欧米の一神教徒は全知全能の神が人間を創ったから、その人間が人間の代わりに働くロボットを作るのは、神の範疇を侵す行為として敬遠する。日本は先進技術を発達し人手不足を解消する「ＡＩ人型ロボット」開発では一歩先んじている。人間が自然と調和し共生し共存するために、世界中が人口が少なく資源が豊富なアメリカ型使い捨て消費経済から、資源小国の日本型もったいない節約生活へ、一品一品の品質と個性ある商品作りへと移行し、経済成長と地球環境の両立をめざさなければならない。

★日本は助け合いが当たり前で、共に困難を乗り越える文化。世界で唯一の社会主義国に成功した国家として、世界を次の社会に導く国として注目されている。

アメリカは「強欲資本主義大国」に様変わり

●アメリカは20世紀前半の２つの世界大戦共に、自国が戦場にならならず無傷だったので、両大戦後に世界中から移民・難民が押し寄せて、アメリカ経済は一気に活気付いた。購買力を持つ中流層を形成してスーパーマーケットが出現し、大量生産↓大量販売↓大量消費↓大量廃棄の消費スタイルを形成した。大衆が生活必需品以外の電気冷蔵庫やクルマが買えるようになり、ジャズ・ロック・ミュージカル・ダンス・カンカン踊り・西部劇映画など、享楽と大量消費を賛美する繁栄と頽廃の市場経済がアメリカ中に広がった。自由主義と個人主義を基調とする市場経済の凄まじい競争のダイナミズムによって、自分さえ良ければいい「自己中心主義」、楽しければいい良いという「快楽主義」、今さえ良ければいい「刹那主義」、カネさえあればいい「拝金主義」、ストレス解消の「ギャンブル、薬物への依存」、強いものに頼るファッシズムや組織・権力への依存など資本主義の悪癖が露出した。

●石油王「ロックフェラー」は、リベート・賄賂・恐喝などを駆使し、悪魔と呼ばれながらも次々とライバル会社を潰し、ＧＭ・クライスラー・ＩＢＭ・ＵＳスチールを起業して22兆円の資産を築いて世界最大の富豪となり、今や世界経済の10％を握って動かしている。金融王「ＧＴ・モルガン」は、ＧＭなどの自動車・ＧＥの家電、ベルの通産業、大陸横断鉄道などへ投資を煽って、アメリカの政治・経済を動かした影の支配者。１９２９年バブルがはじけても自分だけ逃れて財を成した。資本主義は知的でなく、公正でもなく道徳的でもなく善をもたらさないが、それ以外に方法がないとして是認した。火薬王「デュポン」は、死の商人と言われながら2度の世界大戦で財を成し、戦後はナイロン・カラーフィルム・合成ゴムなどで成功。自動車王「ヘンリー・フォード」の大量生産で成功し、ホテル王「ヒルトン」など、資本主義の旗手が続々登場して世界中に資本主義を広めた。

●アメリカの個人主義・自由主義・民主主義の政治体制では、政教分離の原則に従って、身体の方は経済の領域、心の方は宗教の領域と切り分ける。かつて宗教は常に人間の欲望の上に戒律の網を広げて抑制し、儀式によってより少なくし、より少ないもので満足するよう進めてきた。それが営利追求の自由が解放されると、神の栄光をめざす経営者の宗教的バックボーンが消滅して職業義務だけが残り、熾烈な競争の果てに勝ち抜いて個人の栄光を追求する自由も単なる利己主義に移行。やがて強欲のふるまいは悪徳でなく美徳なのだと考え、物質的豊かさを優先させる覇道の哲学に様変わりした。

●人間の命には限りがあっても、欲望には限りがない。アメリカ資本主義は自分の利益と快楽や快適を追求する強烈な自我意識を支えとして、生存競争をさらに激化させ、物質的豊かさを優先する覇道に姿を変えた。モラルを失した企業経営者は自分の利益と快楽や快適を追求する強烈な自我意識を支えとして、生存競争をさらに激化させ、物質的豊かさを優先する覇道に変質。さらに上がってきた利益も「モノ↓カネ↓モノ」から「貸ス↓カネ↓借リル」金融資本主義へと移行。必ずしも生産活動に使われなくなって本来の資本主義から離れつつある。かくしてアメリカのプロテスタントが創り出した「禁欲」と「勤勉」

の資本主義は、際限のない競争を繰り広げ、その競争に勝ち抜いて多額の利益を獲得する「強欲資本主義」に変質。テクノロジーの高度化で人為的希少性で不平等が一気に拡大。一握りの成功者の陰にその10倍の敗北者を生み出し、熾烈な競争に勝ち抜いた一部の資本家だけに富が集中。上位１％の人の年間所得が全体の25％を占め格差社会になってしまった。さらにアメリカ合衆国の白人と他人種との人口比率が50：50に近づいた。アメリカを開発した白人の保守派・民主派とも危機感が高まり、アメリカの二局分断が始まっている。

★それでもトランプ大統領はアメリカン・ファーストを称え、自国第一主義を主張して世界貿易戦争を一段と激化させた。

第5章　競争社会に生きる

5―1／個人主義と自由競争の社会

戦争でも平和でもない「競争社会」に生きる

●5億5000万年前にカンブリア大爆発。多種多様の生き物が誕生して以来、地球上の生物間に食うか食われるか弱肉強食の生存競争がはじまった。人間も生物である以上この宿命から逃れられない。生涯を通じて厳しい生存競争を生き残るために行動し、その戦いは死ぬまで続く。人間は他の生物に比べ自然に対する抵抗力が弱い上に、鳥のような翼はなく、ライオンのような牙もなく危険から逃れる敏速性に欠けている。その上自分にこだわり闘争心が強く、他人を過小評価すると同時に、自分を過大評価して競争のスリルにあこがれる。地球社会の1人として優勝劣敗・適者生存を当然の事として競争し、順位争いとなれば保身のために一方があきらめるまで戦い続ける。

●人類の歴史は戦争の歴史で、人間は何世紀もの間、弱肉強食の論理を当然として強奪を正当とし、強者は弱者を奴隷とするのが当たり前。反面、人間は強さと共に弱さも認め、常に平和を保つために努力もしてきたが、現実はそれもはかない理想論で、地球上に戦争がなかった期間はわずか一年チョット。そしてまた平和も恐ろしいもの、平和になるほどに生きる目的を見失った人が増え、じわじわと人の内面を腐らせて理由もなく人を殺し自殺者も増加する。このように人間社会は戦争であれ平和であれ、いつの時代も滅びの危機に立たされている。

●我々日本人は１億３０００万人という超過密の競争社会で生きている。現代は誰もが自由と平等が保障された経済的民主社会であっても、出発点も到達点も人それぞれで公平でない。現実は容姿や才能や貧富、運命など決して平等ではない。例えば背が高く容姿に恵まれた人は、月並みな人より就職までの時間が短く、昇進するのが速く給料も３～４％高い。でも人間はその運命に挑戦して平等に近づこうと努力する。毎日毎日競争をすることが生活であり、それに勝つことが生き残る唯一の方法で、競争を嫌い安定志向が人と組織を腐らせる。今は戦争でもなく平和でもなく、その中間の「競争社会」の中で生きている。確かに平和主義者が云うように、この世の中で競争を無くしてしまえば社会は安定するが、安定したらもはや衰退するしかない。自由と競争の社会では誰もが平和に暮らしたいと願っていても、生きていくにはすべての面で競争を余儀なくされる。

★人間の一生は競争に負けない生きる力をつけることへの挑戦であり、その法則を知って競争力をつけることが人生最大の目標の一つ。

日本は「成功」も「失敗」も自由主義の国

●地球ぐるみのグローバル世界において、日本は自由主義国の一員。終戦後アメリカ伝来の民主主義という人間至上思想を基本に、宗教の自由・政治の自由・教育の自由・職業の自由・住所の自由・結婚の自由・旅行の自由・食物の自由などなど、世界のどこの国の人々と比べても日本人は多くの自由をもっている。自由主義国家には結社の自由があり、さまざまな会社がひしめいている。企業は人間性を基とした運命共同体で、共通目的を持った人たちが資金を出し合って会社を設立し、経営者を選任し社員を雇い入れて活動している。会社は潰れる可能性を秘めた任意団体なので、社会に対して何かの役割を果たして収入を得なければ、倒産し倒れても誰も助けてくれない。

●企業は社員と共に社会に対して責任を果たすだけで、社会からは何の期待もできない。社会は会社が問題を起こさず活動している間は無視する一方で、会社が何か問題を起こしたら極端に非難し、さらに社会貢献もできなくなった時点で、その会社や社員を見捨てる。競争社会で成功するには、現実から逃避するのでなく、現実の真っ只中に理想を見出し、自力で生きる気概を持ち、勤勉と清貧で幸福を実現しようとする、最も現実的な幸福追求者でなければならない。

●会社は非情で壮絶な企業戦争の中で、いつも食うか食われるかの戦いをし、自力で利益を出しながら成長発展をめざしている。その中心になる考え方は、自由競争↓優勝劣敗↓弱肉強食↓自然淘汰の後、劣った敗者が優れた勝者に席を譲ることによって経済の活力は維持されている。厳しい競争社会で努力して勝ち馬に乗るか、負け犬になって底辺で生きるかの選択は自由。現在までのところ経済の活力を維持する方法として、貧富の格差が大きく不完全ではあるが、今のところ自由競争に勝る体制はない。

●企業は権力に頼らず利権を求めず、自由に活発に信用を重視し地道に働き、独立独歩の道を歩むのが本来の有り方。ビジネスは苦と楽を等価交換する。相手に貢献した反対給付として給与を受け取る。何んの売れる保証のないものを造り、あるいは仕入れて売ろうとする企業の本質は全く危ない仕事。企業が機に投ずるのはあくまでも自己の判断に基づき自らが行うので、その勝負の責任は全て己にある。儲ける時もあれば損をする時もあって危険は避けようもなく、リスクに挑戦せずして会社発展のチャンスはない。儲けてもほめられもしないし非難もされず、たとえ失敗してもその原因を外に求めず自分に求め、自己の責任内で処理すればいい。

★この自由と競争原理が人間の素質や才能を開発し、アメリカで自由主義・資本主義が驚異的に発展し、世界中を覆い尽くして経済繁栄と人類の文化の向上を可能にした。

生物として避けられない「弱肉強食の原罪」

●地球世界は大いなる命の共存社会ではあるが、弱肉強食は自然界の法則。すべての生き物は自己生存のために、力いっぱい競争して生きている。人類は他の生物の命を奪って食し70億人にも増殖した。一方、野生動植物の世界では今たくさんの生物が絶滅の危機にあり、国際条約で保護されている。競争社会では自分の命は自分で守るのが原則。「弱肉強食」それはまた人間界の法則で、開かれた資本主義・実力主義の社会では、弱者を淘汰する競争原理でもある。人間とて生きるため食物を得るために日々に闘争を繰り広げており、人間だけは例外で平和に暮らせると思うのは錯覚に過ぎない。弱肉強食の競争原理による格差社会は生きていて、世界の上位10%が富全体の75%を占め、中位の40%が23%、下位の50%でわずか2%程度。個人の自由を前提にした自由競争の原理が支配する社会では、勝つか負けるか実力で勝負が決まる。人生でも事業でも成功する人は、まず自分の強い願望と持って生まれた素質や能力を生かして、その夢や目標を実現しようとガムシャラに努力する。それが勝ち抜く智恵やエネルギーを生み、才能を発揮して利益を獲得する。その策が最善なら多少のリスクを背負っても勝負してこそ人生成功を掴むことができる。

●競争には必ず勝者と敗者が発生し、個人は他者との生存競争に勝利してはじめて生きられる。自分が勝てば相手は負け、相手が勝てば自分は負けで、自殺の70%が今家計を支える男性だ。人間の競争社会では他人に協力したい気持ちがあっても、他人より一足でも速く走ろうとする。出世したいという野心がある限りひたすら勤勉に働き、仲間を利用して自分を利益を獲得しようとする。もう一方で、浪費を排し消費を抑えた清貧の生活に耐え、自分の欲望を抑制して資本を蓄積する「節約競争」も行われている。そこで蓄積した資本と自分のエネルギーを爆発的に投入し、事業を一挙に拡大して強者となり勝者となり上がって、さらに一歩進んだ資本獲得競争へと移行し格差社会へと進化していく。

●勝者の歴史は弱い者いじめの歴史で、進化の進んだ強者が常に進化の遅い弱者を食いものにして発展してきた。自由競争は自分を活かし正義を維持する一方で、常に犠牲者を生み出す。個人の利己心は社会を混乱させ、国家の利己心は対立や戦争をひき起こす。贈賄や収賄などの罪の多くは自分の心の中に覆いかくされ、犯罪という形で表に現れる。自由競争社会での人生はこの犠牲の上において、さまざまな罪にまみれて生きている。
★自由と競争の結果、現実社会には金持ちの人もいるし、貧乏の人もいる。いつまでも学生のように「横並びの平等主義」だけを信じていると、常に比較し、嫉妬し、敵意を持つようになって自分や他人に殺意を抱き確実に不幸になる。

平等社会にも生じる「勝者」と「敗者」

●人類が社会を持ち、さまざまな経済活動を営むようになって、支配する人間と支配される人間、富める国と貧しい国に分かれた。個人と社会との関係でも、ピラミッドの頂点から底辺まで大きな格差があり、階層の闘争が続いている。その基本的な構造は昔も今も変わらず、食べることとモノをめぐる闘争だ。今の日本は空腹を満たすための闘いは終わったが、世界人口の３分の１の人々が、いまだ餓死寸前の危機にさらされている。自由競争と個人主義の社会は、強者と弱者、勝者と敗者に分かれた格差社会。世界人口の１％の富裕層が世界の富の半分を独占し、富裕層の上位85人が資産総額の半分を占めている。
●人類の理想は、個人それぞれが自由に生き、公平で平等な社会を実現することにある。

自由とは各人が「自己生存のための可能性を追求する自由」のことで、天地自然の法則や政治的支配からの自由をいう。「公平」とは無限に開かれた可能性と機会を与え、その価値や力に応じた扱いをすること。「平等」とは一切差をつけず同列に扱うこと。しかしこの世の中、人間はみんな自由・平等とはいっても、国家が保証する平等は、法のもとにおいての平等だけ。

●アメリカのように自由競争を前提とする国では、教育や就職機会の公平は法律で保障されているが、それ以上は個人の責任となりその成果や結果はすべて平等ではない。個人が抱える不平等の原因は二つ。その一つは、血統・身体・容貌・体力・才能・年齢・健康状態など生物学的、遺伝的な違いによって生み出された「身体的な不平等」。もう一つは社会的・政治的・教育・財産などによって人的に発生した「経済的な不平等」は歴然としてある。それが悔しければ、優勝劣敗のきびしい競争の中で共通のルールに従い、自分の努力で獲得するしかなく、ある意味で競争原理は怒りの表現でもある。これを知らない人は勝負の前にすでに負けている。

●現実社会は、自由と平等が、平等と平等が衝突して、万人の万人に対する競争状態になる。弱肉強食の社会で自立して生きていくには、強くあらねばならない。互いに差をつけるために戦い、人間社会は自己中心のさまざまな悪で満ちている。悪社会に生きるには社会の一人ひとりが「智慧」という抵抗力を身に付けて、自分を守ることが結果として社会全体を良くすることになる。人生は闘争であり勝負である以上、勝利するしかない。戦いである以上勝たねば不幸になり、負けてしまえば、自分らしく生きた喜びは得られない。人生は最後の最後まであきらめず何事かをなすためにある。

●人生目標を継続するには、上昇志向とか野心をより強く持つ必要がある。男性原理の企業経営の担い手となるには、高学歴を目指し、人脈を広め、投資資金を準備する。その努力の成果は地位や収入という目に見えるかたちで現れてくる。同じ企業に同期で入社した社員は、己の人生の夢に向かって歩みはじめるが、出世する男はどんな困難にも負けない図太い度胸と、独力で相手を打ち倒す実力と自信を持っている。勝って勝って勝ちまくる男には逞しい決断力と、行動力や包容力がある反面、ライバルや仲間の不幸を見捨てる非情さも併せ持っている。やがて社長という頂点に到達すると視野が大きく広がり、大局だけを見ながら清濁併せ呑み、相手の立場も思い見ながら仕事をするようになる。勝者に必要なのはこの「大局観」で、敗者にはこれが一番欠けている。

★ピラミッド型の競争社会では個人的能力がきびしく問われ、天地自然の法則に最もよくかなうものが最も速く、強く、賢くあるものが競争の勝者となる。貴族は血筋によって固定されるが、経済力によって形成される現代の富裕層は不安定で、たとえ才能と運に恵まれ勝組に入ったとしても、常に他者と比較され優越感か劣等感を持たねばならない。

「新旧・大小」入り乱れての「無差別級の闘い」

●現代の個人主義・自由主義の国では、一人ひとりが自分の能力だけを条件とし経済活動を行い、利益を追求する自由を持っている。自由競争の社会は優勝劣敗・弱肉強食の法則にしたがい、互いに人生を競い合っている。勝敗は大きいもの強いものが勝ち、勝った者は常に正しく、小さいもの弱いものは負け、負けた者は常に悪となる。そして勝った方はより強くなり、大きいものはより大きくなって発展していく。だからこそ会社は企業規模や売上規模をより大きくし、より強くなっていくことを目指さねばならない。

●この世の中は不公平で、賢い人、愚かな人、良い人、悪い人、背の高い人低い人、学問や才能、経験など、自由競争の社会である以上千差万別なのに、それを他者と比べることから不幸が始まる。国や社会はすべての人に機会均等を保障するだけ。資本主義社会は非情な企業戦争の修羅場で、競争は企業規模や能力に関係なく、大小入り混じった大相撲のような無差別級で行われる。大きい相手や強い相手には安全第一や堅実策では勝てない。だから初期条件に恵まれない創業者や零細企業は、人一倍の工夫して成功を勝ちとろうと努力する。そこに競争型社会の活力と進歩の源泉がある。

●植物は自然の力で1年1年と大きくなるが、会社は「大きくなりたい」と思わない限り、大きくならない。経営者は常に企業と一体だから、小さなことばかり考えて、コツコツと働いているだけでは人柄まで小さくなる、大きなことを考えていれば企業も大きくなっていく。大きくなるには自社の規模に応じた経営知識や情報を慎重に選び身に付けて、規模の強みを発揮して勝ち、更に一クラス上の経営手法をマスターして勝ち続けねばならない。今までは勝つか負けるかでも、グローバル化した世界では「勝つか死ぬか」で、努力を怠ればアッという間に巨大企業に飲み込まれてしまう。

●内職から始まって独立正業・家業・生業的小企業・中企業・中堅企業・大企業へと発展し、そして業界ナンバーワンとなって業界を制覇し、日本一、世界一となってライバルが無くなるまで戦いの連続。いま世界的に名を馳せている大企業も、みんな元は中小・零細からのスタートした会社ばかり。理想を持って企業化をめざすには、まず自分の家族だけでなく他人の労力を、自己資本だけでなく他人の資本をも使える経営体質をつくること。いつまでも経営者だけが死にものぐるいで働いているようでは、経営者が倒れたらおしまい。個人の命にも資本にも限りがあるが企業は永遠で、企業に永遠の命を求めるならば企業化する以外に道はない。

「経営者」と「労働者」異なる生き方の自由選択

●人間にはおおよそ、自分自身の力で道を切り拓いていく人と、他人を頼りにして生きていく人がいる。前者を「経営者」といい、後者を「労働者」という二種類の境遇になる。自由人として生きるか、不自由人になるかは自分で決める。会社という仕組みは「他人を使うためのもの」で、大きな金を掴もうとすれば、他人を使う経営者の方が有利だ。でも、不満はないが、不安はある。一方の労働者は身分の安定と引き換えに、自分が稼いだ価値を会社に召し上げられるので、多少の不満はあっても不安はない。

●企業を支えている「経営者」は自分の運命の支配者、企業の最終責任者だから、いかなる難問からも逃げられず、自らの意志でリスクと責任に挑戦しなければならない。一円たりとも収入の保障がないので、休みや遊びより働くことを最優先し、勉強も人一倍しなければならない。経営は非情なドラマであって企業は常に倒産の危険を背負っている。収入に上限がなく、成功すれば栄光がくるが、失敗すれば奈落の底にたたき落とされる。しかも成功率は非常に低く、その上一度失敗すれば再起はむずかしく、自分だけでなく家族や社員まで悲惨な環境に落とし入れる。昔は戦い敗れた大将はみんな死んで、生き残れるのは雑兵だけだったが、いまの民主主義社会では名誉や信用を失っても、財産や生命まで取られない。

●経営は素直な常識があり、実行力があって成り立つもので、結局すべてが社長一人の責任。経営者は常に倒産覚悟の上で悠然とかまえ、右手に奉仕、左手に採算を考え、たえず自分で自分を励まし続けねばならない。苦労を楽しみ、一喜はしても一憂はせず、困難には真っすぐに立ち向かう。順境のときは100%、逆境のときは引くに引けないという決意で、その二倍の力を出せる人間でないと乗り切れない。全国で年間約9000社が倒産し、2万7000社が廃業している。倒産すれば精神的・経済的打撃は大きく、競争に敗れ責任を問われて退陣した経営者の末路は悲惨だ。といって一度自由な経営者になると、なかなか労働者に戻ることはできず再挑戦の機会を待つしかない。

●雇われの身の「労働者」は、お金を稼ぐために自分の時間とプライドを手放し、それで得たお金で、金銭より大事なものを入手する。労働者は労働市場における人材と人はしての価値が買われ、仕事のポジションを与えられ、成果を上げて収入を得る。就職したら自分の収入は自分で決められない。その代わり休日があり収入も保障されているし、自らの意志でリスクや最終責任を持つ必要はない。その代わりある程度の収入を保障された後は、じっとその給料で我慢しなければならない。自分の人生を３億円くらいで売れば、もうそれ以上の支払いはしてくれないので、後になって悔んでみても他に売るべきものは何もない。なのに学校を出た若者は、いざ就職の段階になるとその98％は労働者になることを望む。

●経営者という自由人になるか、労働者という不自由人になるかは自分で決める。人が自由であるためには、不確実性・不安定性を受け入れる必要がある。経営者は心を労して人を治めるが、力を労して人に治められる人生をおくる。賢くはあるが怠惰な人は経営者に、賢くてよく働く人は管理者に、愚かで勤勉な人は労働者に、愚かで怠惰な人は失業者になる。労働者でも自立心をもち、苦労をしながら前進する人は経営者になる。大企業のエリートでも金儲けに関する限り、カッコ悪さをのぞけばラーメンの屋台引きに及ばない。たとえ３Ｋの商売から始めても、それを克服しモノになった人間はめったなことで転落しない哲学を持っている。

★経営者になれば富も名声も獲得することも可能だが、サラリーマンの過半数はリスクの伴う勝負を避け、収入が定額で安定した会社組織の一員として歯車のまま一生を終える。

会社の内でも外でも100%きびしい「競争社会」

●平等とは機会の平等で、人より才能があり、人よりリスクを負って、人より努力した人は勝者となり成功者となる。人は他人よりいい生活をするため、名を上げるため、金を儲けるために、命がけの勝負をする。人生は一つの賭けで入学・就職・結婚そして仕事と生涯を通じて戦いの連続で、成功したいと思うなら学校や職場で競争することを恐れたり、失敗を恐れてはならない。損をしようと得をしようとそれに賭け、勝つことが、即生きることになる。世の中で競争社会のきびしさを知る機会は、社会人になったとき、営業マンになったとき、独立して経営者になったときだ。学校を卒業し実社会に出て初めに学ぶのは、競争しながら働くことの厳しさ、利益をあげることの難しさだ。学費を払う立場から給料をもらう立場へ変化すると、もはや頭がいいだけで評価されず、実行力がものをいう。失敗には厳しい経済責任が追及され、価値観の180度転換を迫られる。同僚と競争してよい成績を出せた者は出世し、より多くの金銭的収入と地位を得て格差がついていく。

●企業組織に守られたサラリーマンの社内勤務から、営業マンとなって一歩社外へ踏み出すと、周囲はみんな敵ばかり。営業マンは会社勤めであってもお客相手の個人営業と同じで、売上や収入を保障してくれるものは、自分の力以外にない。サラリーマンならゴマすりに徹して事を済ますこともできるが、営業マンは同僚でもお互いに助けるなというのが原則で、自分の食い物は自分で獲得すること。弱肉強食・適者生存の世界で毎日毎日が勝負の連続。自分には天分がないとあきらめたらそれでおしまい。闘いに勝ち生き残るには、実力を強化する以外に方法はない。

●個人主義と自由競争の社会で「自由」と「安定」は両立しない。そのどちらを取るかで生き方が決まる。官庁や大企業は組織が優先するので、安定があるが自由がなく、限りなく忍耐力が求められる。民間の大企業には競争があり「創造力」が求められるので、ほどほどの自由とほどほどの安定がある。しかし一旦会社組織を離れ独立起業すれば、その日から大小さまざまな企業との厳しい生存競争が待ち受けている。社長となって企業の頂点に立つと限りなく大きな自由があるが、自分の主義主張を通すために多くの敵を持つことになり、一切の原因と結果を一人で背負う立場へと変化。良いにつけ悪いにつけ、自分の撒いた種だけしか成果につながらないから安定しない。

●事業を起こし成功をめざす経営者は、相手より常に優れていなければ破れてしまう。自分の秘められた潜在能力を引き出し、それを上昇させて競争に勝ち残っていかねばならない。いつも先が見え、未来を開き、善いことが起きるよう自らの意志でリスクと責任に挑戦し、よりよい経営をめざして永久革命を実行していかねばならない。そして死の寸前まで自分自身と闘い、仕事に向かって仕事を征服し、事業に向かって事業を征服する生き方しかない。

★福祉の行き届いた成熟社会での出世競争は、死ぬの生きるのと深刻に考える必要はなくなった。所詮人生はマラソンレースのようなもの。自分の目標に向かって闘争心を燃やし、勝つも良し負けるも良しの心構えで、絶えず挑戦することを生きがいとすれば生きていける。

会社に寄りかからず「自力」で立ち「1人」で歩く

●大企業や官庁の場合は、規則主義に陥って角がとれ、組織に寄りかかっておれば、それほど力がなくても大きな仕事ができる。人生設計が会社任せで、会社の用意したライフスタイルに従い、食べるため、家族のためにまじめ一辺倒に働き、嫌な仕事でもジッと耐えて、決められた路線上を走るだけ。人のことも世間のことも考えないままに歳をとり、人生を不完全燃焼で終わる。今は大企業でも倒産する時代で、年功序列から能力主義へ移行して、全社一丸のマラソンレースからマルチ昇進へと大きく変わった。それはきわめて自由でしかも厳しい時代でもある。もはや寄らば大樹の陰と会社に寄りかかり、うちは大会社だから絶対大丈夫などと考えていたら会社も人生も確実につぶれる。

●人生の主人公は会社の規模ではなく、自分自身の能力にある。中小企業の場合は、資金繰りから営業まで一人で二役、三役をこなし、できる人間になれるチャンスが多くある。苦労は人物をつくり、忍耐・我慢で心が練れ、どん底まで苦しみ抜いていく制約条件下で、ひらめきや工夫が生まれる。大企業でも中小企業でも会社は不滅ではなく、社業を縮小することも倒産することもある。会社が傾けば社員はいやでも転職や独立を考えねばならず、社員も生涯同じ会社に勤めるとは限らない。いざ！　という時頼れるものは自分だけ、自分自身の能力だけだ。人間の真価は「最後の一人」になったときにどうかで決まる。

●今は人生１００年、寿命は60歳定年を40年も超えて、会社人生が即寿命という時代は終わった。自分の一生を会社に託すことが出来なくなり、いつか会社を卒業して一人歩きしなければならない。会社はただ働く場を提供するだけで、社員の人生にまで責任をもってはくれない。走りもしないで負けるより、独立し自分の力で走って実力の差で負けた方が悔いがない。「独立して成功するのが1番」、独立して失敗するのが2番、生涯独立せず成功もしないで定年を迎えるのは最悪の生き方。老後の暗いイメージを払拭するためにも、若い頃から自主独立の精神を磨いておくこと。

●その道の勝者となり成功者となって、一度しかない人生を幸せに生きるには、世間的な幸せに惑わされていてはダメ。欲望が散らかっていると永遠に何も手にできない。善いこと悪いことも一人でやらないと旨味はないから、友達は最小限にする。仲間と一緒に食事して奢ったり奢られたりして絶対他人に借りを作らない。結果さえ出せば他人はいつでも手の平を返してくるので、何時でも自分から関係を切れるようにしておく。自分の夢や目標は他人に口にせず、自分の価値に値札を付け、考え方の違う人とはさっさと縁切りをして、他人に「どうした」と難癖を付けられる方が自分の生き方が鍛えられる。たとえ相手が先輩や上司でも、何時でも刺し違える覚悟を持って事に当たれば、必ず成功への道が開ける。

●人生で大切なことは、出来ないことを悔やむより、自分自身の本当にやりたいことをやる人生計画を持って自分を徹底的に磨くこと。その飛躍の時期を少年期、中年期、老年期のどれかに設定しそこにピントを合わせて集中し努力する。20代の平社員時代なら週5日制・8時間の肉体労働で、仕事は仕事、遊びは遊びと割り切ってもいい。30代になって役職が付けば頭脳労働が中心、何処で何をしていようと目を覚ましている間は仕事に結びつけ、1日16時間は考え続けるほどでないと出世は難しい。40代以上になって経営者・役員になれば24時間全身全霊でとことん働く、眠っていても仕事の夢をみて思いつめるほどでないと、到底その責任を果たすことはできない。

★何処の会社も優れた人材を、鵜の目鷹の目で探しているから、能力ある人間は必ず日の目をみる。会社のためより自分のためにもっと学ぶべきで、常に社会的な立場で、「これが自分の実力だ」というシビアな自己評価をし、いざという時一人で立てる実力と勇気を持つ人は必ず人生の勝者となれる。

5－2／勝者となる心構えと生き方

「勝つ」とは「自分自身に克つ」こと

●百人の競争相手に勝つよりも、ただ一つの自己に克つ人こそ強者。自己のみが自己の繁栄と衰亡とに関わりを持っているのだから、自分に克つ力の強い人こそが真の勝利者だ。勝負には相手があり勝者と敗者があるが、自分の人生に勝つことで両者共に勝つ。競争にとって大切なことは、自分にとって真の敵が何であるかを早く発見すること。欲ばって他人のものを欲しがるほど不幸はない。外に向かってふんばって富や名声を取ろうと競争し所有を争っているようでは本当の自分は見出せない。そもそも自由競争は他人との闘いであると共に自分との闘いで、苦しいとき困ったとき頼れるのはよく勉強し努力した自分をおいて外にない。真に勇気ある人は嫌なことでも避けようとせず、自分の欲望や恐怖を治めて人に勝つ前に己れに勝たねばならない。

●修行の目的は他人に勝つことではなく、自らに克つこと。自己に打ち勝つことは、他者に勝つよりも優れている。自分自身を信頼する一方で、自分の弱い所をも認めて過信を戒める。他人に勝つには力ずくですむけれど、自分に勝つには柔らかな強さを必要とする。自分に目を向けたときに悟りが開け、いまの自分に満足できる。他の人々の批判や中傷にひるむことはない。常に自己を整えて落ち着きがある人の勝ち得た勝利こそ本当の勝利者で、何ものにも束縛されない究極的な自由を得ることができる。自己支配力のある人が自由になれ、真に勇気ある人間は自分自身のことは一番最後に考え、自分にきびしい強者こそ他人に優しくなれる。

1. 自分の外の敵との戦いは、無限に続くので疲れる
2. 宿敵との戦いは、自分を高める力を引き出し鍛えてくれる良き戦友
3. 真の敵は、困難から逃げようとする自身の精神の弱さ。これとの戦い勝利すれば自己充実感がもたらされる

●人生の本当の戦いは自分の心の弱さとの戦いだ。心の中に怒りが現れたら、その相手や

対象を考えないようにし、人が何か自分の悪口を言うのを聞いても聞かぬふりしておさめる。自己の価値が外面的な基準でなく、自分を高めたいという「探究心」に尽きる。「今日は昨日の我に勝つ」というように、目標を自己の内面におけば誰にも負けることはなく、一つを成功体験すればさらに大きな「できること」を引き寄せる。孤独と付き合い自分一人で道を切り拓いて自己への挑戦を続ける限り人はどこまでも成長していける。真に強い人間とは、自分の弱さを知る人間のこと。常に他人と競争しているといつも100％勝者になれないし、負ければ全く価値もなくなる。勝利とはただ心の持ち方であって、勝者となるには「その仕事が誰よりも好き」で「負けず嫌い」であり続けること。大物になるほど包容力があり、負けて勝つことを知っていて人生の価値を深いところに求める。

●勝利に偶然はない。世の中には、生きとし生けるものが従うべき天地宇宙の意志によって仕組まれたきびしい法則がある。勝者となる人はこの天罰というべき危険を避けるために戦う。不法による成功や繁栄を望まず、欲望を抑え自己をよく守ると同時に、罰を恐れ邪悪なるものを打ち破る力を強化する。未来に対して最終的な勝利を収めるために、あえて捨てるものは捨てる。なぜかしっくりこない感覚を大事にして、わずかな無意識の動作を感じ取る。勝てると思えない時は、目上の人でも自分の思った理由をはっきりと進言する。

★悪に打ち勝つ力を持たない人は善人にはなれない。身を滅ぼす不正をしないためには、精神的な強さを必要とする。法律を守ることは、自分のためにも、子どものためにも、他人のためにも、国のためにも重要である。

「自分」を救うものは「自分」しかいない

●欲望の「欲」とは、「谷」のように「欠」けた部分を満たそうと「望む」こと。欲望は自分に欠けた部分だから自分で満たすことは出来ないから他人に頼むしかない。他人の欲望は自分が満たしてあげる役割。この個人主義で自由競争の社会は自他の欲望を実現するための競技場であり、私たちはその双方のプレーヤーだ。「天は自ら助ける人を助ける」。天といえど自分を成長させ、自助努力をしない人間を助けることはない。自分がこの世で生きる力は、体力・知力・能力・財力・人脈、それにお金と神仏信仰の力を信じてこれに挑む。自信がないと自尊心が損なわれ、他人も信じられなくなり社会から孤立する。それでも人間は自分を見捨てず、自分の人生を生き続けねばならないから、他人にどう思われようと競争心を発揮して競争に勝ち、事業に勝たなければ生き残れない。

●人生は毎日毎日が勝負の連続。生存競争の社会においては「勝つ」か「共存する」かで、負ければ「消滅する」のがビジネスルール。自由競争社会では強いもの大きいものだけが勝ち残るのではない。競争は自ら創造力を発揮してそのアイデアを仲間に伝えて多くの協力を得る人が勝つ。どんな競争でも勝負となれば百戦百勝はあり得ず、それぞれにリスクと犠牲が伴う。勝ち続けることは理想だが、負けない戦いをして被害を最小にし成果を最大にするのが賢い勝ち方。たとえ自分の方が優勢でも逃げ切れるほど甘くなく、逆に劣勢であってもそのまま負けるほどに厳しくない。環境変化に適応できるものが生き残るので、四方八方に気配り目の前の一手に集中する。勝っても次々と新たな挑戦者が現れ、死ぬまで命がけの競争が続く。だから自分で考えて行動しその結果についてはすべて自己責任で「自分を救うものは自分しかない」。人間の一生は苦しい孤独な戦いの連続で、生きる者の宿命である競争や勝負を避けてばかりいて、ただ人生を傍観しているだけでは、卑怯者と云われても仕方ない。

●人生は真剣勝負で、勝者も敗者もいない世界は努力のない世界。人生の転機になる程の大きな勝負は数少ないが、目的実現のために徹底的に自己を鍛錬しなければ、敗者となって消滅する。人生は修行の場だから逃げてはいけない。勝者は世界から積極的に知識や智慧を汲み取り、自分の能力をフルに発揮して勝ち残る。敗者は能力に恵まれた人間に対して反感を持つ。彼らは快楽を独占しているが自分は他人を虐げないと負け惜しみ言ってなぐさめるだけ。勝負の否定は進歩のない永遠の停滞の道を歩む。自分で自分の限界を決め、戦う姿勢がなく勝利を期待しない人は決して勝者になれない。勝利への準備ができていない人は、願望や目標を真っ直ぐ見つめようとせず、障害ばかりを数えあげ、状況をつかむ力も利用する術もなく、チャンスを素早く捕らえられない。落ちこぼれや敗者となるのは、負の条件を身につけ自分をしばりつけているからツキがなく、負の性格や習性の鎖を断ち切ることができない。

★自由競争の資本主義社会は勝負の世界だから、社会の底辺に一定の貧困層を生み出す宿命にある。勝負を避けず、勝つ努力と工夫を怠ってはならない。

常に戦う姿勢を整えて「勝利をめざす」

●人生とは人と仲良く生きながら、人と競争して生き抜くこと。幼い時の入学から結婚、就職、昇進と勝負の連続する人生において、勝者となり成功者となる人は勝つための条件を身につけた人。理想に向かって積極果敢に挑戦し、そのために自分で考え決断することを怖がらず、情報や知識を活用して状況にふさわしい反応ができる。勝運は準備と自覚によってもたらされる。勝ちたいという強い欲求をもち、勝利を実現させようという自覚があり、勝つ準備ができている人だ。勝った時こそ自慢話をしないで冷静に自分を省みる。負けた時はその悔しさをバネに、より高く跳べるよう努力して勝負をし続けることが大事。
●期待は他人にするものではなく、自分にすべきもの。過酷な競争社会において誰の助けも借りず、誰とも結ぶことなく権力者にすがることなく、全く自分自身の能力と責任において生きていく。純でもなく利発過ぎることもなく、決断と不靴の精神と万全の計画を遂行していく力だ。人生の大きな決断には深い孤独を背負っている、とことん悩んで悩み抜き、自分の才能や強みを活かし、楽勝できる競争優位な分野を選ぶ。勝負は「必ず勝つ！」と思うから勝てるので、本気でそう決意すればもう半ば勝ったも同じ。成功は意志の力で始まり、すべてが気の持ちようで決まる。一瞬でも負けるかもしれないと思えば負けたも同然で、勇気がなければ何もできない。本当は勝負したいが、イヤな感じがしたり、

〈勝者の考え方〉	〈敗者の考え方〉
1. 自分は運がついていた	1. 自分には運がなかった
2. やりましょう（やりません）	2. う〜ん、まあ、しかし
3. 何とか時間を作りましょう	3. 時間がないよ
4. 問題をはっきりさせよう	4. はっきり言うのは難しいよ
5. わたしの間違いです。改めます	5. わたしのせいじゃない
6. もっといい方法を探そう	6. これがいつものやり方だ
7. 何とかしよう	7. 何とかなるさ

勝てないのではないか？　と迷うようでは戦意を喪失しているので、はじめからやらない方がよい。

●戦法は百戦して百勝するより常識と非常識を使いこなし、創造力を発揮して「戦わずして勝つ」のが1番。良く戦うものは怒らず、善く勝つものは争わない。最悪なのは勝つ見込みも無いのにムダに威勢良く戦うことだ。今が勝負時かよく見極め、叶わないならさっさと逃げる手もある。腰をすえて時が来るのを待ち、勝てる時に勝負をする。機を見るに敏であれ、チャンスが近づいてくる気配を感じて掴む。時に利あらずと思う時は勝負をしかけない。判断が遅過ぎると失敗する。到底敵わない時はさっさと逃げて出直すのも戦略の1つ。将来を期して人生全体の力を蓄えて勝負する。弱者が強者に勝つための戦略は「常識と非常識」を上手に使い分ける。ただし一か八か意表をつく奇襲戦法は1回は勝てるが、恒常的な勝利で勝ち抜くには、ライバルの長所と短所の分析、長所と短所は裏表の関係で、弱者でもそこに戦力を集中すれば勝つことができる。

●人生を高く昇るには目標意識を高く自信を持つこと。勝者は必ずしも強い人とは限らない。人間は考えを強く持てば強くなるし、大きく持てば行為も大きくなり、自分が人に劣ると考えれば本当に劣ってしまう。勝つ人は遅かれ早かれ「自分が必ず勝つ」と思っている人だけ。智慧は体力の百倍・千倍もの力を生むが、智慧が尽きたら度胸で勝負。

★常に真っ向勝負はするが、相手に致命的なキズを負わせないのが、自分も生き残るための智慧。

積極的に「善いこと」をできる人間になる

●この世の中はすべてに原因があって結果があり、その原因のすべては自分自身がつくりだしている。人間の心の奥底には、善心も悪心も同居している。善人とは善いことを思う人で、悪人とは悪いことを思う人のこと。人生とは分割不可能な統合体で、心に悪いことを望みながら、良い結果を期待することはできない。また行いは良くても思いが悪ければ結果はよくない。ある所で悪いことをして、別な所で善いことをしようとしてもムダ。良く行う以前に善いことを思う「善思善行」で運命は大きく変わる。積極的に善いことを望み「善い」と思ったら迷わず努力をして、正しく行動すれば必ず良い結果が得られる。善は一人の人間に進歩と繁栄を約束する力。目先の感情に負けないで、善の道を貫くことこそが勝負であって、それこそが人生勝利への道。人間として恥じない生き方が心を輝かせ、世の中に役立っているものが勝つ。

●善とは全世界の調和に寄与するような心意と行為をいう。善に国境はなく、限られた領域でのみ通用する善は、必ずそれを凌駕する愛の力によって無意味になる。愛は更に善を求めてやまない。大切なことは単に生きることではなく「善く生きること」。善く生きるには、今がよくないことに気づき、自分で自分の非を知って改めること。人が真の意味で「善く生きる」ためには苦しみと向き合い、そこから学ぶことが不可欠。「善」とは天・地・人の理法に準じて行うこと。善行とは他人の顔に歓喜をもたらす行いで、他人に対して善いことを行うとき、人間は自分に対しても善いことをしている。悪は他者がいなければ成り立たないが、善は他者がいなくても成り立つ。些細なことでも善いことを続ければ、最良の結果につながる。他人の失敗を願っているときは、自分の心にも失敗を刻み込んでいる。だから良いことを行う以前にまず善いことを思うことが大切だ。人間にとって善いこととは、自分にとってプラスになる、周りにとってプラスになる、生命全体にとってプラスになる。何時も善いことをして自分の成長を見極めながら、自分で自分を励まして忍耐強くがんばり続ける。

●運・不運は神秘でなく全てが因果法則で、「善いことをすれば良い結果」が生じ、「悪いことをすれば苦しみ」が生じる。人間は善行為をして心を育て、因縁を正すことによって運命はよい方向へと向かう。勝者となるには善い人であるだけでなく、誰に評価されなくても世のため人のため、積極的に善いことをできる人間になること。心が善に向いている人は常に幸せであり、明日はもっと輝く強運の人となれる。ビジネスの世界は「ギブ・アンド・テイク」が常識だが、見返りを求めず「ギブ・アンド・ギブ」に徹すること。他人のために自我を滅して善行を施すと、それは結局自らに帰ってくる。自分が得る利益と同じくらい相手の利益も考え、お互いの立場と都合を大事にすれば、その関係はお互いに有益となり長続きして、世に平和と繁栄を生み出せる。

●人生は「鈍・根・運」の順序で生きること。人生に成功した人で、生まれた時から恵まれた環境にあった人はあまりいない。鈍でも貪欲に仕事をやり、根気よく実行していけば後から必ず運がついてくるが、世間を忘れ、お客を忘れ鈍・根を忘れたとき運が落ちる。得意は失意の前兆で、誰が見ても気の毒な状態という人の運命は必ず好転する。だからいたずらに自分を評価してくれない周囲の人々を憎んだり、自分には運がないとあきらめたりせず、与えられた条件を最大限に生かす努力を続けるべきだ。逆境を運命や他人のせいにせず、深く自らの内をみつめ、運命を素直に受け入れること。さらにすばらしい生き方を求めて、挑み、戦い、強い新しい自分を創造すべきだ。心の奥底に力がついてくると、大した努力をしなくても自ずとよい運命に恵まれるようになる。

★勝負する時は仲間を大切にして最善の努力を尽くし、成功した時は運がよかった、失敗した時には努力がたりなかったと思って、後は天運にゆだねるのが正しい生き方である。

志を高く掲げて「使命感を燃やす」

●人間の偉大さはその心の広さであり、その志の高さにある。強い願望や目標には無限の可能性があり、希望と現実のギャップが、現実を希望に引き上げる。成りたい一心には人生を引っ張る力があり、その人の性格や職業、そして運命までも変える。人間は自分の憧れるものに自分を変えてゆくことができる。心の中で本当に願い信じていることに大きなエネルギーを発揮することができる。自分の願望や欲望が鮮明にならないうちは、どんな素晴らしい目的や目標を持っていても決して実現しない。人生を成功に導く上で大切なことは、「人生の手綱を自分で握る」こと。どうせ無理だという言葉は捨て、大きな夢を持つこと。天地に向かって宣言できるほどの志を持つことは、競争せずに人生を勝つための原動力だ。不可能と思われることでも、強い信念を持って努力すれば、志に引っ張られて運勢は爆発的によくなり、そこにエネルギーを集中すれば、大方の願いごとはかなう。

●自分に潜在する智慧やエネルギーを引き出し、行動を起こさせるのは欲であり、欲に意志が結びついて意欲となり、意欲が執念となる。欲望こそ勤勉の鞭であり活動の源泉で欲が大き過ぎたものは滅び、欲が無いものも滅ぶ。欲望が小さければ人間的な魅力が乏しく、何よりも自己保存だけを優先した消極的な人生を歩むことになる。目標設定には自分の分を知ること。大抵の人は、自分が決意した程度だけ幸福になれる。夢の大きさはそのまま実現した時の、価値の大きさにつながる。貧しくても大きな夢や目標をもっている人は決して貧しくない。もしこれが達成されるなら、どんなことにも耐えられるといえる夢を持つこと。目標は心の奥底にあって自分を駆りたてるものだから、借り物や人マネであってはならない。

●生存競争に勝つ基本は正義を背にして立つこと。自分の人生のためだから、限界まで頑張るのは当たり前で、そこに生きるための理由を見出した人は、いかなる試練にも耐えられる。目標はその限界を乗り越えるためにある。本当に自分の心の底からやりたいこと、その仕事に生きがいを感じるなら、どんなに没頭しても疲れないし過労で死ぬこともない。人は働きすぎて疲れるより、怠けすぎて疲れ浪費と悩みと絶望が原因で死ぬことのほうが多い。引くに引けない状況に自分を追い込み、背水の陣を敷くことによって、自ずと勝負への意欲も湧いてくる。

「若し」と「その内」では宿命に流される

●信じてやらないのはダメ。無欲にならずに信じたことは必ず実現する。人間にはいつも感情に支配されていて、理性的に行動できない。たわいない虚栄心こだわり、簡単に崩れ落ちるもろさがある。きびしい競争社会で「のんびり」とか「たまたま」では生き残れない。遠くにぼんやりと存在するものに目をやったり、手近にはっきりとしたものでも「もし」と「そのうち」を前提に、ないものねだりをして実行しない。頭のよい人ほど、リスクばかり考えてなかなか挑戦しようとしない。

若し、もう少しお金と時間があったなら

若し、もう少し話し上手で、能力があれば

若し、もっとよい会社に勤めていたら

若し、人生をもう一度やり直せるなら
その内、お金がたまったら
その内、時間のゆとりができたら
その内、独立したら
その内、子どもから手が離れたら

●人生の問題は、自分が解決しなければ誰も解決してくれない。現状に欲求不満を感じるだけで、「明日からやる」と言ってるうちは、お金も成功も手に入らない。何事にもできない理由を繰り返し、「そのうち」と言いつつ一日のばしにしていると永遠にのばすことになる。結局は「しかたがない」とやる気をなくし、そんな進歩のない状況が続くと、心そのものが化石のようになって、何もやらずに人生が終わってしまう。誰でも思っている段階では成功するか？　失敗するか？　解らないので、遊び心を持って試してみること。成功者となるには、将来を理想化して逃げたりせず、自分の心を支配するしかなく、自分自身で「こうする！」という決断しない限り楽な方に流されてしまう。未来は絶え間なく現在に流れ込み、現在は瞬時に過去になって、人生はいつも「今」しかない。その今を大切にしない人に輝かしい未来はない。

●人間が存在しているのは、過去でもなければ未来でもない。一番大切なのは今やりたい事を、先に延ばさずやりたい時にやり、人生をむさぼるように使い果たすこと。人生は選択の連続。努力にも限界があって人間は運命によって栄え、運命によって滅ぼされる。人生には運気というものがあり、誰にも花咲く時期は必ずある。人生を左右するほどの大きな幸運は、一生の間に必ず３回はチャンスが訪れる。

1．一回目は世の中に出て、10代後半から20代後半（スポーツ選手・音楽・芸能タレント）

2．中年運は、30代前半から40代前半に運気の花が咲く（技術者・セールス・ビジネスマン）

3．晩年運は、40代後半から晩年にかけ60歳くらいまで（芸術家・学者・企業経営者）

●成功を得るにはリスクを避けず、遊び感覚でいろいろ試してみる。成功はした人は試した回数の多い人だ。何もしないで成功するより、何かに挑戦しての失敗の方が得ることが多い。明日どうなるかより緊急なことは、如何にすれば今日を充実させるかだ。常に「今、この時」であり、さらに極言すれば「この一瞬」だ。一度過ぎた時間はもはや戻ってこない。現在ただいまにスポーツや芸能界では小さい時から才能を発揮して世に出る人もいるが、学者や企業経営者は、後半良くなるのであきらめる必要はない。富裕層の３分の２は企業経営者で、サラリーマンではない。運が巡ってきたらとりあえず自分の思い込みを信じて行動に移す。自分の能力は自分で使ってみなければわからない。失敗も成功もすべて自己責任で背負い、険しい道を全身全霊で打ち込むしかない。やると決めたら一歩進んでいる会社を研究して起業し、全身全霊を打ち込み、無心になって自己を燃焼し発展をめざす。

「幸運」も「不運」も他人が運んでくる

●運命とは「命」を「運」ぶものだから、自分の運・不運はすべて自分の掌中にある。運命は直接天から下るわけでなく人間の手を通して運ばれる。幸福を運んでくるのも他人なら、不運を運んでくるのも他人で、運のいい人と付き合うとよい結果に恵まれる。運を呼びたかったら善い人と付き合い、内外に良い人脈をつくること。善い人に会い善い人を手本として良い感化を受けることは成功する人生の基本である。何事もスムーズに問題が解決し、ツキにツキまくる円滑現象の多く現れる人は、明るく元気で素直だ。楽観型で明日の心配をせず、失敗を恐れず賭ける勇気を持ち、失敗してもくじけずにこれを成功への踏み台にする。自分は運がいいと特別な人間だという自信と、自分は普通の人間だという謙虚さを合わせ持ち、幸運・不運なんでも来いで、不運でも幸運に逆転させピンチ即チャンスと考える。

●運命は、我々に幸福や不幸の素材と種子を提供するだけ。運命は偶然よりも必然で、回転寿しのように、「これは!」と思えばすぐ掴まないと逃してしまう。運命は自分で作っていくもので、その人性格の中にある。運を引き寄せるには一貫性が欠かせない。「愚直に一筋」に努力する姿が信用を生む。運に恵まれる人の共通点は、自分は運がいい、だから100%成功すると思い、「その時」がくるまで、ひたすら努力し続ける人。そして他の人にない経験、知識を持っていて、自分が努力すれば、いつでもお金はついてくると思っている人。さらに夫婦仲がよく、パートナーは人生の共同経営者だと思い、何時でもどこでも誰かに応援される人。

●成功が成功の元となり運は強運の人に味方する。運よく会社の中で成功した人は、社会の中でも成功する。出世する人は運の強い人で、運が強いということも実力のうち。運をよくするには運勢をよくする以外にない。運勢とは運命の勢いで、人生を前向きに明るく生きようとする積極性にある。人は勢いのある人間に惚れ込み自分の能力を貸すもので、会社が人を採用するときでも、なるべくは運の強い人をとり運の悪い人を避ける方がいい。会社内でも人格的に共鳴できる上司に巡り合うと、将来は大きく好転し、友達でもツイている人と付き合うと相手の強運の影響を受ける。

●人間関係はすべて連鎖しており、縁でつながっている。人間の人生の成功、不成功も縁に関係がある。運が運を呼び、ツイている人の周囲には自然に運の良い人が集まる。自分の考え方や言動によってツキが支配されるので、広くすべてに関心をもち、絶えず自分をツク状態にしておく。自分は運がいいと思うならば、その運を落とさないようにする。運が変わると「失うもの」と「得るもの」が同時に発生するが、失うものより得るものに注目する。運は人相にも反映する。いい顔いい姿で表情も明るく、多くの人から好感をもたれると、目が輝き言葉や行動にも積極性が表れて友人が増えるので、金運・対人運が向上。多くの人々の援助を受けることができるので、成功率が高くなり人生は最高に面白くなる。

●自分で消極的な言葉を使って、やる気にブレーキをかけない。消極的な人とは付き合わない。運のない人は暗く、病気がちで短気。自分は運が悪いと思って他人の運をアテにし、

〈運を呼ぶ人〉	〈運を遠ざける人〉
1. 努力好き、努力を楽しむ	1. 努力ぎらい
2. 愚痴を言わない	2. 不平・不満が多い
3. 寛容・視野が広い	3. 狭量・視野が狭い
4. 人の美点をまず見る	4. 人の欠点をまず見る
5. 自己への信が強い	5. 自分を信頼できず劣等感が強い
6. 人のために尽くすことが好き	6. 自己中心的で排他の心が強い
7. 人の成功・幸福を祝福できる	7. 人を羨む・妬む・ケチをつける

しかも幸運だけ来て不運はくるなと思っている。幸運が訪れているのに気付かず、ピンチとチャンスを正反対のものと考える。常に悲観型で、明日を思い煩い、失敗を恐れて賭ける勇気に乏しく、失敗すると心がへたばってしまう。運のいい時に考えことは当たるが、ツキの悪いときに考えたことは自信がないから自己保身的で、正しい判断ができないから当たらない。人相も悪くなって人も寄りつかず、運の悪さはなかなか自力で断ち切れない。この悪循環を脱するには、まず心構えを変えることが先決。私欲を中心にして背水の陣をしくことはできない。運を開くには自己中心の考え方を脱し、心に善いことを思うと運が戻ってくる。

★一代で財をなした人は、自分の特質をよく知っていて、それが活きるところでのビジネスに投資をする。自分の好きな分野、得意とする分野の才能に注力すれば長続きするし、結果が出やすくお金もついてくる。努力しているのに収入が増えない人は、まだ自分の才能を見つけておらず、違う分野で頑張っている可能性が高い。

自分の「選択の力」で「運命」を味方に変える

●人生は持って生まれた「宿命」と、自分自身の運の「選択力」で構成される。自分の人種や性別、自分の計らいを超えた魂の傾向性、親から受け継いだ才能や家庭の貧富など自分の持って生まれた「宿命」は変えられない。宿命を80％と見ると人生は自分の思う通りにならないからジッとして幸運を待つだけの人生になるが、自分の選択力を80％と見ると宿命に左右されないで人生を明るく積極的に生きることができる。人生の節目節目に別れ道があり、運の良し悪しは自分の選択力によって変えることができる。運の善し悪しは日ごろの心がけ次第。幸運を掴んで人生を幸せに生きるには、自分で変えられないものを受け入れる度量と、変えられるものを変えていく勇気と、その違いを見分ける賢さが必要。選択は今日の自分を明日になりたい自分に変える唯一の手段。可能なことと不可能なことを分け、可能なことの中から自分が何を選ぶかによってたどり着く場所が変わる。不運の原因は素直に謙虚に自分自身にあると考えると、不思議に力が湧き限界を超えて集中できて運命が変わる。

●自分の運命の主人は自分であり、自分の運命を開拓する力も自分自身にある。自分の自由意志に基づく選択と努力、他の人々の協力、家庭や社会環境によって運命が変わり、変えられる。自分が自分の運命の支配者なのに、運命を変えられないと思うのは自分の思い込みに過ぎない。「幸福になりたい」なら野心を持って努力を重ね、ここぞという機会を自分で作り出すこと。未来はすべてが不確定だから、自分の不幸を境遇や運命のせいにして悲観するより、運命を変える方法を探すことだ。人生万事が己に発した原因が己れに結果として返ってくる。運のいい人になりたいなら、自分はいつも運がいいと信じること。

不思議なことに「自分自分は運がいい」と思っている人ほど幸運に恵まれる。自分の運を信じないで幸運を信じることができない。

●運を掴むのに最もいけないのは、自分を前面に出して是が非でも、という願望を持つことは案外達成されない。自信があると自分の力だけを頼りにするが一人よがりになる。人生には「上から引っ張り上げてもらう運」「横から支えてもらう運」「下からもちあげてもらう運」がある。世の中ではムダや不運と思ったものが幸いしたりするので、少ない努力で大きな収穫を得たいとか、成果や利得の保証がないと努力はしない考え方では運は開けない。何時も損得を超えた境地に立っている人が、結果的に大きな得をする。

●幸運がやってくるのも、それを掴むのも自分の努力次第で、日頃から運を招き寄せ、掴みとる才能を高めておくこと。１００点満点に向かって全力を出し切る準備ができたときに、好機が訪れると願望は成就する。そして幸運は一度廻り出すと次々と連続して、より大きな幸運が巡ってくる。しかし用意のない人には黙って通りすぎるだけ。運をつかまえるには、運とタイミング、それに時期と場所を得ること。チャンスは人を待たず、危険を承知でつかまえないと逃げ去ってしまう。好機だと思ったら直感を信じて勇気を出して、間髪入れずにグッと踏み出していちかばちか賭けてみる。またとないチャンスを掴まえぬ者は、愚か者と言われても仕方がない。

★ベストを尽くした後の勝敗は時の運。運命を素直に受け入れると、そこから勝者も敗者も同じくらい大きな得るものがある。

「失敗」も「逆境」も諦めず受けて立つ

●誰でも成功を勝ち取るまでの人生は、失敗と挫折の繰り返し。何もしなければ失敗することはないが、あぶない橋も1度は渡らないと失敗も成功もない。物事はいつもうまくいくものではなく、何かをしようとすれば失敗の危険がある。失敗の後に成功があり、成功の後に失敗がある。一度も失敗しないで成功した人はいないし、失敗を繰り返すプロセスがないと成功者になれない。必要でないことは起こらない。病気しても失敗しても神の知らせと前向きに感謝して受け止める。すべては因果法則で、よくやっている、がんばっているから成功するのではなく、よい結果が出ないのは努力空回りしている証拠。失敗して「運が悪かった」では、反って苦しみが増し進歩が止まる。最高の教訓は最初の大失敗で、その原因を究明すればこれまで見えなかったものが見えてくる。物事のあるがままのすべてを認め、自分を責めたり人を責めたり諦めたりしない。こだわりという拘束から逃れ、一段高い境地で眺めると歩むべき道が見えてくる。

●人が前進するには失敗が必要。失敗はそれはもう一度やり直せという合図だから、途中で挫折する人は決して成功者になれない。成功者はむしろ失敗馴れしている人で、あまり失敗を恐れない。頭の好い人ほど極端に悪く考え、失敗してあきらめた瞬間に失敗になる。

1度あきらめ負け犬になったら習慣化し、災難は後から後から追いかけてくる。失敗は「もっと努力しなさい」という意味だから次なる目的を明確にし、身近な足もとから見直して正しい方法に戻す。成功と失敗、勝利と敗北は偶然でなく必ずそうなった原因がある。取りあえず結果のすべてを受け入れ、失敗の原因を追及し、その経験を次に活かしてこそ価値がある。複雑なものは分離して、簡単なものから順番に解決する。それを突破口にして次の攻撃目標を設定して再挑戦、成功するまで努力し続ける。

●人生はデコボコ道で順風満帆などない。人間の成功の量とは、順境であろうと逆境であろうとその人が燃焼させた活力の量に比例する。逆境は一つの試練で発想転換のチャンスでもある。人生に失敗がないと人生を失敗する。人間は成功し名誉を得る前に必ず何度かは失敗し、抜き差し成らない逆境に突き当たり、大きな転機があり挫折があって苦しい時期を経験する。試練は人生で本当に大切なものに気付くためにやってくる。失恋・大病・左遷・倒産など、のたうち回るほどの大きな危機に出くわすと自分のあり方を問い直す。一皮むけて本物になる。丸裸になって恥をかき、血を流すほど運が悪く、底まで落ちる逆境こそが人間を成長させる。危機こそが好機で、そのきっかけは「死ぬこと以外はかすり傷」と悟り、開き直って背水の陣を敷いた時だ。めぐってきた運命は文句をいわずに受け入れ、挫折から成長の糧を見つけて次ぎの展開を前向きに考えることができる。

★他人の失敗は自分を見つめ直す絶好のチャンスで、反省の材料と成功へのヒントを与えてくれる。

「小さな成功」を重ねて「大きな成功」を掴む

●人生の勝者になろうと思えば、意識的に懸命に努力を続けなければやってこない。物事にはすべて順序があり、単純なこと重要なことから始める。あせって手順を無視すると失敗する。初めからムリをして失敗するより、何か1つでトップになれる分野を選ぶ。小さな成功でも積み重ねて行くと次第に能力がアップし、大きな自信が生まれ成功の習慣が身についてくる。大勝負に勝ち、事をなしとげるには愚直で忍耐強くなければならない。自分だけが苦しいのでなく相手だって苦しい。絶体絶命の危機に遭遇したら、逃避するか、挑戦するかだ。ピンチこそチャンスで、条件が同じなら必ず命がけでやった方に知恵が湧き勝つ。願望から一つの価値を生むためにはどうしても忍耐が必要。皆の叡智を結集して壁に向かって全身全霊でぶつかれば壁は破れる。成功者の資質の半分は我慢すること。悩みの量こそが人間の深さで逆境が人間を成長させる。

●忍耐は飛躍的に成長させ大成させる。どん底に落ち込み悪い条件が重なる中で、何とか生きたいの一心で死にもの狂いで闘い、力を出し切った時予期しないことが起こり、不思議にも壁が破れる。それまで決まらなかった人生の目標が明確になり、思いがけない運をつかんで人生が大転換する。生きがいは常に苦難の側にあり、駄目でもともとと考えて、やるからには不退転の決意で、自信をもって頂上を目指し、全力を尽くして心の中で「そっと」心配する。報復は不幸の連鎖を生むだけで、他人を恨んでいる間は決して楽になれない。「一生懸命やったのに」と思う時は、そこに自分の能力の弱点に気付くべきだ。

●人生は最後の最後まで、何が起きるかわからない。順境の美徳は「節度」、逆境の美徳は「忍耐」。一生、順風が続くことはあり得ない。成功が3回続いたら危ないと思って慢心をいましめる。次々とやっかいごとが起き、大抵の人が諦めるような辛い時期が何度も訪れる。世間から責め立てられ形勢が不利な時はジッと辛抱し、いかなる難問も逃げずに受け止める。最悪は最善に通じるというが、行き着くところまで行けば道は自ずから開ける。どんな逆境でも生きる希望と目標があれば生きられる。人生に勝つには希望を持つコツを心得て目標にたどり着くまでそれを実行する。

●自分のやりたいこと、命がけでやれることに巡り会い、世のため人のために戦い抜いて、一度きりの人生を完全燃焼することは楽しいこと。血液を酸性化する肉食中心を改め、飲み過ぎ食べ過ぎによる肥満、タバコをやめる、運動をするな当面の困難や災難など見た目の幸不幸に騙されてはいけない。本当の力がつくのはいずれも辛い立場を克服した後。それがわかってくると、辛さを逃れるのがもったいないと感じるようになる。逆境は概して短くどん底は正味3年、5年たてばすべて一変する。不運のときはじっと我慢していると、時があらゆる難関をとりのぞいてくれる。一人で悩まず、一度で決めず、悩んで最善を選ぶ。夢の実現に向かって絶えず粘り強く行動することで、逆境であっても守りに入らず、その先はどうするか、10年後はどうするか勇気を持って攻め続ける。

★幸福にも不幸にも絶対がない。大病を患い死線をさまよう闘病生活の中でも、苦しみの果てに自我を捨てることを悟り、信仰と愛と無心に目覚めて、大きく成長することもできる。

「信念」と「祈り」こそ最強で最後のキメ手

●人間はよく過ちを犯す。それは人間の本質が理性ではなく感情にあるからだ。感情はいつも動いてやまないし計算できないから先を見通せない。理性的な人ほど判断力を失い、間違った判断をして危機状態に至る。不幸のどん底に突き落とされ、ころげ廻りながらも希望によって勇気を引き出して困難に耐え忍ぶこと。不確実な目標に到達するまで、強く持っていなければならない意識が信念で、人間は心の中で信じていることに大きな力を出せない。怠け根性でいつも余力を残す癖がつくと成功への壁は破れない。それだけでなくだんだん人間としての器さえ小さくなっていく。絶望は大事なものを見極めるチャンス。いかなる努力も夢中には勝てない。寝る時間を惜しんで今！　どれだけ夢中になって汗を流し、好きなことに熱狂して生きるかが大切。

●人生は闘争であり勝負である以上、勝利する以外にない。戦いである以上、勝たねば不幸になる。勝ちに不思議の勝ちがあっても、負けに不思議の負けはない。善いことはもちろん、悪いことでも心の底に信念がなければ実行できない。貧乏になるのも金持ちになるのも信念によって決まる。たとえ人生途中で挽回不可能と思われる苦境に立たされたとしても、愛情をもち希望を探して生き抜く世の中で自分の願望を実現するには、力で押して押して押しまくるか、それとも拝み倒すかのどちらかだ。一生に何度かは強い信念をもって事に当たらねばならない境遇に突き当たる。「できない」という思い込みも、「できる」という思い込みも強さは同じ。それが本当であろうと、間違っていようと、信念が深まると奇跡としか言いようのないことが起きる。ならば「できる」に賭ける。想像力を応用して心に念願する事柄を明確にし、耐えず気持ちを燃やしていると信念が確固不抜のものになり、願望達成の原動力が心の中にできあがる。奇跡は信念以外の何ものでもなく、その信念は信仰から生まれる。

●勝利のエネルギーは信念の力、強い信念を持つ人が勝ち残る。自分で「お前は信念が強い」と自分に言い聞かせ積極性を持続する。人々が魅力を感じて集まるのは、その人に信念があるからで、信念は思考に生命を与え、力を与えて人間を奮い立たせる。信念は奇跡であり、祈りであって信念を持つと恐ろしいものはなくなる。人間には無限の可能性が潜んでいて、本当に切羽つまったときに偉大な力を発揮する。それを発見し開発するために、人生という限られた時間が与えられている。まだ発見していない自分、未見の我を求めて死ぬまで挑戦し続けねばならない。人生の幸福と成功は、自分が何を得たかでなく、どのように生きたかによって測られる。世の中で安定した幸福とは、日々新たに絶え間のない創造による前進の状態をいう。

●自分なりに納得して人生を締めくくるためには、最後まで戦い抜くしかない。人間が意欲に燃えて使命感を持って戦おうとすれば、大宇宙との一体感を持つことは不可欠だ。人生の難局に対して最後の最後は打つ手が1つだけある。それは神仏の存在を信じきって祈ること。神を信じられない人は自分の実力しか頼れないが、三次元の人間でも神仏を信じきった人の信念は、自己を超越して宇宙意識につながり、宇宙の根源の法と合致して、四次元の智慧とエネルギーを引き出して宇宙のすべてが自分の味方になってくれる。だからどんな絶望的な状況にあっても、信頼・信用・自信・信念などを人生の強靭なバックボーンに祈りを持つこと。信仰の絶対は決断の絶対であり、捨て身の絶対であり随順の絶対だ。信仰のある人の信力・行力・法力によって全宇宙の法則がその行くところを守り、すべてが法のリズムにかなって人生の成功への道に導かれる。

★生涯の勝ち負けは死ぬまでわからない。人生は肉体の最後の一滴を燃焼し尽くすまでやり抜き、最後の最後まで勝負して天賦をまっとうすることにある。

第6章　人生目標に向かって生きる

6―1／人生目標と人生計画の立て方

人生に「使命」を感じてこその「生き甲斐」

●自分は、天から一つの「命」を授かってこの世に生まれてきた。小さくても地球より重いと言われるこの命を使って、「自分がこの世で果たすべき使命は何か?」、人生はまずそれを自覚することから始まる。でも、なかなかそれが意識に上ってこない。それが掴めないと人生目標が立たず、生きる目的が生きることだけになって、毎日食べて・寝て・起きての繰り返しだけ。これではすべてが自由でも不自由でしかない。自分のためだけに生き死んだら終わりでは、何の生きがいもなく生きれば生きるほど空しくなる。社会からはじき出されたと思い、遅かれ早かれ死ぬのだから今死んでも後で死んでも大差はないと、虚無的になって麻薬に走ったり、自暴自棄になって自死したり人を殺したりする。

●自分は人間全体の一部であって、自分一人では生きられない。人間は誰でも限りない欲望を持ってる。「欲望」とは、自分の「谷」のように「欠」けた部分を満たしたいと「望」むことだから、自分の力ではどうしようもない。相手もまたそうなら、自分の出来ること、出来ないことを明確にして助け合うしかない。このように人と人とは互いに「頼る：頼られる」という関係によって繋がっている。人間の本質は人と人との間にあってそれを人間関係という。人間がこの世での生きる目的はこの関係を生かして「生きがい」を得ること。生きがいとは人生の目的や意義を意識して生きること。「やりがい」は自分の1個人の目標達成して勝ち取るものだが、「生きがいは」自分1人だけでは得られない。自分の能力を生かして相手に何事かを成し、相手が満足し喜んで自分が「相手を支えている」という実感が生きがいそのもの。だから片方が無くなると生きがいがなくなり、両方とも無くなると生きる意味が無くなる。

●人間誰もが社会に対して使命感を持ち、「世のため、人のために」何らか貢献をしたいと思って生きる。大したことは出来なくても自分の能力に応じて一隅を照らし、多くの人々に役立ちたいという願いを持ち、使命感を持っている。そのために自ら辛苦を求めて生きようと決意した時に、人生の大目標が定まって生きる意義を見出す。自分の使命を掴み生涯の大目標を持つと、それに必要な知恵とエネルギーが次々と湧き出して、それを達成するためにどんな困難でも乗り越える力が湧きでてくる。達成ごとに生命が歓喜し、自信をもって前向きに豊かな人生へと導き、確かで大きな生きがいを得ることができる。

★人には自分の思いを実現させる能力がある。昨日より今日、明日と、毎日少しでも成長していると実感できるようになり、生まれてきたことの喜びと感謝の心が生まれてくる。

「目標のない」人生は「成功のない人生」

●人生は自分が作っていくものだから十人十色。運命も生き方も百人百様で正解がない。だからと言って目標のない人生はゴールの無い運動会のよう、ただグルグル回るだけでは生きる意味がない。そもそもこの世の中は平等社会ではない。親から受け継いだ自分の容姿や才能は宿命的で動かしがたい。資産なども貧富の格差があり、すべてに階層があってそれに見合った努力を求められる。それをあきらめると刹那的・享楽的になり、「自分だけ」、「今だけ」、「お金だけ」になって充実した人生を送れない。自分の人生は自分が主人公となって自分が作っていくもの、だから健全な野心をもって自分の理想を掴み取ればいい。過去はどうにもならないが、現在をどう生きるかはある程度の幅があり、未来に対しては大きな自由がある。人生で真の喜び得るには、自分がそのために生き、そのために死ねる願いを持って人間完成の道を歩むこと。

●人生の問題は、自分が解決しなければ誰も解決してくれない。大切なのは自分の人生を「自己責任で生きる」という覚悟。未来に希望と目標をもち、そこに自分の生涯時間と資金を集中して努力すれば、自分がなりたい人間になれ、思った通りの成果を得ることができる。人生全体を見渡し、時代変化の先を見通して努力していると、すべての思考力や行動力、潜在意識までもその実現に向かってフル回転。1年や2年では結果は出ないが、20・30年の長い単位でみれば、それにふさわしい結果が出る。長い人生に決まった目標があれば、少々の困難や壁にぶちあたっても、逆境にたち向かう勇気が湧き執念をもって乗り越えられる。

●大きな目標を持つほど苦しみも大きいが、苦あれば楽ありでその目標に到達した時の喜びも大きい。目標通りに成果がでないのは、どこか自己中心的になっているから。自我が強いと自分の目標達成のために、周りの人を蹴落とし多くの人犠牲にする。それで成功して得られるのは、金銭や名誉・権力など表面的な幸福だけ。人生の重さ、生命の尊さが解らないと、後々自分を責めて苦しみが増し、心からの充実が得られない。謙虚に自分の人生目標に向かって努力する人は、そのために使ったお金や時間・体力のすべてを活かして、相応の所得と心の平安が手に入る。人生を生き終えて振り返ると、自分が生涯を通してなした成果は、自分の若い時に持った人生目標や計画と一致する。

●自分が生涯そのため目に生き、そのために死ねる願いを持って努力する人は何時も幸福になれる。人間の幸福や人生の成功は、自分が何をどれだけ得たかでなく、「どのように生きたか」によって測られる。その過程でさまざまな道を歩むが、最後は同じ悟りの境地に到達して、そこにその人の人生観が結実する。

1. 人生とは、山を登るようなもの。天職を持ち苦労を重ね、頂上へ登ると展望が広がる
2. 人生とは、川を下るようなもの。運を天にまかせ、小川を下ると広大な海へ出る
3. 人生とは、先の見えない迷路のようなもの。その過程でさまざまな道を歩むが、最後は誰もが同じ悟りの境地に到達する

★人生で真の喜びを得るには、あるべき自分を発見して人間完成の道を歩むこと。どの道を選んでも、そこにその人の人生観が結実する。

人生成功法は「自由展開型」と「目標達成型」2つ

●自分の生涯をかけた願望や目標には、人生を引っ張る力がある。自分の人生でこれだけは「絶対成し遂げたい」という明確な目標を持てば、世間や時代の荒波にも流されず、主体性をもって生きられる。現在は動かし難いが、未来は不確実だから若者の人生には無限の可能性を秘めている。世の中の変化を見通してそこに自分の未来の理想の姿を描き、本気で取り組めば必ず実現できる。目標は同じでも目標をたてる基盤は、その人の世界観や価値観・使命感によって方法は二つに分かれる。1つは持って生まれた能力と運命に素直に身を任せる日本型。そしてもう1つは、自分の人生目標を自由意志で決め、創造力を発揮して運命を切りひらくのが個人主義のアメリカ型。

(1)日本の「あるがまま・自然展開型」

●和を重視にする集団主義の日本人の生き方は、自力より他力本願の大器晩成型。自分の目標・計画を持つほど自由な思想や行動をさまたげ、戦略・戦術は人を欺くので有るがままを尊重する日本人は、できるだけ人為による計らいを避ける。正しい使命感と職業観を持ち、無私無欲で利他を実践していけば自ずと望んだ結果が得られる。人生に完璧はなくさまざまな問題が続出する運命の前で、人生の半分は予測できても、後半分は予測不可能。

時代は著しく変化するので未来予想図は描きにくく、目標・計画を持っていても時代のニーズに沿って生き方や価値観も変えざるを得ない。また人生は波瀾万丈でなかなか思い通りに行かず、途中で病気や離婚・倒産によって転業・転職を余儀なくされるから、人生目標や計画にそれほど確実で絶対的な意味はない。

●人間誰もが愚かで迷ったり間違えることが多いから、自分で自分をコントロールしても自分の力だけで生きられない。世の中はまさかの連続、現実はいつも人の予想を裏切るので、努力だけで人生が開けるものでない。また自分の思い通りになることだけが決して幸せではない。目標や計画にこだわるとそれを超えることができない。人生は常にゆらいでいるので、半分は予測でき半分は予測できない、だから面白い。無私の精神で人の役に立とうと頑張っていると、職場の上司や人生の先輩に見出され、引き上げてもらう力の方が大きい。時宜にかなって支援者が現れ、善き人に巡り会って人生が一変することもあるので、常に選択の自由を残しつつ、その時の状況に合わせながら生きる。

⑵アメリカの「個人の自由・目標達成型」

●アメリカは自由主義・個人主義の国だから、開拓者精神が旺盛。自己の目標達成型はグローバル時代に育った現代日本の若者にも通じる。アメリカ人は、現在は不完全で暫定的なものとし、幸福はいつか達成されると信じ、裸一貫から身を起こして「アメリカンドリーム」を実現したカーネギーなどの成功法則で勝負する。その行動原理は血筋や家柄に影響されない実力主義・目的合理主義で一直線、自由に我が道を進む。自分がこの世で

「何を成したいか」到達すべき人生目標を1点に絞り、他のすべての欲望を犠牲にして「成功か失敗か」二者択一で勝負。他人がどう思おうと「成せば成る」と、どこまでも成功だけを信じて努力する。自分を行動の軸にして常に自分ペースで発想し、自己責任で自分がなすべきことをやる。現在は不完全でも未来に向かって理想を掲げ、時において選択を誤らず、計画はその成果が目に見えるよう地位・資産などを数値目標化し、それに基づいて生活を整え日々それを強く念じ努力し続ける。

●逆風の中で孤立しても世間に流されず、目標に向かって一直線に突き進む。具体的な計画があると、耐えて待つことの中に希望が生まれ、頂点をめざして自ずと実現する力が湧いてくる。全力を尽くして成功の原因を積み重ねると、１００％法則通りの結果が出ると信じ、神から与えられた自分の天職で、世のため人のために一度限りの人生を完全燃焼させ、達成した成功で神の祝福と受けて永遠の生命を得ること。世の人々の賞賛を受け末代まで名声を残すことにある。

★当初は個人主義・自由主義・競争主義のアメリカ型の成功法からスタートしても、加齢とともに、和を重視する日本人の集団主義とうまく融和させて、職業と人生の両方の成功を目指しながら成長していく。

実現可能な「人生目標」を定め「優先順位」をつける

●人生の目標は、学校を出て実社会で苦労を重ね心を鍛錬する中で徐々に見えてくる。人生目標はまずは自分の「何のために生まれてきたのか？」を摸索しながら、この世で絶対「成し遂げたいこと」を明確にして優先順位をつける。自分のすべてを賭して「やればできる」とはいうものの、持って生まれた性格や才能、体力・知力に限りがあるので、自分自身の長所や欠点を知り、実社会での仕事の体験など身の程を知って1つに絞る。確実を狙い過ぎると達成できるのは些細な小さいことばかり。志があまり野心的だと、失敗する危険性が高くなる。さらに「地の利」や「親の家業や財産・人脈」など、自分を取り巻く環境や生まれた境遇をも考慮して、大局的に見て「人生のピークを何歳にして開花させるか」を設定。結婚するか？　しないか？　する場合は何歳ぐらいか？　子どもは何人くらいか？　住宅を取得するか？　など具体的に設定する。自分の生涯を掛けた夢を具体化する計画を結婚前に立て、そこに智慧とエネルギーを集中して30歳から人生本番スタート。40歳を過ぎてからでは遅過ぎる。

●今後の時代環境と日本の10年後・20年後を予測し、自分は世のため人のために「何ができるか」を問えば、自ずと自分の生きる目標を明確になって行動が具体的になる。真に人々の役に立つことを目標に仕事をしていると、その計画はいつの日か達成され、必ず人生を成功軌道に乗せられる。誠実に生きて良い人脈を作り、他者を説得して多くの協力者を引き寄せ、他人をも生かして大きな仕事ができる。お金や財産など何をどれだけ所有するか、という数値目標は解り易いが、その延長線上に幸福を求めると、自分の利益追求や出世のために周辺の人を巻き込み、他人を犠牲して争いを生み出しやすい。目標が純粋に善なら期待を上回るが、悪ならば期待に達する前に破綻する。だから人生目標はあくまでも「損得より善悪を優先」が大前提。自分だけの幸せを追い求めているうちは幸せになれない。

●人生の夢や目標は大きければ大きいほど良いとは言うものの、どの程度にするかはかなり難かしい。自分の人生目標をたてる時はロマンチストで、計画は現実主義で展開。目標が大きいほど達成した時の喜びも大きいが困難も大きい。人生目標は持ち続けるだけでも楽しいが、叶うともっと楽しい。あまり現実離れした大志を抱き過ぎると、努力より運のほうが大きくなる。反面、目標が低いとやる気の方が弱くなるので、自分の力量より少し大きめ、実現可能な範囲でやる気の出る目標を設定する。自分だけでなく家族の目標も包含し、自分の利益より他人の利益を優先すると心が安定する。自分の価値観を洗い出し、これからやりたい夢を願望にし、目標にしてその実現プランを考えて必要な資金を計算する。

●人生計画は「楽観的に構想」し、「悲観的に計画」して「楽観的に実行」するのが大原則。人生計画はざっくりと全体的に捉え、骨格ができたら筋肉を付ける。前半はなるべく具体的にして後半は大綱程度にする。目標が定まれば長・中・短期計画に分け、必ず目標達成の期限を設定する。10年ごと輪切りにし、それを言葉や数字にして具体化し、技術的な戦術で結果を出していく。その計画に基づいて日常生活を管理し、そこに盛り込んだ夢を達成するまでは、他のすべての欲望や自由を犠牲にする覚悟が必要。辛抱強く節目節目で結果を確認し、目標に向かって走りながら考え、考えながら走り、時々立ち止まって再確認し、見落としがないか確かめる。問題が起こればプライドを捨て、現実を受け入れよく考えて修正する。

●人生成功の秘密は「生き急ぎをしない」こと。良いことずくめの人は居ないし一生もない。真に成功するまでは借金を抱えている時期、人間関係が壊れた時期、成長が出来ない時期、人生に意味を見出せない時期など、次々と深刻な苦しみと不安が繰り返しやってくる。そんな時でも明確な人生の目標と計画を持っていれば、迷うことなく的確な選択ができ、どんな失敗や困難や屈辱にも耐えられる。

★成功の前には必ず短期、あるいは長期の孤独の期間がある。成功するカギはこの孤独を恐れずガマンし耐える力にある。

人生は「前半に苦労」して「後半を楽しむ」

●人間にも生物としての肉体は成長期・成熟期・衰退期の時期がある。その時期それぞれのライフスタイルはほぼ共通している。希望があり楽しみもあるが苦労もあって人それぞれ。各人の性格や才能や家庭環境・時代背景によって、多少人生の肉体的・精神的苦労時期進展が早かったり遅かったりして、悩みながら揺らぎながら生きている。自分の目標を持って人生を成功軌道に乗せるために、「楽あれば苦あり」で、生涯における幸福と苦労の量はほぼ同じ。人生１００年を2分して、前半の50年と後半に分け「前半に苦労して、後半を楽しむ」方がいい。若い時の苦労は当然としても、老いてからの貧乏や苦労はみじめ、骨身にこたえて耐えがたい。健康長寿社会はまさに「40、50は鼻垂れ小僧、60、70は働き盛り。80代になっても現役で、90になって迎えが来たら、100まで待てと追い返せ!」と言える時代。人生はいよいよ後半50年を本番とすべき時代になってきた。

(1)人生前半の50年は集団生活の中で

●自分は一体何者か? なぜ生まれてきたのか? 何のために生まれてきたのか? 解らなくても、生まれてきた以上まず生きる。生き活きと生きる。人生前半は家族・保育園・学校・職場など集団生活の中で、仲間と共に学び、協力しながら競争し生きている。自分の目標に向かって前屈みしながら急な階段を一段ずつ着実に上る。体力・知力・気力を鍛え苦労覚悟で、急勾配の人生の上り坂を全力で上る。どれだけ高く上り詰めたかによって人生後半の有り様が決まる。長寿社会になって近年の若者世代は、結婚や子作りもマイホームも慌てない。30代になっても自由と若さを謳歌して人生の筋道を確定させてからと、人生の主要課題を先送りする傾向にある。

●人生前半の幸福は、生きるための知恵。食欲・性欲・財欲・名誉欲・睡眠欲など、五官を通して感じる生活の便利さやモノの豊かさを追求する。その幸福は、良くも悪くも儲け方と、使い方で決まる。幸福度は他人との比較で決まる。自分より幸福者と会うと不幸を感じ、他人の不幸を見聞きすると高まるので、あくまで主観的なもの。欲望に支えられた物質的幸福は切りがなく、求めすぎると健康を害したり人間関係を損なったり、それを得るために相応の苦しみが付いて回るので有無同然。身分相応に贅沢を望まず、「上見て暮らすな下見て暮らせ」をモットーに、足るを知って出費は収入の範囲内に抑え、上手くコントロールすれば誰でも幸福になれる。それで一時は幸福であっても長続きせず、３年も経てば色あせて元の人生に戻る。死んだら総崩れになるから物質的幸福は相対的で本当の幸せでない。

(2) 人生後半の50年は一人歩き

●人生後半は自分の地位、財産、名誉を与えてくれた職場集団を離れ、次第に夫婦と子どもとも分かれ、自由になって人生のゆるやかな下り坂。一人になってゆっくり楽しみながら生きる。今は人生１００年と延びたので退職後40年の60代、70代、80代、90代のライフスタイルは大きく変わった。人生後半は重大な選択が連続する、高齢になったら自宅を手放さない、一人で銀行窓口に行かない、手術や高度な医療を受けない、離婚しないなどの大原則を間違っては一切が台無しになる。また老年金や医療・介護制度が整ったおかげで老後が長くなり、①身体能力の不安が75%、②認知症の不安が35%、③お金の不安が25%と、後半の不安が尽きない。でもこの世に生きている限り悩みがあって当たり前。明日のことはケセラセラと振り払う。

●退職後の人生黄金期・75歳を過ぎると日１日と体力・知力・気力が衰えて、老・病・死の不安と苦しみが次々とやって来て、いよいよ人生の店じまい。気力・体力ともに低下して一切の生きるための欲望から解放され、出家しなくとも肉体的な快楽にこだわらず身軽になる。次第に物質的幸福の世界から神秘的・霊的世界へと軸足を移して、不安と恐怖の根源である「死から自由になること」は生涯通しての大仕事。死に向かって死んだら自分はどうなるのか？　一人ぼっちでどこへ行くのか？　内なる自分に向かって死とは何かを問い詰め、毎日一人静かに自分だけの心の世界に入りびたり。一人で居て一人で喜べるのが宗教の世界で、学び続けていると世界の真相を見えてくる。自ずと人力を超えた大きな力を意識し、心の奥の霊性が目をさまして全身から不思議な光を放ちはじめる。今生きていることに喜び「人間に生まれてよかった！」と感謝の心が湧き出て、永遠に変わることも失うこともないあの世の極楽浄土に、軟着陸できれば万々歳。

人生は「四季のごとく無常」で移り変わる

●古来人生のあり様を「春・夏・秋・冬」の四季になぞらえ、人生を季節感覚で太極的にとらえる方法がある。人生１００年前半と後半で分割し、さらに2分割して四季に合わせ、25年単位でイメージすると次のようになる。

(1) **0～25歳は「青春期」**

●この世に誕生すれば母親と一体で母乳で育つ。そして両親から食物と知識と愛情を与えられ、兄弟姉妹と同じ家族仲間と暮らし、保育・幼稚園・小中学校・高校・大学・大学院など「同年齢の学校集団の一員」として学び将来に備える。やがて自分探し好きな仕事探しの時期を経て実社会へ。そこで世代の異なる目標を同じくする職場集団の中で鍛えられる。

(2) 25～50歳は「朱夏期」

●実社会は厳しい競争社会で仕事に集中して会社や社会の底辺を支える。報酬に恵まれずとも苦しみに耐え、真正面から仕事に取り組んで持てる力を振り絞り、30歳までに天職を見出す。目先の欲望を先送りし目標に向かって仕事一筋。己を知り人生観を確立して天職をみっちり磨き、スキルを増やして収入を増やして貯蓄。結婚して子どもが出来て「育てられる立場から、育てる立場」に移行。組織の中で会社や世間の信用を得て、右肩上りの険しい出世階段をよじ上り、見識を持って社会人としての基礎を確立して、次は「教えられる立場から教える立場」に移行。40歳までは自分のため家族のためにひたすら稼いで、一生暮らせるだけの経済生活の基盤を築き、その年齢や職業にふさわしい人格を形成して人生の前半戦が終了する。

(3) 50～75歳は「白秋期」

●50歳は人生の中間点。その道の頂点を極めた人生は後半に向かってゆっくりと下り坂。年定年になり退職金をもらって集団生活を離れ、自分が自分の主人公になって一人歩き。年金をもらい、地域社会の中で自分のやりたいこと、やり残したことをやる。高齢者の仲間入りしてもまだまだ元気。体力・気力は衰えず夫婦ともに第2の人生を自由気ままな楽しく生きる。健康寿命が過ぎても日常生活を支障なく過ごせるよう、体の健康、脳の健康を維持する。仲の良い夫婦でも今の内に一人で生き一人で死んでいけるだけの「一人力」と

「孤独力」を身につける。子どもや生活保護に頼ら無くてもよいよう、死後の安楽は一時お預けにして元気で働ける間は働き続けて、生涯現役で終わるのが老後生活の最も安全策。

⑷75～100歳以後は「幻冬期」

●年を重ね健康年齢を過ぎるといよいよ「老・病・死」の苦しみが順を追ってやって来る。治らない持病を2つ3つと抱え医療費や薬代が増加。いずれ死ぬ身であってもそれが何時くるか解らない。明日死ぬかも知れないが、100歳まで生きるかも知れない。もし長生きすれば老後資金が不足するかも知れない。その上病気や死の不安に苦しむ期間も延びて、老年ほど勇気を必要とする時期はない。そんな生死の不安を超越し自分なりの死生観を確立し、後はすべては天命にお任せ。死ぬまで健康長寿を全うして静かにこの世を去っていく。

★孔子は15にして学に志す。30にして立つ。40にして惑わず。50にして天命を知る。60にして耳に順う。70にして心の則を超えずという人生訓示は、今日においても自分の生き方や、人間として成熟ペースの目安となっている。

「職業人としてライフ・ステージ」は20年ごと5期

●職業人としてのライフステージは、①準備期、②自立期、③本番期、④社会還元期、⑤遊楽期」の5期（100年人生では20年間隔）。生活の中心は、個人生活↓仕事生活↓家庭生活↓社会生活へと変化していく。20代の独身時代は「仕事と個人」の生活。30代・40

代は「仕事と家庭」の生活。50代になれば「仕事と社会」の生活。60代で定年退職すれば、「個人・家庭・社会」の生活中心へと広がり深化していく。さらに生活者としてみた場合、人生を10年ごと輪切りにし、自分も10歳になったから、20歳になったからと、自分自身で心を入れ替えたり生き方を改めたりする転換点。あるいは子どもや他人を励ましたり、評価したりする分節点でもある。10歳までに自分の才能を見つけ、10代から学習意欲を持って能力を高める。20代に職業人として名乗りをあげ、30代で独立資金を貯めて、40代からダッシュして勝負をかけ、50代で事業を完成させて人生前半で頂点を極める。人生後半はその時咲かせた花を60代に果実として受け取り、70代ですべてを次世代に継承し、社会的役割から身を引き、自分の人生をゆっくりと熟成させて、80代・90代以後は自由気ままに、悠々自適の余生を楽しむライフスタイルになる。

⑴20歳までは「準備期」で、基礎体力と脳力をつけるため「役割免除期」

●乳幼児期は両親の愛情に守られ躾けられ、1年1年と逞しい成長。「三つ子の魂百まで」。3歳からエネルギーは脳の成長に集中するので、良い習慣を身につける。両親のしつけによって良心や道徳観を内面化、人間らしい性格良い習慣を身につける。保育園や幼稚園・小学校に通って学力向上に励み、先生の躾や社会的規制を守って、しっかりと人間社会で生きる基礎を作る。

●10歳からの10年間は、基礎体力をつける時期。まず身長が伸びて体重が増え、男らしく女らしくなっていく。体力勝負のスポーツにおいてはすでに頂点に到達する人も出現。10

代になると脳の機能はほぼ大人と同じ程度に。抽象的な概念が発達して自分を知り、自分を取り巻く世界を理解し、尊重しながら心身の耐乏生活を鍛錬して自分をコントロールする力を付け、人格の基礎となるものが芽を出す。中学・高校の学生期は先生や師について学問を学び、禁欲の生活を送って心身を育てる。一切の社会的役割は免除されて、さまざまな経験を積んで社会人・職業人としての準備を開始する。

⑵20歳から「自立期」で、知力と技術力を磨き続けて「役割拘束期」

●20代の10年間は「自分探し」と「自分の好きな仕事探し」のモラトリアムの時期。20歳になれば大志を抱き未来に向かってスタート。人生前半の職業人の第1ステージは急な上り坂。入社して会社組織の一員となり、同期生とさまざまな訓練を受け、幅広く知識を吸収し実践して技能を磨く。食欲・性欲と物欲をコントロールし、きびしい競争と貧乏に耐えて強固な自我を確立する。平社員時代の20代は、人生経験の未熟さを味わいながら、会社社会で一定の役職・地位につくまでは会社どっぷり。失敗しても「若者だから仕方がない」と許される特権を活かし、自分のやりたい仕事に全力を投入。自分の精神安定と健康維持の自己管理能力を持って主体的に生きる。独身時代は経済的・時間的に自由があり、「仕事と個人生活」のバランスを取る。自分の知識や能力開発に取り組み、強固な意志と逞しいエネルギーを発揮し、自己主張しながら立身出世をめざす。現実社会で精神的・経済に自立し、生涯を共にする伴侶を見つけ、一人前になって親に対する依存関係を解消して「30にして立つ」。

●30代になれば男性も女性も結婚して自立し、子どもを作って子育てに励み、夫婦協力してマイホームを持って家庭生活の土台をつくる時期。「男性」は、自分の「仕事と家庭生活」の役割に拘束されてそのバランスに悩む。自分の進路選択において自分の得意分野で最先端の技術や技能を吸収し能力開発に取り組む。会社組織の一員としての自分に徹して会社を支え、勇気を持って自己主張しながら、仕事一筋に必死に働いて会社を支え立身出世をめざす。天職に持って経験を積み重ね、知識や技術を生かす業界においては頂点に到達する。物的・経済的豊かさの基盤を確立し、自分の一身一家の独立安定の基礎を築く。

●「女性」は、結婚・出産適齢期を迎え「人生最大の転機期」。30歳前の若く元気に満ちている間に、結婚や子づくりなどの人生ステージの移行順序を自分で決める。結婚するのか？　結婚するならいつ？　誰とするのか？　子どもを産むのか？　いつ産むか？　何人産むか？　など、自分のこれからの生き方を5コースの中から選択・決断を迫られる。男性より一足早く群れを離れて自分独自の人生を歩み始める。

1. 結婚し、退職して、専業主婦になる
2. 結婚し、退職して、出産し、育児終了後に再就職する
3. 結婚し、仕事と、出産と、育児を並立する
4. 結婚し、仕事を継続するため、出産しない
5. 結婚せず、仕事を継続して、生涯独身を通す

(3)40歳から「本番期」で、心を鍛え人間力をつけて「役割遂行期」

●40歳からは男盛りの成人期。職業人生も第2ステージに入り、自分の知識や経験に深みをつけてスキルを強化し、公私両面・タテ・ヨコの人脈をつくって活躍の舞台を広げる。家庭人の義務を果たして、会社では蓄積した実力・業績・信用・人柄が評価され、会社や社会の責任者として組織を支える。職業人として分別盛りの本番期、中間管理職として組織を引っ張りながら頂点をめざす。自分の人生目標に向かって実力と才能を確かめ、組織力や他人の力でカバーし、健康を考え休まず怠らず日々新たな努力で精進。自己中心の個人主義から脱して「仕事と社会生活」をバランスさせ、社会的責任を担うようになる。

●50代になると人生の中間点。「女性」の50歳は子づくり・子育ての大役を終えての更年期で、男性より一足先に老後を迎える。突然の自由解放をもてあまし「空の巣症候群」という「うつ病」の危機でもある。男性は会社役員や取締役として総合判断力と心を使い、100%会社のため社会のために働き、役割を遂行して成果を出す。「男性」は、幅広い人脈から得た知識や情報を集約して組織を統合し、人生観や世界観を確立して心身とも成熟した指導者として、年月をかけて自分が作り上げてきた努力の結果が業績として表れる。自身の知識・能力の限界、後継者を決めてバトンタッチ。

(4)60歳から「社会還元期」で、一切の役割から自由解放され、老後の役割選択期

●女性は50歳から、男性は女性より10年程遅れて60歳から生き方・暮らし方の転換期。男性の60代は人生最大の転機期で重大な選択の連続。定年退職はすれば家族の扶養義務もなくなり、これまで仕事一筋の男性の大役を無事完了。職場から解放されて自分の好きなことして、自分らしく自由に生きられる「第２の人生」は、７コースのうちのどれか？　どれかとどれか？　を選択して生き方を決める。どれを選んでも大量の自由時間があるので生き方の選択肢が増えて、年金をもらい自由気ままな生活を満喫できる。

1. 定年後も、その会社の再雇用に応じて働く
2. 定年後は、地元の会社に、同じ仕事で再就職する
3. 定年後は、新しい知識・技術・資格を習得して別の道を歩む
4. 定年後は、好きな仕事で独立起業し、生涯現役をめざす
5. 定年後は、自由気ままにスポーツや趣味活動を楽しむ
6. 定年後は、ボランティア活動で地域社会に貢献する
7. 定年後は、完全に仕事から離れ、悠々自適の年金生活を楽しむ。

●退職後の職業人生第３ステージは、自分の好きを入り口に、体力や能力に応じて働ける間は地元の会社や仕事選んで働き、これまで社会から受けた恩恵を還元する。すでに高齢者65歳以上の就業率は15％で世界1。女性はすでに結婚した時から仕事だけでなく家事も子育ても、地域社会との交流もしてきたので、夫の定年や自分の定年にも戸惑うことはない。65歳から高齢者の仲間入り。男性女性ともに体力・気力共に衰え、食欲も性欲も衰退して少欲知足の生活に移行。老後の３Ｋ不安「健康・経済・孤独」に対応する老の準備期に入る。

●70歳になるとすべての正規仕事・リーダーの主役から離れ一切の名利を超越して社会還元期に入る。長老社会の仲間入りして人生相談や会社の相談役・顧問、地域社会奉仕団体の世話役として奉仕、人に尽くして人生の最後を楽しみ尽くす。あまり早くから守りに入らずに、「老人だから仕方がない…と許される特権」を活かし、自分のやりたいことをやれるだけやり尽くす人生の黄金期。75歳から後期高齢者は「病の準備期」に入る。歩くこと、聞くこと、食べることが難しくなり、2つ3つと難病を抱える。生活上に支障をきたして自立支援が必要になり、支える側から支えられる側に回る。

(5)80歳から「遊楽期」で、霊感を磨いてこの世を超越して「役割免除期」

●80代になって気力体力ともに衰退し、体が思うように動かなくなれば頭も動かなくなる。公私とも役職から完全に引退し、一切の社会的役割が免除されて余生の簡素な生活に入る。宗教や哲学・歴史・経済などの書を読み聖なる世界で生きる。85歳からは超高齢者、老後生活の後期になると「死の準備期」に入る。要介護3になると食事・排泄・入浴など介護支援が必要になる。車椅子や寝たきりになり死に真正面から向き合って死にざまを決める。90代になれば自立支援や介護を受けながら、この世を超えた超常的な感覚で、死後の世界を垣間見つつ宇宙の根本原理に溶け込み、この世を超越して死を見つめながら生きる。「生死一如」で死が明るくなれば生も明るくなる。

人生に3度意識変革を迫る「社会化の大波」

●男と女が結婚し、子どもが生まれて3人になると最小単位の社会を構成する。人間には「児童期・青年期・老齢期」の三度、社会化という転換期がある。「社会化」とは個人が他者との相互的なやりとりを通して、心身に社会を取り込んでいく過程のこと。人間社会のあり方に対する思想は、10代は民主派、20代は共産派、30代は純粋派、40代は保守派へ加齢と共に変化する。それぞれの時期に生活環境がガラリと変わるので、自分の生き方や生活の仕方の組み替えが必要となる。従来の殻を脱ぎ捨て、新しい環境に気付き・目覚める過渡期があって、一区切りつくまで3年間ほど不安定期が続く。そして「自分」が「自分たち」に正しく納まった時に落ち着き、自立して地に足が着いて自分の足で歩けるようになり、心身共に大きく成長していく。

⑴児童期の第一波は「学校での社会化」

●3歳・5歳・7歳と保育園・幼稚園・小学校への入学は、人間社会への第一歩。「家族社会」から「学校社会」へ移行、「道徳的な社会化」の時期。生まれ初めて家庭以外の集団生活を経験し、自己中心から自他共存へ180度転換する。学校で同じ年齢の仲間が集まり、皆んなで同じ先生から学問を学ぶ。挨拶・返事・話を聞くなどの社会習慣や、他人と喧嘩しない傷つけないなどの「社会道徳」を身に付け、社会の一員として期待される共通の行動様式を身につけて心身を育て、社会人としての準備をはじめる。

⑵青年期の第二波は「職場での社会化」

●18歳・23歳は「学校社会」から「職場社会」へ移行、「職業的な社会化の時期」。人間は乳児期と青年期の2回、「してもらう」から「してあげる」へ大転換して大きく成長する。社会的役割を猶予され、先輩や師から学問を学び、厳格な社会の機構の中で禁欲生活をおくって自己の衝動統制を習得し、実社会のしきたりを学んで正しい位置につく。青年期は学ぶ社会から仕事社会へ向かって、自分はどんな人間になって、どんな仕事をしたいか「自分探し」と「仕事探し」をする。そして自分が生涯を通じてやりたい仕事を1つ、人生を共にする配偶者を1人選んで一人前の社会人をめざし歩きはじめる。この2つの選択は人生計画の中核をなす重要課題で、人生の成功も失敗もすべてここに包含される。以後万人に貢献できる知識や技術を身に付け、職場仲間と同じ目標に向かって協力し、競争としがらみの世界で逞しく働き社会人としての責任を果たす。

⑶老年期の第三波は「地域での社会化」

●60代になると定年退職して「職場社会」から「地域社会」へ移行し、「政治的な社会化の時期」。会社を定年退職すれば、会社での集団生活から180度転換。一切の社会的役割が免除され、会社や家庭にも拘束されることもなく、自由な1個人としての第二の人生がはじまる。会社の肩書き・名刺が無くなると仕事上の付き合いが無くなり、丸裸になって人間関係は1から作り直し。自宅を中心とした地域社会において、独立した個人になって再就職して働いたり、仲間と一緒に好きなスポーツや、音楽・絵画などの趣味活動をしたり、地元の自治会やボランティア活動に参加しながら、自由に自分らしい人生を生きる。
★今は保育園や幼稚園に行くので、第一次社会化が3～5歳と早くなり、高校から大学・大学院と学校のモラトリアムが長期化。定年退職後の人生後半が長くなって、第二次・第三次社会化の時期も10年ほど後方にずれつつある。

6－2／正しい金銭感覚と経済生活

「お金の主人」はダメ「お金の奴隷」もダメ

●人生を人並みに生きて暮らすには、それ相応のお金が必要。楽に稼いで贅沢をして暮らそうと思えば悪事を働くしかなく、質素でも悪事を犯したくないならその何倍も苦労する。お金が無いと貧しく不自由な生活を強いられたり、経済的破綻を招いたりして、お金は有っても無くても人を縛る。お金で幸福は買えないがお金があれば大方のことは片が付く。といって多ければ多いほど幸せというものでもない。お金にこだわると守銭奴と呼ばれお金のことで喧嘩したり、離婚したり、帳簿を改ざんしたり、強盗して人生を棒に振る人など、世の中にお金のある悲劇とお金のない悲劇が絶えない。ある程度大金を動かす立場になったら、法を守ってお金の力に溺れない自制力を鍛えておかないと、思わぬ犯罪に引き込まれてしまう。
●個人主義・自由主義経済社会で、人生の成功とは仕事での成功であり、経済的に豊かになること。人は誰でも貧困を嫌い、お金持ちの方が偉い人として尊敬する。つまり多く儲けた人ほど社会的な地位や名誉が手に入る。大会社や公務員などサラリーマンの収入は年功序列で20代はヨコ一線。一定の収入を得て比較的安定した生活ができる。でも30代になると昇進スピードの差がつき始め、40代からトーナメントの生き残り競争になる。給料のピークは50代前半で20代の3倍程度にはなる。だが、所詮サラリーマンは大きな仕事ができても、大金持ちになる可能性は極めて薄い。それ以上を望むなら勇気を出し自己資金を投じて独立起業をめざすしかない。

●生涯幸福に生きるには、①心の健康、②精神の健康、③肉体の健康、④経済の健康の4つが揃って健康であること。お金は印刷された自由との引換券で、あれば有るほど生活に必要なモノやサービスを入手して何不自由のない暮らしができる。と思って頑張るが、「有れば有る苦、無ければ無い苦」で快楽と苦痛は表裏一体。人は食べていけるだけでは幸せになれないが、桁外れの高収入でも、それを維持する苦労が増えるので、幸福度は逆に低下。金持ちの苦労と幸福の分疑点は「年収900万円前後」。それ以上増えても生活にほとんど差はない。何があろうと「お金の奴隷に成らず、お金の主人にも成らず」に心の平安を保ち、苦しい時も楽しい時も心が清らかで安らかであること。

★生活環境の快適さは金で買えるが、幸せは自分の心が作り出すもので、心の美しさはお金に換え難い。お金はあの世に持っていけないから、収入と支出のバランスを念頭においてムリのない経済生活を心がける。

「人生４大イベント」に必要な資金づくり

●日本人は貯蓄好きと言われるが、その預金額は１００万円未満が25％、２０００万円未満が67％いて、１億円以上になるとわずか９％。人生の節目節目にイベントがやってくるのにコレではちょっと心許ない。①自分の結婚、②子どもの入学、③住宅購入、④退職後の生活の、人生４大イベントの実現にはまとまった資金が必要。これらの資金はその時の収入では賄えないので、人生計画に沿って、いつ頃、どのくらい必要かを把握して、若い時から積み立てる。経済的な準備は早ければ早いほど良く、かつ効果的に貯められる。

⑴結婚資金づくり

●20代の男女は極力ムダな支出を抑え、結婚資金をコツコツと貯める。結婚のための「短期資金」は、リスクの大きい株式投資を避け、定期預金か国債で増やす。平均的な結婚費用は５５０万円で、自己資金は２００万円、親や親族からの援助は１５０万円、祝金は２００万円程度。フリーターや派遣社員など年収１５０万円以下では結婚生活は難しい。年収２００～４００万円で何とか結婚はできても、子ども１人産み育てるには年収４５０万円以上の安定収入が必要で、結婚生活も維持できる。最近は結婚資金不足から50％は結婚式をしない。

(2) 教育資金づくり

●知識情報社会では、教育格差は所得格差となって表れるので、結婚し子どもが産まれたら教育への投資は欠かせない。子どもの大学卒業までの教育費は８００万円～２５００万円だが、すべて国立学校で年間１０００万円程、私立学校だとその２～4倍かかる。

公立／幼稚園69万円、小学校１８４万円、中学校１３５万円、高校１１６万円、大学５１１万円

私立／幼稚園１４６万円、小学校８５３万円、中学校３８９万円、高校２９０万円、大学の文系６９２万円、理系７８６万円。

●子どもの高校までの教育費は、その時々の家計費から捻出。特に大学でかかるので、小さい頃から児童手当と学資保険で計画的にコツコツ貯め、高校卒業までに用意する。教育資金は「中期資金」なので安全な「定期預金」か、その時まで引き出せない「学資保険」にする。妻は結婚しても働き、出産しても働き続けると貯蓄スピードはアップをする。結婚して年収が５００～７００万円になると収入の増加の見通しに併せて、「子どもを取るか」「生活の豊かさを取るか」子どもの数や産む時期の選択を迫られる。

(3) 住宅資金づくり

●マイホームは生涯で最も高い買物。住宅は利用することによる便益をもたらしてくれると同時に、価値を貯蔵する手段で、老後のためにもマイホームを買っておけば老後資金が少なくて済む。地方都市では年収の３倍程度だが、大都市では7倍くらいで、必要な住宅

購入費は２０００万円～４５００万円程度。それ40歳前後に持とうとすれば「夫婦共働き」をしないと難しい。頭金として総費用の20％・約７００万円ほど貯め、後の80％は銀行から住宅ローンで借り入れる。頭金は住宅財形貯蓄・社内預金・銀行の定期預金に預け、個人向け国債・投資信託を購入しながら５～７年で完了する。住宅ローンの返済期間は35年まで、月々の返済計画は月収の20％まで。当初は年金生活が始まる65歳までの返済期間で借り、少しずつ繰り上げしながら定年の60歳までに完済できるよう努力する。

(4) 老後資金づくり

●老後資金とは、60歳で定年退職後から死ぬまでの生活費や、病院治療費・介護費・葬儀費用のこと。現役50代の早い時期から長期・分散して積み立てる。退職後の暮らし方を考え、どのくらい老後資金が必要か、夫婦で話し合い計画を立てる。退職金のない自営業者は40代からスタート。準備期間を長くして無理なく貯め退職するまでに完了する。人生１００歳時代に老後の年金収入だけの生活は、65歳から夫婦２人の収入は年２５５万円、支出は３２１万円で66万円ほど赤字で、90歳まで25年間で１７５０万円不足。大企業サラリーマンなら年金と退職金で賄えるが、庶民で不足する場合は、退職期の早めに退職金額を調べ定年後も夫婦共働きで貯蓄を殖やすことを考慮。貯金通帳と印鑑は同じ場所に置かず、老後資金は自分で確実に守る。連帯保証を頼まれた時は肉親以外は避けて、保証制度の利用を勧める。

●寿命がドンドン延びる中で、お金の有る人も無い人も長生きこそが最大のリスク。老人にとって生きる力とはお金の力、つまり経済力のこと。お金のない人の要介護リスクは金持ちの5倍、死亡リスクは2倍、寿命は12年も短くなる。老後資金は貯めた額に応じて計画的に取り崩しする。65歳から10年ごと、前期・中期・後期と3段階に分けて予算化し、優先順位を付けて使用する。男女ともに人生を長めに考え、老後資金は前半より後半の予算比率を少し多めにして順次取り崩していく。

65歳から老後前期は30％／夫婦揃って豪華慰安旅行など大型イベント費など

75歳から老後中期は25％／医療費や薬代など

85歳から老後後期は45％／24時間介護や終末医療比費と葬儀費用など

★高齢になれば「明日死ぬかもしれない」が、若しかして「100歳まで生きるかも知れない」から、多少蓄えた老後資金があっても老後の生活不安は死ぬまで避けられない。理想は生涯現役で働き続け、少々の資産を残してあの世に軟着陸できれば万々歳。

人生に3度「貧乏の試練」節約で生きる力を付ける

●自分の人生目標を実現するには資金力が必要。資金量が多ければやりたいことがやれ、立身出世も早く人生の大きさが決まる。だから人間は自分の年齢にふさわしい体力と精神力と「資金力」を持たねばならない。貯める目標をたて「何時までに、どのくらいの金額を、どのように作るか」の資金計画をたて節約して貯める。人生は一寸先は闇、大企業でも好不況の波が大きくリストラも盛んで倒産しないとは言い切れない。思いがけなく自分や家族の病気・事故・災害・失業に見舞われても貯蓄があれば、その深刻な不安の90％はお金で回避できる。
●経済生活の向上は、まず貧乏に耐える貯蓄を殖やす努力をしないと実現しない。人間は貧乏の苦しみを味わってこそ、生きる意欲や働く意欲を湧き立たせ、お金のありがたさが解り、貯蓄することの大切さが解る。誰もが人生において貧乏と云うトンネルをくぐり抜ける時期が三度ある。この時期にしっかりと貧乏を体験し、耐える力と生活力を身に付けておく。
　1回目は10代学生の貧乏期／無収入で親のスネかじり貧乏の時期に、貧乏に耐える力を付けておく。（高校・大学生はバイトをして不足分を賄う）
　2回目は30代子育ての貧乏期／収入があっても子ども学費が増えるので貧乏。（子育ての合間に妻がパートや夫婦共働きで不足分をサポートする）
　3回目は60代からの老年の貧乏期／定年後に収入ダウンの崖は3回くる。①60歳定年後に再雇用されても収入は50％程度に減少。②65歳から年金だけの生活に、③配偶者の死亡で一人分の年金生活になる。（元気なうちは定年後も働いて老後資金の減少を食い止める）
●お金は消費をガマンし、節約する習慣を身に付けないと貯まらない。節約は1番自分でコントロールできるお金の貯め方。日常生活において目先の欲望を我慢し満足を先延ばしする、必要以上に欲しがらず、「もっと欲しい」という欲望を抑える習慣を付ける。１０

0万円貯まると貯めるのが面白くなる。退職するまでに2000万円貯めるのを目標に、家計の金銭管理や貯蓄計画は夫婦二人で協力して行う。一人前の大人の慢性的貧乏の原因は、キャリア不足・勤労意欲不足・金銭管理不足・自己管理の不足にある。貧しい人ほど目先の金を追って勝ちを急ぎ、苦労して儲けたお金を一攫千金を狙って、宝くじ、競輪・競馬などのギャンブルに投資。一時大金を手にしても大人が自分のなすべき努力をしないでお金が貯まるハズがない。夫婦共働きだからと仕事も家庭も趣味もと生活を楽しんでばかりいると、人並み以上の高収入があっても低貯蓄に留まる。今日のような収入が伸びない低成長時代に貯蓄を殖やすには、預金通帳に自分らの将来の夢を記入し、毎月給料から自動的に15~20%を天引きして貯蓄に回して残ったお金で生活する。

★「とかくこの世は金次第」と金儲けのことばかり考えて、仕事ばかり貯金ばかりしていては人生は開かない。お金だけでなく誠実に働き努力する人の「信用力」も見えざる資本で、いざという時に大きな力になる。

人生に3度の「お金の貯まる時期」に貯める

●節約は、まず酒タバコをやめて、ストレスの溜まるような働き方を避けると、健康維持にも効果的で医療費の節約にもなる。でも食費を減らし過ぎると健康を害し、病気になると逆効果。そんな代償を払うことになく支出を減らすには、家計の4大固定費である住宅費、保険料、教育費、自動車代など高額出費の節約が効果的。生活の満足度も高めるには

「生活満足度＝収入／欲望」方程式を活用。収入が５００万円でも分母の欲望が７００万円だと満足度は70％。収入が５００万円でも欲望が４００万円だと満足度は１２５％になる。「収入より欲望を少なくする」だけで生活満足度が一気に高まり、貯蓄も殖えてほとんどの悩みは解消する。人生には貯蓄ができない貧乏な時期もあるが、お金を貯めるのに有利な時が３度あるので貯蓄や資産を殖やすのはこの時期。

１度目は、就職して結婚するまでの独身時代

２度目は、結婚して子どもが小さい時ほど有利

３度目は、全ての子どもが卒業し、自分が定年退職するまでの期間

●節約だけで貯蓄を殖やすのは時間が長くかかり過ぎる。20代で生活レベルを下げずに殖やす一番の方法は、女性が結婚して出産しても退職せずそのまま「夫婦共働き」すること。一家に稼ぎ手が二人いると、妻はあまり夫の出世競争の勝ち負けを気にしなくていいし、万一の場合も生活を縮小すればいい。夫も現代はＩＴ技術が発達して仕事の仕方がオンライン化したので、簡単に副業や兼業ができるようになった。自分の特異な能力・時間・エネルギーを副業をしてお金に変えると、精神的に余裕がもてるし、会社の倒産やリストラ、給料の引き下げのリスクヘッジになる。現在副業をしている人は53％で、可能性としては70％。ところが会社にとって社員の副業や兼業を認めると、①社員が本業に集中できなくなる、②会社に対する忠誠心が低下して使いにくくなる、③会社の秘密情報が漏れたり取引関係を流用する恐れあり、という理由で大半の会社は社員のアルバイトや副業を禁止し

てきた。社員も副業や兼業は過重労働になって健康をそこなう恐れがある。30代は副業するエネルギーがあれば本業に集中して出世を目指す方が良しとして、制約が緩い地方都市や中小企業に限られていた。

●今は労働力不足や長寿化による年金問題もあって、政府主導の「働き方改革」が始動。公務員も副業禁止の緩和が検討され、大企業でも終身雇用が揺らぎで退職金制度も見直され、副業や兼業が許可制から届出制に変わって認める会社が増えてきた。社員は副業で得たノウハウが本業にも役立つし会社に頼らず生きる力がつく。会社は社外から情報や商売のネタが入って新規事業や連携相手も見つけやすいし、社員の会社の公金使い込みなどの不正や不祥事を防げるなど、社員や企業のメリットは大きい。

●年収を500万円以上に増やす一番確実な方法は、ただ頑張るだけでなく、自分の能力開発に投資して新しい知識や能力を身につけ、昇進速度を速める。自分自身に投資して収入を増やす方法は、遠廻りのようだが一番の近道。また自社の本業拡大に投資して経営側に仲間入りして自分も一生懸命働けば、一挙両得で収入は確実に増える。年収700万円以上になると、書籍を買うより経験を買う方に投資する。さらに経済のサービス化や高度な知的労働化に伴い、長期的視点で新しい知識や技術を学び資格を獲得し、キャリアアップして働き方を変える。働く気力とスキルがあれば、一つの会社にしがみつくのは安全でも効率的でもない。1500万円以上の年収を得ようと思えば。斜陽化する産業でいくら頑張ってもダメ。時代の要請に合致したお金の儲かる立地条件のよい、成長する業界へと働く場を変え、勝ち馬に乗って攻めの姿勢に転換するしかない。

★元気なＩＴ業界のベンチャー企業で認められるほど、突出した能力の持ち主なら、成果主義をボーナスで受け取れる。

当分使わないお金は「定期預金」と「国債」で守る

●経済を取り巻く環境が激変して、賃金や物価が上昇し金銭価値が大きく下落。その上に人生１００歳時代。生涯の働き方や定年退職年齢、それに公的年金の支給開始年齢や支給額など、現行制度はアテにならなくなった。もはや懸命働いてお金を稼ぐだけ、節約して貯めるだけではおいつかない。「金は天下の回りもの」で、お金は稼いで貯め、貯まったら回して殖やし、殖えたらまた回して長期間かけてお金でお金を殖やす資産運用法が、働くことに次いで大事。日常の生活費と若しもの時に備えて日常生活を守るお金は普通預金にし、まとまったお金が入ったら金利の高い定期預金や債券に回し、資産運用は複数の収入源を持って攻守のバランスをとる。

(1)安全な取引銀行の金利の高い定期預金を選ぶ

●当分必要のないお金は普通預金より金利の高い定期預金に預ける。定期預金でも３大メガ銀行の金利は０・０１％だが、時期によって地方銀行やネット銀行なら20～30倍にもなる。金利が年１％なら資産が２倍になるまで70年かかるが、２％なら35年、３％なら20年で達成できるので、有利な預け先や預金の時期を厳選する。外貨預金は金利が高いが売買手数料がかさみ為替変動のリスクもともなう。

(2)国債は銀行金利の2倍

●5年以上必要としない余裕資金できたら投資をはじめる。リスクのない一番安全な投資の国債は、元本保証で金利は銀行より2倍以上。ネットで買えば銀行で買うより手数料の分だけ安くなる。3年もの・5年ものは固定金利、10年ものは変動金利。早めに買って10年・20年と長期に保有すれば7％前後になる。国債は一度にまとめて買うより、3年ほどかけて徐々に買い、時期を分散すれば貯蓄途中で方向転換もできる。国際は途中で売却すると元本割れすることもある。

「投資」にリスクは付きもの「慎重」に「恐れず」に

●お金は消費すれば終わるが、時間を味方にして長期的に考え、投資信託、そして株式・商品取引・不動産などに投資して増やすことができる。利息や配当を元本に加えて再び投資する複利の収益力を味方にして黙ってジッと待つだけ。投資に絶対大丈夫はないのでお金があるから投資するのではない。現に富裕層でも20％は株式投資をしていない。その道の専門家から資産運用の情報・技術・管理・節税対策の基本を教わり、自分でも金融業界の構造や金融商品の特色など、自分の研究努力次第でリスクは軽減できる。リスク投資は他人に任せるのでなく自分の頭で考え、真剣に向き合うと日々のニュースを見る目も変わり頭の体操にもなる。自分の保有資産・負債の額・家族・経験・年齢なども考慮し、安全なものから収益性の高いものへ順を追って進める。人々の思惑の一歩先を見て、すべては自己責任で勇気をもってハイリターンの株式投資は現役時代にはじめ、失敗を糧にしながら自分で判断できる力をつけておいて、定年退職後の資産寿命を延ばすのに役立てる。高齢になって株式投資に失敗すると取り戻す時間がないから、株式などリスク投資の比率は欲張らず、60代は40％、70代は30％、80代は20％以内にする。

(1)投資信託は３％を基準に

●低金利の時代はリスクなしで大きなリターンは得られない。せめて信託投資や株式投資（NISA）と組み合わせて長期の投資利益率は３％が目安。これより上がハイリスクで、利回りがいいのが原則。「投資信託」は攻めにも守りにもきく。毎月１〜２万円でも一定額で継続的に投資信託を買う。経済ショックは３〜５年サイクルで起きるが、５年・10年と長期運用して資産形成をはかると、少々政治的・経済的ゆらぎがあっても大丈夫。トピックスに連動したインデックス型は、手数料も安く人的判断ミスがないからブレも小さいが年利３％前後。投資のプロが担当してその利益を配当するアクティブ型は、年利５％くらいになるがリスクが伴い手数料も高いので要注意。まず年40万円まで20年間非課税で投資できる「NISA」や、無難な個人型確定拠出年金「iDeCo」からはじめてみる。

(2)株式投資は長期、成長企業を見抜く

●株式投資は簡単でないから４％以上を目標にする。「知識・勇気・覚悟」が必要。失敗しても自分のキャリアに対する投資と見て、全てのリスクに自己責任で対応する。投資には配当で利益を得る本来の「投資」と、株価の値上がりで利益を得る「投機」とがある。別に「株主優待」の特典があるがこれは目的外。「投資」は未経験者でも分散投資の原則と、優良会社の配当を狙って長期投資なら大きな失敗はない。日本の株式市場取引の70％は海外投資家で、株主配当の高い企業が評価され買われる。30代なら投資は時代を先取りした成長企業の株価を低い時に購入し、5年以上長期間保有して毎年高配当が得られる。体験した深い知識に基づいて自信がつくと投機に移行する。「投機」は毎日が勝負なので目が離せない。政治や経済動向をじっくり見て、大暴落した時が買い時で大きく上がった時に売る。まずはNISAからはじめ、決断し、成功し、失敗も体験してだんだんと成長していく。5万円・10万円の投資でも予測が当たった醍醐味は100億円投資と同じ。株式が苦手ならしない方がいい。

(3)商品先物投資は天候や景気に左右される

●小豆・大豆・ゴムなどの「商品先物取引」は、本来はそれを扱う企業が売買するもの。これらの商品は、天候や経済状況によって価格が大きく変動する。自分が働いている業界なら裏情報も掴めるが、これらの商品への投資はリスクが大きいので、世界の政治・経済や気象状況をみる目、金融制度の知識や経験、分析能力を身に付けてからにする。大量生産された商品は購入後価値が下がるが「絵画・骨董品」など、値上がりを見込める商品や物件を見つけて投資する方法もある。「金」は値上がりより資産を守るための保険と考える。

(4)不動産投資は長期でも利益額がケタ違い

●土地・不動産投資は株式と並ぶ資産形成の王道。戦争の多い外国では金に投資するが、平和な日本で資産を大きくするには、土地や建物に投資した方が利益額が大きい。金持ちは信用があるので金利が安いから、今は1%の金利で35年間借りられるので、借金しても株式より有利に展開できる。将来に亘って確実に値上がりする地域の土地やマンション・ビルなど不動産を購入し、家賃収入や転売して資産を殖やす。不動産の減価償却費を自分の所得と相殺し、節税対策に活用して。ただし不動産は転売する時にはじめて利益が出るので時間がかかる。遺産相続の場合、現金を不動産に換えることで評価は20%下がり、それを他人に貸せば70%に下がるので不動産は節税対策としても利用できる。

(5)人脈投資で金儲けの裏情報を得て活用

●人脈投資は、成功者や富裕層との人間関係づくりへのための投資。自由競争社会では勝者が集まって富裕層ができ、敗者が集まって貧困層ができる。貧しい人は貧しい地域に住み、悪友を作って悪の道に堕ち込んで経済破綻する。生涯で財をなす成功者は悪縁から逃げても、富裕層と人脈を作って近づき良縁は逃がさない。ロータリーやライオンズクラブなど社交界に入り、その道の権威や権力者とのコネを持つと成功への近道。富裕層の多い街に住んで人間関係が深まると、それまでとは違う世界が開ける。互いに親しくなれば貴重な金儲けの情報をやり取りして、生産的資産を殖やす機会を得る。急成長する市場に参入したり投資して儲け、人脈が金脈に変わる大きな財産となる。

(6)事業継承と資産相続で次世代に引き継ぐ

●実業界でも最後は「事業の継承」と「資産相続」が課題。親が起業した事業の夢を果たせず中小企業で止まった場合は、子どもが事業継承してさらなる発展をめざす。親が蓄積した事業経営の知識や経験を伝えるのは難しい。とにかく子どもの教育は最高学府まで積極的に投資し、卒業後は一旦大企業に就職させ、あるいは同業の先輩企業に4～5年預けてある程度修行させ、広い世間で現実の厳しさを体験させる。その後自社に戻しても現場から段階を踏んで上級職に就け、経営全体を継承させる。ただし自分が裸一貫から身を起こした会社でも、上場企業まで到達すれば、原則通り経営能力と実力ある人を厳選してバトンタッチする。資産相続の場合、親が一代でなした資産を次世代に継承させる段階で、日本の相続税は55％と高率だが、税理士に相談して早めに手を打てば、現行の国の法律制度でもかなり節税できる。海外に会社を移したり、ニュージーランドなど相続税ゼロの国に移住する節税方法もある。それで人並み外れた財産を残しても、不正や悪事はいつか暴露するので、自分のため子孫のためにもならない。

★生涯独身者は、人生100年時代を一人でも生きられるだけの資産を形成し、自分で自分のセーフティーネットを用意できるか？　不安がいつも残る。

職業人に3度スキルの「創造期」「強化期」「転換期」

●これまでは社会環境は大きく変化せず、会社も未来予測が可能だったので、サラリーマンの職業人生は一斉行進型。教育→仕事→引退の一本道。学校を卒業すれば一括採用、入社すれば集中教育を受け、現場で働き管理職になって、60歳で定年退職すれば晴耕雨読の老後を迎える1ステージのマラソン型だった。人生は100年時代になり、働く人の意識も労働環境もガラリと変わった。生涯1つの会社で1つの仕事で終えることは難しくなった。働く期間も40年から60年間になると、若い時期に身に付けた知識や技能の陳腐化が進むので、いつまでも高出世、高所得を目指し働くばかりでは生き残れない。

●今のAI時代はテクノロジーの急速な進歩で、産業や雇用のあり方、人々の生き方も働き方もガラリと一変。雇用の流動性が当たり前になり会社も終身雇用ができなくなる。サラリーマンも人生途中の40代とか60代に、一時仕事を中断して将来の方向を見直し、時間とお金の再投資して次なる仕事の訓練を受け、生き方と働き方を変えての再スタートが必要になる。人生には何度も職業再選択の機会がやってくる。誰もがそのステージにふさわしい職業能力を身に付け、人生全体を通して自分の成すべきことをなし続けねばならない。

(1) **20歳から第1ステージは「スキル創造期」**

●20代若者に必要なのは、職業人生60年を生きつなぐストーリー。学校の卒業と同時に自分の好きな仕事を見付け、20代の「記憶力・発想力」を活かせる能力と、境遇に応じて次の6コースから選択し職業人としての人生がスタートする。

1. 学生期に最善の努力をした人は、官庁や大企業に就職してのエリートコース。第2ステージもそのまま、あるいは系列企業の経営幹部として天下る

2. 医師・弁護士・税理士など国家資格を獲得した人は、あまり競争のない安定した仕事で、第2ステージもそのままを歩む
3. ITなど特定分野で特別の才能を持った人は、学生時代あるいは卒業と同時に起業してスタート。軌道に乗せ、第2ステージは合併・買収を含めて考える
4. 親の家業を継ぐ人は、一旦同業の会社に就職し、3~5年ほど世間のきびしさを体験した後、第2ステージで家業を受けつぐ
5. 凡人は中小企業からスタート。幅広い知識・経験を身に付け好きな仕事を見つけて、第2ステージでの独立を目指す
6. 適切な就職先を見つけられなかったら、とりあえず非正社員か派遣社員でスタート。試行錯誤の上に自分に合った仕事を見つけて天職とし、第2ステージを展開する

(2) 40歳から第2ステージは「スキル強化期」

●今の時代は技術革新のスピードが速いので、既存技術の陳腐化も早く、天職にも全盛期があり衰退期があるので油断禁物。10年で一人前のプロになっても、10年たてば劣化し、20年たてば転換が必要になる。これまで身に付けた「スキル・知識・経験」を一旦リセットし、やりたいことをやり切るために何を捨て、何を残すか選択して集中をする。現場の最前線で最も創造的に仕事ができる年齢は40歳まで、それを過ぎると配置転換でやる気を持続。仕事への集中力のピークは43歳、45歳過ぎたら次なる仕事のスキルが必要。自身の能力の棚卸しをして、有給休暇をとって能力開発に再投資し、「判断力」を生かして人を

使って仕事をする能力を磨き、自分の付加価値を高める。スキル強化に取り組んでそれまでの会社で働くか、転職するか、独立するか決める。女性も育児から手が離れたら、新たな知識を補充してスキルアップし、再就職して夫婦共働きをはじめる。

⑶60歳から第3ステージは「スキル転換期」

●60歳定年退職後の職業人生第3ステージは、生きるために働くから人間力を生かして「働きながら生きる」時期。まだまだ働けるのに働かないで年金を貰い、遊んで暮らしていては国の財政が持たない。人生100年時代に人生途中で年金が減ると老後破綻が心配。働きたくても働けない人は別として、とりあえず好きな仕事をして、フルタイムで働かない、年収にこだわらない。年金受給開始年齢の65歳までは、生活費の不足分を補うために「完全現役」で働き、70歳までは「ほぼ現役」で働き、さらに75歳までは「自分の意志」で働いて、80歳を過ぎると年金だけの生活で逃げ切る。人生には退職はないから、元気な人は生涯現役で働き続け、老後生活は自己責任で確保しながら、自分の職業人生を完結する。

1. 会社の再雇用に応じ、これまでのスキルと人脈を生かして働く
2. 別会社に職場を移して気分一新、これまでのスキルと関連した仕事で働く。あるいは新しいスキルを身につけ、これまでと違った仕事で別会社で働く
3. 特殊な知識・技術・スキルを持つ専門家は、これまでの仕事仲間を集めて小さなビジネスを起業する。独立すればもはや他人に使われることも定年もなく、生涯現役

で働けば、老後のお金・健康・孤独の3K不安を解消して最強の生き方ができる。

★日本の長寿社会はこれからが本番。近々公務員の定年は60歳から65歳になり、一般企業もその流れに沿って65歳になり、そして年金受給年齢は70歳に引き上げられていく。

時代変化の5年先を読んで「自己啓発」する

●社会や会社の中で要求される能力は大きく変わるので、どんな優秀な専門技術者でも、10年以上も優秀であり続けることはできない。急速なIT技術の進歩で売り手や買い手を見つけやすくなり、情報コストが下がって、銀行など金融機関・不動産業・卸売業・小売業など、中スキルの定型的な職業が様変わりしつつある。人工知能やロボットの登場で、製造業・タクシーやトラックの運転手など低スキルの定型的労働が、さらに医者や弁護士など高スキルの知識集約型の仕事さえ不用になるだろうと危惧されている。時代のニーズと自分の技能にズレが生じてくると、すべての努力が実らなくなる。職業人生40年を生きるためには、会社や社会変化のサイクルに合わせ、絶えず教育に投資して新しい技能を習得して転換しなければ生き残れない。生涯学習時代が到来して人間が「絶対優位」「比較的優位」を持っている仕事でないと生き残れない。

●波瀾万丈の人生において、絶体絶命の困ったとき苦しい時に頼れるのは、よく勉強して努力した自分をおいてほかにない。目先の快楽や満足を先延ばしして、常に変わり行く時代に適合するよう10年先を見通して自己啓発し、会社に頼らず自分自身で自分を教育し、たゆまぬ努力をし転換し続ける。会社内で自分の担当分野の知識や技術を見直し、新分野開拓の気概を持ち、それを果たす能力開発するため自己啓発をする。職業人として1つの分野、1つのテーマに絞って、毎年・毎月・毎日一定の時間を割いて自己の再創造に振り向け、強い意志をもって自分に規律を課して学習と練習を継続する。研修セミナーを受講したり、先輩や師匠についてコツコツと修行し、誰もが認めるレベルの技術を維持する。

●人生計画をたてたら生涯その目標から目を離さず、自分が自分と約束したことは必ず守る。人生目標の達成を妨げている課題を見つけたら、優先順位を付けて対応策を考え、急がず、止まらず、怠らず着実に改善する。自分の望む結果を数字を使って具体的に設定し努力し続ける。心構えや習慣の問題は原則中心にチェックし、金銭や物の問題は数字中心に成功と失敗に分けて反省し、短期的な問題はすぐに効果が上がるが、根本から見直しを迫られる重要問題は再発を防ぐようにして完了する。

数字化して「計画」「実行」「反省」を繰り返す

●「10年ひと昔」と言ったのは昔のこと。今は知識や情報伝達の技術が進んで時代変化のスピードが倍増。5年先の世の中の姿を予測するのが精一杯で、今や10年先は読み切れない。だから人生計画も自己啓発も5年先を読んで目標をたて、中期計画は3年先まで数字化し、1年単位で実施計画を立て、半年ごとに中間チェックして、1ヶ月ごとに実践計画を、週ごとにチェックし、1日ごと実行し集中努力して達成する。それぞれの段階で原則通り「計画→実行→反省」を繰り返し、自分の仕事ぶり勉強ぶりを客観的に見て反省し、ムダなことをやめ成功軌道に乗せる。

(1)**5年先「長期計画」**

●技術革新の激しい現代社会で、会社の売上や業績を数字でおおまかにでも予測できるのは5年先が限度。自己啓発もこれに合わせて5年先の地位や資格や知識や技術レベルを想定して目標を立てる。

(2)**2年先「中期計画」**

●会社組織の配置転換のサイクルも速くなって、内外の人脈も変わるので、自己啓発の実施計画も2年単位が限度。時代のニーズにブレないよう一歩先の仕事の知識と習得し、業務遂行能力を身に付けないと時代の変化についていけない。日誌も2年物を使用して自分の進化と退化に気付きキャリア更新を続ける。

(3)**1年ごとに「短期計画」**

●世界のほとんどの国は太陽暦の1月1日が新年。大晦日には1年間の自分を見つめて反省し、元旦にその年の目標は明確にして、計画達成を誓う。だが官庁や役所は4月1日が年度初めなので、会社は「12月末決算」と「3月末決算」に分かれる。毎年の年頭と年度年度初めは社員にとっても大きな節目。今年は何を取り入れ何を捨てるか、決意新たにスタートする。

(4) 1ヶ月ごと「実施計画」

●給料は月1回、官庁や役所は毎月20日に支払われ、民間一般企業は25日頃に、そのお金が回り回って月末が零細下請け企業や自営業・商店の給料日となる。毎月の目標と実績はこの金の動きに合わせて全体と部門別に管理し、比較検討して評価する。

(5) 1週ごと「確認・チェック」

●生活行動は1週7日単位のサイクルで繰り返し、平日と土日祭日休日を中心に、金曜の終末は職場仲間と、土日の週末や休日には家族や友人と関係を強化し、月曜日は理容店が、木曜日は医療機関が休日、火曜水曜が商店の定休日。休日前と休日明け。祭日と連なる3連休。出勤日、買物、趣味活動、旅行など、行動予定表を作り、曜日ごと週初めと週末の傾向を考え事前準備。週ごとに時間の使い方と活動を評価する。同じミスが繰り返しているなら、緊急度と重要度を考え根本的な対策をとる。

(6) 1日ごと「実行計画」

●人生は1日の連続体で小さな習慣の繰り返し。理想や目的がどんなに遠くても目前の仕事に全力を投入する。良い生活習慣は遺伝を超えて良い性格を作る。過去を引きずらず未来に重点を傾け過ぎず、あるべき今日1日に集中努力する。人生の勝負は1日1日の使い方次第。朝は5時に起き、晴れやかで落ち着いた心の状態を作ってスタート。日中はいつも目標や予定に囚われるが、忙しくても心を失わず、周辺の状況にも気を配る。今日、只今の自分を見れば未来の自分がわかる。就寝前の反省は短く日にちを跨がらないのがコツ。

今日一日の行動を丁寧に反省し、間違いに気付いたら素直に自分の至らなさを認め、直すべきことは即改めてすばらしい明日を夢見て眠る。

★毎朝、人生目標に向かって心を一点に集中し、実現することをひたすら祈る。祈りは自分自身に向かい、外に向かって人生成功に向かう。

「人・物・金を動かす原則」を学んで独立起業

●サラリーマンの生涯獲得賃金は、正規社員で2億5000万円、非正規社員なら1億2000万円程度。日本で年収1000万円以上ある人は5％程度、年収1億円以上が200万人いて、そのほとんどは自営業者。たとえ大企業の経営幹部になっても大金持ちになるのは無理。それでもサラリーマンの過半数は、会社組織の歯車のまま職業人生を終える。金持ちになる方法は、①親の資産を引き継ぐか、②大企業の役員まで出世するか。③自分一代で財をなすか、その中で最短ルートは、自分の会社を持ち本業に徹して役員報酬や配当収入を得ること。

●金儲けは頭の良さより行動力が大切。そもそもお金は追い求めるのでなく自分の好きなこと・得意なことを事業とし、独立起業して引き寄せるもの。これから伸びるＩＴ関連や飲食サービスなどの業界や、誰もが使う製品やサービス分野で、みんなが不便を感じている所に成功のチャンスがある。事業の「ひらめき」は普段から考えている人に訪れる。身近な成功者の基で知識・経験を積み、これだ！　実感したらいち早く起業し、創業者利益を得ながら業界NO1を目指す。事業の成功は時代の先頭に立って「最初の波」に乗れば、後は勝手に波が成長・発展へと運んでくれる。最初は月収200万円程度を目標に、使命感を持ってやり続ける。自分の願望を果たすと同時に、顧客の期待を上回る満足を提供し、次いで家族の生活のため、従業員の生活を守るため、そして多くの税金を納めて国家社会への貢献をめざして人一倍働き、人一倍節約し続けていると、結果としてお金が貯まるし社会にも貢献できる。

●経営者は高収入でも24時間・365日働きずくめで、個人の力量で稼げるのは2000～3000万円まで。事業経営は自分一人の努力だけは成功できない。経営者は10倍頑張るのでなく、1／10に減らして大勢の人の時間を借りる。また世の中はやる気だけで何とかなるほど甘くないし、努力さえすれば誰でも成功できるものでもない。我流の素人経営は一時は成功しても、いつか必ず失敗して元へ戻る。お金を稼ぐには問題解決に必要な知識や技術を身につけ、安定した収入と地位を確保すること。世の中には成功する法則があり失敗する法則もある。独立して成功するには懸命に働くだけでなく、経営の3原則をキチッと学んで合理的経営の本流を歩むこと。

1.「人を動かす原理原則」を学んで、人脈を作り、人材を獲得して育てる

2.「物を動かす原理原則」を学んで、売れる商品を造るか仕入れる

3.「金を動かす原理原則」を学んで、効率よく投資して利益を増やす

●事業が育ってきたら自分の取り分は20％程度にとどめる。ある程度財を成すと社長は資

金繰りより時間繰りの方が大事。優秀な人を雇い人材育成に投資して社員を育て、その人たちに運営を任せる。同時に価値観を共有できる相棒を見付けてペアを組み、自分の欠点や弱点を補強してもらい、自分は社長本来の仕事である次のビジョンづくりに専念する。中長期計画に沿って利益のすべてを本業に投資し、企業規模を拡大して組織化・システム化をはかり、人手を増やさず利益を増やす方法を追求する。

★優秀な経営者でも能力や時間に限界があるので、各分野専門家の指導を受け、効率のよい組織やシステムを構築する。

「ホップ」「ステップ」「ジャンプ」して成功軌道に

●人生成功は成り行きでなく造り出すもの。成功は弛まぬ努力の産物でその原動力は強固な意志力にある。意志力とは自発的に何かを始める能力と、始めたことを忍耐強く続ける能力をいう。自由経済には浮き沈みがあるが、常に研究するものは常に栄え成長できる。経営者はいつ何があってもリスクを取る覚悟が必須。競争社会では強く思わなければ勝てないので孤立しても正義を守る。成功は簡単に転がり込んでくるものではなく、独立して目的を達成するまでには次々と困難や障害が現れる。危機の時でも親に頼らず、夫婦が一体となって問題解決に取り組み、腹をくって乗り切る。勤勉に働いて見栄を張らず支出を最小化してお金を貯め、それを本業に再投資して資本力の競争に勝つ。起業して「ホップ・ステップ・ジャンプ」と順を追って企業規模を拡大する。経営手法も変わるので常に

学び研究して変身し続ける。例えば商業やサービス業の場合、
●ステップ1は「ホップ」助走期。売上1億円突破突破を目標に、独立した当初は寝る間も惜しんで愚直に一筋に一生懸命働いて夫婦ペアで稼ぐ。家族経営はまずは夫婦円満で、自分を支えるパートナーとの関係が安定しないと商売もうまくいかない。夫は外回りを妻は店内を担当して相互補完する。まずは1億円を売らないと人を雇用することも店舗を拡張することもできない。経営者夫婦は朝は朝星・夜は夜星を仰ぎながら、体力の限界まで働き、人一倍節約して貯蓄を殖やす。市場のすき間で小回りをきかせ、週休二日制など関係なく顧客に密着した「サービス力」で地域一番になって成長する。
●ステップ2は加速期。3億円突破するには仲間チームで闘う。競合他社より情報を先取りして常に選りすぐった売れ筋商品を品揃えし「商品力」において業界1番になる。幹部に男子社員を採用して経営感覚を持たせ、5、6人のチームワークでやる気を引き出し、内部に人的資産を蓄える。人材を育てて現場を任せ、他人の能力を使って支店を増やす。自分は野球監督のように戦闘の外に出て、冷静に客観的に原則にそった判断をする。会社を大きくするコツは、一人占めの発想から脱却し、家族を抱えた社員のため、顧客のために徹したとき、会社は大きく飛躍できる。
●ステップ3は「ジャンプ」飛躍期。10億円突破するには「資本力」で闘う。大規模店は1000平米以上の大きな売り場や駐車場など施設の魅力でお客を引きつけ、地域一番の売上を確保。自分以上の能力を持つ優れたスタッフを活用して企画力・管理力・組織力を

充実し、ピラミッドの底辺に戦闘力を移していく。銀行との関係を良くして不動産を増やし、資本主義原則を忠実に資本力を充実して店舗を拡大。さらに支店経営からチェーン経営へ移行し、施設化・組織化・システム化を図って企業化し、顧客ニーズに適応できるようになる。施設化やシステム化の競争はどちらか一方の勝利に終わるので、会社の取引業者を含めて、人的ネットワークをつくり、絶えず研究しながら良質な企業体質を作って発展。株式を上場して「資本力」を強化し大企業化すれば、後の目標は無限大。関連企業買収したり吸収合併したり六次産業化して競争より共同化してして寡占化をはかり、競争原理から離れる。

★目標を立てるより難しいのは目標を持ち続けること。仕事をやり遂げる粘りなくして成功はありえない。避けられない運命の流れはあるが、それを乗り越えていく方法は必ずある。

第7章　乳幼児・児童期を生きる

7―1／10歳まで子育ての智慧

母親の胎内での「胎教」は無意識として残る

●昔の年齢は数え年で、父親の数億の中から勝ち抜いた精子1個と、母親のその時期20万個の中の選ばれた卵子1個が結合した時が誕生日。母親の胎内に宿った1個の受精卵は、40億年の生命進化のプロセスをたどって分裂に分裂を繰り返し、60兆もの細胞になって胎児の体を構成する。小さな命は羊水の中に浮かび、出産の日まで羊水呼吸して成長し嚢胚形成は8日で終了する。30日頃には首の付け根に魚のエラのようなものが出来て、爬虫類のような尻尾もある。34日で顔はサメ鼻と口ができて、38日で哺乳類の顔になり、胎内から飛び出してこの世に誕生する。出産と同時にこれまでの水中動物から陸上動物となって大気圏の世界で生きはじめる。この胎児が体験する太古からの進化の歴史は、出生後も内臓感覚として持ち続ける。

●人間には生まれる前から、人智を超えた不思議な力が働いている。出産直前の胎児の耳はすでに外界の人声が聞こえ、言葉の使い方まで解っているので、生後3日目で母親の声を聞き分ける。だから善い子どもが欲しければ、妊娠中の胎児に余計なストレスを与えないようにして、清らかな心で胎児に話しかけたり音楽を聴かせたりして、胎児の時期から教育を開始するとよい。

★2~3歳の子どもの中には、受精する前の前世の記憶を持っている子どもがいる。また自分が母親の胎内にいる時に、外界で起きた事柄を覚えている子どももいるが、前世の記憶はこの世で刺激を受けて5歳頃までにすべて消滅する。

人間関係はまず「母子関係」から始まる

●哺乳類は親子が一緒にいて子どもを守るが、哺乳類という生き物は、哺乳行動を介して母子の肌がふれあい、深い愛着や協調性で結び付く。人間も哺乳類の一種で、母親の胎内から生まれ、全ての栄養素とバランスよく、病気に対する免疫力と自然治癒力も備わった完全食品の母乳によって育つ。人間の頭脳は他の哺乳類と比べて異常に大きいので、母親は相当な痛みに耐えて子どもを産む。胎児も母親の産道を通りやすいよう頭蓋骨は小さめで柔らかく、未熟児の状態で産まれてくるから、誕生しても母の胎内にあるかのように育てねばならず、1年間は母親は育児にかかり切り。離乳後も発育期間が長く、長期間母親が面倒をみるので、母親と乳児との親密な母子関係が人生の出発点となる。この乳児期における母子間の愛着の形成が、成長後の人間理解の基調。その認識によって心の基本姿勢が定まり、他の人間に対する行動が決まるほどに、母親の母性愛は以後の人間関係の土台となる。

●乳児は〝オギャー〟と泣き声を発した時から1日の3分の2は眠って過ごす。しばらくたつとバタバタと手足を動かして周りを探り、人と関わりながら必要な能力を付けていく。1ヶ月で「マンマンマ」と言え、2ヶ月位で口から息ができ、3ヶ月で触れられた方へ顔を向け、口に触れたものを反射的に吸う。4ヶ月で耳も聞こえ大きな音に反射的にビクッとする。5ヶ月で明暗が解り、手当たり次第に物を掴みはじめる。6ヶ月を過ぎると首が据わって自分で首を動かし手指も自由に動く。生後7ヶ月でお座りができ、8ヶ月で睡眠時ににんまり笑ったり、時々何か懐かしそうな目をする。10ヶ月でハイハイができ、しばらくして立つことができ歩き始める。1歳になると舌の感覚が発達して言葉を発し、20ほどの単語を覚えてこちらの言うことがことが解り、簡単な質問に答えられる。乳児が言葉を話し始めると乳離れが始まる。それに加え心の芯になる部分が作られるので、家族の中で過ごす時間が大事。生後16ヶ月で喜び・驚き・怒りなどの一次感情が出揃い、幼いエゴが声と腕力の両方で表現しはじめる。大人の会話や心の動きを見て、愛されたい認められたい思いを生み出すので、できるだけ明るい表情を見せて愛情を注いでやる。

●父親・母親の親性は、子どもと一緒にいる時間に比例するので母親の方が圧倒的。人間は生まれて自他の区別がつかない状態から、母親の乳房と自分の唇の感触を通して自分以外の他者を認識し、母親と乳児との特別に密接な人間関係がはじまる。乳児の頃に鍛え抜いた舌の感覚と、幼児の頃に手の平でなで回した記憶は、大人になっても意識下に根強く残る。乳児の皮膚は露出した脳といわれるほど、母親の授乳や添い寝・抱っこによって愛着が生まれる。乳児は母親の愛情を全身で感じ取り、潜在意識に刷り込まれた愛着の一番目が母子間において形成される。乳児を独りぼっちにし大きな声で泣きわめいた場合、母親がゆっくりあやしながら話すと泣き止む。乳児でも幼児でも甘えが不足した場合は、一緒に食べ一緒に風呂に入り、一緒に遊び一緒に寝て、母親と子どもとの接点を増やす。「早く」とせかせたり「後でね…」といわず、その都度子どもに寄り添い、言いたいことを自由に言える状態にして、最後まで話を聞いてやるとよい。

●人は生まれた時から快・不快の感情を持っているので、母親のスキンシップは伝わる。乳児の愛着は母親の愛情と子どもの甘えの相互作用で生まれ、さらに家族や周辺からも無償の愛情に包まれ、それを一身に受けとめて成長していく。この時期に形成された子どもの母親や家族への愛着は、成人してからの性格形成の母体となる。人生のつらい時の力となり、他人を思いやる気持ちが育つ。逆に十分な愛情を与えられず、愛情に飢えたまま成長した子どもは、思春期においての反抗的行動に表れ、一生を大きく左右する。母親は子どもを裏切らないよう無償の愛を注ぎ続け、他人からも愛され信頼され、受け入れられる性格と根源的な自信を育ててやる。この時期において、

1. 母親が甘やかすと、子どもがわがまま・反抗的・幼児的になる
2. 母親がかまい過ぎると、子どもは幼児的・依存的・神経質・臆病になる
3. 母親が残酷だと、子どもは強情・冷酷・逃避的・独立的になる

4. 母親が無責任だと、子どもは従順でなく・攻撃的、乱暴になる
5. 母親が支配的ならば、子どもは服従的・消極的になる
6. 母親が民主的ならば、子どもは独立的・素直・協力的・親切・社交的になる

★子どもにとって母親は、無条件に愛をそそぎ許してくれる存在。だから母親は甘やかすのでなく「甘えさせる」ことの方が大事。子どもの心を育てるには、発育期の年齢に合わせ、たくさんのスキンシップを与え親密に関わる。乳児には肌を離さず、幼児には手を離さず、児童になっても子どもから眼を離さずに見守ってやる。

心の芯の部分は「母親の愛」と「家庭の環境」による

●子どもの心情や知能の発育は、生まれた季節によって異なり、家庭や地域などの社会環境や好不況・戦争など時代背景によっても差ができるので、他人より進んだ部分や遅れた部分があって当然。乳児はまだ自我を欠いた感覚だけの状態なのでもっぱら情緒、つまり「心」を育てる。子どもが歩き出すまでは子どもの欠点を見ないで、成すことすべていっしょに泣いたり笑ったり喜んだりする。母親も子どもと同じ目線で共感しながら遊んでやると「うれしい」と感じる心が育つ。母親は子どもの個性を意識しながら、持って生まれた能力を引き出すと共に、この時期に何でも食べるクセをつけ、抵抗力や免疫力をつけて「アレルギー体質」にならないようにしておく。子どもが立ち歩きできる頃から「平衡感覚」を取るような遊びをさせる。幼児のうちに体を柔らかくして、転んでも大けがをしな

いよう、飛び降りる時は頭を打たないよう、前のめりに着地するコツを体得させ、高い所に登ったり飛び降りたりして勇気を引き出し「高所恐怖症」をも解消しておく。母親の方から働きかけて、子どもの強さや賢さ、逞しさを育てて生き抜く力を付けやる。

●子どもの心の本来は純真無垢なので、何よりもまず善悪の判断のできる子どもに躾ける。教育は人間の良心を損なわないよう育てるのが原則、悪くならいくらでもできる。母親は無条件の愛で優しさを育てる役割だが、父親はきびしく生きる力を躾ける。理屈で子どもの良心は育たないから、生き物の生態を見せたり、虫や小鳥を飼って「命を思いやる心」を育て、弱いものいじめや無益な殺生をしないよう心を配る。両親の責任は客観的な評価より、最後まで自分の子どもを見捨てず、愛情を持って育てると、子どもは親を踏み越えて成長していく。子どもの他者への思いやりの心や道徳レベルは、両親の価値観が映し込まれる。親の世代が正しい生き方や成功法則を身に付けていると、次にその成功する考え方を持った子どもになる。

●自分の生きていく心構えや、他人に対する基本的な心構えは、生まれてから物心つくまでの家庭環境や、親子のふれあいを通じて形成される。母親が子どもに奉仕してその恩恵を送り渡すと、子孫に至るまでよい影響を与える。家族間の愛情が豊かで、子どものために犠牲となって働き自分を教育してくれた両親をもっている人は、思いやりや相互補完の精神が豊かで、清濁併せ呑むことができる。人から信頼され信任を受け、無私の精神で謙虚に献身的に努力し、知恵や創造的直感を働かせ、人を感化してリードしていく力が付く。

逆に愛に貧しく怠け者の父母を持つ家庭環境で育った人は、不信や欲求不満から闘争的、強迫や憎悪から精神分裂的で、反抗から自分勝手で享楽的で無理解や無責任から、何かにつけて批判的な生き方をする。子どもは金銭や財産など物質面に恵まれた家庭より、両親・兄弟姉妹・祖父母の豊かな愛情と、理解力のある家庭の方が品よく育つ。

●親子の出会いは宿命的で、親は子どもを選べないし子どもも親を選べないから、家庭での親の影響から逃れられない。人間は人と人の間で育っていくので、貧しい愛に育てられた子どもと、豊かな愛で育った子どもでは人格に大きく差ができる。愛と信頼の環境で正しい生き方と正しい生活法を躾けられた子どもは、強かさ、賢さ、逞しさを身に付け、明るい方向に育っていく。親のいない子や一人っ子は、話し相手がいないので対話能力が不足する。病気になる子どもや罪を犯す子どもには心にクセがある。それは幼少期の親との対話不足によるものだから、周囲の大人たちも協力して「よいこと」「悪いこと」の判断を教える。それを孤独のまま放っておけば、不良少年や少女となっていく。

★両親は子どもにとって、一番尊敬できる人でなければならない。特に母親はわが子を「人間のことがわかる子ども」に育てるため、自身も向上心をもって努力し続ける。さらに子どもに対して、昼間家にいない父親も家族の一員で、生活の大黒柱であることを教えて父親になつくように導いてやる。

「子育て」とは子どもの「脳を育てる」こと

●子どもの才能や性格の40％は、両親からの遺伝子による。放っておいてもちゃんと育つ子どももいるし、特に変な育て方をしなくてもグレる子どももいる。残り60％は生後の家庭や教育環境によって形成される。子どもを育てるとは「子どもの脳を育てる」こと。人間の脳は自らを変化させ、成長させていく力を持っているが、正しく教育しなければ一人前にならない。脳の発達プロセスは、生まれた乳児の脳の重量は大人の25％程だが、1年後には50％と2倍に、脳細胞は120日で1000億個になり、それが結合したシナプスの神経回路ができて、意味のある言葉を話し始めるが、まだ質問の意味を理解できない。この時期に子どもを頻繁に抱きしめてやると、脳の機能が健全に発達し、頻繁に話しかけると子どもの知能指数に好影響を与える。2歳半頃になると悲しんだり怒っている顔が解る。さらに周りの人たちと感情のやりとりや言葉を獲得して、より高次の喜びや悲しみ・恐怖・驚き・怒りなどの基本感情が芽生えてくる。母親が解ってくると自分を守ってもらえる安心感から愛着を感じ、それ以外の人を嫌がって「人見知り」するようになる。

●人間は未熟児の状態で産まれてくるので、誕生直後から母乳や食物から得たエネルギー消費の中心は身体の成長へと向かい、身長は1年で2倍、体重は3倍になる。乳児の3歳までの脳は、生きるための基本的知識の吸収で精一杯。まだ発展途上なので無視したりとがめたりバカにしない。一方的に考えを押し付けるとその基準でしか判断できなくなるので、特別な才能や頭を良くする英才教育は避けた方がよい。3歳になると脳が発達して脳の構造が一気に変わる。よく使うシナプスの脳神経回路が増え、使わない脳の不用な回路は消滅して、独自の個性ある時期。素直でかしこい子を育てるには、３歳～10歳までの育脳に時間とお金をかけるのが効果的。10歳になるとほぼ大人と同じ脳になって完成。以後のエネルギー消費の中心は、再び体の成長へと向かう。脳の発達は体全体の筋肉の発達と密接に関係しているので、頭だけでなく身体の運動能力も高める方がいい。

●生まれた乳児の脳細胞は生後３年間増え続けるので、食事はご飯を中心に栄養を考え、睡眠時間は新生児14～17時間、幼児は11～14時間、就学児は９～11時間確保すると、頭脳の根の部分が健やかにのびのび育つ。人間の脳は頭の後部「後頭葉」から発達し、次に「側頭葉」、「頭頂葉」、「後頭葉」の順に発達し、最後に「前頭葉」が発達する。生まれたらまず物を見る視覚を司る「後頭葉」が発達し、６ヶ月で母親と他人の顔を区別して人見知りする。次に音を聞く聴覚の「側頭葉」が発達。最初は大きな音だけだが、楽器で遊びながら音に反応力を高めていく。９～12ヶ月で簡単な言葉を覚え・言えるので、毎日積極的に話しかけ、１時間程子どもと一緒に絵本を読み聞かせて、ときたま質問を投げかける。10～12ヶ月を過ぎると聞き取り能力は母国語だけになる。次に触感を司る頭頂葉の感覚野が発達すると、手触りや温度の触感が分かるので、いろいろ見たり聞いたり、触って、味わって、嗅いだり、裸足で遊ばせて感覚器官を鍛える。体の動きを司る「運動野」が発達すると反射神経がよくなり、最後に洞察して考えたり判断して計画し、決定して対話するなどの高次機能を司る「前頭前野」が発達してくる。

●脳の発達する時期や成長速度は多少個人差や性差があり、教育方法や本人の選択能力によって多少異なる。子どもの脳の順調な発達を促し素直に賢く育てるには、躾や教育を始める時期や母親の接し方など脳態生理学に沿って行う。人間の脳は社会脳が基本で、産まれて2日目に母親を相手に社会脳が働きはじめ、良いことも悪いことも覚えて飛躍的に成長していく。0歳から「視覚など聴覚器官」が発達し、3~5歳頃には「運動能力」が発達する。8~10歳頃には「語学力」が発達し、10歳になれば「コミュニケーション力」が付いてくるから、脳の発達時期と過程を知っておくと、その成長を見通しながら教育できる。幼いほど素直な脳を持っていて、年齢が低いほど脳がすばやく変化し能力を獲得するので、正しく働きかければ脳に余計な負担をかけずに効果的に伸ばせる。

★まずは人間が本来持っている人知を超えた神仏に祈る心や感謝する習慣をつけ、正常な脳の回路ができる7歳頃から、教育環境を整えて特別教育に取り組んだ方が、感性と知性のバランスのいい子が育つ。

幼児期に「好奇心を育て」才能を引き出す

●3歳の幼児期は、手指を器用にするため必死に戦う時期。折り紙や工作などの遊びで、指先に力を入れて正確にできる訓練をする。前後と左右がわかってくると道具は右手で握って使う「右利き」にし、力の入れ方を工夫する習慣を付ける。男の子は水遊びや砂遊び、ゴム粘度など物理的性質を学習する遊び、科学的な好奇心も旺盛になって機械を壊してしまう時期。美意識も芽生えてくる。色彩感覚はまず単純な赤・青・黄・緑の４原色を教えてから微妙な中間色へ移行。色の名前や物の分類がわかってくると、もっと知りたいという本能が働くので、少しずつランクアップして絵本や図鑑を買い与える。

●３歳になると好奇心が目覚める。絵本には共感して頭も心も鍛える力があるので、写実的なイラストや大きな写真がある単純なものを選び、見せるだけでいい。子どもは何にでも興味をもってくるので、花や果物・野菜・植物・動物・鳥・昆虫・恐竜・乗り物などの図鑑を与える。食べ物や動物・乗り物など身近なもので、その中から自分の好きなもの見つけ出させる。子どもにその名前を教える時は、図鑑の物体を指差して教える。特定の事物に好き嫌いができる前の段階に、さまざまな事物に好奇心を持たせて視野を広げる。名作絵本のおとぎ話は解説を加えず、リズミカルに何度でも読み聞かせ、才能が開化する土台を作ってあげる。後は放っておいても自分から疑問を解きはじめて賢くなっていく。親が本を読んでいる姿を見て育った子どもは、自ずと自分も読書好きになる。

●子どもは花が好きになり、電車が大好きになって好奇心を持つと、さらに好奇心が湧いて盛んに「なぜ？」「どうして？」と問いかけくる。子どもと話す時は心の本体である「情」で受け止め、「知」で理解し「意」で決定する。外から見えない知で受け止めると、子どもの心の底は冷たくなり、意が先走って衝動的に判断する子どもに育つ。まずは動物園や植物園・交通博物館などに連れていき、外で親と一緒にリアルな体験をさせ、面白い質問で子どもに不思議がらせ、遊びながら自分で考え、疑問が解けると思考能力が深まる。

学ぶ楽しさが解って知的充足感を覚えると、急速に成長する。子どもの知識吸収力が高くなり、問いに対する親の一言で、自ら目標に向かって頑張る力を発揮する。はっきりとした好奇心が育つと、男の子は将来、医者や宇宙飛行士とか、女の子はケーキ屋とかファッションデザイナーになりたいと、具体的な夢を持って自ら努力するようになる。自分の力で何か1つ特異な能力が身に付くと、他の分野の能力も伸びて脳全体が発達するので、学校の勉強もできるようになる。

●3歳から音感やリズム感が身に付き、匂いや感触など感情を表す脳が発達する黄金期。子どもは自然の一部だから、放置したままでは天才タレントになるか、犯罪者になるかわからない。はたして我が子がどの分野でどれほどの才能があるか、その器量を早めに見極めて伸ばしてやる。人生最初の習い事をピアノからはじめると、音感を司る脳と言語を司る脳の領域は接近しているので言葉の習得に役立つ。この頃から手先を動かすピアノや卓球、体を細かく動かすバレエやスポーツなど習い事をはじめる。勉強は嫌いなら頑張るほど成果が上がらないが、その分野でそこそこの才能があれば一流をめざしてスタートさせる。大会で入賞や優勝すると「自分はできる」という自信が付く。幼少期に何か一つ「自信があるもの」ができると困難を乗り越えていく力になる。得意なことは自慢せず、人に知られず自分を磨くよう導く。

★音楽や芸能・スポーツなど有名選手の子どもは、親の後ろ姿を見て育ち、自分も好きになって3歳頃から始める。国内や世界大会優勝と言った目標をもって猛練習に耐え、早熟な子どもは早くも頭角を現してくる。

「叱るより悲しむ」「褒めるより喜ぶ」方が効果的

●１歳前後は何でもやりたがるので一緒に遊ぶ。まだ言葉を理解できないから、本気で叱っても子どもの心に届かない。２歳になって「運動野」が発達してくると体の動きが活発化してそれまでの何もせずの状態から、一人遊びをする段階へ移行してイヤイヤがはじまる。紙を破ったり千切ったりする行動は、手や指の動かし方の練習になるので、落書きを始めたら壁に白紙を貼って自由に書かせると、目の上下運動の訓練にもなる。電動玩具はすぐ飽きるので、自分で工夫して遊べる積み木やブロックを与えて水平感覚や創造力を養い、上手にできたら思い切り褒めてやる。

●子どもが歩くことから走ることへ運動能力が発達すると、やんちゃ盛りで親のいうことを聞かず目が離せなくなる。やがて同年代の友達と同じ物を持って、「平行遊び」する段階へと移行。仲間とどろんこ遊びをして匂いや指先の感触で触れたものが何か？　すばやく察知し、危険なものを避ける力が付いてくる。屋外の砂場で遊ぶようになると、自分の物と他人の物との区別がつかず、友達の食物や玩具を取り上げたり、逆に差し出すなど利他的な行動も表れる。意地悪やケンカをして、泣いたり泣かせたりしながら競争と協力の仕方を学ぶ。まだ言葉を理解できず、叱ってもまだ聞き分ける力がないので簡単に叱る。母親は他人の役目をしながら、自分と他人を区別して仲良くできるよう人間の社会的関係を教える。

●3歳になると、生まれた時の無意識の状態から自我が発達してくる。自分が生きている世界を知りたい体験したいと自己主張を始める。おもちゃや絵本に興味を示し「あれを買って！」と泣き喚いたり、何でも「自分でやる」と主張したりしてコントロール不能になる。そんな子どもを叩いたり叩いたりすると、母親自身の寛容度・許容度が低下していつも虐待するようになる。まだまだ心身の発達の段階なので、頭ごなしに叱らずきちんと言い聞かせる。子どものやりたいことを一緒に見つけて、自分から必要性を思いさせ、忍耐強く子どもの状態に付き合いつつ、信頼して見守り自立を促していく。

●理屈だけで子どもの良心は育たない。子どもの脳を正常に育てるには感覚的な体験が必要。親が望むような子どもに変えようとしないで、子どもが望むような親になる。子どもが欲していることをしてやり、望まないことをなるべくしないで、大らかに感性を育てる。子どもがキレるのは親から自分の弱点や欠点を指摘されて、自我や自己保存本能が傷つけられるので、そんな時こそ母親の愛の心が不可欠。子どもを理解するとは子どもと同化すること。子どもを抱きかかえ、叱るより悲しみ、褒めるより喜んで愛情をそそいでやると、子どもの力が抜けて攻撃力がなくなる。相手の言葉を繰り返しながら同意し、共感を示しながらも理由をきちんと言い聞かせ、母親の愛情で子どもの小さな自我を育てる。それでも言うことを聞かない時は「ガマンできるね」と共感を誘い、子どもの行動が変わるまで躾ける。利口になれば「ありがとう！」といって自尊心を満たしてやる。

●生活に関する大事な約束を破った時や、他人の物を取って迷惑をかけた時は、真剣に叱って物ごとの道理・社会のルールを教える。子どもが興味を持ったことで危険な物は事前に片付けておき、命に関わる危ない時は、以後自分で危険から遠ざかるよう、多少体罰も加えても覚えさせる。いつまでも危ないからと、手助けしたり止めたりしていたら過保護になってしまうから、「きっとできるよ」と自尊心をもたせ、「一緒にやろう」と誘って知りたい本能を満たしてあげる。子どもは親がする通りにするので、母親も子どもと同じ目線に立って失敗し悩み、教え教えられながら共に成長していく。

★3歳まではベタベタと愛情一筋、できるだけ小さい頃に手をかけて育てる。失敗しても見て見ぬふりをして見守り、できたら「よかったね」と共感し、かしこさよりその努力を喜んで褒めてあげると、子どもはさらに努力するようになる。

「3歳の魂」は基本的性格「100歳まで」続く

●人間は誕生して3歳頃までは、ほぼ催眠と同じ「無意識的精神状態」で、大人になってからもその頃のことはほとんど思い出せない。3歳になると舌の筋肉が発達し、言葉を話せるようになって自我が芽生える時期。突如目つきも鋭くなり、他者と区別して内側に「自分」という意識ができてくる。思い出せるのは3歳以後のこと。言葉をしゃべり言葉を受け入れそれを使って記憶が形成され、自我が芽生えて自由意志が動き始め、急激に行動力が高まる。言語能力の発達は女の子が3～4歳と早く、男の子はそれより1・5歳ほど遅れる。この時期に親子間で守るべきルールを決めて約束して、正しい生活習慣を身に付ける。子どもの時から善悪の判断をきびしく躾けて賢い脳をつくると、生涯を通じてさまざまな才能を開花させる。「三つ子の魂百まで」に躾けられた道徳は生涯の行動規範となり、一生の心の有りようが決まる。

●人間の心には善悪の二面性があり、ある種の残虐性をも持っている。３歳までの子どもはまだ自我が形成されず、善悪の判断がつかない状態なので、善い・悪いどちらの方へでも感化される。子どもは善は解らないが悪は解るので、小さなウソでも放置せず幼少期の人格形成期に人為的な縛りを入れておく。本当の愛情は甘やかすのでなく、言うことを聞くまで妥協しない、親の弱みにつけ込む子どもの態度には、愛のムチを振って正しておく。人間が生きていくための心構えや人格形成は、生まれた周囲の環境、幼少期の親の接し方や生活習慣が大きく影響する。子どもは大人社会で何が善いか悪いかを学ぶ時期。特に親の行動をマネて振る舞い、親の生きざまから学ぶので、親の価値観や道徳観を大切にして躾ける。親の何気ない会話や偏見が幼い子どもの無意識への「刷り込み」になる。両親が和する気持ちがなく、互いにけなし合ってばかりしていたり、親が他人をバカにすると、子どもも他人をバカするようなクセがつき、子どもの道徳心を破壊して社会で羽ばたく時の足かせになる。

●３歳からは、脳細胞がさまざまな神経回路を作る時期。その回路を使用した体験のすべてが脳に記録され、超自我となって個性を形成し一生ついて回る。今の自分の無意識の行動は、３歳頃の親の躾が身に染み付いたもの。脳は本能的に新しい情報に敏感に反応するが、面白くないと「大体わかった」気を逸らしたり、途中で投げ出したり、中途半端で放置するクセが根付かないようにする。復習無くして成長なし、本は何度も読み返し、学校で習ったことはその日に復習する習慣を付ける。終盤に差し掛かったら気を引き締め、キチッと始末を付け脳力を最大限発揮できる回路にしておくと、後々の家庭教育や躾が楽になる。子どもの時に身に付いた良い習慣は人生１００年を支え、生涯を通じての貴重な宝物になる。

●３歳を過ぎると持久力がついてくるので「躾（しつけ）」に適した時期。躾とは「し続ける」こと。欲望を抑えることは後からでもできるが、自己主張を抑えることは、自我が固まる３歳までに教え込まないと後で変えるのに苦労する。子どもの躾に成功するには、夫婦が揃って安定した家庭環境が大切で、母親はきびしく、父親はゆるく協力しながら躾ける。子どもの社会性を育てるために家庭で役割を決め、毎日掃除や後片付けをさせて、家族の一員であること意識させる。礼儀や作法など幼児期の人間性教育は、頭の良し悪しより子どもの一生を大きく左右する。子どもでも近所の人に会ったら「こんにちは」と挨拶をする。ヨソで何か貰ったら素直に「ありがとう」と言って親に必ず報告する。自己主張だけでなく「人を先にして、自分を後にする」習慣が根付くよう自制心を養い、相手に迷惑をかけたら「ごめんね」と謝るなど、子ども社会の最低ルールを守れるよう躾ける。母親が時間をかけて子どもに教え、約束を破ったら叱る。叱る場合はなるべく短い言葉でストレートに行動を制止するが、道理のかなったことは子どもの言い分に従う。家庭で自分を見つめる基本的な躾が、きちんとできている子どもは、学校の成績も優秀。苦しい時には文句をいい、ガマンができない子どもの将来には常に不安がつきまとう。

★親自身が目上の人には逆らわず、モノの言い方もやわらかく、敬語に近い言葉を使う。普段から子どもに対しても丁寧な言葉遣いを心がけて、無意識の中に敬語の大切さを実感させる。

幼児の心は「両親」や「友だち」との「遊び方で育つ」

●4歳になると第1自立期を卒業して情緒が安定し、一人で顔や手を洗えるし、歯を磨き、衣服の着替えもできるようになる。「大小」の比較ができ、今日を軸に「昨日」と「今日」が解り、「の上に」「の下に」「の中に」「の前に」の言葉も理解できるようになる。人間の価値観や性格が形成され、「恥」「困惑」「誇り」など、自分についての二次感情が生まれ、時には攻撃的感情や恐怖心も現れる。この時期に自我が目覚めて、自己主張をはじめる。自分という意識を持つようになると、人がどう見ているか分かってくる。遊び方にも性差が表れ、自分の性や容姿・能力を意識するようになり、それを他の子どもと比較すると、深いトラウマに陥るので避ける。また人生の基本的な謎「神」や「出生・性・死」について、好奇心を抱く年齢なのでとめどなく質問をする。知りたがる気持ちを尊重し、男と女の違いなどもわかるよう説明してやる。

●４歳を過ぎると、遊び相手が両親や家族から離れ、親子分離が行われる。何もしない行動から独り遊びへ、屋外の砂場での傍観者的遊びから、同性の子ども同士での「並行遊び」や「協同遊び」へ移行し、自分の興味ある遊びを通して努力の仕方を学ぶようになる。また母親が子どもを連れて外出し、買物時に売場を回ったりして、前後左右や東西南北の方向感覚が身につき行動範囲が広がる。仲間で一つの社会を形成し共同作業をはじめ、友達をモデルとして競い合いデリケートな感情が分かっても「連合遊び」はまだまだ、順番や配分に深刻な言い合いが起こるので自分と他人を区別し、仲間とは適度に競争しながら遊ぶことを教え、良い結果が出れば褒めて抱きしめてやる。やがて自己抑制して順番やルールを守れるようになり、集団でさまざまな役割を演じる「社会的遊び」をするようになる。あまり遊ばず運動不足で肥満になると勘が鈍って頭のキレが悪くなる。

●この時期は妬みや残忍性が芽を出して、心と本能のギャップが生じやすい時期なので、親の適切な躾が必要になる。犬やネコなどを飼って世話をさせると、命に対する思いやりや自主性や責任感が身についてくる。日頃仲のいい友達を蹴落としてでも良い結果を出そうとするのは、脳が未成熟で自己保存本能の過剰反応だから、親がそれを適切に矯正してやる。物事にはプラスとマイナスの両面あることを教え、多少の駆け引きも認めて、友達とも正々堂々と競争して付き合う習慣が身に付くと、本当に頭の良い子が育つ。

★男の子の禁止事項は「なぜダメなのか？」具体的な根拠を示して人格を否定しない。女の子にはあまり容姿について言わず、姉妹ゲンカの間に入らない。叱るより「かわいそうよ」と情緒に訴え、きちんと言い聞かせて善い子になるように祈る。

「善いこと」「悪いこと」具体的に教えて人格形成

●5歳までは学校や会社・社会組織に関わらない「無所属の時代」。真面目で正直で、自分から両親の手伝いをしたがる時期なので、子どもの自主性を促すだけでいい。手伝いや勉強を面白くさせるには丁度いい課題を与え、「やってみなさい」と挑戦させて、一生懸命取り組んでいる経過に注目してつまずかせない。暑い寒いを感じて自分で着替えできるようになる。困っている時は、事情を聞いて状況を変えるサポートをして、子どものやる気を回復させる。当たり前のことでも正しくできたら、褒めて能力を伸ばしてあげる。

●5歳になると、乳歯が抜けて永久歯に生え変わり、笑うと歯抜けの顔になる。この時期に、大人と同じものを食べられるよう、好き嫌いなく食べよう習慣付ける。目力はまだ未発達なので大きな文字の本がいい。ハサミで紙を器用に切り、縄跳びやブランコで遊び、三輪車も乗りこなせる。長と短、重と軽などの反対概念が分かり、昨日の事を思い出せるようになる。男の子は「なぜ必要か」の根拠を求め、女の子は「かっこ悪い」と情緒を気にする。幼稚園での遊び仲間は、男女無差別でまだペアではない。警告をしたり、告げ口をしたり、ウソをついたりして集団への結合力がないから、遊びには大人の監督が必要になる。

●5歳を過ぎると、玩具への関心は薄らぐ。知的興味が湧いて読書が楽しくなり、言葉による教育が可能になる。子ども同士のごっこ遊びも複雑に高度になり、空想世界を一緒に共有できる。母親の立場で母親の心を推測でき、母親と自分を取り替えることもできる。手を合わせて祈ったり感謝する心の習慣は、直感力や知的吸収力を発達させるので、できるだけ絵本や名作童話を読み聞かせ、お化けなど超自然的な物事への畏怖心や、勧善懲悪の世界観を教えておく。心の方向性によって人生の幸・不幸が定まる。正しく育てられた心は、親の言葉や躾よりもっと優れた力を発揮する。

●６歳になると、時計を見て時間が言え、簡単な計算ができるようになる。今日は「〇月〇日」と一週間は７日や来週、来年がわかる。電卓やカレンダーなどの数字に興味をもたせ、会話の中にも数を入れて数学の基本的なセンスを付ける。形のない時間感覚を磨く一番の早道は、集中力３分・息抜き３分の３分感覚を身に付け、勉強は45分単位で、外遊びなどの生活行動は２時間単位で区切りを付ける。「１つ寝たら明日という」未来が分かり、そしてもう１つ寝たら、もう２つ寝たらと未来の段階もわかり、さらに曜日や、来週、来年も分かってくる。親や家から離れて外で遊ぶようになると、自然と地域に興味を持つようになる。子どもは日常生活の中で、家庭は「家事を手伝う場」で労働力になり、「遊び場」では遊びながら体と心を鍛え、地元の「祭りの場」で地域文化にふれあい社会の一員になる。これら３つの場の体験を通して自己形成していく。

★家庭で正しく躾けられた子どもは、相手の気持ちを推し量って「かわいそうに」とか「どうぞ」と言えるようになり、美しい心の世界に住めるようになる。

7歳頃は自分を理解して「自我形成」の時期

●子どもの心身を正しく育てるには適切な時期がある。0歳から乳児期を中心にして心に目覚め、3歳から生きていく上に必要なことを動作や行動を通して覚える。そして4歳までに象徴的思考力がつき、5歳頃から想像力や直感的思考力が、8歳から言葉で具体的思考ができるようになって、12歳からは形式的思考段階へと成長していく。親は子どもが0歳～7歳まで身体に「健康習慣」を付け、7歳～13歳まで「人間関係を良くする習慣」を付け、13歳以上になれば「働く習慣」を付け、幼い時から「人間はなぜ？　他人のために何かをしなければならないか」を教える。

●生まれたばかりの乳児には自我がなく、まだ無意識状態なので、赤ちゃん同士は一緒に遊ぶことはない。先ずは母親の愛に支えられ、父親や祖父母との交流によって心が定着。やがて同性の友達へ、そして自分へと向かい、おおよそ7歳までに「自我」が形成される。自我は高校まではその自我を外から見られるようになって2になる。さらに両親や家族・先生など親密な他者の期待を取り入れて広がり、そのことを通じて自分のあり方を理解し自己形成していく。この時期に形成されていく自我のうち、自己中心の小我は抜き捨て、大我の方を育てることに心を配る。自我の特性は、

1. 自我とは、他人と区別した自分だけの世界
2. 自我には、愛はなく執着のみがある
3. 自我は、独立した自分であろうとするので、基本的に自分以外の人を嫌う

4. 自我は際限なく肥大し、支配できる範囲を広げようとする
5. 自我は、他から管理され支配されることを嫌う
6. 自我は自己中心的で、すべて自分の利益や快適さを基準にし、発想し取引をする

●一旦自我が誕生したら、自分の欠陥・欠落を埋めようともがき、さまざまな欲望を持って苦しむ。幼い自我でも強い性的な好奇心を持ちはじめ、学校でも男の子と女の子が別々のグループに分けて学習を始めるので、集団構成員としての兆しが現れてくる。子どもは自分の不平不満を弁護し、責任転嫁しながら両親に挑戦を始める。子どもが大人になる準備をしてその扉を開く時期なので、親はできる限り自由を与え、「よい質問」をして自分を探させ、迷う時間を与えて自分で決めさせる。出来るだけ「しなさい」とか「してはいけない」という指示や命令を避け、決まらない場合は「自分からやる」と言う出すまで待ち、子どもを大人扱いして主体性を伸ばす。自主放任しでも選択肢を示し、十分にアドバイスして最後は子どもに任せると自分で「気づく」ようになる。自分の意志で成しとげた経験を多く積ませ、努力して成功すれば「すごいね」と褒めやる。焦って兄弟や他の子どもと比較しない。子どもが不安や疑問を溜め込まないよう、親は子どもの安心基地になってやる。

★本来勉強は解り、納得できれば面白くなるもの。子どもにむりやりやらせようとせず、時間をかけて粘り強く繰り返し話し聞かせ、感性を刺激し続けると情緒が解りはじめ、納得してやり出すと好きで好きでたまらなくなる。

男の子には「男らしさ」を教え「自発性を尊重」する

●8歳~10歳は、言語を覚える能力がピークに達するので、敬語や外国語を話す練習を始める。英会話も大人になってから始めるより早く習得できる。次第に自発性や自己依存の度合いが増し、親に妨害されることを嫌がり両親から離れて友達と一緒に行動するが、まだ正直で素直がある。対人関係における言葉遣いや態度などの「社会性」と、公正・正義などの「道徳性」は、年齢に関係なくストレートに指摘して矯正しておく。道路や公共の場でゴミを捨てない気配り、サッカーや野球など集団スポーツでのルール厳守を習慣づける。キャンプや旅行でのケンカや揉め事を見たりする経験は、子どもにとって人間関係や社会ルールを知る機会になる。両親も子どもの不満・不正を自分の責任として受け止め、現実から逃げずに子どもと一緒に問題解決に努力する。10歳までは子どもの心に人間として生きていく上で大事な多くのことを学ぶ時期なので、できるだけ子どものために時間を投資をする。頭の良い子とは、集中力がある子。モノに動じず、命じられたことは好きでなくても、終わりまでキチンとやりとげる力を身に付けている。過去を正確に記憶し外の刺激を正しく認識して、目標に向かって行動を正しく組み立てられる。

●9歳になると物の収集に興味を持ち、見境なく物を集めて興味が広がり熱中する。見た目の直感だけでなく、それを頭の中で考え抽象化する能力もできてくる。心的活動が活発になって、昨日、今日、明日と時間の推移がわかり、ほぼ大人と同じように死が解るので死についても学ばせる。小学3年生になると意識的努力ができ、子どもの才能の転換期になるので、教育も伸ばせる部分を一気に伸ばす。まず漢字や九九を覚えさせ記憶力をつける。4年生は情操教育の仕上げの時期なので、歴史・国語・道徳など心について教える。5年生から理性がはっきりして知的になるので、自然の「理科」「地理」について教える。「社会」は本能の自覚が伴い自他の区別が必要なので最後にする。

●人間は母親の胎内で女性ホルモンに浸かって生まれ、母乳を飲んで育つので、男女を問わず精神面ではまず「女性の性(サガ)」を持っている。男の子でも無意識に父親よりも母親のやさしさを慕い、それを人生の出発点として成長するので、母が好きな男性に悪人はいない。子どもにとって母親は日常生活の規範だから、男の子を男らしく育てるには、母親が「男の何たるか」を教え込む。友人でも間違っていたらきっぱり忠告する、それが本当に相手を大切にすること。男は自分より立場の弱い人と付き合う時は、思いやる気持ちを持つ。ケンカは弱い方から仕掛けるので、男は我慢して自分から手を出さない。やむを得ずケンカをする場合でも、噛んだり引っ掻いたりせず、刃物を持たず素手で行う。ケンカを正当化しても空しいから、冷静に自分を見てその引き時を教えておく。親は子どものケンカに同調せず、原因を聞いたり勝ち負けの判定をせず、自分で自分の感情を始末させる。この時期に父親も男の子の長所を見て褒めてやると忍耐強くなる。

●親が子どもに、自分の身を自分で守る知識を教えるのが「性教育」。テレビは文字が読めなくても解るし、性などの秘密も隠し切れない。だが家庭と学校が互いに譲り合って話さない内に、子どもはパソコンやスマートフォンで過激な性表現に触れてしまうので、子どもと一緒にテレビを見て、興味の持ち方や反応するか知っておく。子どもの前で性器を隠したりすると、幼児は反って人前でさわり見せたりる。子どもと一緒に風呂に入ったら隠さずありのままを見せて、性器は単なる体の一部であることを教えて、性や性器に対する陰湿なイメージを持たないように導く。自分の性器は人前で触らない、他人に見せない触らせないよう教え、親が触る場合も本人の許可を取る。児童期になると男の子はペニスが発達し、自慰行為を覚えたりする。女の子は胸がふくらみ、早い子は脇毛や陰毛が生え始めるので、月経や射精が起きる10歳までに、自分の下着は自分で洗う習慣を付け、子どもと適度な距離感を保ちつつ性に対する免疫力を付けておく。思春期になれば親が面と向かって性行まで正しい性知識を教えてやる。子どもが自分の存在を受け入れ、自分を大切にできるようになる。

★人は自分の体験と学びの範囲でしか理解できない。子どもに説明しても解ることには限界がある。思春期の子どもの性知識には個人差があるので、性教育は寝ている子を起こさないよう状況に合わせて行う。

児童期から「正しい金銭感覚」を教えてみがく

●金銭は人生を大きく左右する。健康でかしこい人でもお金がないと不幸になるので金銭教育は3歳頃からスタート。お金に対する正しい知識がない子どもは、お金の話をするとすぐに「がめつい」「ケチくさい」と反応する。子どものお金や物質的要求をそのまま受け入れて甘やかさないで、お金の計算をきちっとしてシビアな金銭感覚を持たせてお金の使い方・貯め方を教える。経済観念で大事なのは計画性で、お小遣い1年分を与え、お年玉など貯まった預金の予算管理させる。自分で選んで買う自由を与えて子どもに選択させ、お金を使う楽しさと難しさとを体験させる。ムダなものを買って、本人がムダだと気付いた時に金銭感覚が身に付く。

1．我慢させる／頭が良いだけの子どもより、「満足を先延ばし」する習慣を身につけた子どもの方が将来大成する。
2．自立心を育てる／子どもに財布と預金通帳を持たせ、自分で金銭管理をさせる
3．勧善懲悪を習慣づける／約束した手伝いすれば100円プラス。約束を破ったら100円マイナスとしてビジネスのルールを教える

●小遣いの目やすは、小学校の低学年は月200～500円、高学年は1000円程度。中学生や高校生になったら、定期代や携帯電話の使用料を含めた一定額の小遣いを渡し、一定額を超えたら自分のお年玉や小遣いから払わせ、子どもに正しい金銭管理の能力を付ける。靴下など衣類の一部も自分で安く買える店を探させる。塾の授業料や特別講習費などの大金は、子どもの目の前で現金を数えて渡して確認させる。子どもにも家庭の経済事情を話し、親のスネかじりの限界を解らせる。大学から一人暮らしをさせ、不足する時は自分の小遣いやアルバイトでフォローさせるなど、生きることのきびしさを実感させる。
●習い事や塾選びは本人の本気度を確かめ、親が率先して情報を集め子どもと相談して投

資する。始めたことは途中であきらめず、努力し最後までやり遂げるよう、親が適度に期待して子どものやる気を高める。負けても失敗しても感情的に叱らず、その原因を自分で考えさせ、そこから何を学ぶかを教える。中途半端な習い事は人生全般に悪影響を及ぼすので、怠けたり真剣にならなければ、きびしく叱って初志貫徹させる。
★子どもでもお金を「稼ぐ・貯める・使う」知識を身に付けると、より良い生活を選択できる。母親は子どもには金銭の大切さと、自分たちの生活のために働く父親の苦労を教え、感謝する習慣をつける。

社会化の第1波「家族社会」から「学校社会」へ

●5歳になると、両親のいる安全な「家族社会」を離れ、同世代の仲間と幼稚園に入り、一緒に遊び学ぶ「学校社会」への「社会化の第一波」。これまで周囲から王様のように扱われてきた子どもが、相手とのやりとりを通して「してもらう」から「自分でする」立場へ移行。保育園に休まないで通園させると、親離れして集中力と忍耐力がつく。社会道徳の第一歩は、約束を守って他人に迷惑をかけない。他人の悪口を言わない、失敗を見て笑ったりしない。また相手に迷惑を掛けたら「ごめんなさい」と言う、ここまでが家庭教育の役割。この時期はまだ叱るのはお母さんに任せ、お父さんは道徳の根本を教えてそれをフォローする。家庭だけの躾は甘くなるので、保育園や幼稚園の先生と連絡しながら躾けると、子どもと先生との間に心が通じ合う。他人と会話して互いの気持ちが行ったり来たりする喜びを体験させると、心の理解や交流ができるようになり、社会集団で生きる自信がつく。

●さらに7歳になると小学校に入学して本格的な「道徳的社会化」が始まる。学校という集団生活で場で先生から法に適った正しい生き方を学び、社会道徳の総仕上げの時期。悪いことをせずに皆に受け入れられると子どもに生きる自信が育つ。さらに積極的に善いことをできるよう習慣化して、後は公的教育にまかせる。自分がやったことに対して責任が問われる社会的な場において、子ども自身も何事にも手を抜かず努力し、自分の失敗を認める素直な心を持たないと、いくら勉強をしても頭が良くならない。両親が子どもが小学校入学するまでに躾けるべき習慣は、

1. 朝寝坊しない、靴は揃える、常に笑顔を忘れない。
2. 先生の話を最後まで聞き、「ハイ」「イイエ」の返事をはっきりする。
3. 食事は「いただきます」と言って食べ、「ごちそうさま」と言って席を立つ。
4. 良いこと、「やれること」はスグやる、「できないこと」はハッキリ伝える。
5. 「キライ」「にが手」といって逃げない。言い逃れ、責任のがれをしない。
6. 「すみません」「ありがとう」と、自分の気持ちを相手に伝える。
7. どうしても気の合わない友だちがいても「気にしない」。

●幼稚園や小学校に通い始めると社会的自我が形成され、同年齢の友達との自由な遊びの段階から、役割・分担をもったゲームや野球・サッカーなど組織化されたスポーツへ移行。

他者から期待される役割を演じながら、互いに協力して本気で競い合うようになる。負けたくやしさや、自分の幼さ未熟さを知って頑張ろうとする意欲が生まれる。自分も挑戦しないとダメだということが解り、自己主張と自己抑制しながら共感し合う。あるいは喧嘩仲間とのいざこざを通じて相手への理解力ができて、謝まったり、仲直りしたりしながら人間関係をつなぐ能力ができてくる。感情・情緒が発達して自己抑制ができるようになり、社会的発達が促される。

●この第1次社会化に対しては、出だしの楽な子や遅い子、難しい子と個人差があるので他の子どもと比較しない方がいい。大人社会に向かって子どもが身に付けるべきことは「相手の立場になって考えられる」こと。年を重ねてもそれができなければ、肉体的には大人でも中身はカラッポの子どものまま。

	〈子ども〉		〈大人〉
1. ものの見方は	自己本位から	↓	他者本位へ
2. 順序は	私とあなたから	↓	あなたと私へ
3. 考え方は	他者責任から	↓	自己責任へ
4. 行動目的は	自己満足から	↓	他者満足へ

●学校では異質の他人と触れて嫌なことでもガマンする機会が増え、仲間との絆を大切にするため自分の気持ちを抑制し、弱い人や困っている人へのいたわり心が育っていく。夢と希望と不安で心が揺れ動く中で、自立と愛着のバランスを考え、子ども部屋を与えたり、

習い事をはじめたりして、子どもの親離れと親の子離れを促す。さらに親も自宅に人を招いたりして、子どもに異なる視点や価値観・感情を理解させたり、近所の人との社交の場に参加させ、いろいろな人と会話する機会を作って場慣れさせ、閉鎖的な子どもにしないよう気を配る。積極的に自己主張したり、感情的にならず相手の反論を受け止める度量とマナーを身に付け、他人との良好な関係を築く楽しさを教える。見知らぬ人とも物怖じせず交流した経験は、その人の一生を大きく左右する。

●幼稚園や学校では、集団の中での人間関係を大切にし、役割を与えて責任感を育てる。だが今の子どもが置かれた状況は多様で複雑、大人数の学校や定型教育にすぐ馴染めない子もいて、初等・中等教育の段階で学校に馴染めない不登校の子どもが１割ほどいる。就学前の子どもが謝ったり許したりする経験は少なく、親も教えていないから、集団生活での初歩的な人間関係力も身に付いていない。「フリースクール」での過ごし方は自らの意思に任せ、時間割や教科書もない。おしゃべりやスポーツをするうちに人間関係が生まれ、自分の行動や存在が認められると、自己肯定感が高まり主体的に深い学びが得られ、結果的に不登校が解消する。

●小学生からスマホを持って友達と遊び、SNSやネット・ゲームにハマる。依存症になると脳の働きが低下し睡眠障害や、家のお金を盗んだり暴力的になるので、５歳まではスマホに鍵をかけて禁止。小学生は１日30分以内に止めて、ベッドには持ち込ませない。

★日本では個人の都合より集団が優先するので、自己主張には抑制的な社会的圧力がかか

〈9歳まで〉	〈10歳以上〉
1. 生活中心の学習	1. 本格的な教科学習
2. 物を用いて具体的思考	2. 言葉を用いて抽象的思考
3. 言語を覚える学習	3. 言語で考える学習
4. 話し言葉、生活言語	4. 書き言葉、学習言語
5. 訓読みが多い	5. 音読みが多い
6. 一次的言葉／うれしい、悲しい	6. 二次的言葉／がっかりした、みじめな
7. 人に尋ねる	7. 辞書をひく

る。子どもの時から自分中心の生活態度が身についてしまうと、大人になってもなかなか変えられず本人が苦労する。相手が子どもでも言い聞かせたいことがある時は、年齢に関係なく教えた方がよい。

7－2／10代を生きる智慧

「10歳の壁」は「自ら学ぶ意欲」で乗り越える

●脳の成長と身体とは同時に成長しない。10歳になると脳の容量は大人の95％になり、脳の構造はほぼ完成。外界の動きを五感で知り総合的に理解し判断できる大人と同じ脳になる。洞察して大体が解り、考えて判断したり、計画して決定しコミュニケーションする、高次認知機能の「前頭葉」が発達する。10歳から大人への高い壁を乗り越えはじめる。

●10歳になると時間の流れを知って、過去、現在、未来と抽象的な思考や論理的な推理ができる。相手の立場に立ち、因果関係を考えてトラブルを解決する能力ができ、非現実的な話が理解できるので読書習慣をつけ、好奇心や読解力を養う。記号での比較や仮説をたて論理的思考で実験もできる。入り混じった複雑な感情を意識できるようになる。脳は一段と活発化し、脳神経細胞の「生きたい！　知りたい！　仲間になりたい！」という３つ本性が働き、「自分からやる」という主体性を持て、自分から進んで勉強するようになる。小学校５年生になると自主性が発達し、一番勉強する習慣が身につきやすい。子どもには「がんばれ！」より「がんばってるね…」と褒める方が、才能を発揮する脳力が付いて本気で頑張り続ける。この時期に百科事典や生物図鑑、世界ガイドブックや歴史書などを買い与え、視野を広げて思考を深めることの楽しさに気付くと、自分から勉強をするようになる。

●この頃から語学力が発達するので、英語を徹底的に学ばせる。学校の勉強には範囲があるから家庭教師を付けたり、優れた学習塾に通わせると周りの友人に刺激を受ける。負けたくない気持ちで追いつくために頑張り、「勝つことへの執着心」が芽生え競争意識が育つ。現代っ子に勉強させる特効薬はズバリ「現金」。勉強の成果は遠い将来の話でなく、「試験で１位になると好きな物を買ってあげる」、「お小遣いを１万円あげる」と、即、成果を実感できるようにすると勉強する習慣が付く。自分の得意分野を見つけ、一旦「やればできる」という自信が付けば、親が言うより自ら目標に向かって集中力を発揮する。

●中学生になると教育責任の半分は子ども自身に移る。毎日コツコツと自主的に勉強して成績が上がる子と、勉強嫌いで精彩のない子に分かれ、それ以後、勉強好きになる子どもは極めてマレ。学校の成績が悪くなると子どもは「親のために勉強させられている」と勘違いし、いじめや不良化に向かいやすい。子どもは「自由」にしても「強制」しても勉強しないもの。教育で一番大事なことは「学ぶ楽しさを教える」こと。親は子どもに「勉強をしろ！」と指示したり怒ったりせず、自主的に勉強できるように環境を整え、自分から勉強する習慣をつけてやる。勉強は本来すればするほど面白くなるものだから、子どもにむりにやらせようとせず、時間をかけて粘り強く納得するまで繰り返し話し聞かせ、感性を刺激し続けると情緒が解りはじめ、納得してやり出すと好きでたまらなくなる。親はそれを褒めてやり、自尊心や競争心を刺激してさらにやる気を引き出してやる。

★勉強嫌いの子どもには頭で覚える勉強より、体で覚える部活や習いごとで「コツコツやる」「テキパキやる」「トコトンやる」ことを学び人間力を付ける。一つの事に秀でると生きる自信がつき、勉強もできるようになってくる。

母親は「子離れ」男の子は「マザコン離れ」の時期

●10歳になると中学から高校へと学問に志を立てる時期。自分に秘めた能力を発見し、自分は何になりたいか、将来何で生活をしていくか、適正進路を確実にして将来の準備を始める。10代はまだ経済の自由、恋愛の自由、所有の自由もなく、人生で最も制限だらけの不自由な生活が強いられる。学童・学生の時代は貧乏や困難は当たり前として習慣づけ、これを克服する力を付ける。学ぶことは人生を最も充実させる道で、勉強の本当の価値は苦難に直面した時にそれを乗り越える力がつく。親の責任は子どもが14歳ぐらいまでに、自分の才能を伸ばすために、自分の頭で考え行動できるレベルまで引き上げ、本格的に勉強できるよう内外の環境を整えてやること。自尊心は高まるが傷付きやすく、これからの長い人生で何かを成し遂げる芽が出てくるので、心配でなく信頼して見守ってやる。

●中学生時代はまだ義務教育。先生や先輩を尊敬する力をつけ、自分の将来のために勉強するという目的意識が大事。負けたら悔しいと思い、競争に強い精神力を付けて、無理、大変、出来ないと言わさない。応用問題で判断力を磨き、どっちを選ぶか、それはどうしてかを答えられるよう見聞を広めて人間力をつける。

1. 何にでも興味を持ち、好きになる（前向きに取り組む）
2. 他人の話をしっかり聞く（物事に真正面に向き合う）
3. 重要なことは復習し、何度も繰り返し考える（完璧をめざす）
4. 素直に、損得抜きに全力投球する（決めたら失敗を考えない）
5. 目標に向かって一気に駆け上がる（集中力を発揮する）
6. 自分のミスや失敗を素直に認める（自分に足りないものがわかる）
7. 物事を中途半端にしない（ここからが勝負）

●親の言うことに従う意識が弱まり、友達の友情の方が強くなる。次第に友人に対する優しさや信頼が生まれ、純粋にものごとを受け止めて、自分の気持ちを言葉で表現し、ユーモアのセンスも身につく。真面目さ・几帳面さ・努力・探求心・勇気・冒険心・正義感・

協調性・行動力・敏感さ・体力・リズム感が身につき困難に耐える力が付いてくる。10代前半はアイドルのイベントを追いかけ回し、服装や雑誌の流行に夢中になる。この時期に体得したものの見方、考え方、あるいは習慣や技能は、人間の人格を作る強固な基礎となる。両親の優しさに包まれた安全基地で育ってきた子どもは、大人たちに感謝して笑顔で「ありがとう」と言え、親には何でも話し、親の反論を素直に受け止め、建設的な議論のマナーを身につける。

●12～13歳の子ども時代と青春期の思春期は、人には言えぬ不安と秘かな夢の間で揺れ動く扱いにくい時期。身長は急激に伸び、女の子は陰毛が生えて胸がふくらみ、月経が始まり体重は男より重くなる。男の子は2年ほど遅れて、14歳頃からニキビが出て気荒になり、危険を顧みず冒険的なことに夢中になる。陰毛が生えて精子を作りはじめ、性欲が噴出して興奮し最初の射精を体験する。男の子が射精し性的快感を知ると、自分が男であることを自覚、母親の女の部分が見えてくる。父親と母親は男女のカップルに割り込もうとする息子を、断固として追い出す。父親は家族間に性の境界を引いて近親相姦を防ぎ、性の反乱を抑える。男の子は父親からの罰への不安から、それまでの母親依存から自律して、一回り大きくなって自立していく。

●男の子の15～18歳頃は、人生で最も性的衝動が強くなる時期。次第に異性である母親離れをして自立し、父親と対等の男性になる課題が待ち受けている。なのにいつまでも母親の愛情に甘え、いつまでも依存し服従し続ける状態を「マザコン」という。これまで母親の愛情に包まれてきた男の子も少年期に入ると母親離れをして、父親を自分の将来あるべき姿・目標と見なし、その特徴を取り込んで男らしくなる。やがて両親を捨て異性を取って結婚し、妻子に対する責任感を持って自立し逞しく生きるようになる。女の子はそのまま同性の母親に甘えることができるので、生涯依存傾向を持ったまま成長する。

★子どもの「初恋」は親がうまく認めてやる。過保護にすると子どもが失敗を通じて学ぶ機会を奪ってしまう。親と子は一度精神的自立をはかった後は、つかず離れずの距離感を保ちながら共生していく。

悪友を避け「普通の人」か「善い友だち」を選ぶ

●人生は善い縁と悪い縁で成り立っている。人生を善く生きるためには、付き合う相手をよく選ぶこと。特に少年期における友達の影響力は大きい。互いにまだ世の中の苦労を知らないから、互いに悩みごとを相談したり励まし合って、打算のない友情を持てる友達とのよい出会いが大切。信頼し尊敬に価する運命の親友と出会うことは、人生のすばらしい財産の1つ。女の子は互いに親密度が増すほど自己開示し合うので、逆に傷つく事も多く不安や抑うつになりやすい。言葉が乱れると心も乱れるので、下品な流行語を使わない。正しい言葉・美しい日本語を使って微妙な心を伝え、良い聞き手になって友情を深める。親友でも自分が間違った時「ごめんなさい」と言えない人は真の友人を無くす。素直に謝ることは勇気のいる行為で、謝ると勇気が湧いてくる。本当に謝るのは3回まで、過ちを許さない友人とは付き合うのをやめた方がよい。

●中学生になると、人間関係は親子から友人関係へと移行する。学校では趣味を同じくする部活の仲間になり、放課後は塾通いや習い事の生活に移って多くの友達ができる。やがて特に気の合う同性の1人の親友が出現すると、親からの心理的自立を促し、自分を客観的に見つめ、友人と比較して反省するなど、親以上にその後の人格形成に大きな影響を与える。友達との深い友情が他の人間関係の基礎になり、生きる上で大切なことを学ぶ。自分なりの信条とか理想像を持ち、人生観や世界観を持つようになって、子どもの個性が決まっていく。

●人生を正しく生きるには悪友を避け、善友と付き合うこと。善友は年齢でなく「性格の良い人」か「善悪の判断ができる人」かで決める。自分より優れた善友に恵まれたら、自分の人格形成に大きなプラスになる。悪友は猛獣よりも恐ろしく、一旦悪事に手を染めると人生のスタート時点から大きなつまずきとなる。「善友」を選ぶポイントは、①悪をやめさせてくれる人、②知らないことを教えてくれる人、③自分の弱みを見せられる人、④善事に誘い天に至る道を説いてくれる人。そんな善友を目標にして学んだことはすぐに実行し、健全な人生のよきライバルとして自分を高めていく。付き合うべき人数は5～6人が限度で多様な親友を選ぶ。相手から情報を受けるだけでなく自分からも発信し、親切に対しては親切でお返しをする。その方法は、相手の弱みに付け込まず、無気力な時は言葉をかけて励ましてあげる。相手の幸運を一緒に喜んであげ、恐れている時は守ってあげ、逆境に陥っても見捨てない。相手の成功を願うほど心がつながり信頼関係が深くなる。

●その人の中に尊敬すべきものを感じる親友は、一生に大きな影響を与える。親友が見つからない場合は、悪友と付き合うより自分一人の方がいい。「悪友」とは嘘をつく人、狡猾な人、心が邪な人、悪いことを平気でする人。自らを改めないまま仲間を増やそうとするので、付き合っているとやがてその友人のようになっていく。悪友の特徴は、自分に必要な時だけ付き合い、わずかなことでもお返しを求め、常に何か持って帰ろうとする人。悪友は道徳的に自分にダメージを与えるので付き合う必要はない。人間には好き嫌いがあるが、好き嫌いの感情は本能的なもので、合理的・客観的でない。正しい道は好き嫌いを超えているのに、それを好きと嫌いで区別し、自分の好きな人とだけ付き合っていると、なかなか大人になれず友人依存症になって自由を失う。

★この時期の子どもは、なるべく損得勘定から離れる方がいい。損得を超えた人々が多く集まる「ボランティア活動」に参加すれば、社会性が身につくので一度は体験しておく方がよい。アルバイトは仕事を通して実社会にふれ、金銭的収入より挨拶や言葉遣いのマナーが身に付き、人間関係の大切さを学ぶことができる。

虐めなど非行問題が多発する「ギャング時代」

●10代前半から認知能力が発達し、子どもからの脱皮が始まる。子どもが甘えたり怒ったりする相手は、「母親ステージ」から「父親ステージ」へ、そして「学校ステージ」へ移行。学校では興味や趣味を同じくする仲間との強い友情が生まれるが、まだ良質のものと悪質のものが入り混じって混沌状態。人間らしさを育てる機会がなく、教えないから未熟のまま。今はスマホやネットでつながる程度で人と人のふれあいがないから孤独のまま。自分の部屋に閉じこもり、自分の殻に引きこもってうつ病になりやすい。他人と比較して嫉妬し、敵意を抱き、自分や他人に殺意を抱く。無気力で勉強嫌い、不真面目で人嫌い、屁理屈・反抗・短気・見栄・絶望・狂信・暴力・非情となり自己嫌悪に陥る。自己主張はするが、異質なものを飲み込む包容力が育たないので、親たちから依然としてまだ半人前とみられ、激しい言葉の攻撃を受ける。大人社会の抑圧に反撥し、生涯ではじめて真剣に自己批判をはじめる。

●子どもの引きこもりや摂食障害、不登校や性的逸脱行動は、夫婦関係の良し悪しのバロメーター。子どもの前で喧嘩ばかりして不仲だと、子どもは夫婦の危機を感じとって親やイエから逃げたくなり、万引き・窃盗癖になることが多い。そんな類似した家庭環境の仲間集団が、プライバシーを守るための合い言葉や規則・儀式をもった秘密グループが生まれる。興味や趣味をきっかけに親密になり、まだ人間社会の道徳観や判断力の未成熟な子どもは、遊び仲間の多数派の意見に流されて悪の道に走り、泥沼の中へ引きずり込まれる。異質な学友に対してスマホやネットでの冷やかし、からかいや悪口、脅し文句など陰湿な心理的ないじめに遭う。グループ内では無視や仲間はずれ、遊ぶふりして叩かれたり蹴られたり、多額の金銭を恐喝されたりする。孤立感や恐怖感を高まって学校に行きづらくなり、半年以上家庭にひきこもり、不登校や自殺に追い込まれたりする。学業不振や進路や入試に関する学校問題や、兄弟・姉妹関係の不和に生きづらさを感じ、親に対しても批判的になるので父親の出番。自分の経験談を話し聞かせ、諭し、子どもに将来への夢を語らせながら注意深く見守る。

●中学校になると校区が広がり、新しい仲間グループが誕生する。学年が上がるに連れて「自己肯定感」が下がっていく。これまで好きなものは好き、嫌いなものは嫌いとして育ってきたので、異質なものを飲み込む包容力が育っていない。人間の本能は意外に残酷で、どのグループにも属さない異質を感じさせる子、不器用で動作が遅かったり何事にも文句を言わない弱い性格の子は、仲間はずれにされて「いじめ」に遭いやすい。最近は兄弟ケンカをしないから他人の痛みがわからないし、自分の気持ちを周りに伝えられず、その場の空気を読んで人間関係をうまく作れない。子どもが「どうせ」という言葉が出たら要注意。親兄弟や祖父母や友人の中に、無条件に心が通う人間が１人でもいたら子どもは救われる。いじめにあって、危険と感じたら一人にしないで、何時・何処で・誰が・どうしたか、具体的に記録し、担任の先生や教育委員会、警察、地域のいじめ１１０番に電話して相談する。

●長期間いじめを我慢していると、心身がオーバーヒートしてうつ病になって家に引きこもり、ウソをついての不登校や逸脱行動など放置すると、目的達成のために手段を選ばなくなる。ＳＯＳを発した子どもには、決して「ガンバレ！」とは言わない。そっと声をかけて心配していることを伝え、わずかな甘えを大切にしながら寄り添って話を聞き、その子の性格の良い所を指摘して自信を持たせ、前向きに生きる勇気をつけてやる。いじめる相手に勇気を出して自分から先に「おはよう」と積極的に挨拶すると、挨拶の中に潜む倫理の力がいじめの抑制効果があると、いじめに負けない対策を教えてやる。それでもかなわないなら「さっさと逃げる」よう指導する。当分学校を休めば元気になるので、あせらずに10代の内に抵抗力をつけて矯正しておく。

★10代はいじめや引きこもり、不登校や学校中退・進路などの学業問題と、恋愛問題や親の叱責で自殺する子どももいる。子どもの自殺予防をするには、①ムカつく、独りぼっちなど嫌な気持ちに対処し回復する法を教える、②辛い気持ちを言葉にして友人に打ち明ける方法を教える、③両親や先生など信頼できる大人へ相談する方法を教えておく。

早くも「人間関係力」と「世渡りの能力」が試される

●人には生まれながら容姿や才能には個人差があり、その上親の職業や資産、身分的階層の相違や地域格差が存在する。そんな自分で解決できない「劣等感」に悩む時期。だが、その劣等感こそが「何クソ」とがんばって、自身成長の起爆剤ともなる。さらに中学生になれば学校でも塾でも、横一列の平等から学力差がつきはじめる。自己肯定感が低下する。その上、思春期になって無気力・反抗・人嫌い・屁理屈・狂信など、人間関係の未熟さから親友ができず、自分の殻に閉じこもる。それも自分探しの始まりだから、幼い魂の成長に避けて通れない。未知への探究心や集団への信頼感や協調性を持って、大人社会への適応力が問われ、早くも人間関係調整能力や世渡り能力が試される。

●10代も半ばになると、男の子は競争や勝負に興味をもち、自分を取り巻く外界に虚勢をはる。女の子は肥満を気にしてのダイエットで、摂食障害や対人恐怖症が起きたりする。16歳までは友達からの誘いを断れ切れず、自分が属するグループ仲間からのプレッシャーに負けて同調し、さまざまな影響も受ける。遊び仲間への忠誠心は残るが、同性の友達から離れて男女のペアが形成される。異性への衝動や悪への妥協からタバコ、酒、シンナー遊びや不純異性交遊をして仲間と秘密を共有し合う。学業成績の評価から自分に対して嫌気がさし、厭世観が高じて親を殴るなどの家庭内暴力や、無断外泊して家のお金を使ったり家出をする。さらに学校の器物破損や校内暴力など、悪質な非行が発生しエスカレートする。大人社会のルールを破って万引きやひったくり、乗り物を盗む暴力、無免許運転で暴走してストレス解消をはかる。

●自分の子どもが非行の兆候を見せたらその実態を把握する。周囲が見放しても最後まで子どもと向き合い、親の強い想いと執念で体当たりしてでもグループから引き離す。親が子どもを叱る時は他人と比較しない。また厳し過ぎたり感情的では効果がない。両親が役割分担して、一方がきびしくもう一方がガス抜きの役目。父親はきびしく叱っても母親は癒してやり、必ず逃げ道を残してやらないとウソをつく。そんな問題行動も13歳がピークで、中学3年になると抵抗力ができ、高校生になると距離をおいて付き合えるので、子どもと理性的に話ができるようになる。
★核家族になって、サラリーマンの父親は残業で、母親も共働きで家にいない。キレる子どもが増えた原因は、人間関係が切れているからで、できるだけ大勢の人間にふれ、大自然にふれて衝動を抑制する力をつける。

「体罰」は後々まで子どもの「成長を阻害する」

●10代になると、スマホやネットで簡単に仲間を作れるので、交友関係はどんどん広がり、大人と同程度のコミュニケーション能力が発達する。しかしケータイでメールし合っても、相手の顔を見ながら直接対話しないから、人間関係は少しも濃くならず、学校の同級生でも親友といえるほどの仲間ができない。テレビの中の世界は現実を離れた疑似体験でしかなく、実社会において役にたたない。最近の家庭は兄弟・姉妹も少なく、夫婦共働で母親も居ないから話がない。自身も毎日夜遅くまで塾や部活や習い事のスケジュールがぎっしり。遊び仲間はいないし遊ぶ時間も場所もない。一人でテレビを見たりスマホゲームなど、内遊びばかりしていると脳の神経回路の働きも鈍くなり、肩こり・無気力・不安・学習不足で学力も落ちる。簡単にキレる子どもや「引きこもり」「不登校」の原因は、自身の仲間との交際能力の不足にある。
●子どもは間違えながら成長していくものだから、いきなり叱らない。「3つ叱って5と褒め、7つ教えて子は育つ」もの。子どもとは1対1で会話し、親密になって心と心がふれあい、大人の子どもの心に響く一言が子どもを劇的に変える。子どもの交際能力は、児童期から家庭での躾や教育が大切。反抗期の子どもには親も怒鳴りたい気持ちを我慢して感情的にならない。叱る前に本人にその理由をきちんと言い聞かせ、納得するまでとことん話し合い、自分で間違いに気付かせる。叱る時は人格でなく行為を叱るだけにし、親には何でも話せるよう心がけ、子どもに親の価値観を押し付けない。児童期に親から言葉で指示・命令ばかり受けたり、心に傷つくほど叱られたり、体罰を受けるなどの屈辱は、子どもの自己肯定感を低下させ、心の無意識の深いところまで入り込んで性格を歪め、以後自分の喜怒哀楽を表に出さなくなる。たとえ他人の物を取ったり傷つけたりした時でも、「このバカ!」「ダメなやつ」と暴力的言葉を吐いたり殴る蹴るなどの体罰を与えると、親の方にやめられなく常習性がある。次第に深刻化して子どもの脳の発達が遅れて感情調節がうまくいかず、対人関係もうまくいかなくなり将来にまで悪影響を及ぼす。

●言葉で言っても解らない子どもに、体罰による恐怖心でコントロールするとその場はおさまる。だからと言って親が子どもとの共感性のなさに苛立ち、カッとなって体罰を加えるのは、指導者の力量のなさの表れ。子どもは親の所有物ではないし、親の威厳を保つとストレス発散の体罰は躾ではなく、弱いものいじめの暴力すぎない。子どもの自立に力点をおいて、子どもの人格・人権を尊重し、体罰をしない躾の方法を学ぶ。怒りが込み上げキレそうになったら、手をあげる前に深呼吸をしてそれを抑える。自分の許せない基準や範囲や内容を相手に伝え、徐々に許せる範囲を広げて習慣化していく。

●親は子どもが自らの行動や感情を調整する力を養う。躾の目的は自己を整える自律性の形成にある。愛の鞭だといってきびしく躾けるために体罰を与えるとその行動が止まるが、罪悪感が形成されずに共感性が阻害され子どもは他律的になっていく。体罰は短期的に効果はあっても、長期的には極端に親に対する恐怖心不信感を生む。それが続くと自分は親に嫌われた、自分は愛される価値がないので見捨てられたと思い、子どもは大人に対しても心を閉ざして、会話で問題解決することを学ばなくなる。どうせ何の取りえもないのならとリストカットや自殺未遂を起こしたり、思い切り親に迷惑をかけ困らせてやろうと、家庭内暴力や他人に対する攻撃性が強くなって反社会的行動に走る。

★子どもが大病を煩っての学校の長期欠席は、一見ムダなように見えるが、子ども自身が「一人で生きる」という孤独感を体感し、死という未知の深淵をのぞき見るチャンス。また子どもの病気の期間は、父母との関係を緊密にする絶好の機会でもある。

「習い事から塾通い」勉強の仕方を学んで「進路選択」

●現代の教育は、「母親」と「塾」と「学校」の三位一体でなされる。少子化の影響もあり、幼児教育熱は高まっている。子どもの将来を考えると、進路に有益な学歴を獲得するために習い事や塾に通わせ、教育投資を前倒して、将来のリスクを避けようとする。どこの親も高度化する学校授業についていけるよう、運動やスポーツ、音楽や芸術の習い事より勉強をしてほしいと思って、入学前から子どもに学力をつけることに奔走する。小学校も４年生になると、国語の読解力や算数でつまずきやすいので、この頃から親が宿題を見てやらないと落ちこぼれる。中学の受験勉強に入れば、苦手な学科を把握して噛んで含めるように教え、親子の二人三脚でこの壁を乗り越える。また中学受験を考えて進学塾に通い始める。子どもは学習の中身より進学塾の先生の熱意に反応するので、本人に自己責任で決めさせた方が長続きする。進学塾と習い事との両立が難しいが、「ピアノ」は指の動きが脳を活性化させる効果があり、「囲碁・将棋」は理論的思考で記憶力・判断力が増す効果、個人競技の「水泳」は自分のペースで体を鍛える効果、「理科実験教室」は知的好奇心を養い、計画・実行・評価・改善のサイクルが身に付く効果があるので、受験勉強との両立も可能。

●親は勝手に習い事を決めない。押しつけられた習い事は長続きしないので自由に決めさせる。子どもを大胆に信じて決定権を認めて、支援をする。親にやらされていると思っているうちは、ゴールに向けて主体的に取り組まない。情報量の少ない小学生の場合は、幾つかの塾のカリキュラムや実績を調べて提示し子どもに選ばせる。自分から興味を持ったスポーツや音楽、芸術への本気度を見極めて支援する。子どもは優しさだけを求めていない、親は時折叱る程度で、あまり厳しく叱ると長続きせず身にも付かない。ミスは叱らず原因を考えさせると、最後まで努力する継続力が生まれ、一流への道を開くことができる。所詮それを教える先生や両親はその動機を作れるだけ。本当に力ある子どもは才能より努力の大切さを知っている。

●中学校へ進むと、学力や体力も実力によって評価されて横一線の平等社会から縦の階層社会、つまり大人社会へと移行する。あの人は天才だから頭のＩＱが違う、才能が違うと諦めない。頭の良し悪しは努力次第。頭の良い人・才能ある人は努力の天才に過ぎない。才能を伸ばすには小さなこと、地味なことが大事。努力して「やれば出来た！」と喜び、努力し続けた結果「やれば伸びた！」とその経過を楽しみ、伸び悩んだ時は基礎の基礎に戻る。同級の受験ライバルとの実力を確かめながら、心の教育も加味してゆっくり進める。中学２年頃になれば高校受験態勢に入り、勉強する自覚ができてくる。言葉を用い形式的な思考力がついてくるので、出来るだけ本を読んで基礎学力を付ける。読書は乱読から始め、好き嫌いがはっきりしてくると、興味あるテーマや課題に絞って精読に切り替えトコトン追求する。小説の主人公や過去の偉人でも、その人の生き方に共感できる人物を見つけると、自分の将来像が見えてくる。３年間続けると読書を通して多くのよき人生の師に出会い、自分の進路は自ずと定まる。読後感想文や日記・手紙を書くようにすると、文章の句読点の間違いや文章の重複を避け、理路整然と話す力がつく。

●中学３年生になると、記憶力が頂点に達し、第２次の知的興味が動き出すので、自分の進路・目標をしっかり定めて受験勉強に集中する。スマホゲームや見たいテレビも我慢して自分に打ち勝ち、自分で自分を教育するために必要な勉強時間を確保し、中学、高校、大学の受験勉強に対応する。大学生活を面白くも詰まらなくするのも、本人の学力と学習意欲次第。脳態生理学では、夜10時に寝て早朝４時に起きて勉強する方が効果が上がる。

社会では頭が良いだけでは成功できない。天職を見つけることは最も重要な教育の一つ。体力と運動能力の優れた子どもは自分の好きな野球・サッカー・体操・ダンスなどのスポーツ、ピアノなど芸術分野のクラブ活動でも、伝統ある名門校へ進んでプロを目指す道もある。青春時代に合計５０００時間ほど集中的に努力の積み重ねるプロセスは、人生を成功へと導くために誰もが通らなければならない通過点。その努力によって獲得した学力や能力は、実社会において評価され、蓄積した技能や知識は歳を取った時の生きる力となる。

★必死に受験勉強ばかりしていると、性格が歪んだり病気になったりする中高生時代の部活動は人間形成に役立つが、競技大会やコンクールの練習が過熱して、体をこわし学力低下を招く恐れもあるので、時々親がブレーキをかける。

「思春期」は子どもから大人へ成長の端境期

●小学4～5年生頃から始まる「思春期」は、子どもから大人への過渡期。独立欲求が強くなり、旺盛な知的好奇心を持って人間の幅を広めていく。この時期、母親や父親、友達・先生・先輩などの、自分に対する期待を取り入れて自我を形成して自立へと向かう。思春期は大きく3段階に分かれ、体力がピークに達する25歳頃まで続く。

小学高学年頃「思春期前期」で、自己はまだ未分化で葛藤が少ない
中学3年頃は「思春期中期」で、自己が分化し対立と葛藤が強まる

高校2年頃の「思春期後期」になると、分化した自己は統合されて、葛藤が少なくなる。肉体の成長は小学生で足が伸び、中学生で胴体が成長して体重が増え、思春期の高校生になると再び足が伸び、身長が伸びる時期なので運動と睡眠不足に注意すること。

●思春期は別名「反抗期」ともいい、子どもは親の権威や価値観を、乗り越えようとして反発するから成長する。反抗期は脳の発達段階のサインで、共感性や意思決定・社会的な行動を司る機能が作られる。親とほとんど話さなくなり、友達や部活、異性へと向かい自立していく。自我意識が高まりバカなことだと解っていても、自分の殻を破ろうとして考え方も行動も攻撃的になる。大人社会に適応できず喧嘩したり、自転車やオートバイを盗んだり、セックスしたり、年寄りをいじめたりして逸脱行動に走り両親を困らせる。女性はその場の空気を読んでウソを吐いたり、損得勘定や自らの振る舞いを社会性で決める判断力は、男性より優れている。反抗期は一過性のものだから、指示・命令するのでなく、突き放すでもなく、放置するでもなく、子どもの判断力を育てるために流れにまかせて見守る。親の言うことを聴くのは30点程度で丁度いい。思春期の子どもが両親と近づき過ぎて「友達親子」になると自立心が軟弱で挑戦意欲が低下する。近年は反抗期が無くなる傾向にある。

●中学になると実力がものをいう大人の競争社会に入る。勉強もスポーツも他人やライバルのことが気になり、自由になれない悩みを抱え込む。また家庭内での価値観と学校や地域社会での価値観が違うことに気付き、広く社会に通じる価値観の確立をめざす。理想を求める一方で、不安にいらだつ気持ちが混在し、どちらが本当の自分なのか迷い、親からの自立をめぐって葛藤がはじまる。まずは両親の過度の支援を望まなくなり、両親との間の態度・価値・信念が分化して、両親の援助なしに自分の問題を解決する能力ができる。やがて不安や不信感を抑制して過度の罪悪感や怒りの感情がなくなって、両親との関係が復活。15歳で義務教育が終わると仕事に就いて自立可能となり、今までと違った生き物になる。

●17歳は空想が飛躍して、ロマンチックな愛と理想を求める年齢。現実社会は人の容貌もさまざまで才能や財産も違いがあり、数々の不平等が周囲をとりまく、理不尽な大人社会に反抗する反面、友達と比較して自分の未熟な所、弱い所が見えるようになり、劣等感が生まれ、それが臨界点を超えたとき、拒食症になったり家出や自殺が起きる。結局はそんな自分を受け入れ認めるしかないと、ものの考え方が主観から客観へと移行し、自己中心主義から脱却する。人間としての基礎的な能力を身につけて、友達や両親とも協調できるようになり、感謝の習慣を身に付け、社会的な信用を獲得して大人社会へ入っていく。

●高校3年生から大学にかけて、批判力・思考力・観察力が芽生え、理性的に行動できるようになる。しかし逞しさはあっても人の心の哀しみが解らず、未だ理想を描く力はない。この時期は親元から離れ、経済的・社会的依存状態から自立するため、親の指導を拒否しつつ、情緒や感激を学んで人格を再構成し自立する時期だが、共感や同情心などの社会性は一人で身に付かないから、周囲の大人たちが支援し、親密性と自律性をバランスを考えてやる。思春期を経て体の成長とともに意識する自我が形成され、自分を誇りに思う感情が生まれて、25歳頃には苦しい人生を乗り越えられるようになる。

●20歳から成人で酒・タバコが解禁になり、成人映画が見られ選挙権も与えられて、社会的・政治的に完全に独立する。女性は男性より早く肉体的な成長が完了し、100%大人になって同性の仲間より異性への関心が高まり、一緒にいたいと思うようになる。男性の18歳頃は性欲の絶頂期で自慰にふけり、女性に最も強い興味を持つようになって、情熱的な恋愛という形で性的衝動に支配される。「食欲」も過ぎると肥満や成人病に、「性欲」も過ぎると不倫や性犯罪に巻き込まれる原因になる。

★両親は思春期の子どもの問いを正面から受け止めて、ごまかさず自分の生き方を話してやる。わからないことは素直に「わからない」といい、言葉にならないこと、教えても伝わらないことは教えない方がいい。

完成した肉体を支配する「強い精神力」を持つ

●生まれた赤子の体重は3kg前後で、大人になっても60kg前後。人間の身体の成長度が他の霊長類と比べて遅いのは、脳が全エネルギーの半分以上を優先消費しているから。脳の成長はほぼ10歳頃に完了すると、エネルギーが身体に回るようになり、10代前半に「身長」が伸びるピークに達し、後半になると「体重」が増え、15歳までに「ねばり強さ」が、18歳までに骨ができて「力強さ」が加わる。この時期に睡眠が不足すると痩せ型、運動が不足すると肥満になる。20歳でほぼ成長が完了して肉体の性別が成熟し、25歳で体力は頂点に到達する。近年は男女とも身体的・性的成熟が早くなり、12～13歳になると「第2次性特徴」が現れる。男女の態度や興味が似通った中性の状態から、生殖器の機能出現によって男女差が明確になってくる。発育盛りのこの時期、強いエネルギーで体と心のバランスが崩れ、情緒不安定で秩序が乱れほころびやすい。

●思春期になると身体が成長・発育し、男の子は男らしく、女の子は乳房が発育し陰毛が生えて、女らしくなってくる。男子は射精、女子は月経が始まるので、男女の身体の違いと、受精・妊娠・出産についての説明が必要。これまで女子は女子、男子は男子の集団で成長してきた同性の目に加えて、異性の目も気にし始める。異性との関わりは、まず性欲の伴わない「プラトニッククラブ」が出発点。異性の友達を持つと複雑な感情に気づき、異性への接近欲求が高じてくる。中学生になると学校で異性との付き合いが始まり、カップルらしきものが出現するので、避妊法やエイズや梅毒など性感染、性被害を受けた場合の対処法など、自分で自分の身を守ることを教える。高校になると受験勉強で中断。恋愛は未だ盲目で熱しやすく冷めやすく、大方は長続きせず失敗に終わる。大学時代は時間があるがお金がないので自慰・援助交際や遊び程度の恋愛。社会人になると恋愛と結婚が一体なので慎重になる。

●恋愛にとって必要なことは誠実な心で、男女の間に一種の契約のような愛の力が生じる。自分の好きな相手以外の人と、あまり親しくしない独占的な愛が基礎となり、やがて高次の恋愛感情へと進化していく。一人の異性から得た感動は自分だけの貴重な体験として、恋愛至上主義の人もいれば、性エネルギーに翻弄され、醜い自分をさらけ出して堕落する人もいる。10代で人生を台無しにしないよう、親や先輩の指導監督が欠かせない。肉体的な強さだけではなく精神的な抑制力も強化し、性を美しいものとして見られるよう努力。結婚を急がず、そこに至る道を長く純潔にしてこそ、結婚の歓喜を得られる。この時期に自分の中に巣くう欲望を抑制して自分の主人となり、自分の性衝動を抑える習慣を身に付けておかないと、成人後セクハラで問題を起こして失墜することになる。

●青少年期は生殖能力が付いても、生殖できない時期。現代はセックスの許容が進み、10代でもセックスして当然と考えているので、純潔教育より正しい性教育が必要。性感染症と妊娠の予防のためコンドームで確実に避妊する。男女の淋病やクラミジアなど性感染症罹患率が高く、死につながるエイズも増えている。女性にとって性体験は心身ともに大変化をもたらす。意図しなかった妊娠で中絶する人は年間30万人程、その10%が未成年の妊娠。産むつもりのない妊娠で余儀なくする結婚は、さまざまな思春期の課題が阻害されてしまう。10代でキャリアアップも出来ず職業も不安定。10代の出来ちゃった結婚の割合は80%を超え、20～24歳は50%。出来ちゃった結婚の離婚率は15～19歳では88%、20～24歳でも43%と高い。その結果バツイチ同士の再婚も増えている。

★恋愛の発達に少し遅れて性欲がともなう程度が丁度いい。時代の風潮に関わらず10代は可能なかぎり「処女信仰」を持ち続ける方がベスト。

進路は「体育系・芸術系」「文系・理系」のどれ???

●人間社会は平等ではない。才能も容貌も違うし社会的背景も財産もさまざま。生まれつきの自分をそのまま受け入れるしかない。学校教育で人間を根底から変えられないが、「学ぶ」ことは最も人生を充実させる道。学問の本当の価値は、苦しい仕事に直面した時、それを乗り越える力になる。だから大学選択は自分の学力で入れる大学より、「そこで何が学べるか」「どんな力が身に付くか」が大切。その大学で自分の持って生まれた才能を育て、学んだ知識や技術で社会に貢献できる大学を選ぶ。たとえ有名大学に入れても、自分の興味が持てる教育内容でなければ４年間は続かない。「行きたい大学」に照準を合わせ、実際そこで学ぶことが社会にどのように貢献できるか？　オープンキャンパスに参加して模擬講義を受けたり、研究室教員や学生と話してその大学の制度や仕組みを実際体験を体験してから決める。この人生の基礎確立期に欧米先進国や開発途上国など、海外旅行しさまざまな異文化とふれて視野が広がり、進路選定に大きな影響を及ぼす。
●高校時代は中学で学び受け入れてきたものを、根本的に批判する時期。足元を道義で固め、将来にはっきりと理想を掲げて、長期に亘って目標意識を持続しながら大学受験の準備に入る。教育の目的は一人の個人を自立させることにあり、親は子どもの自主性を尊重し、教育投資額とその効果を考えて進路選択を側面からサポートする。高度情報化社会で知的職業につくためには、子どもは親より多くを知り学ばねばならない。そのため親は子どもの教育費を支えなければならない。受験勉強に入る子どもには、自分の人生を充実させるために学問の必要性と、勉強することの面白さを教え、学歴社会のきびしい実情を聞かせて高学歴のメリットを教える。現実に生涯年収は、高卒は2億3000万円、大卒は2億8500万円と5500万円くらいの差があり、子どもの将来を大きく変える。大学に進学すると同じスキルと知識を持つ仕事仲間ができる。自分と同様の質の高いアイデアと高度なスキルの持ち主が集まる大都市で働き、自分の知識を最大限生かし同じ会社で同じ志を持つ仲間と対話し互いに刺激し支援し合い、結婚相手も同類のうちから選択することができる。だからといって大学へ行くだけがすべてでない。親の子どもへの期待のし過ぎは落胆やグチ・家族紛争の原因になるのであまり口を出さない。子どもも自分で選んだ学校、自分で決めた道なら真剣に努力し続ける。

●大学時代は同世代の仲間と共に将来や仕事について考え、各世代の人と交流して人生の選択肢や職業選択の幅を広げるための「モラトリアム（一時停止）」。大学生活は知識と学力を得て、自分に適した職業を選択できるよう、社会的役割を猶予される期間。大学キャンパスでのさまざまな学友と出会い、生涯を付き合える財産。まだ自分探しの最中で、自分にどんな才能があるのか、好きな仕事がわからないから、この段階で自分に合致する職業を見つけるのは極めて難しい。自分の興味関心ある分野、得意分野を自覚して進むべき方向は、高校2年生の時点で判断し、志望校と専攻学部を決める。人間は「知・情・意」のバランスが大切だが、人それぞれに片寄りがあり得意がある。大学の専攻科目は自分の性格に合わせ、知的な人は「理工科系」、情的な人は「文科系」、感性豊かな人は「芸術系」、動的な人は「体育系」を選ぶ。そこで自分の同じ専門分野の友人を得て、生涯を通じて強力なライバルとして、あるいは情報ネットワークとして支え合う人脈づくりをする。

●生まれながらの才能を必要とする、体育系や芸術系の訓練は3歳くらいから始め、親やその分野の専門家の指導を受け進路設定する。中学・高校・大学での部活は、自らから進んで意欲や集中力を発揮して、面白い事楽しい事をしたいと思って始める。何でも面白がり楽しむような明るい性格の人は「自己報酬神経群」の刺激を受けて能力が活性化されやすい。「体育系タイプ」は、体操・マラソン・柔道などの個人競技で、タフな体力と俊敏な運動能力を必要とする。体育系は10代～20代がピークで短期決戦型。幼い時からその道の極意を極めて本番にも強く、さまざまな大会で優勝した選手ほど優遇される。バスケ・サッカー・野球などの団体競技では、その場の空気を読み、状況を的確に捉えて要領よく行動できる能力や組織への自己犠牲の精神が、一流大企業就職への突破口となる。ただし相撲の力士は横綱から番付外まで合わせても７００人、プロ野球選手は12球団合計で９００人と厳しい世界で、プロとなる道は容易でないが、ノンプロの世界の裾野は広がっていて活躍の場がある。「芸術系タイプ」は、ある程度先天的な感性と才能、それに幼児期からある程度進むべき方向を定め、その道の専門家について訓練の積み重ねが必要。頂点を目指して遮二無二に訓練を積み重ね、ガマン強い精神力で与えられた課題を自己目的化し、物事を肯定的に捉える力があるので、就職時において評価される。

●「理工科系タイプ」は、教えられたことを知り、記憶し独り立ちする能力がある。どっ

〈理工科系タイプ〉	〈文科系タイプ〉
1. デジタル人間（理性的）	1. アナログ人間（感性的）
2. 理科・数学など・正解は唯一つ	2. 国語・社会など・正解がない
3. 工学部・医学部・法学部	3. 文学部・商学部・経済学部
4. 言葉や数字など論理的能力	4. あやふやなことに対処する能力
5. その意味・目的・価値を問わない世界	5. 単なる事実の意味に満ちた世界
6. 厳密主義で正確、モノづくりに向く	6. 他者と柔軟に付き合っていける
7. 話す・読む・書く・計算するなど言語的な知性がある	7. 人間の喜び・悲しみ・怒りなど隠された意味を読む感性がある

しりしてどこか粘性で、計算や数学的能力に優れなぜかと考える理性派。30代がピークで中期決戦型。「文科系タイプ」は、教えられないこと、知らないことにも答えを出す能力がある。才気が外に出てものごとを直感で捉え、理由を問いつめず敏速に動く感性派タイプで、40代からピークで長期決戦型。中学生の頃から自分の性格・才能に合わせ、どちらか選んで進路を決めて目標とする大学を決める。

●これまでの技術革新時代は「儲かる理系・儲からない文系」と言われてきた。今はめまぐるしいIT技術や人工知能の進歩によって、バスやタクシーの運転手など定型業務の自動化が進み、高度の判断を必要とする弁護士や医師などの専門的職業でさえ存続が危うくなった。今は理系とか文系とか専門家は大きな力を持っているが、視野が狭くバランス感覚に欠ける。理系も文系も両方できるのが大人。困難な状況になっても、社会変化に対応して課題を見つけて解決できる人材が求められている。

郵便はがき

料金受取人払郵便

新宿局承認

2523

差出有効期間
2025年3月
31日まで
(切手不要)

1 6 0-8 7 9 1

1 4 1

東京都新宿区新宿1－10－1

(株)文芸社

愛読者カード係 行

ふりがな お名前		明治 大正 昭和 平成 年生 歳
ふりがな ご住所	□□□-□□□□	性別 男・女
お電話 番号	(書籍ご注文の際に必要です)	ご職業
E-mail		
ご購読雑誌(複数可)		ご購読新聞 新聞

最近読んでおもしろかった本や今後、とりあげてほしいテーマをお教えください。

ご自分の研究成果や経験、お考え等を出版してみたいというお気持ちはありますか。

ある　　ない　　内容・テーマ(　　　　　　　　　　　)

現在完成した作品をお持ちですか。

ある　　ない　　ジャンル・原稿量(　　　　　　　　　　　)

書　名				
お買上 書　店	都道 府県	市区 郡	書店名	書店
			ご購入日	年　　月　　日

本書をどこでお知りになりましたか?

1.書店店頭　2.知人にすすめられて　3.インターネット(サイト名　　　　　　　　)

4.DMハガキ　5.広告、記事を見て(新聞、雑誌名　　　　　　　　)

上の質問に関連して、ご購入の決め手となったのは?

1.タイトル　2.著者　3.内容　4.カバーデザイン　5.帯

その他ご自由にお書きください。

(　　　　　　　　　　　　　　　　　　　　　　　　)

本書についてのご意見、ご感想をお聞かせください。

①内容について

②カバー、タイトル、帯について

弊社Webサイトからもご意見、ご感想をお寄せいただけます。

ご協力ありがとうございました。

※お寄せいただいたご意見、ご感想は新聞広告等で匿名にて使わせていただくことがあります。

※お客様の個人情報は、小社からの連絡のみに使用します。社外に提供することは一切ありません。

■書籍のご注文は、お近くの書店または、ブックサービス(フリーダイヤル 0120-29-9625)、セブンネットショッピング(http://7net.omni7.jp/)にお申し込み下さい。

●大学志望校は自分の学力を考えて、「国公立か、私立か」「４年制か、２年制か」、「都市大学か、地方大学か」、「通学か下宿か」考える。国立大学は私学と比べて、学費が安く門戸が広いだけでなく、何十年先を見据えた基礎研究を支える理念と設備がある。日本は有名大学ほど入ることが難しいが、外国の大学は入るより出ることの方が難しい。親は経済的に援助できる限度を決め、子どもに教育費の重みを実感させ、子どもに経済的に支援するのは大学卒業までと約束しておく。教育資金が不足した場合、自宅から通える学校を選ぶ、私立校を避け公立学校を選んだり、祖父母に教育費を借りて後で老後資金として返す方法もある。

●国立大学の入学金は28万円で年間授業料は54万円。私立大学の入学金は40万円で年間授業料は75万円で教育費は年々上がっている。一方、企業は社員を正社員と非正社員に分け、上場企業の「正社員」は生涯雇用され平均年収は５４０万円。「非正社員」はその半分の２５０万円で、景気次第で使い捨てられる。親は子どもの能力と教育費用対効果を考えて決定する。国から奨学金を借りると無利子でも借金だから返さねばならない。平均で年60万円、４年間で総額２４０万円借りると、卒業後に毎月１万４０００円を15年かけて返済し続けねばならない。それでも奨学金を借りて大学に進むかよく検討する。

●大学生は平成期に１００万人増えて３００万人に達した。大学進学率は54％になって、もはや大卒だから就職に有利といえない。一般大学を卒業して大企業に勤めると組織の一員として、大きな仕事を任されるまで５年・10年とかかる。ならば職業と直結したＩＴ関連・デザイン・観光・料理など専門学校で、自分の好きな分野を深く掘り下げて学び、専門士の資格や免許を取れる。少人数で高度な先端技術教育を受け、その道のスペシャリストとして即戦力として、高卒生でも短大卒と同じ待遇で就職できる新しい進路が開けつつある。

★学生時代に病気療養したり、１度・２度と受験に失敗すると一見ムダに見える。人生には立ち止まって考える時期があっていい。浪人時代に本当に大切なことと有益なことに気付いたり、打たれ強くなって次のステップに進む力がつく。また他人を思いやる豊かな心が身に付くので決してムダにならない。

第８章　学生・青年期を生きる

８―１／20代を生きる智慧

成人式は20歳　でも「大人としては半人前」

●一昔前、青年期があるのは金持ちだけ。大方の子どもは７歳で子守りや家業手伝いを始め、大人社会に飛び込んだ。大人の評価基準は、①大人の体（初潮・射精）になった時、②一人前の仕事ができた時、③結婚して家庭を持った時、④子どもを産んで親になった時で、15～20歳の間にこれらすべてを通過して完了。青年期での入学・卒業・就職・結婚・出産への人生移行のタイミングは共通し、直線的で連続的な一本道だった。現代は男女とも法律的には18歳から大人で、「満20歳」になれば全国の市町村で「成人式」が行われる。喫煙や飲酒が許され、親の承諾なしに結婚もでき、契約したり訴訟を起こしたり、犯罪を犯せば大人の法律が適用されて罰せられる。成人式に出席する20歳の若者の大半は親のスネかじりの学生で、まだ義務らしい義務もなく、大人として十分な能力を持ち合わせていない。学校にも行かず、仕事もしていないで親に甘えて過ごすニートもいて、成人式の通過儀礼の意味も揺らいでいる。

●20歳は青春時代とは言っても、仕事も人生もまだ入り口で、決して居心地のいいものではない。まだ経済的・精神的・感情的に自立していないから、成長する意欲はあっても空回り。内に確かなものが無いので進路に迷い試しながら、親や先輩に依存している未熟な自分と、理想に燃える自信過剰の自分との分裂状態。その考え方は社会と対立し、自己主張と自己否定が入り乱れて矛盾だらけ。まだ自己同一化が完成していない段階では、自分はまだ半分は子どもだと自覚して、自己抑制と自己主張をコントロールする必要がある。

1. 理屈っぽいが、意外に感覚的で
2. ロマンチックだが、ドライで打算的で
3. 自信家のわりに、不安感に悩まされる
4. 恥ずかしがり屋なのに、傍若無人な態度にでる
5. 個性を主張しながら、案外没個性的で
6. 神経は細かいが、衝動的な行動にでる
7. 権威を否定しながら、ひそかに権威に憧れる

●常識とは18歳までに身に付けた知識。成人になったとは言えまだまだ即自的で、自分を客観視できない未熟な状態。あらゆる面で一人前の大人になる過渡期だから、不完全な知識を恥じたり隠す必要もない。相手を批判するより、自分が自立して一人歩きできる力を付けることの方が大事。成人式が過ぎると大人の法律が適用される危険が付きまとうので、何でも自分の頭で考え鵜呑みにせず、自分の短所や弱点をはっきり掴んで自己責任で納得

したものだけを受け入れる。

●世間知らずの新卒生が街中で甘い言葉をかけられ、未熟さや判断力不足に付け込まれ不必要な商品を買わされたり、マルチ商法やブラックバイトに巻き込まれたり、また新興宗教やカルト集団も人生観の形成期にある若者に狙いを付けすり寄ってくる。自分の至らないところを変えるつもりで入信すると、教義の権威を信じさせながら徐々に畏敬の念を刷り込まれ、街の掃除などのボランティアや、信者獲得イベントの人集めなど単調な作業をさせられる。一旦これらの組織にはまり込むと、退会しようと思っても集会で仲間から糾弾され、最後は家族まで巻き込まれる。世の中で何となく不都合な気配がしたら、自分の足元を掘り下げ損得より善悪を優先して、プラスとマイナス両面からキチンと検証するクセを付けておく。

★若者には未来に向かっての夢と勇気が必要。それがないと生きる意欲が生まれない。受験や就活の失敗・失業による生活苦に耐えられず、自殺する若者は年間1000人を超え、20代の死因の半数を占める。

善い生活習慣を身に付ける「人生の基礎工事」

●20代は「生計」、つまり人生計画をたて基礎工事をする最も大切な時期。個人として自立し職業人生のスタートを切るにあたって、親との間に一線を引き、自分で物事の善し悪しを判断する。前半は「どんな仕事を選び、どんな会社に就職するか」。後半は「どんな恋愛をし、どんな人と結婚するか」という最重要な選択がある。仕事も結婚も決断して1つを選べば、他のすべての選択肢を捨てねばならない。その選択基準は自分にあり、その責任は自分で持つ。成人したら安定した職業に就いて自力で収入を確保し、親の家を出て経済的・時間的に自立、自分がやりたいことをやれる。独身時代はきびしい競争社会の中でただ一人で貧乏と闘いながら、次の3つの人生の基礎を確実に身に付けないと、30代になって伸び悩み、つまずいてその付けを払うことになる。

1．社会人としての基礎／礼儀作法、対人関係の良識、人脈を確立する
2．職業人としの基礎／技術力、計算と表現能力、語学力、経済常識を確立する
3．家庭人としての基礎／男女交際のマナー、自己確立、先祖祭祀を確立する。

●20代は、記憶力や思考力は成人以上でも、経済的・社会的にはまだ半人前。勉強は自分を変身させるための作業。学生や独身時代は苦難や逆境の中でハングリー精神を鍛え、少しずつ仕事能力を付けて自己責任で乗り越え、経済的に自立して大人社会の仲間入り。すでに性的・肉体的には一人前だが血気いまだ定まらず、性的にもきびしい禁欲生活をおくらねばならない。欲望の昇華に苦闘することで自我意識が深まり、次第に成熟した人格形成ができていく。視野の広さや対人能力は、20代に実社会でさまざまな人と出会い、さまざまな経験をして人たる所以を学んでその輪郭が決まる。会社の同僚や先輩にも、優しい人、まじめな人、金にこだわる人、ずるい人、騙す人もいる。人間関係は量より質で、すべての人に好かれなくてもいい。友人は一人でも、自分の生き方のモデルになる人を選ん

で親しく付き合えばよい。20代になると社会や文化という雰囲気が解ってくるので、限られたお金と時間でできる限り本を読む習慣を付ける。
●読書は人を見る目を養う、仕事の姿勢を正しく変える。書物の中にも人生の師となるような多くの先輩たちがいて、その考え方や言葉によって自己破壊され、更にさまざまな知恵を集めて再構築されて生きる意欲や能力が大きくアップする。ただし知識を場当たり的に断片的に詰め込んでも、頭がバラバラでは知っていても役にたたない。知識と知識をつなぎ合わせ体系化すると意味が解って納得できる。納得できると行動が変わる、行動が変わると運命が変わる。若い時に学んだことは中年になって成熟し、中年になっても学び続けると、老年になって名人の域に到達する。
●習慣という日常行動の繰り返しが人生を作るので、20代の「習慣」は一生を支配する。習慣の力は遺伝子よりも影響力が大きく、良い習慣は才能を超え、悪い習慣は遺伝子の良さまで消してしまう。特に社会人としての習慣はきわめて重要。新入社員は他人の目に自分がどう映っているかを意識し、個人的な利害を恥意識を持って昇華させる。自分は自分、他人は他人と割り切り、他人の悪口を言わず、欠点を指摘せず争わないこと。損得より善悪を優先し、人の厭がる仕事でも進んでする。嘘をつかず、約束は必ず守り、いつも居場所をはっきりしておく。どんなことにも前向きに取り組み、苦しい時でも逃げないでそこに踏みとどまり、引き受けた仕事は誠心誠意、最善を尽くす。
★大人社会での学問は社会的責任を果たすため、教わるより自ら求めて根本的なマナーを身に付けねば、非常識という烙印を押され相手にされなくなる。会社で失敗した時は「すみません」と謝る、近所の人には「こんにちは」と挨拶し、両親には「ありがとう」と感謝し、大人として当たり前の習慣を完全に身につけておく。

「学校社会」から「職場社会」へ社会化の第2波

●20代の青年期は、「職業的社会化の第二波」の過渡期。同世代が集まり学ぶ「学校社会」から、異世代の人が同じ目的に向かって協力して働き、成果を出して分け合う「職場社会」へ移行。学校では正解のある問題しか解かないが、実社会の正解は多様なので相当の応用能力が必要。頭が良く、学問ができて記憶力が抜群だけでは通用しない。学校の成績が良くても決断力や持続力、創造力、共感力、包容力、冒険力を必要とし、さらにデリカシーが分かる能力がないと成果が出ない。その評価は学校での点数評価でなく、お客さまの評判と上司や同僚の評価で決まるので、賢脳で健康で世渡り上手な人間が出世する。そこに人生の面白さがある。まずは人間一般の生き方を確立して自分らしい社会貢献できる職業につき、その能力を身に付けて社会的適応をはかる。学生から社会人に自分の立場を変えるには3年程度かかる。その自分の生き方と社会での役割と一致すれば、社会と調和しながら満足した生活ができる。

●青年期は純粋に現実の自分と向き合える時期。だが大人への過渡期だから危機的で、この社会化の努力を怠ると致命的な弱点を持つことになるので、第一波の幼児期よりずっと多く親の援助を必要とする。子どもが欲しているのは人生の正解でなく、悩む自分のそばにモデルとなる大人の存在。父親は最も身近な社会人の先輩として、具体的に人の役にたつ仕事の方向性をアドバイスしたり協力する程度にして、最後は子どもの自由選択に任せないと子どもの人生は破綻する。

●社会人としてのスタートは、まず仕事の基本を覚えること。新しい環境の中で１つのことを身につけるには辛抱が必要。新入社員が持っているのは時間と体力だけ。実社会では１００％自分の好み・能力・才能に合う仕事に巡り会うことはない。何ごとも現実を回避せず、好きな事以前にやらなければならない事をする。自分の才能を見出すためは仕事を選ばず、報酬のことは考えずに全力を尽くす。一人でも毎朝コツコツと掃除をして整理整頓を習慣づけ、現場の汚れ仕事や苦手な仕事も若いうちに経験し克服しておく。どうせやるなら強い・汚い・危険な３Ｋ仕事でも、イヤな顔をしないでやってみる。頭でなく生身の体を通して学んだ知識は自信に変化し、仕事の幅が広がり人間の幅ができる。雑事をしっかりこなすと、ここぞ！　という時大きい仕事ができる。それが無い人生は空っぽで、そのツケは人生後半に回ってくる。

●見習い研修期間中は仕事を選ばず、善いと思うことは自己責任で受け止め率先して行う。素直な心と体を使って全力を尽くす人には、周りの先輩も感動し応援してくれる。中途半端なかしこさで敵をつくるより、嫌なことを引きずらずに仲間と折り合いをつける。会う人みな師という気持ちで、一人から１つ学ぶ努力をすれば、学生時代に見えなかった自分が見てくる。切れ者でありながら鈍くし、明るい表情で堂々と振る舞い、難しい仕事でも着実にこなす力を付ける。自分の意見をハッキリと上手に自己主張もしながら、人間としての強さを身に付けると運が向いてくる。そして奉仕・貢献・勇気などの人徳が身に付けば、報酬は後から付いてくる。

●入社して3年間は理想の自分に近づくために、会社の仕組みや他人の評価をよく見て内部に潜む可能性を信じる。自分はこの会社の中で何をするべきか、じっくり考えて自分の位置を決める。主体性を持って継続的に努力し、自分でチャンスを作りつつ世渡り上手な人間でないと勝ち残れない。キャリアを積み重ねている内に、会社で稼ぐ力と自信が付き、仕事で実績を上げれば収入は後からついてくるので、自分の収入と他人の収入を比べない。人生で本当に大切なことは、目に見えないので容易にわからない。必死になって汗をかき焦らずに置かれた場所でいろいろ試していると、自ずと自分の才能が姿を現して、耐え抜いた経験は個性となって輝いてくる。失敗しても自分のせいだとは決めつけず、自分を励ましながら今のことだけに集中する。

●早く一人前になろうと思っても、自分の仕事を見つけて才能を磨くには時間がかかるから、「どうせ」「やっぱり」といった自分のダメ妄想を振り払うこと。1年くらいで転々と職を変える人は、違う仕事でも一生懸命になれない欠陥人間と見られる。3年間も辛抱できず、社内での生存競争に戦おうとせず、生き残ろうと努力しないで転職してもムリ。会社は入社試験の評価で配属を決め、一つの部署で3年を基本単位に、配置転換しながら育てていくから、「石の上にも三年」の間は今の仕事を受け入れ、今持っている自分の力を全て出し切ることが先。社内で自分を受け入れられず、未来に対して疑いや不安があっても、希望を持って前向きに努力し続けていれば、幸運は真正面からやってくる。実社会ではただ一つ「自分自身に勝つ」ことのできる人が最後に笑う。
★芸術や芸能、スポーツや職人の世界は、自分の師と決めた人の下に入門し、先輩たちと昼夜を共にしながらその生きざまや知識や技術を盗みとり、きびしい修行にガマンした人だけが本物となれる。

職業人生の第1ステージは「大好きな仕事探し」

●20代の最大の課題は、人生を生き抜く「心の柱」と「経済的な柱」を立てること。昔は社会共通の成人期があり結婚適齢期があり、就職や結婚も親の考えに沿って行った。親子三代同じ場所で同じ職業で暮らし、子どもは家業を引き継いで、親が生きたように生き、死んだように死ねば良かった。現代人はそのほとんどが会社勤めのサラリーマンで、経済的な柱の立て方はガラリ一変した。青年期における最重要課題は「自分探し」と「仕事探し」。学校ではさまざまな学問を通して、他人とは異なる自分らしさを探す。「自分探し」は、元々自分の中にあるものを掴み取る作業。社会においては仕事を通して自分の秘めた能力を探し出して、自分の大好きな仕事を見つけ出す。この二つが決着すれば、この自分でやっていける自信ができ、自己の存在感を持って社会的役割に参画できる。

●職業人生の第1ステージは、自分の大好きな仕事を探す試行錯誤の時期。人には持って生まれた才能があり仕事の適正がある。人には体力があるとか、頭の回転が速いとか、交渉ごとが上手とか、親切だとかいった個性があり、輝いている部分がある。「身体強健な人」はスポーツ選手や警備保障・運輸などに、「腕のいい人」は技術者や職人に、「頭のいい人」は学者や法律家・実業家に、「心優しい人」はサービス業や教育家に向く。さらに消防士や自衛隊など、命がけの勇気が必要な職業もある。したがって仕事選びは収入の多寡より、自分の体力や腕力、感性や学力、人間力など、どれを重点にして働くか、仕事の特性を自覚して自分が本当にやりたい仕事を選ぶと、生涯楽しく働いて尊敬される生き方ができる。自分のやりたい仕事が見付からなければ、見つかるまで探し続けるしかない。早ければ早くスタートできる。

1. 体を使う仕事／体格のいい元気な人、農業・ガードマン・相撲取りなど
2. 腕を使う仕事／器用で根気のある人、陶器・漆器など職人・伝統工芸士など
3. 頭を使う仕事／知能指数が高く頭が良い人、医師・弁護士など
4. 心を使う仕事／人に優しく気配りのできる人、販売士・介護士など
5. 全身全霊で取り組む仕事／教師・経営者・宗教家など

●学校を卒業しても、自分の将来のイメージも描けないまま就職する場合のリスクは大きい。職業に貴賤はないが好き嫌いはある。その仕事が「好き」であり、「好きな仕事であってこそ輝ける」、これが職業を選ぶ場合の唯一第一にして最後の条件。自分の大好き

な仕事を見付けてその職業に就けたら未来の可能性が拓け、すでに人生の90％成功間違いない。いつまでもそれが見つからない人は、いつまでも伸びない。どんな職業でもプロとして一人前になるには、寝ても覚めてもその仕事に没頭し続ける長い年月が必要。自分の性格や能力、長所や欠点を自覚し、自分のやりたい事、好きな仕事を見つける。これが好きだとか好きでないという声なき声こそが自分の生命の根本をなしているから、自分の好きな仕事を選べばそれを苦労と感じることはない。どんな困難な状況に遭遇しても我慢でき、努力をしながら楽しく生きられる。職業選択の自由は憲法で保障されている。親といえど絶対に家業を押し付けたりしないで子どもの自由意志は尊重する。

●だがその仕事を使命として社会に貢献するには、単に好きな仕事だけでは勤まらない。同時にその仕事が、時代や社会変化の方向に合致し、社会に適応して貢献できるかを考慮する。未来を予測することは簡単ではないが、早い段階から時代の一歩先のニーズを捉え、希少性があり、十分な所得が得られる仕事を選ぶ。さらに自分の生活上の都合など「強みと弱み」や「有利か不利か」も考え、負けないための準備をして、競争優位に立てるよう自分の将来を方向づける。きびしい就職戦線を突破できるよう、まず敬語や正しい日本語を話せるようになっておく。次に自分の時間と経済力の範囲で投資して、先端的ＩＴ技術を習得したり、統計や会計などの国家資格、ＩＴ関連のＭＯＳ国際資格を取得しておくと、他人と違う自分をアピールできる。高度情報社会では人材活用が国際化するので、中国語や世界で通じる英語を堪能に話せると、外国企業へ就職の範囲が広がる。英語ができない

〈国など公共機関の官庁〉	〈民間企業〉
1. 税金で集めた市民のお金	1. 自分らが稼いだお金
2. 価格決定権がない	2. 価格決定権がある
3. トップでも人事権がない	3. 経営者に人事権がある
4. 現状維持、前例踏襲の防御組織	4. 自由な攻撃組織
5. 役所仕事に失敗も倒産はない	5. 会社は潰れるから懸命に働く
6. 公平こそ正義	6. 差別こそ正義

と国内企業でも門前払いする会社もあるが、できない人は日本語が通じる範囲のことだけに集中すればいい。

★自分の好きなことをして成功するのが1番。好きなことをして成功しないのと、イヤなことでも成功するのは2番。イヤな仕事をして成功しない職業選択は最低。

生活安定を望むなら「大企業」か「公務員」

●20代の若者には未来に対して、夢と理想があるが疑いや不安もある。職業選択においても安定した生活を優先するか、リスクがあっても自由な生き方を優先するかは重要な選択で、「安定」と「自由」との両立はかなり難しい。国家の省庁や国立大学や国立病院・県庁市町村の役場・公立高校・中小学校は、税収が財源なので好不況に関係なく安定し、公平なサービス変化が緩やかで現状維持でいい。民間は大企業や中小企業から自営の零細企業まで、自由競争原理の中で強いものが勝ち弱いものが淘汰される。日々食うか食われるかの厳しい戦いをし、自力で利益を出し成長発展しなければならないから、いつも活力にあふれている。それぞれの職場には長所があり短所があり、そのどれを取るかで人生の大筋と生きざまが決まる。
●親方日の丸の官庁や国立大学教授などの国家公務員や、税収が財源の県庁市町村役場の職員・警察官・公立高校・中小学校の教員などの地方公務員は、好不況や倒産する恐れがない。一旦入職すればそつなく職場内の人のつながりを大切に、定められた生涯賃金以上を望まねば生涯安定した生活ができるので憧れの的。日本は階級社会ではないが、東大を頂点とした出身校によって社会階級が決まっていく。官庁や役所は終身雇用を前提に、組織化されタテ社会を決められたレールの上を、年功序列で1段ずつ出世していくので、一旦就職すれば人生の年収の90％が決まる「短期決戦型」。官僚をめざす人は、小さい頃から物覚えが良くいつも学校成績1番。親の意見に素直に従い、学生時代から頭が良く死にものぐるいで勉強して、一流大学をめざしてきた人の最終着陸点。官庁なら怠けず、働かず、突出しないで上司の指示通り決まった仕事を行っておれば、やがて管理者となり40歳で年収５００万円程度貰って安定した生活が保障され、定年には２３００万円程の退職金をもらえ、退職後は民間大企業へと天下りできる。
●「大企業」は、日本の事業所４６０万社の内の１％。民間企業だから当然きびしい競争がある。図体の大きい大企業は予測可能なあまり変化しない市場を狙い、組織力を生かし規模のメリットを追求するので、労働生産性は中小企業の2倍、給与水準も2倍。毎年新卒を一括採用し、正社員になれば会社の将来を担う戦力となるよう徹底的に教育・訓練を実施。配置転換や転勤を繰り返して職務範囲を広げ、仕事能力の熟練度を高めてくれる。

会社や上司の指示に従い我慢しておれば、給料日に確実に給料を貰える。基本的には若い頃の貢献を人生後半の出世で受け取る年功序列賃金で、上場企業なら50代から年収1200万円程度の給料が保障され、退職一時金や手厚い企業年金があり、さらに退職後も働けるので老後の不安がない。ただし自由経済は常に変化するので創造力が必要。生え抜きのエリート社員は重要な仕事が任され出世コースを駆け上がれるが、中途採用された人は不利。大企業に就職するのが一番の出世の近道だが、①頭のよさ、②ストレス耐性、③人に嫌われず嫌わない要領のよさ、それに体力や継続性が求められるので、二流・三流大学や無名の海外大学卒では及ばない。大企業の大組織で働く場合のデメリットは、会社の転勤や異動命令に逆らえないし、サービス残業や上司のパワハラにも耐える覚悟がいる。

●今は既存の一流大企業でも倒産する。終身雇用が崩壊し成功者へのエスカレーターが無くなって実力主義が定着。それでも中小企業よりは安定している。卒業直後から独立起業し実力で競争するのは不利だから、40歳までの若い内は安定した会社組織を活用してビジネスの実力をつけ、それ以後は職場や仕事を選びながら最後に自主独立する方が得策。

★官庁や一流大企業の就職には、学歴や学力にプラスして受賞歴・英語力・海外留学・国家資格・ボランティア経験など、努力している人は加点され優先される。

自由な生き方なら「中小企業」か「フリーランス」

●今は家庭も経済的に豊かになり、働くことに対する社会の許容度が緩くなった。人生を急がなくなった結果、自分を探し天職を見つける試行錯誤の期間が延びて、成人期への移行が長期化。社会も30歳までのモラトリアムを容認するようになった。成長産業は時代によってガラリと変わるので、職業選択の条件は景気によって変動する。人生はただのマラソンでなく時代変化を飛び越えるハードル競走になったから、最初の職場より最後の職場の方が大事になった。

●学生時代はアルバイトで学資を稼ぐとともに、実際に色々仕事をして社会の厳しさを体験しておくことが大事。就職をあわてて決断し、ゆっくり後悔することのないよう、最終決定する前にその会社のインターンシップ（就業体験）に参加し、実際の仕事で自分のスキルが通用するか試してみる。就職して1年も経たないうちに会社を辞めて転々としないよう、就職先を決めたらもう一度、自分がなぜこの業界に？　なぜこの会社で？　なぜこの仕事をしたいのか？　繰り返し自問自答してみる。

●近年は企業も必要な時に必要な人を中途採用する会社が増えた。若者も転職していろいろやって視野を広めることも可能に。無期で長時間労働の正社員より、有期で時間限定の派遣社員やフリーター（非正規社員）の方が、自分の自由な時間を大切にし自由にシフトが組める。煩わしい人間関係に悩むこともない。自分の好きなことが見つかるまで就職を先に延ばし、結婚や人生の筋道確定を先送りして、自分の夢や趣味活動やボランティア活動などにチャレンジできる。その代わり非正規社員には、手当や昇給・ボーナス・退職金は無く、厚生年金や社会保険など、福利厚生もない。将来の安定した生活の見通しが立たないと結婚できないから、遅くとも30歳までに正社員になれるよう、モラトリアムの限界を設定しておく。また一時の職業を選ぶとしても、殺生や偸盗、邪淫やウソをつく仕事、麻薬など法律にふれる仕事に関わらないこと。

●就職といえば、若者はすぐに給料のいい会社、大企業に入って安全な道を望む人が多い。中小零細企業は浮き沈みが大きいのでなかなか安定した生活は望めない。だがそこにはきびしい自由競争社会だが努力しただけ報われる自由がある。自分の隠れた能力を見つけ出すには、会で、生半可な教育を受けた程度では通用しない。自分の隠れた能力を見つけ出すには、すべて整って完成した大企業より、柔軟性があり小回りのきく現場で定職につけば、何らかの技術を習得できる。人生のピークを40代先に送りして、まずは総合力・創造力が求められる中小企業やベンチャー企業で修行する「長期決戦型」を選択する道もある。何事も1からやらねばならない中小企業では、やる気がなく成功する気のない人間に手をさしのべているヒマはない。誰も行かない会社でも、自分探しをしながら会社と共に悩み努力して経験を重ね、現在の自分と未来をつなぐストーリーを持って、スキルを学び整えて成功への階段を下から1段ずつ上っていくと、職業人としても人間的にも着実に成長していける。

●中小企業やベンチャー企業なら、与えられた仕事でなく自分で考え大きな仕事にチャレンジできる自由がある。自分の好きな仕事の専門知識や技術を身につけ、いろいろな経験を積ねて会社と一緒に成長でき、5年・10年と待たなくても重要な仕事を任される。さらに数回転職を重ねてスキルを整え、高い評価でスカウトされて活躍できる。その分野で誰もが認める実力を身に付ければ一人前のタレントとして認められ、どこの会社にも所属せず自由に仕事のできるフリーランスとして一人歩きできる。人脈を生かして資金を集めて独立起業することもできる。
★自分に次世代を担う気と才能があるなら、職業人生の入り口はどこであっても、出口で勝負して成功者になれる。

先輩や上司から「組織人のあり方」を学ぶ

●実践して成果を出す力こそ教養。学校では答えのある問題に強くても、実社会では何とも実践をもって評価される。ビジネスの世界は当たり前のことを、当たり前にするだけだから、学校で学んだ学問の大半は役立たず、高学歴の知的エリートでも世の中に出て成功するとは限らない。体験に勝る学習はない。ある程度仕事を覚えるだけで2年はかかる。仕事は「出来る人のやり方」をマネると、即、効果。つべこべ言わず目の前の仕事に真剣に取り組む。会社では体調や行儀作法など自己管理が重視されるので、社会人になれば自分で服装を整えて、電話や手紙、名刺の使い方など、ビジネスマナーの基本を身に付ける。この間一生懸命働くために、睡眠と食事のバランスを考え体調を整えて健康管理をする。
●20代は会社組織の最下層の「平社員の時代」で、上司や先輩の指示に従って働きそれを繰り返すだけ。組織に帰属すると自ずと横並びの会社人間になってしまうので、主に誰から何を学ぶか、自分のモデルとすべき人間のタイプを決める。会社組織の中では「たて前」と「本音」を使い分け、「利己心」と「無私の精神」の両立を図らないと勤まらない。自分の善い点・悪い点を上下・左右から評価されるが、会社には右派も左派もいてそれぞれの価値観が異なるから、双方から好かれるのは難しい。すべての人に好かれようとすると、自分の個性が無くなるから、考え方の違いなど気にしない。相手の悪口を言っても自分自身がキズ付くだけ。周りに合わせなくても人間関係は壊れないから、ある程度付き合いの範囲を絞る。性格が異なるイヤな相手でも自分の思い次第、善い点を探して好き嫌いを超越して付き合えば相手の態度も変わってくる。

●会社組織に入って大事なことは、自分を導いてくれる先輩や上司に信頼されること。先輩には頭を低くして心を結び、良き師としてその言動を見習い、会社のルールや手続きなどを教わり企業文化を身に付ける。挨拶は目下の方が先に大きな声でする。聞こえない挨拶はしなかったと同じ。上司とは1対1で対峙して、ハキハキと会話しテキパキと行動する。よく気が利き、イヤな仕事も我慢して一番こき使われるほど成長が早く、認められて自己表現の場が与えられる。新入社員に必要な能力は、叱られ方とお礼の敬語をマスターして人間関係をなめらかにすること。上司や先輩に叱られた時の受け止め方。叱られ方を知らないとそれを気にして会社をやめたくなる。

●自分自身で自分を正確に評価できる人はいない。集団生活の中で上司の指摘で自分の欠点を発見することはそれを修正する糸口になる。未熟な自分を認めて嫌われる勇気を持って叱られ上手になり、その指摘を素直に受け止めて改める努力をする。先輩や上司は礼儀作法をわきまえ、熱心でよく勉強していて間違いがなく伸びそうだと思うと、鍛え上げてくれる。自分の上司に目をかけてもらえる人は、①素直で学び好き働き好きな人、②不平不満を言わずプラス発想できる人。③必ず約束を守れる人で、実社会では数回約束を破ると誰も相手にしてくれなくなる。

●組織で働く人間は、現在目先の仕事だけに集中努力する。担当する仕事は自分一人でも、会社の仕事は有機的に関連しているので、一人だけの独立した仕事はない。上司は言わなくても先手を打って働く人を可愛がる。常に上司が何を欲しているか洞察力を磨き、「わかってくれない」から「わかりました」に切り替える。上司に言われた通り忠実にやるだけでは、自分の才能は進化しない。物事は不満をいう前に「自分ならこうする」と改善案を提案し、小さな改善を積み重ねる。発言しないのは何も考えていないのと同じこと。会社のためなら嫌われても言うべき事は言う。ヒマなときは雑用をかって出て、先輩が不在の時その代行ができるようになる。他人の役に立っていることが実感できると、社内で自分の居場所が定まって心を落ち着いてくる。

★人生は誰と出会うかが大切で、平凡な人に囲まれた生活では平凡な人になる。機会を求めて講演会や研究会、展示会や懇談会に参加して、自分から積極的に求め続ければ、時宜にかなって運命的な人生の師や、仕事と巡り合って未来が拓けてくる。

「若者の特権」を活かし「失敗を恐れず挑戦」する

●20代の若者は「未来に向かって無限の可能性」に満ちている。実社会に出て最初の10年間は、生涯年収を決める大切な時期。20代は若い体力と不可能に挑戦する勇気でがむしゃらに働き、若し会社が倒産しても必要とされる職場に移って、実力で勝負できる力をまず付ける。20代はまだ世の中の怖さを知らず、正解を知らないので失敗を恐れず、さまざまなことに挑戦できる特権がある。既存の企業文化に縛られず、少々失敗しても会社は「若者に失敗は付きもの」と見逃してくれるし、世間も「若気の至り」と責任や義務を猶予してくれる。会社員は会社の褌で相撲を取っているから、成功しても失敗しても結果は会社持ち。このメリットを活かして、自分のやりたいことを見つけ、会社組織を使ってリスクを恐れず、思い切ってやってみる。若い時は順風満帆より、何かで失敗して世の中の厳しさを知って、自分を磨き鍛えておく。まだまだ何度でもやり直しできるので、周りに流されず確固たる基準と信念を持って積極的にリスクに挑戦できる。

●実社会に出てまだ知識や経験が乏しく、好奇心が旺盛な若者が感覚的な判断だけで行動するので失敗が多い。何ごとも自信のない所からスタート。社内で起業したつもりで可能性の中に飛び込み、本気になって努力し、ベストを尽くせば、失敗しても自分に不足しているものが見つかるし、自分で考え解決策を見出そうとするので創造力が付く。この時期に知った失敗と挫折の苦しさと忍耐力は、後の人生でイザという時のバネになり、後々まで試練を乗り越える力になる。自分の成長につながる。会社も自由競争の社会において、成長発展は至上命令だから、社員1人ひとりのスキルの確立は、発展のエネルギーとなりエンジンとなる。会社も利益が出るようになれば、その努力を認め協力してくれる。ただし日本の企業では、入社した会社組織で経験を積みながらのキャリア・アップなので、まだこの段階で専門性やスキルを持った人はいない。

●今までの日本社会で「転職」は、我慢のできない人、協調性がない人、やめグセがある人間と見られ、親も経歴に傷がついてどんどん悪い方に転げ落ちていくと心配して反対した。今は労働者の雇用環境も大きく変わった。入社して実際に働いて見て、2、3年懸命にやってもその仕事が好きになれないようでは、自分にも会社にもよくない。職業には自分に向き不向きがあり、就職にも当然失敗がある。感動のない仕事は仕事でないし、感動のない人生は本当の人生でない。ズバリ1回で自分に合った会社や適職を見つけることは難しい。実力を発揮できない会社で我慢し続けても、年齢を重ね人材価値を下げるだけ。就職のミスマッチは双方にとって不幸。20代は実社会で視野を広め、自分のやりたい仕事を見つけるのが最大の仕事だから、見つからなければ二転三転しても見つかるまで探す。社会もその転職を第2新卒として容認するようになってきた。なるべく結婚したり住宅ローンを抱えたりしない内に見つかるまでやり直す。

●転職の理由が収入や人間関係の場合、その根本問題は自分の方にあるから、転職後もキャリアや収入の面で不利になり、転職によって成功する人は10％程度。パワハラや長時間労働問題であっての転職でも生涯に2回が限度。それ以上になると書類審査ではねられる。だから一概に今の仕事が合わないと断定せず、自分自身を見つめ直すことも大切。転職を決める前に、毎朝、職場に行きたいと思うか、同僚と過ごすのが楽しいか、このままだと1年後自分は組織のどの辺にいるかなど、具体的にチェックしてみる。転職を決断したら仕事についてのグチを言わず、社内周辺とトラブルの基とならないように辞める。

★実社会に出て就職し自分で金を稼げるようになったら、男女を問わず25歳を過ぎたら家を出て一人で暮らし、少しでも早く一人前の社会人として自立して、やっていける姿を両親に見せてやる。親もいつまでも子どもと一緒の生活をしていては、子どもがパラサイト（寄生）化して老後資金を食い潰してしまうので、期限を設けてきびしく自立を促す。

実社会での友達は「損得も含めて」相手を選ぶ

●20代は誰と出会うかで人生は決まる。社会人としての第一歩は「友人選び」で、一緒に働き遊ぶ人の質が人生を決める。世の中には純粋な善人も純粋な悪人もいないから、人と接するには責任と用心が必要。自分にとって善い人も悪い人も大事なことを教えてくれる。会社の中で同僚や人生の先輩は量り知れない大きな影響を与えるので、仕事のパートナーはすべて自分より格上の人を選び自分を育てていく。人は親友の望みに沿って行動をするので、慎重に選んで付き合う。社内で顔が広くても心が広いとは限らないし、金銭関係や取引関係の友人はクールでアテにならないから、嫌われる勇気と、好かれる勇気を持つ。20代の同僚は会社に定着するまでの不安もあって、互いに仲良く協力しながら付き合えるが、30代になると仕事も忙しくなり、互いに競争相手になって疎遠になっていく。

●人は時宜に適って必要な人と巡り会う。付き合う時には、自分にとってのプラス面と、マイナスの両面から見る。人と人との関係は「社会的関係」と「経済関係」がある。人間関係は知識・情報・道徳など無形のもの、金銭や物など有形のものを「得る、与える」行為の連続で、それも①奪うだけ、②ギブ・アンド・テイク、③与えるだけの３パターンがある。社会人の友人関係は、相互に選択できる。何か得るものがあるから付き合うので、ただ与えるだけ奪うだけの、損得勘定を抜いた美しいだけの関係は長続きしない。与える場合は相手の喜びそうな物を選び、「与えるものは最大」にして「得るものは適量」でいいという節度を守る。「得るために→与える」では狡賢い。「得たから与える」では主体性がない。「得られるなら与える」は態度が大きい。「要らないから与える」のは相手に失礼で、「与える」だけの方がかしこい。与えることは善行為のはじまりで、他人や社会には自分から先に与えてから得るのが常識。他人に教わったり助けてもらったら素直に受け取り感謝する。

●日常生活は原則として親戚や友人との個人間で金銭の貸借を行わない。日ごろから驕ったり驕らされたりせず、代金は自分で出し、他人に借りを作らないようにする。ただし学校の同窓会、県人会、各種団体の会費や寄付は予算内で即金で支払う。借金の保証人になると万一の場合双方を傷つけるので、不足する金は「正規の金融機関から借りるべきもの」としてきっぱり断る。一度は気まずい思いをしても、気の毒は先にやることが自分のため、相手のためでもある。それでも貸して欲しいと言われたら10分の1程あげる気持ちで貸してやり、人間関係を壊さないようにするしかない。

●人間は誰でもそこそこ善良でも、そこそこずる賢い。世の中は万事が金銭で動いているので、友人でも損得がからんだ行為で、損得勘定をしない人や出来ない人は、必ず損をして最後は自分の生活が破綻する。損得勘定のできない人は、相手の損得も勘定できないので疑い深く、他人とうまく付き合うことも、取引もできないので、反って自己中心的になる。友人関係を長続きさせるには自分の感情を整えて、相手のものを騙し取ったり盗んだりして迷惑や損害を与えないこと。「悪いことをすれば損をし、善いことをすれば得をする」という因果法則に忠実な生き方をすれば、結果として得することになり人格も人生も向上する。

●友人を選ぶ場合は、正直な人、誠実な人、物知りな人など、自分より優れたところがある人を選ぶ。お金や物の損得だけでなく「この人は道徳的な人か、危ないない人か」を考え、人生における損得勘定をも考慮して理性的に判断する。友人は話していて楽しい人、尊敬できる人を選んで付き合い、同調するだけで才能のない人との付き合いは避ける。道徳を守らない人なら距離をおいて付き合い、相手が道徳的で立派な人なら一人でも十分。自分の行動をコントロールして人格の向上に努める。

★友人からの情報を得た時は鵜呑みにせず、「本当に正しいか」「真面目に考えるべきか」よく吟味し、間違った情報・不必要な知識は切り捨てる。

3年目から「仕事分野を絞り込み」磨きをかける

●社会に出て3年目になると、もう自分は「文系だから」「理系だから」の言い訳は通用しない。職業人としての責任をまじめに考え、日々の仕事に向き合っていると「自分の解らないことが解ってくる」ので、少し上の課題を見つけて、テレビの放送大学や通信教育などを積極的に活用し、自分の未来に先行投資して高い知識と技術を身に付ける。勉強の本当の価値は、苦難に直面した時それを乗り越える力となる。若者は体験だけでなく読書によっても賢くなれる。20代に出合った本は、人生を変えるきっかけとなる金言・名言と出合い、生涯に大きな影響を与える。苦しいとき困ったとき頼れるのは、よく勉強し努力した自分をおいて外にない。読書こそが教養の源で、読書力がついてくるとビジネス・経営・財務会計書など1ランク上の課題に挑戦できる。全部読み切らなくても、気になった章だけの飛ばし読みでも、より広くより深く必要な知識を追求していけば、仕事の能力だけでなく「自分の意見を発信する力」となって現れ評価される。

●学校教育を終えて企業に入って一通り仕事に慣れ、世の中が解ってくると、仕事のスキル・経験・気力・体力と、独身を強みで実力的に伸び盛り。自分の才能を客観視できるようになり、やりたいことが明確になってくる。仕事を選ぶ時は紙に書いて優先順位を付け、自分の得意な方で旬の方を選ぶ。得意分野を決めたら新鮮な感覚をフルに活して、先輩に追い付き追い越すために、知識や技術の研修や講習会に参加して能力が高める。凡人でも目標を絞れば天才同様なことが出来るようになる。選べない時は後悔しないと覚悟を決めて、決断すると行動に勢いが出てくる。自分が好きで選んだ仕事でも、努力を怠り成長が止まると飽きてくる。入社した同期仲間との競争状態から抜け出すために、現在担当している仕事からまず自分に向き不向きを見極める。やらねばならない仕事より「自分のやりたい好きな仕事」だけを残すと、自ずと仕事の方向が定まる。あまり早い段階で1つの分野に絞り過ぎると、袋小路に入って抜け出せなくなる。時代変化の方向と未来の労働市場をよく理解した上で、とりあえず20代では専門分野をメインとサブ2つで特徴を出す。

●今は平社員でも、今立っているその場で、自分の得意なことをコツコツと経験を積んでいけば結果になって現れる。入社して5年になると責任ある仕事を任されて、この業界で生きていく確信ができてくる。もはや同僚と同じものを食べ、同じように飲み遊んで、会社から与えられた仕事だけしていては未来は開けない。自分の特技は自分自身の個人的活動からしか生まれない。好きな仕事を見つけたらそれを自分の得意分野とするために、身銭を切って将来のために先行投資をし、他人が口を挟めないレベルに高める。相手から専門家と認められると、多くのことを知らなくてもバカにされなくなる。毎日一人で好きな仕事に没頭していると時間感覚がなくなり、損得を忘れて休日でも働きたくなる。肩書きのないヒラの時から「休みはいらない」と思うほど経営者のような生き方になる。自分の仕事の得意分野が決まれば、目標を30歳におき、2年単位で計画をたてて必要なキャリアを積み上げていく。

●25歳は肉体的成熟の年齢。骨の癒合と強化が完結し、若さとエネルギーが最高潮になる。

女性はすでに身体の成長が止まって体力はピーク。食生活の乱れや寝不足・運動不足などの生活習慣が肌に出る。肥満が気になりはじめるが、ムリなダイエットよりスポーツをする方が、健康的な美しさを維持できる。おしゃれはあまり他人の視線を気にせず、自分らしい衣服を着てグルメを食べて生活センスを磨く。連休に有給休暇を加えて海外旅行して、異文化にふれて視野を広げるとそれが仕事にも反映する。自己啓発セミナーに参加してコツコツと磨きをかけ、さらに婚活パーティやデートにも時間とお金を使い努力していると、その結果が恋愛や結婚という形で実を結ぶ。

★収入が少なく生活に困る場合は、まずスマホなど過度の通信費は節約。セミナー参加費を書籍の購入費に変えたりして自己投資を節約するなど、お金の使い方を工夫する。

自分の得意分野で「一流を目指し」一流にふれる

●就職して5年の間に適職を選び、よきライバルを持って自分にプレッシャーをかけ、そこに10年間集中努力する。20代はお金の貯め方より使い方が大事。20代に学び体験したことは、以後生涯に亘って長期活用できるのでかしこい投資になる。人間の暗記力のピークは18～25歳、感性の鋭い内に収入の10％を自己啓発に使い、貪欲に知識や技術を学んで有形無形の資産を蓄積し、自分の必勝パターンを作り出す。SNSで仲間や重要な人物とつながりを持ったり、先輩や異業種の人との飲み会に参加して情報網を広げる。また会社内外の研修制度を積極的に活用し、社外にも自分の能力を理解してくれている人脈をつくる。

●本物を掴むには平素の心がけ次第。生活に余裕がないからと安物に囲まれた生活をして、三流ばかりにふれていると、三流の仕事人になってしまう。自分の能力を高めるには自分の時間とお金を使い、背伸びしてでも一流ホテルで食事して本物のサービスにふれ、一流の音楽や映画、演劇、絵画作品にふれて一流のわかる力を養う。できるだけ超一流レベルの人に出会える場所に行き、一流人のお金のルール、時間のルール、人間関係のルールなど「一流のパフォーマンス」に触れる。一流人が集まる場所に出かけておくと、一流人とも臆さず会話する力がつく。若者の日常のぜいたくは堕落させるが、「1回目だけは研究費」と考え、乏しいお金の中から捻出し体験を通して学ぶ。また伝統の能や歌舞伎、和服・和食・和室・茶道・華道などの和の体験を重ね、知識に加えて感覚を磨くと、ものごとの真価に近づいて大人らしく、自信をもって仕事ができるようになる。

●頭角を現してきた男性には、人生に3回「転職チャンス」がある。その1回目のチャンスが28歳頃からやってくる。20代は新しい仕事の吸収力も速いから、業種や業界を変えることも容易で、企業年金や退職金を捨てるとしても、転職のコストも小さい。ただし20代に不用な高級車やマンションを買ったりすると、転職する時に転売する負担が大きくなる。独身時代はむやみに物を増やさず、必要なものだけにして人生の重荷を背負わない方がいい。就職して5年たつと男女共そろそろ結婚を現実的に考える時期。30歳までは流産せず安定して妊娠できるので、母親になるのに理想的な年齢。出産年齢にもリミットがあり高齢出産には危険がつきまとう。30歳を過ぎると妊娠しにくく高齢で子育てしなくてはならないので、産む子どもの数も１～２人程度になる。

●女性は30歳前後になると「人生最大の転機」を迎える。結婚して仕事を捨てるか？　子どもを産むか？　産むならいつ頃までに何人産むか？　比較的短い期間に今後の生き方の選択し、決断して、これまでの一斉行進から他人と異なる自分だけの人生に向かう。

1．結婚して、専業主婦になる

2．結婚して、出産して退職し、育児終了後に再就職する（女性社員の20％は出産し退職）

3．結婚しても、仕事と出産と育児を並立する

4．結婚しても、出産しないで、仕事は継続する

5．結婚せず、仕事を継続して、生涯独身を通す

●男性は生涯を通して仕事一本だから、結婚してもあまり人生の転機にならない。現代の企業は年功序列がくずれ、能力主義賃金を導入する会社が増えた。その結果、夫の所得の先が読めないしリストラの不安もあって、男性が稼ぎ頭で「男が一家を養う」という通念は薄れた。もはや女性がパートで働く程度では、生涯を通じて中流生活を維持できない。幸いにして今の世に中、結婚し出産して退職しても、家事・育児と両立してテレワークやパソコンを使って在宅就業ができるし、趣味の作品をネット販売もできる。子どもから手が離れると、地域の商店でパートタイマーや、地域の企業の中途採用に応じ、以前と同じ仕事で半日勤務や週休３日勤務したり、家事・育児・仕事を柔軟に組み合わせられるので、

一本道の男性より仕事と家庭のバランスがとりやすい。
★人生100歳と長寿化すると「夫婦共働き」して両方に所得がある方が、家計や貯蓄の面で有利。男性も子育てや家事に積極的に関わり、女性も職を持ってそれを軸にパートナー同士の関係を見直し、共に人生のキャリアを追求するのが今風夫婦のライフスタイル。

恋愛は「人間関係の深さ」を知るチャンス

●人間は一時期に親しく付き合えるのは5、6人程度。一生を通じても親友はせいぜい20人程度。人生で一番大切なことは、人を心から愛し愛されて一生を共に生きる同性や異性の仲間を作ること。20代は一生を共にし、一緒にゼロから生活を築いていく異性と出会う時期。この世に男性と女性がいて、互いに引き合う異性を好きになるのは自然なこと。そのために必要な時間とお金を惜しまず、失恋のリスクも恐れない。肉体の心でなく精神的に純粋な心で交流し、友人から恋愛に変化して情熱的に人を愛する心の深さが解るようになれば、その後の人生全体がまったく違ったものになる。
●恋愛や結婚は、一歩一歩築き上げていく人生大事業。相手に何かを求め合うのが「恋」で、何も望まず与え合うのが「愛」。恋愛の成立は人生で最高の瞬間で、若い時には記憶に残る恋愛をしておくといい。一度でも本気になって情熱の扉を開いた人は、人生の俗悪を浄化し進化させる力を持つ。真剣に人を愛することによって、男女ともに心が練られ人間味が深まり、後々広く人間関係を築く上でプラスになる。ただ社内恋愛は職場の雰囲気を壊す恐れがあるので、社外の方が好ましい。不倫は破綻した後に泥沼化するので、左遷の覚悟が必要。

1. 恋愛すると男性は男らしく、女性は女らしく振る舞うようになる
2. 自分が幸せを感じると善人になり、相手の立場から自分の在り方を考えられる
3. 他人に知られたくない自分の嫉妬心や性欲を受け止め、制御できるようになる
4. 人を深く愛し、愛されることによって、多くの人とのパートナーシップが高まる
5. 恋人が鏡となって自分の長所や短所、最高や最悪のものを明確にして人間の多面性が解ってくる

●女性の場合、25歳を過ぎると内外面ともに輝きはじめる。適齢期が来ればあまり相手の外面にこだわらなくなり、結婚を視野に入れた恋愛へと進む。30歳までに、結婚するか、あるいは生涯結婚せずに独身で過ごすか決める。今は結婚の90％が恋愛結婚だが、交際相手がいない人は男女とも約50％もいる。デートには時間もお金も必要だから、結婚資金を貯める前に恋愛資金を貯めて、積極的に婚活を開始する。「いつかは結婚するつもり」でも、仕事ばかりしていると恋愛や結婚のチャンスを失う。恋愛する自信がなかったら合コンなどに参加していろいろな異性と付き合い、明るく気さくに会話して異性を見る目を養い結婚の相手を探す。そして本当に好きな人が現れたら当たって砕けろ、相手に告白し自分の気持ちを伝えて人生の後々まで悔いを残さない。

●恋愛結婚まで至らないのは、価値観の相違が原因。自分の①育った環境、②学歴、③性

格、④体格、⑤金銭感覚、⑥味覚、⑦セックスに対する考え方を明確にし、異性に対する理想を具体的にして、互いにその多様性を認めながら時間をかけ問題解決に努力する。恋愛関係になれば時期をみて友人や両親に紹介し、二人だけの秘密の関係からオープンな関係に入る。自分の仕事、結婚、出産との関わり方をある程度決め、親にも話してあらかじめ了解を得ておく。ただし自分が気に入っても両親・親戚・友人の反対を押し切っての結婚は避けた方がいい。

★婚約をした段階で、①互いに血統が純潔か、②心身が強健か、③頭脳が明晰かの3要件をチェックし、互いに過去の秘密があれば打ち明けて問題を残さない。そして、子どもを産むのか？　何人産むのか？　教育費をどこまでかけるか？　住宅は賃貸か？　購入するのか？　など、二人で結婚後の家庭生活や人生に対する夢と決意を話し合っておく。

血気に流行って「不摂生のツケ」を残さない

●20代は体力や運動能力のピークで、女性は19歳、男性は25歳が「厄年」。強力なエネルギーが爆発して夢を追い好奇心に追い立てられ、人生の時間の流れの中で心身共に危険な過渡期に入る。年収400万円以上になると一人暮らしの独身貴族の仲間入り、若さにまかせて向こう見ずになり、食い過ぎ、飲み過ぎなどムリなことに平気で挑戦。折角のエネルギーを浪費するだけでなく、過食症や拒食症になったり、大病になって長期入院したりする。さらに中年期の糖尿病や肝臓病・胃腸病など早死の原因になるので要注意。

1．体のために良くないとは知りながら、朝食抜きで出かける
2．インスタントラーメンと、肉食など脂肪の多い食事ばかりする
3．コーヒーやタバコ、酒やドリンク剤の飲み過ぎ、激辛や一気飲みをする
4．睡眠薬やピル服用、徹夜マージャンなど、むちゃな遊びと不摂生をする
5．連日徹夜仕事に熱中し、運動不足で肥満体になる

●中でも男性のセックス願望は最も強力で、異性に対して尽きない興味と好奇心を持つ。心の奥底にはさまざまな欲望や汚れた醜い怪物がいて、油断なく抑えていないと喰われそう。性エネルギーを自制する力を持たないと、性欲に鼻面を掴まれて振り回され、セックスにのめり込んでただ肉体的に発散して浪費してしまう。自分でも自己嫌悪に陥って無意識に絶望を感じて、賭け事に狂ってお金を捨て、仕事を捨て、嫉妬や競争心から幼児虐待などに走って家庭を捨て、すべてをリセットしたくなる衝動が起きる。突如ダークな自分が現れて性エネルギーを間違った使い方をすれば、セクハラや痴漢・強姦などの犯罪を起こし、若気のいたりとはいえ、人生を取り返しのつかない破滅に追い込んでしまう。

★一方では、体力や運動機能は25歳をピークに肉体的成長が止まり、体の中ではさまざまな変化が起きてくる。29歳は青春最後の年で、脳の細胞は１日10万個ずつ減少して能力が衰え、記憶力の低下がはじまって30代を迎える。

伴侶を見つけて「30歳前後で結婚」にゴールイン

●女性は20代は会社に勤めて思い切り働き、自分の実力を認められて、人生の春の季節の30歳までに結婚し、30代前半で子どもを産み終わるのが理想とされてきた。だが女性の職場が広がり、男女間の賃金格差も縮まり、年金や医療・介護制度の整った。独身者でもマンションを買い、外食をすれば仕事を持ち一人でも暮らしていけるので、結婚を焦らなくなった。初婚年齢は男性は29歳、女性は28歳と延びた。さらに仕事や学業に打ち込みたいと晩婚化。30代男性の独身率は47%、女性は35%。結婚に対する社会的圧力も消え、結婚せず、子どもを産まず、親の扶養責任を持たず、生涯独身で自由に生きたいと、男女共に50歳を過ぎても結婚しない生涯独身者が増えている。だが死の直前になって思い残すことの1番は、自分が結婚しなかったこと、親は子どもを結婚させなかったこと。だから結婚は自分のために、親孝行のためにもするのがベスト。

●人生は一人でも幸福になれるが、結婚するなら生涯のパートナーを探さねばならない。生涯独身は子孫を残して次世代に繋ぐ人類の本道ではない。結婚しないと異性の本性を知ることができないし、出産しないと子どもを持つ喜びも体験できず、親の恩もわからないまま。自分の子どもが成人し、結婚し、早く孫の顔を見たい、次の世代を見届けて安心したいという親の願いとは裏腹の親不孝者。30を過ぎると独身者を見る世間の目も年を追って厳しくなってくる。

1．男性の25歳の独身者は、自由・気ままに遊んでいる。独身貴族とはいっても30歳を過ぎるとそのイメージは年齢と共に悪化して、汚い・暗いイメージに、35歳になれば気持ち悪い、わびしい・さみしいと変わる。

2．女性の25歳の独身者は、自由・気ままなOLでも結婚適齢期の始まり。30代になれば性的魅力も減少し、あせりと売れ残りいうイメージになり、結婚サギにかかりやすい。35歳を過ぎると「あきらめ」「わびしい」となり、開き直って仕事一筋になる。

●人間の幸せな生き方は、結婚して夫婦仲よく暮らすのが1番。次に一人で自由に生きている独身者が2番で、結婚し喧嘩ばかりして憎しみ合っている夫婦が3番。好きな相手を見つけて結婚すれば、喜びは2倍になり苦しみや悲しみは二人で分け合うと半減する。人生をあるがままに見て結婚は人生最大のセーフティネット。結婚しないで本人が老後に寂しくなって気づいた時にはもう遅い。だから結婚を避けず恐れず、人生の本道を歩むのがよい。ただ現れるのを待つのでなく、合コンパーティや結婚情報サービス会社を利用し、積極的に婚活をして出会いの機会を増やすこと。

●30代になると男女とも好き嫌いがはっきりしてくるので、結婚相手の選択の幅は1年1年と減っていく。仲人は最も大切な人生計画確立の指導者となり、保証人となってくれるので、見合い制度も悪くない。恋愛の結婚では共働きの覚悟もいるが、見合いの場合は男性が年上の「歳の差結婚」なので、女性が豊かになれる可能性が大きい。ただし女性がこだわる高身長・高学歴・高収入・家柄・健康・次男・親と別居にこだわっても、性格や学歴はあてにならないし容姿は衰えていく。結婚したいなら自分の年齢も考え、現実を見極め金持ちとの結婚を諦めてほどほどの条件で妥協する。
★縁談を機会に自分の父方や母方、その兄弟姉妹の人柄や職業歴を調べると、自分の性格や才能のルーツが解る。結婚して自立すれば親と距離を保って対等な友人になれる。親は自分の影の存在で、未来の自分を知るためにも親の立場をよく知っておく。

8−2　30代を生きる智慧

30代は孤独に耐えて「自己育成の時期」

●「30にして立つ」。心の基本的能力ができ上がり、これまで蒔いたタネが芽を出して伸び、一人前の人間としてスックと立つ時期。夢を追いかける段階からそれを実現する段階に入り、権威に対しては反抗期で孤独に耐えながら生きていくので、結婚も30代の方がうまくいく。結婚して家庭を持ち、子どもが生まれ、親への精神的・経済的依存状態から完全に自立。家庭でも会社でも当事者になり、経験した知識と経済的基礎の上に一家の安住を考える。自己コントロールして距離感を保ちながら、ほめられても威張らず言い訳をしないで冷静に沈黙を守り、自分の考えをきちんと持つ。ビジネスで成功する人は20代から片鱗をみせ、30代から人間として職業人としての自信ができ、それぞれの分野で結果を出しはじめる。集中力・思考力・直感力は30代が頂点で、科学者の新しい理論や発明家の画期的な発明は大方40歳までになされる。
●人生の大枠は30代で決まる。職業人としての気力・体力が充実し、仕事のやり方やお金の儲け方、投資の仕方などを習得。30歳を過ぎたら自己の拡大期に入るので、自分の短所を無くすより長所を伸ばす。他人の成功パターンや失敗パターンを観察して、自分の中に取り込んで自分の必勝パターンを作り、一生食べていける有形無形の資産を作る。現場第一線で磨いて技術と、さまざまな経験を積み重ね、一通りできた基礎に応用力と創造力をプラス。何でも屋から自分の得意分野を持ち、現場の仕事に責任をもつポストに就いて会社を支える。大人世界でも一人前の組織人として飛躍のジャンプ台に立つ。人生の急速な上り坂で、睡眠時間5～6時間の日が続く時期もあり、これを乗り越えないと先が開けない。この努力不足の人は40代になった時、すでに淘汰される運命にある。部下を持つと管理職として「わかってあげる」勉強が必要となり、実務的なヒューマンスキルも欠かせないが、人間としてはまだ未熟で人生を語る資格はない。毎日、毎月、毎年一定時間を宗教や哲学を中心に、大人の教養を身につける。
●30代になれば青春時代が終わり、もはや若者でない。肉体はピークを過ぎて顔や容姿が衰えはじめ、徹夜仕事や宴会にも体に気配りが必要。就職・結婚と少しずつ自由が奪われ、希望と絶望の狭間に生きる。夫は管理職や専門職に就くと毎日が仕事仕事で忙しく、常に長時間の残業が要求され、あまり家族のために割ける時間がなくなり、健康も二の次になって「大病」を患ったりする。妻は育児という一番忙しい時を過ごす時期で、その結果

「離婚問題」が発生したりする。人生は「仕事」か「家庭」かの二者択一ではなくどちらも大切。夫は「家庭に逃げ込まず」「家庭から逃げない」で仕事と家庭のバランスを上手くとる。家庭は人間の愛情と信頼を育てる場だから、充実した家庭生活をしていると何かにつけてビジネスでのヒントが得られる。子育てをしていると耐えて待つ姿勢が身に付くし、何よりも人間的な成長に結びつく。家庭で培った「寛容の心」「許す心」は、会社内外での人間関係づくりや人を動かす上でも大いに役立つ。

★30代後半から40代前半になると、ほとんどの企業で定期昇給がストップ。後は管理職ポストに就けなければ、大幅な年収アップは望めない。会社は管理職年齢の社員が余ってくるので40代以上は課長にしない。将来部長くらいの出世の見込みがないと子どもは1人でうち止めせざるを得ない。

同期生との「昇給・昇進の格差」が付き始める

●30代になると平社員から主任・係長と肩書きが付いて人生の上り坂。創造的エネルギーに満ち、わくわくするような人生最高潮の時。肉体的にはピークを過ぎても、精神的な能力ではなお成長を続けて、気力・体力・知力が充実し、頭の回転もよく行動力も伴って、人生で最も精力的に仕事をやれる時期。30歳までは横一線でも、いよいよ個人の能力や成果がきびしく問われる。同期生でも昇進や昇給に格差がつきはじめ、ビジネスマンとして才能を持った人は30代になって幹部候補として頭角を現す。管理職になると従来の人に使われる立場に人を使う立場が加わり、リーダーとして人をまとめ指導・育成する能力と、さらに情報収集能力や課題を見つけて企画し、部下を引っ張って業績を上げていく管理能力が問われる。

1．上司や部下など、人を動かす能力
2．自主的に問題を発見し、解決する能力
3．仕事に関する情報収集力と、的確に判断する能力
4．公私のバランス感覚と、調整する能力
5．心身の健康と、自身の未来を展望する能力

●30代は会社組織の中で、その役割を全うすべく幅広い能力と教養が求められる。第一線の現場において「ここぞ！」という時の決断力と、ストレスに対する抵抗力がないとうつ病になってしまう。うつ病は精神的に落ち込んで、悲哀感と無気力・絶望感に支配される病気。学生時代に仲間と遊ばず几帳面で完全主義的で、受験戦争に勝ち抜いた人、会社への忠誠心が人一倍強い人に多い。そんなエリート社員が管理職に就くと、きびしく成果が問われるプレッシャーや部下と意思疎通ができずに孤立し、心のバランスを崩しやすくうつ病になりやすい。連日のサービス残業の結果、病気になったり過労死したとしても、自分の命は自分で守るのが原則だから、会社がそれを補償したり報いたりはしてくれない。

●人生でも仕事でも、自分の思惑と他人の評価によって地位が決まり収入が決まる。会社勤めは尊敬できる上司の下で働くのがベストだが、たとえ上司に不満があっても、今後部

長や取締役を目指すなら、まずは上司に密着し支えて自分の味方に付けておく。さらに自ら願ってでもリスクの伴う新しい仕事、大きな仕事に挑戦して全力を出し、それ相応の成果を出す。30代でどれだけ努力して実績を積み重ね自分を成長させたかが、出世コースに乗れる人、乗れない人の差になる。仕事の能力は社内の評価だけでなく、業界におけるリーダー性も合わせて値踏みされ内外における評価が定まる。成功して世間に認められるようになったら己自身が敵、慢心に注意する。

●30代で評価され出世コースに乗った人は、40代の上昇気流に乗って将来が明確になる。評価の悪かった人は職場での存在感が失われ、自身も生きる価値を見失ってひきこもり年寄りじみてくる。この時期に出世コースから外れると、40代になっての挽回は難しく落ちこぼれてしまう。

★会社が求める仕事の能力と、自分の能力開発の考えにギャップがないかチェックして、更なるキャリアアップに取り組む。

30代の充実した気力と体力で「会社を支える」

●30代になると会社組織の中で、仕事の腕もかなり上がる。仕事には速さとクオリティの両方が求められるが、自分の技能が標準点に達したら大方の仕事は全力投球しなくても50％位でこなせる「守・破・離」の第2段階の「破」に到達。次はその型を破ってこれまで以上の自分の型を創造する段階に、それが70％になるともう手遅れ。30代は自分の才能を発見し、開化させる最後のチャンス。リスクの大きい仕事に挑戦する機会を貰ったら、徹夜してでも真正面から取り組み、社外にも通じる自分流の特殊技能を創出する。それを活かして好況時は３倍くらい働き、不況時には寝食を忘れて努力し、目に見える成果を出して多忙さを楽しむ。それこそが若さの特権。そんなことを生涯に２～３度経験しないと出世・成功への道は開けない。

●30代後半になると若さがとれて成熟し、独創力や創造力がピークに達して不可能を感じなくなり、天職として本気で仕事に集中できる。気力・体力が充実し、会社組織の一員としてひたすら仕事に取り組んで業績を上げ、会社を一番儲けさせる年齢。日本の企業現場は、35歳前後の係長と38歳前後の課長の中間管理職が支えている。管理職は現場第一線の個々の部下に目標を示し、それを達成する方法を説明して納得させ、自信を持たせ、情熱を吹き込み、実績で表現する。気になること、納得できないことがあれば勇気をもって指摘し、こだわって追及する。部下の気づかないことに気づき、みんなが「無理だ」と諦めている問題には解決案を提案。それを実現するためのプロジェクトを組んで試行錯誤を重ね、新規事業として会社の看板を塗り替えるほどの結果を出す。それが業界で話題となって「彼はできるヤツ」と、業界内で知られるとヘッドハンターが狙ってくる。

●特に30代の子育て盛りにおいて仕事と家庭生活は真正面から激突し、そのバランスに悩む時期。会社は仕事の戦いの場、家庭は自由と安らぎの場で、どちらも人生の土台だから程良いバランスが大切。30代男性には育児休暇制度があっても、それを利用し過ぎると仲間の嫌がらせや降格・左遷される恐れもあり、子どものいない後輩社員に出世の先を越される不安もあってか利用率は低い。ひたすら自分のペースを見失うほど仕事一筋に、残業につぐ残業で無理をし、働き過ぎると体力が落ちて知的活動も落ちてくる。あげくに大病をわずらって昇進が遅れる場合も。自分の健康は自分で維持・管理しないと、たとえ入院したり退職するハメになっても、会社は最後まで責任をもってくれない。35歳を過ぎると体は痛みやすくなるので、体力維持のための運動と定期検診をして体調管理を忘れない。会社や同僚との関係においても貸し借りが発生するので、日頃から適度の貸しを作っておかないと、いざ！　という時、同僚の助けを借りて自分の家庭を優先する方を選べない。
★海外赴任になればその国の文化に合わせ、家族ぐるみで社会化をやり直す。国際結婚をすれば、さらに宗教上の戒律などに十分な心配りが必要になる。

「その道一筋の専門職」に徹するプロの道

●30代になっても責任があるようで無く、無いようで有る。権力は有っても権威は無く、まだまだ見識不足で能力不足は否めない。もはや他人と同じ土俵で会社から与えられるキャリアを受け取るだけでは組織の核となれない。30代前半のビジネスマンは、自分の性格や能力を自覚し、会社や社会の仕組みをよく見て、自分の天職を見つけること。今後職業人として自分の存在価値を会社や社会に認めてもらう道は「専門職」と「総合職」の2つがある。まずは今の自分に「出来ること」と「出来ないこと」、「得意なこと」と「苦手なこと」を客観的に捉え、どちらが有利か進むべき道を見定める。

1. 専門職／短所を気にせず長所を伸ばし、自分の得意分野を確立し、専門家（タレント）として腕を磨き頂点をめざす「自力型」。将来はフリーターとして一匹狼で生きる道をめざす。

2. 総合職／短所を無くし長所を誇らず、部下を使って結果を出す管理者（マネージメント）で人を動かし成果を出す「他力型」。将来は企業経営者をめざす道。

●「専門職」をめざす人は、まず自分のやりたい仕事、好きな仕事の中からダントツになれる専門分野を見定める。それを核として不要なものを削ぎ落として目標を絞り、必要なものを取り込む。既存の道のナンバーワンより、他人のやらないことをやる「オンリーワン」の道で想像力と創造力を発揮する方が喜びが大きい。専門分野がはっきりしたらもはやあれこれと迷うことがない。それを「自分の天職」として一流をめざし生涯をかけて取り組む。天職が定まれば職業人生全体の計画をたて、そこに自分のお金と時間を使って環境を整え、辛抱強くコツコツ努力を積み重ね、徹底的に磨いて頂点をめざす。

●プロへの道は険しく自分が天職とする専門分野で、社会に通用する一人前の技能を習得するには1万時間が必要。職場内外の研修会に参加して、業界仲間やプロ同士で交流し切磋琢磨して新しい知識や技術を獲得し集中的に腕を磨く。互いによきライバルとなって議論し合い、自分にプレッシャーをかける。同時に先輩や上司の人脈をたどって、その分野で頂点を極めた成功者を探して指導をお願いし、自分の味方につける。成功者は自分の後継者を育てたいと思っているので、身なりを整えマナーを心得て本気になって探せば必ず見つかる。師匠を模範としてその極意を受け継ぎ、実力を付けて急勾配を這い上がり、35歳までに実績を作る。

●その道一筋に徹底して専門家になると、他のことすべて「知らない」と言ってもバカにされなくなる。他社にも通じる技術を身につけると、会社に対して強い交渉力が持てるし、倒産しても生き残れる。自分の天職を持ってプロの地位を築くと、別の分野でも成功するチャンスが巡ってくる。業界でその道のプロと認められれば人材価値が高まり、さらにその分野で日本一の特技を持てば、一生食い逸れも生活不安も無くなる。もはや会社に対する忠誠心より、自分の天職としたその奥義を究め、10年後には一人前のプロに。20年後には世界に通じる技術レベルに到達して、文化勲章やノーベル賞をめざし生涯現役で頑張り続ける。

★仕事は出来ても30代はまだ人生経験は未熟で、しかも重要な選択が続く時期。人生の重大な岐路において自分の長所欠点を指摘し、親身になって進路相談に乗ってくれるメンター（ご意見番）の役割は大きい。このメンターは心身障害者や痴呆老人の財産管理をする「後見人」とは異なる。

「人々を束ねる管理職」で立身出世を目指す

●30代は知性の年齢で、知力や思考力が成熟する時期。大企業で出世するには幅広い知性を整えて「管理職になる」こと。管理職は人間関係を重視し、多くの人を統括して成果を高めていく仕事。ずば抜けた才能がなくても、何かと言動や立ちいふるまいが謙虚で、頭の回転がよく人柄のよい人は、管理職に抜擢されて経営幹部への出世コースを歩む。管理能力とは、社内での手続きや人脈を熟知し、部下からも上司からも頼られて中心になって動く能力で、たとえ優れた専門技術者でも部下を持てば、それらの人々を束ねて成果に結び付ける管理能力が問われる。それを身に付けないと終生1分野の1タレントで終わる。
●会社は30代前半くらいで管理職候補を選抜しはじめ、45歳くらいで事業部長クラスを作り上げていく。管理職をめざす人には、知識や技術の広さと深さのバランスが問われる。自己表現力と管理能力を発揮して人間としての魅力を身につけて成果を積み上げ会社を支える。社内で人間関係を広め、会社と生死運命を共にする覚悟で、自分のスタンスを決める。さらに業界人や異業種交流会に参加して別業界の人と交友を持つなど人脈を広めつつ、会社役員や社長職・CEOを目標とし、将来は政治家をめざして自己啓発をし続ける。
●一般社員と会社上層部との仲を取りもつ中間管理職は、①我慢強い人、②清濁併せ呑める人、③責任感の強い人、④数字に強い人に向いている。部下を管理するには自分の価値観を押し付けない。話せばわかると考え、相手の話をきちんと聞く。話の本意を読み取る能力と自分の考えを正確にまとめ、相手にわかり易く伝える能力が大切。現場では前例を踏襲するのでなく、環境変化に適応する能力を発揮する。結果が良かった時は部下の功績に、悪かった時は自分が悪者となって、不平不満をいう前に自分から動く。さまざまな情報を整理し・まとめ・伝える力を付け、上司とは事前に相談をして途中経過や結果を報告し、「報・連・相」をキチンとして信頼を得る。「言い訳はしない」「他人に責任を転嫁しない」など、生きるための信条を確立して人間的魅力をつくる。会社の中でも社会でも階段を上って出世コースを歩む人は、

1. 仕事は確実で丁寧にする人
2. 考え方が柔軟で頭の回転が速く、先を読んでテキパキと行動する人
3. 理念を持っていて、押しが強い人
4. 部下から信頼され、会社を裏切らない人
5. 同僚からアノ分野なら、彼に任せろと評価される人
6. 上司から、彼ならきっとやってくれると信頼される人
7. 内外から、将来経営陣の一人だと属望される人

●管理職になって現場から離れると、自身の技術レベルが落ち自分が持っていた顧客を失うリスクを抱える。だが管理職になると現場では何事もオープンにして多くのことをソツなく学ぶ機会に恵まれる。絶えず相手を視野に入れ常に周囲に気を配り、同時並行的に2つ以上のことを行って時間を有効活用する。さらに会社役員・CEOを目指す人は、私生活において遊びを減らして勉強時間を増やす。テレビ番組は幅広く政治・経済・社会情勢など、いろいろな分野に興味を持ち理解力を高めて他者と差別化する。会社内外の多くの人と付き合って人脈を広げて情報量を増やし、損得を離れ難題・課題に前向きに取り組ん

でいると、自我が成熟して自然体で生きられるようになる。それが出来ないと上司と部下に挟まれてうつ病になり、職場不適応症や出社拒否症になって脱落する。仕事を通じてさまざまな人との出会いを大事にして利他を実践していると、運よく職業人生に決定的な影響をあたえる人と巡り合う。

★30代前半はまだ大金を持つ必要はない。さらなる成長をめざして慢心を戒め、競争相手を外に求め、新しいことを学ぶためのお金と、人との付き合いのお金を惜しまない。まとまったお金が入ったら積極的に将来につながる人間関係を広げる。今業界で最も成功している人に会い、その極意の教えを乞い、即、実践する。

35歳は「転職」のチャンス「独立起業」の適齢期

●最初は出身校や勤務先企業・所属集団での評判の効果が大きいが、30代前半になると、能力ある人はどんどん成長して、次第に本人の行動や業績に対する評価の方が大きくなり、「転職適齢期」を迎える。変化の激しい競争社会で、企業は旬の人の力を求めて転職の声をかけてくる。ヘッドハンターが今注目する人材は、①ネットのアプリ開発での実績を持つ、高度なITエンジニア、②社内改革のプロジェクトチームで高い実績を出した人、③新規事業のシステムや店舗開発などのマネジメント力持った人、④語学力があり柔軟性のあるマインドを持っている人、⑤海外事業を立ち上げグローバルなビジネス経験をした人など…。能力主義のベンチャー企業で幅広い体験を積んだ人なら、現給料の50%アップで転職してさらにハイレベルの仕事ができる。もし将来に起業を考える人は、いきなり独立する前に、30代に一度転職して変化を経験しておく方がいい。

●産業構造の転換期において、成長する業界と衰退する業界の給与格差が広がっている。もはや働き方を変えたり業界を変えたりしない限り、まじめに働くだけで収入を増やすには限度がある。転業や転職を考える場合は、また自分の知識力や技術力、資格などの棚卸しをし、自分の将来を見通す。業界や自社の近未来を予測し見きわめて、新たに人生を託す業界や会社・仕事を選び直すのも選択肢の一つ。もし会社の評価に不満があれば、変化を怖がらず辞表を懐にして会社と対決し、交渉が決裂すれば人脈をたどり、あるいはネットに登録するだけで、すぐに希望に沿った転職先を探し出せる。

●転職はこれまでと同じ業界で、これまでのキャリアを生かせる仕事がベスト。転職する会社との条件交渉では、事前にどんな権限と責任が与えられるかを最優先。相手会社の自分に対する評価を確かめ、労働市場の価値にズレていないか見極める。高給目当てだけの転職は失敗する可能性が高い。転職先を確保し決断すれば、上司の少々の引き止め工作には応じず初志貫徹する。「辞める」ことは「会社や同僚をも裏切る」ことなので、誰にも相談せず思い切りよくやめる。転職すればこれまでの実績をリセットして、精神的・経済的・社会的にも、ゼロからチャレンジする覚悟で柔軟に対応する。

●できることなら転職と離婚はしない方がよい。転職して給与面で成功する人は半分以下、生涯賃金で10％は損をするし、大方の企業でトップになるのは生え抜きであって転職組ではない。特に社内での人間関係を理由に転職したい人は、どこへ行ってもうまくいかない。自分はやりたい仕事や性格に合う転職先を探しても、自分を受け入れて好きなことをやらせてくれて、それ相応の給料をくれる会社はそんなに無い。ムリな勝負をして生き急ぎをしないこと。今の会社に留まって冷静に前向きに心を入れ替え、3年くらいで自分の性格を改めるために、仕事に精を出す方が本人にとってプラス。すでに社風や仕事の仕方が解っているし、今の会社を基盤に仕事の実績を残せば、会社に言いたいことも言えて、認められれば転職する必要もなくなる。

●1つの特技を認められて転職できるのは35歳まで。35歳を過ぎると新しい仕事への対応力が低下するので、求人は4分の1程度に低下する。上司は自分より低年齢の部下の方が使い易いので35歳までの人材を求め、それを過ぎると口のわりには実力が不足していると見られる。40代になると迎える側の会社も役職を付けねばならないので、業界での名声や経験を積んだ「完成品の即戦力」を求める。また本人も仕事の質や給与体系、仕事上の不満に慣れ、もう少しで今の会社でもガマンすれば、自分が部下を使える立場に移るので外部から声もかからなくなる。

●30代後半になると、本人も物事の本当の価値がわかりはじめ、個性が見事に結実し創造力が絶頂期に達する。日本では人並みはずれた能力を持った人間は、神聖視されると同時に蔑視される。自分の得意分野と特殊技能を持つ専門家、才能ある芸能人や芸術家は、会社に属さず個人で仕事を受ける一匹狼のタレント「フリーランス」となり、自分の好きな仕事で一生を貫いて自由に生きる道を選べる。自分の得意分野の技能を生かして独立起業すれば、もはや会社の定年を気にする必要がなくなる。親の職業を継ぐ場合でも、30代の方が成功率が高く、失敗しても立ち直る時間があるのでやり直しがきく。40歳までに独立しないと、それ以降の定年退職まで独立の可能性は低下する。自分も生活を支える必要があるから不安があり家族も反対する。地方都市の中小企業は黒字の優良企業でも人手不足で、老いた経営者がインターネットで後継者を探している。経営の知識やノウハウ付きで３００万円程度からM&Aが可能、だから若者でも独立できるチャンスは充分ある。
★科学分野での30代は経験に自信が加わり、発明・発見や新考案をして、生涯で最も業績を上げられる絶頂期。芸術家はそろそろ創造力が燃え尽きて、作品に変化が現れてくる頃。スポーツ選手は引退を覚悟する時期になる。

「会社の仕事」と「家庭サービス」の両立に気配り

●30代はきびしいビジネス社会を乗り切っていくために、仕事と家庭とのバランスを崩し、仕事にのめり込んで無理、無茶、不潔、不養生など「過重労働と健康問題」に悩む時期。連日残業続きでがんばり過ぎ、得意先の接待で二日酔い、休日はゴロ寝ばかり。早くも下腹が出っぱり出してくる。ビジネスマンの肥満体と喫煙は、自己管理のできない意志薄弱者と見なされる。大病になっても自己責任だから、その前に一度立ち止まって自分の生活習慣を反省し、健康の維持管理の必要性に気付くこと。必要な体力を維持するために、年齢にふさわしい体力と精神力の維持に努める。毎朝のウオーキングは必ず実行、ジョギングは会話しながら走れる程度のスピードで走って適当に汗をかく。大病で寝込んでしまった場合はその日数の３倍の時間をかけ、完全回復するまでムリをせず自重する。30代後半になると一流スポーツ選手でも40歳前後で引退時期になる。

●そろそろ夫婦生活もマンネリになって、男の本性が現れる頃。妊娠・出産を繰り返す妻を尻目に浮気がバレてセクハラや家庭内暴力が起き、世間知らずの芸能人や国会議員がダークなスキャンダルでマスコミを賑わす。女性の性欲の絶頂期は男性より遅く、性交の繰り返しでヴァギナの性感が芽生えた35歳頃が生涯で最も活発な時期。出産可能な期間が少なくなり、夫は連日出張で忙しくなり妻が最も浮気しやすい時期、家庭問題が起きたりして離婚の危機に直面する。今は離婚してもバツイチ同士でも再婚できるが、会社員の夫はそれ以上の出世は難しくなる。父親としての夫は会社の仕事で成果を上げ、同時に家庭を築く慌ただしい時期なので家庭人としの役割も大切。幼児の躾はお母さんが叱り、父親はそれをサポートするのが基本で、両親ともに躾が甘いと子どもは肥満児や問題児になりやすい。

●女性は30代が子づくりのピークで職場を離れ、１～２人産んで33歳で産み終わり育児に励む。35歳を過ぎると子どもからも手が離れて、自分の時間的余裕ができる。じっとしている40歳前後から肥満体になるので、スポーツや習い事、パートで再就職したり、ボランティア活動をして外に出ると気も晴れ、体を使い同時に心の疲れもリフレッシュする。避妊知識の普及で人工妊娠中絶は減少したが、乳ガンや子宮ガンは増えているので、専業主婦は健康診断をおろそかにしない。

●第1子、2子と子どもの成長に伴い、生活費や教育費が徐々に増えてくる。これらの費用を捻出するために、夫婦は一致協力して節約に励む。節約はゲーム感覚ではじめ3ヶ月ほど続けば習慣化する。自分の使い癖を知り、思い込みで使っているお金を洗い出す。夫は格安スマホに切り替えたり、自己投資のつもりでの浪費に気付き節約する。子どもの習い事の見直しもう少し後にする。週末はショッピングセンターでなく公園で遊び徹底的に節約。夫も家事に協力して惣菜の購入費や外食を減らす。さらに夫の万一を考え貯蓄を増やし「生命保険」にも入っておく。

★両親の期待に抗しながら、40歳までに結婚しない人は生涯独身、子どもを産まない人は生涯そのままの確率が高くなってくる。自分の結婚や子どもの問題での父親とのトラブルは、断絶したまま放置せず、両親が元気なうちに勇気をだして話し合い和解しておかないと、一生涯後悔を残すことになる。

夫婦共働きで「マイホームの夢」実現へ

●30歳になれば、大企業で出世コースに乗れる可能性は、同期入社の50%程度で、40歳になれば10%に絞られる。エリート社員でも出世コースから外れると系列会社に廻される。また大企業でも倒産したり、会社都合でリストラされるリスクもあって「夫婦共働き」の家庭が増えている。女性が結婚しても生涯仕事を持ち続けるなら、諦めねばならないのはまず子ども。結婚後３年以内に第一子を産むのは３分の１程度で、出生人口に占める割合は50％。第二子の割合が35％で、第三子以上はきわめてマレ。女性が35歳を過ぎて結婚すれば、高齢初産のリスクもあって２人が限界。子ども一人に大学を出るまで２０００万円程かかるので、経済的に大変だから１人だけ産むか、一人っ子だとかわいそうだから２人産むか、賑やかな家庭が好きでも３人で打ち止め。

●夫婦共働き時代の到来で、これまでの夫婦の役割分担が見直され、稼ぐだけの男性と、消費するだけの女性という家庭の性別役割分業はすでに崩壊。今や専業主婦に留まる人は、女は家を守るべきという古い観念から脱けられない人と、目がはなせない幼児がいる若い主婦、それに夫が高収入で働く必要のない妻だけ。夫婦共働きすれば、これまで主婦を悩ましてきた子どもの教育学習費や、夫が万一の場合の経済的不安と、自分の生きがいに対する精神的不安の２つを解消できる。妻は主婦業に専念するより、仕事を含め複数の役割を持った方が気分転換できるし、子どもとの距離感ができて子離れも早まる。子どもも自分で片づけをしたり、自立が早くなる。保育所で保育士や他の子どもと接することで、「ありがとう」「ごめんなさい」が言えるようになる。反面、妻が毎日会社に勤務する仕事を持てば、

１．一人の「女性」として

２．家事・育児という「主婦・母親」として

3. 夫に対する「妻」として
4. 職業をもつ「職業人」として
5. 老人の世話をする「介護者」として
6. 地域社会に生活する「社会人」として、1人で6役をこなすきびしく過酷な生活になる。

●当然妻は休養が十分にとれないし、家事・育児の時間が少なくなる。家族と接する時間が少なくなり、子どもの非行や夫の浮気、妻の不倫などのリスクが付きまとう。近所付き合いなども不十分になり、共働き家庭は突発事故に弱くなる。

●妻が仕事と家事を両立できないなら、夫もこれまでのように家事の一切を妻に任せて「仕事一筋」とはいかない。夫婦共に「一緒に人生を戦う」という気概で、生活スタイルの見直しが必要。せめて自分の衣服ぐらいは管理し、買い物やゴミ捨て風呂場の掃除を手伝い、ご飯を炊き簡単な料理を作ったり、たまには有給休暇や育児休暇をとって育児を手伝って子どもとの絆の強化し、積極的に協力をしなければ家庭を維持できない。夫にとって掃除・洗濯も全身運動になって健康のためにいいし、家事労働を体験しておけば退職後の生活力や、老後の一人暮らしのトレーニングになる。子どもに家事を手伝う父親や働く母親の夫婦共働きの姿は尊敬されるし、良き社会人のモデルとなり次の世代に良い影響を与える。

●30代になると住宅取得のための貯蓄を始める。マイホームは住むためのものだが、同時に家賃相当の蓄財効果があり、そこに社会的信用も加わるので、万一の時の借り入れもし易くなる。マイホームを持つ平均年齢は40歳前後。子どもを増やすと多額の教育費がかかり住宅資金が不足するので、家計の安定のために住宅をとるか、子どもをとるか二者択一。定年までに住宅ローン返済を完了できるよう、建築予算はムリをせず等身大の住宅にセーブして、現役時代に「持ち家」を確保する。定年後に家賃暮らしをすると、月々10万円でも60歳～90歳まで総額３６００万円かかるが、持ち家があれば年をとっても家賃を払わずに済むので、老後の生活は安定する。

★住宅を最長の35年ローンで購入したとすれば、返済は75歳まで。長期の住宅ローンは子どもとともに夫婦の強力な鎹（カスガイ）となる。とはいえ「何時、何が起きるかわからない」から、住宅ローンは25年返済で契約しても、節約とボーナスで繰り上げて、15年くらいで完済する腹づもりで計画を立てる。

第9章　中年期を生きる

9－1／40代を生きる智慧

40代は「分別盛り」職業人生本番で「働き盛り」

●40歳になると気力・体力・知力が充実し、物わかりがよくなって「四十にして惑わず」と分別盛り。これまで積み重ねた年齢と経験を土台に、自我が成熟して仕事への集中力は43歳がピーク。心の内面が顔つきや目つきに現れ重厚さが増し、習慣が人格となって外見に現れ、オーラを発して豊かな中年期を迎える。職業人としての40歳は中間決算期。これまでに培った判断力・見識・勇気などを総点検して仕事の総仕上げ。企業人として会社や社会のために尽くすビジネス人生の本番。責任を任されて企業人としての貫禄も付き、やればやるだけ多くの実りが得られる。自らの足で立ち自らの意志で、これこそが自分の生きがいと言える生涯のライフワークに取り組み、「職業人の第2ステージ」へと移行する。
●男性はプロとしての能力が開花して、働き盛りで一番脂が乗る年頃。世の中の常識と業界・学会の専門知識をふまえて、人生の全盛期を迎える。仕事ができる人ほど忙しくなり、先頭に立てばもはやモデルが無くなる。40代後半になれば能力の転換期。今の自分の才能

〈40歳までの能力〉	〈40歳からの能力〉
1. 実務の熟練	1. 業績の変革・創造・開拓
2. 組織の中の忠実な手足	2. 組織を動かす
3. 与えられた目標の達成	3. 部下の指導育成
4. 日常業務の維持	4. 戦略・戦術の構築
5. 改善・アイデアの提案	5. 重要な対外折衝

でできること、できないことが明確になってくる。理想と現実の狭間で自分の仕事・能力の棚卸しをして足りないものを補足する。管理者になれば専門職でも担当部門の数値責任を負わねばならないから、現場で働く部下の気持ちを察知する能力・指導力・統率力や、変化する時代環境に対応する先見力・判断力・決断力など、新たな能力開発が必要になる。週末や休暇の時間をとって、頭脳労働に必要な能力開発やスキル強化のために再投資し、自らを再創造して未知の活動に乗り出す。

●会社での出世競争はそろそろ終盤戦。限られた役職ポストに対しての淘汰が進む。そこで職業人生後半に向かって、仕事以外に社内の業務推進に役立つ新しいスキルを付加する。「資格」や「免許」は、自分の持つ技能を社内外に証明する効果があるので、取得しておくと生きる自信がつき仕事の範囲も広がる。国家資格は1200程、民間資格は1800程ある。専門書を読みセミナーを受けるなどの投資をし資格をとって自分の専門分野を補強しておけば、重役レースの勝負に敗れても人生の敗者になることはない。中小企業診断士の合格率は20％、社会保険労務士や行政書士は10％程度で、比較的取得しやすい。大学院の経営学修士や

ＭＢＡの資格や中小企業診断士の資格は、28歳までなら評価されるが、それを過ぎると現実逃避と思われあまり有利でない。税理士や不動産鑑定士・社会保険士ならまだ可能性があるし、介護士や調理師などの資格を取れば、新しい成長分野に進出できる。それでも世間が認めるほどの知識や技術を身に付けても、組織を飛び出してやっていける自信を築くのは容易でない。上手くいくのは少数で、上手くいったとしても年齢を重ねてからで、報われないことも覚悟。それでもなお努力し続けてこそ本物となれる。

●40代後半になるとこれまでの「広く・浅く」でなく、これからは「幅広く・中程度以上の専門知識が必要になる。心理学・歴史学・哲学・宗教など猛烈に集中しトコトン勉強して、この人は面白い人だと思わせるところまで学び直す。仕事でも趣味でも必要な時間を作り出してさまざまな分野に参加し、自分でアンテナを張って前向きな親しい友人ネットワークをつくる。情報の質量を考えて時に応じて私的な会食の機会を持ち、招かれたら肌の合いそうな集まりを選び、過剰な期待をせず参加する。参加したら必ず礼状を出してまた会いたいと思われる存在になっておく。

仕事の「できる人」から人間的に「できた人」に

●そろそろ職務責任を果たすために働き「頭で生きる」から、利他を実践し「心で生きる」時期。これまで公私とも先輩から教えを受け、多くの人に引き立てられて、すべてが自分のため、生活のために生きてきた。40代になれば自分のためより社会のためを最優先。

40代になっても「俺が」「私が」とまだ自分のことしか考えられず、才に溺れているようでは先が暗い。これまで蓄えた知識や経験に人間力を加え、「仕事一筋のできる人」から、角がとれて丸くなり「人間的にできた人」の評価を得られるよう努力する。学ぶ側から教える側に、仕事をする側から支援する側になるので、言葉一つにも他者への暖かい配慮が必要。部門長として人の上に立てば、才覚より人格の方が大事。人を使う立場になっても特権意識を持たず、直接対面して対話するために多くの時間を費し、若い素質ある人材に能力を発揮できる場を与え、後輩モテを心がける。

1. むやみに頑張らないし、闘争をしかけない
2. 自分の意見を人に押し付けたり、人をむりやりコントロールしない
3. 装わず、飾らず感情を素直に表現し、ありのままの自分を人前にさらす
4. 過去を悔やまず、未来を思いわずらわず、あらかじめ結果がどうなるか気にしない
5. 発生した出来事や結果をそのまま受け止め、良い悪いの価値判断は客観的にする

●40歳を過ぎると、自分の仕事や人生の基本についてはほぼ一人前。業務の知識や技術は持っていて当たり前、苦労する仕事がなくなると、1つの役割や価値観だけで生きられなくなる。何時までも既存の得意分野に留まっていると能力は落ちるが、もはや自分の先輩たちに目標とする人も学ぶことも無くなり、自分の才能は出尽くして人生の目標を喪失する「中年の危機」に至る。管理者になって求められるのは、「自分自身を客観視できる能力」と「バランスのいいコミュニケーション能力」。日常の騒音を避けて一人になり、自

分の心を客観的に見る習慣を持つ。話し上手から「聞き上手」になる。目上の上司や同僚だけでなく、年下の人や知らない人に対するマナーなど、立派な大人としての礼儀作法が問われる。本当に力のある人は威張らないし、成熟した大人は敵を作らない。薄情にも道があって、叱る時にも「一分の情」を忘れない。許せない相手への怒りやわだかまりも、自ら変わる努力をして解消する。

●40代は生涯を通じて付き合う友人を作れる最後のチャンス。働き盛りの時期にビジネスチャンスとか福運を引き寄せる人脈構築に投資するのが最も効果的。この時期にこそ人間として魅力的になるために、人生の先輩から耳に痛いアドバイスをしてもらう。自分の能力や実力のレベルを量るため、同業他社の同世代の人と付き合い、また業種や年齢など全く違う集まりにも参加して人脈を広げる。人脈も社内の上の人、社外に向かって取引先の年配者へと広げ、付き合いを深めて業界での地位を構築する。人脈も古くなるから若返りが必要で、それを怠ると出世は難しくなる。老年と若年のタテ年齢に人脈を広げる。若者には教えながらそのエネルギーをもらって、自分も熱中力・驚嘆力・創造力・挑戦力を維持できる。若者とは息の長い付き合いができるし、近い将来に仕事上大きな権限を持つようになるので有効な人脈となる。公私ともに交際が増えるので、サイフには不時の出費用に相応の交際資金を入れておく。この時期は趣味の習い事や稽古事など、時間を取られる道楽は避ける。

●40代は会社都合での転職やリストラの可能性がある時期で、出世競争の最終段階。経営幹部になり会社の中核となって残るには、知識や教養の高さに風格や人格、人間性や信頼性など、知識と道徳を一体化した教養が問われる。損得計算を超えた人間的魅力が必要になるので、周りの評判にも気を配る。幹部は会社担当部門の業績に直接結びつく知識だけでなく、社会人としての幅広い知識と教養が求められるので、自分の一般教養を棚卸しして、心理学・社会学や歴史哲学や宗教書なども読んで教養を厚くして、一流人のような品性・風格を身に付ける。人間としての教養は世界共通だから、投資の負担は小さいが最高のブランドとして通用する。

●幼児の「無恥期」から、少年期の「恥意識期」、青年期は「適恥意識期」へ、そして中年期は世間慣れして再び「無恥期」に戻るので、外面でも地位にふさわしい品位ある服装や行動を心がけ、存在感をはっきりさせる。40代後半から男性のミドル脂臭は「加齢臭」に変わる。女性たちは加齢臭に敏感で、生理的に受け付けないからマナー以前のエチケット。ビジネスマンのファッションは個人でも会社でも、さらに先のステージへ進むための最強の味方だから、有名ブランドでなくても、その場にふさわしいものをセンスよく着こなす。

★まず「足下（アシモト）を見られる」ので靴の手入れは欠かさない。

管理者になれば「上下・左右の人間関係力」を付ける

●40代になって自我が成熟してくると、競争より和の精神の方が大切だと解ってくる。役職に就くと価値観と個性の多様性を認め、他者との融和を図らねばならないので、社会人としての立場と個人の本音を理解し人間の裏表、二面性を受け入れる。立て前として契約しても一方的なことは許されず、何かのときは双方誠意をもって話し合う。日本伝統の価値観が分かり、あるがままの「無我」が理解できると一人前の大人として評価される。

●40代から中間管理職となっての人間関係は、上司・部下のタテと同僚のヨコにも広がる。40歳は上の世代の批判をやめ、頼りにならない若者の批判もやめ、謙虚にして目上も目下も垣間見ながら生きる。上司からの要求はきつくなり、同期の同僚から圧迫を受け、頼りとする部下からも突き上げられ、出世競争も最終局面を迎える。親しい関係でもいらぬ嫉妬を受けたり、裏切られたりして人間関係が難しくなる。自分とは違う相手の個性を尊重して受け入れる包容力が必要になる。出世するには自分一人の力には限りがあるので、世の中の裏表を読んで上司から引っぱり上げてもらい、同僚の横から支えてもらい、部下から持ち上げてもらい、上下左右から応援されやすい人になって達成できる。絶えざる忍耐によって徳が身につき、各部門の人から応援され押し上げられた出世なら、他者の嫉妬心や僻心を受けることもない。

●40代の出世には管理能力は欠かせない。管理者には会社全体の仕事・組織・人間関係において、①経営者の立場で俯瞰して見る上から目線と、②仲間との関係性を見る横からの水平目線、③部下の立場で考える下から目線も必要。上司と部下との中間管理職になれば、上や横を動かす「リーダーシップ」と「組織管理能力」が問われる。部下は上司から学び、上司は部下から学ぶ。上司となれば部下が増えるが、上司がいくら高学歴でも指示・命令ばかりして「俺に付いて来い！」では部下が付いて来ない。リーダーの能力以上に組織の能力が上がることはなく、上司の出来が悪ければ退職者が増える。もちろん成果を求めるが、人は任されて期待されるとそれに応えようとする。部下の問題の解決策がレベルが普通以上なら善悪をはっきりせず、あいまいさを残して細部は部下に任せ、支援・奉仕する相談型のリーダーシップをとる。命令を「質問」に変え質問に「仮に」をつけると部下が働き出し営業成績も伸びる。大切なのは部下に「何を言ったか」でなく「何を伝えたか」で、上司はその客観的な事実を部下にフィードバックするだけで育ってくる。それによって自分の自由時間が増え、より付加価値の高い仕事ができる。

●中間管理職になると人から学び、人を信頼し、人を育てる。自分より立場の弱い部下の失敗は大目にみて、現場の声を会社上層部にぶつけ組織や制度の改革を促す。リーダーは口数は少なくとも大きな声で話し、決断すべき時には決断し、「やる」と言ったことは必ずやらせる。難問には簡単にイエスを出さず、しばらく放っておき、様子をみながら熟慮して決断する。部下が迷ったら「やってみて」と背中を押して協力的な態度、信頼に足る行動をとる。優秀な部下には志を持って尋ね、言い訳せずに聴いて力を借りる。やる気に燃えた部下に対しては敬語で話し、周りを巻き込んで仕事をする体制を整える。その結果の「失敗は自分のせい」にして無用な争いを避け、成功は部下のおかげとして「ありがとう」と感謝の言葉をのべる。

●中間管理職は、自分より専門生の高い部下たちを従え、仕事の方向と完成形をしっかりイメージし、部下を束ね巻き込んで成果を出していく仕事。部下には多くを望み過ぎず、相手の欠点を見ずに長所だけ見て使う。部下の批判や批難をやめ、失敗は大目にみて部下の気持ちを掴み、周囲の信頼を得て仕事をスムースに押し進める。褒める時は人前でストレートに長く褒める。叱る時は呼び出して短く、思ったことをそのまま言わず、ポイントを外さない。沈黙と会話を使い分け、部下への思いやりをはっきりと示す。祝福は上司が慈しみの心をもって行い、人材を大切にする。大きな声で叱るとパワハラになるので、怒りは自分の中で消化して抑止する能力を身につけ器量を大きくする。口のうまい問題ある社員に舐められないように、性格や行動を見極め遠ざける。女性心理を心得、好かれるように努力する。媚へつらう女性の部下にえこひいきをすると不満が出るし、ヘタなことを言うとセクハラになり、強く当たり過ぎるとパワハラ問題になるので要注意。

★ヒト・モノ・カネの動きは数字を通して掴み、現場の改善をはかる。会社の損益計算書を読めるよう「計数管理」に強くなる。「目標管理」は徹底的に数字を中心にする、①目標を明確にして具体的に指示する、②ただちに決断する、③上司の顔色で意見を変えない、④叱るときは叱り褒めるときは褒める、⑤上司になっても部下の気持ちを忘れない。

職業人生の折り返し点で「出世競争の修羅場」

●40歳前後から上級管理職選別される時期。実力ある同期の管理職が頭角を現し、いよいよ部長・支店長・本部部長・会社役員などピラミッド上級職をめざして、熾烈な勝ち残り競争がはじまる。日本企業の出世競争は、会社組織の中でのトーナメント型だから、いったん会社の評価が定まると敗者復活はない。役員まで進むのは1％程度、脱落する社員が続出する。会社は年齢より個人の能力やスキルと業績で判断する。後輩たちも後ろから迫ってくるので、特定分野でずば抜けた実力ある人間でないと出世できない。会社が将来の経営幹部候補を選出し、経験を積ませた上で登用するこの時点で、これまでの個人の業績を客観的に評価し、一定のレベルに達した人と、そうでない人と処遇の仕方を分け、昇進や昇格を選別して地位を決定するこの時点で、自分がどこまで出世できるかが決まる。

●40代は出世競争へ踏み出す最後のチャンス。自分が会社を支えているという自負心と、負けたくないという競争心と、嫌われたく無いという恐怖心もあって、希望と絶望の狭間で揺らぐ日々。出世競争において勝利するには実力だけでなく、業界や会社内外の評判も大切。40代の人間関係は、社内外の役員以上の人との付き合いが大切で、特に大物とは3回以上会うようにする。評判は普段から長く深く付き合った人ほど影響が大きい。職場の仕事仲間との付き合いも、主体性の無い人や才能のない人との付き合いは避けながら、自分の評判は自分でコントロールする。

●40代になると出世競争のまっ最中。会社中心に働き何事も主体性がなく上司にお任せ、周囲の空気を読みながら目の前の仕事に没頭。同僚と後輩の猛追を受け、最終的に紙一重の差で選ばれる。会社役員や社長になれる幸運は一度しか巡って来ないし、コースを一度外れたら敗者復活は難しい。現状に満足せず猛然とダッシュをかけ、さらなる出世街道の頂点をめざす。だが、大方は昇給をストップして閑職に左遷されるか、関連子会社に移籍されるか、取引先企業に出向されるか、早期退職でリストラされるか会社の判定が下される。組織に派閥は付きものだから、40歳を過ぎると出世・生き残りの人脈を選択し根回しが必要な時期になる。

●会社の組織の習慣や風土には独自のルールがある。上司は部下の中から適切なメンバーを選ぶことができるが、部下は上司は選ぶことができない。上司でも部下の努力を正しく評価できる人は少ないから、報われない努力もあることを知って、不満があっても我慢する。組織に属している限り、上司と喧嘩すると出世の道は閉ざされるので絶対に避ける。すぐキレる上司の叱責は笑って聞き流し、上司をおだてたり褒めたりしながら上手に付き合い味方を増やす。ダメな上司ほど自分を伸ばすチャンスと捉え、積極的に提案して好意を掴む。笑顔で報告しながら褒め、損得で丁寧に説明し、ダメで元々と突き放す。論争になっても相手の立場を考えながら落とし所を考え、上手に喧嘩ができる人が生き残る。会社での喧嘩は上司でも怒ったら負け。攻めるより守りを固めて喧嘩をしないのが一番。

●いずれにせよ40代になれば、いつでも会社経営をできるだけの実力とキャリア形成しておくこと。実力があっても飛ばされたりして不遇の時期もあるが、社長になる道は一つではないから、評価を気にせずマイペースで全力を尽くす。

1．今の会社で最有力経営幹部となって昇りつめ、経営を引き継ぐか

2. 会社から指名された、関連子会社に移籍するか
3. 将来社長か、副社長になれる可能性のある会社を、自分で探し転職するか
4. 現在の会社が大企業なら中小企業へ、中小企業なら小企業へ、自分で探し転職するか
5. 自分で新しい会社を起業し、定年と老後の不安を解消するか

●40代で高スキルの職や高位の管理職に就いたら常に過酷な労働に耐えながら、最後の飛躍を果たす時期。幸運にも高い役職・地位を獲得すると社内での価値が上がり、社外での信用や絆ができる。反面、現場を離れるとテクノロジーの激変に対応できなくなって、これまで身につけたスキルや知識の価値が縮小、仕事仲間との関係が途絶え、新しい情報入手ができなくなり、いざ！　という時の不安が残る。いくら頭が良くても「一寸先は闇」。人生の勝負時を前にして、自分が信頼している親友やメンターに、自分に対する評価と可能性を聞いて進むべき方向性を決定する。

★この時期に出世競争の中で、長時間労働とリストラの不安に耐えられず脱落者が続出する。もし自分の体力や知力ともに不足で、もはや出世はムリと覚悟を決めたら、いち早く本命候補に敬意を表し、関係を密にして以後の人脈づくりに回る。

出世コースから外れた時の「人生選択肢」

●45歳くらいで出世競争の決着がつくと、もはや挽回はできない。部長の椅子を勝ち取っ

ても、さらに50歳までに役員になれるかの競争が続く。出世するほど役職ポストは少なくなり、上場企業でも合併に継ぐ合併で人員整理の憂き目にあい、経営者や役員候補として会社本体に残れるのは一握り。最後まで勤め上げるのはごくわずかで、社員の大多数は40代になっても管理職になれず、出世競争に敗れて途中ではじき出されて先が見えてしまう。管理職から外れた社員は、もはや定期昇給さえ望めなくなり、どう動くか自分で主体的に判断しなければならない。土日や週末に開かれる市民講座や社会人相手の大学公開講座に参加し、職場と離れた環境の中で「世の中のスタンダードが何か」を勉強する。講座に通う受講者は公務員から中小経営者まで多彩な顔ぶれ、職業経験の異なる人々との出会いは刺激になる。自らの興味や関心があるもの得意な事に徐々に軸足を移して、在職中から時間をかけ自分の新たな取り組みをスタート、じわりじわりと人生後半を生きる準備をはじめる。

●40代になるとさらに組織の階段を上がれる人は極わずか。大方の人は昇給も望めなくなると同時に年収も頭打ち。人生１００年の時代は生涯一つの会社に勤める必要はない。出世競争に敗れエリートコースから外れたら、会社での位置や評価を基準にして①今の会社・今の仕事で定年まで勤めるか、②キャリアを武器に転職するか、③念願の独立の道を選ぶか、冷静に自分の体力や能力を分析をして方向を決める。「今の会社で、定年まで働きたい！」と思ったら、生涯現場でヒラ社員の覚悟が必要。やらされ仕事でも精一杯やってきちんと一定の結果を出し、時間をかけて次のステップを考える。定年後に再雇用されて「死ぬまで働きたい」と思うなら、何かの時に一目おかれ頼りにされるように、得意分野を尖らせて生涯現役の手を打っておく。

●サラリーマン稼業は単に生活手段だから、仕事で成功するだけが全てでない。出世できなくてもそれなりの暮らし方があって、その良し悪しと幸福とはあまり関係ない。会社に残るにも選択肢があるし、たとえ出世コースから外れても生きる道はいろいろ。人生後半に向かっての自分の生きる道の複線化することも可能。

1. 仕事第一型／人生はお金次第と割り切り、仕事に没頭して会社での地位と、社会的名誉を求めて燃え尽きる道
2. 家庭第一型／夫婦円満・家族団らんに重点を置き、会社での成功はほどほどに、幸福な家庭づくりを優先する道。仕事より家庭生活を優先して生きる道
3. 個人第一型／自分のやりたいことを軸に、仕事はほどほどに自分の趣味や教養を高めるために余暇時間や資金を投資し、人間として内面的な充実をはかる道
4. 社会第一型／利他を実践するボランティア活動に生き甲斐を感じ、大勢の人々と生きる喜びを共有する道。ボランティア活動に参加して社会に貢献する道

●自分の人生や会社人生の先が見えてくる。もはやどうあがいても先頭に届かないなら、子育てが終わっていれば、会社に依存することない。残業代で稼ぐより別に稼げる「副業」を見つけて上がらなくなった給与をカバーし、複数の収入源を持っていざという時のリストラに備える。将来独立したいと思っているなら、それを定年までに本業にする体制

を整える。自分を会社員という唯一の枠組みに閉じ込めないで、副業をして二足のわらじを履くと、会社員でも税制や法律など自分で判断して責任をとることを学び、事業を営む経営者としての視野が培われ広がる。また仕事の仕方のムダが見えてきて、会社の本業も上手にこなし生産性も高まるメリットがある。

●今は国や企業も人材の流動化を進めるようになったので、転職者も落伍者でなくなった。人材の市場化が進行し、内部昇進から欧米型の外部転職へ変わり積極的な転職も容認されるようになった。もし自分の会社が業績不振を克服して、持ち直す力がないと判断したら、大企業の正社員でも転職を考えざるを得ない。会社のリストラの早期退職に応じ、与えられた場で全力を尽くして後輩を指導する。あるいは都会での管理職経験とスキルを生かし、地方に転職して定年まで10～15年勤めるのも1つの方法。地方にはユニークな商品やサービスで急成長し、人手不足で悩んでいる中小企業があるから、たとえ給与が下がっても物価も安いので気楽に生活できる。情報関連やクリエイティブの仕事なら自分で拠点を構え、中央と連結し連絡しながらやっていける。

●「40歳定年説」も現実味を帯びてきた今日、定年まで待てば体力も気力も落ちるので、新しい事業を起こすには、40代前半が最も成功率が高い。それまでに積み重ねた経験と実力と信用に幾ばくか資金力あって近未来に独立計画を持つ人は、転勤や単身赴任、定年のない生涯現役の人生への転換をめざす。とは言えあわてて会社を辞めずその実現に必要な知識やスキルを身に付け、1～2年かけて具体的・綿密に計画を練る。必要な人材を確保して不退転の決意で起業し、早期に軌道に乗せる努力をする。創業当初は会社の信用不足を個人的信用でカバーし、年金生活までの25年間で会社を十分大きくできる。

★だが世の中はきびしく、独立して成功するのは２～３％程度。失敗は早期に気づいて方向転換すればいいが、下手にがんばって機を逸すると取り返しがつかなくなる。

私生活にも大変化「まさに人生の踊り場」

●45歳から人生後半戦。会社人間として組織にどっぷり浸かり、仕事一筋の働くことだけの人生に疑問を持ちはじめる時期。逆風が吹いて転勤・左遷されてもいつまでも会社にぶら下がって働く意味を考え、崩壊寸前の家庭と反抗期の子どもを抱えこんだり自分自身の病気など公私ともに波乱万丈。生きる現実に悩みながら人生や生活に意味を見出し、主体性を持って生き方を模索する。40代後半になると、男女とも人生の曲がり角。若さが完全に終焉し、更年期になって体に対する絶対の自信も持てなくなり人生半ばの危機を迎える。

●40代は子どもの進学や、年老いていく親の介護や死後のことなど家庭環境は大変化。夫婦ともども①父親、母親としての役割、②夫として、妻としての役割、③息子として、娘としての役割、④上司として、部下としての役割、⑤地域社会の一員としての役割に、自分らの健康問題も加わって、人生の諸問題が一気にのしかかり仕事と家庭生活のバランスが大事になる。夫婦間はもちろん子ども・自分の兄弟姉妹・両親や親族とはしっかりつながっていないと、子どもの不登校、妻の病、親の介護、家庭内暴力が起きて、その軋轢は人生で最悪の不幸な状態を引き寄せる。大切なことはあやふやに放置しないで、優先順位をつけ1つずつ解消する。自分の両親に対しては、世話される立場から「世話する立場」になる。年金や介護制度があっても、親の資産・負債を洗い出して親が病気になれば看病と介護と、それに葬儀をどうするか。親の要望を聞いたり、自分から家族の事情を説明して本音で話し合い、親子関係を良好にしておく。

●幼い子どもは母親のいうことを聞くが、10代に入ると独立心が芽生え、子どもの反抗期と母親の更年期と重なるので家庭教育が難しくなる。特に中学から高校にかけては、学力不振・非行・暴走・いじめ・登校拒否などの問題を起こしやすいので父親の出番。この時期に自立していく子どもに、「世間から礼儀知らずと言われない」「金銭のことで他人に迷惑をかけない」この二つだけは父親がキチッと躾けておく。子どもが受験校や進路をどう考えているかを聞き、自分の考えを押し付けず、自分から進んで勉強をしたくなる環境を整えてやると共に、子どもが自分の人格や理想をどう受け止めているかを確認しておく。母親は子どもの進学や自立によって手が離れ、夫より一足先に第2に人生に入る。スポーツジムや文化教室に通ったり、あるいはパートなど職場復帰して社会とのつながりを持ち、日常生活のあり方を模索しながら中年としての安定期を迎える。

●この自分の能力で、このままこの会社に居続けたら、収入や退職金など後どれくらいになるか、自分の可能性を見きわめる。自分と子どもと両親一体のライフプラン表をつくり、子どもの学費や自分の老後、親の介護の収支のバランスを考え、お金の儲け方・使い方に磨きをかける。さらに自分が何歳ぐらいまで生きると、年金以外にどの程度のお金が必要か、老後生活の資金と資産計画をたてる。自分の家を子どものために残してやるのか、あるいは老後は都会から離れて田舎でのんびり暮らすか、老後の暮らし方を具体化する。そしてボチボチと自分の大好きな趣味活動を開始して定年後に備えるなど、夢を広げると人間として一廻り大きくなれる。

●40代になればそろそろ、マイホーム計画実現の時期。マイホーム立地は下落する恐れのある郊外より、価値の落ちない駅近くの方が無難。欲張った設計で高額な建築費にならないよう予算を抑える。ローンや投資を間違えると老後が厳しくなるので、資産と負債のバランスを考える。後に家を売る局面も出てくるかも知れないので、自由設計でも自分の好みを出し過ぎない。住宅ローンを抱えると経済的にも余裕がなくなり、大きな病気や事故や親の介護と重なると一気に貧困に陥るリスクもある。丁度この時期は会社の重要なポストに就いて、マイホームを建てたとたん国内外の支店へ転勤を命じられて、単身赴任をして家庭の二重生活が強いられたりすることも。単身赴任は一人身の気楽さがあり、妻に気兼ねせずに好きなことができ、自己啓発には絶好の機会。家族と離れて自炊など自活力ができるし、隣近所とも繋がりを持ちホームシックに耐ながら冷静に、家庭を考察できるメリットがある。

★夫婦間で妻が夫に求めるものは、滅多に本音を吐かず言行一致の誠実さ。妻から尊敬されている夫は男仲間からも尊敬される。

●40代後半からガッタリ「身体機能の曲がり角」

●40代は男性・女性ともに更年期の入り口。筋肉は30歳がピーク、40代になって管理職になると運動量が減って、体の真ん中あたりに中年期が顔を出す。これまでの残業、徹夜、休日出勤など20年間の無理がたたって、「40がったり」と体力の衰え、「40暗がり」と視力も衰えを感じはじめる。42歳は男の厄年で身心ともに曲がり角。「40肩・50腰」と原因不明の痛みが走り、肉体の衰えに伴って適応力が狭められ、仕事についての不安も増大。仕事が忙しく外食が増えて、自分の体調に心を配る余裕のない日々。働き盛りとはいえ連日の徹夜残業や暴飲暴食などの不摂生な生活は、必ず10年後にツケを払わされる。もはや家族のため会社のためと無理を重ね、自分を抑え込んでばかりいると、うつ病になったりそれが爆発して自殺に至ることもある。このような肉体の衰えを感じたとき発想の転換が必要。自分の体と向き合い、病気を予防に健康管理にお金をかける。

●男性は大厄（42歳）を境に精力・体力が衰えてくるので、心身共に総点検が必要。そろそろ肥満・高血圧・糖尿病などの生活習慣病が出てくる時期。人生後半の明暗が決まるのは体調管理で、タバコは5年、肥満は6年、独身は8年も命を縮めるなど、人間のバイオリズムに反する習慣はすぐにやめる。食生活を見直して運動習慣を取り入れ健康意識を高める。コーヒーはひかえ目に、タバコ・飲酒はガンや循環器系統の病気など生活習慣病の原因になるので、定期的に人間ドックで検診する。お金ができると必ず肥満もついてくる。肉食の欧米人は30代から、日本人は40代から肥満体になる。肥満体の人は自分で体重の管理ができない人だから、部下や組織の管理ができないと思われて出世のハンデキャップ。肥満体は体重が1kg増えると平均寿命が2ヶ月短くなる。肥満は薬では治らないので、食べるのを減らすか、運動量を増やすしかない。動物性脂肪を少なく塩分や糖分を控えめにして、体の糖化に気を付けると頭が冴えてくるし、朝早く起きてウオーキングすれば、脳が活性化して創造力を高める効果もある。有酸素運動のジョギングは会話しながら走れる程度のスピードで走る。健康法は百人百様で、さまざまな説の中から自分に合いそうなものがあれば試してみる。

●40代後半になると、男性は頭がハゲたり白いものが交じり、肉体の老化は「ハ・メ・チン」の順に進みはじめ、健康維持のために時間投資が必要になる。歯は歯周病が進んで1本また1本と抜け、目も40歳過ぎから老眼鏡が手放せなくなる。精力が低下して自ずと愛と性が調和。性衝動を抑えて性エネルギーを上手に活用して、仕事や創作活動に打ち込める。女性は40代後半に閉経を迎え、生殖期から生殖不能期へと移行して性の終焉を迎える。セクシーが売り物の風俗嬢も40歳になると収入が半減してキャリアを終える。精神と肉体のアンバランスが生じて更年期障害でうつ病になりやすい。また夫の単身赴任や子どもの自立によって精神的に不安定な状況になり、空の巣症候群になりやすい時期。それに職場の配置転換、事業の不振、親子関係の不和が重なって、夫婦ゲンカや子どもの素行など家庭問題で悩む時期。

●40代は良いことも悪いことも一気に起きる。働き盛りなのに会社が倒産したり、リストラされて失業した場合、経済的に困窮して借金や多重債務でうつ病に陥り、再就職ができなくなって社会的に孤立。家庭内の人間関係の悪化し、離婚して負荷が3つ4つと重なる時期でもある。子ども・妻・両親など家族関係、会社の同僚や部下などと上の関係、友人や地域との人間関係も不安定で、人生の満足度が一番低くなる時期。夫婦関係も残りわずかとなって、結婚当初の熱は冷めてくる。焦りとあきらめが交差し、夫婦の問題が発生して、家庭内離婚や熟年離婚が起きやすい。だが、日本では糟糠（ソウコウ）の妻を捨てた人は軽蔑される社会なのでかしこい男性は離婚しない。夫婦二人の価値観や生き方がズレないよう対話し、人間愛に高めて熟年離婚に成らないようパートナーシップを強化する。独身男女の場合はいよいよ目が肥えてくるので、結婚をあきらめ「生涯独身」に向かう。更年期を過ぎると妊娠の恐れもなくなり、自立心が高まって思慮深くなり、自分の老後人生を考えるようになる。

●苦労を重ね40代になると、夫婦両家の先祖の祭祀や墓参りに参加。自分ら夫婦の亡くなった子どもや水子があれば、供養して因縁を解決しておく。旦那寺で過去帳を見たりして先祖の歴史をたどる過程の中で、親の人生のあり方、やり遂げられなかったこと、子どもに伝えきれない思いを理解できるようになる。自分が持って生まれた気質に気付き、これまで親に対して不満や憎しみも解消して、自分らしい生き方が見えてくる。

★組織や制度が巨大化すると人間として守るべき道徳が見えなくなって、その隙間から善なる心を失い悪の道に落ちやすい。50歳を目前にして仕事や経済面に恵まれた人生の絶頂期に、あるいは困難な環境におかれた最悪期に、身体と心が一致せず、ある日突然魔がさして汚職や万引きをしたり、セクハラで晩節を汚してそれまでの一生を棒に振る人もいる。

「膨らむ教育費」の家計危機を「節約で乗り切る」

●40代の人生における課題は「家計」。一応財産の基礎ができても子どもがそれぞれ高校・大学と進学するにつれ教育費が増えるので、家計を放置せず定期点検。家計の基本は誰かに片寄らず、「家族の皆が幸せになる」ようなお金の使い方をすること。40代こそ成熟したベテラン主婦の腕の見せどころ。50代以降自分のキャリアを充実するための投資や定年退職後のための貯蓄準備、それに老いゆく両親の介護準備も必要になる。40を過ぎると給料は思ったほど増えないから、夫の給料が1万円上がるのを待つより「夫婦共働き」で妻が働けば10万円上げられる。このご時世だから会社もいつ給料引き下げや、リストラに見舞われるか知れない。以前のように退職金は出ないかも知れないし、誰もが定年後も無条件に残れるわけでもない。その上長寿化で将来のための準備すべき老後資金の額は増えてくる。本業とは別に複数の収入源をもち、お金の流れを大きくして十分な収入と資産を持って、目先のお金に支配されないようにしておく。

●今は高収入でも万一収入が不足した時は、生活レベルを下げざるを得ない。家族全員が心の肥満をコントロールして節約に励む。お金の使い方はその人の才能の見せどころ。子どもには貯め方より、まず生きたお金の使い方を教える。買物の内容で必要なものを70％、欲しいものは30％程度に分け、必要なものは買っても欲しいものを半分にして、我慢する習慣を付けておけば一生お金で苦労しない子が育つ。親が子どものためにお金をかけ過ぎると、子どもの金銭感覚もずれてくる。ピアノなど習い事にかかる金額は子どもに隠さず伝えて、受験が完了するまで習い事をセーブする。中・高校生にはスマホ料金の一部、大学生は全額負担させ、現実の金銭感覚を身に付けさせる。この時期に家計を圧迫する子どもの教育費は、家庭教師をやめて塾一本にして、かつ必須科目を絞り講習や模試のみにし、子どもには公立高校を受験させる。

●夫は小遣いの中で、部下との飲み会は割り勘にして交際費を減らしたり、健康のために禁煙を決意し、スポーツジムを退会し公共施設を利用するなど節約癖をつける。妻も夫の昼の外食を弁当に、ブランド志向を無くし、クリーニングには出さず自分で洗う。家族の週末外食をやめ、ボーナス時の家族旅行も格安ツアーを使って旅行費も節約する。もはや子どもも小さくないので、夫の高額生命保険を見直し、必要最低限の保障プランにして固定費を下げ、過度の習い事や通信費・タクシー代などを節約。クルマを軽自動車にすると税金は1万8000円で済む。手放して電車と自転車にすると、ガソリン代・自動車保険・税金・修理費・駐車場代など年間60万円は浮く。金利の低い住宅ローンに借り換えたり、毎月の住宅ローン返済を増額し、できる限り負債は早期に返済を完了する。家賃の安い所に住み替えたり、親子二世帯住宅にして住んだ方が家賃や食費が下がるし、水道光熱費など暮らしのムダな出費を省ける。

★毎月１回家族でマネー会議を開き、親は子どもに家の経済状況をありのまま話し、自立した大人になれるよう金銭感覚をしつけておく。

９－２／50代を生きる智慧

50歳は１００年人生の折り返し点「自己完成」の時期

●50歳は人生の正午を過ぎ。血気も定まり世の中が解って人格形成は完了。これまでバラバラにあった出来事が１つに収れんして、今まで見えなかった世界が見えてくる。人間として仕上げの時期だから、全体的な基準で評価される。人生の勝負どきを迎え、一生を通しての信念と、男の存在証明を完成する時期。ようやく世界をみる目、社会をみる目、仕事をみる目、人生をみる目が備わる。仕事の場での公私をきちんと分けて混同せず、組織に頼らず自分一人で生きていく力が付く。精神面・人格面での成熟度が増す。複雑な人間関係をつくって人格のすべてを発露し、自分にも他人にも本当の意味での気配りができる。

●50歳は円熟の年。すでに成功者は世に出て大金持ちか、ほどほどの生活を営んでいる。自分の能力の限界が見え、足下にはくっきりと陰が落ちてくる。これまでの強い競争心が衰えるにつれて、人の悲しみを理解でき性格も円満になってくる。欲の限度をわきまえ身内や同僚とのギスギスした関係は和らぎ、美しく老いる老計が課題となる。この世の生死・貧富・成功不成功など、禍福のすべてを心安らかに受け取り、天命を知って天命に安んじる時期。

1. 誰もが納得できる哲学を持つ（どんなモノ・コトも大事にする）
2. 他人の足を引っぱらない（他人に恨まれる言動をしない）
3. 我よりも公を大事にする（マクロの善なる行動ができる）
4. 謙虚である（出処進退がきれい）
5. 与え好き（物に執着しない）

●50代になって世の中のことが一通り解ってくると怖いもの無し。遠慮だとか恥ずかしさが無くなり、ふてぶてしくなって遠慮しなくなる。恥に対する意識は薄れてマナーが悪くなり、生活が乱れそれが表に現れてくる。品性下劣な50代は、たとえ仕事で成績をあげてもよい将来は望めない。もはや若い時のように誰も助言をくれたり叱ってくれないので、一度自分が他人からどう見えるか、視点を変えてみる。中年期こそ礼節をわきまえ、おしゃれ心を失わず、外部の環境に合わせ「良き父親、良妻賢母」らしい服装を心がけて立派な社会人らしく振る舞うこと。

●50歳男性の性的な精力は、青年期の気違いじみた激しさは過ぎ、減退して柔らかく弱くなって、人生で最も楽しめる時期。感覚器官の質も低下、老眼鏡が必要になり、味覚にも衰え、身長も減少しはじめる。女性は人生の転機、更年期の50歳前後で子どもを産むための性生活が終わり、妊娠を恐れることなくセックスを楽しめる。心身の若さを保つには塩分など刺激物を避け、健康食品やテニス・水泳などのスポーツを欠かさず、健康管理に気を配る時期。
★この頃から何か趣味活動をはじめる。自己流でなく先生について10年かけ本格的に腕を磨いておくと、定年後塾を開いて収入が得られるし、何かの一流に成れば老後の人生を豊かに生きられる。

役員の座をめざして「ビジネス人生の終盤戦」

●男性の50代は職業人生の最盛期。会社では中間管理職か経営幹部にあって、ゴールの定年までアト10～15年。バリバリと仕事ができるこの時期こそ、これまで蓄積してきた実力を出し切る。20年やり続けてきた仕事の能力もピークに達し、これまで自分が天職と信じひたすら努力してきた仕事でも、すでにやり直しのきく段階は過ぎ、やれなかった夢が１つずつ凋んでいく。出来ないことはムリとあきらめ、これまで身につけた能力を研ぎ直し、年相応に仕事をして、部下を育て引き継いでいく努力の１点に集中する。会社幹部として必要な状況判断力と先見力、リーダーシップな指導力と管理能力、人の心の痛みがわかる人間力を身につけて有能な人材を育てる。自分の経験や力量と年齢をバランスさせて円熟した経営手腕を発揮。退職後も誇りにできるほどの業績をめざす。同時に職業人としてこれまで積み重ねた社内と業界の人脈を固め、さらなる成長をめざして社会的視野を広げる。目上にも目下にも大人としての作法を心得、一流人のマナーや立ち居振るまいを心得て、威張らず驕らず人格の高揚をはかる。敵を作らず味方をつくることだけに専念すれば、人徳は口から口を巡って広がる。見返りを求めず業界の世話人になって幅広い人脈をつくる。

●50代前半は、マラソンレースなら35キロを過ぎ、いよいよ社内組織でライバルを振り切る淘汰の時期。まだ出世が見込めるのか、あるいはここ止まりかの分岐点。いよいよ最後の力を振り絞ってライバルを振り落とし、取締役を目指す最終段階。60代になっても生涯昇進・昇給・定年なしを実現するには会社役員になるしかない。誰でもそこそこのリーダー役職に就いて問題解決の役割を担って、もはや対決する相手は上役でも、会社組織でもなく自分自身だけ。人生のピークの上にさらに自己の理想像を作って自己投資。英会話や英字新聞を読みこなし国際感覚を身につけ、背水の陣を敷いて蓄えたエネルギーをぶつけて果敢に挑み、やり抜いた自分をさらに超える。会社は社長を中心とした運命共同体で、その社長の椅子に座れるのはただ一人。それで社長も会社役員もダメなら、次期社長候補を早めに見極めて交友を深めておけば、それなりの地位を確保できるが、決定以後ではもう遅い。

●ビジネスマンは50代後半が頂点。経営幹部になれば仕事量は増えるが、体力の衰えで徹夜などの無理がきかなくなる。社内での配置転換で単身赴任したり、関連会社への出向を命じられたりして、人事異動の季節ごとに不安な精神状態になる。ビジネスの世界は出世するほど権力が増し、経営者になると自分で裁量できる。肉体の衰弱は精神力をも弱らせ、決断を狂わせたりするので、あまりスケジュールを詰め過ぎず、次のことを考える時間をつくる。家庭では夫婦だけの時間をもって妻との会話をおろそかにしない。

★夫は女房の尻にしかれてハイ、イエスと応えながらも、妻の不満を積極的に聞き出して夫婦円満・家内平安に勤める。

「経営幹部」「経営者」「CEO」になれる人の条件

●経営者とは、会社経営の全般に関わり、その企業が社会的責任を果たすため、正しく合理的に燃える人。いたずらに熱狂的で騒がしくなく、周りの批判に負けない強い個性と自己信頼を持つ。激情の中にあって均衡を失わず、先見性と知性を発揮して正しく合理的に燃える。そのために、心の中に不動の夢と理想に基づく具体的な目標と使命感を持つこと。特に「利益」はその事業がうまくいって社会に貢献した結果だから、利益の出ない会社は有っても無益。会社経営はまず「儲けること」、経営幹部は金銭に執念を持ち「会社を儲けさせる」こと。ただ儲けたらいいのではなく、儲け方にも会社経営に携わる人たちの人格が、そっくりそのまま社風となって反映される。経営幹部になれば、会社や社会のためにやらなくてはならない社会的責任が大きくなる。

●その会社の頂点に立てば、それまで気付かなかった会社や世の中のすべての問題が見えてくる。経営者になると責任が増え、毎日繁忙を極めるので「時間ぐり」が大切。経営者の時間の管理は「命の管理」と同じ。１００億円あっても健康は買えない。ムダな付き合いや出張をヤメ、どうでもいい会議や会合を切り捨て、１日24時間を有効にコントロールし、次の10年を考える時間を優先し、行動予定に余白を残しておく。職業人生の仕上げに入った経営者の人脈は量より質。付き合う相手を厳選し、①さらに伸ばす人脈、②維持する人脈、③終わらせる人脈に分け、本当に大切な相手だけに絞り込んで付き合う。社長は常に全社員の心配を一人で背負い、一切の言い訳も自己弁護もせず、最終的に判断をして最終責任を背負う人。それだけに社長は、自分の周辺に経営レベルの相談できる、複数のブレーンをおいて身の回りを固める。

1. 法律的な相談ができる「弁護士」と
2. 健康のことを相談できる「医者」と
3. いざ！ という時、出資してくれる「資産家」と
4. 自分の人間性や能力を評価し、成功へと導いてくれる「後見人」を、それぞれ一生モノとして本音で付き合っていく

●経営者は経営のさまざま問題に対処し、意思決定をして、それを部下に伝えて、成果に結びつける役割。役員会やCEOによる重要課題の決定は、長期と短期、戦略と戦術を分けて考える。またなかなか解決できない問題、正解のない問題に答えを出す役目なので、常に正面から失敗の恐怖と向き合わねばならない。短期視点は便利で耳に心地よく、長期視点での根本問題解決策は耳に痛く避けたくなり、議論するほど利害関係者の意見のすり合わせに時間がかかる。役員会の議論が噛み合ない場合は、社長が独断で進むべき方向を決断し、皆んなが同じ方向に進むようにする。成功も失敗も時の運。成功すればそれに越したことはなく、失敗しても新たな視点ができて次に勝つために役立つ。「正しい判断」

は後から解ってくるので、失敗と反省を繰り返しながら前進する。
●経営者やCEOは会社が存在し続けるために、未来を見通して最終的に勝利する相手と組まないと敗れてしまう。社長は表に立つ孤独な人、自分を裏で支えてくれる対照的な性格の専務を見つけ一体化して経営に当たる。追いつめられて修羅場で人生経験の異なる新しい友人との出会いが、顔と顔との人脈をつくる。市場を大局的に戦略と戦術を分け、経営者は戦略をみて、個々の戦術は各部署のリーダーに任せ、部下の決断と実行する。しばらく放っておけば結果が出るから、その方向性が正しければそれを将来の経営に役立てる。
★社長の一言が生産性を高め、頑張ったものが報われる会社組織を作り、運営の判断力や決断力がものをいう。

「社長」は事業リスクに挑戦し「最終責任を背負う人」

●会社存在の妥当性を証明するのは「利益」。会社や市場全体、国や世界経済など世の中の動き全体の大局的視点を忘れず小事もおろそかにしない。視野をグローバルに見て、差異を理解し、自分が立つ会社と株主の利益を優先する。中小企業の業績の90%は社長の才覚と創意工夫やアイデアによるので、社長の能力の限界が会社繁栄の限界。好況期にも不況期にも強い体質にするため、経営者は日々進化する社会において、常に発展を阻害している問題点を発見し解決する役割。現場は最大の教材、自分の足でくまなく回って自分の部下や顧客の動機・動向を再確認する。経営者は現場が見えなくなったら失格、各部門・

分野の必要な情報を集めて顧客ニーズを集約し、その中から改善点と新規事業のタネを掴み取る。街角で耳にする金儲け情報は違法な詐欺まがいが多い。テレビや雑誌など一般大衆向けの情報は、役立つものを選択しメモやファイルにして整理する。信頼できる取引銀行の営業マンや証券マンから、有益な裏情報を探り出す。社内外にアンテナを張り巡して手元一カ所に集め、大局的に時代の大きな変化を察知して、収益につながる事業を取り込む。大抵の勝負は気合いで決まるので一瞬のチャンスも逃さない。

●人間として一番面白い仕事は人を使いこなす仕事。社長は神仏を信じる以上に人間を信じること。以心伝心で通じる経営幹部を増やし、社員が育つ環境をつくってみんなで達成するチームワークを大切にする。会議においてそれぞれの我田引水の議論が沸騰する中で、経営者には「わからない」ことは「わからない」とする勇気が必要。人使いの上手な名社長は楽天主義で、石橋を叩きながらまず動く。そうしないと次に繋がる何かが生まれない。答えのない問題に挑戦する人で、わからなくても「やってみなはれ」と、厚みのある人間になってこそ会社の業績も伸びる。トップは決断できる人間で、間違ってもいいから進むべき方向性を決断し、一旦こう！　と決めた方針は容易に曲げない信念をもって、皆が同じ方向に行くよう努力する。そこに一国一城の主であり続ける経営者の人間学がある。

●社長の持つべき性格は親分肌。偉い人とはとにかく辛い人で、辛さが嫌で社長職はつとまらない。自他を区別せず、意見が違う者に対してもよき協力者になり相談役になって受容し、最後はあるがままの状態にして安定させる。同僚でも喜びと悲しみを共有して絆を結び、天下国家のことともなればライバルとでも協力仕合う度量を持つ。人間的で包容力があり細かいことを言わず小細工をしない。ムカつくことがあっても何が正しいかを考え、自分の感情をコントロールして冷静に判断。常に理想と現実の仲だちをしながら、社内外で困っている問題を見つけ、それを解決するために生命をかける。

●企業経営は技術でなく心にある。社長は自分の信条とする心を相手に伝えて感応させること。それにはまず会社内で誰よりも優れた統率力も指導力と、高い情熱をもって自ら燃え上がること。自分の情熱が部下に感応するまで強烈に燃え、共にねばり強く燃え続けることが必要。ねばり強く燃え続けるには愛情と忍耐力が必要。社長となる最大の資質は忍耐力にある。忍耐できる経営者は、欲しいものを手に入れられる。他人からの批判はアイデアの源泉で、謙虚に受け止める。忍耐力は経営を支える資本であり、商機を掴むために1年耐え、2年耐え、5年耐えながら希望をもち続け、最終的に大局的な所で成功を勝ちを取る。不運と不幸は自分を強靭にするいい機会。社長も、左遷・大病・借金・脱税・倒産などの試練に遭い、退路を断ち修羅場を乗り越えた経営者ほど大物になれる。

★心身共に成熟した社長は、一人前の人間として豊かで心が広く、いつも笑顔で気持ちよく、余裕をもって生きられる。

後継者を「選び」「育て」「引き渡す時期」を見極める

●「事業は人なり」経営とは人を育て、人を動かして事業を大きくする仕事。社長は周囲に自分より優秀な部下を何人もっているかで、その事業規模が決まる。経営を一言でいうならば現在いる人材を大切に育て、何を誰にさせるかに尽きる。「水は低きに流れ、人は高きに集まる」。たとえ社長が部下より仕事能力が劣っていても、人格が高潔で人徳があれば人は集まるもの。人材を集めるのに苦労しているのは何が原因かチェックしてみる。社長自身が己を研いて魅力を高めて人材を集め、人を育てる体制を整え、企業の更なる繁栄の基礎づくりをする。

●社長としての重責を果たせるのは65歳まで。現役社長が会社に残す最大の仕事は、能力ある後継者を育て、適切な時期に経営を引き渡して席を譲ること。現在の事業を誰に受け継がせるか決める。「財を遺すは下、事業を遺すは中、人を遺すは上なり」、本物の経営者は自分の財産を持って事業を行い、その経験と知識に立脚し実践しながら自分で育ってくるものなので、後継者教育に王道はない。もちろん経営の原理・原則を学ぶことは大切だが、それを実務経験に生かして経営感覚を身に付けることが大事。難しい局面にある部門を、誰もやらないことをやって立て直したり、軌道に乗せたりした体験を得なければ、本当の経営感覚や実践能力は身につかない。いつまでも後継者不在の経営者や、後継者選びに失敗した経営者はいくら立派な業績を残しても一流とはいえない。

●特に同族のわが子を後継者に育てるのは、創業者にとって命を懸けた大事業。お家安泰のために、血縁による男子二代目相続や嫡子による継承は、企業幹部の合意を得やすい方法ではある。人は老い死はまぬがれず不老不死は可能だが、企業は若返ることができる。

民主的に選ばれる大企業の後継者は6年間隔の順送りなのに対し、世襲型は一気に25～30年も若返り出来るので、組織活性化において効果がある。日本は企業の世襲が許される社会で、創業者が築きあげた会社経営の実権を他人に渡さず、二代目に希望を託すことができる。二代目は次なる企業活力の源泉となるのだから、万一を考え創業者と一緒に飛行機に乗らないぐらいの配慮をする。

●子どもを二代目経営者とする場合、創業者は自分が構築した勤勉型・実践型の経営哲学をきちんと教え伝えるとともに、「帝王学」の原則をきびしく習慣付けないと、二世経営者は長続きしない。初代創業者は、人一倍努力し苦労して自分の力で会社をつくった人。貧乏で物のない創業時代を過ごし、今日を築き上げた頑張り屋だから、独断専行のワンマン型が多い。二代目は生まれた頃は貧窮状態でも、会社の成長後は生活も良くなって苦労知らず。どこの二代目も性格の良いボンボン型でビジョンなしでケチか浪費家。親の七光りで度胸がないと批判されるが、それも必然だから仕方がない。初代がきちんと基礎を築いたのだから、二代目に強烈な個性はいらない。会社での「地位が人をつくり、人が地位をつくる」から、地位を引き継いで何年か経験を積み重ねると、自然にそれなりの能力が身に付いてくるので忍耐を持って見守る。

★経営者や政治家の場合、仕事の引き際は早過ぎても、遅過ぎてもよくない。後継者が育てばいさぎよく後進に道を譲る潮時を見誤らないこと。

定年「退職後の生活設計」と「老後資金の準備」

●50歳になると、その会社での自分の最後の姿が明確になってくる。一旦立ち止まってゴールを見据え、良くも悪くも自分はこの会社では「ここまで」と決心したら、会社にしがみつかず、地位や肩書きに拘らない。日本企業は一旦会社役員コースから外れると、左遷や出向になって先が無くなる。欧米のように出世街道から外れても能力やスキルがあれば、外部から役員や社長で招聘されることはない。もはや専門性を磨いても出世できないし収入も増えないから、自分の立ち位置を考えて活躍の場を「やるべきこと」「やらなくてもいいこと」に分けて縮小。大方の仕事は後輩に席を譲り、現役からコーチに変わる。会社と距離感をとって100点主義をやめ、半分は会社の仕事、後の半分は「定年後の生活」の計画と準備に軸足を移しはじめる。現役のうちから自分の好きなスポーツを始めたり、ボランティアを体験して、できるだけ社外の人と付き合い、定年後の仕事など自分を持っていく場を定め、会社に厄介払いされないうちに無事現役を終える。

●50代前半はサラリーマン家庭の経済は、平均月収は60万円と稼ぎのピーク。55歳になると、役職定年になり平社員に戻って収入は70％程度に、子会社に行くと60％程度に下がり、60代で月収40万円、65歳以上になると35万円と減少。60歳は社員定年、70歳は役員定年となって会社人生はいよいよ終盤に。家庭生活でも子どもが社会人となって教育費が無くなり、結婚して家庭を持つと親としての役目は無事完了して次のステップに移行。この時期から定年まで十数年は貯め時。夫は本業に影響が出ない範囲で、副業や兼業をはじめて老後資金を蓄える。社内で波風を立てないよう会社仕事をないがしろにしせず、同僚や上司とうまくやる。妻はすべて子どもから手が離れたら専業主婦から脱皮し、そのエネルギーを老後生活の資金獲得に活用すれば、月８万円のパートでも20年なら２０００万円になる。

●この時期まだ思春期に入った子どもの躾や、進路選択・大学受験、進学・就職し自立して巣立つまで10年間、学校のＰＴＡや地域の市民活動の責任分担など、夫婦で真剣に検討する問題が山積。「夫」は会社で左遷や濁流に身をおき、自分の病気など波乱万丈、老化する身体の健康に必要なスポーツや、料理など家庭生活に役立つ習い事、再就職に必要な知識や技能を身につける。大型家電を新型に買い替えたり、壊れた家具を修理したりする。建物は老功化するので部屋のクロス張り替えや、配管や水回りの点検、外壁の塗り直しや屋根の葺き替えなどのメンテナンスも必要になって、大きな出費が次々と生まれる。「妻」は食費の贅沢をストップして財布のヒモを引き締め、収支のバランスをとる。「生命保険」は卒業し、「住宅ローン」の返済は、期間中に何が起こるか解らないから60歳定年までに完済。他の借金も定年後まで持ち越さない。

●夫婦互いの両親の病気や介護・看取りが現実のものとなって、人生の交代劇が起こる時期。親の介護や家の祭祀を引き継ぎ、両親とこれまでのわだかまりを解消し、自分らの老後生活の次の次にして、親の介護はできるだけ希望を叶えるよう努力する。核家族化の行き着いた先は「一代限りで解散」、今は親の老後は自己責任だから、親も子や孫に家や財産を残す必要はない。公的年金や介護保険制度があるので、親だけで自立した生活ができるか？　自分たちで面倒を見るか？　高齢者介護施設に入ってもらうか？　検討する。また自分ら夫婦の老後は、何処で？　どのような生活を送りたいか？　介護が必要になったら誰に？　どのようにしてもらいたいか？　子どもたちとよく話し合って決め、万一に備えて遺言書に記して毎年初に再検討する。

★たまには子ども家族と親子三代で一緒に旅行をしながら、元気あるうちに楽しい思い出を共有しておく。

「年金の額」＆「退職金の額」の見通しチェック

●近づいてくる定年と定年後を見すえ、そろそろ夫婦で老後生活の準備。これまで蓄えた老後資金と退職金・公的年金を合わせ、具体的な暮らし方を話し合う。１００年人生の長寿社会とは言うものの、自分が幾つまで生きるか解らないし、若し長生きすれば老後資金が減少して老後破綻のリスクが高まる。そんな漠然とした不安を解消するために、定年５年前になれば自分の受け取れる退職金の額を調べたり、夫婦で年金は月どれくらい貰えるかをネンキンネットで調べ、受給額合計を算定して自分の老後生活を設計する。日本では60歳以前の定年は法律で禁止、60歳定年の企業の90％、定年のない会社は３％ある。定年日は「本人の60歳誕生日」と「会社の年度末」の２つに分かれる。「退職金」は中小企業・高卒で約１０００万円程度。公務員・大企業で大卒は約２０００万円が目安。退職金は①一時金か、②企業年金か、③両方で支給される。年金制度は１階が国民年金、２階が公的年金、3階が企業年金の3階建てになっている。

●「国民年金」は、退職金も公的年金もない専業主婦や自営業者が対象。40年間かけ続けて月7万円程度の年金では老後生活の見通しは暗い。そこで別途個人で加入し老後資金の不足分を補う「積立方式の年金制度」がある。勤労期間中に月1000円から7万円まで払い込み、その資金を本人が預金・保険・投資信託で自己責任で運用実績に応じて60歳以降引退後に受け取る。この制度の特色は会社の都合に左右されず、受け取る年金を増やせる。さらに①掛金を納める時その分が所得控除され、②投資で得た利益の20％の税金が免除され、③受け取る時公的年金など控除されるのがメリット。さらに株式投資では「積立NISA」は、年間40万円まで、20年目まで800万円まで元本の「配当金の非課税制度」もある。

●「公的年金」は、国民が老後の生活資金で困らないよう、勤労者が勤労期間中の所得の一部を保険料として徴収し、それを引退後に年金として支払う国の制度。年金額は40年間かけ続けて年約260万円ほど。受給開始年齢は65歳から21・8万円、死亡するまで、終身支給される。60歳からに5年間繰り上げと、その分減額されて75歳以後損になる。70歳からに繰り下げると月33・1万円と1・5倍に増える「男性」は平均寿命81歳でトントン、それより早く死ぬと損をする。「女性」は長生きするので70歳に先送りして年金額を増やす方が得策。

●「企業年金」は、その企業・業界で受給する独自制度。企業によってまちまちだが、大企業の年金額は年60万円程度で、支給期間は約10年間ほど。

(1)会社の継続雇用に応じて働く

●これからは65歳が定年で70歳まで雇用義務で働く時代。できれば生涯現役で、厄介払いされないうちに現役を終えて、ピンピンコロリと人生を締めくくる。定年の現状は60歳でも政府は企業に65歳まで継続雇用を義務付けているが、継続可能な会社は30%（希望者全員働けるのは10%程度）。会社の雇用延長に応じて再就職すれば、給料はこれまでの50～60%程度。残業なし、昇給なしの嘱託社員や非正社員扱いで、現場の体力仕事に回される。雇用契約は1年ごとの見直しとされ65歳まで続くのは20%程度。役職者や特技を持つ専門家は65歳以後も雇用延長が可能。

(2)独立し起業して経営者になる

●人生に一度は誰にも拘束されず、経営者になって自由に会社を動かし、定年を気にせず生涯現役で働きたいと思うなら独立を考える。定年になっていきなり起業しても成功は難しいから事前の準備と予習が必要。50代後半の現役のうちに、退職後に自分のやりたい仕事を明確にし、候補地を見つけ、会社を有効利用して社外の事業者と付き合い、経営の成功や失敗談などの裏情報を集める。社外のイベントに出かけて人脈を作り、副業をして必要な資金づくりをしておく。

★人生は１００歳時代の退職後40年の老後生活は長い。できるだけ元気なうちは働いて年金だけの生活を先延ばしする。

体力の限界を見すえて「日常生活」を変える

●男女とも50歳を過ぎると老いの兆候が現れはじめる。頭には白髪が交じり、入れ歯や老眼鏡が必要になり、全身が収縮して体重が減り、体調が変化して1つ2つと持病を抱え込む。男性はこれまでのビジネス人生で残業を重ね、寝る間を惜しんで働き続けてきた。長年の運動不足や暴飲暴食の結果として、肥満や高血圧・心臓病・糖尿病などの生活習慣病にかかり、睡眠・入浴・用便中に発作を起こして突然死の危機。心筋梗塞は55歳がピーク、何といっても一家の大国柱である男親は健康が一番の資産。自殺は年間2万人で、50代が最多、1番の原因は健康問題。自営業者も肝心なところで体力切れしないよう定期的に健康診断を受け、早期発見・早期治療に心を配り健康維持に努めること。

●男性は、日常のすべてを生活の基本形に戻す。まず日頃から塩分・糖分・動物性脂肪を摂り過ぎないよう食生活を見直す。酒やタバコも自己規制。睡眠は自然に近い形で、夜は早く寝て朝は早く起きて、規則正しい生活を繰り返す。腕の筋力が落ちないようゴルフ・弓道・射撃などのスポーツを続けて、精神力と集中力を維持。足が衰えると老化を早めるので朝夕の散歩や、階段を上り下りして足の運動を兼ねる。料理やクラフトなど手を使う趣味活動で脳を活性化させるなど、若さを保つ機会を自分で作る。義理を欠いても宴会での飲食などの付き合いの範囲を絞って肥大した人間関係を整理する。50歳後半から退職後に熱中できる趣味を持たないと、燃えつき症候群に身心ともにおじさん臭くなってしまう。

●女性は、50歳前後になると母親としての役割から、定年退職して人生の転機を迎える。

これまで子作り子育て優先し、自分の性の欲求を後回しにしてきたセックスを楽しめる。とはいえ閉経期になる女性ホルモンが低下し、顔つきや体つきまで中性的になる。性器が萎縮して排尿が真っ直ぐ飛ばなくなったり、性交に痛みが走ったりする。突然疲れが出て五十肩やギックリ腰になったり、それに冷えやのぼせイライラなど更年期障害と重なると「うつ病」になる。体操で肩こりや腰痛に配慮して、十分に睡眠をとり規則正しい生活をする。子どもや夫から家庭から離れてひと区切り。生活のために働くパートも終わって自由時間ができて行動的になれる。健康長寿ためにスポーツや趣味活動をはじめ、これまでの生活慣習や行動スタイルを見直す。中年期には両親の介護問題や自分の老後問題。その外に子どもの引きこもりやリストラ・離婚など想定外の問題が続発する。子どもたちが結婚し家を出て母親の天命を果たし、ホッとしたとたん孤独に耐えられず「空の巣症候群」になり、それが引き金になっての自殺も起きやすい。

★還暦前の50代後半は、同窓会が多くなる時期。高校や大学時代の仲間に会って級友の現状やこれまでの仕事の成果を聞けば自分の立ち位置が分かる。健康や病気の不安や悩みなど本音で話し合うと、昔の記憶がよみがえって脳も活性化できる。

夫婦ともに「生活力を付け直し」老後に備える

●50歳以上になっても結婚していない人を「生涯独身者」と言う。今は男性は4人に1人、女性は7人に1人と増えている。彼らは人生後半の50年も1人で生き、1人で老いて1人で死ぬ覚悟を持って生きている。一方、結婚して二人になり、子どもが生まれて50代になり子育てがすめば、夫婦の親密さの中身が変わる。人生前半は終わるとまた夫婦二人の生活に戻る。仲の良い夫婦でもどちらが亡くなれば元の一人暮らしになる。適度の距離感を持ち、互いに「自分のことは自分でする」ことを前提に依存度を減らす努力をする。男性も老後他者の負担にならないよう日頃から掃除・洗濯・料理に慣れ、何時でも自分一人で生活できる力を身につけておく。孤独上手は中年期から一人になっても孤独に耐え、他人の介護をあてにせず、老いる不安や死の恐怖を克服して生きていける力をつけておく。

●女性は更年期を過ぎると、夫を恋情の対象と見なくなる。男女の駆け引きもなくなり、世の中の酸いも甘いも分かり内面が豊かになり、他の異性ともオープンな付き合いができるようになる。反面、夫婦とも自信過剰でかたくなになり、老後資金の貯め方や借り方使い方の意識のずれが生じる。この時期、定年離婚にもなる可能性もあるので、夫婦関係も自然に任せているだけではうまくいかない。定年後の生活を話し合って互いの在り方を確認し、状況に合わせて具体的に改善点をあげ、方針を決めて二人の絆を強化して、家計の運営を共同経営者という立場で連帯感を高めていく。

●親世代の高度経済成長期は不動産が値上がりし、退職金があったし金利も高かった。今の子ども世代の勤労者の40%が非正規社員で、平均年収は250万円程度。退職金や厚生年金がないから親の面倒を見る力はない。親子は精神的な面では頼り合っても経済的な面では一線を画し、親は一人になっても子どもに頼らず、子どもも親をあてにしない老後生活をルールにして守る。両親が元気なうちは適当な距離を保ち、一人暮らしになれば病気や事故を起こしたり悪質商法に掛からないよう、親の見回りは近所の人に依頼し、自分の連絡先メモを渡しておく。

★老いが始まり、突然に病気になって健康であることのありがたさや、配偶者や子どもとの関係の大切さがわかってくる。

第10章　熟年期を生きる

10－1／60代を生きる智慧

組織や集団を離れて「一人歩きの人生」スタート

●今頃の60歳はかつて老人の、ケチでヨボヨボといったイメージなど全くない。定年退職しても医療・年金・介護制度が整っているから、体力も気力も充実し若者のような好奇心や柔軟性を持っていて老化年齢は10年ほど若返った。60歳になった男性の平均余命は85歳、女性は90歳で、退職後の自由時間はこれまで働いた時間を超え、その上これまで職場で積み重ねてきた経験と知識と、それなりの資産もあって何でも出来そう。

●定年退職後の第二の人生は、これまでの常識や習慣・プライドから解放され、背負ってきた義務や責任はすべてリセット。自分個人の人生に目覚め、生活のあり方を根本から見直す時。もはや上下関係はなく集団仲間と出世競争をする必要はない。頭の良し悪しや学歴・会社での役職や年収など、他人の評価に思い悩むこともなくヨコ一線。自分を縛るものから解放されて一人歩き。毎日が日曜日で「何でもできるけど、何もしなくてもいい」自由を獲得する。家事を支えてきた女性も、更年期を過ぎて生殖活動なし。もはや美貌格

	〈第一の人生〉	〈第二の人生〉
1. 仕事は	あり	なし
2. 時間は	多忙	ひま
3. 肩書は	有用	無用
4. 評価は	他者による	自分による
5. 結果は	収入、地位、権限が増える	無関係
6. 人間関係は	タテ社会	ヨコ社会
7. 生き方は	集団、仲間	一人歩き

差を気にする必要がなく、自分の暮らし方に規律を課さなくていいし、外から課せられることは何もない。

●定年後で始まった第二の人生は、第一の人生の目標達成型と異なり、イヤなことはやらなくて済む自由な生活。これまで学校や職場で60年と歳を重ねて蓄えた、知識や経験が豊かで分別・見識に優れ、にじみ出る滋味や妙味に苦みが入り交じって人間味にあふれている。これからは金を稼ぐための学問でなく生きがいを得るため。仕事にも自分の特技や趣味を生かして自分なりの生き方ができる。他人に迷惑をかけなければ自分の思い通り、自分の生き方や活躍の仕方、住む場所、楽しみ方などにおいて選択肢が広がる。かつての夢や理想を思い出し、原点に立ち戻って再スタート。夫婦揃って地域社会に溶け込み、さらなる希望を持って自由で創造的な生き方ができる、職業人生の放課後こそが本番。

●定年退職後の人生は「余生ではない」。ムレを離れ、これまでの自分とは違う「もう一人の自分」を見つけ、自分の人生の主導権を握って自分のやりたいこをやる。過去を流し去りこれまでの「べき」やこれまでの常識を手放して身軽になり、好奇心と遊び心を持って今までとは無縁のやってみたかったことに挑戦。人生で最もいきいきと輝いて生きることができる。

★今さらでなく「これから！」「今日から！」「今から！」どう生きるか。自分らしい仕事や趣味・道楽のために時間やお金を使い、人生の締め括りにふさわしい生活を実現できる。

「職場社会」から「地域社会」へ第3次社会化の時期

●定年になると生活の場は、職場社会から地域社会へ移行して「第3次社会化」の時期。これまでの職場社会では、会社がその日その日の仕事を次々と用意して、生涯のキャリアの面倒まで見てくれた。出勤すれば全員一斉に仕事を始めて、昼になれば仲間と一緒に食事し、社員の運動会や旅行もあった。会社では同僚や取引先以外に人間関係を持たず、会社を通して社会と間接的につながるだけ。入社以来ずっと会社組織の型にはまって「仕事一筋」。40年間も会社員で過ごした男性が、突然地域社会の中に放り出されると、1ヶ月ほどは開放感を感じても、なかなか仲間が見つからず1人ぼっちになって孤立する。毎日何もやる事がなく居場所を失って、近くの喫茶店や書店・図書館でヒマつぶし。半年ぐらいでかつてのイキイキした姿が消えて、家庭や地域中心の生活に溶け込むのに、少なくとも3年はかかる。

●男性の60歳、定年退職後の生き方は、「会社人生」から「自走人生」に変わり人生最大の分岐点に立つ。人生の選択肢は一気に多様化、仕事とプライベートの境界が無くなって選択性と柔軟性が高まる。退職したその日から自分の力で人間関係も作り直し、地域の人々とつながって社会と直接結びつき、それぞれが他人とは異なる道を選んで独自の人生を歩み始める。地域と家族に戻って自立した生活をし始めると、①お金の使い方、②日々の過ごし方、③心身の健康法、④終いの住居問題、⑤地域との関わり、⑥新しい仲間との出会いなど、生活のすべてがガラリと変わる。

1. その会社の継続雇用に応じて働く
2. 地元の会社に、同じ仕事で再就職する
3. 新しい知識・技術・資格を習得して別の道を歩む
4. 好きな仕事で独立起業し、生涯現役をめざす
5. 自由気ままにスポーツや趣味活動を楽しむ
6. ボランティア活動で地域社会に貢献する
7. 完全に仕事から離れ、悠々自適の年金生活を楽しむ

●夫婦共働きだった女性たちも、定年退職すれば仕事に代わる何かが求められるが、元々女性は主婦として住んでいる地域に基盤があるから生活力ばつぐん。子育てや趣味など世間話のできるおしゃべり仲間を持っているので孤立化することはない。これまでは子どもと夫を通してしか社会と繋がっていなかった主婦も、夫の定年退職と子どもの巣立ちで家事から解放され、働きに出たりして心を外に向けた生活がはじまる。男性も女性も第二の

人生の生き方を明確にして、生活の質を追求し花をさかせる。地元の企業に再就職したり、自治会や地域ボランティア活動に参加したり、近隣の仲間とともにスポーツや趣味活動をして人間関係を作り直して生きる価値を見つけ、地域社会の新しい生活文化創造の担い手となる。

★会社役員はさらに70歳までの10年間、企業ＣＥＯや会長・相談役、政治家は委員長や理事長として、業界や天下国家を支えるために働き続ける。

退職後の生活費はこれまでの「60％にスリム化」

●人生１００年時代へと寿命が延びた分だけの、資金を増やさなければ老後生活が破綻する。生活の安定をはかるには、①生活費を節約して支出を少なくし、②蓄えてきた老後資金や退職金の運用を工夫して増やす。③自身もなるべく長く働き続けて収入を得る。同時に退職すればこれまでの生活スタイルを一旦リセット。生活費はとりあえず「最終所得の60％」を目安に節約しスリム化する。とはいうものの、現役時代に出世して贅沢な生活を経験した家庭ほど浪費グセが直らず、生活レベルを下げるのは容易でない。会社人間だった夫がスーパーマーケットで妻の買い物を手伝ったり、自腹を切って飲み代を払うようになって、はじめてお金の価値を実感。金銭の使い方と生き方が一体化し、自分の小遣いを節約して家計の収支バランスを考えるようになる。

●節約はまず住宅・クルマ・保険・教育費の４大固定費を見直す。クルマを1台持つとその年間維持費は、消却費やガソリン代、自動車税・車検費用・修理代・駐車代金など合わせて45万円ほどになるが、それをやめてタクシーにする。退職を機会に中元・歳暮をやめ、親戚付き合いも身軽にする。60~64歳高齢者の入院率は1%、90歳以上でも8%程だから「入院保険」は不用。ガンになっても高額医療制度を使えば10万円程度ですむので、「ガン保険」も不要。死亡後に貰える生命保険は解約するなど工夫して、毎月の生活費を3%節約したら、老後資金を3%で運用したのと同じ効果を発揮する。

●定年になり退職して、今まで手にしたことのない高額の退職金を貰ったら、「返済に勝る投資はない」。先ずはクルマや住宅ローンを繰り上げ返済し、後は銀行の定期預金にして1年間は手を付けない。銀行や証券会社のお金を殖やすうまい話にはくれぐれもご注意。よく解らないままリスクの伴う株式や不動産などに投資して、一度転んだら容易に立ち直れない。リスクのある投資信託や株式投資先は、当分はじっくり値動きを見ながら静観する。

★退職すれば会社組織の後ろ盾が無くなる。これまで会社の経理担当がやってくれていた、毎年の所得税申告や市民税の申告や納付、健康保険や介護保険・生命保険・医療保険などの手続き一切は自分でやらねばならない。年金は地域の社会保険事務所で、退職金の税金や毎年所得の確定申告は税務署へ行って指導を受けて自分でする。

老後生活は「年金」プラス「8万円」で安定

●人生100年時代は、退職後の人生も長期化。60歳まで生きた人の4人に1人は95歳まで生きる。寿命が延びた分だけ老後資金を増やさねば、年金だけでは老後生活が破綻する。老後収入の柱である公的年金の給付年齢や水準が下がりはじめ、公助の限界が見えてきた。公的年金は22万円でも手取りは19万円前後、生活費は夫婦2人で月27万円ほど、だから毎月8万円程不足。普通に暮らしたら20年で2000万円の赤字。それを補う老後預金の残高が毎月徐々に減っていくだけでは心許ない。定年は会社が決めても、定年退職してすぐ現役をやめる必要はない。長い老後を年金だけに頼らず下流老人や老後破産にならないよう、退職時期は自分で決めればよい。家で時間を持て余すより70代・80代まで残存能力を生かして働けば、朝夕の通勤に足腰を鍛えられるし、社会からの孤立を防ぐ効果もある。

●定年後の「職業人の第3ステージ」は、不足する月8万円程度を目標に、体力・気力の衰えに合わせて3年ごと働き方を見直しながら、ムリのない程度でもう一度働く。肉体的にきつい仕事は避け、安くてもやめない・休まないで、元気なうちは働いて老後資金の取り崩しを先延ばしする。長寿社会の60代夫婦は人生最後の貯め時で、共働きが当たり前。仕事からの引退年齢を1年伸ばせば、老後資金を貯める期間が1年長くなり、使う期間が1年短くなるので効果は2倍で、老後生活不安も一気に解消する。政府も70歳まで働けるように、①定年を無くす、②定年を伸ばす、③定年後に再雇用する、④他の会社に再就職できるよう支援する、⑤独立して稼げるよう支援する。⑥起業を支援する。⑦ボランティア活動を支援するなど、法律を改めて会社に努力を促している。

(1) 60歳定年になれば会社の継続雇用で働く

●60歳定年後、会社継続雇用に応じて働く場合、嘱託・契約社員・パート・アルバイトなど非正社員になる。これまでと同じ仕事でも給料や責任の重さは大幅に低下。それでも蓄積した知識・技能・人脈を活かし、後輩のメンターやコーチ・サポーター役を務めるのも出世と考え使命感をもって働く。

(2) 65歳以後別会社に再就職して働く

●65歳で継続雇用が終了し、一旦会社をやめて再スタートする場合は、正社員やフルタイムにこだわらず、ネットやハローワークで求職し何でもチャレンジする。定年後までイヤな仕事をする必要はないが、ブランクが長くなると現役時代に培った能力やスキルの評価が低くなり、雇用年齢の壁にもぶつかるので、在職時代から会社の先輩や上司、取引先のコネを利用して再就職先を見つけておく。求人が多いのは清掃員や工事現場の交通誘導員・駐車場の管理人、介護・マンション夜間警備員・コンビニやファミレスへの派遣労働など。何か未体験の仕事に飛び込んで気分一新したいなら思い切って転換。庭の手入れ・芝刈りの技術を習い造園や庭園の資格を取得し、シルバー人材センターに登録しておけば、1～2日単位で仕事はある。定年退職後も転々と転職が多いと本人はストレスが溜まるし、採用する会社も嫌うので2回までに止める。

●ベテランの営業マンや長年培った特技を持つ専門家・管理者なら、内外の企業からヘッドハンティングされる。過去の経験とスキルを活用できるパートタイムで働く。再就職において高望みしなければ、フリーか半フリー出勤で月収は15～20万円程度。中小企業なら拘束時間1～2時間単位、週2日の嘱託社員で自由に働き、複数の仕事先をもって収入を増やすこともできる。半日ずつ週5日働くより丸1日週3日働く方が効率がいい。ITの特殊技能を持つ専門家ならパソコンやネットを使った在宅勤務で、自由に柔軟な働き方ができるので、仕事と生活のバランスも取りやすい。

(3) 独立起業して生涯働く

●定年退職したのだから肩の力を抜いて、パン屋・ソバ屋・リフォーム店・古本屋など、儲からなくても損をしない程度で開業する。今は地方都市ほど後継者不足の状態、老舗や優良会社が経営ノウハウ付きで３００万円程度で売りに出ているから、それを継承する手もある。あるいは自分が40年間働いて結実した技術・経験を活かし、現役時代の仲間を集めて自分で自分の職場を生み出す方法も。高齢者の起業は１００万円程度の資本金で、小さなビジネスを起こす程度で始め、自分の老後資金や退職金を持ち出したり、他人の金や銀行借り入れはしない。

★今の時代は、働かない老後から働く老後へ移行。65～69歳男性の就業率はすでに52％、女性は32％。生活費の70％は公的年金と恩給で、20％が労働収入で賄っている。

軽いスポーツで「体と脳の健康長寿」をめざす道

●100年人生の時代は、老後の資金や住まいも大事だが、健康な老後こそが良い老後。体の健康と脳の健康を持続することが最も大事。一時でも健康を失えば、経済面などの負担は甚大。でも、生涯健康なら医療費や介護費など老後資金は大幅に節約できる。人間は誰でも加齢によって、体力も気力も劣化していく。身体の老化は50代から、老衰は60代から始まる。自分の老いを受け入れながらも要介護にならないよう、「老いっぱなし」にしない。体や脳の健康を維持するために、自分の心身の手入れに時間とお金をかけて、体調を整えて自立した生活を保持する。

●世の中は長寿社会でも、誰もが当たり前に長生きできるワケでない。退職すればその日から自由時間がいっぱい。年金や老後資金があるからと、毎日テレビばかり見ていると緊張感がなくなり、体のねばり強さや力強さが失われる。やがて肥満になって虚血性の心疾患や脳血管障害・高血圧・高脂血症・糖尿病になり、呼吸循環系機能が低下して胃潰瘍やノイローゼになったりする。老人にとって理想の生き方は、長寿より老齢期の生きている間の生活の質にある。認知症や寝たきりになって長生きしても、生活の質が低下すれば長寿に値しない。健康長寿を実現したいなら、将来医療に回すお金を、健康に対する知識の習得や、日常食事の栄養改善に投資する。まずバランスのとれた食生活を心がける。食事は1日3回の時間を厳守し、腹八分にして食べ過ぎない。塩分・砂糖・脂肪・アルコールを控え、適度な運動をして必要な休養をとり気分転換をはかる。年齢にふさわしい睡眠・

軽い運動・趣味をバランスよく取り込み、生活のリズムを守って自立し自活できる体力を保持し続ける。

●健康長寿を維持しつつ、ある日突然ピンピン・コロリと大往生するのが理想でも、コロリと死ぬには努力が必要。なるべく車に乗らないで歩く習慣をつけて足の筋肉を鍛える。高齢者に必要な脚力は余裕をもって4㎞ぐらいは歩ける「ねばり強さ」と、30段ぐらいの階段をしっかりした足取りで上がれる「脚の筋力」と、とっさに身をかわせる「瞬発力」を持続する。人間は垂直2足歩行するので、血液の3分の2は下半身に溜まる。歩けば足に溜まった血液を心臓に戻すポンプ効果があるので「足は第二の心臓」と言われるほど。人間にとって最も基本的な運動は歩くこと。1日30分歩くだけでも脳はイキイキ活性化する。一人でもでき、費用もかからず、競争相手もいらない。

●スポーツで若さと健康を保ち老年病を予防して、単なる長生きの長命ではなく、生涯を通して健康と長寿の両立をめざす。身心ともに調和がとれ、死ぬ直前までやりがいや生きがいを得られるよう運動する。スポーツには、①治療の一環として体力づくり効果、②レクリエーションの一つとして気ばらし効果、③社交のための仲間づくり効果がある。老いても自分の年齢・体力・好みに合わせて週2～3回、30分～1時間は運動をする習慣をつける。60歳になると積極的に体を鍛えるスポーツはあきらめ、体力の衰えを防ぐため心臓や肺に負担をかけない単純なスポーツを選ぶ。体操・水泳・筋力ストレッチには高血圧を下げる効果がある。勝負にこだわり相手の弱みばかり突くテニスや、勝ち負けをチームで競うゲートボールより、個人プレイのグランドゴルフの方が気楽に楽しめると人気。
★前期高齢者は定期的に健康診断をして、早期に病気を見つければ、治療費も安くすみ再発予防にもなる。

「好きな趣味活動」でぞんぶんに「好奇心」を発揮

●定年退職すれば、時間的に金銭的にもゆとりができる。自分の好きなことを好きなだけやれるので家庭や地域で趣味を楽しむ場を確保する。60歳にしてゼロから始めた趣味活動は続かないので、自分の年相応に好きなことを見つけて手習いを始めると、その道を極めようと執着し好奇心と集中力を発揮すると能力も上がり孤独にも耐えられる。どんなに好きな趣味でも毎日続けると飽きてくるので、60代はメインとサブの2つ以上。70代・80代にもなれば体力・気力に合わせて1つに絞り込む。年齢・男女・上下関係を超えた仲間が定期的に集まって、一緒に習い事をしていると損得抜きの付き合いがヨコに広がる。20代・30代の若者と交われば、元気を貰って老け込まず生活に張りができるし、趣味仲間の友人関係は死ぬまで続くので、老いの孤独を忘れさせてくれる。
●元気な老人の趣味活動はスポーツで、ゲートボールやグラウンドゴルフなどが中心。年齢を重ね体力が衰えるにつれて囲碁・将棋、絵画・書道などに移行する。読書は歩けなくなってもできるし、俳句なら寝たきりになっても続けられる。どんなに好きな趣味でも毎日続けると飽きるので、晴れの日と雨の日の両面から、自分の好きなものを2つほど選ぶ。

1. 晴れた日は、屋外での「動の趣味」、スポーツなど仲間と共に楽しめるもの
2. 雨の日は、家の中での「静の趣味」、読書など自分一人でも楽しめるもの

●趣味の一つは、「師匠を必要としないもの」。読書・学問など複数分野の趣味を持っておくと退屈しない。退職後の学問は楽しみの一つで、学ぶ楽しさが第二の人生を成熟させる。何歳からはじめても、脳細胞が活性化して変化に対応し新しい世界が広がる。受験や出世のための若い時の学問は容易に熟達しないが、老後の学問は自由で、学ぶ時間はふんだんにあるので、これまで人生と関係がなかった分野でも、歳をとって学び直すと好奇心が旺盛になりその面白さに引かれてどんどん奥深くなる。人生経験を積んで感動する能力も優れているので、「こんな世界」があったのかと気づく。文学・歴史・心理学など大学のオープンカレッジを受講すれば、納得できるまで追求できる。学び続けていると生死を超越し、死ぬことをも忘れて10年は長生きできる。

●もう一つは、「師匠を必要とするもの」。絵画・書道・短歌・俳句・詩吟などの習い事にはこれまで生きてきた体験がそこに現れる。人間の感性は幼児期に目覚め、青年期・熟年期と幾つになっても成長し続けるので、60歳を過ぎて始めても決して遅くない。絵を描いたり俳句や川柳を作るコツが解ると、それまで見えなかったものが見えてくる。人生経験豊かな高齢者はさまざまな知識と経験を持ち、ものごとの善し悪しが分かり、その味わい方や楽しみ方を知っているから、芸術や美術の本当の良さもわかり成長も早い。若い時の情熱はアテにならないが、熟年者の情熱は本物。長い年月をかけて構築した人格を持って

いて、言行に誤りなく適切に判断できるので長続きする。何事も趣味の範囲にとどめないで、プロ級の腕前になれば作品はネット通販で販売できるし、生徒を募集して教えれば小遣い稼ぎができる。
●趣味の最後は「書くこと」。書くことは最終的な自己表現の手段で、趣味活動の有終の美を飾るのにふさわしい。パソコンを使って気軽に書きグセを付けて新聞や雑誌に投稿。採用されたらわずかでも原稿料を手にできるので嬉しさも倍増。原稿が溜まれば一冊の自分史にまとめることもできる。いつも何かに挑戦し知的好奇心を発揮していると、老いてもなお脳は発達し続ける。今まで見えなかった世界が見えてくると、何時か、何か、意外なことが起きそうな気がして毎日楽しく生きられる。
★高齢者は別居独立した子どもたちに、老人の「老後人生を、楽しく生きる姿」を見せておくことが、老後人生の目標の一つになる。

「ボランティア活動」で地域社会に貢献する

●男性はこれまでは強者が支配する弱肉強食の「タテ社会」で、会社の中の1組織人として会社の利益を追求するために、日々競争や闘争を繰り返しながら生きてきた。定年退職して職場を離れたら、一神教的な個人主義や競争原理に関わらずに、全人格的な生き方を取り戻すことができる。退職すれば会社関係の人脈は切れ、家族以外の接触が無くなるので孤独。自分の仕事で積み重ねた経験や技術を持って、地域ボランティア活動の一員として参加し、そこに生活のすべてを集中すれば社会から孤立せず、十分な生きがいが得られる。過去にさまざまな失敗や人生の挫折も味わって、人の悲しみを理解できるから、人生を達観して心豊かに生きることができる。

●「ボランティア活動」とは、会社より大きい地域社会で、子どもや障害者・高齢者の声に耳を傾け、損得を超えてやさしさと善意を届けてゆく奉仕活動。社会的弱者に私を離れて見返りを求めず、やりたい時にやればいい仕事で、ノルマがなくすべてが自由で拘束がない。肩書きも年齢制限もなく、指示や服従とは違う対等の関係に立つ「ヨコ社会」。地域のために利他を実践して世間との接触を保ちながら、自分も「世の中に貢献している」という実感と達成感が得られる。まさに物欲、色欲、出世欲、名誉欲を捨てた高齢者にふさわしい仕事。若者は体力を、中年は経験を、高齢者は智慧を出し合って活動する。常に世代を超えて若者たちとこうして人間関係ができると、頭も気持ちも若返り年齢に対する固定観念も弱まる。ボランティア活動を世代間の相互理解が促進され、年長者は認知症になりにくく、寿命も延び老人の孤立死も防ぐ効果もある。

●高齢者はもう権力や名声や出世欲に苦しむこともなく、自然にさからわないで心静かに暮らす生活の質が大切。自治会のまとめ役になったり、積極的に地域のボランティア活動に参加して、損得を超越して誰かの役に立つことをしていると、エゴが消滅して生きるのが楽になって、自身の体や心の健康や活力も高まる。日頃から地元に自分が活躍できる場や、自分を必要としてくれる場を持って地域の人々と一緒に働いていると、地元の善意の人々との人脈ができる。いつも社会的弱者を援助する姿勢で生きていれば、困った時に周囲から手が差し伸べられる可能性も高まるので、いざ！　という時に心強い。

★老後生活は「カネ持ちよりヒト持ち」の方がいい。老人にとって豊かな人間関係はいやしの源泉だから、倹約はしても交際費はケチらない。地域のボランティア活動に参加し、共感しながら生身の付き合いをしていると、心やさしい新しい友人ができる。

今のうち「ITの操作能力」を身に付けておく

●60代はまだ頭がしっかりして物覚えもさほど悪くない、今のうちに先端IT技術をマスターしておく最後のチャンス。スマホやコンピュータの操作技術を身につけておく。老後の生活環境はさま変わり、時代に脱落者となって取り残される。専門家の短期講座に出席して受講したり、子どもや孫に教えてもらって、一通りのことはマスターして使いこなせるようにしておく。次々と新技術が組み込まれ、操作が日々複雑になっていくので、解らないことが出来たら放置せず、すぐに聞いて解消しておかないと取り残される。激しく変わる生活環境で生き残るにはそれに合わせて変化と選択が迫られる。次世代の新しい生活環境に適応し、環境に対応できない古い世代は退場を迫られるのが進化の法則だから、もはや自分は現代の記号的な言葉は苦手などと言っていられない。

●先端技術を必要とするIT文化は、変化の激しい大都市より。囲われた地方都市の中で熟成する。これから地方企業も店もキャッシュレス化し省力化して生産性を高めていくので、ＩＴ化・ＡＩ化はさらに一段と進化の速度を速めていく社会では解らないでは済まされない。子や孫に老醜をさらしたくないと思うなら、新たなる努力をして謙虚にそれを受け入れ、させられる前に自分の力でしてみる。年下の友人を作ってスマホやパソコンの使い方などを教わり、強い意志をもって実行。足腰が弱まり、能力も体力気力が低下して今から対応策を取っておけば、子どもにも迷惑をかけることもない。パソコンなどのＩＴ機器は体力・気力の落ち込んだ高齢者の強い味方。やがて介護ロボットを操作するようになると、そのメリットの大きさやありがたさはこれから解る。

1. 突然病気になっても、開発された治療用アプリを使用すれば自宅が病院になる。わざわざ病院に行かなくとも、寝床で自分が記録した検査結果を送信すれば、オンライン診療を受けられる。
2. 一人暮らしでも、解らないことは24時間いつでもネットで検索できる。ユーチューブで講座をチャンネル登録すれば、何回でも無料で受講できる。目が悪くとも本を読まなくてもただ見て聞いているだけで難しい問題も解りやすく教えてくれる。
3. 高齢者が、わざわざクルマや電車に乗って店に行かなくても、オンラインで発注すれば、家にいながら買い物も支払いも簡単できる。
4. 何時でも一人でも、バーチャル旅行やスポーツやゲームなど一人遊びができる。
5. ＬＩＮＥを使用すると電話やメールが無料。家族や友人待ち合わせの時間や場所の打ち合わせの確認や修正も何回でもできる。ＳＮＳを活用して新しい友人を増やすことができる。

★デジタルツールを活用すると、高齢者の脳が活性化して冒険心が生まれて、次々と新しいことに挑戦できるので、マスターするのは今のうち。

夫婦の「関係改善」と「役割分担の見直し」

●定年後の夫婦関係は大きな転換期に入る。まずやるべきは夫婦の「関係の改善」と「役割分担の見直し」。夫婦して子孫を残す共同作業からも解放され、身軽になって自立し、純粋な友達付き合いをしながらの「人生のパートナー」へと移行して、「夫婦共遊び」あるいは「夫婦共働き」時代となる。人生前半の親としての役割が終わり、家庭は「親子のタテ関係」から再び「夫婦のヨコ関係」に戻る。同時にこれまでの「男は仕事、女は家庭」という夫婦の役割分担も終了、二人だけの対等な老後生活がはじまる。夫婦がこれからの老後生活を、互いに同じ方向を見ながら楽しく暮らせるよう、本音で話し合って固めておく。

●現役時代は二人共に忙しく、互いに互いを思いやる心の余裕はかった。定年退職すると夫婦が一緒に過ごす時間が長くなり、夫婦の会話時間が一気に増える。夫婦は他の人間関係に比べて極度に距離が近い。毎日朝から晩まで顔を突き合わせていると、黙っていても関係がギクシャクする。孤独を癒そうと寄りそい近づくと、男のエゴと女のエゴがぶつかり合い、互いにキズつく度合いが増す。このジレンマを避けるには、付かず、離れず、ほどよい距離を保つこと。年をとると別々テンポでの生活を基本にして、相手のテリトリーに立ち入らない。夫婦でも居場所を別にして互いのプライバシーを尊重する。お互いに見つめ過ぎず、求め過ぎず、相手の行動に干渉せず、自分の時間を自由に使えるよう1日5時間以上いっしょに過ごさない。

●長寿社会では夫婦関係も長期化する。互いに不満を抱えストレスの多い夫婦関係は老化を早め、仲のよい夫婦ほど健康長寿の生活習慣が身に付く。共に健康で長生きしたいなら、共通の利益・目的に向かって夫婦の協力・一体化が欠かせない。ところが加齢と共に頑固になり、気が短くなって相手の意見は不快に感じ、感情を抑えられなくなる。自分の短所を直す柔軟性もなくなるので、正しく有りたいとか、立派で有りたいとかムリをしない。互いに相手の欠点を大目にみて、自分にも相手にも完璧を求めない。正しいことを言う時は、相手を傷つけやすいから少し控えめにする。相手を気遣う言葉やねぎらう言葉をかけながら、長所を褒めたり労り合えば自分も元気になれる。二人が睦まじくいるためには、どちらかが愚かになってふざけ面白がり、相手を変えようとせず自分から変わる方が早い。自分と異なる性の本質を知って二人の愛を深め、継続し成長させていく努力を惜しまない。

●男女とも外面の清潔感も曲がり角なので、身だしなみが欠かせない。男の年齢は「気持ち次第」。日常はTシャツやジーンズに切り替え、身の回りをシンプルにして気分を変える。女の年齢は「見かけ次第」。そろそろ花柄や柄物が似合わなくなってくるが化粧の仕方で見かけを変え、女性としての自分に磨きをかけ、くすんだババにならないよう若さを保つ努力する。

●男性の60歳はまだ性交可能でも、男性ホルモンが減りはじめて、そろそろ性的活動をやめる年齢。何となく気分がすぐれず集中力が無くなり、性欲が減退するなどの「熟年期障害」が進行する。性欲を失うと自分は男性であるという意識が消え、異性に対するきらめきが無くなって男女の交わりも藁火のようになる。性別意識のなくなった中性夫婦の幸せは、そっと体に触れて抱きしめ、他愛のない会話で性欲格差を埋め合わせ、長い老後を円満に乗り切る。これまでの駆け引き・取引的な性格の夫婦関係から、友達づきあい中心の成熟した人間関係に。性愛より理解へ友情へと移行して、異性愛や肉親愛といった限定された愛情から、究極の性に到達して純粋な人間愛に至りつく。

★子づくりの夫婦関係を卒業すれば、お互いに相手の愛情関係には踏み込まない。男性も秘かに恋心を持ちながら、片思いの女性とのお付き合いを楽しめる。女性は幾つになっても好きなイケメンタレントに恋心を持ち、心を解き放って若さを保つ。

「退職金離婚」の危機と「熟年再婚」のチャンス

●定年を迎えた60代夫婦は結婚して30年。夫は家庭でも管理職のように振る舞い家事に手を貸さず、男のプライドにこだわり、たまに暴言を吐いたりして妻に寄り掛かるだけ。妻はこれまですれ違いの生活による夫との対話不足で不満がいっぱい。それでも子どもが成人するまで、大学に入るまで、結婚するまではと先延ばしにしてきた。退職した夫は給料を運んでこないので価値はゼロ。子どもたちも独立したので一緒にいる理由が無くなった。夫の定年を契機にこれらの鬱積した不満が噴出して、人生最大の離婚の危機が訪れる。夫はすでに「終わった人」。妻に嫌われたくなければ食事の後に料理をホメ、ひたすら相手の話を聞き続けるしかない。妻はこれまで留守を守って孤独に耐えた精神力があり、経済的にも自立する力があって離婚話が加速。これからも20～30年間一緒に墓に入るまで付き合うか、それとも自他の行動の自由を認めて卒婚するか？　決断が迫られる。

●昔は定年退職後しばらくして夫が亡くなり、妻は残って解放されたので熟年離婚は無かった。今は人生は１００年時代、男女とも寿命が延び夫婦生活が長くなった。60代・70代に一人になったとしても、人生をやり直す時間的余裕ができた。夫の定年退職した時に離婚すれば、妻は退職金の半分は貰えるので「退職金離婚」が増えた。熟年になって離婚すると「男性」は一人暮らしの孤独に家事の不自由が重なって、たちまち生活不能に陥り元妻より12年ほど早く死ぬ。「女性」は夫の退職金やすべての遺産を分け、年金の50％は遺族年金として夫の合意なく受け取れるが、元夫と比べ有形無形の資産格差があって前途多難。それでも第三の人生のスタートラインに立ち、自由な独身生活ができるので元気になれる。

●現代人の人生は「結婚して離婚あるいは死別して、再婚する」時代。「男性」が再婚するのは一人暮らしの食事の世話、それに女性の方が6年ほど長命なので終期の介護と看取りをしてもらうため、10～20歳下の女性を好む。「女性」が再婚するのは最後に一人死ぬのは寂しいから、あるいは長い老後の生活費の不足を補うため、ならば定年のない自営業の男性が最適。でも相手の老後の介護を押しつけられるだけで、「いまさら」と考える人も多い。子どもは親の介護の手間が省けるので賛成するが、再婚する二人はこれまでの子どもとの遺産相続のトラブルを避けるため、通い婚や週末婚など籍を入れずに「事実婚」で済ます。

★熟年に離婚して別々に暮らすと、後の生活すべてが自己責任で、双方とも間違いなく貧乏になる。もし子どもが離婚して帰ってきたら、親は無条件に受け入れ守ってやる。

「老後の住計画」と「自宅のリフォームポイント」

●昔は老いた両親を介護し看取りまで面倒をみた子どもが、家の跡を継いで財産をもらった。今の核家族は親はすでに子ども家族と別居しているので、「親は老後は子どもに頼らない」「子どもにも親の遺産をあてにしない」のが新ルール。定年後の生活はこれからの年金生活に備えて、最大の住居関連費を圧縮しての生活費縮小が課題。無事に子育てを終えて夫婦二人暮らしに戻り、人生の最終段階の「老・病・死」を何処で？　どのように迎えるか？　これまでの住宅を一人暮らせるよう「直す」のか？　それとも売って高齢者住宅に「移る」のか？　子どもの家へ同居して、優しかったのは最初だけ。家を売ったり買ったりの不動産の処分や取得には時間と費用がかかるしリスクも大きい。まとまった大金を動かす場合、適切な節税対策も欠かせない。「サ高住」や「老人ホーム」は老人を型にはめて管理するので不自由なこともあり決して天国ではない。引っ越したら突然倒産することもあり、自分の居場所を失うこともあるので慎重に行う。

●親の老後と子ども家族の住まいの形態は、次の4パターンに分かれる。何時どんな状況で行うか、早過ぎないよう遅過ぎないよう、親夫婦と子どもとよく話し合って決める。

1. 親子別居／親と子ども世代では、食物やテレビの好みなど、価値観が異なるので同居を避ける。親は今の住宅をリフォームして子ども所帯と切り離し、自分らの生活スタイルを守る

2. 親子同居／親が自分の家で死にたいと思い、子どもが親を看取り家を継ぐ意志があれば二所帯同居住宅に建て替える

3. 親子近居／スープのさめない距離で所帯分離して付かず離れずが、互いの生活が覗かれないので、親子のゴタゴタが避けられる

4. 親子別遠居／時代や世代を異にする子どもとは、都心と郊外、田舎と都会、日本と外国と離れた方が、互いに干渉せず共に自由気ままに暮らせる

(1)今の住宅を老後生活向きにリフォームする

●最近は近隣に高齢者住宅や老人ホームなど医療介護施設も整ってきたが、何と言っても長年住み慣れた街で住み続ける方が、密度の濃い人間関係が維持できる。だから夫婦が揃って自立した生活できる間は老後も暮らせるよう、今の自宅を高齢者住宅にリフォームする。改装に当たってのポイントは5つ。①資産状況は、今の資産と必要な改装資金があ

るか？　②家族事情は、老後生活を支えてくれる子どもがいるか？　③住宅の形態は、バリアフリー化するのに適しているか？　④生活環境は、交通や買い物など便利か？　⑤医療介護施設は、近くに病院や介護施設があるか？　見直して確認する。

●今の自宅を使う部屋・使わない部屋に分ける。やがて食事・排泄・入浴できなくなるのを見越して、2階建てなら生活の場を1階にまとめてワンルーム化する。一人になって在宅医療・介護を受けながら暮らすには、食事はこたつよりテーブルの方が楽。トイレは洋式の方が足腰に負担がかからない。寝室は布団の上げ下ろし不要のベッドにし、寝たきりでも病室にして生活可能にする。火事を出さないよう安全・安心をモットーに、リフォームは500万円～700万円程度の予算で行う。高齢者の老後向きに改装するポイントは、

1. 車椅子でも生活できるよう、玄関・浴室・便所・和室の段差をなくし通路幅を広げる
2. 耐震性を強化し、階段と浴室とトイレには手すりを付ける
3. キッチンはオール電化・床暖房にし、浴室・脱衣所・トイレには断熱素材を使用する
4. 風呂場と更衣室を暖房して、冬場の入浴時のヒートショック死を防ぐ
5. 扉は外開きに、窓は二重窓に、雨戸は電動シャッターにする
6. 奥行きの狭い戸棚にして取り出しやすくする
7. 照明スイッチは1カ所に集約。長いコードを避け電気のコンセントを増やす

(2)二世帯住宅に建て替える

●核家族化が進んで親・子・孫の三世代同居大家族は40％に低下し、一人暮らしの独居老人が増えている。でも最近は夫婦共働きが普通だから、三世代が同居して親子が一緒に暮らし、人生経験豊かな祖父母が孫の世話をしてもらう方が、双方とも家庭機能が充実し安心して生活できるハズ。二世帯住宅の場合は消費の補完性があり、生活費は1＋1＝1・5と効率がいいので、所得が25％少なくても豊かに暮らせる。マイホーム取得資金が不要になり子どもの教育費に回せるし、三世帯同居の場合は補助金制度もある。

★いくら金利が安くても、高齢者は今さら新たな住宅ローンを起こさないこと。

時間・お金・体力にゆとりの10年間「人生黄金期」

●65歳になれば継続雇用も終了。男性は一家を支える大役から、女性は子作り子育ての大役から解放された、65歳から75歳までの10年は人生終盤に迎えた第二の青春で、人生を最高に楽しむ黄金期。夫婦とも毎日が日曜日で有り余るほど自由時間があり、誰にも気兼ねする必要がなく、何時でも何でもできる。これまで貯めた老後資金の上にまとまった退職金が入り、年金受給が始まって経済的にもゆとり。高齢者の仲間入りしたとはいえ体はまだピンピンと元気いっぱい。人生前半に蓄積した知識や経験があって、人間的にも成熟しているし、もはや自分の未来への投資の必要がなく、好きなことを好きなだけやれる、時間・お金・体力の三拍子が揃ったこの時期の1年は、若年の5年・10年にも匹敵する。

●老人には他人に大きな迷惑をかけない限り「したいことができるは特権」がある。見栄を張ったり、余計な気を使わなくてもいいし、失敗しても「まあいいか」「老人だから仕方がない」と認めてくれる治外法権もある。これこそが若者にマネのできない「老人力」だから大いに活用する。新しいことを始める意欲がある限り、「もう歳だから」と思って諦めない。齢や他人の目を気にせず、自分の「やりたいことを優先」するなら多少は「健康を犠牲にする」覚悟で、健康を優先するなら「やりたいことをガマン」する。両方を得たいと思うのはムリ。手に入れた自由と老人力を活かし「きっとうまくいく」と信じ、自分の生き方を貫いて最後まで主体性を持ってやりとげて、与えられた命を完全燃焼する。自分の本領を発揮して目標を達成した時には、記念パーティを開くとか、家族と旅行をするとかして共に喜び合う。

●人生は後半が本番で最後ほど本番。年齢などはただの数字で、老いてなお挑戦し成長し続けるために自分を年齢の枠で縛らない。自分にやりたいことがある限り人生には退職はない。今日から「世のため人のため」より「自分のため」を優先し、自分の体力ときちんと向き合い、自分らしく生きる人生最後の腕の見せどころ。①子どもの頃やりたかったこと、②過去の失敗など負の経験を生かして再挑戦、③先輩の生き様をモデルとして、自分もやってみたいことを探してみる。「やりたいこと」「やり残したこと」を見つけたら、アレコレと欲ばらず「出来ること」だけに集中し、好奇心と冒険心を発揮し、意欲を持って挑戦してみる。プロ級のカメラを持って撮影旅行、スポーツカーを買ってドライブ、日本百名山を登山制覇などなど、完璧にできなくても集中力を発揮してとことんやり続ける。
●これまで共に支え合って生きてた夫は妻に、妻は夫に感謝。元気な60代夫婦は冒険を楽しめる時期。70代になると夫婦でも体調や好みで意見が合わず、一緒に旅行できなくなる。病気をかかえての観光旅行では楽しさは半減する。80代になると一人で飛行機にも乗れなくなる。夫婦がまだ元気なうちに、有り余る自由時間と老後資金のゆとりある内に「豪華大型旅行」のチャンス。二人で苦労し築き上げた財産はこの時のため。行ってみたかった温泉旅行や聖地巡り、豪華列車での国内観光旅行や、「豪華客船での世界クルージング旅行」を計画。これまでの苦労をいやして精一杯いい夫いい妻を演出して夫婦円満ハッピーな気分を満喫。海外旅行に出かけたらハプニングやトラブル解決のため夫婦の会話が弾み、自分の中にある性意識が目覚めて充実した思い出を残すことができる。
●夫婦が定年まで都会で働いて、退職後はこれまでの生き方をガラリと転換。定年後に本当に住みたかった地方の田舎街や外国に住み替えるなど、大胆な居住地の発想転換は、体力・気力・経済力にゆとりがあるうちに実施する。都会のマンションを売却して物価の安い地方都市に住み替えれば、老後資金を増やせるし、年金額が同じでも第二の人生を自然を友としてのんびりと暮らせる。国内なら田舎に候補地を選んで古民家を借り、1ヶ月ほど住んで近所付き合いに溶け込めるかテスト。家屋の価格は500万円と改装費用が500万円で、合計1000万円程度を見込んで、問題がなければ購入。海外へ移住する場合は、台湾・フィリピン・タイ・マレーシア・インドネシアなど、東南アジア国々の生活水準で決める。移住すれば月12～13万円（現地市民は5万円）程度で、公的年金だけでも余裕をもって生活できる。開発途上国の場合は業者の楽園情報を鵜呑みにせず、観光ビザで現地で2～3ヶ月程度暮らし、生活体験を通して言葉や食事と税金などの問題もチェックしておく。

★老後資産の破綻は老後生活の計画に、未経験の大金を投じる時に起きる。その原因と順番は、①家の住み替え大失敗による破綻、②旅行・趣味など大金の浪費破綻、③病気・介護破綻。④子ども・孫への援助破綻、⑤詐欺などアクシデント破綻。⑥無収入による破綻。時間をかけて熟慮を繰り返し、節約と贅沢のバランスをとりながら慎重に進める。

長寿祝いは様変わり「100賀の祝い」が盛大に

●日本には昔から長生き自体をめでたいとして祝う「長寿祝い」がある。一昔前までは死と退職の時期とがほぼ一致し、死ぬまで働くのが当たり前。60歳の「還暦」になれば生前葬のように、疑死再生の通過儀礼で家長は家督を跡取りに譲り隠居生活に入った。村の長老として若者や社寺などの世話役を勤め、自らの経験や世の中のしきたりを次世代に伝える役割を担ってきた。人生節々の年齢の数字をもじって、縁起といたわりの気持ちを表す通過儀礼が「長寿祝い」。還暦から始まり、古希・喜寿・傘寿・米寿…と人生の節目節目に家族や友人から祝福され、自分の歳を自覚して来た方を振り返り、大きくなった欲を小さくして慎ましく生きる節目でもあった。今は長寿が当たり前になったので目出たさも半減。近頃は60〜70代の長寿が珍しくなくなったので簡素化・省略化し、長寿祝いは後々へと連れこんで100歳の祝賀パーティが盛大になった。

(1)還暦（60歳）祝い

●長寿祝いは60歳の「還暦」からはじまる。還暦は十干十二支を60年で一巡して、赤子となって再び「生まれ変わる」という超おめでたい儀礼。生前葬のような疑死再生の通過儀礼で、家長は家督を跡取りに譲り隠居生活に入る。村の長老として若者や社寺などの世話役を勤め、自らの経験や世の中のしきたりを、次世代に伝える役割を担った。近年は60歳はまだ仕事をしている人が多く、盛大であった還暦祝いも身内だけに簡略化している。だが同窓仲間の節目として60歳の「還暦同窓会」は増えている。

(2)録寿（66歳）の祝い

●平成14年から仲間入りした長寿祝いの儀礼。国の統計区分では満65歳以上を「高齢者」と呼び正式に老人となる。この節目は数え年の66歳なので、66を録録とかけて「録寿」とした。この頃に定年退職する人が多いので、退職祝いを兼ねて祝うようになった。

(3)古稀（70歳）の祝い

●昔の70歳は稀にみる長寿であった。今の古稀の祝いは昔の還暦の感覚で長寿祝いの始まり。退職後第二の職に就いた人や事業をしていた人も、70歳を区切りに自分主催で長寿祝いを開き、次代に席を譲り悠々自適の生活に入る。古稀の長寿祝いは、退職や引退の報告と後継者の紹介を兼ね、恩人を招いて本人主催で行う。社会にとっても喜ばしいので市町村役場からお祝が贈られる。

(4)喜寿（77歳）の祝い

●喜の略字が七十七と読めるので、縁起といたわりの気持ちを表し「喜寿」と呼ぶ。長寿祝いも75歳を過ぎると、子どもや後輩・教え子などが中心となって世話をし、本人は主客となって祝宴を開く。当人の健康状態に合わせて日程を決め、親しい人やお世話になった人々を集まってもらって謝恩会を兼ね、これまでの親交や協力に感謝する。

(5)傘寿（80歳）の祝い

●傘の略字が八十と読めるので「傘寿」。人生80年時代をクリアした祝い。長寿祝いを兼ね恩人を招いて謝恩会をする。女性の平均寿命は87歳なので、これ以後の長寿祝いは女性が中心となる。

(6)米寿（88歳）の祝い

●八十八の数字が、米の字と読めることから米寿といい、8月8日に祝う。末広がりの字が二重ということで吉事の印象を与え、米に対する日本人の観念もあって重要な祝い。

(7)卒寿（90歳）の祝い

●卒の略字が九十と読めることから「卒寿」。今や90歳以上の人口は100万人を突破し、いよいよ人生90年時代の幕開け。

(8)白寿（99歳）の祝い

●百の字の上の横棒を一本とると白になり、100引く1は99となるから「白寿」。白装束をつけて御祝いする地方もある。

(9)百賀（100歳）のお祝い

●文字通り百歳の祝いで、1世紀を生きたことになるので「100寿者」という。親族一同が集まり特別盛大に催す。100歳以上は8万人で、男性はその13％、女性は87％と圧倒的。

(10)100歳以上のお祝い

●100歳以上になると一年一年が貴重なので、「百一賀の祝」「百二賀の祝」「百三…」と毎年祝う。108歳は煩悩の数を満たしたから「茶寿」、110歳を超えるのは極めて珍しいから「珍寿」、111歳は1が3つも重なるので「皇寿」、120歳は60年の還暦を2回迎えるから「大還暦」と祝う。

★長寿祝いはその年のお正月や節分の日か、誕生日前後の土・日曜日に行うようになった。

10-2／70代を生きる智慧

70歳になれば五感が衰え「フレイル状態」に

●老化は50代から、老衰は60代から始まる。そして70歳になると体のすべてに老人の気配が出ていよいよ後期高齢者の仲間入り。肉体の耐用期限が迫って生命力が低下。食欲が低下して食が細ると臓器も小さくなって消化吸収能力も低下する。手指や首など体の各部が徐々に収縮し体の筋肉量が減って体重が軽くなり身長も2〜3㎝縮んで低くなる。70代から下半身の足腰の筋力・関節機能が低下して腰や膝の関節などが悪くなる歩行能力が低下する。まだ日常生活にあまり支障はないが、健康な人でも次第に体力・気力が衰えて覚えが悪くなって、年を重ねるごと五感すべてが衰えて社会に向けての自己主張も出来なくなる。その老化速度は生まれついての体質と、これまでの生活習慣によってバラツキがある。

1.「視覚」は、60代になると老眼鏡を掛けて70代へ、80代になると90%が白内障になる。階段で転倒したり、クルマの夜間運転事故を起こしたりする

2.「聴覚」は、60代から難聴が急速に進み70代に、80代になると80%がなる。耳が悪いと話す方も聞く方も大声で話すようになる。相手に1歩前へ近づいて、正面から顔を見ながら、なるべく低い声でゆっくりと話す

3.「嗅覚」は、60代から大きく機能低下し、自分の体臭や口臭に気付かず、嗅覚が低下すると味覚も落ちる

4.「味覚」は、60代から衰えて食欲が落ちる。何種類も薬を飲むと味覚が落ち、味覚障害を起こすと味付けが濃くなる。入れ歯で味が分からなくなり、食べる楽しみが減る

5.「触覚」は、70代から顕著に退化。手のモノを落としたり、肌が乾燥してかゆみが止まらず、温度感覚が鈍るので部屋の空調設定でもめたり、手の温度感覚が鈍るのでやけどするリスクも増す

●「フレイル」とは、高齢になって心と体の働きが徐々に衰弱していく、つまり健康と病気の中間段階。フレイルになると、①体が虚弱化して疲れやすくなる。②頭の働きが鈍化してもの忘れ・ボケ・うつになる。③足腰が弱まり行動力が低下して家に閉じこもる。前虚弱（プレフレイル）から、虚弱（フレイル）、身体機能障害（要支援・要介護）の３段階。健康で長く生きる作法は、自分で自分の身を整えること。フレイルは回復可能だから日頃から自分の体ときちんと向き合い、老化の小さな変化を見逃さず、早期に気づいて自分の体は自分でコントロールして気を配る。

●フレイル対策は食事の工夫や運動すること。食事は朝・昼・夕の三食を規則正しく食べ、間食はしない。腹６分にして美食より粗食で、エンゲル係数は15％を目安。アルカリ性の菜食中心に、糖分・塩分と飲酒は適量を守って、老化の原因である血液の炎症・糖化・酸化を遅らせる。タンパク質は良質の肉や卵を選んで栄養バランスを整える。すべての病気は腸から起きる。その原因は食事から。腸は免疫力の70％占める。薬やサプリメントを飲んだりワクチンを打たなくても、ヨーグルトで腸内細菌を増やし味噌汁を飲み、納豆など発酵食品を食べて粘り強く腸内環境を整える。自分で自身の体の免疫力と自然治癒力を強化すれば、１００年人生をしっかり生きられる。

●口は万病の元。食事は早食いしない。加齢と共に歯や歯茎が老化して、硬い物が噛めなくなるので、１口30回よく噛んで食べると、唾液の分泌を促進して味覚が敏感になる。舌・喉・頬をしっかり動かすと、歯や顎の骨を丈夫になり、胃腸など消化器の負担を軽減しガンや肥満の予防効果があり、心がリラックスしてストレスも解消できる。歯は朝晩しっかり磨いて虫歯や歯槽膿漏を予防する。2、3ヶ月ごと歯医者に行って歯石をとり、歯は80歳まで20本残す。常に口の中を整えて口腔機能の全般を強化して口の渇きや口臭を防ぎ、痩せず太らず適正体重を維持して上手に老いる。

●嚥下（エンゲ）機能が衰えると、食べこぼしたり、飲み込む時むせたり、食物が誤って肺に入る誤嚥で死亡するリスクが高くなる。口を閉じたり緩めたり、舌を360度回したりして飲み込む力を強化する。喉元を強くするには、朝夕の歯磨きと外出後と就寝前のウガイを欠かさない。滑舌が低下したら毎朝声を出して新聞を読んだり、カラオケで歌ったり、「パ・タ・カ・ラ」や「あ・い・う・べ」など発声練習をすれば、歯切れ良い言葉で楽しく会話できる。顔面神経が固くなって無表情になるので、目玉を上下左右に動かしたりグルグル回したり、瞼を上げたり下げたりして、心にシワがよらないよう顔全体の筋肉を動かして豊かな顔の表情をつくる。

●老いた体の健康を維持するには、喫煙をやめ、1日7~8時間の睡眠を取る。毎日適度にストレッチして全身の筋肉と関節を動かし、体の手入れに時間をかける。毎日ウオーキングをしてふくらはぎの筋肉が収縮して全身の血流が良くなる高齢者はあまり激しい運動は避け、体を鍛えるより現状維持を目標に、老化の進行を食い止める程度。負担の大きいジョギングやマラソン大会への参加は避ける。記憶力の低下を感じたらグッとこらえ、思い出す努力をして記憶力を維持する。何か楽しみを持って日々好奇心を発揮し、その日の出来事を思い出して毎日3行日記を書き続けると前頭葉が活性化する。できるだけ外出して頭の健康を維持し、仲間とふれあって社会性を持続する。

★加齢とともに高血圧やコレステロールなどの持病が増え、薬の長期使用による副作用もフレイルの一因。

体力は落ち「治らない病気」が2つ3つ

●70歳になるともはや無病息災などと言っておられない。体の水分が61％から53％に低下、なのに膀胱が収縮して昼夜ともトイレが近くなる。若い時8時間だった睡眠時間が5時間半ほどになり、神経症的な異変が起きて不眠症になり睡眠薬が手放せなくなる。全身の皮脂の分泌機能も低下し、ちょっとした刺激で脇腹、腰回り・太ももなどに老人性皮膚炎が起き、疲労が溜まると免疫力が低下し帯状疱疹が現れる。筋肉量と筋力が低下し、骨に含まれる無機物は6％から5％に。関節がこわばり手や足がうまく上がらなくなる。膝が曲がらなくなって足元がよろけ、自立歩行が困難になってくる。脳の重量が減って記憶力や問題解決力・情報処理能力は、60歳で12歳程度、70歳になると10歳程度まで低下する。起立・移動・歩行・更衣・食事・排泄・入浴に食事の支度や片付け、ゴミ捨て・掃除・洗濯など何をやるにも時間がかかりヘマが多くなる。買い物・預貯金の出し入れやクルマの運転など、日常反復して行う生活動作が困難に。感覚器官が劣化し、脳力も低下して声が出にくくなって無口になり、話し声も聞こえにくくなる。

●加齢に伴い免疫細胞の防衛力・予備力・疲労回復力が低下する。生理的機能の老化よる骨の骨量減少・関節変形・筋肉量の減少と、動脈硬化・肝機能の障害・骨粗鬆症・認知症などの病気が現れる。体脂肪率は14％から30％と2倍に。体温は低くなり血管や細胞がじわじわ傷つき、血圧は上昇し脈拍は減少。高血圧・動脈硬化・糖尿病・脳血管疾患・鬱病など生活習慣によって特定の人に現れる病的老化によるの病気が加わり、老いた体は階段を下りるように衰える。一度発病したら毎月病院に通い医者と薬との付き合いが長期間続く。

●70代になると誰でも何処か体の不調があって当然。男性は筋肉・精神面・体形の順の老化進行し「男性」の半分は勃起不能になり、自分も老人の域に入ったことを自覚し性行動をやめる。長年きびしい競争社会でのストレスをタバコや酒で発散してきた結果、腎臓や肝臓が衰え高血圧や糖尿病などにかかり、熟年期でガン・心臓病・脳卒中のような致命的な病気になってあっさり死亡する人が多い。「女性」は顔・体形・髪に現れ、心臓病や脳卒中などの病気にかかりにくいが、それでも関節症や骨粗鬆症になって体の動きが悪くなる。病的な物忘れや時間と場所の感覚が悪化して、治らない病気を抱え込む。人間の体は1カ所でも動かなくなると、次第に身体全体にガタがきてすべての機能低下、体や頭の機能不全の部分が増え、高血圧や糖尿病など治らない難病を2つ3つと抱える。患者の性格と病気はほぼ一致。食べ物にうるさく言う人は胃腸病を患い、頑固な人はガンになりやすい。近頃の死に至る病は長生きし過ぎての、心臓病と、ガンと、老衰が増加。その発病か

ら死ぬまでの症状と闘病期間は、

1．末期ガンの場合は、比較的長い間体の機能は保たれ、死の直前まで意識は正常なので計画的に心の準備ができる。亡くなる前2ヶ月間で急速に機能が落ち、最後はコロリと1週間くらいで死ぬ

2．心筋梗塞や脳梗塞、肺炎の場合は短期間に死ぬが、腎臓や肝臓など臓器不全の場合は急激な悪化と改善を繰り返す。何度も入退院を繰り返し、死亡直前は急速に悪化して元に戻らずに死ぬ

3．老衰の場合、全身が機能低下し長期の介護生活を経ながら少しずつ死に近づくので終末期の判断が難しい。死ぬ間際では認知症が進行してほとんどボケ状態。苦痛を感じることなく大往生できる。

●死因トップ10は①心臓、②脳卒中、③下気道肺炎、④肺気腫、⑤肺ガン、⑥糖尿病。⑦認知症、⑧下痢症、⑨結核、⑩交通事故の順。これら病気が何時出るか？　幾つ出るか？は、親からの遺伝と若い頃からの生活習慣によって個人差がある。自分が「どのような病気で死ぬか」をイメージし、理想とする終末医療や看取りを中心に、「どんな人生の幕引きをするか」考えておけば、老後資金の見通しも立つ。

★毎朝、気功・太極拳で呼吸を整えたり、座禅・瞑想して心を整えて免疫力と自然治癒力を高め、平均寿命までの10年間をしっかり生きる。

「サプリ」や「クスリ」「医者」に頼り過ぎない

●加齢とともに次々と持病が増えて薬の数が増えてくる。いったん高血圧・睡眠薬・安定剤・利尿剤・コレステロール・胃腸薬・糖尿病・骨粗鬆症・抗認知症などの薬を飲み出すと、増える一方で減ることはなくそれが死ぬまで続く。70代になると肝臓や腎臓の機能が低下し、代謝や排泄機能が落ちるので、睡眠薬・糖尿病・抗うつ剤や予防ワクチンを飲んでも薬が効かなくなる。逆に薬の成分が体内に長時間止まり効き過ぎたりする。多種多様な薬を飲んでいると、頭がボーとしたり足がフラフラするなどの副作用が現れて、返って健康長寿から遠ざかる。毎日多平均寿命を過ぎたら薬は5種類以内にとどめ、1度に飲まず3種類以内に分けて飲む。そもそも薬で治る病気は40％程度。大方は自然治癒力で治るから現代医学に依存し過ぎない。

●70代も半ばを過ぎると免疫機能が低下して抗がん剤は効かないし、前立腺ガンやすい臓ガンは手術をしても生存率が変わらない。80代になったらもはや自覚症状がない限り健康診断は無用。「病は気から」と言うように、人の体は気持ち次第で病気が悪化したり治ったりする。呼吸が乱れると体が疲れ、心が動揺すると気が病む。フレイルなど老化による体の不具合は、自分から良くなろうとする気力がないと治らない。医者でも老化から起きる原因不明の病気と老衰の区別は難しく、未病段階のフレイル専門医はいないし薬もない。どこの病院でも「何ともない」と言われて経過観察になるだけ。患者は名医を探して次々と転医するが、自分の体調は自分が一番よく知っているから、自分の体は自分で守るのが本来。自覚症状に合わせて対策を考え、自分の自然治癒力を信じて病気と折り合いをつける。自分の体と正面から向き合い少し様子をみていれば、気は落ち着くところに落ち着く。
●高齢者の老化によるかゆみ・痛み・乾き・頻尿・不眠・睡眠中の寒さ暑さや物音に敏感になるのは病気でない。老年期の原因不明の痛みや不快感は治りにくいが、死にもしないので少々の体の不都合は素直に受け入れる。自分で日頃から栄養・安静・睡眠に留意し、体温計・体重計・血圧計を使って体調を管理しながら状況を見極め、自分で対処する方法を考える。病気も日々刻々と変化しているので、その日の健康状態をあるがままに受け入れる。食欲が無いなら、腹が空いて食べたくなるのを待つ。自分の自律神経のバランスを整えたり自然治癒力が高める程度なら、医師の力を借りなくても瞑想して自分で解決できる。大切なのは自分の力で楽しみながら治すのが本当のフレイルの治し方。
●治らない病気を抱えた年寄りの体質は、加齢と共に微妙に変化してくるので、これまで続けてきた薬の飲み方や自分の健康法を、掛かりつけの医者と相談して切り替えてみる。いつまでも持病を持った辛さを周辺にまき散らしていては嫌われるだけ。多少ムリをしても何かをはじめ、気分を変えて病気を忘れる工夫をしてみる。老衰して大往生を願うなら、いつまでも命が一番と考えし過ぎない。健康は善、病気は悪と考えて病気と闘うのはやめる。病気込みの人生と達観して生と死といった二元論を超える。
★認知症や寝たきりなど回復不能の病気になったら死を視野に入れ、すでに死んだつもりで生きておれば、治らない病気も多くのことを教えてくれる。病気は神からの贈り物と達観すれば人間完成への道となる。

「ガン」は見つかっても「治る病気」諦めない

●ガン発症は年間100万人。2人に1人がガンにかかり、3人に1人がガンで死ぬ。高齢になるほど免疫力が低下して、75歳以後のガン患者は全体の40%を占める。何かちょっと「体調がおかしい」と感じたら、掛かり付けの医者に診てもらい「早期発見・早期治療」がベスト。男性は①胃ガン・②前立腺ガン・③大腸ガンの順。タバコや暴飲暴食の生活をしてきた人ほどガンになりやすい。女性は①乳ガン・②大腸ガン・③胃ガンの順。75歳を過ぎると抗がん剤を飲んでも延命効果がなく、毎日数百個から数千個のガン細胞が増えて手術もできなくなる。ある日突然ガンが見つかると人生は急転直下。生きることより「いかに悔いなく死ぬか」の問題に迫られる。ガンというのは遺伝よりも自分の生き方や生活習慣の結果。これまでの食事・仕事・常識・人間関係などすべてを見直し、人生復活の可能性のを調べ、血液を酸性化する肉食中心を菜食中心に改め、飲み過ぎ食べ過ぎによる肥満を避け、タバコをやめる、運動をするなど、優先順位を決めて1つ1つ不退転の決意で実践する。

●今やガンは治る病気になったのに、医師が余命宣告をしたからと、本人が「もうダメだ！」と思ったら絶対治らない。まずはセカンドオピニオンの専門医を尋ねて「誤診でないか」確認する。本やネットで最新最先端の医療技術や療法を徹底的に調べ、ガン治療成功者の集会に参加して多くの体験談を聞く。西洋医学の薬や手術だけに頼らず、食事療法も研究したり、漢方薬で体調を整えたり、気功・ヨガ・太極拳・坐禅をしたり、宗教書を読んだりして人生完結の心を整える。限られた時間を有意義に生きるために、一人で生まれ故郷を尋ねたり、家族と海外旅行に一緒に出かけて充実した時間を過ごす。ガンになって健康のありがたさや人の親切が解るようになり、それに気づかせてくれた病気にも感謝する心のもゆとりができると、生への根性が増して快方に向かう可能性が広がる。

●ガンという難病と戦うには、生きるにも死ぬにも希望が必要。再起への望みをかけて手術を受ける場合、外科医は腕の良し悪しが結果を左右するので「ベテランの名医」を選ぶ。手術担当医へのお金の付け届けは現代の倫理観に合わせ、病院に寄付するか、医師へ花かお菓子程度でよい。末期ガンの場合でも、肉体の痛みは薬で緩和できるが、なぜ自分がこんな病気に？　この苦しみにどんな意味があるのか？　自分の罪が許されるのか？　死んだらどこへ行くのか？　など、深刻な不安と恐怖がつきまとう。そんな心の痛みや精神的な不安を緩和するために大病院に「ホスピス緩和ケア病棟」がある。入院すれば死の苦痛や恐怖に直面している患者を1～2ヶ月ほど、チームを組んで身体的・心理的側面をケアしてくれる。そして牧師が神の存在と救済を説いて、死の恐怖におののく患者を神の世界へと導いてくれる。

★人生は長寿が幸福で、短命が不幸というわけでもない。ガンという病気は自分の余命を想定して計画を具体化できるので、老後資金の問題や寝たきりの心配も一気に解消してくれるメリットがある。

健康年齢を過ぎたら「夫婦の老々介護」始まる

●70代でも健康寿命（男性72歳・女性75歳）」を過ぎると本格的な高齢者。男女とも体力・気力が衰え体も頭も徐々に機能が低下して、男性は死亡するまでの9年間、女性は12年間、何らかの自立支援が必要になってくる。歳には勝てず今まで出来たことが出来なくなって、自分だけで「出来ること」と「出来ないこと」が明確になる。徐々に出来ないことの方が増えて、自立した生活が出来なくなると他人の手助けが必要になってくる。男性の介護支援の原因は①脳血管疾患・②認知症・③老衰の順。女性は①認知症・②転倒骨折（80代で3人に2人が骨粗鬆症）・③老衰の順。

●人間以外の動物はみんなピンピンコロリと死ぬが、人間は例外で老後が長い。老いが加速するとボケ・うつ病・認知症が顕在化して体が意のままにならず、抱えてきた治らない難病が一段と深化して自分のことだけで精一杯。無愛想になり礼儀作法が面倒になって相手と距離をおいて孤立し、他者への配慮が出来なくなったら本物の老人。一人での歩行・入浴が難しくなり、自力での生活が困難になって、老後もヨロヨロの第2段。そろそろ何が起きるかわからない年齢。いざ！　という時の治療と介護を念頭に、今の医療・介護・福祉制度に関する技術や知識を学んで「介護支援の体制を」整えておくと、自宅で老老介護でも暮らしていけるし、家族にも介護者の疲労を軽減できて負担が少なくて済む。

●介護は1対1で成り立つ仕事。介護をする人は相手の身体の理解だけでなく、介護を受ける人の気持ちを理解する。不親切ではなくても親切さに欠ける自分に気づき、暖かい手とまなざしを忘れず慈悲の心を持って機転、清潔、寡黙、思いやりを大切に心を通わせる。介護を受ける老人の方は、介護施設に入るより自分の家族の介護を受けるのが一番だから、軽いうちは在宅介護が中心。最近は夫婦も親子も共に長寿だから、75歳以上の老老介護は30%を占める。超高齢の親を高齢の子どもが介護する「親子間老々介護」と、老いた親同志の「夫婦間老老介護」と2タイプある。老いた夫婦間の老老介護は、好きか嫌いか、損か得か、善いか悪いかなどの価値観が似ており、互いの気持ちがよくわかる反面、互いに視力も聴力も衰えて、頑固で、利己的になるのでコミュニケーションが取りにくく、認知症になると更に話が通じなくなる。

●子どもが親の介護をする場合、心を鍛える好い機会。食事、お風呂、下の世話を毎日黙々と繰り返す介護は孤独な仕事なので、疲れが極限に達すると人にやさしくする余裕がなくなる。つらい上に、助け過ぎたり助けられ過ぎたりすると孤独になり、親子の間でも不満を爆発させ、口論したり暴力沙汰になりやすいので、双方ともに忍耐力がいる。老人の力ずくの介護は疲れるので、必死になって１００％の介護を目指さない。介護者自身にゆとりがないと思いやりもなくなるので、できる限り最新のクルマ椅子やサイボーグ・介護ロボットなど先端補助器具を活用し、時々ショートステイを利用して息抜きするといい。

●人間にとって孤独は苦痛以上に堪え難い。介護を受ける老人はみな愛を確認して安心したい一心なので、病人の心を推し量って慰めたり、悪態をつかせてストレスを発散させ、心置きなく胸の内を話せる良い聞き手となってやる。体を動かすほど脳が活性化するから、すべて介護するのでなく、求めることだけとか、出来る事は相手と適当な距離感を保ちながら共に行動をする。

1. 家族でも「くさい」「きたない」とか、「あなたのためにやってあげている」と恩着せがましい言葉は禁句
2. 何も言わないのは遠慮もあるから、「何をしたいのか」聞く。時々カラオケや花見などの楽しみを作ってあげる
3. 老人は無言で急に体を動かされると怖がる。車イスは「左（右）に曲がります」と声をかけながらゆっくりと押してあげる

●現在の核家族社会では、家族だけでは介護や経済的負担を支えきれないので、国の「介護保険制度」がある。「介護保険制度」は40歳になると介護保険に加入し、毎年毎期一定額の掛金を支払い、65歳以上で要介護1以上になると介護保険を使って、介護施設での「施設サービス」や介護士が訪問しての「在宅サービス」も受けられる。介護制度は配偶者や子ども家族がいての「自助」が原則で、老人ホームなどの「共助」と、地域デイサービスなど介護施設の「公助」の順。体調が変化して手足が動きにくくなってきたら、自治体の相談窓口へ行って介護申請をすると、1ヶ月ほど後審査結果がわかる。「要支援1、2」はまだ自立生活可能な段階で身の回りの世話や料理・掃除・買い物など家事代行支援

を受けられる。「要介護は1・2・3・4・5段階」で、要介1はまだ自立可能、認知症になって要介護2、要介護3になると特別養護老人ホームへ、寝たきりの要介護4以上になると終日介護が必要になる。介護費用の自己負担は各1割。介護1は介護保険からの月支給額は17万円、2は20万円、3は27万円、4は31万円、5は36万円を限度に支払われ、これを超えると全額自己負担となる。平均の自己負担額は在宅介護で月5万円、施設介護で12万円程度で、平均介護期間を5年間とすると合計300万円~720万円ほどになる。

●近年75歳以上の要支援対象者は50%。女性はアルツハイマー型の認知症や寝たきりなど、介助が必要な病気になりやすいので、女性の要介護率は65%と男性の2倍にもなる。最初の2、3ヶ月は感謝しても、やがて「良くしてもらって当たり前」、でも介護士は家政婦でないから当然自分の思い通りにならない。自立不能の人間が生きるとは、他人に迷惑をかけることだから感謝の念を忘れない。忘れなければ多少の迷惑は遠慮しなくてもいい。

★介護認定を受けたからと、あわてて介護施設に入ると助けられ過ぎて、反って頭や手足の動きが鈍って悪くなる。体は動かさないと動かなくなり、歩けないから歩かないと本当に歩けなくなる。過剰な介護は返って本人を寝たきりにする。

仲の良かった夫婦も突然どちらか「バッタリ」

●長寿社会になって男女ともに平均寿命が延び、夫婦として一緒に暮らす期間も50~60年と伸びた。それとは逆に核家族化の結果、子どもが居ない、居ても1人で子どもに親を見る力がない、身近に自分を支えてくれる親しい人が誰も居ないので、老後生活は老いた夫婦二人だけ。生活の張りを失い老化速度が速まって生きる力が低下する。まずは生活手段的能力が低下して、自力で買い物や食事・洗濯などの家事をしたり、電話の応対できなくなる。寝たきりになると自分で食事・排泄・入浴ができなくなる。また精神的知的能力が低下する。自己責任で年金などの書類を書いたり、請求書の支払いや銀行預金の出し入れなどの金銭管理や、自分の薬の服薬管理ができなくなり、さらに経済的・社会的能力も低下して自分の年金や預貯金・財産で、必要とする生活費を賄えなくなる。自分から家族に話しかけたり、外出しなくなってくる。

●70歳になったらもう夫婦喧嘩をする余裕はない。毎日言葉を交わして互いの健康状態を確かめ合い、これまで言えなかった感謝の言葉を伝えて、一人になった場合の相手の暮らし方や身の振り方も話し合っておく。登記済み権利書などは定期的にチェックして、気になる手続き事項は早めに済ましておく。今は互いに役割を分担し自立しながら元気で暮らす夫婦でも、そのいずれかが突如バッタリ倒れたらこの世でたった一人。生涯を共にした伴侶を失うことの衝撃は結婚した時の2倍。長期の介護や看病の疲れも重なって右往左往。これからは一人で暮らし一人で死んでいかねばならない不安から、生きる意欲を失い自死する人もある。

●「夫の場合」大方の夫は妻より年上で、夫は妻に看取られて死ぬ。今の内に夫は何もかも妻に頼らず、自分の面倒は自分でみるクセを付け、他人に依存しないで自分一人で食べ、清潔を保って自立し生きていける一人力を付けておく。まして妻が先に寝たきりや亡くなったりすると、悲嘆にくれて自分を責めたり、医者の治療法に不満を発させる。孤独をいやすために酒に溺れて孤立する。男性が一人になると毎日インスタント食品や中食・外食ばかり。食べたい時、食べたい物を食べたいだけ食べ続けるので、栄養バランスを崩して免疫力が低下。生活保護を受けるにもその手続きが解らず、病気になっても医療や介護、生活保護の申請もせずに「俺に構うな！」の一点張り。部屋を片付ける気力もなくなって部屋中ゴミだらけ。やがてボケになりうつ状態になって次第に家に引きこもり、社会から孤立し困窮し衰弱して、誰にも気づかれず孤立死する男性は約2万人。孤立死すると遺体が腐敗して液体が流れ出して部屋に異臭が充満。その除菌作業や家具などの廃棄費用は100万円程。だから元気なうちに訪問介護や在宅医療など公的なサポートも利用できるよう、孤独死した時に発見してもらえるよう地域包括支援センターに登録しておく。

●「妻の場合」は夫より年下で、更に7歳程長生きするから、老人の一人暮らしの大半が女性。掃除や料理など日常生活の能力が高いし、両親を看取り夫を看取った経験もある。日頃から自分の老後や死のことを考える講演会に参加して、困った時の支援を求める方法を知っている相談する仲間もいるので慌てない。1～2年たつと夫の抑圧から解放され、独身時代に戻って夫の全ての遺産相続と遺族年金をもらい、老人ホームに入って自由に優雅に暮らし元気になって若返る。その後徐々に弱って認知症になり寝たきりになり、最後は自分一人だけになってやすらかに大往生のパターン。

★一人暮らしの老人は振り込み詐欺や悪質商法の被害にかかりやすいので、向こう三軒両隣互いに生活情報を交換して注意し合う。

「ひとり老後」こそ一人静かに「哲学する時間」

●老年になると何事も一人で行動できなくなり、家族に合わせるだけで楽しみも半減する。ならば老人でも一人暮らしの方が、自分勝手に自分らしくブレないで、強さを持って生きられる。一般に老人の「一人暮らしは寂しそう」「孤独でかわいそう」と思われるが、誰もが人生の最後の最後は一人ぼっちになってソロライフ。人間は死の直前まで体の全部の細胞が生きていないとコロッとは死ねない。だから老人だからといって楽をし過ぎない方がいい。一人暮らしは掃除・洗濯・食器洗い・毎日ゴミを捨てなど、何もかも自分でしなければならないが、家事のすべてが全身運動になるので、ちょっと不便くらいが丁度いい。男も料理を趣味にして、二つのことを同時並行的にするとボケ予防にもなる。今日の後悔や明日の心配が止まらない時は一人で坐禅して空っぽにする。自己嫌悪感に襲われた時は仕方が無いとあきらめさっさと寝る。そのシンプルな暮らし方は生活費の節約にもなるので結構おもしろい。

●今や65歳以上の一人暮らしは760万人（男性・260万人、女性・500万人）。一人暮らしは自身が健康であることが大前提。一人暮らしは何事もこだわる必要がないので、飲み過ぎや食べ過ぎ、食事抜きで栄養不足になったりして、生活のリズムが乱れないよう自分で判断して自己管理する。一人暮らしは集中力がアップして日常生活の1つ1つに集中できるので、健康対策がうまくいく。朝5時に起床・夜9時に就寝など、自分の暮らしのルールを自分で決めて習慣化する。食事は空腹になってから食べ、料理は80％は果実・菜食主義、酒は薄めて飲む。犬や猫などペットを飼って孤独感を解消する。生活一切が自己責任でしっかり自己管理すれば生活力が付き、手抜きをすればその分そのまま自分に跳ね返ってくる。どんな作業も作法を守り細部を極めることによって自己を深めることができる。一人暮らしが楽しくなれば何歳まで生きようと大丈夫。

●高齢になると体力・気力が衰え、持久力も行動力も落ちる。あまり外出しなくなり家に閉じこもる頃から、外界に興味が無くなって心の内面に興味が移る。時間の流れがゆるやかになって、一人静かに自分を客観視して人生を哲学する絶好の時間。老いても知性は衰えず心の動きは活発になり、当たり前のことにも有難いと感じて感謝したり、物事に対する好奇心が高まって精神活動は上昇するので、何かを学ぶのに最適。一人暮らしは時間を忘れ歳を忘れて、常識を外して未知の人や未知の世界に触れ、何かを学び知りながら活動的に生きられるので、何か一つのことに没頭する芸術家や宗教家には、生涯孤独に耐える力を持った独身者が多い。日々一人で暮らして自分だけの世界にのめり込んでいると、何もかもマイペースで心身共に生きる力を強化し維持できる。孤独に耐え孤独を知るほど心が成熟し、人生の意味がわかってくるので、老後の孤独こそ本当の自分を追求できる。

★老いは退化ではなくさらなる進化で、多少生活の不安や寂しさがあっても孤独は人生を豊かにしてくれる。「ひとり老後」こそ煩わしい人間関係を避け、自分の時間を存分に活かして自由に生きられる。本来の自分と出会って品位が上がり、生死を超えた悟りの境地に到達できる老後期のベストな生き方。

イザという時「血縁より地縁」隣人・友人と繋がる

●人間は一人で生きていけるほど強くない。資産があり生活に困らなくても、老後生活のリスクはお金だけで回避できない。自分一人で生きるのが「孤独」で、社会から離れ人間関係の皆無が「孤立」。病気になって周辺に介護してくれる人がいなければ、自分で自分を看病し力尽きたら孤立死する。今や都会で在宅死の50％は孤立死。だから孤独であっても孤立しないよう自分でカベを作らない。人間は単独では存在し得ない。人と人とはどこかで繋がっていて、孤独を知るほどに人が恋しくなって、人間関係の大切さが解る。他人と会い、互いに自分をさらけ出し、聞く耳を持って話し合うだけで日頃のストレスも解消する。

●子どもと同居しても、一旦トラブルが起きると気力も体力も衰えた親の方が負け、最後は老人ホームへと追い出される。最後まで子どもに頼らず、自宅で暮らそうと思えば、人と人のつながりが大事。一人暮らしでいざ！　という時の頼りになるのは「血縁より地縁」。普段から近所の人と気軽に声を掛け合い、たまにお茶飲んだり食事をして親交を深める。人間関係が濃いほどストレスが多くなるので、近付き過ぎず離れ過ぎず程よい距離でゆるやかな人間関係を維持する。こころ許して付き合える親友なら2人でも1人でもいい。もし何かあったら在宅医に電話してもらえたり、相互に自宅の合鍵を預けてチェックしてくれる人がいると心強い。

●老人でもいつも柔和で謙虚になって礼節を忘れずにいると、フトした事から運命が大きく変わる。偶然「自分もこのような人になりたい」と思えるほど、心に染みる一言に触れたり、尊敬できる人と巡り会ったりして豊かに賢くなれるのも、老人同士の付き合いの楽しみの1つ。自分と意見が合わない人にイライラしないよう、嫌いな人より好きな人を増やす。救いようのない下品な人とは距離をおいて反面教師とすればいい。

1. 悩みなど何かがあった時相談して必要な支援を得られる
2. 互いに健康法や病気体験、配偶者の介護経験などを語り合う
3. お互いに会うために外出するので、運動量が増えて健康につながる
4. 自分より5、6歳年上の友人といると、老後生活の先行指標となる
5. 交友関係が広い人ほど、社会的・公的支援も受けやすい

●地域での付き合いのルールは、おごったり・おごられたしての金銭関係を持ち込まない。地元の街のバス旅行やイベントなど、社会的な場に積極的に参加して、同世代の年寄り仲間をつくる。できれば若者世代とも付き合えば、野心とエネルギーを貰って若返るし、常識豊かな熟年世代との二重構造でバランスのいい付き合いができる。

★人間は健康でも寝たきりでも、1日3人以上会話しないと人間らしくない。友人などに

電話したり、牛乳配達員やダスキンやヤクルトの販売員と、毎日言葉を交わすだけでも癒やし効果がある。

老人の生活支援に「サービス付き高齢者住宅」

●これまで高齢になった親を子どもが扶養し、親はその見返りとして遺産を残した。今は親の介護しながら勤務している人は300万人、介護のために退職する人は年10万人。子どもに親を介護し看取るだけの時間的・経済的ゆとりがないから、親夫婦は老後も自立した生活をして、子どもに迷惑をかけたくない。定年退職した熟年夫婦、配偶者を亡くした高齢者、子どもがいない夫婦、生涯独身者向きの「サービス付き高齢者住宅（サ高住）」が登場。食事・入浴・排せつ・健康管理・緊急対応・リハビリ・生活支援・レクリエーション・イベント・看取りなどなどさまざまなサービスが付いた老後の新しいライフスタイルとして定着しつつある。

●入居者はほぼ同世代の高齢者で、という価値観を同じくする仲間ばかり。食事や大浴場などの生活支援、スポーツや趣味活動の施設もあり、体力の老化に伴う生活相談のサービスも付いている。介護が必要になると介護事業所・病気になれば医療機関と連携して医療・介護支援に応じてくれる。プライベートな生活は自分の部屋で安心・安全で、戸締まりもラク。民間施設開発業者は主に医療法人や住宅メーカーが中心。都心型と郊外型、地域型と広域型、賃貸型や買取型があり、１ＤＫは単身者向き、２ＤＫは夫婦向きなどさまざま。入居費用は介護度や入居する居室のタイプ、望むサービスによって幅がある。

1. 自立支援型／退職後の20～30年間暮らす元気な高齢者の「長期居住型」。老後の食事・浴場などの生活支援はもちろん、プールなど運動施設やピアノ・陶器焼きものなど趣味活動のサービス付施設もある。入居時に自立支援1、2までが条件で、要介護3以上になったら退去する条件付きも。入居金は２０００万円～４０００万円と高額だから入居者の65％は自宅売却しての入居。月費用は25万円～40万円。

2. 介護支援型／体力の老化し始めた高齢者、要介護1、2程度の介護サービス付き住宅で老後の10年程度の「中期居住型」。老化に伴う生活相談や安全確認。病気になれば施設が提携した介護保険事業所に個別に契約する。入居金は５００～７００万円程度で、月費用は年金で賄える15万～30万円。

●「サ高住」を選択する場合のポイントは、自宅の住環境や家族事情や資金状況を中心に、①駅まで近い、②買い物が便利、③息子や娘の家に近い、④医療体制の整った立地かを購入前に確認する。購入する場合は何歳から移り住むのか？　夫婦で住むのか？　一人になってからか？　その頃お金が幾ら残っているか？　自分の生活習慣を大きく変えずに暮らせるか？　施設での生活が難しくなる持病がないか？　など、よく検討して決める。最後に自分で食べられなくなったら病院に運ばれるのか？　部屋で臨終を迎えられるか？　看取りの体制や退去する時の条件なども調べておく。

●高齢になってからの転居や要介護になっての引っ越しは、人間関係や環境変化のストレスで寿命を縮めるので、施設探しと決断は早い方がよい。要介護高齢者の終の住まい選びは、残された歳月を、何処で？　誰と住むか？　どこで死ぬか？　を決める。さまざまな場合を想定して70歳までに決め、住み替える2年前から準備し、要支援にならない内に住み替えた方がいい。住み替えるにも適齢期があって平均78歳くらい。あまり慌ててもミスマッチが起きる。豪華なパンフレットや外部評価が良いサ高住でも、計画倒産や詐欺など悪徳業者もいる。決定前に現地に足を運んで2、3日体験入居して食事の味も確かめたり、施設の汚物処理施設の良し悪しや、職員のサービスレベルもチェックする。

●高齢者向きサービスを満載した「サ高住」にも短所ある。入居すれば集団生活だから守らねばならないルールがあり、食事や入浴、外出や帰宅、面会するにも時間制限があって自由が制限される。同世代の仲間がいても知らない人ばかり。同じ施設に住んでいても気の合う人ばかりではなく、心ゆるせる親友がいなくても、他に行き場がない、逃げ場がないのでストレスが溜まる。また至れり尽くせりとサービスが良いほど自分の頭を体も使わなくなるのでボケやすい。これらの欠点に入居した後から気付いても、自宅を売却して入居金にしているので帰る所がなく、結局は死ぬまで暮らすことになる…ので、あと10年程と自己の体力・気力の限界と周囲の状況をみてから決めても遅くはない。

★近年は終末期に向かって慣れ親しんだ施設で最期を迎えられるよう、日頃から冗談めかしに死や死後の話をしながら互いの死生観を交流し、死んだら火葬・埋葬・葬儀に立ち会い、同じ墓に遺骨を納めて互いに永代供養を行う所。あるいは医師、看護職員、介護職員などが連携し、本人やご家族とコミュニケーションを取りながら、看取りに取り組む施設も多くなっている。

第11章　老年期を生きる

11－1／80代を生きる智慧

身辺の使わない「ヒト・モノ・カネ」の在庫整理

●80代になって平均寿命を超えたら、大企業の会社役員でも定年退職し、定年のない自営業者でも75歳が限度。生涯現役で働けるのは大企業の経営者と、特殊技能を持った専門家と無形文化財に指定された職人だけ。もはや命がけの仕事は出来ないししない。残り少ない人生は、若い世代の身の上相談や仲人・媒酌人などの世話役をかって出て生き甲斐にする程度。80年間溜め込んだ人脈や金脈、動産や不動産など、今後も必要なもの、必要で無いものを明確に分けて残務整理をしてスリム化する。使わないヒト・モノ・カネは整理した方が、ストレスが無くなり、すっきりさわやかな老後生活ができる。

●まず「ヒトの整理」。80代になると体が不自由になり、足腰が弱って外出の頻度が落ち、社会との交流する時間が減少する。自分を取り巻く血縁・地縁・社縁の交友関係を整理して、人間関係の貸し借りなども人脈を量より質に絞り込む。まずは親戚の年賀状や暑中見舞いも廃止、中元や歳暮を贈る習慣も捨て自分のペースを守る。冠婚葬祭も断る勇気をもって顔を出すのは葬式だけにして、この世の義理から徐々に身を退いていく。近所付き合いも付かず離れず、地域自治会の会合は欠席を前提にする。友人や知人が多いとムダな時間と交際費がかさむので義理の付き合いは増やさない。互いに信頼し素直な付き合いができる友人なら一人でもいい。交友や社縁関係の人脈整理に当たって思うことは、偶然にさまざま人と巡り会い、互いに教え合い、助け合い許し合い、恵まれ人間関係のおかげで無事完走できたこと。これまでの人生を振り返って大切な友人や恩人には、体力のあるうちに会って感謝の気持ちを伝え、別れの挨拶もきちんとやっておく。もし過去の自分の認識不足から生じた大きな過ちに気付いたら、「済まなかった」と和解して心の負担を解消しておく。

●そして「モノの整理」。次第に外出する意欲がなくなり、室内に閉じこもっての生活が中心になる。ならば体力や脳力のあるうちに、家中に散在する不要な書類・衣類・家具類を処分して、シンプルですっきりとした住環境に整える。住まいの身辺整理は玄関・トイレからはじめ、次に納戸・押し入れへと移行。広間の使わなくなった大型家電やテレビ・高級家具などは、業者に引き取って貰うか大型ゴミとして処分する。古い書籍やタンスの中のネクタイや洋服や着物は、思い切って処分する。宝石や骨董品・美術品などの贅沢品は、遺品整理を兼ねて子どもの意見を聞き、親族・友人・後輩にあげ、個人的な蔵書は思い切り整理する。趣味の品・貴重品・写真・日記や手紙などは、子どもが遺品整理で困るので自分の手で始末する。生活に必要なもの以外は全部整理して自由な空間を広げる。

残った備品や家具の定位置を決め、自分の身辺は好きな物や大切な愛用品だけにして、ゆったりとした生活を楽しむ。今後何かを買う時は、もう一度「絶対必要か？」考えて1つ買ったら1つ捨てる。

●最後に「カネの整理」。高齢者にとっては、もはや「時は金なり」でもなくなった。年ごとに体の老化は進んで噛めなくなって食欲が衰え、酒もタバコも飲まなくなる。外食も旅行もしなくなってガソリン代・自動車保険・修理費・駐車場代や外食費・被服費・交通通信費・交際費など生活費全体が減少する。老後資金にゆとりがあっても、病気して入院したり、思ったより長生きするかも知れないから、日常の支出は適切にコントロールする。お金はあの世に持っていけないから、余裕があれば子や孫の面倒を見てやり、残ったお金は法に基づいて処理する。

自らをコントロールして「老醜をさらさない」

●80歳になるとオールド・オールド。体は丈夫でも脳が退化して、もはや社会の役に立とうとしても決定的なことは何もできない。視力が落ちて新聞や雑誌を読まなくなる。毎日家の中に閉じこもって、変化のない生活をしている人ほど記憶力も低下しては早く老ける。老人は今聞いたことをすぐに忘れ、同じことを何度も何度も聞き直す。テレビを見ても世の中の悪い事しか気がつかず、今をけなし昔をほめ、過去や未来のことばかり考えて、一人でクドクドしゃべりまくる。その日の体調や気分次第で死にたがり、死にもつながるの

〈18歳は〉	〈81歳になれば〉
1. まだ何も知らない	1. もう何も覚えていない
2. 心がもろい	2. 骨がもろい
3. 恋に溺れる	3. 風呂に溺れる
4. 偏差値が気になる	4. 血糖値が気になる
5. 自分探しの旅をしている	5. どこへ出掛けたのか、皆が探してる
6. 高速道路を暴走する	6. 高速道路を逆走する
7. 次のオリンピックに出たい	7. 次のオリンピックまで生きたい

で煙たがられる。
●高齢になって気づけば周りは年下の人ばかり。どこへ行っても目上の人で、上から目線になりやすい。老人の昔話や自慢話・長談義をつつしみ、若者にも敬意を示して余計なことは話さない。年配者は先に相手の意見や計画を発言させ、聞き役に回ってしっかり聴く。短所や欠点を見つけても頭から否定しない。失敗に同情しながら叱らないでそれを生かし、補足して自分の創意に対して意見を求めて賛意を得る。老人は数々の苦労を乗り越えてきた自信と貫禄を持っているので、何事もおだやかに控えめにし、功績は若者にして責任は自分が負ってやる。多少ボケて義理を欠く、礼を欠く、恥を掻くことがあっても、面倒見のいい老人は愛され慕われる。
●老人は体力気力も老化して個性が煮詰まってくると、自己中心性が現れて頑固でわがままになる。気短になり、キレやすくなり、人を愛する感情が枯渇して猜疑心が深くなり、子どもの親に対する助言・指示や冗談も受け入れない。悪口を言っては人に嫌われ、孤独になって淋しがり不機嫌は周辺に広げる。老人はうとましく邪魔者扱いされないよう、明るくグチを言って、日常会話にもユーモア感覚を発揮して老化への対抗力とする。老衰して無力になるほど自分の弱さを知って他人と支え合いながら、品格のある衰えを見せられるよう老成して、いつも機嫌よく自己の内的な完成をめざす。

●老人の年齢は見た目の判断が9割を占める。高齢でも若く見える人ほど長寿の可能性は大きい。年をとると顔まで汚くなって気持ちがそのまま顔に出るので、それをカバーするため外出する時は髪をきちんと整え、男性も女性も身心に細やかな手入れが必要。衣服もいつも清楚にする。これまであまり着る機会の無かった高級ブランド服や高額のバッグや宝石を普段でも身につけて金持ち気分を楽しめばよい。老人は立ち上がる時の判断ミスで、事故を起こし易いのでゆっくりと気力で立ち上がる。人前に身をさらす稽古ごとは身だしなみや立ち居振るまいは緊張感が大事。背を丸め肩を落とした姿勢は貧相そのもの、姿勢を良く歩くだけで5歳は若返る。街を歩くにもひったくりや交通事故に遭ったり、クルマや飛行機に乗るにも危険がつきまとう。老人が一人歩きや一人遊びをする場合は、必ず自分を証明する名刺・アドレス帳や健康保険証を携帯し、身を守るためのルールを徹底して守る。

●80代になれば健康な人も次第に体力・気力は衰え、もの覚えが悪くなり、行動がおっくうになり、何となく生気がないなど、体のすべてに老人の気配が出てくる。体も心も思った通りに動かなくなって、薬を飲み忘れたりカギを掛け忘れたりするので、1つ1つの動作をしっかりと認知し確認し、時間をためてゆっくり行動する。老いるのも進化の一種だから「もう年だから」と言わない。素直に体力の衰えを認め、老いても小さなことに気を配り、面倒くさがらず俊敏に対応。自分の齢を考えて毎日の生活目標を持ってパターン化し、それを日課とし加齢を楽しみながら繰り返し、何時も自分からチョコマカと体を動かしているとボケ予防にもなる。

●老人は長生きするほど単調な日常が続くので、老後の生きがいや楽しみは、他人任せにしないで自分で作る。幸せな老後とは歳をとっても「今日これをやらないと」と、自分が今日なすべきことが有ること。もう年だからと死後の安楽を願うより、前向きに目的を持って今日の課題を見つけ、好奇心と冒険心を発揮して常に新しいことに挑戦していると生きる意味が生まれ、年を取るほどに人生が成熟し幸福ホルモンが増加して、死ぬまで若々しく頑張ることができる。老人に欠かせないのが「感謝する能力」と「感謝の気持ちを相手に伝える能力」。他人の親切に対しては素直に「ありがとう」と感謝の言葉と笑顔を忘れない。

★心は言葉にしないと伝わらない。老人が感謝の気持ちを言葉で表せば、周りの雰囲気が変わる。人間らしい品格を保ち、自身のパフォーマンスが上がって、神の面影をもつ翁のようになってくる。

自分の歳と体力を考えて「生きるも死ぬも自然体」

●80代になると肉体はガクッと衰え急降下。白髪が増え、視力が衰え、耳が遠くなり、皮膚にしわが増える。32本あった歯は半分になり、噛む力や飲み込む力が弱くなって食欲が減退し、胃腸が弱って吸収力が落ち、性ホルモンの分泌が減少し、性欲が減退して男性の30%は性的に不能になるので、良質の肉などタンパク質の摂取量を増やす。食生活は朝はしっかり食べる、昼は腹6分目にし、夕食は好きなものを好きなだけ食べ、メタボであってもダイエットしない。カロリーの摂取は抑えても、老人は病気すると痩せるリスクがあるので小太り程度がよい。自分の心の欲するままに振る舞っても道を踏み外すことなく、他人の言葉が素直に耳に入るようになるので安心。怒らない・恐れない・悲しまない、取り越し苦労をしない。老人の何となくのイライラや怒りを鎮めるには、好きなものを食べる、水を飲む、家の外に出て太陽の光を浴びて心の自然を取り戻す。また朝風呂は全身の血流を良くし、30分程度昼寝をしてストレスを解する。もはやパートもやらないしボランティアもしない。自分で工夫して定期的に心地よいことをし、心をバラバラにしないで、すっきりはっきり、澄み切った心で、ゆとりを持ってのんびり暮らす。

●心臓や血管の血圧やコレステロールが高くなり、心筋梗塞や脳梗塞のリスクが高まるので熱いフロや長フロはやめる。肝臓・膀胱・前立腺が肥大して小便が出にくく頻尿になる。見かけは元気でもカゼを引くと肺炎が併発することも。下半身の筋肉量は30代に比べて40%にまで減少するので立つ・歩くことが不安定になり、長時間の移動や運動が困難になる。健康長寿の運動もほどほどに、太極拳程度にして息切れするほど頑張らない。運動時間は少しでも毎日続けることの方が大事。足元が弱ってくると転ばぬ先に杖を持ち、ムリをして歩かない。クルマの運転が危なくなるので、事故を起こす前に運転免許を返納し、クルマを処分して電車・バス・タクシーに切り替えて、ゆっくりのんびりの行動に転換する。睡眠時間はストレス解消して幸福度を増すので、8時間を基準にして寝不足の時は昼寝でおぎなう。

●80歳の壁を越えると記憶力の低下以前に、行動力も判断力が低下して、料理や掃除、買い物、預金の引き出しなど自力で出来なくなってくる。自立した生活ができても、自分の体力・気力を過信せず、あまり心と体に負担をかけないよう、何事も時間と余裕を持って行動する。ほとんどの家事は「たかが」と思い、自分の歳を考えて「手抜き・ずる休み・怠け」を上手に使い分け心身の負担を七分目に抑える。最近は高齢者向きに蛇口を楽にひねる器具や、楽な姿勢で靴下が穿ける器具やロボット掃除機など、便利な生活道具も有効活用する。すべて自分一人で頑張り過ぎないように、何かをしたら何かをやめて決まったことだけする。危険が伴う仕事や出来ないことは少々代金を払っても他人に任せる。掃除・洗濯などヘルパーさんや家事代行業などの助けを借りる方が、思わぬケガをするより安く済む。自分はやりたいことをやって今を楽しみ完全に寿命を使い切る。

1．電球の取り替え、ビンの蓋開け・5分100円

2．コンビニへの買い物・薬局で薬の受け取りは1カ所・500円

3．朝食・昼食・夕食の料理は1時間・1500〜3500円
4．話し相手・新聞雑誌の音読・囲碁・将棋の相手は1時間・2500〜3500円
5．テレビなど家電の買い物同行・1時間・3000円
6．旅行の同行、8時間2万〜2万8000円
7．年末の大掃除2万5000円〜4万円。

★高齢者の一人暮らしはダマされやすい。台所や水道の掃除、電気・ガス・水道の修繕工事、植木の手入れなどのサービス料は、すべて相対価格なので世間相場をよく調べ、業者の評判を確かめてから注文する。

脳力が低下して「憂うつ」になり「ボケ」てくる

●80代になったら何かにつけて「してもらう立場」。自分から他人に働きかける機会が少なくなり、他人のやることに反応するだけ。今日も用事も行く所もなく家中に閉じこもってばかりでは生甲斐がない。自分はもう世の中で必要とされず、誰からも見捨てられた感じ。それに健康・お金・孤独の3K不安が複雑に絡み合ってストレスとなり、それが悪化すればうつ病になる。つまり「うつ病」という心の病は、生活全体の問題が脳内ネットワークにつながり、自分の喜怒哀楽をコントロールできなくなる。その上、目前に死が迫ってくると不安が倍加し、憂鬱になってバランスが取れなくなって起きる病気。特にまじめ過ぎる人、勝ち気、頑固、いじっぱりな人がなりやすい。

●平均寿命を過ぎると食欲が一段と低下、咽せたり吐き出したりして生気がなくなり、不安やうつ病やなど神経症になる。そんな疾患が複雑に絡み合って、絶えず痛みに襲われる病に蝕まれて「もういつ死んでもいい」という気持ちになって止まらない。これまで不合理な問題から連発するストレスも、若さと体力で我慢すれば逃避できたが、加齢と共に我慢できなくなり憂鬱になって怒りっぽくなり、その上不眠症が加わるとイライラが止まらない。やがて配偶者が死んで自分一人だけ残り、寝たきりになって死が迫ってくると神仏に対する信仰をも喪失して生きる意味を失ってうつ病になる。ストレスによるうつ病なら酒を飲むと陽気になるが、老化によるうつ病は生きがいを失した結果だから、酒や薬を飲んでも治らない。うつ病に妄想が加わると、子どもや家族に「隠した・盗んだ」などと騒ぎ立て手に負えなくなる。だがその前にボケてしまえばうつ病にならず済む。

●80代にもなると70％が難聴。夫婦が共に耳が聞こえなくなって、円滑な会話ができなくなるとボケてくる。「ボケ」とは生物学的な自然現象で、身体は健康なのに脳神経細胞だけが老衰しどんどん死滅して記憶力が低下し、生きているが精神的に死んでいく病気。突然始まっても本人はわからない。65歳で13％程度でも、80代にもなるとボケるのは当たり前。ボケるとストレスも減少するので、決して悪いことだけではない。加齢によるボケを予防するには、ボケる前に死ぬしかない。夫婦でも「ボケてきたんじゃないの？」の一言は絶対禁句。お互いに愚行権を認め合い、ボケたような会話も自分もいつかなる姿と重ね合わせ、「アハハ」と笑いながら話すと双方共に救われる。ボケにならないための心構え

〈ボケる人〉	〈ボケない人〉
1. 笑わない人	1. よく笑う人
2. テレビばかり見て、ものぐさな人	2. こまめに手足を使う人
3. すぐ腹をたて怒鳴る人	3. もの忘れを気にしない人
4. 友達がなく、話し相手のいない人	4. 友達が多く、よく話をする人
5. 人を信じず、物と金だけが頼りの人	5. 他人の世話をよくする人
6. 他人の悪口を言う人	6. 本や新聞を読み、よく書く人
7. 信仰心がなく自己中心的な人	7. 信仰心厚く感謝の心を持った人

は、

●老後の生活で最もいけないのは孤立。人間関係を喪失して人を愛する能力が衰え、気働きができなくなるからボケる。ボケの兆候が現れたら家事全般、お金の管理、諸手続きすべてに他者の支援が必要になる。ボケは薬を飲むより新聞を隅々まで読み、レシート計算するだけでも効果がある。毎日料理をしたり、掃除をして部屋中を整理整頓してあちこち気を配る。できるだけ人の集まる場所へ出かけ、気の合う友人と本音で会話し、お笑い番組を見ながらゲラゲラ笑って心の明るさを保つ。さまざまな趣味活動に参加して知的好奇心を発揮したり、仲間と一緒に社会とつながりを持って、ある程度ストレス受けた方がボケの予防や治療に効果がある。

★高齢者がオレオレ詐欺の被害に遭うのは74歳までは10％程。それが85歳を過ぎると40％にもなる。

〈老化によるモノ忘れ〉	〈認知症〉
1. 脳の生理的な老化	1. 脳の神経細胞の変成や脱落
2. あまり進行しない	2. だんだん進行する
3. 判断力は低下しない	3. 判断力が低下する
4. 忘れっぽいことを自覚している	4. 忘れたことの自覚がない
5. 体験したことの一部を忘れる	5. 体験したことを全部忘れる
6. ヒントがあれば思い出す	6. ヒントがあっても思い出せない
7. 生活に支障はない	7. 生活に支障をきたす

「モノ忘れ」とボケが高じて「認知症」に

●高齢者が認知症になる比率は、60歳で1％程度、70〜74歳は5％、75〜79歳は15％、80〜84歳は40％、85〜89歳は60％にもなる。高齢になっての体の病気は自分で解るが、頭の故障は自分で解りにくい。頭を使わなくなると新しいことが覚えられなくなり、他人との交渉が少なくなると記憶力が低下して、人の名前が思い出せなくなる。こうしたモノ覚えの低下やモノ忘れは脳の老化によるもので、まだこの段階では認知症でない。毎日の予定を夫婦で話し合ってカレンダーに書き、手帳に書いたりして目で確認しモノ忘れを防ぐ。

●老化とは体の古くなった細胞や組織を交換できなくなること。人間は加齢と共に1000億個の脳細胞が1日に10万個ずつ減り始めると脳機能が退化する。頭の前頭葉から後頭葉へ向かって進み、内奥部の記憶中枢に至ると、思考や性格・理性や感情のコントロールができなくなる。認知症はこうした脳の神経細胞が壊れて萎縮する病気なので、誰でもいつかなる病気。遅らせることはできても治すことはできない。認知症の初期段階では、①話し手に対する理解があいまい。②会話の内容に広がりがない。③平易な言葉で話しても同じことを繰り返す。④質問しても答えられず、はぐらかしたりごまかす。⑤会話してもこれと言った情報がない。これが進行するとさらに理解力や判断力が衰え、日常生活や社会生活に支障をきたすようになる。一人暮らしの高齢者は、他人と会話する機会が少ないので、認知症になりやすいから在宅看護を活用し、日常の会話回数を増やして心身に刺激を送り続ける。だが友人が多く活発なコミュニケーションを持続している人、人生に対して前向きで常に社会的に役立ちたいと考え生きるいる人は比較的なりにくい。

●認知症のおよそ半数はアルツハイマー型、次いでレビー小体型、血管性の3パターン。

1. アルツハイマー型は、女性に多い。モノ忘れから始まり広範囲へ徐々に進行。今言ったことが記憶できず、思い出せず、時間や場所がわからなくなる。

2. レビー小体型は、やや男性に多い。幻覚・幻聴・妄想などパーキンソン症状の総合失調の認知症。調子の良い時と悪い時をくり返しながら進行。その場にいない人が見える「幻視」、眠りつつ怒鳴り奇声をあげたりする。自分の長生きの無意味を感じ、「つらい」「もう死にたい」を連発。過食嘔吐や自虐行為を繰り返し、最後は孤独死に至る。

3. 血管性は、男性に多い。脳梗塞や脳出血などによって発症。モノ忘れから始まり急に発症して段階的に進行していく。

●認知症になると昔の話は覚えていても、昨日・今日の近過去から忘れ、月日の経過も把握出来なくなる。食事やトイレなど日常生活も介護が必要、ゴミの分別もできず部屋中ゴミだらけで自宅での生活が難しくなる。日常のお金の計算や金銭管理もできなくなりATMの操作、銀行窓口での説明理解が困難になり、預金の引き出しは本人確認は厳格になる。病院や介護施設に入所するにも、本人に納得するまで説明しても、自分の意思を示せなくなるので不動産や株式売却も凍結される。財産管理は元気なうちに、家族信託や成年後見制度を活用したり、弁護士や司法書士に依頼して、金融犯罪に遭わないようにしておく。症状が進めば被害妄想に陥り口を開けば憎まれ口や暴言を吐いたり暴力を振るうようになる。症状が進むと家を飛び出して街中を徘徊したり、万引きをしたり事故に遭う危険性がある。認知症の徘徊行方不明は1万6000人、その90％は70歳以上。認知症の介護や見守りは家族だけでは手がつけらない。地域包括支援センターに登録して緊急通報や家事援助、介護保険や公的な施設サービスを受けられるようにして最大限活用する。
●認知症を予防する1番のコツは、毎日手足や頭を使い続けること。自分で料理をして栄養に注意して高血圧や糖尿病を予防し、掃除や街歩きなど適切な運動をして体重を維持。俳句を読んだり絵を描いたりして創造力を発揮し、社会との交流活動を続ける。認知症になった患者の機嫌は周囲の人の接し方に左右される。夫婦や親子、周りの人に認知症扱いされると、気持ちが沈んで頑固になり、性格が先鋭化して怒りっぽくなって更に悪化される。認知症との付き合い方は聞き飽きた話でもうなずきながら聞き、受け止めながらなるべく無用なストレスを与えない。本人が知人とした約束は家族が解消して許してもらうなど、その生きる姿を側面から気楽に見守ってやる。患者が健康な家族と一緒に暮らすより、同病で同世代の仲間と一緒に暮らすグループホームに入った方が、自分の認知症を意識せずに済むので居心地がいい。グループホームの月費用は８・３～13・８万円。

★まだ体の方は元気なのに認知症になって、脳が機能しなくなっての長生きは死ぬことより怖いから、できるだけ認知症の発症を延ばす努力をする。90歳を超えてからの認知症はもう余計な治療をしなくていい。死ぬ間際なら大歓迎。

「要介護3」になったら「家族だけではムリ」

●85歳になると超高齢者。生きるエネルギーが無くなり、心身両面の虚弱化が進んで老後生活も最終段階で男性３人に１人、女性２人に１人が要介護になる。自分で食事・排泄・入浴できなくなった時、誰の手助けを受け？　どこで暮らすか？　足腰の達者なうちに自分で入りたい施設を見学に行き、入るならどこの施設にするか身の振り方を決めておく。老人が入院や入所する場合は、①その契約内容の理解し手続きをしてくれる人、②預託金の保全や契約履行を確認し保証人になってくれる人、③医者や看護師の説明を聞き、手術や治療打ち切りの意思決定をして自分を権利を擁護してくれる人、④退院後の復帰先や近所の医師や看護人・介護者との手続きをしてくれる人、⑤死亡した場合に死体を管理し葬儀の主催者となってくれる人などが必要。さらに残った財産や家の後始末をまかす自身の後見人は、まだ判断力や自己決定力があるうちに見つけ契約しておく。

●80代も後半になると、生涯現役をめざす長寿者でも膝や胯関節の軟骨がすり減って、膝は50％以上、足から腰は70％以上変形。足力が弱まり座って立ち上がるにも脚力が不足して、階段の上り下りに手すりを掴むようになり、杖をついても歩けなくなって本格的介護が必要になる。在宅暮らしを続け自宅で最期を迎えたいと思うなら、何事も急がないでゆっくりとのびやかに、自分でできることは介護に頼らず、自助努力で食事・排泄・入浴の自由を確保する。

1. 歩行困難／足が出ない、よろめく、段差でつまずく、骨折する
2. 関節の痛み／ひずみや摩耗が起こりやすく、痛みが慢性化する
3. 筋力低下／食事・洗面・着替えられない、入浴できない、起き上がれない、寝返りが打てない、食物を飲み込めない、声が出にくい、息をするのが苦しくなる
4. 不眠症／寒さ暑さ、乾き、かゆみ、痛み、頻尿で、夜間に眠れなくなる
5. 呼吸困難／慢性気管支炎（タバコ飲みに多い）と肺気腫。頭痛、発汗、痙攣が起こる
6. めまい・耳鳴り・頭痛／薬でも抑えようがない
7. 嗅覚・味覚障害／美味しくない、命をつなぐだけの味気ない食事
8. 排泄機能の低下／尿道や肛門括約筋がゆるんで、紙おむつが必要になる
9. うつ病／ままならぬ現実に気持ちが塞ぎ、心が押しつぶされて寝たきりになる

10．麻痺・認知症／脳梗塞や脳出血、パーキンソン病やアルツハイマー病になる

●現在親を介護している子どもは600万人いて、親の介護と仕事を両立している人は350万人、親の介護のため離職する人が年10万人いる。介護老人になってお世話をしてもらう方は、ふがいない自分を受け入れ、プライドを捨てて機嫌よくすること。何が気持ち良くて何が気持ち悪いか、わかりやすい言葉ではっきり伝え、嫌なことは遠慮をしないで上手に断る。苦しい時でもわめいたりしない。情けない現実を認めて弱音を吐かずグチをこぼさない。介護者が家族でも介護してもらったら、当たり前のことでも「うれしい」と喜び、「ありがとう」と丁寧な言葉で感謝の心を伝え、今日を精イッパイ生きていると、相手も命の尊さが伝わるし自分自身も癒される。

●国介護保険制度があっても、家族の介護は家族がするのが原則。とは言っても要介護3以上になったら家族だけではムリ。これを放置できないので次の3つの公的施設がある。①「ケアハウス」は軽費老人ホームとも呼ばれる。家事などの生活支援サービスを受ける一般型と、生活支援サービスに加え介護サービスが利用可能な介護型がある。費用は土地代や間取りなど施設によって幅がある。特養ほどではないが待機者が多く、入居までに一定の期間が必要。②「特別養護老人ホーム」は「特養」とも言われ、在宅での生活が困難な要介護状態の高齢者が入居できる介護保険施設。公的な介護施設で介護保険が適用されるので民間運営の有料老人ホームなどに比べて低料金だが、65歳以上で要介護3以上の方しか入居できない。全国に8414施設あり介護保険施設の中で最も数が多いが、入居一

時金はなく月額費用10万～15万と、民間施設に比べると安いので27万人（2022年4月現在）が入居待機中。順番は申し込み順ではなく毎月の入居判定委員会で審査。介護度や家族の状況で緊急度が点数化され点数が高い順に入居する。③「養護老人ホーム」は、経済的・環境的に困っている人を支援するため、通常の老人ホーム施設と契約をして入居するのでなく、市区町村の「措置」としての施設で、「介護」ではなく「養護」が目的。毎月の費用はケアハウスは7・5～12・4万円。特別養護老人ホームは10～14・4万円。介護老人保健施設は8・8～15・1万円。介護医療院は8・6～15・5万円ほど。

●養護施設に入ったら、要介護者3人に施設のスタッフ1人が付く。自分で出来ないことは人に助けてもらうのは当然で、老人ホームでは何事もプロの介護士に任せて、それを惨めとは思わないこと。それでも施設に入って介護士に子どものように扱われたり、失禁やおむつの世話をしてもらう自分の姿は堪え難く、自分を人間として扱ってもらいたいと言っては弄便や暴力沙汰を起こす。逆に老人介護はやりがいが感じられず期間の終わりが見えないので、介護者が老人を虐待する事件が起きたりする。

★介護される人も時には冗談を言って笑い返し、円満な表情で会話して相手を味方にすると、自身の幸せの度合いも高まる。

死と正面から向き合い「自分の死生観」を固める

●人間は100％確実に死ぬ。金持ちでも貧乏人でも死は平等にやってくる。でも「死んだらどこへ行くのか?」」は未だ不可解のまま。死はもうそこまで来ているのに死後の行先が不明、だから死は不気味で恐ろしい。今生きている自分の死後のことなど本気では考えられず、無意識の中で自分は不滅だと信じて生きてきた。死は年齢に関係なくいつ来るか分からない。80代にもなればもういつ死んでもおかしくない。「死は永遠のナゾ」などと他人ごとのように言っておられない。人生の評価はその人の死ざまよって決まる。生涯懸命に努力し充実した人生を生きた人は、納得して死を受け入れられるが、終末期になっても生死の問題を乗り越えられない人は、臨終になって不眠や手術など肉体的苦痛に孤独、不安など精神的な痛みが加わって怒り狂う。自我を捨て切れず、死ぬことへの恐怖と、生き残るものへの思いが交差して苦しみながら死んで逝く。高齢になれば病を隠さず老いにあらがわず、死から目を背けないで心の準備が必要。「人生の目的は、死から自由になること」と考え、もう一度原点に戻って科学や哲学・宗教を含め、一人静かに内なる自分に向かって死とは何か? を問い詰める。自分なりの死生観をきちんと固めることによって死にざまが決まり、心やすらかに往生できる。

(1)宗教を信じて慈悲深い「神仏に救われる」

●人間は一切の宗教を否定して、自我だけで死を乗り越えていけるほど強くない。理性や科学的知識は身命の保持をなし得ても、生死の不安をと苦悩を除くことができない。宗教の目的はこの合理性で解決できない死や死後の不安を解消することにある。生涯宗教に関わりを持ち、神仏に感謝しながら生きてきた人は、病気の重さに反して痛みや息苦しさも感じず安楽に死んでいける。とはいえ信仰は知識ではなく個々人の生活に根ざしたもので、聞きかじりの思想や借り物の宗教は通じない。信仰はあくまで人間理性を起点に幻想の上に幻想を重ねたロマンの世界で、宗教の本質は超越性にある。人生を締めくくるに際して「自分には永遠不滅の霊魂がある」と信じるだけでも死の恐怖が薄らぐ。死ぬとその霊魂は光り輝く天国・極楽浄土へと向かい、慈悲深い神仏によって生前一切の罪が許され、永遠の生命が与えられると信じられるならば、死はあの世への誕生日。人生最後にして最大の楽しみとなる。

(2)仏法では生死一如で「一切皆空」

●仏法では「生死一如」で、生と死は表裏一体だから、生きるも死ぬも同じこと。死は生の中に存在し、生が終われば死も終わる。生死の二元論を超えて、生を喜ばず、死を悲しまず、永遠の法界へと飛躍して宇宙の根元である法と一体化。生まれることも死ぬこともない絶対無の境地に至って涅槃を悟る。坐禅して心の汚れを離脱して自己の存在の根拠を完全に無化して、この世の分別の対象の形が消えて一切皆空。心が大宇宙に溶け込んで空の境地。自分の外から自分を観れば、自分は不滅の命の中に生きていて、現在の体は一時的な借り物で命の働きの場に過ぎないことを悟る。死んだらどうなるのか？　どこへ行くのか？　などと無用な心配するより「死後のことは死んだらわかる」から、今この一瞬に集中して生きる。

(3)あの世での先祖の仲間入りする

●自分という生命体は親から授けられたもの。今の自分の上に両親がいて、またその上に両親と幾重にも重ねられてきた遠い祖先代々へたどり着く。死ぬ時は一人でも、死んだらあの世で先祖や亡き両親と会えるので寂しくない。自分も祖霊の仲間入りをして、毎年の盆・正月と春秋の彼岸には、子孫の送迎を受けてこの世へ戻り、肉体が消えても子や孫とはこれからもずっと、肉体的・精神的にも一本の糸でつながり続ける。

(4)日本人らしく「あっさり死ぬ」

●日本人の伝統的な死に方は、一つの主義や思想・宗教に殉ずるより、あるがままの老衰による自然死で、死に方が美しいか汚いかの方が大事。自分とは「自」然の「分」身で人間も自然の一部に過ぎないから、土から生まれ土へと返るだけ。人間の体の基本構造は動物と同じだから、犬が死ぬのも人間が死ぬのも同じこと。グズグズと臆病で卑怯な取り乱し方をしない。「死後のことは死んだら分かる」。不要な心配は棚上げにし、その時がくれば桜の花のようにパッと咲いてパッと散るだけ。あっさりと自然体でこの世を去って自然に還る。

(5)哲学を信じて「永遠に生きる」

●広大な宇宙における人の一生は、遥かな過去から永遠の未来に向かっての、大きな生命活動の流れの中にある。自分の生命は全体的生命の一部としてあり、個人の生命は絶えず生まれ変わり死に変わりする。個人から見れば「死への存在」であるが、社会の立場からは「生への存在」で、死ぬと体は土に還り、魂は天に向かって次の生命活動のステップに入るだけで、命は無くなることはない。「死ぬこと」は同時に「生きること」。自分の遺伝子から生まれた子どもは自分であり、その子どもの遺伝子から生まれた孫も自分。自分が死んだら遺伝子に刻み込まれた自分は子、孫、ひ孫の私と、私・私・私と…ずっと私を渡し続けていくことによって、死を乗り越えて未来永劫に生き続ける。

(6)科学を信じて「いさぎよく死ぬ」

●人間理性を信用し科学的・合理的な死生観に徹して、神仏も我も想像上のものとしかなく、無いと割り切って天国や極楽の幻想に逃避しない。寿命の限界まで生きたから、もうアレコレ理屈にとらわれて深刻ぶっても始まらない。現代人らしく「人間はゼロから生まれ、死んだらゼロに戻って何も残らず生き物として完結する」だけと割り切ればよい。元々偶然に生まれたから、生まれなくて元々と思えば、生きるも死ぬも同じこと。死ぬ時がくれば何一つ望まずいさぎよく死ぬだけ。葬式はしない、墓もいらない、年忌法要などのアフターサービスもいらない。

★人間にとって不老不死が最善でない。もし不死が可能であったとして、何百年・何千年生きたとしても毎日が退屈で仕方がない。人生の意義は人生が終わることにある。人間に死があるからこそみんな平等に救われる。

11－2／90代を生きる智慧

人生の最終章90年を振り返る終活の時期

●いよいよ人生の最終章。90歳以上の人口は200万人、そのうち男性は40%、女性は60%。95歳以上は50万人、100歳以上は8万人と激減。要介護は90歳で60%、95歳で80%。今日まで山あり谷ありの人生を上手に歳を重ねて、自分がこんなにも長生きするとは…と実感。死を目前にして自分のこれまで生きてきた意味を深く問う。厳しい生存競争の中で、自分の持って生まれた才能と、与えられた境遇の中でそれを天職として自分を生かし、社会的役割を果たすために全力で戦った。時代の流れに沿って浮き沈みしながらもそれなりの成果を上げこれまで無事に生きることができたことにまず感謝。たとえその成果が世の中に認められなかったとしても、人生の失敗や成功、勝ち敗けは時の運だから他人と比較するものでない。過去の事実は変えられないが、自身の思い方一つで過去の評価はガラリと変わる。数々の過ちや失敗を繰り返した自分の人生にも、大切な意味があったことに気づけば幸せいっぱいに。「自分の人生もまんざらではなかった」と自画自賛し、「昔は良かったし、今もあまり悪くない」と日々満足して生き切る。これこそが上手な人生店じまいのコツ。

●これまで波乱万丈の90年を振り返って終活すると、これまで自分の心を満たしてくれたもの、自分の魂を高めてくれたものに対してひたすら感謝。生まれ育った故郷の両親や兄弟姉妹、幼なじみの遊び友達、学校友達やその恩師、夫婦二人で苦労したこと嬉しかったこと。子どもと一緒に旅行して面白かった楽しかった思い出は、老いゆく心をいやしてくれる。世間知らずの若者がきびしい競争社会の中で、野心に燃えて戦い生きてきた中で、世の不公平で不条理なことに憤慨し、人の道を外して多くの罪を犯してきたことに気付く。また自分の生涯において、家族間・親族間の人間関係や経済面のトラブルが有って、配偶者や子どもに内緒の秘密事項があったら打ち明け、生きている間にその原因や結果を伝えておく。臨終間際になって問題が起こらないよう、もう一度家族の絆を結び直しておく。

1. 自分自身と和解する／多少は失敗もあったが、「よく頑張って多くの教訓を得た。良い人生だった」と過去のすべてを全肯定。自分で自分を褒めてやる
2. 配偶者・子どもと和解する／自分の未熟さや間違いから、夫婦や親子の間で発生した過去不和や不祥事の秘密を打ち明けて、深い溝や反逆心を解消しておく
3. 元学友・職場仲間と和解する／大きな不祥事を起こしてケンカしたこと。叱ったこと、叱られたこと。思い出をたどって和解しておく
4. 先祖・神仏と和解する／自分の両親のすべてを肯定して感謝し、自分がこの世で犯した先祖や親不孝に対する心の痛みをなくしておく

●90歳を過ぎたらもう長生きだけを目的としない。あと何年と逆算せず、老いに寄り添い自然の流れに逆らわず、自分で自身に一切ノルマを掛けない。いい加減で成り行き任せで、頑張らないで一切の努力はやめ、心と体にいいことだけをしてゆる〜く生きる。体調に合

わせて自分の好きな時に寝て好きな時に起き、いつもの時間に好きなものを好きなだけ食べる。新聞やテレビを見て事件に興味を持ち、人気タレントと一緒に泣いたり、笑ったり、怒ったりしながら心豊かに時間を過ごす。月に1~2回は好きな所で好きな食事して、静かにお茶を飲んで楽しむ。美味しかったらありがたく感謝して人生をエンジョイしておれば、身心ともにきれいな老人になれる。足腰が弱って外出できなくなっての一番の健康法は、誕生日・敬老の日・長寿祝いや生前葬のパーティなどを催し、相手の方から来てもらって賑やかに楽しく過ごす。いつも日常生活にワクワクプランと、笑いをちりばめて笑顔を絶やさない。

★笑うことはうつ病の予防や、コロナウイルスやガンや対する抵抗力を高める効果がある。老人は腹から笑える時間を持てば薬だけに頼らず、ちょっと笑うだけで今日1日、爆笑したら1週間は長生きできる。

急がず力まず頑張らず「の~んびり」暮らす

●90歳にもなると日に日に体力が衰えて、見えないし、聞こえないし歯はガタガタ。目やにが出るなど、ほとんどの感覚が鈍ってくる。箸が重たくなり足腰がたたなくなり、寝返りがうてなくなってくるまで老いたら、すでに体の半分はあの世にいるようで、もはや何時死んでも誰も驚かない。残された時間はすべてロスタイムという感覚でいると余裕が生まれる。もう何時死んでもいい歳だから、多少の体の不調も当たり前。薬を飲んでも効かないから何とか病気と上手に付き合って、今できる楽しみに集中して自分をだましだまし生きていく。

●日常生活に最低限必要な食べる・移動する・排泄するなどの動作ができなくなると、もはや自立して生きられない。それでも周囲の人みんなが格別の心遣いをしてくれるから、やりたいことは何でも出来るし、しなくてもいいことまで出来る。行動はその日の風まかせ、すべてにおいて焦らず、体にブレーキをかけてムリしない。自分が決めたノルマで自分を縛ることなく、ストレスを最小限にして疲労感と対峙しながら、特別なことは避けて危険性のない仕事を選び、迷わず、諦めずやり過ぎないよう、決まった時間に決まった事して、適度に体を動かして気持ちいいことだけをして自然体で生きる。誰かの何かの役にたっていると実感できる程度でも、日々の楽しみを見出して好奇心を発揮していると、記憶力の低下を防ぎ認知症の予防になる。

●自分の周りを見渡せば、兄弟姉妹も友人も居なくなって一人ぼっち。それでも最後まで自宅で暮らし老衰でピンピンコロリを願うなら、長寿に良いと言われることは何でもやってみる。食べたものが体を作るので、自分の口から食べられる内はサプリメントや薬を飲むより自然食物から栄養を摂る。野菜・果物は出来るだけ旬のもの、肉より血液をサラサラにする背中の青い魚を食べ、乳製品・卵・大豆・海藻を中心に必要なカロリーを確保。腹6分目にして3食はきちんと食べる。できるだけ誰かと会話しながらゆっくり食べる。老人がカゼを引くと肺炎になるので、朝夕の歯磨きをして口内バクテリアを撲滅し、外出後のウガイと手洗いを欠かさない。転ぶと寝たきりになるので1日最低1000歩は歩く、毎日がムリなら週末だけでも歩く。歩けない老人は、座りながらでも、寝ながらでも手指を折り曲げたり足を伸ばしたり関節や筋肉の屈伸運動をする。定期的に適度の痛みや苦痛やストレスを与え続けると、病気の予防になるし気分も若返るので、体が動く限り自分の体は自分で介護する。

●90代後半になると更に足腰が弱って外出の頻度が落ち、家に閉じこもって社会との交流時間が無くなる。残りの人生をどう生きるかを考えると同時に、どうゆう死に方がいいか考えてみる。生きている限り何かの不都合を抱えるが、所詮成るようにしかならないから、老いも病気も成り行き任せ。一切苦にせず口にしない。お金の執着はほどほどに、自分をこの世につなぐ鎖を少しずつ外して人生の重荷を下ろす。友達を作ろうと思わず褒められることも期待せず、気心の知れた親友がいなくなって、心底の話ができなくなる。互いの出会いは永遠の前の一瞬で、会ったらこれが最後と覚悟しつつ「ありがとう」と言って別れる。

★もうどうせ死ぬんだから、今のうちに今をもっと楽しむ。何時でも何ごともムリせず、急がず・力まず・はみ出さず、ひがまず・威張らないでおだやかに、有りのまま当たり前にして後悔ゼロの生き方・死に方をする。

「ボケ」でも愛され「孤独」でも楽しくキゲン良く

●90歳を過ぎると90％がボケゾーンに入るが、ボケて衰えるのは記憶力だけ。理解力や知能まだ確か。ボケてしまえば嫌いなことやつまらないこと、老後に対する不安などを忘れさせてくれるので、幸福感や満足感はあまり変わらない。毎日好きなことだけをして頭や体を使い、デイサービスや介護施設で仲間と声をかけたりかけられたりして、良好な人間関係を作って楽しんでいると進行がおだやかになる。ボケはゆっくりとしか進まないし、たとえ周りに迷惑をかけても、本人はすべてボケのせいにして知らぬ顔。けっこう機嫌よく幸せに長生きできる。

●ボケが高じると大方の人は認知症に向かう。認知症は本当の死を迎える前に少しずつこの世とあの世の区別を付かなくし、死を恐れないよう神が配慮した準備期間だから、治ることはない。介護者には大変でも本人にとっては天国の一歩手前。生と死の中間段階で、おだやかに死を迎えるための安息の時間だから、不便ではあっても不幸ではない。元気に朗らかに自分の好きなことだけ続けていると、ゆっくりと人生の終期に着地できる。「私もやっとボケの仲間」「認知症の仲間入りができた」と無邪気に成り行きを愛せる人は、うつ病にもならずに周りの人にも愛される。ボケを愛するボケ老人はうつ老人より幸福になれる。

●職業を中心とした人生前半戦で成功し、出世して威張って生きてきた人には、頭が良くてプライドが高く人を見下すクセがある。老いて体力・気力が衰えボケてくると、他人の力を借りねばならないが、そんな自分に失望し目標や生きがいを無くして気分が落ち込む。それでも頭だけはしっかりしているので、認知症予防に唱歌を歌ったりするのは子ども騙しだと嫌がる。デイサービスでも年相応の対応を求めこだわるから、なかなか周りの人に好かれない。ボケはじめても嫌なこと不幸だったことだけは思い出す。それに治らない難病や将来への不安が重なって不機嫌を撒き散らして閉じこもり、家族や介護の人にも嫌われてうつ病になっていく。歩けなくなって入院したらそのまま車椅子や寝たきりになってリハビリしても元に戻らない。

●大方の現代人は組織の中で主体性を放棄して、表面的に付き合いながら生きてきて、孤独を知らないから勘が鈍い。企業社会で孤独を味わえるのは選ばれた人だけで、すてきな人は誰とも群れずみな孤独。人間関係が無いと孤立し力尽きたら「孤立死」する。常に最悪のことも考え身辺を整理しておく。どこまでも孤独を愛しマイペースで歩む道は、人生の悟りの道に通じる。一人だけの時間を持って孤独に耐えられる人は、自分を客観視しながらこの世の変わりゆくもの、変わらぬものを掴んで主体的に生きる力がある。配偶者が亡くなり一人暮らしになっても恐れることは何もない。孤独を愛する老人には、一人になっても楽しく生きる残存能力がある。それは誰かのためにやるのでなく、ただ「自分が心から楽しめる」事だけに夢中になれる能力で、それが最後の生きる力となる。残存能力を活かして自分のしたいことだけ、好きな趣味だけに熱中して死ぬまで打ち込める何かを持って生きている人は、寝たきりになっても心は安定し精神的に成長し続ける。

★孤独に強い人には長寿ホルモンが働いて、生きる力が強化されて死亡リスクが低下し、その結果として長生きできる。

子や孫に「有形・無形の資産」を生前に引き継ぐ

●何となく老いを感じ始めたら今まで以上に気を使って焦らない。色々なことを一度にしてトラブルを起こさない。約束ごとは破らないよう準備万端整え、全力を尽くしてきちんと生活する。死が迫ってきたらそろそろと、自分が生涯に蓄積した有形・無形の財産を、次の世代へと引き継ぐ準備をする。自分が死んだ後に家族や親族が反目し問題を起こさないよう、遺産相続の分配の仕方を書類化し、遺言書にして生きている間に与えておく。認知症になってからの遺言書は無効なので、元気なうちに書いておく。

●子どもや孫に残し引き継ぐものは２つ。１つは現金・預金・家・土地などの目に見える「有形の財産」。遺産相続の基礎控除額は「３０００万円＋６００万円×法定相続人の数（配偶者と子ども２なら人４８００万円）」これを超えた部分に税率を掛ける。実際に遺産相続納税を払った人は５％程度。相続税の申告や納税は「亡くなった日の翌日から10カ月以内」で現金一括払いが原則。遺言は口約束やワープロは無効なので、健康なうちに自筆で書き金庫に保存しておく。一度書いたら毎年正月か誕生日に見直して更新する。預金口座・保険・株式のリスト化し、ＩＤやパスワードも一覧にまとめ、受け取った家族が迷わないよう保険金の受け取り方まで明記しておく。同時に貴金属類の保管場所やへそくりの隠し場所も申し送る。子どものいない場合、あるいは人並み外れた財産がある場合は、社会事業に寄贈して多少でも自分の足跡を残しておく。

●もう一つは目に見えない「無形の財産」。それは次世代の子や孫たちに語り継いでひそかに誇れるもの。両親の家系の先祖はいつ頃・何処で・何を家業としてきたのか？　自分たちの正しいルーツや価値観を次の世代に伝えておく。自分のこれまでの人生経験から、後輩に伝えておきたい知識や技術などの言葉は、いつか無くなる即物的な財産より、人生のさまざまな問題解決のために役立つ。或いは自分の人生で親類縁者との間で、援助を受けたりもめごとに巻き込まれて損害を被ったなど、人間関係良し悪しを漏らさず伝えておく。周りの人々とわだかまりなく人間関係を最優先し、冠婚葬祭での親戚付き合いのマナーや世渡りのコツなども教え、人望と人格を高める大切さを言い伝える。その言葉は自分の死を超えて生き続け、残り続けて子や孫たちを支える力となる。

●人間社会は生活経験や知識の豊富な祖父母は、孫にとっては自分の良い点を見つけて褒め、失敗してもひたすら肯定し、救ってくれる神さまのようなもの。祖父母自身も孫の話し相手になって談笑をしていると若い元気が乗り移り、愛情ホルモンが湧き出していやされる。孫が祖父母の日頃の生活態度を見て、自分も「あんな老人になりたい！」と思うように、日常の暮らしは小ぎれいにして手抜きせず、自由に楽しく生きる姿を見せておく。孫の前でも身ぎれいにして礼節を忘れず、背筋を伸ばし正しい言葉でタメ口をせずきちんと話す。どんな約束も「老人に二言なし」で大切に守って、尊敬の対象とされるような老い方を心がける。
●現代の子や孫は間近で人が死ぬのを見たことがなく、初めて経験する死が自分の親の死。親の幸せとは残った子孫から忘れられないで、思い出してもらいたい自分の生き方。人の死は多かれ少なかれ周囲の人々に何らかの影響を与え、後輩は亡くなった人から生き方を学ぶので、死にゆく時の慎みと、労りと、折り目正しさが大切。死を避けながら終わらせるのでなく、常に人間として誇りを持ち続けて臆病な取り乱し方をしない。自分で「いつ死んでもよし」と思っていれば、子や孫たちに穏やかな死に様を見せられる。亡くなった後にも余韻が残るよう、人生の最後の瞬間まで自分の生死を超えて、生き残った人間に良い影響を与えられるよう心を配る。それこそが次世代への最大の遺産となる。
★生涯独身者の残存資産は、愛する母校やお世話になった故郷へ、貧しい子どもたちへ寄付して多少でも自分の名前と気持ちを遺す。

心が熟して煩悩が消え「仏性に目覚めて悟り」に近づく

●90歳を過ぎた老人の体は日1日と体力が衰え、昨日出来たことでも今日出来なくなり、人生の終盤は負け戦ばかり。自分自身に頼れ無くなって、日々生きるにも勇気を必要とする。長生きするほど老・病・死の苦も延びるので一長一短。むしろアッサリ死ぬ方が安らげるが、生死のことは天命に任せるしかない。反面、老人は出家しなくとも食欲や性欲、物欲・金銭欲など一切の煩悩に執着しなくなり、悟りへの環境が整う。一人で居て一人でも喜べるのが宗教の世界。毎日一人で静かに本を読んで空想や妄想力を逞しくして、自分だけの心の世界に入りびたり、死後の世界に思いを馳せるのも老人の楽しみ1つ。

●老いは退化ではなくさらなる進化。この物質的・科学的世界から神秘的・霊的世界へと転換して、これまで生と死、科学と宗教を切り離し、哲学や宗教を初歩から学びはじめると、改めてその教えの深さを実感。この世からあの世は見えないが、宗教観が深まってくると時空を超えた見えない世界に軸足を移して、あの世からこの世を見る力が付いてくる。心の奥に宿っている仏性が目をさまし、自ずと人力を超えた大きな力を意識して、全身から不思議な光を放ちはじめる。若い時には幻想としか思えなかった霊魂の存在が、年を重ねて多くの経験を積んで自分が解ってくると直感力が鋭くなり、霊的存在としての自覚が深まってくる。物質的な幸せを捨ててより高い精神性を求めるようになり、霊魂の存在を信じられるようになる。自分という存在は自分の思う自分よりずっと深く、魂が魂の声を聞くようになると自分自身から自由になって生死を超えて生きられる。

●老年期になると霊的世界から自分を見ることができ、老衰期には神の心が表面化して、この世で最も「神や仏の世界に近い距離にいる人」となる。人生の最終段階で「神仏と同化する」というのが日本人の考え方。長寿祝いのめでたさの原点はここにある。そして神仏と直面した時、はじめて信仰が自然な形になり、神仏に染まって大往生を願うようになる。死を前にした老人が、自分の心の中の聖なるものを信じ、人間を超えるものとの関係を重視。不思議な力に生かされている自分を知るほどにどこか威厳が備わる。霊的能力の高い老人は未知なるあの世とこの世をつなぐパイプ役。いよいよ最期の臨終時に言い残す遺言を考えておく。最後は釈迦が目指した悟りの世界と同じ、究極のやすらかな涅槃の境地に到達。大宇宙と一体化して、生じることも滅することもなく、老いることも死ぬこともない。破れることも、壊れることもなく、変わることもない絶対の幸福に至る。

★老人はこれまでの人生経験で、人間の弱さ狡さ浅ましさを知っている。天国も地獄も体験し人間世界の表裏を知っているので、人生の妙味がよく解る。大方のことは限度を見極め、争うよりも長い視点で受け入れ、相手の気持ちに寄り添うことができる。老境に入ると一層心が熟成がして人間本来の姿に近づくことができる。

臨終の場は「病院・老人ホーム・自宅」どこにする

●90代になれば、視力も、聴力も、脚力も低下して、いよいよあの世に向かって「カウントダウン」。すでに配偶者や兄弟姉妹、友人・知人は殆ど亡くなって次は我が身。昔は100%自宅で死んだ。今は病院で死ぬ人は77%と圧倒的。在宅死は13%、老人ホームは10%。病院でも、老人ホームでも、自宅でも、死ぬ時は自分一人で死ぬことに変わりはないが、一人暮らしでも後を汚さない心配りが必要。

●今は核家族化が定着し、世帯分離が進んで親子関係が希薄になった。親が自宅で死を迎えたいと思っても、子どもとは別居だし、近所に在宅診療をする医者もいない。一人暮らしで寝たきりになったら、生きることも死ぬことも出来ない。治らない慢性疾患を持つ患者・ガン患者など、臨終時の体の痛みや呼吸のしづらさや経済問題に耐えられず、人間は他の動物に見られない自死をする。人間の尊厳と自尊心を維持するため、最後の自己主張として自死をする。自死を決断し決行するには大変な意志力と集中力を必要とする。自ら死を選び自殺した人は年間2万2000人だが、自殺未遂者はその10倍と推定すれば20万人にもなる。

●死は人生の最後の大仕事、どうゆう死に方がいいか？　理想の死に方は難しい。そろそろ自分の死が近いと感じたら、聡明な判断ができる内に、自分はどこで、誰に看取られて死にたいか、自分の死に場所は、これまで通り「病院」にするか、「老人ホーム」か、それとも「自宅」か決めておく。自分の理想的とする死に方を、家族と一緒に考え明確にする。自分の命の終わりをどう迎えるのか？　家族は大切な両親をどう見送るのか？　を事前に考えて家族みんなに伝えておく。

入院したら「終末医療の限度」を書面で共有

●老いた親が突如バッタリ倒れたら子どもはウロウロして、家族は病気の判断ができないので、とにかく救急車を呼んで病院へ担ぎ込む。一旦入院すると後はすべて医者主導。医者は病気を治すことが正義で、死は敗北と考えているから、ガイドラインに沿って治すことばかり考え、患者側に選択の自由がない。医者は口から物が食べられなくなったら鼻にチューブを取り付け、回復の見込みがなくなっても点滴注射をする。呼吸が不自由になったら人工呼吸器を取り付け、酸素吸入をして延命措置をほどこす。いったん取りつけたら、医者でも家族でもそれを外して停止する決断は容易でない。そんなにして多額の費用をかけても、余命1ヶ月が3ヶ月に延びるだけで、死そのものが無くなるわけでなく、死にそうで死なない状態が長々と続くだけ。

●そもそも病院は本来病気を治す所。老衰した患者の介護や看取りをする所でないから、難病人でも入院は3ヶ月間が限度、今は2週間が目一杯。医者から余命宣告を受けたガン患者や治らない持病を抱えた老人でも退院しなければ成らず、さっさと地域の病院に運ばれる。病院側はその老人患者を受け入れて、患者が物を壊した時に損害賠償してくれるか、退院の時・亡くなった時に身柄を引き取ってくれるか、死亡した場合に恨まれて家族から訴訟を起こされないかなど状況によって選別し、家族のいない老人には保証金や身許保証人を要求される。

●現代の医療技術が進歩したとは言え、終末医療にも限界がある。病気が治る見込みのない段階に入って治療方針のドタバタした変更や、急な死に方・死に場所の転換は本人のショックも大きく家族や周りの人にも迷惑。死ぬ時期や死に方はなかなか自分の理想通りいかないが、老化と死のプロセスを理解すればある程度コントロールは可能。日本では臨終時に薬を投与して苦痛を和らげ死に至らしめる「積極的な安楽死」はまだ認められていない。でも延命治療をやめて尊厳死を望む場合、仏道修行のように、自己責任で食事を断ち水を断つなどゆるやかな「消極的な安楽死」を選択し、人生の幕引きをする方法はある。

だから本人がまだ元気な内に家族も参加して、理想的とする死に方を決めておく。

●最近話題の「人生会議」とは、人生最終段階の余命1ヶ月に入った時点で「終末医療の限界」を決める会議のこと。本人が自分の死期を悟り、まだ意思決定できる時点で家族も参加し、本人に終末医療に対する希望を聞き、医療を担当する医者や看護師と共に、終末医療の限界について話し合う。終末期に入っての胃ろうや人工呼吸器など、「生命維持装置を使っての治療をいつやめるか」治療方針を決定し書面にして共有しておく。寿命の長さよりムダな延命治療を最小限に止め、終末期の生き方の質、臨終期の死に方の質を最優先する新しい医療システムが定着しつつある。

★人生会議では、医者と患者との主従の関係が逆転。早過ぎると不正確だし遅過ぎると行われないので、定期的に話し合いを繰り返し見直しする。

最後の1ヶ月を「自宅で死を迎える」準備する

●人生最後の1ヶ月間は病院よりも自宅で、家族と穏やかに過ごしながら死にたいと願う人が多くなった。国も今後の死亡者の増加と福祉施設・病院の不足から、在宅介護・看護を推奨している。自宅なら解り合える家族がいるし、多少は迷惑をかけても自分が主役になってゆっくり過ごさせる。自分の好きな料理を食べたり、音楽を聴いたり、静かに本を読んだり絵を描いたりできる。もう一度あの人と会いたい、旅行をしたいといった希望も叶えられる。それが楽しみとなり生きる力となって、最後まで自由に心安らかに人生をまっとうできる。家族も残された時間を親と共にすごし、最期の看取りまでやれることは全部やりきったという満足感が得られ、納得し笑顔で見送ることができる。

●自宅で終末期の2、3ヶ月～1年程度過ごして在宅死を望む場合、自宅近くに出張診療をしてくれる医者を探さねばならない。また家族もそのために在宅療養の知識や介護技術の基本を習得する必要がある。近頃は夫婦とも元気、親子ともに長寿で「老老介護」が当たり前。70歳の子どもが90歳の老いた親を食事・排泄・入浴をさせたり、薬を飲ましたり、車椅子で運んだり、険しい病状を見守ったり、看取りまでする。いずれ病気が治っていく病人の介護や看病は家族でもできるが、終焉を迎えやがて死にゆく人の看病は看取りが加わるので容易でない。親子とも双方元気なうちに、本人が望む在宅看護にどう向き合うか、話し合っておくこと。子どもも親の介護を通して自分の老後の介護・看取りの場面をイメージし、自分がその時どうすればいいか理解できるメリットがある。

●在宅看護のポイントは、日常生活の①食事と②水と③運動が適切であること。食事のご飯は10g単位で、おかずは1／2、1／3単位で加減して必要な栄養分をバランスよく食べさせる。人の体重の半分が水分なので1日2800ccの水が必要。そのうち1300ccは食べ物から、残りの1500ccは飲料水・お茶・ジュース・牛乳・酒などの飲み物から摂る。水分をしっかりとれば便秘の悩みも解消する。「老衰死」とは体の水分が減って涸れていくこと。成人の体の水分は全体の60％だが、老人は50％に減少する。栄養や水分が不足すると、皮膚の皮脂膜が壊れるので入浴時の洗い方にも注意。自宅に籠りきっている時は寝たきりにならないよう、手足や腰などの運動をしたり外出して自分で介護する。それで体調が悪くなれば病院や介護施設へ移し、良くなれば自宅へ戻り、入退院を繰り返しながら自宅での生活と病気治療を密着させる。

●終末期になって症状が急変し、死が近づいた病人を看取る場合は、家族もホスピスの役割も果たさねばならないので質の高い介護技術が必要になる。臨終を迎えた人の介護は相手への愛情表現がカギになる。人生の終着点をどのように看取るべきか考えて、死にゆく人の命ときちんと向き合い、相手の死生観に合わせて心を傷つけないよう十分に心配りをする。介護する人される人の両者が、お互いに気持ちよく人間らしく生きるには愛情だけでなく、それを相手に伝えるための技術がカギになる。臨終の場合は「がんばってください」と気を使うより、目線を合わせ手で触れながら話を聴いて反復し、確認して相手の弱音を吐き切らせ、「大丈夫！」と励まし「よかったね…」と共感。本人の希望を聞いて反復し、もはや何も出来なくなったら沈黙し、心身の痛みに寄り添ってそっと抱いてやる。

●患者本人は最後まで「自分がどう扱われているか」という感覚を持っているので、介護者は相手と尊敬の念を忘れず、患者の心に寄りそい「あなたのことを大切に思ってます」という思いをちゃんと丁寧に伝える。

1. できるだけ相手に近づき、程よい距離感を保つ
2. 相手に顔を寄せ、目を見て話す
3. 手を掴み、背中からゆっくり・優しく・包み込むように触れる

4．てきぱきしないでゆったりと、丁寧過ぎる言葉やお辞儀をしない
5．余計なことをしゃべって話題を引き出し、間違っていても正さない
★介護老人は介護されることに疲れている。「家族にこれ以上迷惑をかけたくない」との思いが強いので、家族と同居老人の方が一人暮らしの老人より自殺が多い。

「臨終から死に至るまでのプロセス」を知っておく

●人間には生きる力と共に、穏やかに人生を閉じる力を持っている。臨終期の死に至るプロセスは、本人はもちろん看病する家族も知っておく方がいい。その自然のプロセスに従って余計なことはしないのがいい。長患いの病人は食欲が細って体の代謝が低下し、体力が無くなり歩けなくなり、黙々と1日を暮らすようになったら危険な兆候。さらに立てなくなり寝たきりになり、尿や便を失禁するようになったら臨終が迫ってくる。本人は家族や親友など世話になった人に会いたい思うので希望を聞いて連絡する。

1．食べなくなる／生物は食べられなくなったら自然に死んでゆく。人間も臨終が近づくと徐々に食べなくなっていく。1年前頃から徐々に減り、最後の数ヶ月は必要カロリーの60％程度に減る。亡くなる1ヶ月前頃から誤嚥性肺炎で自分でご飯を食べることが困難に、10日～1週間前からほとんど食べなくなる。自力で食べ水を飲めなくなったら「老衰死のサイン」。人体は脱水状態や低栄養に陥ると、脳内から痛みを緩和する物質を放出して、自然に体の鎮痛作用が働く。なのに看護者は食べら

れなくなると不安になって、栄養を外から入れようとすると、体のバランスが崩れて嘔吐や下痢をしたり、唾液や痰が肺に入り誤嚥性の肺炎なって返って苦しみが増す。

2. 呼吸が異常になる／呼吸筋肉が炎症して機能が低下し、通常の呼吸から肩を使って大きく吸い込む「努力呼吸」になる。さらに下顎がガクガクして喘ぐような「下顎呼吸」に移行。血液中の酸素が減ってすべての臓器に届かなくなり機能する力を失う。呼吸回数が減って酸欠状態になると、全身に炭酸ガスがたまって麻酔効果を発揮。脳内で快感物質が分泌され、死を迎える準備を始める。

3. 眠り続ける／脳がもう回復できないと判断すると、自然の麻酔がかかって意識レベルが下がり、顔は自ずと和らぎ目は閉じて高貴な眼差しとなり、ウトウトと昏睡状態になって眠り続ける。おだやかなまどろみの中で、辛くも苦しくもない安らかな状態になる。

4. 大量の尿が出たり出なくなる／老人体の水分は50％程度。それが1～2％減少すると意識レベルが低下。それが1～2週間続くと命が自然と細る。臨終には余計な水分を一挙に吐き捨て大量の尿が出ると脱水症状になって、枯れるように息を引き取る。それに点滴をすると、全身がむくんで高熱と呼吸困難に襲われ、苦しみながら死ぬことになるので、生きている時も死ぬ時も自然体のままが一番。

5. やがて呼吸と心臓が止まっても脳神経細胞は働いて、脳からモルヒネのようなものが出て恍惚状態になり、幸福感に満たされ眠るよう命を終える。
●臨終期に面会する人は、話しかけたり抱きしめたり揺すったりせず、観察しながら見守るだけでも愛情は伝わる。危篤状態になると自分から話さなくなる。だが聴力は最後まで機能するのでささやき続け、体に触れるのは息が止まってからにする。看取り時期に入ったら手を握ったり抱きかかえるだけ。声が消えると命も消える。家族でもそれまではお通夜や葬式の話などしないで物言いに気をつける。心肺の完全停止を確認した後、お通夜や葬式の打ち合わせや予行演習をして解散する。
●死ぬことは生まれることと同じ不思議なこと。人間は死の間際に科学でも宗教でも答えることができない神秘を体験をする。医者に死を宣告された死のほんの少し手前、生と死の分岐点においてあの世を垣間見て、30分~12時間後に奇跡的に生き返り、再びこの世に戻ってきた人の臨死体験談はほぼ同じ。①死の宣告を聞く、②生と死の境界に立って、どちらに行くかの決定をする、③肉体から離れ暗いトンネルに入る、④死の瞬間、自分の一生の記憶が走馬灯のように脳裏を駆け巡る、⑤見たこともない美しい光の世界に入って、⑥あの世で親しかった人と会うなどの幻覚が現れ、夢の世界に入って最後の最後まで輝き続けるという。これらの臨死体験談には、死にゆく人が安らかであるようにと神仏の配慮が窺える。やがて呼吸が停止し、心臓が停止し、脳が停止し、死を受け入れた瞬間、死と生が一体化し行先不明の死の回路に入って平静のうちに逝き、死後も穏やかないい顔になる。その先の死や死後の問題は現世を超えた問いだから、これまでもこれからもずっと想像するだけで答えがない。

★死後は絶対無の世界で、この世の一切の苦から解放される所だから、死を恐れずに自然のこととしてそのまま受け入れるだけでいい。世界で1日16万人が死亡しているのに誰一人戻ってこないから、あの世はそれほど悪い所ではなさそう。

死の兆候はゆっくり現れるので「臨終演出も可能」

●人間など大型の動物はゆっくり死ぬ。人間が寝たきりになって死ぬまでの期間は、60代では3年以上、70代は2年、80歳以上になると1年と短くなる。死の兆候は徐々に現れ、死が近づいたら1年くらい前に気づき、死亡するまで1～3ヶ月程かかる。だが死にたくないという煩悩が働き続けると、はっきり気づかずに臨終を迎えることもある。

1. 死期が迫ってくると、歩ける距離が少しずつ短くなり、昼間でもうつらうつらと身の置き場がなくなり、ベッドの上や布団で寝ている時間が長くなる

2. 余命が数週間になると、口が渇いて食欲は減退し、食事の量が減り自分で食事ができなくなる。食べても吸収力が低下し体重が減っていく。しゃべりにくくなり、歩けなくなり自力でトイレに行けなくなり、死が近いことを感じ始める

3. 余命が数日になって急に体調がよくなることもあるが、排便・排尿が困難になり、ほとんどの時間を寝て過ごす。時間・場所・人の認識があやふやになり、自分がいる世界を認知する能力が衰えて半ば死んだと同じ状態になる。別れの挨拶はこれま

でに済ましておく

4．余命が数時間になると呼吸が浅くなって回数が減る。血圧が低下し、痰が絡み、尿がでなくなる。目が半開きになって視力が衰え、呼びかけや刺激に反応せず、意識のない状態が長く続く。やがて呼吸が停止、心臓も停止し、瞳孔の拡大を確認し、医者は脳死と判定して死亡を宣告する

●一昔前までは人生途中で治らない難病を抱えた病人や、老衰した老人は数週間でアッという間に死んだ。だから死は怖いもの、暗く悲しいものとして忌み嫌い、家族は悔し涙を流した。その通夜や葬儀に大勢の友人や知人が詰めかけ、残された家族にお悔やみを述べてなぐさめた。今の長寿化時代は、老衰で死にそうでもなかなか死ねない。生きるのも大変だが死ぬのも大変。無事に大往生した人の死は、本人も家族もホッとするほどめでたい事。悲しむより笑いながら耳元でそっと「ありがとう」と感謝の言葉を述べた方が、家族の悲嘆も軽く済む。病院でのお見舞いや、臨終での挨拶の言葉もそろそろ見直した方がよい。

●この世で天命ともいえる天職を背負って、生涯働き続けてきたのだから、自宅で死ぬ時の寝具くらいは最高級品にして、すてきな死に方ができるよう工夫し演出を考える。自分の死が近いことを自覚し始めたら深刻に過緊張にならないよう、タバコを吸ったり、好物のウイスキーを飲んだり、好きな音楽を聴いたりして自分らしい臨終時間を楽しむ工夫をする。またこれまでの自分の人生を振り返りながら楽しめるよう、学生時代や結婚、家族

旅行の想い出写真をスマホやデジカメで編集する。さらに自分の旦那寺僧侶の法話の録画や、これから向かう天国や極楽浄土のイメージも組み合わせて1枚のCDアルバムにして撮影すれば、お見舞い人と一緒にこの世で人生最後の時間を楽しみ尽すことができる。

●「献体」とは、自分の遺体を葬儀の後に医学・歯学の大学、医学生の解剖学の教育・研究の役に立てること。五体満足と無条件・無報酬が条件で、通常1～2年後に大学が火葬するか、遺族に返されるので一切の葬儀費用がかからない。最近増えている一人暮らしの独居老人は、毎日が孤独で死後の不安が治まらない。生きてる間は大したことも出来ず、せめて死んでからでも少しは社会に貢献できるし、自分の死後の行く先がわかっていると安心できる。献体や臓器提供は自分の意志で決め、肉親の同意を得て生きている間に手続きをする。申し込みは病院ではなく、献体篤志家団体か、地元の医科・歯科の大学でする。臓器提供のドナー登録の場合は、心臓、心肺同時は50歳以下、膵臓・膵臓・小腸は60歳以下、肺・腎臓は70歳以下だが、肝臓は年齢制限がない。

★キリスト教徒の欧米人は、人間を物質的肉体と精神的魂に分けて考える二元論。死んで魂が抜け去った肉体は単なる物体に過ぎないから抵抗感がない。日本人は仏教思想の「心身一如」だから、献体や臓器提供にはかなり抵抗があるらしく献体があまり進まない。

訪問看護・介護・看取り時の助っ人「女性たち」

●長寿社会になって老人が急増。医師や病院など医療施設が足りず、サ高住や老人ホームの介護施設も需要に追い付かず、政府は在宅看護の体制づくりを進めている。生涯結婚しない独身者が増え、結婚しても子どものいない夫婦や、配偶者が亡くなっての独居老人など一人暮らしの老人が増えている。その結果、誰にも看取られず孤立死する人が1万7000人もいる。独居老人には困った心配事や心残りの事に相談したり、難病の介護や看病をしてくれる人がいない。そこに助っ人として現れたのが「訪問介護士」「訪問看護士」「訪問看取り士」という女性たち。女性は人生はじめの出産と、人生終わりの臨終の二つの節目に魂を運ぶ役割を持っている。1つ目は出産の節目に子宮という器官に子どもの魂を宿して、あの世からこの世に運んでくる役割。2つ目は臨終に両親と夫を看取ってこの世での人生を終えた魂をあの世へと導く重要な役割を果たすこと。

●「訪問介護士」は、定期的に訪問して入浴やトイレなどの自立支援や日常の安否確認がメイン。必要な時は料理・洗濯・買い物や、台所や洗面所など水回りの掃除を代行してくれる。さらに介護施設・ケアマネージャーと連絡をとりながら、長期の介護体制づくりの支援なども。ただし施設内での介護費用は1時間4500円、訪問介護の費用は9000円と2倍。

●「訪問看護士」は、人生の最期を自宅で実現するために、看護の場を病院から自宅に移した時、患者と医者との中をとりもちする役目。看護師だから機器を使っての医療行為をしないが、患者と寄り添い痛みをとる緩和治療を中心に、臨終までその人らしい時間を過ごせるようにしてくれる。同時に家族や掛かり付けの医者・薬剤師・近くの介護施設・介護士とケアチームを作り、誰がどうゆう時にどのように面倒を見るかを決めて、相互に連絡を取りながら終末期までの長期在宅医療に対応する体制づくりを指導してくれる。死ぬと医者が書いた死亡診断書を役場に届ける手続きの指導もしてくれる。

●「訪問看取士」は、体の介護と魂の癒しを同時に行い臨終までサポートしてくれる人。今は80％は病院で死ぬが、24時間以内に退去を求められる。だから子どもが臨終の親とじっくり向き合い、別れを惜しみながら看取る習慣はすっかり姿を消した。看取りとは、家族が旅立つ人の体と心に寄り添い、呼吸のリズムを合わせ、配偶者や子どもと向き合って長年の確執を和解する大切な時間。本人が死を受け入れたら家族がそれを無言で受け取り、魂の交流を続けながら命をつなぐ宗教的マナー。死の前では旅立つ人は無力だからそっと抱きしめやさしく声をかけて温かい体の温もりを通じて感謝の気持ち伝え、その人は意志をきちっと受け取っておけば見送った後の悲嘆も少なく、あとあと後悔することはない。

★訪問看護師や訪問看取り士は、終末期の２週間～３ヶ月ほど定期的に訪問し、１回５０００円程度。時給４０００円ほどで介護・看取り・葬儀の進行をサポートしてくれる。

新旧の様式が入り乱れ「葬儀の仕方」も新時代

●男性の最多死亡年齢は87歳、女性は92歳。80代後半からは別れの時期で、毎月のように親戚・友人・先輩などの弔報を耳にする。そろそろと自分の葬式や墓など死に支度。葬式の大小は権力・金力・徳力のバロメーターで、個人の意思より世間体や相場が優先されてきた。最近は小規模化したとはいえ、平均的葬儀費用は２００万円、葬儀の90％は仏式で行われ、お布施だけで約20万円かかる（墓地霊園の市場は３８００億円、石材は３０００億円、仏壇・仏具は１８００億円程）。アメリカの45万円、韓国の37万円、ドイツの20万円万、イギリスの12万円と比べて桁違いに高い。今は核家族化や生涯独身者が増えて家族というタテのつながりが希薄化、地域のヨコのつながりも崩壊して、葬儀の仕方が様変わりした。これまでの僧侶や葬儀社主導の葬式は、画一的な上に料金が不鮮明で評判がよくない。近年は高齢者ほど友人知人が少なく、明朗会計と格安料金を売りにして登場した全国ネット葬儀社は、一般葬で１００万円前後、飲食費は10万円前後、返礼品は10万円程。配偶者や家族・親族だけの家族葬は50万円。ささやかな1日葬は30万円、完全な直葬型なら15万円程度で生前に予約することも可能。

●従来通り家の宗教に側って葬式する場合は、人並み以上にお金をかけるか、あるいは世間並みでいいか、まずは自分の葬儀規模を決める。次に僧侶に来てもらうのか？　戒名は？　棺桶に入れるものは？　望む供え物は？　葬儀で流す音楽は何がいいか？　自分の友人・知人の中で死を「知らせる人」と「知らせたくない人」、知らせるのは「葬式の後にする人」を決めておく。自分で決め口頭で身内に伝えておいても、親戚からクレームが出たりするので、エンディングノートに記して渡しておく。それが肉体的にも経済的負担に耐えて、介護に努めてくれた家族への心遣いであり、余計な心配やトラブルの予防にもなる。ただ本来葬式は後に残る人が営むので、本人があまり細かく指示し過ぎても残された子どもや家族が困ってしまう。
●自分が亡くなると、家族は葬儀社と短い時間で葬儀の打ち合わせで、次々と決断を迫られる。極力家族に迷惑をかけないよう、見積書の作成では葬儀会場や菩提寺僧侶のお布施料、親族と参列者の人数などを決め、葬儀費用を概算する。葬儀は亡くなる人だけでなく、周囲の人たちのためにも行うので、費用だけでなく残された家族のことも考えに入れ、要望書にしておく。

1. 葬式を行う場所／葬祭会館・菩提寺・自宅
2. 形式／仏式なら宗派と菩提寺、無宗教、他
3. 葬儀規模／盛大・標準・家族葬・密葬・葬儀不要
4. 参列者の人数／親族・友人・会社関係・連絡して欲しい人の名簿
5. 香典の受け取り／受け取る、受け取らない、社会施設に寄付
6. 葬儀用品のランク／僧侶の布施料・祭壇、棺、料理、返礼品
7. 演出の企画／遺影写真、骨壺、死に装束、音楽、録音・録画、遺品・自筆の礼状など

●葬式は法的には①死亡届の提出と、②24時間火葬禁止の2つだけ。後は自分の好きなようにできるので、葬祭業者お任せの葬式でなくいろいろと注文を付け、自分らしい葬儀ができる。形式にとらわれず無用なものは省く一方、遺影写真には自分の気に入った笑顔を

用いるとか、死装束は自分の愛用した着物にするとか、葬儀会場に自分の描いた絵を飾って好きだった音楽を流すなど自分の好みを盛り込む。自分の愛用品は葬儀会場に並べて遺品として持ち帰ってもらう。戒名は生前に住職と相談して決めておく。葬儀の司会は友人に依頼しておく。出席者を想定して弔辞や会葬礼状は自筆で書いて、会葬返礼品も自分で選んで会葬者に礼を尽くす工夫をする。

●日本の葬儀の90％は仏式。だが自分は本来仏教徒ではないからと「無宗教型」が増えている。祭壇だけの「フラワー葬」や「音楽葬」、「友人葬」など新しい葬儀が続々登場。それらの葬儀スタイルは間がもたず、すぐに終わってしまうのでまだ模索段階。費用や手間で子どもを困らせたくない、近所にも知られたくないので、死亡後の遺体は病院から火葬場に直葬し、自宅で身内だけで営む「骨葬」も登場。死んだら跡形なく消えてしまいたいからと、僧侶の読経はいらない、戒名もいらない、通夜も告別式もいらない、死後の法要も墓もいらないと考える人が多くなった。

★料金を支払えば臨終の時の寝台車の手配、死装束の衣服、遺影用の写真、参列者に渡すお礼のカード、お経がわりに流すＣＤなどの制作、公的年金の停止申請や家の片付けを代行し、安心して旅立てるよう死後のサポートをしてくれる葬儀代行会社もある。

「墓を持つか」は夫婦で場所や様式は子どもと相談

●近年著名人がやり始めた生前のお別れ会とか、死後のお別れ会が広がりを見せている。

「生前のお別れ会」とは、生涯独身者や後継者のいない人、或いは長年不治の病を持ち死期が迫ってきた人自身が喪主となり、自分で自分の葬儀を済ます生前葬のこと。人生の終末期になると兄弟親戚や親友や仕事仲間が次々死んで、最後に残った自分の葬式が寂しくなる。生前葬ならこれまで自分を支えてくれた全ての人を招き、結婚式のように明るい雰囲気で恩返しができる。会場にこれまでの思い出写真を飾り、好きだった曲を流し、自分の人生はこんなのだったと書いた自分史を贈るなどして、自分の終末を見届けてもらえる。もう1つの「死後のお別れ会」とは、葬式無用論者の家族が密葬した後に、生前お世話になった人をホテルに招いての故人を偲ぶ会。主催者も準備期間にゆとりがあり、参列者もスケジュールをたてやすく、別れと追憶に十分な時間がとれるし宗教色のない演出ができる。

●現代人は霊魂の存在など信じられない人が多い。自分で自分の墓を作る場合の思いは、先祖と切り離して自分の生きた証程度。近年は自分の過去一切を清算したい人や、死んだら終わりだから墓はいらないという人もいる。だが子どもにとって葬儀や法事も両親を亡くした悲しみを癒すため。墓は長期間じっくり向き合い、有りし日の両親を思い出して自分自身を癒すために欠かせない。墓は造るにも撤去するにもお金がかかり、それを子どもが継承して管理しなければならない。親子間でも面と向かって死について話すことは未だタブー視する風潮がある。それでも親の墓が自宅から遠いと墓参りで苦労するから親だけで判断できない。近年は葬送や墓のスタイルは急速に変化しているので、「墓を持つか？持たないか？」。持つとしたら「個別か？　マンション式か？」「一人か？　誰かと一緒？」「和風か？　洋風か？」じっくりと考えて子どもともよく話し合って決める。

●今は核家族化で先祖意識や地域社会が崩壊し、従来の宗教行事が意味をなさなくなった。一人っ子や生涯独身者が増えて、親から子へ孫へ継承する「先祖代々之墓」も維持できず無縁墓が増えた。死者への思いが途絶えないように、先祖との連続性を保てるようにと、次世代への継承を前提にせず、先端技術を駆使した新しい葬儀の仕方や墓場が続々と登場して選択の幅が広がっている。

1. 散骨／肉体は自然に還るのだから、遺骨や遺灰を山や海に撒けば、自然の循環運動に還って永久に生きられる。費用は2万5000円前後

2. 樹木葬／埋葬地に墓石や外柵を設けず、低木のツツジやアジサイ、サクラなどの樹木を墓標代わりに植え、その下に遺骨を埋める。庭園・公園・里山の3タイプがある。引き継がなくてもいいし、価格も40万～80万円前後

3. 手元供養／遺骨で人工ダイヤモンドを造り、それをネックレスや指輪に加工して、肌身離さず身につけて供養する。価格は8万円前後

4. 故人の髪をDNA鑑定し、その書類と一緒に形見として身近に置いておく

5. ネット納骨堂／インターネット上の納骨堂に納める。家に居ながらスマホのクリック1つで花やお供えもできるし、ロボットの導師が読経もしてくれる

6. 宇宙葬／直径2mの巨大な風船に遺灰を詰めて地上35㎞の成層圏で散骨する「バルーン葬」や、遺骨7グラムを専用カプセルに詰め込んで宇宙に打ち上げる「ロ

ケット葬」。外国では粉骨を花火で打ち上げる「花火葬」もある

●都会では現代の個人重視の風潮と、生涯独身・子どもがいない夫婦の増加に合わせた新しい墓が登場。寺院の境内に高層ビルを建て、ロッカー状に区割りした「堂内永代供養墓」は、宗教や宗派を問わず檀家になる必要はない。死者のために永代供養もしてくれる。料金や管理費も33回忌まで永代供養100万円とか、初期費用50年分一括支払と、大衆的で明確なビジネス感覚が受けている。また配偶者と離別・死別して一人暮らしの女性や、家の墓に入りたくない女性、生涯独身者など継承者がいない人など、墓に対する共通の価値観をもつ人たちが共同で墓を購入し、普段から冗談めかしに死の話をしながら親交を深め、死んだら同じ墓に遺骨を納め、死後も互いに永代供養を営むなど、生前からの縁を基にした墓友たちの「共同墓」もある。

★火葬後に遺族が受け取った骨壺は、その時点から取り扱い自由。遺骨があってもお墓がないし、家に置き場所がないから電車の網棚や公衆便所に置き去る人もいる。

11―3／100代を生きる智慧

いよいよ100年人生一世紀を生きる時代が到来した

●日本人の平均寿命は縄文時代は15歳程度、奈良時代は37歳、明治時代で44歳ぐらい。戦前は「人生50年」、戦後は「人生80年」と言われてきた。現代は科学技術の進歩や年金・

医療・介護などの社会福祉制度の整備によって、男性の平均寿命は81歳、女性は87歳と延びた。50年前200人程度だった100歳以上の人口が8万人と世界1。最高年齢は男性112歳、女性117歳。人生100歳時代の生き方は前例がなく、日本は世界のトップランナーとして道なき道をいかに切り拓いていくか注目されている。世界の平均寿命は80歳とここ150年の間に2倍になって、さらに毎年3ヶ月伸びている。100歳以上人口は45万人でも110歳以上はわずか10人程度。世界の最高年齢は男性116歳、女性122歳で、近年ほとんど変化がない。生き物の寿命は成長年齢の5倍とされるので「人間の寿命は25歳×5＝125歳」とすれば、そろそろその限界に近づいている。

●100歳以上長寿の百寿者は、特別長命の家系に生まれた人と思われてきたが、実際は遺伝子が寿命に与える影響は25％程度で、大半は生まれた後の環境と、食事・運動・睡眠などの生活習慣によって決まる。一般的に「オープンな性格で誰とでも交わる外交性のある人」「ルールを守って規則正しい生活をする誠実な人」ほど長く生きる。今は特別なことをしなくても社会福祉制度が整備され、50歳未満の日本人は100年以上生きられる。百寿者の性格は男女とも明るく前向きで好奇心が旺盛、周りの人と良い関係をつくり陽気に暮らしてきた人。「男性」は、好奇心が旺盛で新しいことに次々取り組める開放性な人。「女性」は、外向的で、いろいろな人と付き合える誠実性な人。男性は内臓に脂肪が付いてガンなどの生活習慣病になりやすい。女性は皮下脂肪で、女性ホルモンが内臓脂肪を防ぐのでガンなどの病は少ない。体は男性より少ないエネルギーで生きられる省エネ体質になっているので、百寿者は男性は13％に対し女性は87％と圧倒的に多い。

●百寿者で無病の人はいないが、１００歳を超えても認知症でない人は30～40％程度いて、現役で野良仕事や店頭販売員、理容師・医師など現役で活躍している。健康長寿を実現するには、日常生活において医療科学に適応した相応の継続的努力を必要とする。まず「野菜を多く食べること」。菜食中心の食生活は腸内細菌の種類が増えるので、全身の毛細血管の血液の流れがよくなる。次に歩けば歩くほど生命活動の延長につながるので「毎日外に出て歩くこと」。家に閉じこもってイライラしていると、ストレスが溜まって免疫力が低下して病気になりやすいので、自分の好みに合った仕事や趣味活動を続ける。ストレスは移るからなるべく明るい性格の人と付き合う。失敗したり喧嘩しても、歳を忘れて何かに熱中している時のストレスは意外と少ない。単純な作業やゲームを繰り返すより、本を読んだり絵を描いたり、外に出て人に会ったりして過ごし、脳に新しい経験や創造的な刺激を送り込んでいると、心身の健康を保つのに効果がある。

★まさか自分が１００歳まで生きるとは…、今日まで１００年を生きただけでも偉業と言っていい、ほどの実感を込めて「百歳の長寿祝い」は特別。その年の誕生日かお正月か節分の日に、子どもや後輩・教え子など周囲の人が集まって盛大に１００歳の祝賀パーティを開く。

「ただ生きている」それだけで素晴らしい

●100歳になると目もダメ、耳もダメ、足もダメで呼吸もおぼつかない状態。まだ食べられる、まだ歩けるを保っていても60％はすでに認知症状。頭の働きが失われ、最後は寝たきりになり、オムツをあてられて屈辱的な終末期を迎える。8万人が100歳を突破しても110歳まで生きるのは250人に1人程。もはや人生の身体的限界で、身体が衰弱して自力で立ち上がれなくなると何をするにも人の手を煩わせねばならず、不快なことがどんどん増える。車椅子に乗っての外出はままならず家に閉じこもる。家族や社会との関係もなくなり、自分に会いにきてくれる人もいなく、死ぬ間際になって一人ぼっち。そんな自分を意識していると抑うつ状態になる。あまり長生きしても不幸になるだけだから、死んだ方がましとネガティブな発想になりやすい。

●100歳を超えて元気な人の共通点は、楽天的ポジティブな発想になれる人。百寿者になると「知らない」とか「できない」と気軽に言えるので我慢しなくてもいい。他人に従う努力をしなくても、年寄りらしくしていれば自慢してもいいし、選り好みもでき、予定変更も自由にできる。何事も人の噂や世間体を気にしなくてもいいので、ストレスも溜まらない。自分と他人の区別さえできなくなると、大抵のことはどうでもよくなり、すべてにおいて超越できる。その上に老年の超越力を発揮して死を恐れなくなり、幸福度が上昇して元気になる。老年の超越力とは「ただ生きている、それだけですばらしい」と無我の境地になれる。

1. 一人でいても孤独を感じず、外界から刺激がなくても一人静かに過ごせる
2. 過去にこだわらず、物欲や金銭欲が消えて思いやりが深くなる
3. 自分の人生を振り返って自分は良くやった、意義あるものだったと肯定的に捉え、もう十分に生きたからいつ死んでもいいと思える
4. 出来ないことがあってもくよくよえず、あるがままを素直に受け入れられる
5. 善悪・正誤から脱却して、見栄や外見を気にせず良い面だけ見られる
6. 人の気持ちが解るようになり、何事も周りの人のおかげと感謝できる
7. 神仏や死後の世界の存在を信じて、先祖とのつながりを強く感じる

●人間の心は高齢になっても発達し続ける。90歳を超えると出家しなくとも、食欲も、性欲も、物欲も、名誉欲も、この世の一切の欲望から解放され、心の持ちようが変わって悟ったように生きられる。自分とか他人の区別もなくなり、老年的超越の状態に入って幸せ度がぐんぐんと上昇。生死を超越して生への未練を断ち切り、死を受容できるようになると精神が安定する。さらに100歳を超えると誰もが人生に対する満足度は高まって、幸福感の絶頂期に到達する。

「1日1日」をていねいに生きる

●100歳を超えると1日1日と人生の終焉が近づいて、いつ何が起こるかわからない。明日が必ず訪れる保証はなく、もしかして今日が最後の日かも知れないから、残された人

生の時間をムダにできない。思い通りにならない体と付き合いながら、寝たきりでもお金がなくてもやりたいことがあれば先延ばししない。与えられた環境の中で自分の楽しみを見つけ、今日を一番いい日にする。自分の好きなものを、好きな時、好きな物だけ食べて寝る時は寝て、自分の心や体にいいことで楽しいことだけをする。今日できることは今日、今やるべきことは今やって気持ちを落ち着け、明るくいい顔をしてやすらかに過ごす。

●これ以上長生きしたいとも思わないが、早く死にたいとも思わない。もう何時死んでも命以外に何一つ失うことのない。今日1日が一生と考え、気持ちを込めて丁寧に生きる。一人じっくり流れゆく黄金の時間を味わいながら、今ある命を大切に生きる喜びをかみしめ、今日の自分は今日でおしまい。明日には明日の新しい人生が始まる。残された日々簡素な楽しみを身につけ、どんな境遇になろうと過去のことや未来のことを思い煩わない。自分で欲しいものを手に入れる幸せから、多くの人に支えられて生きている今ある幸せに気づく。日々何かを待っていながら何事もなく過ぎていく幸せ。年を重ねて「今ここで生きている自分が一番の幸せ」と思って楽しげに生きる。

●その時がくれば周りの人に「ありがとう」と感謝し、自分の人生にも「ありがとう」と感謝して、この世に何の未練もなくなったらおだやかに逝く。人生を自分のものとして生死を超えて最後の最後まで自分らしく生き切ったの人の死は、永遠の休息の世界に入ってオーラを発して美しく輝きながら、最高にハレがましい節目となってハッピーエンド。

★今生が終わって棺の蓋をしたら、善悪・美醜をひっくるめ個人としての生涯が完成。そこに人生の結論があり、そしてその人の評価が定まる。

END

おわりに

●本書は、経営コンサルタントをしていた50年間に発売された、政治・経済・科学・宗教・哲学・文化・経営・医学書から抜粋し保存してきた研究資料のダイジェスト版。従って50年前、30年前、10年前の資料も混在。各分野の学者や人生の先輩たちが研究し体験して後輩のために書き残した人生１００年を生きるのに必要は資料ばかり。その時代の関係者に評価された書籍で、今でも時代を超えて生きている論説や学説の中心部分を抜粋したもの。それに退職後に最近の新聞や雑誌・テレビ・ネットで目にし耳にした新知識・情報を、おり交ぜ組み合わせ、古来から言い伝えや格言、関連する各論説を重ね合わせて検証し、書き直したり書き加えたりして再編集してまとめた。中には著書の内容の深さや研究内容を正しく伝えるためにそのまま掲載した部分や、また出処不明の部分と重なり合って、文中での出書記載ができなかったので、参考書籍名は巻末ページで一括掲載だけとなった。了承を希う。

●全体に難しい問題を誰にでも簡単に分かりやすく、短い時間で理解しやすくするために、

1. 新旧諸説ある中で、最近の説・普遍的な説をとりあげた。
2. その特徴を箇条書きにし、二元化して比較しやすくした。

3. 調査統計数字は古いものもあるが、今の時代に合わせて推定する。
4. 長期間・広範囲の資料なので、多少重複したり矛盾した点もある。
5. できる限り専門用語を使わず、結論だけにして文章を短くした。

涌田裕充

〈参考文献１〉

●生命の起源を宇宙に求めて／長沼毅著／ＤＯＪＩＮ選書●宇宙は何でできているのか／村山斉著／幻冬舎新書●人類はなぜ短期間で進化できたのか／杉晴夫著／平凡社新書●永遠の生命の世界／大川隆法著／幸福の科学出版●哲学の基礎／ナイジェル・ウォーバートン著・栗原泉訳／講談社●宇宙が教える人生の方程式／佐治晴夫著／幻冬舎●哲学の起源／柄谷行人著／岩波書店●世界の宗教がざっくりわかる／島田裕巳著／新潮新書●日本仏教の源流／島村喬著／岩波書店●キリスト教を問いなおす／土井健司著／ちくま新書●ホーキング、宇宙と人間を語る／ホーキング著・佐藤勝彦訳／エクスナレッジ●われわれはどこから来たのか、われわれは何者か、われわれはどこへ行くのか、／帯刀益夫著／ハヤカワ新書●世界の「宗教と戦争」講座／井沢元彦著／徳間文庫●カント入門／石川文康著／ちくま新書●神国日本／佐藤弘夫著／ちくま新書●一神教の闇／安田喜憲著／ちくま新書●ブッダの瞑想法／地橋秀雄著／春秋社●仏教・キリスト教・イスラム教・神道：どこがどう違うか／大法輪閣●多神と一神との邂逅／越前喜六・斉藤いつ子著／平河出版社●東洋の心／鈴木大拙著／春秋社●ユダヤ教ｖｓキリスト教ｖｓイスラム教／一条真也著／だいわ文庫

〈参考文献２〉

●男が学ぶ「女脳」の医学／米山公啓著／ちくま新書●男と女のいる風景／渡辺淳一著／新潮文庫●おんなの購買心理学／福島千鶴子著／日本実業出版社●女がわからないでメシが食えるか／桜井秀勲著／サンマーク出版●女がわからないでサキが読めるか／桜井秀勲著／サンマーク文庫●男と女の心理学入門／齊藤勇著／かんき出版●男を理解できない女　女がわからない男／樺旦純著／知的生きかた文庫●それでも結婚しなさい／桂由美著／宙出版●未婚化の社会学／大橋照枝著／日本放送出版協会●男と女変わる力学／鹿嶋敬著／岩波新書●結婚と家族／福島瑞穂著／岩波新書●「夫婦」という幻想／斎藤学著／祥伝社新書

〈参考文献3〉

●はじめての現象学／竹田青嗣著／海鳥社●生命の起源を宇宙に求めて／長沼毅著／DOJIN選書●地球46億年の旅・1～50号／朝日新聞出版●生命40億年全史／リチャード・フォーティ著／渡辺政隆訳／草思社●宇宙の大法則／稲葉耶季・保江邦夫著／マキノ出版●地球全史の歩き方／白尾元理著／岩波書店●人類の起源と進化／現代思想2016年5月号●宇宙は何でできているのか／村山斉著／幻冬舎新書●ヒトはどのように進化してきたか／ロバート・ボイド／ジョーン・シルク著／松本晶子／小田亮監訳／ミネルヴァ書房●生きものとは何か／本川達雄著／ちくまプリマー新書●人類はなぜ短期間で進化できたのか／杉晴夫著／平凡社新書●生命はなぜ生まれたのか／高井研著／幻冬舎

〈参考文献4〉

●命のリズムは悠久のときを超えて／梅田規子著／冨山房インターナショナル●生きる力はどこから来るのか／梅田規子著／冨山房インターナショナル●人体探求の歴史／笹山雄一著／築地書館●脳はバカ 腸はかしこい／藤田紘一郎著／三五館●腸内革命／藤田祐紘一郎著／海竜社●血液型の本／さいとう・たかを著／PHP文庫●血液型人間学／能見正比古著／青春出版社●お客様にしなければならない50のこと／中谷彰宏著／ダイヤモンド社●進化するサービス／井本省吾著／日本経済新聞社●顧客満足ってなあに？／佐藤知恭著／日本経済新聞社●生きものとは何か／本川達雄著／ちくまプリマー新書

〈参考文献5〉

●ざっくり！ 西洋思想／齋藤孝著／祥伝社●仏教・キリスト教・イスラム教・神道：どこがどう違うか／大法輪閣●日本の三大宗教／歴史の謎を探る会編／河出書房新社●神道のすべて／菅田正昭著／日本文芸社●日本人

とユダヤ人／イザヤ・ベンダサン著／角川ソフィア文庫●世界に比類なき日本文化／ヘンリー・S・ストークス／加瀬英明著／祥伝社●日本人のこころ／五木寛之著／講談社●日本人が誇れる33のこと／ルース・ジャーマン・白石著／あさ出版●日本はなぜ世界でいちばん人気があるのか／竹田恒泰著／PHP新書●日本人のきまりごと事典／主婦と生活社●日本的霊性／鈴木大拙著／岩波文庫●日本列島の自然と日本人／西野順也著／築地書館●日本国記／百田尚樹著／幻冬舎

〈参考文献6〉
●マーフィー100の成功法則／大島淳一著／産業能率大学出版部●〝勝ちぐせ〟をつけろ！／エルビン・フェルトナー著／竹村健一訳／三笠書房●「勝負強さ」の探究／折茂鉄矢著／PHP研究所●競争の原理／堺屋太一・渡部昇一著／竹井出版●「直感力」の研究／船井幸雄著／PHP研究所●成功心理学入門／倉原忠夫著／現代書林●勝ち人生の法則／涌田裕充著／PHP研究所●願いごとがゼッタイかなう本／笹岡哲著／こう書房●人間はここまで強くなれる／謝世輝著／三笠書房●信念の魔術／C・M・ブリストル著／大原武夫訳●強運を拓く／桜木健古著／PHP研究所●勝ちきる頭脳／井山裕太著／幻冬舎

〈参考文献7〉
●生き方／稲盛和夫著／サンマーク出版●生きかた上手／日野原重明著／ユーリーグ●なぜ生きる／高森顕徹監修／明橋大二・伊藤健太郎著／1万年堂出版●いい言葉は、いい人生をつくる／斎藤茂太著／成美文庫●置かれた場所で咲きなさい／渡辺和子著／幻冬舎●年齢の本／デズモンド・モリス著・日高敏隆訳／平凡社●LIFE SHIFT 100年時代の人生戦略／リンダ・グラットン／アンドリュー・スコット著／池村千秋訳／東洋経済新報社●人生計画の立て方／本多静六著／実業之日本社●定年までに知らないとヤバイお金の話／岡崎充輝著

／彩図社●家族のお金が増えるのは、どっち!?／菅井敏之著／アスコム●お金の増やし方を教えてください！／山崎元・大橋弘祐著／文響社●老後のカネ老後の生き方心配はいらない！／津田倫男著／講談社●定年男子、定年女子／大江英樹・井戸美枝著／日経ＢＰ社●PRESIDENT「億万長者入門」プレジデント社

〈参考文献8〉

●子どもは親を選んで生まれてくる／池川明著／日本教文社●0歳からみるみる賢くなる55の心得／久保田カヨ子著／ダイヤモンド社●子どもの才能は3歳、7歳、10歳で決まる！／林成之著／幻冬舎新書●賢い子に育てる究極のコツ／瀧靖之著／文響社●6歳までの子どものほめ方　叱り方／植松紀子著／すばる舎●一流の育て方／ムーギー・キム／ミセス・パンプキン著／ダイヤモンド社●親と子の心のパイプはうまく流れていますか／明橋大二著／1万年堂出版●子どもの「10歳の壁」とは何か？／渡辺弥生著／光文社新書●東洋の心／鈴木大拙著／春秋社●10代にしておきたい17のこと／本田健著／だいわ文庫●13歳からのシンプルな生き方哲学／船井幸雄著／マガジンハウス●教育の使命／大川隆法著／幸福の科学出版

〈参考文献9〉

●20代にしておきたい17のこと／本田健著／だいわ文庫●男は20代に何をなすべきか／鈴木健二著／新潮社●20代で人生の年収は9割決まる／土井英司著／大和書房●野心のすすめ／林真理子著／講談社現代新書●さあ、やるぞ　かならず勝つ／桐山靖雄著／平河出版社●会社は2年で辞めていい／山崎元著／幻冬舎新書●若者はなぜ3年で辞めるのか？／城繁幸／光文社新書●女が28歳までに考えておきたいこと／伊東明著／三笠書房●30代にしておきたい17のこと／本田健著／だいわ文庫●30代に男がしておかなければならないこと／鈴木健二著／DAIWA SELECT

〈参考文献10〉

●40代にしておきたい17のこと／本田健著／だいわ文庫●40歳からの知的生産術／谷岡一郎著／ちくま新書●40代でシフトする働き方の極意／佐藤優著／青春出版社●50代でしなければならない55のこと／中谷彰宏／ダイヤモンド社●50歳からの満足生活／三津田富佐子著／三笠書房●五十歳からの成熟した生き方／天外伺朗著／海竜社●50代にしておきたい17のこと／本田健著／だいわ文庫●55歳からの一番楽しい人生の見つけ方／川北義則著／三笠書房●組織を動かすナンバー2／荒和雄著／法令総合出版●二代目の時代／斎藤茂太著／ガイア●定年後／楠木新著／中公新書●人間の値打ち／鎌田實著／集英社新書●定年前後の「やってはいけない」／郡山史郎著／青春出版社●定年準備／楠木新著／中公新書

〈参考文献11〉

●60代にしておきたい17のこと／本田健著／だいわ文庫●女の老い・男の老い／田中富久子著／NHK出版●下流老人／藤田孝典著／朝日新聞出版●老いの才覚／曽野綾子著／ベスト新書●老いへの「身辺整理」／斎藤茂太著／新講社●薬のやめどき／長尾和宏著／ブックマン社●林住期／五木寛之著／幻冬舎●玄冬の門／五木寛之著／ベスト新書●老いもまたよし／石田雅男著／幻冬舎ルネッサンス新書●60歳からの手ぶら人生／弘兼憲史著／海竜社●0葬／島田裕巳著／集英社●人間に魂はあるか？／樫尾直樹・本山一博著／国書刊行会

〈参考文献12〉

●無葬社会／鵜飼秀徳著／日経BP社●あの世へ逝く力／小林玖仁男著／幻冬舎●人間が老いて死ぬということ／宮子あずさ著／海滝社●人間、最後はひとり／吉沢久子著／さくら舎●日本人の死に時／久坂部羊著／幻冬舎新書●二度目の大往生／永六輔著／岩波新書●宇宙が教える人生の方程式／佐治晴夫著／幻冬舎●臨終の七不思議／志賀貢著／三五館●ヒトはどうして死ぬのか／田沼精一著／幻冬舎新書●一〇三歳になってわかったこと／篠田桃紅著／幻冬舎●老いの僥倖／曽野綾子著／幻冬舎新書●大往生したけりゃ医療とかかわるな／中村仁一著／幻冬舎新書●百歳人生を生きるヒント／五木寛之著／日経プレミアシリーズ●一流の老人／山﨑武也著／幻冬舎●男の孤独死／長尾和宏著／ブックマン社●自分が高齢になるということ／和田秀樹著／新講社●死と生／佐伯啓思著／新潮新書●死ねば宇宙の塵芥／曽野綾子・近藤誠著／宝島社新書●人生１００年の習慣／ＮＨＫスペシャル取材班／講談社●私は、看取り士。／柴田久美子著／佼成出版社●「死」とは何か／シェリー・ケーガン著・柴田裕之訳／文響社●１３８億年の人生論／松井孝典著／飛鳥新社●老衰死／ＮＨＫスペシャル取材班／講談社●長寿の習慣／奥田昌子著／青春出版社●一日一生／酒井雄哉著／朝日新書

著者プロフィール

涌田 裕充（わくだ ひろみつ）

昭和10年、奈良県生まれ。昭和33年、京都市立大学卒業後、大阪販売経営研究所に入社。以来、17年間、流通革命時代における量販店、専門店チェーンの販売促進を指導。昭和45年、シービーエー研究所を創業してギフトマーケティング指導を開始。ギフト店舗開発企画や設計、CI計画など経営全般の指導を行うと共に、「ギフト新商法」「ギフトショップの作り方と運営」（オーエス出版刊）「法人ギフト市場の攻略法」（ビジネスガイド社刊）「新・葬祭市場の攻略法」「新・結婚市場の攻略法」「贈り物大百科事典」（シービーエー研究所刊）を発行。他に「勝ち人生の法則」（PHP研究所刊）「一流企業への道」（オーエス出版刊）を著作。平成7年より9年間、株式会社シャディ／サラダ館のコンサルティング担当。平成15年に会社解散し退職後、ライフワークとして「人生まる見え大事典」を監修。

100年人生　まる見え事典

2024年５月15日　初版第１刷発行

著　者　涌田 裕充
発行者　瓜谷 綱延
発行所　株式会社文芸社
〒160-0022　東京都新宿区新宿1－10－1
電話　03-5369-3060（代表）
03-5369-2299（販売）

印刷所　株式会社暁印刷

ISBN978-4-286-24848-6